红楼撖谭

张俊◎著

北京师范大学出版集团
BEIJING NORMAL UNIVERSITY PUBLISHING GROUP
北京师范大学出版社

自　序

　　这本小书的出版，主要是在我的学生曹立波、朱萍、莎日娜、张智华、罗书华、苗怀明、纪德君、胡胜、潘承玉、许振东、李舜华、刘相雨、王建科等人的热情关心和具体操持下完成的。其实，四年前，他们就商议着想将我散见的那些零篇短章裒集起来，编印成册，庶易保存，以为某种纪念。我明白他们的好意，非常感谢他们；可我也知道，我辈出书不易，唯恐他们徒耗时间和精力，没有遽尔应允。但他们不改初衷，从前年冬开始，便不断在网上查找我发表过的旧稿，先是立波的博士生杨锦辉同学列出一个我的CNKI论文目录，后来立波、小莎、朱萍、怀明、德君等又查找补充，搞出一份比较完整的目录。我的那些旧稿，只有少量电子版，多数则需要重新复印，录入电脑，他们便全部制成电子版，并着手编排篇目、商讨书名，甚至已在协商出版事宜，耗时费力，一番辛苦。我不能再拂逆他们的好意，便和他们一起商定篇目、校改文字，做一些我应该做的事。我已年过八旬，日趋老惫，老实讲，如果没有这些学生的筹划，没有他们的督促，没有他们的操作，这本小书是不可能出版的。师生情谊，铭记心底。

　　如书名所示，收录书中的主要是关于红学的一些文字。我1960年毕业于北京师大中文系，后留校任教，一直讲授"元明清"段文学史课；曾为本科生讲过《红楼梦》研究"选修课，为研究生开设"中国古代小说流派研究""中国古代小说史研究""《红楼梦》与中国传统文化艺术"等专题课。授课之余，20世纪80年代初，由启功先生任顾问，我和武静寰具体主持，与龚书铎、聂石樵、周纪彬诸位先生合作校注过《红楼梦》程甲本（1987年北师大出版社版、1998年中华书局版）；九十年代初，由我主编，与沈治钧及当时在读研究生罗书华、苗怀明、莎日娜、张勉倩合作评批校注过《红楼梦》程乙本

（2013年商务印书馆版）。2001年，我和在读博士生曹立波、校图书馆古籍部主任杨健又考察过师大图书馆藏陶洙校订整理本《脂砚斋重评石头记》。此外，还和沈治钧合作写了"古代小说评介丛书"《曹雪芹与红楼梦》（1992年辽宁教育出版社版）、和陈惠琴合作撰写了"插图本中国文学小丛书"《红楼梦》（1999年春风文艺出版社版）两种小册子。授课、科研、读书，偶有所获，间有所悟，乃随手札录，陆续缀拾成篇，内容丛脞，长短不一，评说明清小说类文字，约计六十余万言，泰半为有关红学文字。其中我与沈治钧、曹立波曾先后分别合写过多篇红学文章，这里选择版本考证类文字五篇，收入书中，有关写作情况，已于文后"附记"中说明。

收录本书中的文章，绝大部分都曾在报刊上发表过。收入本书时，内容观点，多存旧貌。少数篇目的文字，酌情作了少量修改，也订补了一些疏漏。文章写作时间，跨度比较长，有些问题的阐释引证，不免有重复之处；某些观点，随着时间的推移，新材料的发现，今天或有所变化，这也当加以说明。

本书的出版，得到北师大文学院院长过常宝教授的大力支持；好友中国社科院文学所研究员竺青君、北京植物园曹雪芹纪念馆研究员樊志斌君始终热情鼓励和关注此书的出版；北京语言大学段江丽教授对样书校读一过，指出多处差错。尤其是，北师大出版社的编辑团队对本书栏目的拟定、篇目的编排提出过许多好的意见和建议，并拍制书影、校对文字、统一注释体例，十分认真、敬业。这里，一并对这些朋友表示深深的谢意。

自知"卑之无甚高论"，书中文字，无疑会留下或多或少的遗憾，恳挚期待读者和同好的批评指教。

2019年7月27日炎炎暑月于
洼里京师园

目　录

论述篇

试论《红楼梦》与《金瓶梅》 …………………………………… 3

《金瓶梅》与《红楼梦》漫议 …………………………………… 21

论《林兰香》与《红楼梦》

　　——兼谈联结《金瓶梅》与《红楼梦》的链环 …………… 38

倩谁记去作奇传

　　——曹雪芹的家世、生平 ……………………………………… 55

关于《红楼梦作者新考》的通信 ……………………………… 70

"曹雪芹逝世二百周年纪念展"参观记忆 ……………………… 81

宝黛爱情描写在中国小说史上的地位 ………………………… 88

浅谈薛宝钗 ……………………………………………………… 103

淡极始知花更艳

　　——《红楼梦》语言艺术漫谈 ……………………………… 108

认真阅读作品　认真研究传统

　　——在 1987 年扬州红学学术讨论会上的发言 …………… 130

两点希望

　　——在 1989 年"九十年代红学展望"座谈会上的发言 …… 135

版本篇

谈《红楼梦》程甲本 …………………………………………… 139

北京师大校注本《红楼梦》(程甲本)杂忆 …………………… 155

程乙本改动程甲本字数述议 …………………………………… 174

程本红楼语词校读札记(一) ················· *184*

程本红楼语词校读札记(二) ················· *194*

程本红楼语词校读札记(三) ················· *206*

程本红楼语词校读札记(四) ················· *216*

北师大藏《脂砚斋重评石头记》抄本概述 ········· *232*

北师大藏《脂砚斋重评石头记》版本来源查访录 ····· *247*

北师大藏《脂砚斋重评石头记》抄本考论 ········· *261*

务得事实 以求真是

　　——读周汝昌先生《评北京师范大学藏〈石头记〉抄本》 ········ *290*

《红楼梦》版本的流传与北京琉璃厂 ············· *330*

《红楼梦东观阁本研究》序 ··················· *349*

诠释篇

红注刍议 ····························· *357*

说"末世" ····························· *378*

漫说《红楼梦》中的"炕"

　　——以前八十回为例 ··················· *381*

《红楼梦》"木炕"补证五则 ················· *390*

烦恼多是"自惹"的 ······················ *393*

如何看待这些数字异文 ····················· *398*

《红楼梦》及其续书与明清小说中的张家湾

　　——兼谈《红楼梦》之"地舆"避讳 ··········· *406*

"滴"字不误 ··························· *440*

〔附录〕

博赡而通贯 求劬而获创

　　——张俊教授访谈录(曹立波) ·············· *441*

论 述 篇

试论《红楼梦》与《金瓶梅》

　　《红楼梦》的创作，深受《金瓶梅》的影响，这当是毋庸置疑的。尽管曹雪芹自己在《红楼梦》中并未提到《金瓶梅》这部书，更没有像称道《牡丹亭》和《西厢记》那样赞赏过《金瓶梅》，但在脂砚斋的评语中，有三处明确讲到这两部书的关系。其中庚辰本第十三回，有一则眉批云："写个个皆别，全无安逸之笔，深得《金瓶》壶奥。"（原脱"瓶"字）壶奥者，室中深邃之处也。意思就是说，《红楼梦》学《金瓶梅》学到了家。这是深知《红楼梦》创作底蕴的话。我们从一些脂评的内容和口气可以看出，脂砚斋同曹雪芹关系极为密切，感情非常深挚。他不仅熟悉曹雪芹的家世生平、思想性格，而且洞知《红楼梦》中所叙写的人物环境和语言，并亲自参与了小说的创作和修改。由于有这样一层关系，因此，脂砚斋的上述看法就格外值得重视。之后，一些论者，如诸联、张新之、张其信等人，都或详或略，对两书关系作过种种评论。当代红学家也有人肯定了《金瓶梅》对《红楼梦》的深刻影响，有的见解颇为精辟，可惜大多语焉不详。现不揣谫陋，拟就题材的选择、情节的安排、场面的描绘、人物的塑造、语言的运用等方面，具体探讨一下《红楼梦》和《金瓶梅》的关系，以求教于广大读者和研究《红楼梦》的专家们。

一

　　题材问题，实际是文艺作品的内容问题。在我国长篇小说的发展史上，《金瓶梅》是第一部以描写家庭日常生活为题材来反映社会问题的长篇小说。《金瓶梅》评点家、清初人张竹坡说它是"一部炎凉书"（张评本卷首），鲁迅称之为"人情小说"（《中国小说史略》）。在《金瓶梅》问世前，我国的长篇小说由滥觞到成熟，到繁荣，滔滔汩汩，已经历了二百多个春秋。其主要题材，依照鲁迅意见不外两类：一为"讲史"，一为"神魔"。它们或讴歌叱咤风云的农民起义，或铺写错综纷繁的历史事件，或敷演诡疑虚幻的神魔斗争，五色斑驳，各具异彩，形成我国古典长篇小说的传统题材。《金瓶梅》则别开生面，摆脱了这一传统，开拓了一个新局面，特别是为一百年后《红楼梦》这类以家庭日常生活为题材的长篇小说的产生，做了创造性的探索和准备。

家庭是社会的生活组织形式的基本单位，是社会的细胞，一个有代表性的家庭生活，往往可以展现出一代社会的风貌。《金瓶梅》的作者是谁？创作意图何在？有种种猜测。但一点可以肯定，就是"作者之于世情，盖诚极洞达"（《史略》），因悲愤呜唈，而借作"秽言以泄其愤"（张评本）。因此，全书虽假《水浒传》之西门庆为线索，而所反映的却完全是作者当时的社会生活。明沈德符以为《金瓶梅》是在"指斥时事"，主要是指斥嘉靖朝的奸相严嵩父子。（《野获编》卷二十五）张竹坡说："一部《金瓶梅》，总是冷热二字，而厌说韶华，无奈穷愁。"清刘廷玑也说："若深切人情世务，无如《金瓶梅》，真称奇书。"（《在园杂志》卷二）戴不凡甚或断言：《金瓶梅》"实明嘉靖朝前期时事之写照"。（《小说见闻录》）这些论断说明：《金瓶梅》是一部描写现实社会的人情世态的著作。在神魔小说风行之时，《金瓶梅》作者能够另辟蹊径，独创一格，以描摹世态，尽其情伪，这种敢于面对现实的精神，是难能可贵的。他给予清初伟大的现实主义作家吴敬梓和曹雪芹以极大的启示。

从《金瓶梅》的题材来看，作者所着意描绘的是恶霸豪绅西门庆一家的兴衰荣枯，其中尤以大量篇幅写了西门庆污秽不堪的家庭生活和这一家庭内部妻妾之间的争宠斗强、"卖俏营奸"。小说通过这些描写，生动地揭示了封建的家庭制度、婚姻制度的种种罪恶。值得注意的是，小说虽然主要写的是西门庆一家的兴衰史，但作者的笔触，并未孤零零地局限于一个家庭的范围，而是通过这一家庭的社会交往，上通朝廷，中结官府，下凌百姓，勾画了一个阴森冷酷的鬼蜮世界，从而把对家庭日常生活的描写和对社会黑暗的揭露有机地联系起来。在这个世界里，卖官鬻爵，贿赂公行，世情虚伪，人心险恶。小说通过这些描写，又使我们看到，当时的社会充满黑暗，预示了业已腐朽的封建社会必然崩溃的前景。鲁迅说："西门庆故称世家，为缙绅，不惟交通权贵，即与士类亦与周旋，著此一家，即骂尽诸色。"深刻揭示了《金瓶梅》小说题材的典型意义。

　　这种以家庭生活为题材的小说的出现，不是偶然的，它同当时的社会现实有密切关系。明中叶以来，由于资本主义萌芽的滋长，封建社会日趋衰落，进入它的后期，人们日益感到世态的炎凉、人情的冷暖，有些人便出来探讨这种以家庭为中心所反映出的社会生活问题，于是，所谓"世情"小说便应运而生，风靡一时。受《金瓶梅》影响，明清之际，还产生了一部描写两个不同类型的封建地主家庭婚姻事件的长篇"人情小说"《醒世姻缘传》。

　　在题材的选择和主题的提炼上，《红楼梦》同《金瓶梅》《醒世姻缘传》是一脉相承的。曹雪芹也选择了一个封建贵族家庭——贾府的生活，作为描写对象，"以泄胸中悒郁"（甲戌本第一回眉批）。作者精心描绘了贾府这个"诗礼簪缨"之族逐渐走向衰败以至"树倒猢狲散"的过程，以及在这一过程中它的形形色色的成员的活动。在这个封建大家庭里，统治者奢靡铺张，巧取豪夺，无恶不作，过着极端腐朽糜烂的生活，比之西门庆家有过之而无不及。同样，《红楼梦》也以大量篇幅细致地描写了纠结在这个封建家族内部的重重矛盾。表面看来，这一家亲骨肉似乎温情脉脉，充满"天伦之乐"；实际上，在那笙歌笑语之中暗藏着倾轧和猜忌，或"坐山观虎斗"，或"借剑杀人"，或"站干岸儿，推倒油瓶不扶"，暴露了他们之间赤裸裸的利害关系。这比《金瓶梅》仅只描写嫡庶之间的争斗，更深了一层。还有，《红楼梦》写贾府，也没有囿于家庭的范围，而是为它安排了广泛的社会关系，它通过一些场面和人物，上下牵引，左右钩连，把皇宫、官府、贵族、市民、农家等各种各样的社会关系都直接引进了贾府。这样，作品所反映的社会生活就显得非常隐微曲折、深沉广阔。

　　上述种种，似可证明《红楼梦》与《金瓶梅》的题材、主题是相通的，如果说，《金瓶梅》是通过对一个典型的豪绅恶霸西门庆家庭的兴衰的描写，具体而微地暴露了明代后期封建社会的冷酷和恶浊的话；那么，《红楼梦》则通过对封建贵族大家庭贾府的衰败过程的描写，真实而深刻地剖析了整个封建社会"末世"的种种腐朽和黑暗，令人信服地看到封建统治阶级不可避免地走向没落的历史命运。

　　《红楼梦》的选材，虽然明显地继承了《金瓶梅》，但它所达到的现实主义的高度，《金瓶梅》则不能与之比拟。它所写的那个"赫赫扬扬，已将百载"的封建贵族大家庭，比西门庆那样一个家庭，更有代表性，更能充分体现封建统治阶级的腐朽本质，更能全面揭示封建伦理观念的陈腐，更能集中反映封建末世的时代特征。所以说，《红楼梦》所展示的生活画面，远比《金瓶梅》复杂丰富、广阔深邃。同时，这两部小说虽然都真实地暴露了封建大家庭的丑恶生活，但《金瓶梅》充塞着大量不堪入目的淫秽描写，缺少光明和理想，带有浓重的自然主义倾向，显得格调不高。而《红楼梦》则不仅是暴露，而且还笔墨酣畅地塑造了一批正面人物的形象，歌颂了他们的纯洁和善良、反抗和斗争。在他们身上，寄托着作者的理想和追求。尤其是作者饱含"辛酸之泪"，描写了宝玉和黛玉这两个封建贵族家庭叛逆者的纯真爱情，和他们的悲剧结局，并使之成为贯串全书始终的情节线索，这就使整部作品闪烁着熠熠光彩，读来回肠荡气。这同《金瓶梅》那种露骨的"皮肤滥淫"的"肉欲"描写，境界迥乎不同。一句话，《红楼梦》写的是"家庭琐事，闺阁闲情"，但作者能把它提高到理想的崇高境界里去描述、刻画，因而，整部作品"既有真实的伟大，也有伟大的真实"，充满了美学的内容，而不像《金瓶梅》那样使人沉闷、窒息。

二

由于《金瓶梅》以家庭日常生活为题材，与此相联系，它在艺术结构上也独具特色。我国较早出现的一些古典长篇小说，多继承了"说话"艺术的表现手法，很重视故事性。它们往往以某一人物或某一事件为中心，把一些大大小小的故事连缀起来，构成一系列逶迤曲折、波澜起伏的故事情节来表达一个主题，如《三国演义》《水浒传》等。这样的结构方式，给人的印象是，线索单纯集中，故事变化多端，但又觉得全书的结构似嫌松散，不很紧凑。《金瓶梅》的结构虽然仍带有明显的讲唱伎艺的痕迹，但比之《三国演义》和《水浒传》来，它基本上出之"大名士手笔"。它的结构的长处，不在于情节的曲折离奇，而在于严密细致。

如前所说，《金瓶梅》主要写的是"暴发"户西门庆的家史，全书的情节就是围绕西门庆如何由一个破落户而发迹兴旺，最后终因纵欲人亡、家业破败这一基本内容安排的。面目清晰，顺理成章，符合生活的逻辑。

从结构方法上说，《金瓶梅》有以下三个特点，对后世的一些小说影响较大。

第一，它所写的西门庆家庭里大大小小的生活事件，虽然千头万绪，但意脉连贯，情节之间，蹊径相通，互为因果，形成有机联系，因而，全书显得紧凑严密，浑然一体，不像《水浒》故事那样有相对的独立性。这对揭示人物性格的发展变化很有作用。

第二，故事的编织，主次分明，和谐均衡。全书始终以西门庆一家的兴衰荣枯为主干，来组织材料，展开矛盾；许多别的故事，都作为主干的组成部分，互相烘托地存在着。而这些故事，同书中几个主要人物的活动，相互制约，既从各个方面展示了西门庆家的复杂的社会关系和人物活动的具体环境，深化了主题；也呈现出一幅幅姿态纷繁的生活画面，使整部作品的布局跌宕腾挪，此起彼伏。

第三，作者常用某一小物件，来连接故事或转换情节。比如，因潘金莲丢了一只红绣花鞋，结果围绕找鞋、抢鞋、送鞋、剁鞋等线索，层层扩展、贯串起陈经济因鞋戏金莲、西门庆怒打铁棍儿，以及秋菊挨罚、来昭儿被撵等一系列生活场面。古人云："看文字须要看他过换及过接处。"（《修辞鉴衡》引《丽泽文说》）《金瓶梅》的这些描写，行文虽不免粗疏，但其转换和过接处亦颇觉自然，入情入理。

《金瓶梅》的情节安排和结构方法，都对《红楼梦》有直接的积极的影响。《红楼梦》写贾府由兴盛而衰落，而"一败涂地"的过程，就有点像《金瓶梅》。不过，《金瓶梅》主要写的是西门庆家庭的兴衰史，小说把他的发家过程写得细致入微，构成全书的主要情节。《红楼梦》则没有具体写贾府的发家过程，而主要写了它衰败的经过。这种情节安排不仅符合一般的生活逻辑，而且体现了封建"末世"阶级的时代的特征。这是《红楼梦》的艺术构思超过《金瓶梅》之处，说明曹雪芹构思的严密与精湛。此外，把贾府大大小小的生活事件贯串起来、使之成为一个形象整体，情节主线不是家庭的兴衰荣枯，而是宝玉和黛玉宝钗的爱情婚姻悲剧。这一点又不同于《金瓶梅》。

从结构手法来看，《红楼梦》同《金瓶梅》一样，书中人物众多、事件纷杂，但作者能"分主分宾"，用宝黛爱情把那些事件串联起来，钩通起来，来龙去脉，在在可寻。有些章节虽未直接写宝黛的往来，但作为他们活动的具体环境，依然藕断丝连，互相渗透。这就使得《红楼梦》的结构主次分明，安排妥帖，有很大的严密性。

同时，《红楼梦》在结构布局上"该藏该露"，疏密映衬，浓淡相间，颇具匠心。这对《金瓶梅》既有继承，也有发展。有继承，是说它也像《金瓶梅》一样，写的虽然是琐细的家庭日常生活，但行文并不滞板。全书安排了诸如出殡、省亲、笞挞、结社、理家、抄检，以及祭宗祠等若干大波澜，而在每一大波澜中，或趁风生波，或激石起浪，又穿插了一些小波澜，这样，一波未平，一波又起，环环相扣，有张有弛，使整部作品具有鲜明的节奏感。说它有发展，主要是指《红楼梦》的结构比《金瓶梅》更宏大，更错综复杂，也更云谲波诡、变幻莫测。我们从脂砚斋那些"妙极，所谓一击两鸣法也""所谓一支笔变出恒河沙数支笔也"的批语，从戚蓼生那"一声也而两歌，一手也而二牍"的感叹，也可证明《红楼梦》结构的复杂和多样。古人主张文章"犹丝竹繁奏，必有希声窈眇，听者悦闻；如川流迅激，必有洄洑逶迤，观者不厌"（《修辞鉴衡》引《丽泽文说》）。我们读《红楼梦》，犹如游大观园，那雄伟的气势、那别致的格局、那新颖的构想，真令人叹为观止。

至于说《红楼梦》用小物件来转换或过接情节，比《金瓶梅》构思更精巧。接转处，笔致跳脱，文势畅达，浑然无迹。比如，由于傻大姐拾到一个绣春囊，而牵三挂四，招来抄检大观园一场灾难；借宴席上不见了一只细茶杯，而"云行月移，水流花放"，引起林黛玉和史湘云在凹晶馆看月联句，呈现一派寒塘冷月的凄清景况。这些场景的交替，衔接自然，恰到好处。

三

注重日常生活场面和生活细节的描写，是《金瓶梅》的又一成就。场面是构成情节的基本单位，是编织故事的基础。过去一些以写政治斗争和军事斗争为主要题材的古典长篇小说，对日常生活场景的描绘一般比较简略。《金瓶梅》写的是家庭琐事，因此，作者很注意日常生活场面的描绘，往往能抓住生活事件中的一个侧面、一个片断，随意描写出来，构成一些兴味盎然的生活画面，揭示出一定空间、一定时间内的人物关系；故事情节也就在不知不觉中推进、转换、扩展、深化了。

《红楼梦》的场面描写，同《金瓶梅》有许多类似之处。或仿效，或借鉴，或暗合，痕迹宛然。不过，两相比较，从形式上说，《红楼梦》的场面描写更为千姿百态，章法多变，挥洒自如，每个场面都好像是按照实际生活描摹出来的，毫无人工斧凿之痕。脂评就曾指出，《红楼梦》有些场面的描写，要比《金瓶梅》"生动活泼"（甲戌本第二十八回眉批）。从内容上说，《红楼梦》的描写，更文意隽永，含义深沉，耐人寻味。

比如，《金瓶梅》第十九回，写西门庆家盖了花园卷棚，吴月娘约潘金莲等游赏的场面，在概括的叙述中突出了几个人物的活动，也还错落别致，但描写总嫌粗疏。而《红楼梦》第三十八回对黛玉等构思菊花诗情景的描写，则"攒三聚五，疏疏密密"，比之《金瓶梅》，不仅笔触细腻，而且人物神态历历如绘，栩栩如生。无怪前人赞之曰："描写众人态度，参差历落，使阅者应接不暇，若仇十洲之百美图，转嫌肖形而不克肖神。"（蝶芗仙史评订《石头记》）

又如，《红楼梦》第十三、十四、十五回关于可卿丧事的描写，同《金瓶梅》第六十三、六十四、六十五回对李瓶儿丧事的描写，有些相仿佛。脂砚斋以为贾珍问寿板价值的一段描写，即从《金瓶梅》学得。两书比照而观，其中关于寿木、奠礼、吊客、题旌、丧仪、出殡、路祭及分定执事、僧道诵经等的描写，确是"如出一手"。不过，《金瓶梅》所写只在暴露西门庆的阔绰豪势；而《红楼梦》除这层意思外，则"又有他意寓焉"。如李瓶儿死后，唱妓吴银儿来上纸，"哭的泪人也相似"，这表明两人感情深厚；而儿媳可卿死后，贾珍如丧考妣，"哭的泪人一般"，却是作者"刺心"之笔，它暗示了两人的暧昧关系，揭露了贾府道德的败坏，这与第五回所谓"家事消亡首罪宁"的思想是一致的。因此，即使是同样的生活场面，《红楼梦》的容量往往要比《金瓶梅》大得多。

《红楼梦》与《金瓶梅》除写了一些重大的社会生活外，还大量地描写了许多琐屑的日常生活的细节。细节的真实性，是现实主义文学的主要特征。一部作品，如果只有离奇曲折的情节，而缺乏具有浓郁的生活气息的细节描写，也不可能有生活的真实感。在《金瓶梅》之前，我国现实主义的长篇小说虽然也是从生活出发进行创作的，但是，它们一般写的是不平常的生活事件和奇人异事，带有浓厚的传奇色彩，细节的真实性程度不高。《金瓶梅》摆脱了传奇文学的局限，很注意细节的真实性。小说对西门庆一家人的饮食、衣饰、器玩和日常起居的描写就很具体真实。比如，第三十四回写西门庆书房中的陈设，除泛泛写了那些凉床、帐幔、交椅之外，还醒目地写了书箧内的"往来书柬拜帖"和"中秋礼物帐簿"两件物事，有意暗示西门庆与朝中显贵以及地方官吏的关系，说明他之所以那样横行不法，正是因有各级官府势力的支持和庇护。这样的细节描写对表达主题起了画龙点睛的作用。

曹雪芹对细节的真实性尤为重视。他强调要记述"家庭闺阁中的一饮一食"，就是说，写家庭生活，应有"琐碎细腻"的细节描写，反对那些"只传其大概"而忽略细节的作品。这当是他总结了如《金瓶梅》一类小说的细节描写而提出的创作主张。在这种思想指导下，《红楼梦》对贾府的食馔、衣履、起居作了非常细致生动的描写。这些描写，对刻画人物性格、增强故事情节、表达境界、深化主题，都有重要意义。如一碗莲叶羹，揭示了贾府生活的豪侈；贾氏宗祠的一匾一联，点出了贾府同皇室的密切关系，反照出它即将衰败的悲惨结局等。

不过，正如许多论者所指出的，《金瓶梅》的细节描写缺乏提炼选择，它醉心于对实际生活中偶然的琐细的现象的描绘，结果不免失诸芜杂拖沓。细节的真实性来源于生活的真实，但决不是有闻必录，机械摄取，把生活中的一切都照抄入文学作品。屠格涅夫说："谁要是把所有的细节都表达出来，准要摔跟斗，必须善于抓住那些具有特色的细节。"《金瓶梅》的细节描写之所以有严重缺陷，正是因为作家缺少生活理想，冷漠地照抄实际生活所造成的。相反，《红楼梦》的细节，则有剪裁，有加工，符合"事体情理"；并且，在批判和控诉中涵泳着作家炽烈的感情，因此，它对细节描写的提炼和典型化，达到了我国小说史上的最高成就。

四

《金瓶梅》对《红楼梦》的深刻影响，主要还表现在人物的塑造上。如果我们把两书中一些人物的行止见识加以比较，就不难发现他们在某些方面或某一点上有惊人的相似处，比如，贾琏的纵欲淫乱之于西门庆、凤姐的狠毒乖滑之于潘金莲、尤氏的有德无才之于吴月娘、尤二姐的忍辱吞声之于李瓶儿、贾雨村的忘恩负义之于吴恩典等，都很酷肖。就是在人物描写的某些艺术手法上，两书也有许多类似的地方。归结起来，主要的有：

（一）既突出了人物性格的主要特征，也写了他们性格的复杂性。在现实生活中，人的个性也同生活一样是多方面的。作家在塑造人物形象时，无疑应将人物个性的主要方面充分展开，但对次要部分也不可忽略。这样塑造出的艺术形象，才会丰满深厚，有血有肉。如潘金莲，对其夫武大郎和丫头秋菊是那样狠毒凶残，对其母潘老老是那样冷酷无情，对西门庆是那样谄媚无耻，对李瓶儿是那样嫉妒刻薄。这些是她性格的主要方面。但她又心直口快，往往别人有所顾忌不便明说的事，她直愣愣地给捅了出来。所以孟玉楼说她是"一个大有口没心的货子"；奶子如意儿说她："五娘嘴头子虽利害，到也没什么心。"这些描写符合生活的本来面目。

《红楼梦》对人物性格的刻画也充分注意到这一点。曹雪芹强调人物性格要"实录"，就是说要写出人物的真情实感。比如王熙凤，作者就没有把她写成彻底的恶人。她对待弱者和奴仆固然是残忍阴毒的，这是她的阶级本性；但是，当她照顾黛玉诸姊妹时，又那样机趣横生，诙谐可亲，当她侍奉贾母王夫人时，又那样聪明伶俐，讨人喜欢。作者对她，既憎恶，又爱慕，既同情，又惋惜。《红楼梦》的读者，则"恨凤姐，骂凤姐，不见凤姐想凤姐"（王昆仑《王熙凤论》）。这种态度和心理说明了凤姐性格的复杂性。作者即使对他完全鄙视和批判的人物，如贾雨村，也没有写他通体皆恶，失之浅露。脂砚斋有条总结小说人物处理的批语，指出："所谓人各有当也，此方是至理至情。最恨近之野史中，恶则无往不恶，美则无一不美，何不近情理之如是耶？"（庚辰本第四十三回）鲁迅在讲到《红楼梦》的价值时也曾说："其要点在敢于如实描写，并无讳饰，和以前的小说叙好人完全是好，坏人完全是坏的，大不相同，所以其中所叙的人物，都是真的人物。"（《中国小说的历史的变迁》）这道出了《红楼梦》人物性格描写的主要特点。

（二）运用白描手法描摹人物神态，往往寥寥几笔，毋需藻饰，就能使人物神采毕现，姿态横生。如《金瓶梅》第三十回写李瓶儿要生孩子，"合家欢喜"，独独潘金莲心中不悦，她"手扶着庭柱儿，一只脚跐着门槛儿，口里磕着瓜子儿"，辱骂不休。孟玉楼"只低着头弄裙子，并不作声答应她"。轻描淡写地勾画出人物的一姿半态，表现了人物的音容笑貌和思想性格，尤其是潘金莲妒忌放肆的风姿，生动传神，呼之欲出。

《红楼梦》的人物描写，继承了《金瓶梅》的这一白描手法。比如，在宝玉和宝钗的关系上，黛玉常常心怀疑忌。一次，宝玉看着宝钗的胳膊发呆，宝钗不好意思，转身要走，"只见黛玉蹬着门槛子，嘴里咬着绢子笑呢"（第二十八回）。笔触轻巧，摹影传神，黛玉的娇情妒态跃然纸上。再如，写凤姐饭后的神态是："只见凤姐儿在门前站着，蹬着门槛子，拿耳挖子剔牙，看着十来个小厮们挪花盆呢"（第二十八回），显示出一派管家少奶奶的悠闲风度。写她被众人抱怨后的神情是："凤姐袖子挽了几挽，跐着那角门的门槛子，笑道……"（第三十六回），表露了她要报复那些告发她克扣了月例的人的心理，笑姿里隐含着冷森森的杀机。

不过，《红楼梦》对人物神态的描写，其简劲纯净处远远超过《金瓶梅》，它常常能于一字中见神韵。如宝玉被打后，"只见宝钗手里托着一丸药走进来"探望（第三十四回）。著一"托"字，神理毕露，它把宝钗自炫其情的心理"托"了出来，写得空灵活脱。

（三）人物心理刻画，蕴藉含蓄，不露声色。这两部书，除直接通过人物的内心独白来刻画人物心理外，还常常透过人物富有特征性的神态动作来表现人物微妙的心理活动。如《金瓶梅》第七十六回王婆见潘金莲说人情和《红楼梦》第六回刘老老见凤姐打抽丰的描写，就是如此。这里，作者并没有直接写潘金莲、凤姐此时此地的心理活动，但我们从她们那华贵的装束、悠闲的神态、做作的声口，不是可以窥见她们那骄矜的心理吗？

（四）通过别人议论，介绍人物的性格特征，自然逼真，富于生活气息。如《金瓶梅》第六十四回，写西门庆的贴身小厮玳安和药铺伙计晚间闲话时对西门庆及其妻妾六人的逐一品评，一席絮絮闲话道出了李瓶儿等的品行、为人及他们之间的关系。《红楼梦》第六十五回，写贾琏心腹小厮兴儿在尤二姐家中一长一短问答贾府上下人等性情，小说中许多重要人物的性格特征，也都在一番"家常老婆舌头"中"一时齐现"，读来颇有兴味。

（五）透过室内陈设的描写，陪衬或反衬人物性格。把细致的家庭陈设的描写和不同人物性格的刻画巧妙地结合起来，使之互相映衬，以凸现人物形象，是《金瓶梅》的一个创造。小说写的人物居处，有太师府邸，有豪绅庭院，有唱妓居室，有伙计房舍，等等，无不贴合人物的身份地位和思想感情。如西门庆厅堂里那张"蜻蜓腿、螳螂肚、肥皂色、起楞的桌子"等不伦不类的陈设，显现他的无赖行径(第四十九回)；王六儿屋里挂着的"张生遇莺莺"的吊屏儿，暗示她与西门庆的勾搭(第三十七回)；碧霞宫道士吴伯才方丈里供着的"洞宾戏白牡丹"的图画儿，影指他藏蓄无耻之徒调戏妇女的恶行(第八十四回)，都点缀得恰到好处，具有见微知著的艺术作用，室内陈设和人物性格是和谐统一的。而对王招宣府的描写，则用了反衬的手法。王府后堂，供着他祖爷的"影身图"；朱红匾上书着"节义堂"三字；两壁"琴书潇洒"；左右泥金隶书一联："传家节操同松竹，报国勋功并斗山"(第六十九回)；大厅正面"钦赐牌额金字，题曰'世忠堂'"(第七十二回)。这一切，既庄严肃穆，显赫荣耀，又文采风流，清雅潇洒。然而，就在这堂皇的招宣府中，西门庆与林太太却干着肮脏的勾当。这样用庄重的陈设来反衬人物的恶德败行，在感情上有一种辛辣的抨击力量。

这两种描写手法，《红楼梦》也都用到了，而且更为摇曳多姿，各臻其妙。它把室内陈设与人物性格熔铸为一体，几乎一匾一联、一书一画、一花一木，都鲜明地体现了人物的性格和志趣，成为他们"日常生活不可分离的一部分"。如探春住的秋爽斋，屋宇高大轩敞，陈设阔朗疏落，表达了她高雅潇洒的生活情趣，"恰合探春身分"。宝钗是个素喜"雅淡"的"老成"人，所以她的住屋如同"雪洞一般"，是那样朴实素净。黛玉住的潇湘馆，室外翠竹夹路，布满苍苔，有巧舌的鹦鹉，有垂地的湘帘，这些无不体现了她因寄人篱下而多愁善感、孤高自许的性格特征。尤其是第五回秦氏卧房的陈设，用笔很有深意。作者着意描写了唐伯虎画的《海棠春睡图》、秦太虚书的"对联"，以及那些"宝镜""金盘""木瓜""宝榻""连珠帐""纱衾""鸳枕"之类的器物摆设，意在借用这些历史上有名的"香艳故事"以"设譬调侃"，从侧面烘染秦氏的堕落，揭露贾府糜烂的生活。

(六)通过别人的观察来描写人物的仪容，被描述的人好像一幅肖像画悬挂那里，任人观赏揣摩。如《金瓶梅》第九回写西门庆娶潘金莲到家，潘金莲对吴月娘等人的观察；《红楼梦》第三回黛玉初到贾府，与迎春、探春、惜春三姊妹见面时的描述，就非常相近。两者都写得自然从容，先由别人的眼睛画出一个人物的轮廓，在以后的描写中，再断断续续加以"点染"，使人物形象逐渐充实起来，活动起来。

(七)用谶语式的方法隐括人物的行径，暗示人物的归宿。这种方法在前代小说，如《水浒传》中虽已用过，但总感觉与情节游离，而不如《金瓶梅》《红楼梦》那样贴合自然。如《红楼梦》第一回甄士隐《好了歌注》所说一些人物的荣枯悲欢、第五回太虚幻境中的《十二钗图册判词》和《红楼梦十二支曲》注定的一些人物的命运、第二十二回"春灯谜"巧隐的一些人物遭遇，众所周知，自不待言。需指出的是，这些描写都同《金瓶梅》的有关章节相仿佛。《金瓶梅》第二十九回写吴神仙给西门庆和吴月娘、潘金莲等人相面、算命，为每人念了四句诗，而每首诗实际就暗隐着他们各自的行径，预示了每人的结局。第八十回西门庆出殡，报恩寺朗僧官起棺、念偈文，说西门庆一生始末，即有如《好了歌注》。哈斯宝《新译红楼梦》第九回批曰："我读《金瓶梅》，读到给众人相面，鉴定终身的那一回，总是赞赏不已。现在一读本回，才知道那种赞赏委实过分了。《金瓶梅》中预言结局，是一人历数众人，而《红楼梦》中则是各自道出自己的结局。教他人道出，哪如自己说出？《金瓶梅》中的预言，浮浅；《红楼梦》中的预言，深邃。所以此工彼拙。"

　　综上所述，说《红楼梦》继承了《金瓶梅》描写人物的某些表现方法，当是可以肯定的。当然，继承不是机械模仿，更不能像阚铎那样得出"《红楼》全从《金瓶》化出"的怪论。因为无论从人物性格的真实性、典型性来说，还是从人物形象所体现的时代风貌和社会本质来说，《红楼梦》都较《金瓶梅》有很大的发展。小说开宗明义第一回，曹雪芹就提出了自己典型塑造的现实主义原则，强调要根据"自己半世亲睹亲闻"，"追踪蹑迹"，艺术地概括现实人生的"离合悲欢，兴衰际遇"，写出"新奇别致"、令人"换新眼目"的艺术典型。正因为如此，《红楼梦》里每一个主要人物形象都非常真实丰满。他们的思想性格，既有深远的历史渊源，也带有鲜明的时代生活烙印。像宝玉的偏僻乖张、黛玉的多愁善感、宝钗的藏奸守拙、凤姐的贪婪狠毒，等等，都表现了社会生活中某一方面的内容。而《金瓶梅》虽然也写了一些主要人物的性格的复杂性，但与《红楼梦》相比仍嫌浮浅单调，易见底里。主要是，作者还没有深入膜里，挖掘出深藏在人物性格中的内在本质，没有烛幽索隐，写出人物心理思想与举止动作的深曲的联系。比如潘金莲的心直口快、西门庆的"仗义疏财"，人们只知其然，而不知其所以然。因此，给读者以人物性格直接浮现于表面的感觉。

　　从典型塑造的手法来看，除上述种种以外，《红楼梦》还善于从多重矛盾的历史发展中，细致入微地揭示人物性格的发展过程。这样，在前八十回中，人物的思想尽管有变化，有发展，但其性格的主导方面，始终是统一的。人物感情的脉络，思想的轨迹，纤细可辨。而在《金瓶梅》中，一些主要人物的性格如李瓶儿则前后矛盾，几乎分裂为两人。

再从作者对其笔下人物的态度来看，《红楼梦》能够严格按照生活发展的客观规律来刻画人物，作者有爱憎，有褒贬，但行文不动声色，如实写来，不加藏否，由读者评断；而不像《金瓶梅》那样，在叙述中，不管有无必要，作者喜欢横加议论，画外定音，结果难免有些画蛇添足，割裂了人物形象。

五

《红楼梦》对《金瓶梅》的继承关系，在语言上也表现得非常明显。

我国古典长篇小说语言的通俗化有个发展过程。早如《三国演义》是用半文半白的语言写成的，比较简洁、明快，但不很通俗。到了《水浒传》乃全用语体文写成，并熟稔地运用了方言土语，富于生活气息，创造了通俗、生动的文学语言；缺点是有时间杂一些生僻方言，读来难免有造作之感。《金瓶梅》的文学语言有了发展。它运用日常的生活语言来叙事状物、传神模影，显得平实朴素、生动流畅，具有一种爽朗泼辣的风格。写人物对话，很切合人物的身份和性格特征。如第七回写孟玉楼要嫁给西门庆，母舅张四劝她改嫁尚推官儿子的一段对话，以及孟玉楼出嫁、张四出来阻拦、孟玉楼寡婶杨姑娘与张四的一段对骂，莫不绘声绘色，痛快淋漓，平直写来，孟玉楼的伶牙俐齿、张四的图财无理、杨姑娘的气急败坏，一一活跃纸上。论者以为《金瓶梅》"凡写一人，始终口吻，酷肖到底，掩卷读之，但道数语，便能默会为何人"（《在园杂志》卷二），洵非虚语。作者的叙述语言，有的细致铺排，有的粗笔勾勒，也颇生动畅达。此外，《金瓶梅》还采用了大量方言俗语，据张竹坡评本所附《趣谈》辑录，书中精彩口语有六十余条（实际还要多）。这些口语的运用，有的达到炉火纯青的地步。这就增强了小说的形象性和现实感。其中有些词语，是人们生活经验的总结，富有哲理意味。当然，《金瓶梅》有些语言未经仔细提炼加工，因而显得芜杂重复，不够精粹。这是它的缺点。如写妇人见人，常常是"花枝招展，绣带飘飘，向×××磕

了四个头"，同样的词语，反反复复，用了十六七次。有的描写不合事体情
理。有人曾指出："《金瓶梅》文笔拖沓懈怠，空灵变幻不及《红楼》，刻画淋
漓不及《宝鉴》。"(邱炜萲《客云庐小说话》)道出了《金瓶梅》语言运用的一些
缺点。

《红楼梦》的语言运用，吸取了《金瓶梅》的优点，避免了它的缺陷。同
样的一些日常用语，在《金瓶梅》中，有的用意平平，有的不过增加了一点语
言的生动性；而《红楼梦》则用得非常贴切、准确，符合人物的身份地位，并
能揭示出社会生活的某些本质方面，读来不仅生动活泼，而且意味深长，具
有强烈的艺术效果。如"乌眼鸡"一词，在《金瓶梅》中凡三见，都出诸潘金
莲之口，比喻西门庆对她"不待见"的态度。《红楼梦》也有两处用到它：一
是凤姐打趣宝玉和黛玉拌嘴斗气时的神情(第三十回)，除表现了凤姐说话的
风趣外，尚不见新奇；一是探春悲叹贾府内部的争斗，对尤氏说："咱们倒
是一家子亲骨肉呢，一个个像乌眼鸡似的，恨不得你吃了我，我吃了你!"
(第七十五回)这里的比喻，神奇别致，戛然生新，它形象地揭露了贾府内部
的尔虞我诈、钩心斗角。并且，这话出自"才自精明"、对自己家族命运忧心
如焚的探春之口，其含义就更为深沉。又如"千里搭长棚，没个不散的筵席"
这一俗语，《金瓶梅》三次用到，也不见新奇；而《红楼梦》用它时，却有一
种"追魂慑魄"的力量，那是第二十六回丫头小红对佳蕙说的："也犯不着气
他们。俗话说得好：'千里搭长棚，没有个不散的筵席。'谁守一辈子呢?"这
话"感动了佳蕙心肠，由不得眼圈儿红了"。有人以为这是全书的"谶语"，
它预示了贾府的"树倒猢狲散"的下场，已"无可挽回"。于此，脂批曰："此
时写出此等言语，令人堕泪。"黛玉教香菱学诗时，曾说过："词句究竟还是
末事，第一是立意要紧。"(第四十八回)这可借以说明，《红楼梦》虽然袭用
了过去文学作品中的一些词语，但能翻旧换新，把它融化到自己的创作中，
赋予新的内容，语同意异，不落旧窠。实际这已是一种创造，而不是简单的
借用。

我们说《金瓶梅》的语言对《红楼梦》有很大影响，当不只指一些词语的
沿用，主要指它们语言的艺术表现。过去有人说："所谓俗者另为一种语言，
未必尽是方言。至《金瓶梅》始尽用鲁语，《石头记》仿之，而尽用京语。"(黄
人《小说小话》)两书比较看来，《红楼梦》善于通过纯粹的家常絮语来描写人

物对话，刻画人物性格，使人感到自然生动的语言风格等，这些，都同《金瓶梅》有某些近似处。特别是一些人物对话时的语态常给人以"似曾相识"的感觉。如《红楼梦》第三十一回翠缕与湘云关于"阴阳二气"的一段对话，同《金瓶梅》第八十八回小玉同吴月娘关于"佛爷儿女"的一段笑谈，两段描写，语态酷似，神情宛肖。

当然，总的说来，《红楼梦》的语言艺术成就是远远超过了《金瓶梅》的。因为，它的语言不仅自然畅达，并且纯净洗练、准确活泼，而又丰富多样、富于表现力。同一人物的语言，常因时因地而异，不重复，不滞涩，处处描摹，恰如其人，所谓"同处见异，自是名家"；而不像《金瓶梅》那样，有些人物的语言，前后重复，失去新意。如应伯爵的插科打诨总不外那几句话，就不免流于程式。还有，《红楼梦》的描写语言和叙述语言，简洁朴素，"无一复笔，无一闲笔"（诸联《红楼评梦》），但又笔致斐亹，神情酣畅；而不像《金瓶梅》那样，有的描写过于琐屑，有的叙述失之拖沓。

六

从《金瓶梅》和《红楼梦》的思想局限也可看出两书的密切关系。

《红楼梦》的思想局限，最突出的表现是在描写宝黛爱情悲剧和贾府衰亡时，流露出一种虚无主义的色空观念和轮回报应的宿命论思想。这些思想的产生，除有着阶级的、时代的原因外，与前代文学的消极影响，特别是《金瓶梅》的影响也不无关系。

《红楼梦》第一回云："篇中间用'梦''幻'等字，却是此书本旨，兼寓提醒阅者之意。"接着又提出那著名的"因空见色，由色生情，传情入色，自色悟空"十六字"色空"说。对这些地方，一方面不能看死，像过去一些论者那样把《红楼梦》的主题思想说成是宣扬"色空观念"，演化佛教教义；另一方面也不可否认，作者常常用这种思想来解释书中所描写的各种社会现象和人物性格，致使一些人物和情节往往蒙上一层悲观失望的阴翳。小说第五回更把贾府的衰亡归结为"宿孽总因情"，说什么"擅风情，秉月貌，便是败家的根本"。这种解释，不能看作只是作者有意设置的"掩盖"政治斗争的一种烟幕，应该承认它反映了作者世界观中落后的一面。这种思想依稀有《金瓶梅》

的投影。在《金瓶梅》一百首回前诗词和格言中，有三十多首直接宣扬"功名盖世，无非大梦一场""善恶到头终有报，高飞远走也难藏"的虚无思想和因果报应的无稽之谈。小说第一回，作者开宗明义就提出"色情"之论，认为"'情''色'二字，乃一体一用"，"仁人君子，弗合忘之"；进而表明《金瓶梅》这部书，就是要写一个"虎中美女"的"风情故事"，说"贪他的，断送了堂堂六尺之躯；爱他的，丢了泼天閧产业"。因此，"奉劝世人，勿为西门庆之后车"（东吴弄珠客《金瓶梅》序）。《红楼梦》把秦可卿看作贾府"败家的根本"，与之何其相似。再有，《金瓶梅》在描写薛姑子演诵金刚科时（第五十一回）、吴道官迎殡悬真时（第六十五回）、黄真人炼度荐亡时（第六十六回），以及五台山行脚僧念词时（第八十八回），都赤裸裸地宣扬了虚无主义的色空观念。特别是薛姑子的唱词，历数人世的种种荣枯悲欢，宣扬了人生无常、万境归空的情调；《红楼梦》中《好了歌》和《好了歌注》流露出的空幻思想，与此如出一辙。所不同的是，《金瓶梅》是通过道士尼姑的嘴直接进行说教；而《红楼梦》则把这种观念熔铸到人物形象之中，成为他们复杂的思想性格的一个组成部分。因之，它给一些读者潜移默化的影响也就更大。

其次，《红楼梦》还带有浓重的宿命论色彩。小说一开始，就说贾府已"运终数尽"；之后，又通过秦可卿死后向凤姐托梦，把封建家族的衰败解释为"否极泰来""荣辱自古周而复始"。这些描写，同样在《金瓶梅》中也可找到它的蛛丝马迹。《金瓶梅》里，诸如"万事从天莫强寻，天公报应自分明""富贵贫穷各有由，只缘分定不须求"等说教，连篇累牍。尤其是西门庆因纵欲得病时，作者忍不住插嘴议论："乐极悲生，否极泰来，自然之理。西门庆但知争名夺利，纵意奢淫，殊不知天道恶盈，鬼录来追，死限临头。"（第七十八回）这里，所谓"自然之理"，就是"世运代谢"的天理循环论。而西门庆临死时，吴月娘得了一梦，梦见"大厦将颓……撅折碧玉簪，跌破菱花镜"。吴神仙圆梦说，这是预兆西门庆将死，妻妾将离散，"造物已定，神鬼莫移"。突出表现了作者的天理循环论思想。

当然，世界上的事物是丰富的复杂的，一部作品所表示出的生活图景，常常要比作家自己对它的认识和理解开阔得多，深远得多。马克思说过："把某个作者实际上提供的东西和只是他自认为提供的东西区分开来，是十分必要的。"对《金瓶梅》和《红楼梦》思想局限的认识和评述也应如此。

七

如果要把《金瓶梅》对《红楼梦》的影响一一觇缕清楚，是不容易的。我们只能举其荦荦大者，评述如上，以说明《红楼梦》对《金瓶梅》的继承和发展关系。这样来论述，或许会引起一些《红楼梦》爱好者的惊异，以为这是抬高了《金瓶梅》的地位，贬低了《红楼梦》的价值。

其实，从前面的初步论述（有的或有附会之嫌），似已说明，《金瓶梅》对《红楼梦》的巨大影响是客观存在的，应该实事求是地承认它。这才是科学态度。不能因为喜爱《红楼梦》，就把一切都说成是它的独创。整个文学发展的历史是一个不断继承、不断革新的过程。从我国现实主义文学传统的发展来看，如果没有《金瓶梅》在选材、语言，以及艺术手法等方面作了许多可贵的探索和准备的话，一下子就产生《红楼梦》这样一部继往开来的伟大的现实主义杰作，恐怕是不可想象的。过去的一些论者，有见乎此，曾作过不少论断，来说明这两部书的关系。有的赞之曰，《红楼梦》"本脱胎于《金瓶梅》，而裦嫚之词，淘汰至尽。……非特青出于蓝，直是蝉蜕于秽。"（诸联《红楼评梦》）有的把《红楼梦》看作是"暗《金瓶梅》，故曰意淫"。（张新之《妙复轩评石头记》）有的以为《红楼梦》"从《金瓶梅》脱胎，妙在割头换象而出之"（张其信《红楼梦偶评》）。有的肯定："论者谓《红楼梦》全脱胎于《金瓶梅》，乃《金瓶梅》之倒影云，当是的论。"（《小说丛话》曼殊语）如此等等，不一而足。这些见解，有的颇具见地，有的比较平庸，有的似嫌偏颇，有的难免迂腐。但他们都认为《红楼梦》同《金瓶梅》有着明确关系，则是不言而喻的。

既然《红楼梦》同《金瓶梅》在题材、构思和表现手法上有许多近似的地方是事实，那么，应该如何理解和评价这种现象呢？是机械地模仿吗？当然不是。在文学史上有这种现象：一篇名著问世后，一些人亦步亦趋，竞相仿效，结果写出的东西常常只是重复别人的创作，缺乏变化，没有新意。这是曹雪芹万万不取的。他在《红楼梦》第一回就提出文学作品应当写得"新奇别致""另出己见""不蹈袭前人套头"的创作主张。脂评也指出："开卷第一篇立意真，打破历来小说窠臼。"《红楼梦》的创作实践了他的这一创作主张。那么，曹雪芹是否完全拒绝继承和借鉴前人的传统呢？当然也不是。脂砚斋批语，就有四十余处明明白白提及《红楼梦》与前代文学的关系，其中有小说、戏曲，也有诗赋、史书。如说："接筍甚便，史公之笔力"（第三回）；说"文字不反，不见正文之妙，似此应从《国策》得来"（第三回）；说"连用几'或'字，从昌黎《南山诗》中学得"（第十七回）；说"《水浒》文法，用的恰当"（第二十六回）；说"此从《还魂记》套来"（第三十九回）；说"妙极，用《洛神赋》赞洛神，本地风光，愈觉新奇"（第四十三回），等等，不胜枚举。可见《红楼梦》与传统文学的关系多么密切。

以上我们从六个方面对《红楼梦》和《金瓶梅》的关系，作了一些初步探讨和分析，这当然是很浮浅的，姑为引玉之砖而已。

（原文刊载于《北京师范大学学报》1981 年第 3 期）

〔附记〕本文于 1985 年 3 月曾获《北京师范大学学报》（人文社会科学版）优秀论文奖。后被收入刘梦溪编《红学三十年论文选编》中册（1984 年百花文艺出版社）、"高等院校社会科学学报丛书"《金瓶梅研究》（1984 年复旦大学出版社）、方铭编《金瓶梅资料汇录》（被编者改题为《从〈金瓶梅〉到〈红楼梦〉》，1986 年黄山书社）、胡文彬、张庆善编《论金瓶梅》（1984 年文化艺术出版社）等书中。

《金瓶梅》与《红楼梦》漫议

主讲人：张　俊（北京师范大学中文系教授）

主持人：傅光明（中国现代文学馆研究员）

时　间：2006年9月10日

傅光明：朋友们，大家好，欢迎在文学馆听讲座。今天我为大家请来的主讲人是北京师范大学中文系的张俊教授，大家欢迎。

我想，说《红楼梦》是千古名著，几乎不会有人有异议；而把曾一度背负了"淫书"恶名的《金瓶梅》称为名著，甚至伟大作品，就会有人不认同了。在我们已请过的学者中，像刘世德先生认为《金瓶梅》难称其为伟大作品；卜键先生则认为，《金瓶梅》确实是一部名著。从时间上看，《金瓶梅》比《红楼梦》早出生了一个半世纪，而且，早在《红楼梦》问世不久，就有人说，《红楼梦》是脱胎于《金瓶梅》。无法否认，《金瓶梅》确实对于曹雪芹创作《红楼梦》产生了直接和深刻的影响。《金瓶梅》能否称得上名著，它对《红楼梦》到底产生了哪些和怎样的影响？该如何艺术地看待《金瓶梅》与《红楼梦》？请张俊先生演讲"《金瓶梅》与《红楼梦》漫议"。

各位朋友，大家好！今天是教师节，祝在座的老师们节日快乐。我也是教师，用《红楼梦》里薛姨妈一个丫鬟的名字来说，叫作"同喜"。

我今天讲的题目是"《金瓶梅》和《红楼梦》漫议"，我想回答三个问题：第一，《金瓶梅》题材的选择有什么突破；第二，《金瓶梅》的情节结构有什么更新；第三，《金瓶梅》的艺术手法有什么创意。在这三个方面，《红楼梦》对《金瓶梅》有什么借鉴，有哪些继承，有哪些发展，这就是今天要讲的主要内容。

一、《金瓶梅》故事题材的突破与《红楼梦》的发展

我们知道，明代的著名长篇小说有四部，被称为"四大奇书"，一部是《三国演义》，产生于元末明初，是我们通常所谓的历史演义小说。它的内容是写魏蜀吴三国的军事政治斗争。第二部是《水浒传》，它也是产生于元末明初，是所谓的英雄传奇小说。它所写的故事是梁山泊的英雄起义。第三部是《西游记》，产生于明代中叶，是神魔小说，它写的是唐僧师徒西天取经的故事。第四部，就是今天我们要讲的《金瓶梅》。《金瓶梅》产生于明代后期，鲁迅先生把它叫作"世情小说"，简称为世情书。《金瓶梅》和另外三部小说相比，在题材方面有哪些突破呢？我觉得主要表现在两个方面：第一，《金瓶梅》首先把家庭生活作为描写的对象，写的是一个官商结合以经商为主的商人家庭。第二，《金瓶梅》塑造了一大批妇女的形象。

下面我们先讲第一点：家庭生活的描写。从中国古代小说的发展来考察，唐代的传奇写过家庭里人和人的关系，比如《莺莺传》，写了崔莺莺和她母亲的关系；《霍小玉传》写了书生李益和他的母亲及妻子的关系。到了元末明初的"四大奇书"，对家庭的描写，就比以前要注意了。《三国演义》里写了贵族之家，比如董卓；写了地主家庭，如张飞。《三国演义》说张飞家"颇有庄田"。还写了隐者之家，就是诸葛亮家。但这些家庭写得很简单，有的只是一笔带过。写张飞家，就是为利用一下张飞家里的桃园，桃园三结义以后，就再也不写张飞家如何如何了。《水浒传》里写的家庭比较多，有官僚贵族之家，如梁中书家；有封建地主之家，如宋江、晁盖家；有歌姬之家，如阎婆惜家；还写了小本生意之家，如武大郎家；还写了渔民之家，就是阮小二家。《水浒传》写到这些家庭，也只是从侧面简单提了一下，并没有占据小说的中心地位，而且有的家庭很快就家破人亡了，比如林冲家、武大郎家。作者为什么要写这样一些家庭呢？写林冲的家庭，实际就是为了要把林冲最后逼上梁山。写武大郎家，就是为了要让潘金莲和西门庆有个接触的契机，从而引出武松斗杀西门庆、刺配孟州道、醉打蒋门神等一系列故事。所以，在这两部书中，也没有把描写家庭当作它的主要情节。

《金瓶梅》的第一个突破，就是在描写家庭方面做出了贡献。这部长篇小

说，以西门庆为中心，写了西门庆家庭发家的过程和衰败的结局，集中笔墨写了官商相结合的商人家庭，这在以前的小说中是从未有过的。西门庆家，有西门庆以及他的妻子——是他的继室——吴月娘，还有五个妾，一个是李娇儿，原来是妓女；一个是孟玉楼，是原来有钱人的寡妇；还有一个是他前妻的丫头孙雪娥；后来又霸占了潘金莲，娶了他朋友的妻子李瓶儿，组成了这么一个家庭。西门庆还有个女儿叫西门大姐，一个女婿陈经济；原来有一个儿子叫官哥儿，早死了，后来又有了孝哥儿，是他的遗腹子。

从西门庆这个人来说，《金瓶梅》是这样写他发家的过程的。西门庆出场时是27岁，死的时候是33岁，作品就集中写了他七年之间的生活经历。他本来是个独生子，在县衙门旁边开了个中药铺，做小本生意。但是他交通官府，成了个恶霸，别人都很害怕他。后来娶了孟玉楼，将孟玉楼家的财产都压榨过来；又娶了李瓶儿，吞并了李瓶儿家的家产。这时候他就由破落户变成了一个暴发户商人。大概三十来岁的时候，他买了官职，成为正式的官僚。他接待蔡状元，请他喝酒，找妓女给他陪夜；后来又认蔡京为干爹，送很多东西给蔡京拜寿；还和宫里的太监相勾结。所以他三十来岁时，是西门家最鼎盛的时期。书里写到，这个时期他家里有几处华丽的庭院，使唤着十几个仆人，还雇着十多个伙计，还有十万两的流动资金。他最鼎盛的时期，也是他生活最腐败的时期，酒色财气样样占先，吃喝嫖赌件件不落。在他33岁的时候，因为纵欲暴病而亡，结束了一生。他死之后，妻子吴月娘掌家，把春梅和潘金莲卖了出去，李娇儿和孟玉楼改嫁，孙雪娥逃走。西门庆的遗腹子孝哥儿也当了和尚，西门庆家就整个儿败落了。

《金瓶梅》把西门庆的发家、鼎盛、败落的全过程都详细写了出来，从题材的角度来讲，这是《金瓶梅》的一大创造，以前没有过。这是它的第一点突破，就是写了一个人家庭的兴衰史。

《金瓶梅》的第二个突破，是比较关注妇女的生活命运。《金瓶梅》把妇女的生活当作它主要的描写对象，即把妇女的生活当作家庭生活很重要的一个组成部分来加以描写。而这种描写是自觉的、有意识的，是空前的。这也是它的一个创造。书名《金瓶梅》，就是由潘金莲、李瓶儿和春梅三个女子名字中的一个字组合而成的，从书名来看也说明它对女子命运的关注。

我们再和其他的两大奇书比较看一下，《三国演义》中，也写了几个女子的形象，大家印象比较深刻的有貂蝉，为报答义父，巧施连环计；还有刘备的夫人糜夫人，为保全阿斗，投井身亡。像这样几个女子，都显得机智勇敢，深明大义，作者对她们持一种褒扬歌颂的态度。所以，毛宗岗评《三国演义》，就认为《三国演义》是把豪士传和美人传结合起来的一部书。当然，《三国演义》写的是男子汉的故事，不是妇女的故事。实际上作者对女子的一个基本观点，就是刘备所说的"妻子如衣服'。小说第十五回写到，吕布攻下徐州，刘备的妻子陷于城中，负责保卫工作的张飞很内疚，要拔剑自刎，刘备就对张飞说："古人云，兄弟如手足，妻子如衣服。衣服破，尚可缝；手足断，安可续。"这就是《三国演义》对妇女的态度。所以貂蝉也好，糜夫人也好，都是政治斗争的工具，并没有独立的人格。《水浒传》是两个极端，既写了阎婆惜、潘巧云、潘金莲三个恶妇的形象，另外也写了三个梁山的女头领孙二娘、顾大嫂和扈三娘。潘巧云等三人表现了作者妇女是"红颜祸水"的思想，而梁山的三个女头领又被写得很男子化。

《金瓶梅》则把妇女的生活、命运、遭遇当作它描写的主要对象。南开大学的朱一玄先生编过一个《金瓶梅词话》的人物表。根据人物表的统计，《金瓶梅》一共写了800人，男子是553人，女子是247人。根据这个统计，我们再看西门庆家里的成员：西门庆家的主子一共是10个人，男子3人，女子7人，女子比男子多。西门庆家的奴仆一共是42人，男仆20人，女仆10人，丫鬟12人。所以，西门庆这个大家庭有10个主人、42个仆人，一共是52人，男子23人，女子29人。他们之间，有的是血缘关系，有的是雇佣关系。除了写西门家的这些女子的生活之外，还有和西门庆家有来往的、有千丝万缕联系的另外一些女子，比如伙计的媳妇、官僚的太太、妓女、媒婆、接生婆，还有女说唱艺人、尼姑等。比起以前的《三国演义》和《水浒传》，可以说，《金瓶梅》写了一个绚丽多彩的女性世界。这是它的第二个突破。

作者对这些女子抱有什么样的态度呢？我认为有同情，更多的则是憎恶。张竹坡的评语是这么说的："吴月娘是奸险好人，玉楼是乖人，金莲不是人，瓶儿是痴人，春梅是狂人……娇儿是死人，雪娥是蠢人。"总之，《金瓶梅》中"并无一个好女人"。这些女子，死的年龄都在三十岁左右。潘金莲死的时候三十二岁，是被武松挖心剖肝而死。李瓶儿死的时候二十七岁，春梅是二十九岁。这里流露出作者些许的同情。

《金瓶梅》所选择的题材故事，在小说史上有什么意义呢？我们把它和前面所提到的三大奇书比较一下，就可以看出，小说的题材由写历史兴亡到写一个家庭的盛衰，由写英雄起义到写个人的荣枯和闺阁的纷争，由写神魔斗争到写世俗琐事，这是一个很大变化。一个家庭和历史事件比较，个人的荣枯和英雄起义比较，神魔斗争和世俗琐事比较，好像空间缩小了，矛盾斗争也减弱了；但是，文学和现实生活的距离拉近了，作者对人生的思考更深入了。晚清有个评论家引述过莎士比亚的话："小说之程度愈高，则写内面之事愈多，写外面之生活愈少，故观其书中两者分量之比例，而书之价值可得而定矣。"这话是有一定道理的。

《金瓶梅》产生之后，写家庭的小说、把家庭当作独特视角的小说逐渐多了，而且占据了小说创作的主流。清代顺治年间产生了一部很有影响的小说，叫《醒世姻缘传》，写的是山东两个小城镇里中小地主家庭的故事。到了康熙年间，还有部小说《林兰香》，写的是官僚贵族之家的故事，《林兰香》的命名就是学的《金瓶梅》。再就是乾隆年间的《红楼梦》，我们下面再作论述。还有嘉庆年间，也有一部写家庭的小说叫《蜃楼志》，写的是广东洋行商人家庭的故事。到了近现代，大家都知道的有巴金先生的《家》《春》《秋》，林语堂先生的《京华烟云》，欧阳山先生的《三家巷》，还有当前不断在荧屏上出现的写大家庭生活的那些电视连续剧。应该说，大都是从《金瓶梅》《醒世姻缘传》《林兰香》《红楼梦》这条线延续下来的。

这些书对女子的态度，也逐渐有所变化。《醒世姻缘传》对妇女的态度，还是抱有偏见的。此书又名《恶姻缘》，20世纪30年代有人说它写的是一个怕老婆的故事。它和《三国演义》不太一样的是，作者认为一个家庭中和好莫过于夫妻，仇恨也莫过于夫妻，说在夫妻之间，就好像人的脖子上长了个瘤子，你要割掉它，就可能丧命；要是保留它，就会一辈子痛苦。《林兰香》对妇女的态度有了很大进步，它特别赞赏女子的才干，说女子中"堪称国香者不少"。《蜃楼志》对女子有同情，有赞扬，也有批判。

总起来说，《金瓶梅》在题材选择上有这样两大突破，至于对它总体如何评价，我觉得《金瓶梅》应该说是一部伟大的写实小说。这不是我说的，是郑振铎先生在《插图本中国文学史》中说的。还有美国大百科全书说："《金瓶梅》是中国第一部伟大的现实主义小说。"法国大百科全书也说：《金瓶梅》

"在描写妇女的特点方面，可谓独树一帜。全书将西门庆的好色行为与整个社会历史联系在一起，它在中国通俗小说发展史上，是一个伟大的创新。"这些评述，都充分肯定了《金瓶梅》这部书的价值和意义。

这是我们对《金瓶梅》一个基本的看法。那么，在这些方面，它对《红楼梦》的影响有多大？应该怎样评价？两部书都写的是家庭的故事，是家庭的生活，从某种意义上可以这样说：没有《金瓶梅》，就产生不了《红楼梦》。我过去写过几篇文章，从这个角度讲得比较多。在故事题材上，《红楼梦》对《金瓶梅》有继承，但更重要的是有发展。主要表现在如下三点：

首先，《红楼梦》所描写的贾府的故事，和《金瓶梅》所写的西门庆家庭的故事相比，人口结构不同。《金瓶梅》中的西门庆是上无老下无小，张竹坡评语就说："西门庆无一亲人，上无父母，下无子孙，中无兄弟。"书里只是提到西门庆的父亲叫西门达，仅此而已。《红楼梦》则不同，从宁国府来看，有贾演、贾代化、贾敬、贾珍、贾蓉五代人；荣国府也是这样，有贾源、贾代善、贾政、贾宝玉、贾兰这五代。重点描写的是第三、四、五这三代人，第二回提到贾府如今已是一代不如一代，就是说世族大家已经后继无人。从人口结构来看，比较西门庆家，这是一个很完整的家庭。

其次，《红楼梦》和《金瓶梅》比较，写家庭的兴衰史有区别。两部书都写了家庭兴衰的过程，通过家庭的兴衰从一个侧面反映社会的变化，但是两者描写的侧重点不同。《金瓶梅》写的是官商结合的家庭，通过经商赚钱、放债牟利、当官受贿这些手段，西门家逐渐兴旺起来，重点在叙写西门家如何兴盛的发家过程。这可以从小说中的铺写时间和小说的回数比较看出，《金瓶梅》从第一回西门庆出场到第七十九回西门庆死亡，一共是八十回，八十回写了六年时间内所发生的事情，时间短，但回数比较多，所以尽力铺排，写得很详细。从第八十到一百回，即西门庆死后到他儿子当和尚，一共二十回，写了九年间的生活，对最后的败亡结局写得比较简单。一句话，它重在写发家，略于写败亡。《红楼梦》写的是贵族世家，贾家是如何起家的，小说中并没有过多渲染，只是在第七回和第五十三回暗示贾府是军功起家，就是靠打仗立军功而发迹。《红楼梦》重点写贾府败落的过程，而略于写其兴旺的阶段，我们也可以从时间和回数的比例来看。从第一回到第五回是《红楼梦》的序幕，还没有正式进入故事，一共五回写了七年间的事情。从第六回到第十八回，共十三回篇幅，叙写了贾府四年间所发生的事情，是贾家的兴盛时期。时间短，事件多，不可能加以详尽描写。从第十九回到第一百二十回，写贾府败落的过程，一共是八年，用了一百零二回，则写得比较详细。

由此可知，这两部书写一个家庭的兴盛和败落，重点是有所不同的，《红楼梦》这样写，符合清代社会发展的基本情况。比较一下其他有关作品就可以知道，到了清代，小说、戏曲都给人一种悲凉的感觉，比如《儒林外史》《聊斋志异》《桃花扇》《长生殿》等，这和时代是合拍的。清代时中国的封建社会已经发展到它的晚期，也就是《红楼梦》所说的"末世"。有些作家感觉到时代的败亡，所以在他们的创作里面，那种悲凉情绪就加重了，这是一种时代的情绪。《红楼梦》重点不在写贾府怎么样兴盛起来的，而在于写怎么败落下去的。这正是一种现实社会的反映。

最后，《红楼梦》和《金瓶梅》比较，对妇女的态度有了明显不同。《金瓶梅》取材有突破，对女子的态度则有偏见。它写到家庭中妻妾矛盾时，往往给人这样一种感觉："以乱尊卑。"西门庆家中吴月娘本来是主妇，但她没有多大的权力，而西门庆比较喜欢的是李瓶儿和潘金莲。《红楼梦》中，大观园外以贾母、王夫人、王熙凤为代表，主要写的是家庭之间的纠葛、矛盾，有婆媳的矛盾、妻妾的矛盾、嫡庶之间的矛盾、妯娌之间的矛盾、母女间的矛盾等。虽有矛盾，但贾府中还是规矩森严。我们做过一个统计，从《红楼梦》程乙本来看，"规矩"这个词一共提到七十二次，多数都当作标准、法则或习惯讲，就是说，贾府什么都讲所谓规矩，有主仆的规矩，有母子的规矩，有兄弟的规矩，有父子的规矩，有妻妾的规矩，还有衣食住行等都有一定的规矩。我记得有部电视连续剧，好像叫《爱在有情天》，里头有句话，大意是说，"我们家有七十二种规矩，你一一都要记住"。这说明一个大家庭是应该讲规矩的，不然它就要乱。这符合中国宗法社会的生活状况。这是大观园外。

大观园里主要演绎的是青年男女的离合悲欢，这里有他们对自由爱情的追求，对理想人生的向往，也有宝黛钗的爱情婚姻悲剧，有十二钗的命运悲剧。美籍华人余英时先生写过一篇文章叫《〈红楼梦〉的两个世界》，一个是大观园外，是礼的世界，就是现实的世界；一个是大观园里，是情的世界，就是理想的世界。这是有道理的。所以，《红楼梦》比《金瓶梅》在题材上有很大发展，因为它有一个理想的世界，是精神的家园。一部作品，如果没有一定理想的话，是不会起到鼓舞读者的作用的。余英时先生写了《〈红楼梦〉的两个世界》以后，他的公子余定国先生又写了篇《不要忘记〈红楼梦〉的第三世界》，副标题是"和余英时先生商榷"。他说《红楼梦》里还有个世界，就是太虚幻境、大荒山，那是个幻想的世界。也有人同意这一观点。

总而言之，《金瓶梅》和《红楼梦》虽然都写了家庭生活，但是《红楼梦》除写了现实世界的污浊以外，还写了理想的世界、幻想的世界、精神的世界，这是对青年男女有所鼓舞的。因此，从故事选材的角度来讲，《金瓶梅》有其独特的贡献，《红楼梦》对它有继承，但更重要的是发展。

二、《金瓶梅》情节结构的创新与《红楼梦》的因革

第二个问题，我们来看一看，《金瓶梅》在故事情节结构方面有什么创新。

这里，还应该再提到其他三部奇书。从结构的角度来看，《三国演义》写了东汉末年诸侯的争霸到三国的形成，到晋朝的统一，几乎一个世纪的历史事件。其中有很多精彩的故事，如三英战吕布、温酒斩华雄、三顾茅庐、火烧赤壁等，贯穿始终的是所谓"分久必合、合久必分"这样的一条历史兴亡线索。《水浒传》写了梁山起义从形成、发展、高潮、接受招安到最后的悲剧结局，写出了梁山起义的全过程。其中也有很多可以单独独立出来的故事，比如拳打镇关西、风雪山神庙、智取生辰纲、武松打虎等，全书故事是用什么串联起来的呢？是梁山的三代首领——王伦、晁盖、宋江。《西游记》写唐僧师徒四人去西天取经的故事，历经八十一难，八十一难实际是五十几个故事，用什么串联呢？主要是用唐僧串联起来的。

到《金瓶梅》，其情节结构，是一个有机的整体，全书首尾相联，血脉贯通，难以分割。故事主体，是写西门庆家发迹和败亡的过程，以及家庭中妻妾的矛盾和争斗。故事主要是以西门庆的一生串起来的，而以西门庆的死为"书眼"，为关节点，西门庆死前主要写发家，西门庆死后写败亡。这是《金瓶梅》在结构上与其他三部奇书的最大不同。

而《红楼梦》，我认为是有两条线索，一条是主线，一条是副线。主线就

是宝黛钗的爱情婚姻悲剧。当然，不能因此就说《红楼梦》是爱情小说。《红楼梦》写宝黛爱情时，把他们爱情的发生、发展和毁灭的过程都写出来了。这个故事在《红楼梦》中占据中心的地位，是《红楼梦》故事的中心事件，是情节发展的主要线索。这里我们不能详细讲，但是可以简单勾画一下。宝黛爱情的过程大概是这样的：从第三回到第八回是他们爱情的发生阶段；从第九回到第三十二回是他们爱情的发展，中间两人总是互相试探，不断引起误会，发生了六七次矛盾和冲突；从第三十二回到第七十九回是他们爱情成熟的阶段，标志就是第三十四回宝玉挨打以后，送给黛玉两块旧手帕，黛玉在那手帕上题了三首诗，这用过去的话来说就是定情物了。看电影越剧《红楼梦》，王文娟演到这个地方演得特别精彩，窗外竹影摇曳，窗内烛光轻晃，黛玉神痴心醉，情意缠绵，研墨蘸笔，灯下题诗，场面处理得极为动人，真正百看不厌。第八十回到第九十八回，是他们爱情被毁灭的阶段，黛玉死了，宝玉的精神寄托也彻底破灭了，以后就是写宝玉和宝钗的婚姻悲剧。这是一条主线。

副线是什么呢？就是贾府的兴衰过程。从这一角度来看，如前所说，从第一回到第五回是序幕，第六回到第十八回是贾府兴盛时期，主要写了两件大事：可卿的出丧和元妃的省亲。从十九回以后，就写贾家衰败的过程，当然这衰败的过程中还有些小的段落，其中第五十五、五十六回探春理家，是个大的转折，到第一百零五回被抄家，贾氏就一败涂地了。主线副线，相辅相成，互为表里，交错发展，构成全书框架。主人公贾宝玉串起了这两条线索。

《红楼梦》和《三国演义》《水浒传》比较而言，很难从书中找出单独的故事加以剖析，这与《金瓶梅》有相似处。当然，中学课本里也可以选林黛玉进贾府、宝玉挨打、抄检大观园、香菱学诗等，作为课文，单独成篇；但从整体来讲，是很难分得开的，人物命运和故事的发展紧密的交织在一起。举个例子，比如，大观园的变迁和十二钗的命运遭遇就是交织在一起的。我们读《红楼梦》的时候，这些地方有时还未必注意。且看，第十六回写筹建大观园，第十七回大观园建成，贾政带众人游园，宝玉题对额，交代了大观园的路径；第十八回元妃省亲，第一次写到大观园里的夜景和水路。第二十三回是很关键的一回，贾宝玉和姐妹们住进了园中，大观园里才有了人的活动，大观园似乎成为女儿们的乐园。第二十七回，是大观园里女子第一次聚会。到了第三十七、三十八回，海棠诗社是她们的第二次聚会。第四十回刘姥姥进大观园，三宣牙牌令，这是第三次聚会。第四十九、五十回，白雪红梅，即景联诗，是大观园女子的第四次聚会。第六十三回，宝玉过生日，大家一起庆祝，开夜宴，这是第五次聚会，也是《红楼梦》里女子聚会的高潮。最后一次，第七十回"林黛玉重建海棠社，史湘云偶填柳絮词"，"重建""偶填"这两个词语暗示大观园将要发生变化、转折。果然，第七十四回抄检大观园，实是大观园的一次浩劫。第七十五回薛宝钗为了避嫌，迁出了大观园；第七十九回迎春准备出嫁，也搬出了大观园；第九十五回宝玉为结婚，也搬出园中；第九十八回林黛玉之死，这是大观园里最悲凉的时刻。当时，只有李纨和探春在黛玉身边。李纨是寡妇，人家结婚，她不宜于参加；探春和黛玉关系很好，所以只有她们俩在。黛玉气绝时，正是宝玉、宝钗成亲的时辰，大家听到外边远远有一阵音乐之声。探春、李纨走出潇湘馆，再听时，"惟有竹梢风动，月影移墙，好不凄凉冷淡"。到第一百〇二回大观园就关闭了。第一百零八回宝玉偶尔再进园中，只见花木枯萎，满目凄凉，一片破败的景象，只有潇湘馆还有一丛翠竹在风中摇曳。大家看，大观园的变迁和这些女孩子的命运就是这样紧紧联系在一起的，很难拆开。这对以前的小说结构，是个很大的突破和创造。

三、《金瓶梅》与《红楼梦》艺术手法的比较

前面讲了这两部书的题材、结构和以前小说的不同，与之相适应，在艺术手法这方面，两书也有不少创新。

从《金瓶梅》来看，人物活动的空间是变小了。《三国演义》和《水浒传》写的是军事政治斗争，所以人物的活动场地主要在山岗、林地、湖泊、城池等地方，主要是外部的空间。而《金瓶梅》人物活动，则多在庭院，在房舍，是内部的空间，人物活动的地点和空间不一样了。这是由《金瓶梅》本身属于世情小说的性质所决定的。

再从宏观的角度来看，中国古代小说发展到《金瓶梅》，小说的体制也有所变化，像宋元话本主要是说书人在说，观众在听，后来发展到作家在写，

读者在看、在读。所以社科院已故的蒋和森先生曾说，《金瓶梅》写出来主要是为了"看"，而不是"说"。这是个比较大的变化，因为这样，《金瓶梅》总的艺术手法，给人感觉是更为平实、细密，更有人情味，更加生活化，写家庭故事应该是这样的。这个一比较就能看出来，《三国》和《水浒》主要是通过战争、打斗、激烈的矛盾冲突来写人的，而《金瓶梅》则主要是通过生活琐事、家庭纠葛来写人的，矛盾冲突当然不会像战争那样激烈。

　　下面，我们结合《金瓶梅》和《红楼梦》中的一些例子来加以说明。我想主要讲三点：

　　第一点，《金瓶梅》和《红楼梦》更关注人物室内陈设的描写，用来陪衬或反衬人物的性格特征。我们也知道《三国演义》中"三顾茅庐"写山林景色，是外部的景物；《水浒传》中"风雪山神庙"写雪，"智取生辰纲"写炎热，也都是外部的。两书都很少描写人物室内的陈设。当然，《水浒传》中也有一处详细写了阎婆惜屋子里的摆设，是第二十回"宋江怒杀阎婆惜"。作者用一百多字写及楼屋卧室中的各种用具，有春台、凳子、卧床、栏杆、帐子、衣架、毛巾、洗手盆、刷子、桌子、灯台、仕女图、椅子等，无端先把这些器具数说一遍，描写很细。但是，这样的描写，与故事情节的发展有什么关系呢？没有关系。所以，明人李卓吾在旁边就批了两个字"可删"。不过，从另外一个角度看，却说明《水浒传》的作者已经注意到对人物住所的描写，这对《金瓶梅》应该是有影响的。

　　到《金瓶梅》，作者便有意把屋子里的陈设和人物性格的刻画巧妙地结合起来了，这是很有创意的。比如第四十九回，写西门庆厅堂里摆着一张桌子，说它是"蜻蜓腿、螳螂肚、肥皂色、起楞的桌子"。这是一张什么样的桌子呢？我实在想象不出来，它给人的感觉是有些不伦不类，但是可以衬托出西门庆的无赖行径。还有第三十七回，写西门庆的伙计韩道国的媳妇王六儿屋子里挂着个吊屏儿，画的内容是"张生遇莺莺"，是《西厢记》里的故事，暗示西门庆和王六儿的勾搭通奸。还有第八十四回，写碧霞宫道士吴伯才方丈里供着一幅画，画的是"洞宾戏白牡丹"。这是暗指吴道士让那些无赖子弟在道观里奸淫妇女的恶行。更有意思的是第六十九、七十二回，写王招宣府林太太和西门庆多次纵欲通奸。招宣府是个什么样的地方呢？小说写王府后堂里挂着他祖先的"影图"；还有朱红的一块匾，匾上写的是"节义堂"三个字；旁边有副对联，对联上写的是"传家节操同松竹，报国勋功并斗山"，是说这是个讲操守、有功劳的贵族之家。大厅上还有一块御赐金匾，写的是"世忠堂"三个字。这样的描写，显得招宣府庄严肃穆，很有气派。但是就在这样的地方，西门庆和林太太却干着通奸的勾当，讽刺的力量是很大的。当然，这样的地方，读者一眼就能看出来，显得比较浅显。

而《红楼梦》室内陈设的描写，则比较深刻，含义更加丰富，充满诗意。北师大博士生曹诣珍同学在她的学位论文《〈红楼梦〉情感讲述语词研究》中，曾引述过美国学者艾布拉姆斯编著的《欧美文学术语词典》里的一种观点：是说一个词或字，有表义，也有含义。表义是什么呢？就是这个词的基本意思，即字典里所说的意思。含义是这个词暗含的意思，所表露出来的情感，而这在字典里往往是没有的，是需要读者去体会的。比如说"家"，表义是"住所"，但是，用在另外一些地方，就会给人一种自在亲切、舒适的感觉，这是它的内在意义。比如开发商做广告时，就喜欢用什么什么的"家"来代替什么什么样的"房屋"，给人感觉，就很亲切温馨。

我们如果从这个角度考虑，可以说，《金瓶梅》所写的表义的东西多，《红楼梦》所写的则含义的东西多一些。我们举几个《红楼梦》里的例子。比如第五回，秦可卿住的那个屋子，有唐伯虎画的《海棠春睡图》，还有对联、宝镜、连珠帐、鸳鸯枕等，这里的很多东西，是作者根据传说虚构的，而有一些大概是实有的，比如说唐伯虎画的《海棠春睡图》。有一部小说，比《红楼梦》稍早一些，是雍正年间成书的，叫《姑妄言》，也提到《杨妃春睡图》，这图画的可能是杨贵妃醉酒以后的那种醉态，图挂在一个妓女的屋子里。我们要是把这些结合起来考虑的话，在可卿屋子里挂这样一幅画，恐怕也是有寓意的。据胡文彬先生讲，这个《海棠春睡图》，有报道说，确有这种图，是在宋代。可见，可卿屋子里陈设的这些东西，有虚有实，有真有假，组合在一起，营造了一种香艳的氛围。

再比如说，贾宝玉、林黛玉、薛宝钗三人的住所，我们不讲里面的陈设，只讲命名。宝玉住的地方，开始是绛云轩，第八回出现了"绛云轩"这个词，后来就住到了怡红院。怡红院最大的特色，就是有芭蕉和海棠，海棠是红色的。宝玉喜欢红色，"绛"也是红，怡红院的意思就不用说了。所以，红色始终贯穿宝玉所住的这两个地方。在《红楼梦》中，"红"往往又代指"女儿"。那么，它衬托出宝玉什么样的性格呢？就是鲁迅先生所说的"爱博而心劳"。再看林黛玉的住处，她刚进贾府时，住在贾母屋子的碧纱橱里，"碧"指的是青绿色。第二十三回后住到了潇湘馆。潇湘馆的特色是什么呢？有翠竹，从色调来看，也是绿色的。在《红楼梦》里有 10 次写了潇湘馆，几乎每一次都要写到竹子。这象征着林黛玉孤标傲世的性格特征，人物的性格和她住所的基调是合拍的。薛宝钗刚进贾府的时候，是第四回，住在梨香院，后来住到蘅芜苑。梨香或说梨花，在唐宋词中屡屡出现。它的色彩基调是白色，梨花是白的。蘅芜苑里有好多奇花异草，天气愈冷，长得愈加苍翠，给人一种冷艳的感觉。这和薛宝钗"任是无情也动人"的性格基调是一致的。《红楼梦》里写人物住所的时候，能注意和人物的性格融为一体，含义是比较深的。更有意思的，是探春住的秋爽斋。西方有个语言学家提出这样一种观点：揭示一部文学作品中词的含义，有时候要涉及"整个文明史"，也就是说，要从广泛的文化语境中了解一个词背后隐藏的深刻意义。当然，我们不能说，《红楼梦》里每一个词后面都有一部文明史，但有些词语的含义是很深厚的。为什么叫秋爽斋呢？我曾看到清代的两部笔记，一部叫《燕京杂记》，一部叫《帝京岁时纪胜》。这两部书都讲到北京当时的这样一种习俗，是说京师小儿懒于嗜学，严寒就要歇冬，酷暑就要歇夏，都不读书。所以，有的学堂门口，到立秋的时候，就挂一块牌子，大书一个"学"字，并在旁边写上四个小字——"秋爽来学"，说秋天天气凉爽了，快来读书吧。我觉得，"秋爽斋"这个命名大概反映了北京当时的这种文化背景。而"秋爽斋"里有字帖，有笔筒，有宝砚，还挂着颜真卿写的对联等。探春和她的姐姐迎春、妹妹惜春比起来，是最有才华的，也是最喜欢读书的。所以说，秋爽斋这样的命名是有比较深的含义在其中的。

第二点，《金瓶梅》和《红楼梦》这两部书都注意渲染生活的场面，闲处入情，富有韵致，充满了生活气息。两部小说既然是世情书，既然是写家庭琐事，就不能不写到一系列日常的生活场面，读者看了以后也能增加一些阅读的兴趣。像《金瓶梅》的第七十五回，写吴月娘病了，任医官来给她看病。小说写到，任医官来了以后，众人赶忙给吴月娘梳妆打扮：丫头玉箫拿来镜子，孟玉楼赶忙跳上炕去，给吴月娘梳头，李娇儿给她戴首饰，孙雪娥预备拿衣裳，一阵忙活。这样的生活场面，大概是大户人家常见的。《红楼梦》第五十五回，写赵姨娘把探春给气哭了，需要重新梳妆打扮，有四五个丫鬟，还有平儿，拿镜子的拿镜子，拿毛巾的拿毛巾，端水的端水，也是一个生活细节的描写。这和《金瓶梅》里的描写是极为相似的。

还有一个，我原来不太理解，也问过一些人，好像也说不太准。就是《红楼梦》第五回有这样一个细节：宝玉睡在秦可卿的屋子里，众人散去，"秦氏便叫丫鬟们好生在檐下看着猫儿打架"，这是一处。到第五回结尾的时候，又写到秦氏正在房外，嘱咐小丫头们好生看着猫儿狗儿打架，忽闻宝玉在梦中唤她的小名儿。为什么两次写及猫儿狗儿打架？这是什么意思？还有第八十七回，写妙玉走火入魔，打坐老静不下心来，忽然听到房顶上有两只猫儿一递一声地叫。为什么要这样写？过去有个评论家说，这样写是"猫叫春"。《红楼梦》里写的意思是不是这样？这个细节，《金瓶梅》也写到了，那是在第十三回。它写西门庆和李瓶儿晚上约会，西门庆隔着墙等李瓶儿给他递消息过来，"良久，只听得那边赶狗关门。少顷，只见丫鬟迎春黑影里扒着墙推叫猫"。"赶狗叫猫"，这样的细节描写，屡屡为人所赞许。新刻绣像批点本《金瓶梅》无名氏的一条评语就说："赶狗叫猫，俗事一经点染，便觉竹声花影，无此韵致。"张竹坡评也说："只用'只听得赶狗关门数字，而两边情事，两人心事，俱已入化矣，真绝妙史笔也。"大概是因为《金瓶梅》这样一写，便把西门庆和李瓶儿两个人的偷情氛围生动渲染出来了。《红楼梦》第五回两次所写猫儿狗儿打架，又是什么意思呢？有人说，这是在暗示贾宝玉和秦可卿两个人发生了性关系。我觉得曹雪芹没有那么浅薄，但是真正的含义是什么？是不是就像《金瓶梅》无名氏所评，只是点染一种生活的氛围，是不是这样呢？供大家思考。也有的评点家则看重"便叫""正在"两个词语，以为这两句是写"前尘如电掣，何足论有无"。我自己还没有一个准确的解释，愿意向大家请教。

第三点，《金瓶梅》和《红楼梦》这两部书还喜欢用一些习惯用语，尤其是所谓独特的肢体语言来表现人物的心理。在《金瓶梅》里有个习惯的用语，是"嗑瓜子儿"。大家看第二十四回，写正月十六，西门庆家的人都在欢聚饮酒，有一个仆人的妻子叫宋蕙莲的，只有她"坐在椅子里，嘴里嗑着瓜子儿"，传呼上酒，很悠闲的样子。特别是潘金莲，有两次写到她嗑瓜子儿的细节。第一次是第十五回，正月十五，西门庆的几个妻妾在楼上赏月观灯，别人都比较规矩地在观赏，唯独潘金莲在楼上"探着半截身子，口里嗑着瓜子儿，把嗑了的瓜子皮儿吐下去，落在人身上"。这把潘金莲轻浮放荡的性格写出来了。还有第三十回，写李瓶儿要生孩子，如果她生个男孩子的话，在西门庆家里的地位就会更高。这时候写到潘金莲的表现：开始她以为李瓶儿的产期还没到，看大家那样忙碌，很不以为然；后来看见接生婆来了，潘金莲"一手扶着庭柱儿，一只脚跐着门槛，口里嗑着瓜子儿，在那里说风凉话"。等李瓶儿生下一个男孩以后，全家都很高兴，潘金莲就自闭门户，向床上哭去了。这里写潘金莲从不以为然、说风凉话、到最后生气不悦的心态变化，写得很有层次。

"脚跐着门槛儿""嘴嗑瓜子儿"这两个习惯用语，在《红楼梦》里也有用例。比如第八回，宝钗劝宝玉不要喝冷酒，说喝了冷酒以后，写字手要打颤的，宝玉听了，就不喝了。这时写到："只见黛玉嗑着瓜子儿，只管抿着嘴儿笑"。还有第二十八回，写宝玉要看宝钗的红麝串，宝钗从腕上一时没有褪下来，宝玉看着宝钗雪白的胳膊发呆了。宝钗不好意思，一回头，看见黛玉"蹬着门槛儿，嘴里咬着绢子笑"。一处是嗑着瓜子儿，一处写蹬着门槛儿，这都是《金瓶梅》里出现过的。宝玉和宝钗有点亲热的举动时，黛玉看见就不高兴。用这样的词语表现她的矫情妒态，非常生动传神。写及王熙凤时，也有两处"蹬着门槛子"的动作，一是第二十八回，写王熙凤吃过饭以后，从屋子里出来，在门前站着，"蹬着门槛子，拿耳挖子剔牙"，看着十来个小厮在挪花盆。写出王熙凤这样一个管家少奶奶悠闲放肆的模样。还有第三十六回，写众人在王夫人那里抱怨王熙凤扣了他们的月钱，王熙凤知道了，她出来站在屋檐下，"把袖子挽了几挽，跐着那角门的门槛子"，冷笑道："从今以后，我倒要干几件刻薄的事了。"

当然，我们不好说《红楼梦》就是套用了《金瓶梅》，但是两书所用的"跐着门槛""嗑着瓜子儿"的习惯用语是一样的。不过，《红楼梦》还有一些它独特的地方，像刚才说到林黛玉"抿着嘴儿笑"这一用语，在《红楼梦》程伟元刻本中大概用了二十二次，除两个青年男子和邢夫人、王夫人之外，大多数都用于青少年女子身上，如黛玉有五次，宝钗有三次。还有，《红楼梦》里用得比较多的一种肢体用语，是"上床睡觉"。美国学者梅炜恒先生写过一篇论文，题目就是《上床睡觉》，看题目好像是一篇散文。他把《红楼梦》里有关

"上床睡觉"的描写都统计了出来，归纳了二十多类，发现《红楼梦》里表现人物忧郁、厌倦、恼怒、无趣的时候，都喜欢上床睡觉，特别是沮丧的时候。所以他说，"床"大概是人逃避现实最好的地方。如第二十二回写宝玉、黛玉、湘云闹了一场误会，黛玉"歪在床上"，不理宝玉；史湘云也很生气地"躺着去了"；宝玉无趣，也"躺在床上"闷闷的，后来填了一只《寄生草》曲，便又"上床睡了"。这一回中，写到三个人的气恼不快，用了四次所谓"上床睡觉"。

我曾在《北京晚报》上看到一篇文章，题目是《解码政客小动作》，很有意思。它讲英国有个心理学家对几位政客作了研究，发现有些人很喜欢用独特的肢体语言表现自己的某一情绪。比如，美国总统布什感到紧张有压力的时候，就喜欢咬嘴唇。英国首相布莱尔同意别人意见时，就眉毛上扬；紧张时，则摆弄他左手的小拇指。英国的财政大臣布朗和布莱尔有一种微妙的关系，当被布莱尔操控时，他就摸自己的脸，感到很紧张。这位心理学家的解读，也可以说明，古今中外，有些人都会用习惯的肢体语言来表达自己的某种情绪。这是题外话了。

今天，我主要从三个方面，就《金瓶梅》和《红楼梦》的关系，给大家作了简单的介绍，如果对大家阅读《金瓶梅》能有所帮助的话，那也就达到目的了。如果有不太合适的地方，请大家批评指正。

傅光明：中国古代小说到《金瓶梅》有了题材上的突破，即通过家史写了一个个人的荣枯，还写了女性群像的命运。在《金瓶梅》之后，家族小说成为小说创作的题材主流。张俊老师比较了《金瓶梅》与《红楼梦》艺术上及作者女性观的不同，讲了《金瓶梅》与《红楼梦》在情节结构和艺术手法上的创新，以及《红楼梦》对《金瓶梅》的借鉴、继承和发展。通过张俊老师对一些具体细节的剖析，我们确实能感到曹雪芹比那位叫兰陵笑笑生的，在艺术造诣和艺术匠心上，更胜一筹。尽管如此，张俊老师还是愿意借郑振铎先生的话，像他一开始所说，认为《金瓶梅》是一部"伟大的写实小说"。因为它的确开了中国小说写家史的先河，堪称中国第一"世情书"。而《红楼梦》无疑是中国古代写实小说的巅峰之作。但这并不意味着后世之作一定超越前世，当我们面对前人文学上的天赋时，常常只能望洋兴叹。曾有位作家调侃，说自己写小说，指不定什么时候稍不留神，就会写成《红楼梦》。不是说他觉得自己真有本事超过曹雪芹，而恰恰是觉得《红楼梦》是难以逾越的艺术高峰，面对天才，莫可奈何！

然而，《金瓶梅》与《红楼梦》有一点是共同的，不管笔墨的或浓或淡，都写了家庭的兴衰荣枯，由此也可以看出一条人生的规律性的东西，那就是无节制的欲望终将导致毁灭。无论现代"西门庆"，还是现代"贾府"，也都将难逃这样的命运，古语云：多行不义必自毙！最后让我们感谢张俊老师。今天演讲到此结束，谢谢大家。

（原载《点评金瓶梅》，山东画报出版社 2007 年版。北京市西城区文联《西城文苑》2007 年第 1 期转载了本文，改题为《一部伟大的写实小说》。收入本书时，文字略有改动）

论《林兰香》与《红楼梦》

——兼谈联结《金瓶梅》与《红楼梦》的链环

是什么小说把《金瓶梅》和《红楼梦》联结起来的呢？较为普遍的看法是说，这个"链环"就是明末清初文坛出现的大量才子佳人小说，并以为《平山冷燕》《玉娇梨》等是这方面的代表作。对此，我起初也觉得有一定道理。然而，在进一步考察比较后，我又有些疑惑了。因为两相对照，无论是立局命意、取材角度，还是结构方法、形象塑造、语言风格，才子佳人小说与《红楼梦》都有不少相悖之处，似难连在一条线上。再说，众所周知，曹雪芹曾尖锐批评过才子佳人小说，斥之为"千部一腔，千人一面"；前人也指出，《红楼梦》"脱尽才子佳人窠臼"。（清陈其泰《桐花凤阁评红楼梦》）既然如此，把两者挂起钩来，也有点勉强。那么，把《金瓶梅》《红楼梦》这两部巨著联结起来的所谓"链环"，究竟是什么呢？我认为，应该是世情小说，具体代表作品是《醒世姻缘传》《林兰香》等。于植元先生在其《林兰香论》中说："从我国明清小说的发展史上看，《林兰香》在某些方面有着承前启后的作用"。我同意这一看法。麟嶙子《林兰香》序云：此书是集《三国》《水浒》《西游》《金瓶》"四家之奇以自成为一家之奇"的书。说明作者或许看到过《金瓶梅》。寄旅散人评点，也有三处提及《金瓶梅》，有一批语指出："看者以此书为《金瓶梅》之对。"（第六十三回）可见当时的读者曾把《林兰香》与《金瓶梅》相提并论。至于曹雪芹是否看到过《林兰香》，现在不能肯定；脂砚斋《红楼梦》批语，也没有提及这部小说。但同作为一种"世情书"，《红楼梦》与《林兰香》却有许多相似之处。这种文学现象，是很值得探讨的。

一

《红楼梦》与《林兰香》的立局命意是相通的，尽管它们有高低轩轾之分。

首先，两书都通过一种"梦幻"之感，表示了对现实的不平。《林兰香》作者在"开卷自叙"里声言，他写林云屏、燕梦卿、任香儿等人的遭际，就是要说明："天地逆旅，光阴过客"，人生有如"蜉蝣"，不过"一梦幻而已"。全书故事，由邯郸侯孟征上奏开始，即暗伏一"梦"字。散人评云："孟与梦同，征与证同。以梦为证，乃必无之事也。封邑在邯郸者，取梦之一字也。"（第一回）故事收结时，写耿顺在邯郸道吕公祠内祈梦，梦中告诉已成仙的生母燕梦卿说：家中小楼被烧、先人宝物俱毁。梦卿道："人且不能长享其春秋，物又何能恒留于宇宙，理数如斯，于汝何罪?"接着作者发表了一段哀伤而又愤激的议论，认为"人生贵贱修短，本自然之数"，古往今来，无论乘坚策肥者、诵诗读书者，抑或鸠形枵腹者、贩南货北者，"总皆梨园中人，弹词中人，梦幻中人也，岂独林哉兰哉香哉!"（第六十四回）把小说的具体描写和这段议论结合起来看，似可说明，作者看到了现实生活中人们的种种不幸，因而感到不平，但又无可奈何，只能归之于"气运造化""自然之数"，悒郁悲愤，不知所已。爱娘提议把顺哥的名字改为梦哥时说："索性梦了去，或者还得梦中滋味，比那分明在梦中强装作醒着的人，岂不胜似几分!"（第三十五回）梦境胜似人世，这寄托着作者的多少愤懑和不平。散人以为小说"第一回以邯郸侯开场，第六十四回以邯郸道结局，以梦始终者也。"（第一回）并把开端的声言和末回的结语看作小说的"总论"。他看出了小说的立局题旨。

《林兰香》的这种立局命意，使人自然想到《红楼梦》。曹雪芹在《红楼梦》中也书写了一种"梦幻"之感。第一回开宗明义就说："此回中凡用梦用幻等字，是提醒阅者眼目，亦是此书立意本旨。"通行本结尾又归结到"梦幻"上，感叹"说到辛酸处，荒唐愈可悲。由来同一梦，休笑世人痴。"麟嫝子《林兰香》序云："睹《林兰香》一部，始阅之索然，再阅之憬然，终阅之怃然。"我们读《红楼梦》，也会有同样的感觉。不同的是，《林兰香》没有能写出封建阶级的反抗者和叛逆者，因而，其主题的开拓和突破，还缺乏应有的力度。

其次，基于对人生的这种认识，《林兰香》对封建社会人们所企羡的功名利禄是怀疑的，主张"反本穷源"，恢复人的"本来面目"。"功名之士"季萚，闻得朝廷又欲起用，感叹"勤苦无妨，只须好收场耳"（第四十六回），对仕宦前途充满忧虑。"富贵中人"耿朗，虽"极享用之奢，尽闺房之乐"，但后来回忆起往事，也把"功名心""财帛心""儿女心""恩爱心"都"灰了"。小说第三十五回写的是耿朗转战三关，建功立业、加官得子，而回首诗则云："事到头来浑是梦，炎凉空自费争持。"尤其是最后一回，写耿顺"梦警邯郸道"，梦卿告诫他说："你要反本穷源，须寻自家本来面目；功不可居，名不可久。"散人评曰："篇中本来面目四字，即教人不失童心之意也。"明思想家李贽《童心说》，认为追逐功名利禄，乃是劳累人心的"妄念"，唯有抛弃这种"妄念"，方能保持人的"童心"。《林兰香》所表述的这一思想，在当时是有其积极意义的。与此相反，大量才子佳人小说，则往往宣扬一种功名利禄观念，并把追逐功名看作人的本性。如《玉娇梨》第十四回结尾诗云："天意从来靳富贵，人情到底爱功名。漫夸一字千金重，不带乌纱只觉轻。"格调非常卑俗。

《红楼梦》对功名富贵的否定，与《林兰香》是一致的。一支《好了歌》及"注"，鼓吹让人忘却"功名""金银"，甚至抛弃"姣妻""儿孙"，超脱尘世，修炼成仙，其中虽不无消极遁世的情绪，但主要则反映了作者对"忽新忽败""富贵嗜欲""升黜无时""强夺苦争"的现实社会的厌恶和不满。

《林兰香》《红楼梦》对功名利禄的怀疑和否定，才子佳人小说对富贵荣华的冀羡和追求，都同作家自己的遭际，有密切关系。《林兰香》自署"随缘下士编辑"，其真实姓名，尚难确考，或说为明末清初人。从其署名"随缘下士"看，明显地反映了他对现实人生的认识和态度。作品中梦卿向香儿解释什么叫"随缘"时说："随缘者，乃随遇而安之意也。"（第二十回）爱娘在向春畹讲到如何"做人"时也说："六娘嗣后，须当放开怀抱，凡事随缘，切莫效二娘自讨苦吃。"（第四十三回）这些都是对作家署名含义的最好注脚。再联系"旷达中人"公明达《击壤歌》所云"三十碌碌长安道，得失由来多颠倒，心情一片少人知，自沽浊酒还自劳"来看，可以窥测，作者当是一个仕途蹭蹬、满腔不平而又有点消极厌世的人。同样，曹雪芹的遭际也很坎坷，"一技无成，半生潦倒"。正因为他们遭逢浊世，忧时愤世，心有不平，才能把不合理的社会现象，概括提炼成具有典型意义的社会问题，留给后世某些启迪。而那些才子佳人小说的作者，虽也郁郁不得志，但他们大多不忘登科荣华，希图在"闺房"和"金榜"的梦幻中寻求灵魂的慰藉。《天花藏合刻七才子书》

序表述了他们的这种生活追求："欲人致其身，而既不能；欲自短其气，而又不忍。计无所之，不得已而借乌有先生以发泄其黄粱事业。"可知才子佳人小说的作者与随缘下士、曹雪芹，虽同为落拓寒士，但他们的生活追求、思想情趣是不同的，因之，其作品的立意本旨也就完全两样。

二

　　从取材角度看，才子佳人小说主要写的是"才子佳人之事，而以文雅风流缀其间，功名遇合为之主，始或乖违，终多如意"。（鲁迅《中国小说史略》）《林兰香》和《红楼梦》却不同，它们主要写的是封建贵族之家的日常生活及其悲剧命运，所反映的生活面，比才子佳人小说要深厚得多。

　　我们知道，在《金瓶梅》之前，充塞文坛的是历史题材、神魔题材和英雄传奇题材。《金瓶梅》独辟蹊径，为我国长篇小说的创作开拓了一条通过日常家庭生活反映社会问题的新路。

　　《林兰香》师承于《金瓶梅》，也属人情小说。但它不同于才子佳人小说，而与《金瓶梅》《醒世姻缘传》以及后之《红楼梦》《歧路灯》等形成人情小说中的另一系列。作品铺叙了耿朗及其妻妾林云屏、燕梦卿、宣爱娘、任香儿、平彩云等几个家庭盛衰荣枯、离合悲欢的故事。如果说，《金瓶梅》主要写的是恶霸、富商、酷吏西门庆家的生活，《醒世姻缘传》主要写的是城镇中小地主狄、陈两家的生活，那么，《林兰香》则主要写的是勋旧世家的生活。它们从不同侧面比较鲜明地反映了特定历史时期的某些社会征象。《林兰香》描述的有官为尚书的林家，有甲科出身的燕家，有恩荫出身的宣家，还有有钱有势的商人任家；彩云由姨父运使水泽抚养成人，也是官宦女儿。此外，还写了耿朗亲眷、季家、公明达家以及指挥茅大刚家、恶霸东方巽家等。不过，这些多为陪衬或点缀，构成小说主体的是耿家。耿朗是明初开国功臣泗国公耿再成支孙。表面看，这个世家大族气运兴隆，家道旺盛，"上下相安，内外无事"；实际上众仆不和，主奴不合，矛盾重重；夫妻之间，貌合神离；妻妾之间，或进逸言，或觅邪术，争妍固宠，同类相残。康夫人明明知道这个大家庭"参辰卯酉，家室不安"，也无奈其何。小说通过这些描写，揭示了封建的家庭制度、婚姻制度的种种罪恶。小说不仅描述了耿家的衰败，而且还剖析了它败落的原因。作者认为，勋旧之家"自赫奕至衰微"，是其"子孙习安好逸"的结果。林夫人为女择婿时，对耿朗就有点担心，她说："正是这般人家子弟，最是难信他。"（第四回）作者模糊地意识到这也是一种自然规律，不可挽回。他通过各种人物之口屡屡哀叹"盛筵难再""伤因喜至""乐极悲生""合而必分"。连"逢场作戏"的爱娘也感伤地说："人无百年不散之局，盛必有衰，天地不能偏其栽培，祖宗亦不能庇其子孙也。"（第五十七回）

作为一幅封建"末世"的风俗画卷，《林兰香》在描述几个家庭荣枯盛衰的同时，还插叙了各个家庭上下里外诸关系，使作品同明末广阔的社会生活联系起来。如耿朗的婚姻、燕家的遭遇、宣家的不幸，都同当时科考的行贿舞弊、污吏的借机营私，有密切关系。散人就多次指出，这是"明末流弊，势所不免"。小说围绕家庭的遭际，对世态之炎凉、人情之冷暖也作了生动刻画。在这个社会里，"贫穷则父母不子，富贵则亲戚畏惧""当你为官热闹时，无人不来亲近，及至一朝势去，曾无一人出头，就是求到面前，他又之乎者也作出许多不堪的面孔来"（第三回）。特别对那种"鲢鲤难分"、强招人忌的社会现象，作者更表示了极大的愤慨。梦卿因德貌双美，诗书兼长，因而常遭忌恨，爱娘对她说："妹妹前番样样都比人强，故容易招人忌嫉；后来件件都不及人，故可以免人口舌。"（第三十四回）在封建专制主义统治下，"谗人高张，贞士无名"（《楚辞·渔父》），"高标见嫉""贞烈遭危"（《红楼梦》第七十八回），已成为普遍社会现象。梦卿的遭际，寄寓着作者一种特殊的感受、满腹的牢骚。

《红楼梦》的取材，与《金瓶梅》《林兰香》是一脉相承的。作者在小说开头就申明，他所写的乃是"历尽离合悲欢、炎凉世态的一段故事"。作品"追踪蹑迹"，写了许多家庭的"离合悲欢，兴衰际遇"。其中有乡绅的破产，有新贵的暴发，有小农的困穷，当然，构成小说中心的是"诗礼簪缨之族"贾府的败落。正如脂批所说："《石头记》中公勋世宦之家以及草莽庸俗之族，无所不有，自能各得其妙。"（第六回）从这里可以看到《金瓶梅》《林兰香》运笔的痕迹。欣欣子说《金瓶梅》写的是"市井之常谈，闺房之碎语"（《金瓶梅词话》序）；随缘下士说其《林兰香》写的是儿女"情怀"、世族"家风"；洪秋蕃认为《红楼梦》写的是"家常琐碎，儿女私情"，"人事之常"（《红楼梦抉微》）。三者上下贯通，一脉相传，其基本精神都是一致的。特别是《红楼梦》对贾府衰败原因的描述，与《林兰香》有诸多相似的地方。这不是偶然的巧合，而是反映了时代的特征。明清时期是封建末世向封建社会解体的一个转折时代，黄宗羲早已看出这个"百足之虫"行将僵死的征兆，发出"天崩地解"的惊呼。《林兰香》《红楼梦》通过描述家庭的日常生活表现了这一社会历史征象。

<h2 style="text-align:center">三</h2>

《林兰香》对待妇女问题，既有庸俗的一面，也有积极的一面，思想是矛盾的。这构成了小说的又一主要内容。说其庸俗，是因为小说对封建的一夫多妻制津津乐道，啧啧称羡，歆慕之情溢之言表，坠入佳人才子小说"一夫二妇，金玉相辉"的俗套和低俗的生活情趣，是作品的局限。但是，与《金瓶梅》相比，《林兰香》对待妇女的看法，也有明显的进步意义。这对后之《红楼梦》等似也有某些启迪。

其一，大胆肯定了儿女之真情。汤显祖曾把情分为"真情"和"矫情"两种。张竹坡认为《金瓶梅》其书"单重财色"，指的就是所谓"矫情"。《林兰香》则热烈赞颂了儿女的真情。作者和批书人都说："人非草木，谁能无情"，"美男美女，相爱相怜"，是情理之必然。梦卿和爱娘的一段对话，很能体现作者对"情"的看法。梦卿道："天下有情人大抵如此，情得相契，则死亦如生；情不能伸，则生不如死。……今与姐姐相会，此情方为之一畅，但不知此后是为情死，是为情生，可得与姐姐常通此情否？"爱娘道："人之相交，无情固不及有情，而交不能久，则有情反不如无情。必须寻一个妙法，使此情常在方好。"梦卿道："恨只恨天不随人，事多拘泥，辜负了多少有情男女。"（第十一回）这实际是对真挚友谊的歌颂，是对自由爱情的向往，也是对封建理学的抨击。因此散人评曰："言情至梦卿，真可谓之情种。彼假道学，动以义理自相纠绳，直一土木偶耳，情乎何有？"

基于这种认识，小说在爱情婚姻上，也表现出一些值得注意的倾向。一是流露出对"父母之命、媒妁之言"婚姻的不满，写了几个不愿"拘泥"于这种世俗观念、思想较为开通的父母，如宣安人、公明达等。二是倡言以"情"作为婚姻的基础。香儿死后，耿朗尽情哭泣，作者议论说："大概男女之间，情为第一，理居其次。"（第五十一回）把"儿女私情"置于"夫妇正理"之上。耿家四少爷耿服与小丫头涣涣的恋爱故事，更体现了这一观点。主奴产生的情恋，本是大逆不道。但经梦卿巧妙安排打破世俗成见，使一对有情人终成眷属。三是作者认为如果"情出于正"，那么，那些痴男情女"总然稍有失检点的去处"，也恰好是他们的"美谈"（第五十二回）。唯其如此，作者对少女平彩云幼失父母，择配无人寄以同情，而鞭挞了"为色伤生"的茅大刚。

与此相承，曹雪芹也主张描写男女情事的作品，要发泄"儿女之真情"，因此他写了凄婉动人的宝黛爱情悲剧，写了司棋、尤三姐"不自由毋宁死"的不幸婚姻，写了张金哥以生命相殉的纯真爱情，写了小丫头小红、龄官对贾府少爷的大胆追求；还写了过着尼庵岑寂生活的妙玉"芳情"难遣的悲愁，写了小尼姑智能儿冲出禅关，去看视病中情人的痴情等。

其二，热情显扬了女子的才干。在此之前，《金瓶梅》中的诸女子，只知"卖俏营奸"，斗强争宠，甘受凌辱。《林兰香》则不仅赞扬了几个年轻女子的聪明机敏，同时更称道了她们的才智异能。女主人云屏、梦卿、爱娘、香儿、彩云，"灵心巧性，出口成章"，使男子"自愧"，鬼神"妒忌"，自不待言，就连一些侍婢也读书明理，擅诗能画，颇有才情。相形之下，男主人耿朗却是个才智平平的"庸人"。作者感叹"绮纨空负名家子，富丽风流属翠裙"。（第五十三回）小说对云屏、梦卿等的知人善任、理家才干，尤其赞赏不已。第十五回写云屏、梦卿二人协力理家，她们安排了地税房租的需用，重定了"六不许"的家规，拟定了奖惩奴婢的条例，总纲晰目，名事相称，自此"耿家法度一新，诸事就绪，内外肃然"。梦卿死后，又有爱娘、春畹协持家务，日夜殷勤。耿家家业，几乎全由几个女子支撑着。作者称她们是"女中丈夫"、"人世之英"，大声疾呼："果然士德无三二，闺阁淑媛即我朋。"（第十六回）

发展到《红楼梦》，更把描写"或情或痴，或小才微善"的"异样女子"作为艺术构思的一个中心。它不仅描写了黛玉的聪颖过人、湘云的敏捷才思、宝钗的无书不知，而且赞扬了凤姐、探春"裙钗一二可齐家"的出色才能。写她们对贾府的弊端，条分缕析，切中腠理，作出定规，分配职事，使"合族中上下无不称叹"。而那些"须眉男子"，却是些既不能"齐家"，更不会"治国"的窝囊废。这些描写，都依稀可以看到《林兰香》的投影。

其三，深切同情女子的不幸。才子佳人小说中的女子，虽多经磨难，其结局则大多是幸运的，大团圆式的。《五色石》说得清楚，才子佳人小说作者是有意把"缺陷""谱作团圆"，把"薄命""改作浓艳"。《林兰香》却不然，作者从现实生活出发，描写了几个年轻女子的不幸和愁怨。小说哀叹"薄命从来属丽娟，几回翘首问青天"（第二回），感慨"男儿知己，四海可逢，女子同心，千秋难遇"（第十一回）。其中，尤以梦卿的不幸遭遇引起人们一种"甜美的怜悯"，催人泪下，使人激愤。她先是因父蒙冤，上疏朝廷，求代父罪，牺牲了自己的青春。迨父冤昭雪，她仍嫁耿朗，甘为侧室，不以才争宠，不以色取怜，深得上下人敬爱，是个标准的贤妻。但耿朗却认为"妇人最忌有才有名"，怕她"自是自大"，故意挟制她，裁抑她，苛察她，致使她"裹足杜口"，无地自容，只能"愁中觅乐，闷里寻欢"，终因"痛母弟之伶仃，悲己身之坎坷"，抱恨而死。造成这种悲剧的原因，作者以为，一是因为梦卿"心细灵俏"，难免招人忌嫉，所谓"天下人惟最心细，最性灵，最容易死。"（第三十六回）二是被丈夫摧折，为"纲常"所误。作者愤懑地说："屈身都只为纲常，薄命红颜谁见伤？"梦卿的死，实际沉痛地控诉了封建"夫权"的罪恶。

当然，从整体性上看，《林兰香》的悲剧力量和感情内涵，还是比较贫弱的。除梦卿的遭际外，其他女子的不幸，尚缺乏一种震撼人心的悲剧美。至《红楼梦》则叙写了众多女子的悲剧命运，千红一哭，万艳同悲，体现了悲剧的深厚性，寄托了作者的审美情操。

四

由于《林兰香》主要写的是家庭生活，所以书中所描绘的生活场景，范围相当广泛。全书六十四回，除一个整回又三个半回写战事外，主要文字写的是儿女私情、家庭琐事，诸如饮馔游宴、夫妻嘲谑、姊妹谈情、小儿嬉闹、仆妇私语、侍女戏耍以及释道迷信、生老病死等，形形色色，丰富多彩。有不少场景的描写，显得比较真实，有浓郁的生活气息。

《林兰香》这些生活场景的描写，比起《红楼梦》来，尽管还不很精细，但有趣的是，如果我们把它同《金瓶梅》和《红楼梦》加以比较，便会发现，对一些场景和细节的描绘，这三部书有意或无意显露出一种继承、发展的关系。

比如《金瓶梅》第十九回写吴月娘领众妇在花园内玩，或"携手游芳径之中，或斗草坐香茵之上"，"一个临栏对景""一个伏槛观花"；吴月娘和孟玉楼等下棋，潘金莲捕蝶为戏。《林兰香》第二十回写云屏等人游九畹轩，"或临曲水，或登小山，或踱长廊，或凭短谢"；"或据胡床，或坐绣椅"；葡萄园内两个侍女厮打耍子，"恰似一对蝴蝶成精"。这两个场面，用骈俪句式写成，于概括叙述中突出几个人物的活动，也错落有致。《红楼梦》第三十八回写黛玉等人构思菊花诗，黛玉"倚栏坐着"，拿钓杆钓鱼；宝钗"俯在窗槛上"，用花蕊引逗游鱼；探春、李纨等"立在垂树阴中看鸥鹭"；迎春拿针穿茉莉花。这段描写，疏疏密密，参差历落。比《金瓶梅》和《林兰香》，不仅笔触细腻，而且人物神态历历如绘，生动传神。有人将其比作"仇十洲之百美图"。

又如《金瓶梅》第十五回写西门庆、应伯爵等在娼妓李桂姐处饮酒弹唱的场面；《林兰香》第十七回写冯世才、丁不识在妓女金钱儿家畅饮行令的情景；《红楼梦》第二十八回宝玉与冯紫英、薛蟠及妓女云儿等一起唱曲作乐的描写，三者比照而观，亦如出一辙。在内容上，它们都从一个侧面揭示了封建末世都市里淫靡逸乐的社会风气。在表现手法上，其写场面之紊杂、人物之丑态、言辞之龌龊，也都非常相似。张竹坡说《金瓶梅》写的"层层次次"，"生色掩映"；散人说《林兰香》写的"合景切事"，写出了"败类子弟光景"；脂评则把《红楼梦》与《金瓶梅》的描写作了比较，说："此段与《金瓶梅》内西门庆、应伯爵在李桂姐家饮酒一回对看，不知孰家生动活泼。"

再如《金瓶梅》第九十六回写春梅游玩旧家池馆，《林兰香》第五十八回写春畹重到旧居东一所，《红楼梦》第一〇八回写宝玉重游大观园，都渲染了一种"燕去巢空，一片荒凉情境"，表现了游者对死者的怀念之情。其中《林兰香》的铺排最为繁密，音节曼丽，叙次井然，"伤心惨目，情形逼真"；写春畹对梦卿的思念，更为深沉真挚。散人评云："看春畹在东一所一段，比春梅游旧家池馆何如？一贞一淫，既不足以相似，而凄怆悲凉，亦复过之。"《红楼梦》则写的较为简净，于"花木枯萎""满目凄凉"中，突出了潇湘馆的几竿翠竹，以象征黛玉贞洁不屈的品格情操，笔淡意浓，情韵深厚，耐人寻味。

总之，从《金瓶梅》到《红楼梦》这些世情书，它们并不以曲折惊险的故事吸引读者，它们的艺术魅力，除典型的人物形象外，还在于那些丰富多彩的各种生活场景的描绘。可以说，这是对以往小说较多地着眼于历史英雄、神话题材的一种发展。而才子佳人小说，则大多仍在刻意追求情节的曲折离奇，而对普通生活场面的描写不甚在意。

五

作为白话长篇小说，《金瓶梅》《林兰香》和《红楼梦》在谋篇布局和体制结构上，也有明显的继承关系。

如前所说，这三部小说写的都是日常家庭生活，在布局上，它们都以一个具有典型意义的人物作为贯穿全书的主角。题材的剪裁、时间的处理、矛盾的展开，都以主要人物的活动为转移。如《金瓶梅》是以西门庆为中心铺排其家庭的兴衰始末。小说正式故事从徽宗政和二年起，到南宋建炎元年止，约计十五个年头。其中最主要的故事，从第一回潘金莲嫌夫卖风月开始，到第七十九回西门庆贪欲暴亡结束，主要放在六年多的时间里演述，时间虽短，但乃是全书的主干，因此精心描述。后二十一回，大体为九年，主要以陈经济、春梅为主展开故事，时间虽长，但已是强弩之末，故而匆匆收结。《林兰香》写的是耿家的荣枯，故事以耿朗为主角，小说从明洪熙元年写起，到嘉靖八年结止，约一百零四年的时间。从第一回耿家蒙恩，至第五十六回景泰元年耿朗死，共二十五年，是全书"一大结"，所以"畅笔大书"。此后八回，共七十九年，时间跨度较大，但只为传写耿顺，"以著燕田余美"，已为全书"余韵"，因之"轻轻揭过"。这种布局，类似《金瓶梅》。就小说具体描写而言，全书大旨，以"前三十二回为开，后三十二回为合"（第五十六回散人评），其中前十五回主要写云屏、香儿、梦卿等次第嫁给耿朗的经过和她们的家世，这是耿家的"正盛"时期。自此以下，至第三十二回，铺叙种种家庭乐事。以后，便转入对耿家衰败过程的描述，"皆伤生谢世余文"。从第六十一回开始，故事徐徐收结，先是耿家贮存先人遗物的小楼被焚毁，耿家旧事只能借盲词瞎话传扬；不久，弹唱又遭禁，耿家遗事，遂不复为世人所

知。有如《红楼梦》原著所构想的"好一似食尽鸟投林，落了片白茫茫大地真
干净"的"收尾"。散人评曰："《水浒传》《金瓶梅》总结在末回，总觉其促。
则此第六十三回之结，已为余韵。而第六十四回单结耿顺，乃江上之数峰
也。"(第六十二回)《红楼梦》叙写了贾府的盛衰荣枯，而以贾宝玉贯穿全书。
据周绍良先生《红楼梦系年》一文排比，《红楼梦》百二十回共写了二十年之
间的事情。它不同于《金瓶梅》和《林兰香》的是，没有以主人公的死亡作为
"书眼"，把故事分为两截，而始终以宝玉及其与黛玉、宝钗的爱情婚姻悲剧
为全书的中心线索。全书前五回乃序引性质，从第六回起为正文实事，至第
十八回"元妃归省"，写贾府"瞬息的荣华一时的欢乐"，共十二年时间，篇
幅不算多。从第十九回以后，着力描述贾府的败落过程，共八年时间，却用
了一百○二回的篇幅，具体详赡，可见作者把贾府的衰亡过程当作描写的重
点。这种构思，与《金瓶梅》详写西门庆的发家经过，略写其败落光景的方法
有别；与《林兰香》写兴衰篇幅各半的处理，也不尽相同。这或是因为作者所
生活的具体历史时代不同、对生活的认识和解释不同所决定的。

在章回体制上，也可恍惚看出从《金瓶梅》到《红楼梦》的演化痕迹。因
为受"讲史"话本的影响，章回体制成为我国古代白话长篇小说特有的结构形
式。从回目看，《金瓶梅》大多为七言、八言、九言的韵体偶句，但也有十多
回是七八、八七、八九、九七、九八等字数不等的非韵体双句，显得参差不
对，有点杂乱。这些回目，多为陈述句式，形式较为单调，主要用以概括故
事内容。到《醒世姻缘传》和《林兰香》的回目，则全用七言形式，讲究对仗，
句式整齐，且带有一些文采，"以快阅者之目"。这对《金瓶梅》是个发展。
进而到《红楼梦》的回目句式，它不像《金瓶梅》那样参差驳杂，而有似《醒世
姻缘传》和《林兰香》一样，用了八言韵体偶句组成，对仗工整，读之悦耳。
而且，这些回目，除用陈述句式以概括情节外，或巧用比喻，或征引典故，
形式多样，富于变化，生动醒目，贴合题旨。而明末清初的一些才子佳人小
说，其回目句式，则或用单句(如《玉娇梨》《赛红丝》等)、或用参差不齐的
双句(如《平山冷燕》《飞花咏》《玉支矶》《定情人》等)组成，与此显然不同。

六

塑造典型的人物形象，是小说艺术的重要任务。《林兰香》一书，共写了三百一十九个人物（一说为三百〇七人），颇有气势。其中具有一定典型意义的人物形象，有耿朗、燕梦卿、宣爱娘、任香儿等五六人。综观这些形象的塑造，在艺术上有如下两点成就：

其一，同才子佳人小说相比，它写出了人物的精神气质。在众多的才子佳人小说中，除了少数人物形象有一定典型意义外，大都却"千人一面"，性格浮泛，有明显的概念化倾向。《林兰香》则不同，它与《金瓶梅》《红楼梦》一样，注意深入膜里，刻画人物的个性气质。如耿朗之为人，才智平庸，性恋酒色，表现了他勋旧子弟的个性待征。其"酒色过度，精神散耗"，颇有点西门庆的气味。香儿"生于市井，嫁入绮罗"，巧言争宠，娇慢成性，表现了她商人女儿的市井习气。其争媚固宠，有几分像潘金莲；其心灵机变，又有点像王熙凤。梦卿谨守妇德，处事周详，不苟言笑，表现了她大家闺秀的精神风貌，颇有几分像封建淑女薛宝钗。此外，如林云屏之与吴月娘、李纨，平彩云之与孟玉楼等，其精神气质，也都有某些相似处。散人评云：《林兰香》中的人物，能"从精神气概中看出。"（第十二回）是很有见地的。虽然这些人物的历史内涵和艺术容量，比起《金瓶梅》和《红楼梦》要淡薄一些，但它反映了中国小说的发展趋势，是应该肯定的。

其二，比之《金瓶梅》，《林兰香》写出了人物思想感情的发展变化，并注意揭示这种变化的条件和依据。比如平彩云，本是个多情、"有气节"的女子，但性情"游移无定"，听信香儿谗言，与梦卿感情疏远；不过她"总是读书人家的女子"，在看到梦卿的许多好处后，逐渐"恍然后悔"，终至"人品大变"，写得比较合理。再如耿朗对梦卿的态度，由爱恋而情疏，而反目，而悔悟，感情变化的轨迹，亦历历可辨。当然，这些描写，尚嫌肤泛，还不能像《红楼梦》那样通过多重矛盾的历史发展烛幽索隐，赋予这些感情变化以深刻的社会意义。

对人物性格的刻画，《红楼梦》和《林兰香》的一些基本艺术手法，也是相通的。它们都采用了中国绘画的"点染"法，先把人物的家世、容貌、品格画出一个轮廓；然后从人物本身的行动、语言以及各种矛盾纠葛中断断续续加以"点染"，层层显现，使人物愈来愈神态毕露，活灵活现，展示在读者面前。这与那种常用静止的、平面的手法描写人物的才子佳人小说，风格是不同的。具体说来，主要有这样几点：

第一，广泛运用白描手法摹写人物神态，显示人物性格特征。比如《林兰香》写香儿，有一次，她听说耿朗病酒，在梦卿屋里吐了半夜，梦卿一夜不曾合眼，她便"咧一咧嘴道：'我不信！二娘脸上为何全无倦意？'"（第二十八回）又一次，彩云劝她以后要见机行事，不要"空作恶人"，"香儿听说，把眉尖儿逗了一逗，冷笑不语。"（第四回）用"咧一咧嘴""逗了一逗"眉尖儿，摹写香儿的娇情妒态、"小家子形景"，笔触轻巧，意态横生，不假藻饰，神韵如绘。又如，写耿朗与梦卿感情疏远后，梦卿托病，晚间"倚枕凝神，灯下独坐"（第三十回），表现她的孤寂；写春畹在芭蕉窗下纳凉午睡，爱娘"手内拿着一柄鹅翎翠扇，笑嘻嘻的立在面前"（第四十三回），表现春畹的娇慵、爱娘的活泼，等等，都能从人物的一姿半态，勾画出她们当时的心境和习气。《林兰香》《红楼梦》所追求的就是这样一种创作风格。

第二，心理描写，形式多样。明人前的小说，如《三国演义》《水浒传》等，主要是通过生动的故事情节写人，精细的心理刻画，较为少见。到《金瓶梅》，人物描写，不徒肖其貌，还注意写出人物心中的"情理"，心理刻画，有了长足的进步。

《林兰香》更注意到围绕情节的展开和人物性格的变化，进行各种形式的心理描写，为后之小说积累了经验。大别之，有的是以内心独白的形式，直接把人物的心迹剖示给读者。如第七回写梦卿在墓地墙上题诗后，是晚回到家，先是自怨自悔，责怪自己不该"孟浪"和诗；继而自饰自幸，侥幸"笔姿未露，名字未显，还可遮饰"；最后自慰自叹，"心内到底不安"。一波三折，迤逦写来，"极尽事后追悔景况"。这种内心独白的写法，《红楼梦》用得不多，但一经采用，则很精彩。

二是托物寄情，以表现人物心理，深化人物性格。如第五十八回写云屏、爱娘、春畹三人重阳节赏菊，云屏睹物思人，想起死去的耿朗、梦卿等人，叹息道："景物一般，心情顿改。总觉得当年是枫影流丹，桐阴叠绿；今日是蕉寒碎雨，竹冷凄风。从今以后，又不知谁留谁去，谁有谁无？"说罢，"泪珠儿不觉乱滚"。以"寒蕉碎雨、冷竹凄风"比喻自己悲凉的心境，表达对死者的怀念。这种"咏桑寓柳"的艺术手法，在《红楼梦》中也用了许多。比如林黛玉怜惜落花，借以抒发自己零落无依的孤闷；以桃花自况，借以宣泄自己被压抑的悲愁；赞美翠竹，借以寄托自己高洁坚贞的情怀，等等，就是《红楼梦》中脍炙人口的篇章。

三是重复运用同一词语，以表述人物不同的心理状态。有的学者认为，用"上床睡觉"来表现人物沮丧、厌倦、恼怒等情绪的变化，是《红楼梦》心理描写的一大特色。类似的手法，《林兰香》也曾采用过。据不完全统计，小说中有二十七次之多用"低头不语"或"笑而不语"来表现人物的不同心理和情绪变化，包括沉思、忧伤、愁闷、无奈、赞许、羞涩、忌恨、娇妒、恼怒、惭愧等，所以散人评曰："欲知娇小心腹事，全在低头不语中。"（第三十七回）

四是运用"寓神于形"的传统手法，即通过人物自身的行动来表现其心理。如第二十六回耿服思念涣涣的一段描写，就写得细致入微，形神逼肖，颇有特色。这段描写，可分六层：一层写耿服闻得棠夫人把涣涣送给彩云，"好似一盆烈火，顿被水浇。走出走进，叹气嗟声"，当晚"无精无彩，到泡子河看了一回河灯"，"回到家，直坐至日出"。二层写次日又往各处散闷，结果看见歌童、妓女、少艾，都想起涣涣来。"花阴月影，仿佛如见其形；鸟语虫声，依希似闻其韵"，触物思人，无限凄凉，无限烦恼。三层写一连好几日，日日在外，未免触目伤心，"于是闭门不出，独自在书斋中看些书史"，谁知茶里饭里，都有涣涣。静中相思，比动中更甚。四层写一连又是好几日，恐劳思太过，不得已外出游赏，"又谁知节序感人，情不自禁"，"无奈又回至家中，终日闷闷"。无限感触，难以排遣。五层写有时自己安慰道："丈夫家何处不得娇妻美妾？"但又"觉得涣涣最有情、最有趣，十分难舍"。想把事情告诉康夫人和耿朗，"但父母之怒责可忧，兄弟之讥笑可愧，亲友之议论可羞，奴仆之轻薄可耻"。千思万虑，无限踌躇。六层写"要作几首诗词，发明心志，又一时作的不好。因将涣涣所赠物事，都带在身边"，常至耿朗家，以幸涣涣一见，结果总不见涣涣。无限心机，无限气闷。这样层层写来，摇曳多姿，情理逼真，把耿服思念涣涣的种种心理活动，刻画得淋漓尽致。像这样的描写，比较《红楼梦》中的某些片断，也不逊色。

第三，通过梦境暗示人物的命运遭际。有人统计，《红楼梦》前八十回有二十多次写到梦。《林兰香》全书也有十三四处写到梦境。其中女主人公梦卿的两次梦境，与宝玉梦入太虚幻境的所见，非常相似。一次是第五回写梦卿将嫁时，梦至一个去处，但见"乔木参天，林深叶密"；"地下细草纷纷，围绕着一湾流水"；水内浮萍飘忽，枝间叶底微微透些蟾光；"手内拿着一枝萱草"；忽然"一声雷响，萍沉草化，林木皆空，变成一块田地"。这段描写，分别隐含着林云屏、任香儿、平彩云、耿朗、宣爱娘和田春畹几个主要人物的姓名。梦卿二次入梦，是第三十五回将死时，这次写了三个场景。一是写茂林、兰花、萱草、柔茅、浮萍，又依次暗藏着云屏、梦卿、爱娘、香儿、彩云几个人的姓名。二是写梦卿所觅之景，以画出她们的"小影"，象征她们不同的性格特征。如以茂林的挺秀，比喻云屏的堂堂正正；以兰花的长细清华，比喻梦卿的端庄幽静；以萱草的仙品奇容，比喻爱娘的忘忧善谑；以柔茅的纵横披拂，比喻香儿的呈娇矜异；以浮萍的上下徘徊，比喻彩云的游移无定等。三是写这些树木花草的遭际，以暗示这几个女子的命运。如以雨随风至，"树林如晦"，喻示云屏的"失势"；以河水暴涨，柔茅长高，暗示香儿的"得宠"；以浮萍漂荡，直至石下，喻示彩云的"借力"；以兰花被淹，东倒西歪，喻示梦卿的"落魄"；以萱草认不出归路，喻示爱娘的"无计"；以树木兰花等化为乌有，变作平田，"青畦绿畹，历历分明"，喻示春畹的"现身"等。这些描述，尽管还比较直露，不如《红楼梦》那样深沉，但在暗示人物的性格和结局上，起到了隐喻的作用，则是相同的。

七

我国古典长篇小说语言的通俗化有个发展过程。早如《三国演义》乃用半文半白的语言写成，至《水浒传》始全用语体文，创造了通俗生动的文学语言。到《金瓶梅》又有发展，它运用日常生活语言叙事状物，人物言谈，生动传神；同时，它采用了大量方言俚语，增强了小说的形象性和现实感。后之《醒世姻缘传》"造句涉俚，用字多鄙"，其语言也具有通俗生动和个性化的特点。但是，这两部书都杂有不少轻薄恶浊的市井语言，这是秽笔。《林兰香》以及后来的《红楼梦》《儿女英雄传》等，都是从《金瓶梅》这条路子上发展起来的。《林兰香》中除绘景状物，间用骈俪句式外，基本上是用口语叙说的。无论是作者的叙述语，还是人物对话，肆意畅达，挥洒自如，形成一种朴素生动而又泼辣峭利的风格。与才子佳人小说那种"非文即理"的语言，判然不同。此其一。还有，同《金瓶梅》和《红楼梦》一样，《林兰香》也采用了大量俗语。据张竹坡辑录，《金瓶梅》的精彩口语有六十多条（实际有一百五十余条）；有人统计，《红楼梦》中的俗语有三百余条。而《林兰香》中的俗语，也有八十多条。这些俗语，绝大多数用于人物的对话，如第十八回写尹妈妈、李妈妈和第三十八回写海氏、索氏、风婆子、井氏的两段对话，一派俚俗民谚，生动活泼，谐趣横生，很贴合人物的身份和个性。此其二。用譬新颖，不落俗套，也是《林兰香》语言的特色之一。比方形容人胸襟狭窄，说"鼠肚鸡肠"（《金瓶梅》作"鼠腹鸡肠"）；比喻人随声附和，说"打顺风旗"；形容人不高兴，说"借黄米还黑豆样子"；比喻奴婢不被主子喜欢，说"贩不是的客人"等。此其三。此外，从句式构成看，《林兰香》中不少描写性的句子，多用排比，句式整齐，读之上口，如写少年耿朗是"圆圆白白的面皮，疏疏朗朗的眉目，高高大大的身材，端端正正的举止"；写老者季三思则是"头则颤颤巍巍，身则摇摇摆摆，嘴似咕咕哝哝，手是指指点点，似疯非疯，似呆非呆"。至于写景，则更多对句俪辞，音韵谐调，长短递用，使语言于"吟咏之间，吐纳珠玉之声"。《红楼梦》中对警幻仙姑、林黛玉和太虚幻境、潇湘馆的描写，也多用这种句式。

  《林兰香》的语言成就，主要还表现在人物的言谈对话上。小说从勋旧宦寺到僧尼娼妓，三教九流，各色各等，无所不有。但许多人物的语言，都有自己的性格色彩，他们都在用自己的口吻、自己的方式说话。首先，作者根据人物的性格，给他们的语言定了基调。如云屏的语言厚重简略，有"君子风"；梦卿的语言典雅端庄，有"道学味"；彩云的语言闲散平妥，有"书呆子气"，等等，人各一腔，色彩鲜明。尤其是爱娘的语言流动诙谐，香儿的语言机巧娇慢，更是声口酷肖，只要她们一说话，便能默会为何人。即使是那些次要人物的语言，仔细品味，也各有特色。比如同是仆妇，木妈妈说话琐细，李婆子言辞鄙恶，乔妈妈言谈乖滑，童氏语含奸险。同是妓女，金钱儿语言平实，雅儿说话犀利。就是那些年龄相近的侍女，其语言色彩，也迥乎各别。如轻轻的语言，伶俐中带有种"风骚味"；枝儿的语言，机灵中透出"头巾气"；喜儿的语言，"正中带戏"，聪敏中杂有诙谐，如此等等，都不易混淆。同时，作者还注意写出人物语言的变化。如爱娘的语言基调是流动善谑，但随着年龄的增长、家庭的变故，她也变得"不似以前爽快"，语言也就有点"滞板"了。正如云屏死后，爱娘独自一人领着三个儿子度日时散人所评："三娘莺舌，自此以后不复多闻。"（第五十八回）小说不仅写了人物在说什么，写了他们语言的变化，而且还注意写他们在怎么说，在对比映衬中显示出人物独特的风姿，独特的性格。当然，《林兰香》的语言也有芜杂拖沓的地方，自然难比《红楼梦》的朴素而又绚丽，简洁而又精细。因为《红楼梦》产生于小说发展的新阶段上，产生于语言文字的新条件下，所以它成为继《金瓶梅》之后我国古典小说的又一个高峰。

综上所述，说《林兰香》在联结《金瓶梅》和《红楼梦》这两部巨著中起了一个"链环"的作用，说它在明清小说史上有一定程度承前启后的意义，说它对《红楼梦》产生过某些有意无意的影响，也许是可以的。

（原载《明清小说论丛》第 5 辑，春风文艺出版社，1987 年）

倩谁记去作奇传

——曹雪芹的家世、生平

《红楼梦》的作者是谁？学界一般认为，前八十回的原作者是曹雪芹，后四十回，或说为高鹗"所补"，全书则由程伟元和高鹗修改、整理。但是，20世纪七十年代以来，不断有人提出异议。其中反响较大的一种看法，是说《红楼梦》的原始作者不是曹雪芹，而是"石兄"，曹雪芹只是《红楼梦》的"改作者"。当时就有不少学者对这一说法提出过质疑。我们的意见是，应该尊重历史，如果没有可靠的材料、确凿的证据，就不要轻易否定曹雪芹对《红楼梦》的著作权。这才是一种科学的态度。

那么，曹雪芹的家世如何？他的生平又如何？下面作一简单梳理和探索。

一

曹雪芹的祖籍是东北辽阳，后迁沈阳。一说原籍河北丰润，寄籍辽阳。前一种主张，有宗籍、碑记、史志可征，比较可信。雪芹祖先本来是汉族人，其五世祖曹锡远，于明朝末年到沈阳做官，便在沈阳安了家。明天启元年（1621），清太祖努尔哈赤率兵攻陷沈阳，曹锡远及其子振彦在战乱中被俘，遂归附后金，入了满洲旗籍。大约在清太宗皇太极天聪八年（1634），曹振彦转入多尔衮统领的正白旗，成为其属下的汉人包衣佐领。"包衣"是满语"奴仆"的意思，"佐领"系军职。这意味着曹氏已成为皇室的家奴。清王朝定都北京后，特意设立了专门管理宫廷庶务和皇帝私事的内务府，曹家也归入这一官署中。雪芹曾祖曹玺、祖父曹寅曾先后在内务府任职，直接为皇帝服务，得到宠幸，使曹家成为显赫一时的世家。《红楼梦》第五回写宁荣二公之灵对警幻仙姑说："吾家自国朝定鼎以来，功名奕世，富贵流传，已历百年。"这里讲的是贾家，但也可以说是曹家的写照。

曹家实际是以军功起家的。曹振彦随清兵入关，屡立战功。清世祖顺治六年（1649），曹振彦、曹玺父子又随睿亲王多尔衮出征山西大同，平定姜瓖叛乱，曹振彦留任山西平阳府吉州知府、大同知府，曹玺被提升为内务府工部郎中。可以说，曹家为大清王朝定鼎中原立下了汗马功劳。这在《红楼梦》中也影影绰绰有所反映。如第七回尤氏说宁府老仆焦大："从小跟着太爷出过三四回兵，从死人堆里把太爷背出来了，才得了命。"从侧面写及宁国公当年曾出生入死，建功立业。因此，第七十五回明白写到贾府子弟乃"在武荫之属"。

曹家不仅是钟鸣鼎食的百年望族，而且是诗礼传家的书香门第。据史传载，曾祖曹玺"少好学，沉深有大志"，"读书洞彻古今，负经济才，兼艺能，射必贯札"，是一个很有才华的人。祖父曹寅，更是康熙时一位著名的学者和文人。他精研程朱理学，擅长绘画书法，并能写诗填词度曲，终生写作不辍，有诗文集《楝亭集》、传奇《续琵琶》《虎口余生》及杂剧《太平乐事》《北红拂记》等传世。《红楼梦》第五十四回写贾母所看过的戏曲中就有《续琵琶》。曹寅不但擅长戏曲创作，而且还养有家庭戏班，有时甚至亲自粉墨登场，参加演出。其友人张大受《赠曹荔轩司农》诗有句云："多才魏公子，援笔诗立成。有时自敷粉，拍祖舞纵横。"曹寅还酷爱藏书，尤其喜欢刻书。友人张伯行说他"经史子集，藏书万卷"。据《楝亭书目》著录，他的藏书，共有 3287 种，其中有说部 469 种，有许多是当时罕见的抄本。康熙四十四年（1705），曹寅奉旨在扬州天宁寺开设扬州书局，主持刊刻了《全唐诗》《佩文韵府》等内府藏书，至其去世，刻书近三千卷，其中不乏精刻善本，向为藏书家所爱重。曹寅还遍交江南名士，跟其中一些人如尤侗、朱彝尊、赵执信及著名戏曲《长生殿》的作者洪昇等过往密切，诗酒往来，友情深厚。

二

尤为重要的是，曹家并非一般的内务府汉军旗人，而是一个和康熙皇帝玄烨有着密切关系的贵族官僚之家。曹玺的妻子孙氏，是康熙幼时的保姆，生前已封一品太夫人。康熙继位后，曹玺因而成为亲信侍臣。康熙二年

（1663），被派往南京，出任江宁织造，直到康熙二十三年（1684）卒于任所。曹家从此定居江南，交了近六十年的好运。所谓"织造"，就是为宫廷督造衣料、帷帐等各种丝织用品的理事官，官阶虽然不高，但却是个"肥差"。此外，还兼做皇帝耳目，负有监察江南吏治民情的特殊使命，而拥有皇上特许的专折密奏的权力，凡地方大小事皆可"密密奏闻"，地方"各官不得牵制"。有了这种特权，当地官商士绅，对曹家当然都会有所忌惮。据《曹玺传》说，曹玺在任时，曾两次进京陛见，向康熙呈报江南官场情况，康熙以为他说得切实周详，特予嘉奖。

曹寅与康熙的关系更为亲近，康熙对他一直宠遇有加。曹寅的母亲孙氏做康熙的保姆时，曹寅也随母入宫，陪伴康熙读书，两人结下亲密感情。他们的老师熊赐履，是当时著名的理学家。后来曹寅还当过御前侍卫，护驾皇帝出行，保护皇帝安全。父亲曹玺病逝，他一度协理江宁织造事务，康熙三十一年（1693），正式继承父职任江宁织造。据朱淡文教授《红楼梦论源》统计，曹寅在织造任上二十八年，向康熙上奏密折共计119件，举凡吏治民情、织造事务、两淮盐政，乃至雨水墒情、米价涨跌，事无巨细，都具折上奏。甚至连老师熊赐履也在被监察范围之内。熊赐履晚年退居江宁，康熙常命曹寅打听他的行踪，尤其对熊赐履临终的情形及家属的安排，康熙似乎更是严密注意。他在曹寅向其三次奏报熊赐履情况的奏折上批道："再打听用何医药，临终曾有甚言语，儿子如何？尔还是送些礼去才是。""闻得他家甚贫，果是真否？""熊赐履遗本系改过的，他真稿可曾有无？打听得实，尔面奏。"字里行间，似透出对熊赐履的几分怀疑，并有对他加以监察的意思。

由于曹寅辛勤事上，忠心耿耿，康熙帝对他格外宠信，格外关照，格外爱护。如康熙在曹寅一件密折上批曰："朕体安善，尔不必来。明春朕欲南方走走，未定。倘有疑难之事，可以密折请旨。凡奏折不可令人写，但有风声，关系匪浅。小心，小心，小心，小心。"（以上所引朱批，均见故宫博物院明清档案部编《关于江宁织造曹家档案史料》，以下所引该书，均简称《曹家档案史料》）一段批语，皇上向臣下透露自己的行动意向，允许其有"密折请旨"之权，再三再四嘱其小心行事，可见他们的关系何其密切。这在"亲属君臣之希阔特甚"的有清一代（孟森著《八旗制度考实》中语），格外引人注目。此外，曹家与皇室还有一层姻亲关系。据史料载，曹寅有一子二女，长女曹佳氏，也就是曹雪芹的亲姑母，由康熙指定，嫁于平郡王纳尔苏为妻，并生有四个儿子。次女也经皇上指婚给满族某王子，两女都成为王妃。

正因为曹家与康熙皇帝有着种种特殊关系，因之，康熙时代，乃是曹家鼎盛时期。从曹玺开始，到雪芹父辈，祖孙三代四人，前后共做了五十八年的江宁织造。康熙一生，六次南巡，后四次都以江宁织造府为行宫，就住在曹家，也正是曹寅任江宁织造期间。四次接驾，使曹家经历了一番"烈火烹油，鲜花着锦"之盛。《红楼梦》第十六回写赵嬷嬷回忆"太祖南巡"故事时说：贾府"只预备接驾一次，把银子花的像淌海水似的。"又说到江南甄家"接驾四次"，"别讲银子成了粪土，凭是世上有的，没有不是堆山积海的。'罪过可惜'四个字竟顾不得了。"赵嬷嬷的一番描述，实际就有曹家的影子在。据载，康熙第五次南巡到扬州所住的三汊河行宫，就是曹寅和内兄李煦捐银兴建的。当时诗人张符骧在其《竹西词》中写道："三汊河干筑帝家，金钱滥用比泥沙。"可知曹寅接驾的奢华糜费，同时也造成曹李两家的巨额亏空，债台高筑，埋下曹家日后被查抄的祸根。

康熙五十一年（1712）初秋，曹寅病逝于扬州，康熙特命其子曹颙继任江宁织造。曹颙可能是雪芹的生父，负有经济之才，不料三年后也染病身亡。康熙帝非常痛惜，评价他说："朕所使用之包衣子嗣中，尚无一人如他者"，"他在织造上很谨慎，朕对他曾寄予很大的希望。"（《曹家档案史料》）曹颙死后，康熙为保全曹氏家业，亲自主持挑选寅弟曹宣（荃）的第四子曹頫，过继给曹寅的孀妻李氏为次子，并补放江宁织造，以养两世孀妇。开始数年，曹頫依仗皇恩祖德，尚受皇上重视；但到康熙帝晚年，已对他露出不满之意。在一次朱批中警告他："以后非上传旨意，尔当密折内声明奏闻，倘瞒着不奏，后来事发，恐尔当不起，一体得罪，悔之莫及矣。"康熙六十一年（1722）十一月，康熙皇帝逝世，皇四子胤禛继位，是为雍正皇帝。自此，曹頫即遭冷落。至雍正六年（1728）正月，厄运突然降临，曹家被抄没了。曹家也就离开江宁，回到北京，结束了在江南将近六十年的豪华生活。

曹頫为什么被革职？曹家为什么被查抄？红学界主要有三种不同的看法：一种是政治牵连说，一种是经济亏空说，还有一种是骚扰驿站说。其实，几种说法，虽然各执一词，实际可以互相补充，并不矛盾。胡文彬先生《红楼梦探微》一书认为："曹家被抄家政治的、经济的原因都有，政治原因是潜在的、背后的，经济原因是导火线，二者都起了作用。"这一看法，比较切合实际。只要梳理一下有关档案史料，考察一下雍正帝对曹家的态度，便可证明这一点。据载，曹寅在世时，因南巡接驾、官场应酬和生活奢靡，已拖欠巨额公款。幸得康熙宽容，知晓其中情由，同意由其内兄李煦协助曹颙退赔。而曹頫主持家政后，仍不知省俭，似乎又有了新的亏空。雍正即位之初，便大力清查钱粮，整顿吏治。雍正元年（1723）二月，即传谕吏部："凡有亏空，无论已经参出及未参出者，必须如数补足。"雍正二年（1724）正月初七日曹頫上奏，保证"织造补库"一事，"务期于三年之内，清补全完。"同年，雍正在曹頫请安折上批曰："不要乱跑门路，瞎费心思力量买祸受。除怡王之外，竟可不用再求一人拖累自己。为什么不拣省事有益的做，做费事有害的事？因你们向来混账风俗惯了。"又警告他："主意要拿定，少乱一点，坏朕名声，朕就要重重处分，王子也救你不下了。"（《曹家档案史料》）其中除怡亲王外，"不要乱跑门路"，"坏朕名声"云云，据朱淡文教授考释，这可能与当时朝野政局密切相关，"雍正帝怀疑曹頫结党附托、造言诽谤，因而厌恶曹頫"。或者这可称之为政治原因。

雍正四年后（1726），清查钱粮，追讨旧债，愈加严厉，"凡遇亏空，其实系侵欺者，定行正法无赦"。（王先谦编《东华录》）自此，至雍正五年底，曹頫动辄得咎，厄运接踵而至，甚至无端遭受谴责。先是五年正月，两淮盐政噶尔泰向雍正帝密折报告说："访得曹頫年少无材，遇事畏缩"，"人亦平常"。雍正旁批曰："原不成器"，"岂止平常而已。"二是同年六月，曹頫又因织造御用石青缎匹落色，雍正不满，被罚俸一年。三是十二月初四日，山东巡抚塞楞额揭发曹頫运送龙衣途经长清县时，多索夫马、程仪和骡价等银两，请旨禁革。此事引起雍正帝震怒，交由内务府及吏部严审。四是终于在十二月十五日，内阁奉上谕，正式令曹頫离职候审。或者正当他受审之时，"反而将家中财物暗移他处，企图隐蔽"，"行为不端"，激怒雍正，十二月二十四日，江南总督范时绎奉上谕查封了曹頫家产，曹家从此败落。顺治时发迹，康熙时兴盛，雍正时衰败，曹家的命运，是与清王朝前期历史相始终的。

曹家被抄没后，大约于雍正六年（1728）春夏之交，只得离开居住六十五年之久的南京，举家迁回北京。曹家在北京的居处，当位于广渠门内崇文门外蒜市口，那里有十七间半房屋，这与豪华富丽的江宁织造府比起来，实在是太寒酸了。据说，就是这处住屋，还是新任江宁织造隋赫德"见曹寅之妻孀妇无力，不能度日"，而拨出给曹家的。其他情形，史料就没有记载了。

曹雪芹亲身经历了贵族家庭由盛而衰的巨大变化，这对他的思想有深刻影响。一方面，使他深切感受到世态的炎凉，人情的冷暖，对封建制度的黑暗和腐朽，对贵族世家的堕落和贪残，有了比较清醒的认识，为他《红楼梦》的创作打下良好的生活基础。另一方面，这样的家庭生活，也在他身上烙下了难以磨灭的思想印记，使他常常流露出一种人生空幻的消极情绪。这些，在《红楼梦》中都有所反映。

三

根据现有的乾隆、嘉庆时代的文献资料，可以肯定，《红楼梦》的作者是曹雪芹。曹雪芹名霑，字祐（亦作"天祐"），一字梦阮，号雪芹，又号芹圃、芹溪。依照我国古代男子命名表字的习惯，多位学者认为"霑"与"天祐"有密切的关联，见《诗经·小雅·信南山》："上天同云，雨雪雰雰。既霑既足，生我百谷。……曾孙寿考，受天之祐。"如此取名，或者一是感激康熙帝命曹頫袭织造之职，二是报谢上天赐予曹家男嗣之福祐，三是祝颂此子未来富贵寿考，（王利器《马氏贵遗腹子·曹天佑·曹霑》、王启熙《曹雪芹即曹頫遗腹子的几点确证》）这与《红楼梦》卷首作者自云"已往所赖天恩祖德"的语义也相吻合。又字梦阮，则明显含有追慕魏晋名士阮籍的意思。至于雅号雪芹，或以为语出苏轼《东坡八首》诗"泥芹有宿根""雪芽何时动"，以及苏辙《新春》诗"园父初挑雪底芹"，象征他洁白、耐寒的高尚情操。（周钧韬主编《中国通俗小说家》之吴新雷《曹雪芹》）

曹雪芹出生于南京，但生父是谁，有不同说法。一说是曹頫，这是由胡适先生在他的《红楼梦考证》中首先提出来的，也曾为一些人所采纳。但20世纪30年代以来，不少专家如李玄伯、王利器等，根据一些档案史料推断，雪芹生父，当是曹颙，母亲马氏，雪芹乃是曹颙遗腹子，曹頫是他的叔父。那么，雪芹究竟生于哪一年呢？也没有资料明确记载。现在主要有两说，一是康熙五十四（1715）说。如确认雪芹是曹颙遗腹子，就可知道他的生年。因为康熙五十四年三月初七日"江宁组造曹頫代母陈情折"说："奴才之嫂马氏，因现怀妊孕已及七月。"三个月后，生子天佑，即雪芹。一为雍正二年（1724）说，周汝昌先生《红楼梦新证》根据曹雪芹卒于乾隆癸未年的观点，结合敦诚《挽曹雪芹》中"四十年华付杳冥"的诗句，往上推四十年，提出这一主张。

关于他的卒年，也主要有两种说法。一说他卒于乾隆二十七年壬午除夕，即1763年2月12日。根据是《脂砚斋重评石头记》甲戌本有一则眉批说："壬午除夕，书未成，芹为泪尽而逝。"这就是所谓壬午说。从康熙五十四年，到乾隆壬午除夕，可知雪芹享年四十八岁。雪芹好友张宜泉《伤芹溪居士》诗题下小注说他"年未五旬而卒"，两相贴合，此一说法，比较可信。另一种意见，是说他死于乾隆二十八年癸未除夕，即1764年2月1日。根据是雪芹友人敦敏《懋斋诗钞》中有一首诗，题目叫《小诗代柬寄曹雪芹》。由于《懋斋诗钞》是按年排比的，在此首诗前面第三首诗《古刹小憩》旁注有"癸未"二字，由此可知，《小诗代柬寄曹雪芹》一诗也应该是排在癸未年。也就是说，癸未除夕前，雪芹还在世。这就是所谓癸未说。依照这一说法，则雪芹得年四十岁。

关于曹雪芹的生平事迹，直接的文献记载甚少，我们只能参照《石头记》脂砚斋的有关评语、雪芹好友的一些诗文来加以考查。按照其生活地区，曹雪芹的一生，大概可以分作三个时期。

1. 康熙五十四年至雍正五年底曹家被抄，大约有十三年的时间，是曹雪芹的童年和少年时期，主要是在南京度过的。

当时的南京，是江南的政治和文化中心，也是全国工商业最繁荣发达的城市之一，被称为"欲界之仙都，升平之乐园"（余怀《板桥杂记》）。江宁织造府址在南京大行宫，当年府中有楝亭、西堂、西园、西池等多处园林建筑。曹雪芹童年和少年时代，就生活在织造府中。此时的曹家，尽管曹寅、曹颙均已去世，但叔父曹頫世袭织造，富贵流传，荣华依旧，雪芹依赖"天恩祖德"，仍然过着"锦衣纨袴，饫甘餍肥"的生活。

据传说，雪芹少年时，还常常随祖母李氏去苏州，住在舅祖李煦家，由家人陪他去浏览苏州名胜，特别是虎丘，更是他常去游赏的地方。

正因为如此，江南地区的风土人情、园林建筑、工艺器用等给曹雪芹留下许多可供回忆的东西，而且直到晚年，仍然追忆思念不已，难以忘怀。比如他的一些友人诗中所说的"扬州旧梦久已觉"（敦诚《寄怀曹雪芹》）、"废馆颓楼梦旧家"（敦诚《赠曹雪芹》）、"秦淮旧梦人犹在，燕市悲歌酒易醨"（敦敏《芹圃曹君（霑）别来已一载余矣……》）、"燕市哭歌悲遇合，秦淮风月忆繁华。新愁旧恨知多少，一醉酕醄白眼斜"（敦敏《赠芹圃》）。其中所说"旧梦""旧家""旧恨"，无疑都是指他幼年时在江南风月繁华的生活。

可以说，这些生活体验，也成为曹雪芹日后创作《红楼梦》丰富的素材来源。这样，我们也就可以理解，《红楼梦》故事从"姑苏"写起，是有其原因的。书中说："当日地陷东南，这东南有个姑苏城，城中阊门，最是红尘中一二等富贵风流之地……"书中还写到林黛玉、妙玉都是苏州人氏，甚至大观园中在河湖里操舟的也是"苏州驾娘"。《红楼梦》在创作过程中，又一度拟名为《金陵十二钗》，这些绝不是偶然的，说明曹雪芹对金陵、对姑苏有一种特殊情结。

2. 从雍正六年至乾隆十八年，大约有二十五年时间，曹雪芹的青年时期，基本是在北京城内度过的。

雍正六年，曹家迁回北京后，曹雪芹与祖母李氏、寡母马氏、曹頫妻儿及三对家仆维持度日。织造府第的富丽与十七间半的逼仄，昔日生活的豪奢与现时处境的窘迫，形成巨大的反差。前面所引雪芹友人诗句，所说"燕市悲歌""燕市哭歌""新愁旧恨"，反映的就是曹雪芹当时北京生活的悲愁。到了乾隆年间，他的家境更加困顿不堪。

据传说，曹雪芹到北京后，可能曾就读于咸安宫官学。官学是雍正七年（1729）设立的，目的是培养内务府青年。学习课程内容，有四书制艺、骑射、国语（即满语）等。雪芹对这种教育可能并不感兴趣，所以就读时间不会很长。

据有的清人笔记和《红楼梦》批语所载，落拓的曹雪芹曾混迹优伶，客串演戏。如善因楼本《批评新大奇书红楼梦》第一回朱笔眉批说：曹雪芹"世家，通文墨，不得志，遂放浪形骸，杂优伶中，时演剧以为乐。"雪芹这段经历，当发生在乾隆六七年左右，他到右翼宗学任职之前。所谓"时演剧以为乐"，实是说他家族败落，生活无着，困顿失意，精神愤懑，借剧中之歌哭笑骂以发泄悒郁也。这一记载，当有一定可信性。如前所说，曹家及李煦家都曾养有戏班，经常演出，雪芹对戏曲的爱好，当受到家庭的影响。这样，我们也就不难理解作者在《红楼梦》中为什么写了那么多演戏的情节，为什么对伶官、艺人大多抱有一种同情态度。

大约在乾隆八年(1743)，或说十三年(1748)，雪芹在右翼宗学谋得一职，称为"笔帖式"，做一些抄写一类的文墨工作。右翼宗学是清代为教育宗族子弟而设立的专门学校，学校开设于雍正三年(1725)，校址原先在西单牌楼北口石虎胡同，乾隆十九年(1754)移设于宣武门内西绒线胡同板桥迤东，在这里，雪芹与敦敏、敦诚兄弟相识。敦敏小雪芹十四岁，敦诚小十九岁，雪芹虽然与他们俩年龄相差较大，但他们趣味相投，经常一起饮酒聚谈，互相唱和，结下了终生友谊。

敦敏(1729—1796)号懋斋，著作有《懋斋诗钞》；敦诚(1734—1791)号松堂，著作有《四松堂集》和《鹪鹩庵杂志》。两人著作中，约有十数首诗作，写及雪芹情况，是研究曹雪芹生平的珍贵资料。据《爱新觉罗宗谱》记载，二敦兄弟本是清太祖努尔哈赤第十二子阿济格的五世孙。顺治初年，阿济格因谋夺皇权失败，被赐自尽，诸子革除宗籍，家被抄没，敦氏家族沦落为"宗室平民"。这也是雪芹与二敦兄弟同病相怜，友谊日增，而成力忘年交的重要原因。乾隆二十二年(1757)秋天，敦诚写了一首长篇歌行《寄怀曹雪芹(霑)》，诗中回忆在右翼宗学时与曹雪芹的友情说："当时虎门数晨夕，西窗剪烛风雨昏。""虎门"即代指宗学，这两句是说，当年在右翼宗学，两人朝夕相处，常常在风雨黄昏挑灯夜谈，情意深长。

大概在乾隆九年(1744)，即曹雪芹三十岁，便开始了小说创作。《红楼梦》的具体写作过程，已难以确考。我们只知道，雪芹在创作《红楼梦》之前，曾写过一部小说，叫作《风月宝鉴》。因为《石头记》甲戌本第一回有一条眉批说："雪芹旧有《风月宝鉴》之书，乃其弟棠村序也。今棠村已逝，余睹新怀旧，故仍因之。"这里所谓"新"，当指《红楼梦》，而"旧"即指《风月宝鉴》；"因之"是说保留《风月宝鉴》书名，作为对棠村的纪念。顾名思义，小说所写的，可能是一个有关男女情事的"风月故事"。有人考查，《红楼梦》第十一回到第十三回"贾瑞起淫心""正照风月鉴"和"秦可卿淫丧天香楼"的情节，或者就是根据《风月宝鉴》的一些内容改写而成的。后来，作者又在此基础上不断修改完善，先后经历了《石头记》《情僧录》《金陵十二钗》等改稿阶段，最后终于在乾隆十八年（1753）基本完稿。这个"披阅十载，增删五次"的成书过程，体现了曹雪芹呕心沥血、精益求精的写作态度。初稿完成后，到他逝世前，主要是修改和整理。

曹雪芹是什么时候离开右翼宗学的呢？众说不一。有研究者认为，乾隆十九年，右翼宗学改组，迁到绒线胡同新址，雪芹也于此时离开宗学。曾保泉先生著《曹雪芹与北京》则主张说："曹雪芹离开宗学的时间当在十九年之前，最迟也不晚于乾隆十七、十八年（或者再早一点）。"这一看法，较为合理。据传说，雪芹离开宗学后，几经搬徙，投亲靠友，还在京城经历了一段寄居流浪的生活，后来才迁居西山。

3. 从乾隆十九年到乾隆二十七年除夕去世，大约九年时间，曹雪芹在北京西山度过了自己的晚年生活。

曹雪芹在大体完成《红楼梦》的创作之后，便移居西山，流落到郊野荒村，另谋生路。据好友诗作描写，雪芹所居住的山村门对青山，旁临野水，径掩蓬蒿，人烟稀少，幽僻荒凉："于今环堵蓬蒿屯"（敦诚《寄怀曹雪芹（霑）》）、"满径蓬蒿老不华"、"衡门僻巷愁今雨"（敦诚《赠曹雪芹》）、"碧水青山曲径遐，薛萝门巷足烟霞"（敦敏《赠芹圃》）；到了冬季，更是景物萧疏，情境凄冷，给人一种落寞之感："野浦冻云深，柴扉晚烟薄。山村不见人，夕阳寒欲落。"（敦敏《访曹雪芹不值》）

在西山，雪芹家境仍然十分凄苦，有时要靠朋友接济度日，有时则要以卖画来维持生计，有时甚至到了"举家食粥酒常赊"的地步。《红楼梦》开篇"作者自云"今日"蓬牖茅椽，绳床瓦灶"的生活，也当是雪芹困居西山时生活的反映。但是，尽管居处简陋，生活清寒，而他仍然鄙弃功名富贵，安贫宁静，保持节操，甘心过自己的山野生活。张宜泉《题芹溪居士》末两联写道："羹调未羡青莲宠，苑召难忘立本羞。借问古来谁得似？野心应被白云留。"这四句诗，用了三个典故，以赞美雪芹的高尚情操。青莲，指唐代大诗人李白，因为善诗受到唐玄宗赏识，玄宗曾经亲自做菜给他吃。立本，指唐代大画家阎立本。据记载，唐太宗曾经与侍臣学士在春苑泛舟，看到池鸟随波游动，击节赞赏，便召阎立本来画鸟，立本闻召，奔走流汗，俯在池边，挥笔作画，看看座客，不胜羞惭。回来后，即告诫儿子说："汝宜深诫，勿习此末技。"这两句是说，凭着曹雪芹的才华，凭着他的名气，如想改变目前的穷困，并非没有可能，但他并不羡慕像李白那样受到皇帝的宠幸；也忘不了阎立本所感受到的耻辱，不愿接受宫廷画苑的征召。结末一句，用宋初陈抟的故事。陈是得道高士，隐居华山，世称白云先生。宋太祖多次征召他出山，都被谢绝，说他"一片野心，已被白云留住。"承续上联句意，是说曹雪芹鄙视功名利禄，甘愿与白云为伴，庐结西郊，过自己遗世独立的清贫生活。

同时，雪芹在僻居山村的九年中，当对《红楼梦》初稿仍在反复推敲，进行修订。乾隆十九年甲戌，其亲友脂砚斋等已经开始对《红楼》"抄阅再评"，到乾隆二十四年（1759）己卯冬及次年（1760）庚辰秋，脂砚斋已经"凡四阅评过"，整理出了前八十回，作品也开始在小范围内传阅传抄；但是，有的回尚缺，有的未补全，七十五回缺中秋诗等。敦诚《寄怀曹雪芹（霑）》诗结句说："残杯冷炙有德色，不如著书黄叶村。"或者就有劝勉雪芹安心僻居山村继续修订小说《红楼梦》之意。

查看敦敏、敦诚有关诗文，可以知道，雪芹移居西山后，有时也进城访友，但似乎次数不多。敦氏兄弟则不时去探望他，与他经常联系。比如，乾隆二十六年（1761）秋天，敦氏兄弟二人相约去西山访晤曹雪芹，各有七律一首留赠。同年深冬，敦敏再次到西郊拜访雪芹，可惜没有遇到他，于是写了那首深沉凄清的《访曹雪芹不值》诗，怅然而去。乾隆二十七年（1762），敦诚编写了一本《琵琶行传奇》。一次，在家中排演，特请雪芹来看，他当场题诗一首，现只留下两句："白傅诗灵应喜甚，定教蛮素鬼排场。"这离他去世已不到一年。

除敦氏兄弟外，在西山居住期间，曹雪芹还结识了一位新朋友，就是上文多次提及的张宜泉。张宜泉生卒年不详，据说，他的祖辈为汉军旗人。他父母早丧，兄弟不容留身，逼迫分居。他没有功名，终生潦倒，家境凄凉，晚年依靠教私塾谋生。著作有《春柳堂诗稿》。在与曹雪芹相识后，两人往来互访，诗酒唱和，发抒胸中块垒，非常投契。有一次，曹雪芹外出后，时间可能比较长，张宜泉非常思念他，于是写了一首题为《怀曹芹溪》的诗篇："似历三秋阔，同君一别时。怀人空有梦，见面尚无期。扫径张筵久，封书界雁迟。保当常聚会，促膝话新诗。"说明两人经常聚会，促膝谈诗，殷切盼望他早日归来，切磋"新诗"，写得真挚感人。

　　乾隆二十七年秋天，雪芹唯一的爱子不幸夭亡，他悲痛过度，感伤成疾，拖至这年除夕，终于因为"一病无医"，正当他人香烟爆竹、合家欢聚的时刻溘然而逝，永别人世。雪芹故后，敦诚写有《挽曹雪芹》诗二首，其第一首有句云："泪迸荒天寡妇声。"后来重新改作，这一句又改成："新妇飘零目岂瞑？"可知雪芹身后留下妻子，无依无靠，只得飘零他去。好友张宜泉亦曾来他的故居凭吊，写有《伤芹溪居士》一诗，哀伤雪芹所绘图画仍在、《红楼梦》正待补成，而雪芹已逝，空山晚照，睹物怀人，一片苍凉。

　　雪芹死后，到底葬于何处？至今仍无定论。或说雪芹死后就葬在京城西郊。20 世纪 60 年代初，有关方面曾在西郊寻找其墓地，终无结果。1992 年 7 月，通州张家湾发现了一块所谓曹雪芹的墓石，墓石正中有"曹公讳霑墓"，下角有"壬午"字样。"一石激起千层浪"，于是关于曹雪芹究竟埋骨于西郊，还是东郊的问题，又展开热烈争论。肯定墓石为真者，主张雪芹葬于张家湾曹氏祖坟；或说雪芹死后，先埋骨西郊，后又迁葬于张家湾。而也有不少学者认为墓石是假的，由此推论雪芹葬于东郊，并不可信。墓石真伪之争，仍是一桩无头公案，"何处招魂"，尚难考定。

四

　　曹雪芹的性格和为人，因材料缺乏，难以详细描述。我们从他朋友的一些诗篇以及他人零星记载中，可以看出，他是一个傲骨嶙峋、愤世嫉俗、性格诙谐、喜酒健谈，而又具有多方面才艺的人。有的朋友把他比作奇石，说"傲骨如君世已奇，嶙峋更见此支离"（敦敏《题芹圃画石》诗），形容他不同流俗，铁骨铮铮。有的把他喻为寒光闪闪的利剑，说"琴裹坏囊声漠漠，剑横破匣影铓铓"（张宜泉《伤芹溪居士》），象征雪芹人虽长逝，寂静无声，但他狷傲放达的叛逆精神，依然光芒四射，亘古永存。有的说他像晋代诗人阮籍那样"白眼向人斜"（敦诚《赠曹雪芹》），卓跞不群，蔑视礼法。至于他为人的风度，裕瑞《枣窗闲笔》记述说他善谈吐，风雅游戏，触境生春，闻其奇谈"娓娓然令人终日不倦"。又说："闻其尝作戏语：'若有人欲快睹我书，不难，惟日以南酒烧鸭享我，我即为之作书。'"敦诚在《四松堂集》卷一《佩刀质酒歌》题记中还记述了这样一件事：一个秋天的早晨，敦诚在其兄敦敏的别墅槐园（在北京内城西南角宣武门内太平湖侧），恰巧碰到雪芹。当时风雨淋涔，朝寒袭衣，雪芹酒渴如狂，但他们身边都未带钱，于是敦诚便解下佩刀沽酒，雪芹非常高兴，大笑称快，立即作长诗一首，高声朗诵，以致谢意。从这一记载，可以窥见雪芹当时壮怀激烈、肝胆照人的性格风貌。

曹雪芹不仅擅长创作小说，而且还工于写诗和绘画，可惜这些诗画都已风云流散。现在保存下来的，只有上文引述过的题敦诚《琵琶行传奇》那两句残诗，不过，由题诗可知，雪芹对戏曲也有很高的鉴赏能力。敦诚对他的诗风极为推崇，说雪芹诗作有两个特点，一是有"奇气"，如在《寄怀曹雪芹（霑）》中说："爱君诗笔有奇气，直追昌谷披篱樊。"把他比作诗风奇险新颖的唐代诗人李贺。二是有"诗胆"，如在《佩刀质酒歌》中说："知君诗胆昔如铁，堪与刀颖交寒光。"是说他作诗胆识奇特，敢于标新立异。可惜的是，雪芹连一首完整的诗也没有留下，有人感叹：诗如其人，"命运也很悲惨"。他的绘画，亦颇见功力。他善画奇石、山水，敦诚《题芹圃画石》诗说他"醉余奋扫如椽笔，写出胸中魂磊时。"张宜泉在《题芹溪居士》一诗中也说他"门外山川供绘画，堂前花鸟入吟讴。"说明他常借绘画寄托自己怀才不遇的感愤，抒发自己胸中的不平之气。

五

曹雪芹去世后不久，《红楼梦》抄本便被"好事者"居为奇货，拿到庙市上高价出售，小说在京城的影响日益扩大，读者迫切希望能看到《红楼梦》全豹。程伟元、高鹗觉察到了读者的这种需要，遂努力搜集、修辑，将全书整理刊刻行世，从而开创了《红楼梦》广泛流传的新阶段。这里一并将程高二人的生平作一简单介绍。

程伟元（约 1745—1819），过去介绍甚少，现在逐渐为人所注意。伟元字小泉，江苏苏州人。出身于诗书之家，有文才，能诗画。乾隆五十五年（1790）前，流寓北京。致力搜集《红楼梦》原作和续作的各种抄本。嘉庆五年（1800），应盛京将军晋昌的延邀，由北京到辽东作幕，两人结为"忘形交"。晚年卒于辽东。

高鹗（1763—1815），字云士，号兰墅，别署红楼外史，祖籍辽东铁岭，属汉军镶黄旗内务府人。清兵入关后，流寓北京，后曾去他乡，依人作幕。乾隆五十三年（1788）中举，六十年（1795）成进士，历任内阁中书、汉军中书、江南道监察御史、刑科给事中等。著有《高兰墅集》《兰墅诗抄》《小月山房遗稿》《吏治辑要》等。从他所写的一些诗文看，知道他少年时生活比较放荡，不大遵守儒家礼教。后来竭力追求功名利禄，思想比较庸俗。有些学者认为，《红楼梦》后四十回文字是高鹗所补。依据是当时诗人张问陶写过一首《赠高兰墅（鹗）同年》诗，其中有句云："侠气君能空紫塞，艳情人自说红楼。"并在题下加注说："传奇《红楼梦》八十回以后，俱兰墅所补。"这一"补"字，伸缩性颇大，有人解释为"补作"，但细按文意，似可理解为"修补"之义，比较妥当。

乾隆五十六年（1791），程伟元邀同高鹗将历年搜求所得的《红楼梦》前八十回与后四十回，做了一番"细加厘剔，截长补短"的工作，合成一个完整的故事，以木活字排印出来，这就是我们通常所说的"程甲本"。次年，程高二人"复聚集各原本，详加校阅"，对甲本做了一些"补遗订讹""略为修辑"的工作，重新排印，这就是社会上颇为流行的所谓"程乙本"。程本的印行，结束了《红楼梦》传抄时代，使《红楼梦》得到广泛传播，更加深入人心。正如逍遥子《后红楼梦序》所说："自铁岭高君梓成，一时风行，几于家置一集。"

对程高修补的《红楼梦》后四十回的评价，一直争议比较大。平心而论，两人的修辑，有成功的地方，也有失败的地方。就小说整体结构而言，修补之后，尽管还有诸多缺憾，但全书故事首尾完整，浑然一体，情节大体合理，有利于小说的流传。应该说，功还是大于过的。红学家启功先生《哈尔滨红楼梦研讨会开幕》诗云："三曹之后数芹侯，妙笔程高绩并优。神智益从开卷处，石狮两个一红楼。"钱锺书先生在其《谈艺录》中也说："《红楼梦》现有收场，正亦切事入情。"两位先生肯定了程高续书的功绩，可谓持平之论。《红楼梦》问世至今，别的续书都未能站住脚；唯有程高续补与原著在一起，风靡传诵，几乎代不衰歇，这本身不就是一种很好的评价吗？

〔**附**〕曹雪芹世系表

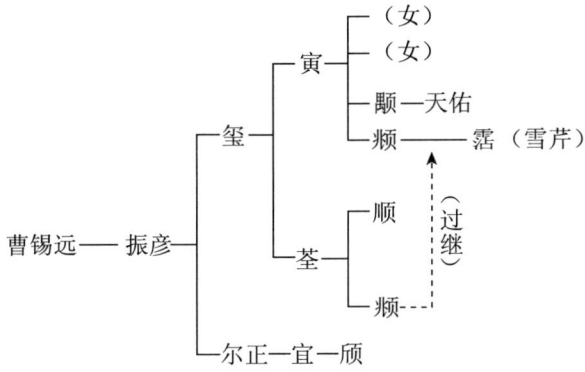

```
                              ┌── （女）
                         寅 ──┤── （女）
                              ├── 颙 ── 天佑
                    ┌── 玺 ──┤── 頫 ──────── 霑（雪芹）
                    │         └──         ↑
曹锡远 ── 振彦 ──┤              ┌── 顺   （过继）
                    │         荃 ──┤         │
                    │              └── 頫 ----┘
                    └── 尔正 ── 宜 ── 顺
```

（录自"曹雪芹逝世二百周年纪念展"）

（原载中国红楼梦学会编《话说〈红楼梦〉中人》，崇文书局 2006 年 11 月版）

关于《红楼梦作者新考》的通信

××先生：

大札收悉。前些时，因故"隐居"京郊香山数日。趁此机会，遵您所嘱，拜读了赵国栋同志的《〈红楼梦〉作者新考》（以下简称《新考》）一文，有些疑问，粗为整理，请您审察。

读完赵文，我的总印象是：文章题为"新考"，其实不新。因为，早在清末，有人即提出"《红楼梦》是曹頫所作，雪芹增删"；70 年代，又有人说"《石头记》作者必是曹頫"，雪芹是"书的整理者"，冯其庸先生当时曾批驳过这一说法。再说，文章所引材料，也没有多少新东西，只不过是对旧有材料重新作了一些解释而已；而且对一些材料的理解，明显是错误的。赵文的长处是，比之过去其他否定曹雪芹《红楼梦》著作权的文章，对一些材料的解释较为详细，文章结构较为谨严，因之，似乎有一定说服力。

我对《红楼梦》的作者问题，并无成见。我以为，要提出一种新看法，其立论的依据，要经得起仔细推敲；其所征引的材料，要经得起一一验证。这样，所得出的结论，才会令人信服。同时，我还觉得，像《红楼梦》作者这样在红学史上多年争论的问题，必须联系红学界其他一些不同看法，进行探讨，"不破不立"，如果抱着"顺我者昌，逆我者亡"的态度，采取"你说你的，我说我的"的方法，是解决不了问题的。

我不愿对赵文所推断出的结论，说三道四，只想就其所征引的一些材料及其推断方法，提出一些疑问。

文章第一部分论证"作者自云"中的"作者"并非曹雪芹。据说因为它有两不符处，一是经历，二是性格。后者似嫌空泛，可略而不论，只说"经历"。文章引了敦诚的"四十萧然太瘦生""四十年华付杳冥"两句诗后说："由此推算，曹雪芹当生于 1723 年或 1724 年左右，此时正是曹家败落之时，所以曹雪芹没有经历过'锦衣纨袴、饫甘餍肥'的豪华生活。"其实，这只是关于雪芹生年的一种意见。另一说法，见其好友张宜泉诗序。张氏《伤芹溪居士》小序有句云"年未五旬而卒"。此诗写于乾隆二十九年（1764）或稍后，依曹雪芹卒于乾隆二十八年癸未（1763）说，此正是雪芹卒年。"年未五旬而卒"，说明其卒时将近五十岁，由此推算，则他当生于康熙五十四年（1715）左右。不少研究者亦采用此说。如此，则雍正五年（1727）曹家被查封败落时，雪芹为十二三岁，说他曾经历过一段"锦衣纨袴"的豪华生活，亦未尝不可。敦敏《赠芹圃》诗即有"秦淮风月忆繁华"的句子。

再者，赵文曾引明义《题红楼梦》二十首最后一首结句"惭愧当年石季伦"，以为明义是"拿石崇与《红楼梦》作者曹頫相比"。而此诗首两句明明说："馔玉炊金未几春，王孙瘦损骨嶙峋。"意谓馔玉炊金的繁华生活瞬息消失，王孙公子贫困潦倒瘦骨嶙峋（用《红楼梦大辞典》译句）。并且小说第十三回说：贾府"烈火烹油、鲜花着锦之盛"，"也不过是瞬息的繁华，一时的欢乐"。以之比照曹家，不也正说明雪芹经历过一段短暂的繁华生活吗？相反，以之说曹頫，则有不符之处。据考证，曹頫当生于康熙三十五年（1696）至三十七年（1698）之间（据朱淡文《曹頫小考》）。如是，至曹家败落时，他已三十一二岁；从康熙五十四年（1715），他补放江宁织造，至雍正五年（1727）被参离职，亦赫赫扬扬十二年，比之雪芹，恐怕难说是"瞬息"的荣华。我以为，论证雪芹生平经历，应顾及其他不同材料，顺我者取之，逆我者弃之，执其一端，以之立论，何以服人？

文章第二部分，论证脂批中"作者"亦非指曹雪芹。论者都知道，脂批情况，极为复杂，其中有标点断句问题，有语法句式问题，有措辞语气问题，有版本校勘问题，以及抄录格式位置问题等。对这些问题的不同理解，往往会导致不同结论。赵文说："凡牵涉到书中描写处，脂砚即提出'作者'或'石头'，凡牵涉到增补诗词创作处，脂砚斋才提到'雪芹'。"这一看法，未免以偏概全，值得考虑。且看其中的几条批语：

比如，文章引了甲戌本第一回一则侧批，这样断句："这是第一首诗，后文香奁闺情皆不落空。余谓雪芹撰此。书中亦为传诗之意。"此批应如何解读，有不同看法。俞平伯先生作"这是第一首诗。后文香奁闺情皆不落空。余谓雪芹撰此书中，亦为传诗之意。"（《脂砚斋红楼梦辑评》）朱一玄先生《红楼梦资料汇编》、陈庆浩先生《新编石头记脂砚斋评语辑校》均同俞。吴恩裕先生则谓，"当系原抄'有'字行书之误"，此句应读为"余谓雪芹撰此书，中亦有传诗之意。"（《有关曹雪芹十种》）甲辰本此批末两句为"余谓雪芹撰比书，亦为传诗之意。"语意较为明豁，赵文所断，似有削足适履之嫌。

又如，文章还重点引证并串解了甲戌本第一回两条批语，批评别人"存有先入之见"，"误解"了批语原意。一条是甲戌眉批："若云雪芹披阅增删，然后（则）开卷至此这一篇楔子又系谁撰？足见作者之笔，狡猾之甚。后文如此处者不少。这正是作者用画家烟云模糊处，观者万不可被作者瞒弊了去，方是巨眼。"这条批语，语言浮露，用辞浅显，并未故作隐语，引人猜测。有同志把这条批语理解为："如果说曹雪芹仅仅作了披阅增删，那么开卷至此的这篇楔子又是谁写的？可见作者（曹雪芹）在故意瞒着读者。"这种理解，我亦以为基本符合原意。那么，赵文是如何理解呢？他说："联系书中内容，这段批语的原意应是"："若说（仅有一个）曹雪芹进行了整理（没有作者），那么，开头的楔子又是谁写的？（可见作者还是有的。）读者可不要被'作者'蒙蔽了。"这种理解，我则以为添加连接词语太多，近于演绎。

第二条批语，是甲戌另一眉批："能解者方有辛酸之泪，哭成此书。壬午除夕，书未成，芹为泪尽而逝。余尝哭芹，泪亦待尽。每意觅青埂峰再问石兄，奈不遇獭（癞）头和尚何，怅怅！"这条批语，争论颇多。如批者属谁？何时所批？批于何处？有无阙文？都有不同看法。俞平伯先生《记"夕葵书屋石头记卷一"的批语》、梅挺秀先生《曹雪芹卒年新考》、徐恭时先生《文星陨落是何年？——曹雪芹卒年新探》等，都发表过一些很好的看法。赵文以为"要正确理解这条批语，关键是'泪尽'与'哭成'两个概念"。对"泪尽"的解释，我无疑义；至于对"哭成"的理解，我则不敢苟同。赵文说："'哭成'之'成'也只能理解为'补成'。"理由是"庚辰本二十二回回后批曰：'此回未成而芹逝矣，叹叹！丁亥夏，畸笏叟。'若理解为'作成'，那么二十二回后的文字是谁作的？"我以为，联系上下文看，"哭成"之"成"与"书未成"之"成"，语义不同。前者当为"作成"解，后者可作"补成"讲（戴不凡怀疑"哭成此书"前有阙文）。"哭成此书"，意即作者用血泪之笔写成此书。至于说庚辰本二十二回那则批语，又牵涉《红楼梦》成书过程，枝蔓太多，三言两语，难以说清。不过，小说早已说"曹雪芹于悼红轩中，披阅十载，增删五次"，可见其"披阅"时间之长，"增删"次数之多。如果说，最后一次当雪芹增删至第二十二回时，"书未补成"，而人已逝，不也可以理解吗？这从脂本重评的情况和过程中是能够看出一些眉目的。

文章第三部分，主要论证脂砚斋是贾宝玉之原型，亦即《红楼梦》之作者，立论根据是脂评。

文章首先征引了庚辰本七十六回以下十条脂批，证明书中"本事"的"身历其境者""经过者"，"只有一个"脂砚斋，因此，"无疑"他是《红楼》作者。对此，我尚不能"无疑"。在现存脂评本中，署名的批书人，除脂砚斋外，尚有畸笏叟、棠村、梅溪、松斋以及玉蓝坡、鉴堂、绮园等八九人。论者以为脂砚斋及松斋以上四人，为"脂评"系列，其他则属后评者。赵文所引十一条批评，既均无署名，亦无系年，是否都为脂砚斋所批，值得考虑。其中有七条批语，戴不凡、吴恩裕、陈庆浩、杨传镛先生等认为乃畸笏叟所作。那么，赵文是把脂砚斋与畸笏叟视为一人呢，还是认为这些批语本来就是脂砚斋所写？他没有说明，我不便臆断，但这是应当交待清楚的。俞平伯、吴恩裕、陈毓罴先生等认为脂砚斋、畸笏叟为两人；吴世昌先生始终以为系一人；皮述民、戴不凡先生并认为畸笏叟即曹頫。赵文对此一字不提，不知何故。问题是不能回避的，如果他认为脂砚斋与畸笏叟本为一人，而靖藏本第二十二回畸笏叟眉批明明说："不数年，芹溪、脂砚、杏斋诸子皆相继别去。今丁亥夏只剩朽物一枚，宁不痛杀！"若认为是两人，那么，文章引录"脂评"中为什么掺入那么多畸评，而不加辨析，不予说明，令人费解。此一疑也。再者，文章还说："脂砚斋所提供的'作者'特征，是对书中'本事''身历其境者'，'经过者'。那么谁是'身历其境者'，'经过者'呢？答案只有一个：脂砚斋自己。"这也未免偏颇。查有关资料，不仅畸笏叟也说过诸如"真有是事"（第三回）、"批书者亲见"（第四回）、"真有是事，经过见过"（第十六回）、"真有是语"（第二十回）、"有是事，有是人"（第二十三回）、"作者与余，实实经过"（第二十五回）等等之类的话，甚至"后评者"绮园也说过："予曾历其境，竟至有'相逢半句无'之事，予固深悔之。阅此慌惚将予所历之委曲细陈，心身一畅。"（第二十八回）凭此批语，能说绮园是《红楼梦》作者吗？当然不会有人相信。此二疑也。我们承认，脂砚斋和畸笏叟当是曹家中人，他们熟悉作者早年家庭生活的某些细节，了解书中某些素材的来源，知道作者的构思和创作意图，甚至可能参与过某些章回的写作和修改，但要据此就断定《红楼梦》作者是脂砚斋，而非曹雪芹，证据尚嫌不足。

接着，文章又引述了第一回蒙府本批以下七条批语，说明脂砚斋不但是红楼作者，"同时还是贾宝玉之原型"。同样，这七条批语，有两条，陈庆浩以为系畸笏叟所批；有一条，陈庆浩当作脂评，赵冈以为系畸批。就无争议的三条看，因为其中有"并可传我""自愧之语""此书自愧而成""却是自悔"（着重号原有，下同）等语，即断定"这个'自'显然指的就是批书人自己"，就是红楼作者。我以为，这把"自"的词义理解太死了。这里依其措辞口气，"自愧""自悔"当是批书人"漫拟"作书人心理之辞。同其他批语如"自首荒唐""自写幸遇""感叹句自寓""作者自负之辞""自站地步"等句中的"自"，用法相类。其中第十二回庚辰本眉批原作："处处点父母痴心，子孙不肖。此书系自愧而成。"（靖藏本"系"作"纯系"）前两句点评书中情节，末一句揭出作者心态，说明小说性质，语意更为清楚。

文章第四部分证明"脂砚斋只能是曹頫"，他是《红楼梦》作者。对曹頫其人，我无研究，知之甚少，不敢置喙。李玄伯、周汝昌、吴恩裕、皮述民先生等，都曾积极探其"末路"，觅其"下落"，作过种种猜测，赵文没有提供新材料。其中他对"老朽"的理解和对"脂砚"的拆字，我有疑问。

关于"老朽"。文章说："正因为脂砚斋是曹雪芹的长辈，所以他才在曹雪芹面前自称'老朽'。"这里径直把"老朽"当作脂砚斋了。查"脂评"，提及"朽物"及"老朽"的批语，主要有三条。传录靖藏本第二十二回有丁亥夏朽物眉批一条（前已引），丁亥为乾隆三十二年（1767），此年未有署脂砚斋的批语，只有署名"畸笏叟"的批语；且此批言及从雪芹死后（1763或1764）至丁亥，脂砚、杏斋亦"相继别去"，故多以为"朽物"当系畸笏叟自称。提及"老朽"的批语，凡两条。一是甲戌本第十三回总批："秦可卿淫丧天香楼，作者用史笔也。老朽因有魂托凤姐贾家后事二件……姑赦之，因命芹溪删去。"文中虽无纪年，但靖藏本第四十一回有一眉批云："玉兄独至，岂真无吃茶？作书人又弄狡猾，只瞒不过老朽。然不知落笔时作者如何想。丁亥夏。"既有署名，又有纪年，显然，"老朽"与"朽物""畸笏老人"同义，均为畸笏自称之词。赵文以之径指脂砚斋，我以为不大妥当。

关于"拆字"。文章说："事实上，曹𫗧所取的'脂砚斋'这个'笔名'已经透露了他是《红楼梦》的作者。"他用"拆字"法作了考证："脂者，脂粉也，胭脂也"；"砚者，通'研'，'研'字，拆开来就是'石''开'，也就是《红楼梦》开始所'见'到的那位'石兄'。"对于"脂"字的诠注，我是同意的；而对"研"字的训释，我则迷惑不解。"研"本作"研"，"研"，乃其俗字（见《龙龛手鉴·石部》）。查许慎《说文》卷九下："研，磨也，从石、开声。"其中"开"字，《说文》卷十四用作部首，并云："开，平也，象二干对冓，上平也。"赵文说："研"字拆开，就是"石""开"。我不知这"开"作何解释，是繁体"開"字简化之"开"，还是《说文》之"开"？如系前者，我不知在脂砚斋当时可否这样简化；倘依《说文》作"开"，那么"石""开"又是何意？我实不解。

文章第五部分，意在分析"曹雪芹之所以被误为《红楼梦》作者"的"复杂原因"。文章对红学史上最早记录曹雪芹是《红楼梦》作者的三则材料一一作了分析，可惜疏失较多，实难服人。

先说永忠《因墨香得观〈红楼梦〉小说吊雪芹三绝句（姓曹）》。诗作于乾隆三十三年（1768）。其第一首结尾云："可恨同时不相识，几回掩卷哭曹侯。"赵文在引录此诗后说："诗句里的'曹侯'二字很令人费解。曹雪芹乃一介平民，怎么能称'侯'？实际上这一个'侯'字，已经证明了永忠知道《红楼梦》的作者为曹𫗧……曹𫗧作过江宁织造，所以永忠才说哭'曹侯'。"这实实在在是误解了诗句中"侯"字的含义。赵同志似乎以为只有作过官或有爵位的人，才能称"侯"。此乃只知其一，不知其二。"侯"其实也是古时士大夫之间的一种尊称，如同说"君"。如唐杜甫《与李十二白同寻范十隐居》诗："李侯有佳句，往往似阴铿。余亦东蒙客，怜君如弟兄。"宋孙光宪《北梦琐言》卷五："唐大中初，绵州魏城县人王助举进士，有奇文，蜀自李白、陈子昂后，继之者乃此侯也。"其中"侯"，均可作"君"讲。其实永忠诗题已然注明：雪芹"姓曹"，并未故意暗藏机锋，引人揣测。茅盾先生也正是这样用的。他在读《懋斋记盛的故事》之后，所作一首诗云："浩气真才耀晚年，曹侯身世展新篇。"（转引自周雷先生《茅盾与红学》）赵文说：永忠采用了什么"隐晦曲折的办法。"我实在看不出隐晦在哪里。再说，"哭曹侯"之"哭"，无疑是对死者的哭吊悼念。那么，曹頫死于何年？赵文没有说明。朱淡文先生《曹頫小考》谓其"乾隆三十二年以后(1767)去世"。依此，如曹頫恰恰死于乾隆三十二年或次年，当与永忠诗意合榫。问题是，如前所说，赵文为证明脂砚斋即曹頫而征引脂评时，引录了不少畸批，如赵以为两者为一人，那么，靖藏本第四十二回有纪年"辛卯冬日"的批语一条，据考证，亦出自畸笏之手。辛卯为乾隆三十六年(1771)，如按赵所说，乾隆三十二年永忠所"哭"之"曹侯"，实是曹頫，但此时曹頫尚健在，永忠却在那里"几回掩卷""哭吊"，这成何体统？

再说明义《题红楼梦》诗。诗前《小引》开首说："曹子雪芹出所撰《红楼梦》一部，备记风月繁华之盛。"虽然吴恩裕先生说这则《小引》语义"含混不清"(《曹雪芹丛考》卷六)，但这两句话，语义却非常清楚。《丛考》和周汝昌先生《红楼梦新证》都曾指出，其中"出"("拿出""出示于人"的意思)"所撰"词义"甚明"，毫不含混。而赵文则说："'曹子雪芹'撰《红楼梦》一部，这其实又是不得已之言。"理由是，明义虽知道曹頫是《红楼梦》作者，"只因曹頫是'钦犯'，别人不敢提他，明义自然也不敢提他"。提不出别的有力证据，遽然下此断语，轻易剥夺了曹雪芹的《红楼梦》著作权，是不够慎重的。从这种推论出发，文章对诗中石崇的用典也作了"想当然"的解释。明义诗最后一首结尾两句(前面已引"馔玉炊金"首两句)云："青蛾红粉归何处？惭愧当年石季伦。"论者对这两句诗的解释，大体相同。《新证》说："如果这不过指当时名园亦如金谷别墅，鞠为茂草，那就简单，别无含义。可是，那就是'无愧'于石崇了，又有什么'惭愧'可讲呢？如果是说，石崇临死，尚有一个绿珠为他殉情坠楼而死，而这位'王孙'到此境地时青蛾红粉皆已不知归于何处，竟连一个绿珠也无，这才是'惭愧'于石崇之处——这样比较通了。"《丛考》说："第三、四句则系念及'当时所有之女子'(见《红楼梦》第一回，也与脂批中'今之女儿'诸条有关)的归宿，于家败后烟消云散，不能保全，当惭愧如石崇耳！末句用石崇一典，尤可证曹家败落与当时的政治有关。"蔡义江先生《红楼梦诗词曲赋评注》说："三、四句则以石崇一家遭遇比贾府事败，说因为不能保全'当年'的'青蛾红粉'，而深感'惭愧'。"《红楼梦大辞典》也说："诗既名为《题红楼梦》，似应是写小说中的人物贾宝玉，但也有研究者认为写曹雪芹的可能性更大些。后两句意谓因贾府事败以致青蛾红粉星散零落，不知归向何处？使得贾宝玉惭愧自己不如当年临死尚有绿珠殉情的石季伦。"联系全首诗意看，这些解释，都是有道理的。如比照小说第六十四回林黛玉《五美吟》中《绿珠》一首看，意思更为明了。诗云："瓦砾明珠一例抛，何曾石尉重娇娆？都缘顽福前生造，更有同归慰寂寥。"因此，结合前面引述的一些看法，我以为，明义用石崇的典故，重在说"青蛾红粉"的散落，而不在金谷别墅的豪华；重在写其"顽福"遭遇，而不在"大臣"地位。即使如一些研究者所说，此典婉词见义，暗示了《红楼梦》作者的身世，当也只能如周汝昌、吴恩裕先生所云：曹家的"遭变""败落"，与当时的政治斗争有关。赵文不顾及全诗内容，甚至连后两句的上下关联也不顾，孤零零抓住"石季伦"一词推论说："我们知道，石季伦是晋代的大臣石崇。石崇造了一座豪华的金谷园，明义以'石季伦'与《红楼梦》的作者相提并论，证明他知道《红楼梦》的作者当为曹頫，因为曹頫作过江宁织造，与作过大臣的石崇可相提并论，曹雪芹是一介平民，拿石崇和他相比，不伦不类。"这种推论，不符明义诗原意。这同把"曹侯"曲解为曹頫一样，似乎因頫"作过江宁织造"，就可称"侯"，就可与"作过大臣"的石崇"相比"，《红楼梦》作者问题，就可迎刃而解，这未免把问题简单化了。

最后谈袁枚的《随园诗话》。《诗话》中关于雪芹的两则材料，如赵所说，切实"大有考究"。有材料记载，雪芹明明为曹寅之孙，袁枚何以说"其子雪芹"？何以说为曹寅"嗣君"？实令人不解。关于"其子"，论者有过多种猜测。或谓当是袁枚把明义诗《小引》"曹子雪芹"句中的"曹子(曹先生)"，误解为"曹寅之子"，把"曹"误记为"其"(韩进廉《红学史稿》)；或谓袁枚误会明义"其先人"之语为指其父，遂径云"其子雪芹"(《新证》)；或径直改称"其孙"(《丛考》)。这些解释或改动，有无道理，我不敢妄断。赵文的解释是：袁枚所以将雪芹写成曹寅之子，"唯一的原因就是，袁枚从明义处得知，作《红楼梦》者是曹寅之子曹頫，可由于曹頫是'钦犯'，袁枚也不便明说出来"，于是他也用了"狡狯"之笔，"先写《红楼梦》作者是曹寅之子，而后再加上雪芹"，便成了现在这种文字。对这种解释，我也疑惑。如果说，因为曹頫是"钦犯"，需要避忌，所以袁枚等人不敢提他是红楼作者，难道让"钦犯"子孙曹雪芹"出面"，就不怕有为"钦犯"翻案之嫌吗？

关于"嗣君"二字，赵文特意加了着重号，说这"更是明确地点明了《红楼梦》作者为曹頫。"怎么个"明确"法，文章没有具体说明。不过，此文开端有句云："曹寅共有二子，一为亲子曹颙，早亡；一为嗣子曹頫。"看来，赵文显然是把"嗣君"当作"嗣子"讲了。若果如此，"嗣君"二字，当然指点明确。因为，康熙五十四年正月十二日《内务府奏请将曹頫给曹寅之妻为嗣并补江宁织造摺》、同年三月初七日《江宁织造曹頫代母陈情摺》等都清楚说明曹頫乃曹寅"嗣子"。赵同志可能正是这样理解的，所以文章振振有词地说："袁枚唯恐别人不注意《红楼梦》作者为曹寅之子曹頫，在《随园诗话》卷十六又再次写道：'雪芹者，曹楝亭织造之嗣君也。'"似乎袁枚在有意提醒读者注意：《红楼梦》作者，乃曹寅"嗣子"曹頫。可惜的是，文章又把"嗣君"的词义弄错了。查《中文大辞典》、新版《辞源》和《汉语大词典》等辞书，对"嗣子"与"嗣君"两词的词义，都有明确解释。其中《汉语大词典》"口部"云：

嗣子：

1. 帝王或诸侯的承嗣子(多为嫡长子)。

2. 旧时称嫡长子。

3. 旧时无子者以近友兄弟或他人之子为后嗣，亦称"嗣子"。

嗣君：

1. 继位的国君。

2. 称别人的儿子。清袁枚《随园诗话》卷十六："雪芹者，曹楝亭织造之嗣君也。"况周颐《蕙风诗话》卷五："纳兰成德侍中与顾梁汾交最密，……一夕，(梁汾)梦侍中至，曰：'文章知己，念不去怀；泡影石光，愿寻息壤。'是夜，其嗣君举一子。梁汾就视之，面目一如侍中。"

从以上所引可知，"嗣君"并不作"嗣子"讲，两者并非同义词。袁文用"嗣君"二字，不过是《诗话》卷二所说"其子"的另一用词而已，并无特殊含义。当然也无暗示读者《红楼梦》作者为"曹寅之子曹頫"的意思。

文章还抓住袁枚《诗话》中"相隔已百年矣"一句，揭露袁枚"在说假话"。他说："更令人发笑的是，袁枚为了掩盖，竟说自己与雪芹'相隔已百年矣'，这分明在说假话"，因为"袁枚写这句话时，是在丁未八月，此距雪芹去世(壬午或癸未)不过二十多年。"其实这是一桩冤案。袁枚没有"掩盖"，更没有"说假话"，而是研究者自己不察，断章取义，割裂了袁文的上下句意。且看《随园诗话》卷十六原文："丁未八月，余答客之便，见秦淮壁上题云……三首深得竹枝风趣，尾署'翠云道人'。访之，乃织造成公之子啸厓所作，名延福。有才如此，可与雪芹公子前后辉映。雪芹者，曹练亭织造之嗣君也，相隔已百年矣。"这段话，文意甚明。丁未为乾隆五十二年(1787)，此指袁枚见秦淮壁上题诗的时间。诗乃成公之子啸厓所作，其才与雪芹"前后辉映"。很清楚，"相隔已百年"，本指织造成公之子啸厓与织造练亭之子雪芹两才子"前后辉映"，相隔的时间(署名"翠云道人"的成公之子啸厓为何许人，我尚未及查出)，并非指袁枚自己与雪芹相隔的时间。一些论者曲解了袁枚文意，反而讥笑他，指责他，何其不公！甚至连《新证》也说："袁枚在乾隆五十二年另一次提到曹雪芹的时候竟然说'相隔已百年矣！'可见其错觉甚大。"借用赵同志的话说："真是冤哉枉哉，令人感叹。"

总之，赵文的推论是：曹頫曾做过江宁织造，所以永忠称他为"曹侯"，明义比之为晋代"大臣"石崇，证明他是《红楼梦》作者；但因他是"钦犯"，因而永忠"不敢说真话"，明义"也不敢提他"，袁枚"也不便明说出来"；"为了掩人耳目，才让曹雪芹出面"。可我纳闷的是，这"三人帮"是怎么样串通一气、蒙蔽世人的呢？很希望能拿出有力证据来。

综观《新考》一文，我有以上疑问。因时间仓促，可能对其文意有理解不当之处；对其文中所引材料，亦未及一一细检，我的考查，或许有误。前面说过，我对《红楼梦》的作者问题，并无成见，无党无派，是个地道的"民主人士"。赵文结尾自谓："现在，《红楼梦》作者之谜，终于被破解了。知道了作者是曹頫，我们对《红楼梦》也许会有一个全新的理解。"如果确能剥夺曹雪芹《红楼梦》的著作权，真正考出一个"新"作者来，不管他是谁，如赵所说，对《红楼梦》"也许会有一个全新的理解"。可惜，我以为"谜"并未"破解"。倘若谁能摆事实，讲道理，实事求是，真正解决这一问题，人们将会为他在红学史上树一座丰碑。

您让我谈谈对《新考》一文的看法，因不愿徒作泛泛之言，拉杂写来，已觉满纸，是否有警，望兄指教。

顺颂

文安

张俊

1990. 11. 3

（原载《红楼梦学刊》1991 年第 2 辑）

〔附记〕本文当年是在友人林辰兄鼓动与督促下写成的，××先生，即指林辰，而非虚拟。《红楼梦学刊》刊载拙文时，文前有"编者按"云："《河南大学学报》1990 年第 2 期发表了赵国栋《红楼梦作者新考》一文，《新华文摘》1990 年第七期也予以转载，一些读者和研究者对该文有不同的看法。这里，我们将张俊先生与友人的一封通信刊登出来，供大家参考。"其"本期编后"又云："《河南大学学报》1990 年第二期刊登了赵国栋同志《〈红楼梦〉作者新考》一文，由于《红楼梦》作者之为曹雪芹已经过专家多方论证，材料已发表了不少，本刊未予讨论。但北师大张俊教授因与友人通信，涉及了对于赵国栋文章的许多看法，我们将信有关部分发表在这里，以供有兴趣者阅读。"

2018 年 2 月 20 日

"曹雪芹逝世二百周年纪念展"参观记忆

　　4月10日，中国红学会副秘书长张云同志曾与我通电话说，为纪念曹雪芹逝世250周年，红学会计划出一册"纪念文集"，由她负责组稿、编辑；她已拟定几个题目，约我写点文章。我没有思想准备，一时不知写什么好。闲话中，我不经意间提及一件往事：50年前，在故宫文华殿举办"曹雪芹逝世二百周年纪念展览会"时，我曾一边参观，一边摘记，断断续续，抄录成一份近百页的展览说明，敝帚自享，一直保存至今，不舍得丢弃。想起来，有几分执迷，也带点傻气。谁知，张云听后，倒觉得有些意思，嘱我就写写此事。我虽有点踌躇，但又不便推却，乃姑妄应之。现在这篇东西，就是遵其所嘱草成的，免致食言。

　　那是1963年，我于北京师范大学中文系毕业，留校任教，刚刚三年。我的教学任务，是给本科生讲授元明清文学。对明清小说，我比较喜欢《水浒传》《金瓶梅》和《红楼梦》；而对后者，似尤情有独钟。但因参加工作不久，工资微薄，购书不多，红学研究资料，手边仅有周汝昌先生《红楼梦新证》、俞平伯先生《脂砚斋红楼梦辑评》、一粟先生《红楼梦书录》和"古典文学研究资料汇编"《红楼梦卷》等寥寥几种。至若早期脂批传抄本，如甲戌本、庚辰本、梦稿本等，虽已影印出版，然价格不菲，我辈不敢问津，望洋而已。所以，得知要举办大型"曹雪芹逝世二百周年纪念展"的消息，乃欣喜不已，期待通过参观展览，增长红学知识，收集红学资料，以充实和丰富自己的红楼教学内容。

　　那次展览，是由文化部、文联、中国作协和故宫博物院联合主办的，时间由8月17日至11月17日，长达三个月。据称，展品多达两千件，是有红学史以来，"最隆重、规模最大的一次曹雪芹纪念活动"。

　　记得我第一次去参观展览，是8月5日下午。同去的有我们教学小组的启功先生、李长之先生、聂石樵先生，还有唐宋文学小组的邓魁英先生等。

当时，展览尚未对外正式开放，我们是持介绍信去的。走进展厅，我不禁为展览规模之大、展品之丰富而惊叹。参观中，我们不时停下来，听启先生简要介绍；或大家围拢一起，议论几句。当然，短短一个下午，实难仔细观览，只能走马看花。在我，则是一次"探路"，为后来的参观选定了重点和路线。

此后，但凡我不讲课、不开会，得闲便匆匆赶往文华殿，参观展览。依事先计划，我将"曹雪芹的生平及家世"《红楼梦》的时代背景"及"《红楼梦》的版本"等部分作为参观重点，对其中的相关年表、世系表、稀见文献资料、红楼版本介绍等，都照式依样、尽量抄录下来。而对"《红楼梦》时代的参考文物"所展出的50余件相关实物和绘画，如服装头饰、日用器物、园林建筑等，虽感兴趣，但条件所限，实在无法抄录和描述，只能割爱。十年后，我在注释《红楼梦》时，忆及这些文物，尤觉其珍贵。

我已记不得究竟用了多少时间，始将展览参观完、摘记完。之后，乃比对相关资料，将潦草的参观记录补漏订讹，整理誊清，装订成一本小册子。其间，我曾从展会上索得一份"曹雪芹逝世二百周年纪念展览会简要说明"（1963，北京）；二十年后，又获赠一本由中国艺术研究院红楼梦研究所、《曹雪芹与红楼梦》摄制组翻印的"曹雪芹逝世二百周年纪念展展品目录及说明"（1987年11月20日）。三种资料，互为补充，或可视作较为完备的关于"曹雪芹逝世二百周年纪念展"重要资料汇编。

冯其庸先生尝称道，这次展览，"实际上是一次'红学'和'曹学'的大展览"；并据"展品目录及说明"摘要举出50余件展品名录，以说明其文献价值（见其《曹学叙论》一书，光明日报出版社1992年版）。现再列举数例，以见其展览丰富精彩之一斑。这些例证，"简要说明"及"展品目录及说明"两份材料，囿于编写体例，大多仅列展品名目，而略去具体内容，我则尽可能将其摘录下来。

1. 两种卒年说

展览第一部分"曹雪芹的生平及家世"，有一大会根据《辽东曹氏宗谱》《八旗满洲氏族通谱》及有关诰命、满文档案等资料制成的年表，其中关于曹雪芹的卒年如下：

1762　乾隆27年　除夕（1763年2月12日）曹雪芹卒

1763　乾隆 28 年　除夕（1764 年 2 月 1 日）曹雪芹卒

这一表述，颇费主办者的心思。因为，关于曹雪芹卒年，胡适以降，至展览筹办，近半个世纪以来，一直争论不断。雪芹 200 周年忌日前夕，达到高潮。据统计，40 余年间，发表两种观点相互驳难的文章，约计 32 篇。其中包括首提"壬午说"的胡适先生，力主此说的俞平伯、王佩璋、周绍良、陈毓罴、邓允建等先生；也包括首创"癸未说"的周汝昌先生，以及同意此观点的曾次亮、吴世昌、吴恩裕等先生。两说各持己见，势均力敌，互不相下。

当有鉴于此，主办者不偏不倚，将两说并列，并巧妙将展览会开幕时间定于 8 月 17 日。按"壬午说"，推后半年；而依"癸未说"，则提前半年。这样处理，态度非常慎重，体现了主办者对学术问题的包容。

众所周知，此后不久，"文革"风雨席卷全国，正常的科学研究被迫中断。直至 20 世纪 70 年代末，始又展开一场曹雪芹卒年问题大讨论。先是香港梅节先生重提"甲申说"（1764 年春），其后，徐恭时、鲁歌、蔡义江、宋谋玚等先生纷纷表示赞同。自此，雪芹卒年之争，遂由双峰并峙而成鼎足之势。

这种争论，或将继续下去。关键是，"期待出现新材料"（裴世安先生语，见其所集"红学论争专题资料库第四辑"《曹雪芹生卒年资料》"前言"）。

2. 一部曹氏宗谱

展览第一部分陈列有一部新发现的《辽东曹氏宗谱》，因其提供了若干研究曹雪芹家世的新材料，因而颇受学界关注。展品藏北京市文化局，其文字说明云："这是最近在北京发现的曹氏族谱。据原叙称：始祖是明代开国功臣曹良臣，第三子曹俊，先守御金州，后调沈阳，即入辽之始祖。曹雪芹一系，是辽东支的四房。"

在此之前，曹雪芹祖籍问题，亦如其卒年，各说不一，难以定论。先是1931 年，李玄伯先生最早提出雪芹"原籍可能是丰润"之说（见其《曹雪芹家世新考》一文）。1953 年，周汝昌先生在其《红楼梦新证》一书中更明确指出，雪芹原籍为"丰润咸宁里"。此后，一些通行工具书，如《辞源》《辞海》等曾一度采用此说。然 1957 年，贾宜之先生则认为，曹雪芹祖籍不是丰润，而是辽阳（见其《曹雪芹的籍贯不是丰润》一文）。而 1962 年 8 月 29 日，又有李西郊先生在《文汇报》上发表《曹雪芹的籍贯》一文，不同意贾文观点，其结论是：曹雪芹家"原籍丰润，寄籍辽阳"。一时各执一词，争论不休。

20 世纪 60 年代初，为筹备这次展览，北京文化局组织了一个"曹雪芹家世、故居和坟墓调查组"，对相关问题进行了广泛调查。在近两年时间里，他们先后收集到《浭阳曹氏族谱》和《辽东曹氏宗谱》两种重要曹氏家谱（见马希桂《记〈辽东曹氏宗谱〉和〈浭阳曹氏族谱〉的发现》）。据云，《宗谱》是在著名红学家、时任北京市副市长的王昆仑先生关怀下征集到的。因为谱系中有若干关于曹雪芹一支世系和事迹的新线索，故引起研究者的高度重视。朱南铣先生曾撰有《关于〈辽东曹氏宗谱〉》一文，申说展出此谱的理由，文载《红楼梦研究集刊》第一辑（1979 年 11 月）。文后有编者语云："此文是朱南铣同志的遗稿，写于 1963 年。当时，茅盾同志和邵荃麟同志主持的曹雪芹卒年问题座谈会正在举行，此文曾由中国作家协会排印、分发座谈会的参加者和有关同志参考。后来，朱南铣同志又曾略作补充、修改。"《宗谱》的发现和展出，是展会的一大贡献。70 年代末，冯其庸先生对《宗谱》作了系统研究，并于 1980 年 7 月出版了《曹雪芹家地新考》一书，曹雪芹祖籍"辽阳说"由此确立。

与《宗谱》同时展出的，还有《八旗满洲氏族通谱》和"康雍两朝颁发给曹雪芹祖辈的诰命"等。我当年只是一个普通《红楼梦》爱好者，对《宗谱》的重要价值并不甚了解。因之，在参观时，只摘录了《通谱》所载曹雪芹先代曹锡远（世选）一支十一人的"世系表"，而对《宗谱》只摘记了展品介绍，其中所列曹锡远以下人数和名字，则与《通谱》所载全同，故略而未记。

3. 一副五言联

在第一部分之十二"曹雪芹祖父曹寅在文化方面的活动"栏中，除陈列有张纯修《楝亭夜话图》、恽寿平等《楝亭图》、曹寅《楝亭诗钞》等展品外，还展出一副"曹寅书对联"：

砥行碧山石
结交青枀枝

此联原为周绍良先生所藏，1966 年周先生已将其捐给故宫博物院。按，"枀"即"枀"字，同"松"，见《龙龛手鉴》。曹立波博士见告，联语当出自唐诗人孟郊《答友人》一诗。查《全唐诗》卷 378 孟郊此诗，其下两句云："碧山无转易，青松难倾移。"结末两句说："愿存坚贞节，勿为霜霰欺。"道出诗人正道直节之志。曹联书孟诗句，或有借以自勉之意。

4. 一方小石砚

脂砚斋是谁，限于史料，说法不一。为此，展会上展出的一方所谓"脂砚斋藏砚"，便引起人们极大兴趣。据说，时任副总理的陈毅同志在参观展览时，曾用放大镜仔细观察了这方小石砚。

原砚藏吉林省博物馆，现陈列于第一部分之七"脂批"与"脂砚"栏展柜中。展品文字介绍说："这是明代王穉登万历癸酉年（1573）制赠名妓薛素素的调脂小砚。有边款云：'脂砚斋所珍之砚，其永保'。从字体上看，大约是乾隆年间刻的。可能即批《红楼梦》之脂砚斋所藏，但无旁证。"对石砚与脂砚斋关系的介绍，措辞颇为谨慎。

我对石砚比较关注的，还有其背面的题诗。字作行草体，当时因隔有展柜玻璃，其中有三个字，不易辨认，只能照猫画虎，依样描摹下来。后找来资料对比，始知全诗为："调研浮清影，咀毫玉露滋。芳心在一点，余润拂兰芝。"下署"素卿脂研""王穉登题"。并得知薛素素小字润娘，号素卿，苏州人，是万历时期名娼。善画兰竹，著有《南游草》，王穉登为之序。

后来，又看到一些文章，乃知此砚原为张伯驹先生购得，藏于长春吉林省博物馆。至若其真伪，尚存争议。初见石砚，张先生认为"此乃脂砚斋所藏薛素素砚，对红学研究极有价值"（见任凤霞《一代名士张伯驹》）。周汝昌先生"叹为二百年来罕遭之异珍"（见其《献芹集》），吴恩裕先生亦以为系"素素砚无疑。入清，此砚为脂砚斋所获"（见其《曹雪芹佚著浅谈》）。反对者则视作赝物，如郭若愚先生即斥之为"假古董"，认为"事实上'脂研'是不存在的"（见其《红楼梦风物考》）。"文革"中，几经辗转，石砚遗失，红学史上又添一疑案。

5. 一件宫女自杀档案

读过《红楼梦》第十八回"皇恩重元妃省父母"的读者，都会对贾妃所说宫里是"不得见人的去处"一语留下深刻印象。展会第二部分"《红楼梦》的时代背景"之六"人身自由的剥夺"一栏陈列有"宫女二格自缢档案""宫女常格等自尽奏折""宫女王妞供状"三件自杀档案。兹选其第三件王妞案如下，以见其余。

宫女王妞供状（原件无标点）

（上缺）王妞供称：我是原都虞司栢唐阿领催沈常韶之女，今年十八岁，进宫五年了。我从前进宫时，与太监赵国宝原无甚好，他也不过不折磨我。他的衣服等物，原叫宫官女子巴颜珠替他浆洗。至巴颜珠年满出宫后，他就叫我给他浆洗衣服、袜子、脚布、裤子等物，我若稍有不是，他就骂我。……再从前，官女子七格，是他告了偷了主子的白蜡，将那女子打了八十板子，撵出宫了。他新近又谎告我做贼咒人，我所以甚是害怕，恐也就撵出去，才要寻死。九月初五日二更时候，我在西所的东墙跟下，就台阶放了马杌子一张，上又放小板凳一个，接脚爬上墙去，那边有颗枣树，我顺着树溜下去，到赵国宝屋内抹了脖子。并无别的缘故，实因赵国宝平素折磨，不过情急要自尽是实等语……

这一"供状"，从一个侧面反映出清代宫女的悲惨生活，对认识第十八回贾妃语不无意义。

6. 一纸卖身契

除三件"宫女自杀档案"外，在"人身自由的剥夺"栏中，还展出乾隆二十六年、乾隆九年、康熙四十三年的三张卖身契。这些契约，纸面泛黄，有的字迹较为模糊，留着岁月的痕迹。我依样葫芦，一一照抄下来。现选其乾隆九年一件于下（原件无标点）：

二十都八图，立卖女契人刘王氏。今因患病在床，又无食，央媒将生女刘菊花，年十五，卖与黄姓名下为婢，听凭使用。如宗族人等干涉，归（？）承值。当经三面言定，九八色银二十八两一并收足，此女当日过门。如逃走，归氏找回，以后生病死亡，天命所注，决无异言。恐口无凭，立此卖身契存照。

乾隆九年十二月初八日

刘王氏 +

媒人　程倬沄 +

周汝昌《红楼梦新证》卷首亦载有"雍正二年香河县高三并妻子卖身契"及"清代卖儿之妇女"影印件各一。展览文字说明云："由于封建地主阶级的剥削，广大人民倾家荡产，卖儿鬻女。这就是《红楼梦》贾府内的家奴与婢女的由来，他们的命运全都掌握在主子手中。"金钏、晴雯、司棋、鸳鸯等人的悲惨境遇，便有现实社会生活的影子在。

回忆 50 年前的那次展览，无疑它对后来红学和曹学的研究和发展有其积极的推动作用。北京曹雪芹学会会长胡德平先生称之为"文化工作的典范"（北京曹雪芹学会编《曹雪芹逝世 250 周年纪念特刊》卷首语，2013 年 9 月）。而展览之所以能够成功举办，我深深感到，是和中央领导的亲切关怀分不开的，是和全国各地有关单位的大力支持分不开的，是和学界诸多专家的齐心协力分不开的。仅举一例：据"展品目录及说明"大略统计，注明原收藏单位或个人的展品，约计 460 余件，北京有关单位提供约 250 余件，外地 50 余件；北京个人提供藏品约 160 余件，其中提供最多的是阿英先生，共 83 件。抚今追昔，实实令人感动。今天全社会都在呼唤文化复兴，那次展览成功举办的经验，值得重视，值得借鉴。

2013 年 9 月 9 日初稿

2013 年 9 月 23 日定稿

（原载《红楼梦学刊》2013 年第 6 辑，又见《纪念伟大作家曹雪芹逝世二百五十周年文集》，文化艺术出版社 2014 年版）

宝黛爱情描写在中国小说史上的地位

《红楼梦》中宝黛爱情的描写，与全书主题究竟是什么关系，它在中国小说史上应该占有一个怎样的地位？近些年来，众说纷纭。有种意见认为，《红楼梦》主要写的是阶级斗争，爱情描写不过是掩盖政治的一种烟幕。似乎一讲宝黛爱情，就会有宣扬"爱情中心论"之嫌。粉碎"四人帮"后，《红楼梦》研究气氛活跃起来，在一些文章中，人们敢于谈对爱情的真实看法了。但有的论点，还是把宝黛爱情的描写及其悲剧结局，同全书的主题割裂开来，担心爱情描写谈多了，会影响作品的伟大。我们认为，这种看法，是不符合《红楼梦》的实际内容的。这里，我们仅就《红楼梦》中宝黛爱情的描写在中国小说史上的地位，谈一些看法。

一

文艺是社会现实生活的反映。爱情正是人类社会生活中不可或缺的重要组成部分。恩格斯在《路德维希·费尔巴哈和德国古典哲学的终结》中说过：在一切社会形态中，"人与人之间的、特别是两性之间的感情关系，是自从有人类以来就存在的。"古往今来，不知有多少作家把人类的这种"感情关系"当作自己描写和歌颂的对象。他们在挖掘爱情题材的思想内容方面，在探求爱情描写的艺术形式方面，都做过种种努力。单就我国小说而言，从其萌芽时期——魏晋南北朝"志怪"小说起，直至清末，就有许多优秀的作品，描绘了青年男女悲欢离合的爱情生活，反映了他们对爱情幸福的渴求，揭露了封建礼教的罪恶，从而逐渐构成一个具有反封建意义的传统主题。曹雪芹把这一普遍性的主题发展到一个新的高度。如果说，描写爱情的作品，在中国文学史的漫漫长河中，犹如一支汩汩溪流，那么，《红楼梦》的爱情描写就是耸立于其中的一座浪峰。

在魏晋南北朝"志怪"小说中，就已出现了一些描写爱情的作品，如《紫玉》《王道平》《河间郡男女》等，实际反映的就是在封建婚姻制度下，青年男女婚姻不能自主的悲剧故事，沉痛感人，具有比较强烈的反封建意义。还有一些作品写魂离梦幻、夫妻化鹤、魂变鸳鸯、人鬼结合等，情节虽离奇怪异，但富有人情味，歌颂了对爱情的痴心，寄托着人们对幸福爱情的向往。当然，由于当时宗教迷信泛滥，这些作品，也难免羼杂有神权至上和宿命论的思想，不可能正确揭示出男女相爱的思想基础和造成这些爱情悲剧的真正原因。它们写男女相爱，或是"缘君至孝"，或是"宿时感运，宜为夫妇"；写婚配结合，则常常是"精诚之至，感于天地，故死而更生"。这些说教，无疑削弱了作品的反封建意义。因此，就其思想和艺术言，"志怪"小说中的爱情描写，还只是我国爱情小说刚刚兴起的时期。

唐传奇中描写爱情的作品，比起"志怪"小说，就要深刻得多了。这当是我国爱情小说走向成熟的时期。这不仅表现在情节的曲折、笔触的细腻等艺术手法上，主要表现在思想内容上。首先，爱情传奇不但热情讴歌了青年男女对爱情的坚贞，而且还注意刻画他们恋爱的基础。写他们相爱，多因"容色非常，文章特异"，"两好相映，才貌相兼"。这种"男才女貌"的爱情标准，思想虽然比较浅薄，但比当时那种要求"门当户对"的婚姻，还是有一定进步意义的。其次，作者还能注意联系比较广阔的社会生活来描写爱情，即使是那些带有缥缈诡异色彩的神话爱情传奇，如《任氏传》《柳毅传》等，也充满人间社会的清新气息。这些作品，有的直接揭露了"父母之命，媒妁之言"的封建婚姻制度同青年男女追求婚姻自主的矛盾；有的哀切地控诉了封建门阀制度对青年男女的迫害。这些，都给后来的一些爱情小说的创作，以积极的启发。但是，我们也看到了：那种"郎才女貌"的爱情标准，那种传诗递简的恋爱方式，那种"赏玩风态""徒悦其色"的庸俗情趣，那种"金榜题名""夫贵妻荣"的大团圆结局等，也给后世的一些爱情小说，特别是才子佳人小说，开了先河，提供了俗套。流风所披，至清不衰。

元明之际出现的一些长篇小说，如《三国演义》《水浒传》等，几乎没有什么真正的爱情描写。而在宋元明短篇小说中，描写爱情的作品，则不仅数量增多，其反封建的思想也更尖锐、更深厚了。可以说，这是我国爱情小说全面繁荣的时期。在宋元小说里，许多作品的主人公是"市井小民"。作品最大的特色是，作者满怀激情地肯定了青年女子自择伴侣的大胆行为，赞扬了她们抗拒父母之命的斗争精神。像《碾玉观音》中的璩秀秀、《闹樊楼多情周胜仙》中的周胜仙，就是这种女性。值得注意的是，明中叶以后，随着市民阶层在政治上、经济上的势力的不断扩大，他们要求进入文学描写对象行列的愿望，也愈来愈强。"人生自古谁无死，留与风流作话文。"（《醒世恒言》卷三十二）这两句诗，就鲜明地反映了他们希望把自己的爱情生活写成风流佳话传于后世的这种愿望。明代拟话本，如《卖油郎独占花魁》《蒋兴哥重会珍珠衫》等，正是体现了市民阶层的思想意识和道德观念的爱情作品。比之过去的爱情小说，这是一种新的因素。

综上所述，可以看出，用小说写爱情，是古已有之的一种文学样式。它经历了一个由神异怪诞而逐渐转向现实生活的发展过程。爱情生活的具体内容，虽然随着时代和作家遭遇的不同，而有所不同；但是，它始终是同婚姻制度、同政治经济、同妇女解放等紧密联系在一起的一个普遍性的社会问题，是小说创作的一种永久性的题材。

当然，事物的发展总是曲折的。应该指出的是，明中叶以来，由于封建统治阶级维护纲常名教的需要，由于一些落拓文人对功名富贵、娇妻美妾生活的欣羡，加之这些爱情小说中陈迹滥套的影响所及，于是，才子佳人小说应运而生。特别是在曹雪芹生活和创作《红楼梦》的雍正、乾隆时期，更是风靡一时，流布甚广。据不完全统计，从明末至乾隆三十年之前，今天所能看到的这类小说，即有五十余部。这些作品的形式，多为十几回至二十回的章回体中篇小说。从其内容看，有些作品，在描写中，虽然也暴露了封建官吏的作恶横行，以及人情的冷暖、世态的炎凉等一类事实，但它们总的思想倾向，则是不可取的。主要内容，大抵写的都是才子佳人的恋爱史，而以逸韵风流点缀其间；中心思想，不是阐扬封建名教，就是鼓吹因果报应。在艺术上，除少数作品文辞较佳，尚可诵读外，大多则文字平庸，千篇一律，互沿故实，用意相类。思想和艺术，都无什么价值可言。

我们知道，整个文学发展的历史，就是一个不断继承、不断革新的过程。我们把《红楼梦》中宝黛爱情的描写，放在我国文学史上以爱情为题材的小说的发展过程中，来加以考察，无疑会看出，它的出现，在中国小说史上具有划时代的意义。它标志着我国爱情题材的小说，已由几回或十几回的中篇进入百余回的长篇巨制的新阶段。

其爱情描写，比历来的爱情故事大大提高了一步。曹雪芹不是为把自己的风流佳话留传于世而写爱情，也不是为写出两首情诗艳赋、逞才扬己而写爱情，而是在亲身感受了时代生活的基础上，为表达自己的一种社会见解和生活理想，而创作《红楼梦》的。小说精心描写了宝黛爱情发生、发展的过程及其悲剧结局，并把这一悲剧放在封建末世一个贵族之家这样一个典型环境之中，使之同封建婚姻制度和封建道德观念处于尖锐对立的地位，允不允许这种爱情，关系到贵族之家的命运，关系到封建统治阶级的前途。小说通过宝黛爱情悲剧的描写，不仅热情赞美了宝黛爱情的纯洁专一，深刻暴露了封建礼教和封建贵族阶级的残酷本质，而且，还突出表达了作者对新的生活方式的憧憬。这样，作者就把宝黛的爱情悲剧，同小说总的主题思想紧密结合起来。就是说，把爱情描写，同对于封建社会的全面批判以及对生活理想的热烈追求紧密结合起来，展示了爱情生活的一个新的世界，开拓了爱情题材的一个新的领域。这样的描写，在我国小说史上是空前的，远远超过了以前任何以爱情为题材的作品的社会意义，更不是那些庸俗的才子佳人小说可以比拟的。同时，在爱情描写的艺术手法上，也摆脱了历来爱情故事的一些公式化陈套，勇于创新，作出了许多可贵的贡献。这些，都是值得我们认真加以总结的。

二

在《红楼梦》这部近百万字的巨著中，虽然塑造了一个贵族之家上上下下几百人丁的众多形象，也写有出殡、省亲、理家、笞挞、结社、抄检和打抽丰、祭宗祠，以及闹宁府等许多生动的情节，但是，除了男女主人公贾宝玉和林黛玉之间的爱情而外，恐怕没有任何人物和任何事件可以称得上贯串全书的主线。如果抽去这条线索，那么，再生动的章节，也将如同散砖碎瓦，难以构成《红楼梦》这样一座巍峨辉煌的艺术大厦。从《红楼梦》前八十回结构看，写有关宝黛往来的章节约占百分之七十，有些是宝黛爱情生活的专章；也有的是在写其他情节时，顺便粗笔勾勒，有意无意地透露宝黛之间的往来，所谓"草蛇灰线，伏脉千里"。就是一些未直接写宝黛的章节，也由于同宝黛的生活环境有密切联系，所以并未给人以宝黛往来中断之感。纵观全书，是否可以说，一部《红楼梦》的主要矛盾冲突，就是以封建传统势力、封建卫道者为一方，以封建叛逆者或具有叛逆意识的人为另一方，以宝黛爱情悲剧为中心而激烈展开的。

鲁迅先生曾经指出："自有《红楼梦》出来以后，传统的思想和写法都打破了。"(《中国小说的历史的变迁》)如前所述，通过爱情描写，批判封建礼教，抨击封建婚姻制度，这是我国古典小说的优秀传统之一；并且，在长期的艺术实践中不断探索，不断总结，在描写爱情生活的方法上，也积累了丰富的经验。《红楼梦》一方面继承了、发展了、深化了古典小说反封建的主题；另一方面，又别开生面，"不蹈袭前人套头"，在我国古典小说里，真可谓"新奇别致"的作品了。

首先，《红楼梦》突破了"男才女貌，一见倾心"的传统套子，描写了青年男女在长期了解、思想一致基础上的真正爱情。

在《红楼梦》之前，一些以爱情为题材的作品，写男女相恋，往往是建立在"郎才女貌"的基础上，比如前面所说的唐人爱情传奇，写青年男女的爱情，就常常突出"才色"。即使像被宝玉和黛玉称赞为"词句警人，余香满口"的"好文章"《西厢记》《牡丹亭》这两部优秀的戏剧作品，也不例外。这两部书写了崔莺莺、杜丽娘青春的觉醒，表达了她们受封建礼教束缚的苦闷，在爱情描写上，无疑对《红楼梦》有直接影响。但它们所写的仍是一见倾心式的爱情，张生爱莺莺，是因为"她有德言工貌"；杜丽娘爱柳梦梅，是"爱的你一品人才""看上你年少多情"，仍不脱唐人传奇的旧套。在戏曲中，可以说，只有传奇剧本《桃花扇》写了侯朝宗与李香君有着共同的政治理想，但作者的意图显然是"借离合之情，写兴亡之感"(《桃花扇·先声》)，与其说二人属于理想信念一致的结合，不如说是当时政治派系斗争的结果。至于那些盛行于明末清初的才子佳人小说，如《玉娇梨》《好逑传》《铁花仙史》《玉支玑》《画图缘》《蝴蝶媒》《五凤吟》等，则无一不是捏造和侈谈男性的风流和女性的美貌；他们的结合，又无一不是"似引似牵，不迟不速"，邂逅相遇，一见钟情。《蝴蝶媒》青溪醉客评云："天生才子佳人，原有一定之配合，是真才子自然与他一个真佳人，造化一丝不苟。"《玉支玑》第二十回亦咏叹道："才子佳人信有之，难于同地更同时，一朝才美相逢巧，敢夸千秋闺阁奇。"

在这些作者看来，正因为缘由天定，所以才子佳人初次见面，就倾心相爱，私订终身。

《红楼梦》借鉴了前人爱情描写中的合理因素，批驳了"千部共出一套"的才子佳人故事，开辟了一条新的创作路子。同样写男女相爱，它所强调的，不是异性之间的外貌的吸引和追求，而是在长期的生活中培养起来的真挚的感情，是志趣的相投，是思想认识的一致。不错，小说也写了男女主人公的美貌，如说黛玉是个"美人儿"，但并未着意渲染她的倾国倾城；在宝黛初次见面时，作者并没有像才子佳人小说通常所描写的那样，写宝玉如何为黛玉的美貌而神魂颠倒，只不过觉得她"与众各别"，特征是"两弯似蹙非蹙笼烟眉，一双似喜非喜含情目""态生两靥之愁，娇袭一身之病"，因此给她取字"颦颦"。这里既表现了宝玉对黛玉容貌的羡慕，也表现了他对这个"神仙似的妹妹"的不幸遭遇的深切同情。在黛玉眼里的宝玉，也不过是生得整齐一些，不是以前想象的那样"恶赖"；有点儿吃惊的，只是觉得非常"眼熟"，"倒像在那里见过一般"，并没有那种"脉脉含情，娇羞不能自抑"的神态。之后，在宝黛从小到大、从友谊发展到爱恋的过程中，宝玉常常敬羡的，也不完全是黛玉艳丽的容貌，而主要是她高雅的格调、飘逸的风姿和特异的才华。

为了使宝黛爱情的发展符合事体情理，作者特意创造了贾府这个典型环境，写它收养了幼失怙恃的林黛玉，使宝黛这对表兄妹得以有机会长期相处，一起长大。在他们朝夕与共的生活中，作者没有像一般爱情小说那样，一味写他们如何递柬传情、互相挑逗，如何海誓山盟、相思成病；而是依照生活的本来面貌，按迹循踪、以大量篇幅写他们如何结社吟诗，读书写字，有着相同的志趣；写他们如何探病问候，互相体贴，培养了彼此的感情。当然，在贾府这样的家庭里，他们的爱情，是不可能直接倾诉出来的；因此，在一段时间里，他们每每"或喜或怒，变尽法子，暗中试探"，结果又不免发生误会，闹点别扭。正是在这种充满欢乐与忧愁、幸福与痛苦的生活中，在真诚相爱与假意试探中，不仅培养了他们彼此的感情，而且了解了彼此的心，形成了他们共同的生活理想。宝玉鄙弃功名利禄，既不"留意于孔孟之间"，也不"委身于经济之道"；他厌恶"禄蠹"，"懒与士大夫诸男人接谈"。对他的这种思想，黛玉是赞成的、支持的。她从来不劝宝玉读书中举，走那种"立身扬名"的道路，不说那些"混账话"。并且黛玉自己也有她独立的人格和不同于流俗的思想：她虽寄人篱下，却"孤标傲世"，蔑视世俗人情；她虽无依无傍，却敢于反抗"风刀霜剑"的现实环境，追求一种理想的生活；她虽忍受着"金玉良缘"的巨大压力，却仍然一往情深，执着地爱着宝玉，不把世俗的婚姻原则放在眼里。这一切，引起宝玉深切的同情、赞赏和爱恋，从而互相认为"知己"。显然，这种以思想一致为基础的爱情，同那种一见倾心式的爱情相比，确实使人耳目为之一新。

第二，《红楼梦》突破了以往爱情故事中那种只要写爱情，就终不免恣意描绘男女淫邀艳约、云雨媾合的俗滥套路，歌颂了一对长期相处的青年男女的纯洁爱情。

《红楼梦》第一回，即通过神话形式提出了一个"还泪"说，就是只还眼泪，而不涉及其他。这既预示了宝黛爱情的悲剧结局，又表明他们的爱情的纯洁无瑕这样两层意思。脂砚斋批曰："请掩卷思想，历来小说可曾有此句千古未闻之奇文。"（甲戌本）告诉读者，曹雪芹构思这一段"新奇罕闻"的绛珠仙子还泪的故事，就是决意不再走前人爱情描写的老路，而要塑造一个以悲剧为结局的纯洁的爱情故事。所谓"情之至莫如此，今采来压卷，其后可知。"

在过去的爱情故事中，还有一个套子，就是每写一段青年男女的爱情生活，中间必然有一段幽期密约的插曲。较早的《西厢记》，就是这样处理的。这在"男女无媒不交，无币不相见"的时代，是有直接向封建礼教挑战的进步意义的。但到后来，特别是明中叶以后，这种描写，越发展越成为许多戏曲和小说的一种传统的套子，如稍后出现的《万寿冠》《天成福》《十美图》《四合奇》《月华园》等戏曲故事就是这样，故事愈演愈奇，愈多愈乱，那种幽期密约的描写，也就逐渐失去了反封建的进步意义。尤其是那些才子佳人小说，有关男女媾合的描写，更发展到十分荒唐的地步。有的作品，甚至把一些所谓"才子"任意狎凌婢女、破坏青年女性贞操的轻薄行径，当作风流韵事，津津乐道；有的则将"男女秽迹，敷为才子佳人"，加以宣扬（陈宏谋《训俗遗规》卷四引史搢臣《愿体集》）。无怪乎脂砚斋感叹道："余叹世人不识情字，常把淫字当作情字，殊不知淫里无情，情里无淫，淫必伤情，情必戒淫。"（戚序本第六十六回回前批）可见，把淫滥当作爱情的小说，在当时社会上是非常流行的。

《红楼梦》开宗明义第一回，就针锋相对地痛斥了那些才子佳人等书，指出这些小说的内容，不过是"偷香窃玉，暗约私奔"；描写则"胡牵乱扯"，悖逆事理，且"终不能不涉于淫滥"。在曹雪芹看来，描写爱情的作品，应该是在"风月波澜""情缘滋味"中去发泄儿女之真情，也就是说，要写出青年男女的真情实感，写出爱情的真诚纯洁，以免"荼毒笔墨，坏人子弟"。《红楼梦》中男女主人公的爱情故事，就是在这种思想指导下创作出来的。我们不否认，小说也有些写的比较猥亵的地方，但在宝黛关系上，却没有任何"淫秽污臭"的描写，可以说，它是第一次把真正的爱情同简单的性的关系区别了开来。宝玉和黛玉由耳鬓厮磨、两小无猜，到互认为知己，到产生爱情，到爱情被毁灭，始终莹洁无瑕，没有任何涉于淫滥的行为。他们的情趣、他们的思想、他们的爱情，主要是通过琐细的日常生活表现出来的。这样的描写，看来似乎平淡无奇，但符合生活的实际，没有一点斧凿的痕迹。小说第五十二回有这样一个情节：宝玉去看望黛玉，临别时，他觉得心里有许多话，只是口里不知要说什么，"一面下台阶，低头正欲迈步，复又忙回身问道：'如今夜越发长了，你一夜咳嗽几遍，醒几次？'"这样的场面，和实际的普通生活一模一样，何等平淡，但里面却蕴蓄着深厚的感情力量。于此，脂砚斋有一段颇有见地的批语，说："此皆好笑之极，无味扯淡之极，回思则皆沥血滴髓之至情至神也，岂别部偷寒送暖、私奔暗约一味淫情浪态之小说可比哉！"（庚辰本）这把宝黛的纯洁爱情同那种淫态浪语的"风月笔墨"，区分得多么清楚。不能以为描写爱情的作品，只要直接写了男女的结合，其反封建的意义就大。比如，《牡丹亭》中的杜丽娘，我们承认她与柳梦梅的梦中结合，是突破封建礼教束缚的一种大胆行为，有反封建的象征意义；但不应由此得出结论说，杜丽娘的形象超过了林黛玉。

其实，平心而论，林黛玉的叛逆性格，更为深沉；她同宝玉恋爱的基础、恋爱的方式，更具有典型性，更符合生活的真实。试想，如果《红楼梦》也在宝黛的爱情生活中，穿插一段梦中幽会，或迎风待月、或暗渡鹊桥之类的情节，那就可能或者重复前人的老调，或者雷同于司棋之于潘又安、万儿之于茗烟的行为，就将有损于黛玉形象的完美，林黛玉也就不成其为林黛玉了。这种似嫌"唐突闺阁"的描写手法，曹雪芹是万万不会用以描写林黛玉的。

第三，《红楼梦》突破了才子佳人小说热衷演风流韵事的俗滥框框，提倡青年男女爱情的持久和专一。

在中国长期以男权为中心的封建社会里，那种由群婚演变而来的一夫多妻制，一直延续到近代，尽管其表现形式有所不同，但把妇女视为玩物，则一直是贵族地主阶级糜烂生活的主要内容。曹雪芹创作《红楼梦》的时期，正是统治阶级一夫多妻制盛行的时期，也正是以男性为中心的才子佳人小说大肆泛滥的时期。如前面提及的《玉娇梨》等书中的"才子"，每人都诱骗了两个以上乃至四五个女子为妻。有的作者，还无耻地吹捧这种罪恶的多妻制度，对那种"一夫两妇，金玉相辉，左眉右鬟，应接不暇"（《玉支玑》第二十回）的腐朽生活，垂涎三尺，心向往之。

在《红梦楼》中，多妻制虽然也有所反映，但它写宝玉和黛玉的爱情，却一直是专一的，而且始终没有动摇过。从他们产生爱情，到爱情最后失败，一个魂归"离恨"，一个撒手"悬崖"，都可以说明他们的爱情是专一的，是生死不渝的。有一种看法，认为贾宝玉的爱情并不专一，说他长期摇摆于黛玉和宝钗两个对象之间。我们觉得，这样来认识，恐怕是被曹雪芹运用的"烟云模糊法"蒙蔽了。

我们不应该过分坐实"见了姐姐就把妹妹忘了"那句话，以为它证明宝玉对黛玉的爱情不专。其实，这在小说第二十八回写得明明白白：宝玉表示说他心里只有黛玉，黛玉道："我很知道，你心里有妹妹，但只是见了姐姐，就把妹妹忘了。"宝玉赶忙解释："那是你多心，我再不是这么样的。"从当时的这种情状来看黛玉那句话，不过表现了她的一种娇嗔，一种猜忌，不能把它看死。当然，不能否认，宝玉和宝钗的往来也是比较多的，他们之间也存在着姨表姊弟的亲谊，作者又常常故意用"三角"的形式来描写宝、黛、钗的活动，宝玉与黛玉谈心，宝钗往往随之而来；宝玉与宝钗探问，黛玉也往往跟踪而至。这就给人造成一种宝、黛、钗之间的"爱情婚姻悲剧"或"爱情婚姻纠葛"的印象。实际上，宝玉和黛玉之间，还只是爱情而谈不上婚姻；宝玉和宝钗之间，只是婚姻而不能说是爱情。他们三人之间，并没有构成那种庸俗的"三角"恋爱的关系。我们不妨从他们相互之间的态度上，加以说明。

首先，在宝玉和宝钗的关系问题上，林黛玉表现了一种似乎不必要的嫉妒与多心，使人误会宝玉对她不专。其实，这是黛玉爱情炽热和专一的一种表现，是所谓"爱情的排他性"的必然反映。那些才子佳人小说，提倡佳人的条件之一就是性情柔顺，"勿生妒心"，说什么"若果淑女，那有淑女而生妒心者？"（《玉娇梨》）有些佳人，不但毫无妒意，还帮助丈夫去物色和引诱别的佳人。这样的描写，完全违背了生活的真实。《红楼梦》写了黛玉的娇情妒态，才是符合生活实际的，符合林黛玉这个人物的性格特征的。第二十九回写到宝黛因"金玉"之争，"两个人原本是一个心，但都多生了枝叶，反弄成了两个心了"。绮园眉批说："期望之情殷，每有是事。近见《疑雨诗集》中句云'未形猜妒情犹浅，肯露娇嗔爱始真'，信不诬也。"（庚辰本）这就把黛玉的娇妒，看作是她情深意真的一种表现。

其次，从黛玉、宝钗对宝玉的感情深度来看，也是很不同的。元妃省亲时，宝玉正按布置的四个诗题，冥思苦想，宝钗前来咂嘴点头，唠叨了一阵子，指点了一个字，就走开了；黛玉则体会宝玉构思之苦，悄悄代作了那首《杏帘在望》，结果被评为"四首之冠"。宝玉挨打后，宝钗手托药丸而来，待见到伤情，才表示了轻怜痛惜之意；黛玉则听到宝玉挨打，就哭的两眼肿得像桃儿一般，一见到宝玉，抽噎得连话也说不出来。为了防备贾政从外地回来检查宝玉的功课，宝钗当着王夫人的面，提出姊妹们每人替宝玉临几篇字；而黛玉则悄悄打发人送了一卷子自己亲临的钟王小楷，与宝玉写的字体十分相似。这些不同的表现，把黛玉和宝钗二人之对宝玉的感情深度，表露得清清楚楚。

最后，再从宝玉对黛玉和宝钗的态度看，也根本不同。在志趣和生活理想上，由于黛玉从不劝宝玉去猎取功名，所以宝玉极其尊重她；宝钗则因常常以"仕途经济"相絮聒，因而宝玉鄙薄她，嘲讽她，冷落她，甚至公开顶撞她，使宝钗很难堪，下不来台。在评论"海棠诗"时，宝钗的一首，被定为第一，黛玉列为第二，宝玉很有意见，认为"蘅潇二首，还须斟酌"。当"咏菊诗"推黛玉为魁时，宝玉喜得拍手叫道："极是极公！"有的论者以为，这里有宝玉的偏心，推选林妹妹居首，"不是也是，不公也公"。其实也不尽然，这正表现了他们志趣的不同。对宝钗那种缺乏真情实感的所谓"含蓄浑厚"之作，宝玉是不会有兴趣的，对黛玉那种饱含身世辛酸的诗篇，他才会觉得亲切，产生共鸣。在爱情问题上，宝玉对钗黛的态度，更为鲜明。前者是惯说

"混账话"的冷艳佳人，后者则是思想一致、从没有生分过的平生第一"知己"。在小说第二十八回，宝玉曾把黛玉排在祖母、父母之后，列为第四位亲人，也就是未婚妻的位置，并坚决表示再没第五个人。可见，在宝玉的心目中，只有黛玉，而没有打算过同宝钗结合。

从上所述，我们只能说，《红楼梦》对宝、黛、钗三人关系的描写，符合生活的实际，符合人物的性格，而不能得出结论说宝玉的爱情不专，更不能认为在爱情专一问题上，《红楼梦》比唐宋传奇后退了。实际应该说，比唐宋传奇后退的，是那些才子佳人小说，而不是《红楼梦》。

第四，《红楼梦》突破了才子佳人小说的大团圆结局，创作了震撼人心的宝黛爱情悲剧。

当然，在《红楼梦》之前的文学作品，如唐宋传奇和宋元明白话短篇小说中，已有许多爱情悲剧故事；描写爱情悲剧，并非曹雪芹的创举。但是，当时流行的五十余部才子佳人小说，则几乎都以大团圆为结局。书中的"才子"，不是中了状元，就是当了元帅，功成名就，奉旨完姻，夫贵妻荣，寿臻期颐，子孙繁衍，科第不绝，总之，世世代代享尽无涯之福。这完全是那些潦倒无聊的文人所演的黄粱美梦，不符合现实生活的实际。

曹雪芹所写的宝黛爱情悲剧，不仅是在形式上不落俗套，主要的，是它洗旧翻新，按照现实社会的发展逻辑，细致而深刻地揭示了宝黛爱情悲剧的社会根源。在当时的社会里，婚姻问题，被看作是统治阶级的"礼之大体"，是他们"传万世之嗣"的大事；青年男女的婚姻标准，必须符合统治阶级的家世利益，符合封建的宗法秩序，符合封建道德规范。在这样的条件下，封建礼教的维护者，是不会允许青年男女之间真正的爱情关系存在的。贵族地主阶级的青年，不待"父母之命，媒妁之言"，由恋爱而结婚，事实上也是不可能的。特别是像宝黛这种带有强烈反封建色彩的恋爱行为，更是贾府的家长、尤其是贾政所不能容忍的。所以，他们的爱情越发展，他们同贾府封建卫道者的矛盾就越深，他们忍受的压抑和痛苦就越大，最后走向悲剧的结局，也就不可避免。《红楼梦》在这方面的揭露和批判，是广阔的、深刻的，超过了以前任何一部以爱情悲剧为题材的小说。至于说，一些较早的戏曲故事，写大团圆结局，那只是对爱情生活理想的讴歌，严格地说，还不能看作是对当时社会的现实主义反映；而那些才子佳人小说，竭力渲染才子佳人的结局如何美满，那不过是对封建制度的肆意美化。《红楼梦》的出现，起了振聋发聩的作用。从此，人们耳目所接不再是虚幻的荣华富贵，而是现实社会中人们的"离合悲欢、兴衰际遇"。多少年来，宝黛的爱情悲剧，一直叩击着读者的心灵，是那样动人心弦，历久犹馨。读者从他们不幸的爱情遭遇里，自然会体味出：在封建桎梏下，青年男女的爱情是不会有好结果的。

然而，一些封建文人，对"吞声饮恨"之宝黛爱情悲剧，甚为不满。他们采用拙劣的手法，或续或改，大作翻案文章。一时间，什么《后红楼梦》《红楼复梦》《红楼圆梦》等，纷纭而出。此类续书，多为宝黛爱情悲剧翻案，"非借尸还魂，即冥中另配，必令'生旦当场团圆'"（鲁迅《论睁了眼看》），务使"有情的都成了眷属"，以使读者"破涕为欢，开颜作笑"。结果就把宝黛爱情，又纳入到才子佳人小说大团圆的僵硬的故套之中，完全歪曲了宝黛爱情悲剧的社会意义，歪曲了《红楼梦》反封建的主题思想。同才子佳人小说一样，《红楼梦》这类续作的出现，也是中国爱情小说发展中的一股逆流。

三

曹雪芹之所以能在才子佳人小说充斥文坛的环境里，独辟蹊径，写出令人回肠荡气的宝黛爱情，不是偶然的，这与他的一段独特的生活经历，他对女性的尊重，以及他严肃的创作态度，都有密切的关系。

曹雪芹出生在一个"诗书旧族"的家庭里，并在江南一带度过了他少年的岁月。这段生活，当在他的脑海里留下许多可供回忆的东西。在《红楼梦》一书中，每每可见金陵、南京的字样；曹雪芹的好友敦敏、敦诚写的一些寄赠雪芹的诗里，也屡屡有"扬州旧梦久已觉""废馆颓楼梦旧家""秦淮旧梦人犹在""秦淮风月"等句子。可知，江南的经历，给曹雪芹留下非常深刻的印象。但是，这"秦淮旧梦"的内容，到底指什么呢？我们认为，它不单单指那种"锦衣纨绔""饫甘餍美"的物质享受，也不单单指曹家那种"树倒猢狲散"的悲惨结局；当亦包括作者少年时代曾经历过的那些"闺阁情事"。甲戌本"凡例"云："开卷即云风尘怀闺秀，则知作者本意原为记述当日闺友闺情……"庚辰本第一回亦曰："书中所写何事何人？自又云：今风尘碌碌，一事无成，忽念及当日所有之女子，一一细考较去，觉其行止见识，皆出于我之上。何我堂堂须眉，诚不若此裙钗哉？……以至今日一技无成，半生潦倒之罪……"这里，"当日"与"今日"对举，恐非泛泛而言。以语意度之，"当日"系指曹雪芹生活在江南的时期，"今日"则指他创作《红楼梦》的年代。当日的"闺情"，无疑不完全就等于爱情，但爱情是其重要的内容，当是毋庸置疑的。而且，这种"闺友闺情"，使曹雪芹一直耿耿于怀，思念不已，以至形诸梦寐，非吐不快。因此，他要把半世"亲闻亲睹"的那些女子的"行止见识"写出来，要把那些"痴男怨女"的"风月情怀"写出来，以使"闺阁昭传"，"泄胸中悒郁"。鲁迅在分析《红楼梦》的创作特点时，曾说："盖叙述皆存本真，闻见悉所亲历，正因写实，转成新鲜。"(《中国小说史略》)这几句话，揭示了《红楼梦》艺术实践的奥秘。正因为曹雪芹在实际生活中"亲闻亲睹"了许许多多青年女性的素材，对她们的生活、思想、性格，了然于胸，因此，当他把她们的事迹原委，追踪摄迹，提炼概括，写入小说时，才会那样性格鲜明，栩栩如生，具有强烈的艺术感染力。

对青年女性的尊重，是曹雪芹描写宝黛爱情的一种思想基础。可以设想，如果曹雪芹仅只熟悉"闺情"而没有一种进步的思想作指导，思想境界不高，那么，他的创作，也难脱世俗，只能成为才子佳人式的东西，而不会像现在那样新奇别致，独具一格。上古时代，青年男女之间的正当感情，本来是被承认的。至宋，封建理学完全成为隔绝人情的樊篱。明末清初，一些进步的思想家、文学家，起而反对封建伦理，对妇女的不幸命运倾注了深切的同情。如冯梦龙，就在爱情婚姻问题上，提出一系列带有民主色彩的见解。他反对"强与人婚姻"，主张"男女相悦为婚"，指出封建婚姻实际是一种"临之以父母，诳之以媒妁，敌之以门户，拘之以礼法，婿之贤不肖"，使妇女"盲以听焉""随风为沾泥之絮"的极不合理的婚姻制度(见《情史》卷十九、二十四、四)。清初思想家颜元曾说："禽有雌雄，兽有牝牡，昆虫蝇蠓亦有阴阳，岂人为万物之灵而独无情乎？故男女者，人之大欲也，亦人之真情至性也。"(《存人编》卷一)肯定了爱情是人们固有的属性，是人情的一种鲜明的表现形态。文学家蒲松龄，在《聊斋志异》中，更以多彩的艺术形象生动地表达了他的爱情理想。他称赞不因情人"丑状类鬼"而遗弃她的贺生说："天下唯真才人为能多情，不以妍媸易念也。"(《瑞云》)说明只有对女性尊重敬爱、始终如一，才是一种真实的爱情。以上从冯梦龙到蒲松龄的这些见解和主张，当是影响曹雪芹思想的一种历史土壤。

小说中宝玉说的"女儿是水做的骨肉，男人是泥做的骨肉""凡山川日月之精秀只钟于女儿，须眉男子不过是些渣滓浊沫而已"这些惊世骇俗的话，就体现了曹雪芹对青年女性的尊重，对"男尊女卑"传统思想的蔑视；书中司棋私会情人的勇敢行为、尤三姐自己择夫的大胆表白，也反映了曹雪芹主张婚姻自主、主张男女双方都有自由择偶权利的进步思想。舒芜同志在《谁解其中味》一文中说："封建社会的青年女性的悲剧，早已演出了一两千年。直到曹雪芹，才把这个悲剧写出来，这绝不是偶然的。因为先前都只把女子看作花鸟，看作玩物，看作性的对象，最高也不过看作'第二等的人'，所以对于许多女性的悲剧，看不出是悲剧，认为她们本来就该如此。"（见《红楼梦学刊》1980 年第 1 期）这话是有道理的。如唐传奇《莺莺传》，写张生与莺莺恋爱，最后把她遗弃的悲剧故事，作者对张生"始乱终弃"的行径，非但不加指斥，反而赞为"善补过者"，结果"文过饰非，遂堕恶趣"。即使如冯梦龙、蒲松龄这样一些比较进步的作家，也往往流露出对待妇女的封建主义观点，突出表现在他们并不一般地反对一夫多妻制，有时甚或还带着同情和赞赏的态度称许那些主动为丈夫纳妾的妻子。至于才子佳人小说的作者，更大多是些"性耽色思"的庸俗文人，他们根本不懂得尊重女子的人格，不懂得真正的爱情。因此，在尊重女性上，曹雪芹实在是我国小说史上绝无仅有的一人。正因为如此，在男女关系上，曹雪芹还特别强调要讲究"人情""痴情"，把真实的爱情，同那种"悦容貌、喜歌舞"的"皮肤淫滥"之行区别开来。小说第五回写警幻仙姑对宝玉说："如尔则天分中生成一段痴情，吾辈推之为'意淫'。'意淫'二字，惟心会而不可口传，可神通而不可语达。"于此，脂砚斋批曰："（意淫）二字新雅"，"按宝玉一生心性，只不过'体贴'二字，故曰'意淫'。"（甲戌本）原来，在作者心目中，"痴情""意淫""体贴"，是同一个意思，就是说，在爱情关系上，男女之间要互相知心，互相体贴，真挚专一，始终不变。宝黛的爱情，正是以这种思想为基础来描写的。

此外，曹雪芹严肃的创作态度，也是《红楼梦》的爱情描写能感人至深的一个主要原因。小说写的并非真人真事，但作者是严格按"事体情理"来加以描写的。前面我们说过，"志怪"小说中的爱情故事，实际并不是作者有意描写的，他们的用意，不过是为"发明神道之不诬"（干宝《搜神记·自序》）。

唐人爱情传奇，比志怪小说要贴近于现实；但作者多为达官贵人、公卿子弟，他们过着声色犬马、游宴狎妓的生活，一些出身寒门的文人学士，也未能免俗。因此，作品所反映的生活面是比较狭窄的，并且往往成为他们逞才扬己或寄托感慨的一种手段，只在文人圈子里传阅，限制了小说的进一步发展。才子佳人小说的作者，多是一些怀才不遇的落拓文人。他们生活在"天崩地解"的封建末世，"恶言触耳，深语攻心，许多世态，时时到眼"，欲认为真而直骂之，没有那个胆量；欲认为假而忍受之，又满腔怨气，难以忍耐。于是，嬉笑怒骂，"随意扭捏成书"，借酒消愁，托颠寄傲。他们思慕的是登科荣华，娇妻美妾，"占尽人间之胜"；他们伤心的是，"黄粱事业"不能实现，一把穷骨，半生潦倒。等而下之者，更"说牝说牡，动人春心"，"坏人心术"（《吴江雪》第九回）。我们知道，任何时代的现实主义文学，总是要以当代的现实生活为主要题材、反映时代精神面貌的。那些才子佳人小说的作者，远离现实生活，沉溺于陈旧的故事，借"乌有先生"，"自苦自乐"，"又何惜乎人"？（《麟儿报》第五回）这就是才子佳人小说立意不高、文字平庸的主要原因。

曹雪芹虽然也同一些才子佳人小说的作者一样，生活在封建末世，但他经历了家庭由盛而衰的巨大变迁，目睹了封建统治者的种种罪恶，使他对现实社会有了比较清醒的认识，使他的世界观发生了比较大的变化。他虽然"绳床瓦灶"，"举家食粥"，悲歌燕市，穷愁潦倒，但他襟怀博大，豪放狷傲；而不像一些才子佳人小说的作者那样佯狂落魄，自苦自乐，消磨一生。他对少年时在江南的一段繁华生活，虽然也曾时时忆念，悲挽不已，但"新愁旧恨"，更增加了他愤世嫉俗的感情。他不像一些才子佳人小说的作者那样著书自遣，把浮游于脑中的美满幻境，敷演成纸上的"可惊可喜"，荣华富贵，以此来慰藉那寂寥的心灵。总之，用脂砚斋的话来说，《红楼梦》是曹雪芹用"辛酸之泪""哭成"的。唯其如此，所以字字皆血，符合"事体情理"，真实感人。而才子佳人小说呢，用《铁花仙史》三江钓叟的序来说，则是"随意扭捏"成的。因此，大多脱离生活，如曹雪芹所批评的那样"胡牵乱扯，忽离忽遇"，"自相矛盾，大不近情理"。创作态度的不同，使作品情趣迥然各异。

（本文系与武静寰合写，由我执笔，原载《红楼梦学刊》1981 年第 2 辑）

浅谈薛宝钗

薛宝钗是《红楼梦》中争议较多的人物之一。一些文学史著作，总喜欢把她作为林黛玉的对立面进行分析，而对比的结果，往往得出这样的结论：黛玉是贵族阶级的叛逆者，于是乎，宝钗也就成为"封建卫道者"了。其实，曹雪芹未必是完全按照这种"模式"塑造宝钗形象的。从小说的具体描写看，这一形象要隐曲得多、丰满得多、深刻得多。

不错，在宝钗的头脑里，有一套陈腐的封建主义的思想意识，但作为一个在封建礼教压抑下的青年女子，她身上也保存了一些美好的因素。怡红院夜宴时，她所掣的酒令花名签上画着一支牡丹，并有一句唐诗，道是："任是无情也动人。"作者借此诗句巧妙地把人物性格隐寓其中。这里，所谓"无情"，不是说绝无感情，而是指宝钗在封建礼教毒害下，变得很冷漠，似乎青春的火焰已经熄灭；所谓"动人"，不独指她美丽的容貌，出众的才华，当也包括她有时表现出的对人的温情体贴、亲切关注。这两者的对立统一，相反相成，构成了宝钗性格的基调。论及宝钗的形象应兼顾这两方面。

宝钗是一个封建礼教的虔诚奉行者，这是不假的。她曾不止一次地规劝宝玉走"仕途经济"的道路，而引起宝玉的憎恶和反感，说她"好好一个洁白的女子，也学得沽名钓誉，入了国贼禄鬼之流"。她还多次向湘云、黛玉进行"女子无才便是德"的说教，以为女孩子"总以贞静为主"，以纺织针黹为"本等"，不应看些"杂书"，以免"移了性情"。特别是她对待自己爱情婚姻的矛盾心理，更可看出封建礼教对她的压抑，是多么沉重。她对贾宝玉，无疑有一种少女本能的爱慕之心，但牢固的封建意识，又严重地阻碍着她爱情的发展，甚至使她连曲折地表露自己感情的勇气也没有。她因为有"金玉良缘"之说，"所以总远着宝玉"；听说元妃赐给大家的东西，独她与宝玉一样，"心里越发没意思起来"。宝玉被打后，她去探望，说话"亲切稠密"，宝玉深受感动，她却羞红了脸，"低头只管弄衣裙"。她以为宝玉挨打是哥哥薛蟠挑拨所致，回去责怪薛蟠，薛蟠不服，说她"行动护着"宝玉，她"满心委屈气愤"，整整哭了一夜。以后她对宝玉的一些"忘情"举动，总是淡然相对，似乎无动于衷。因为在她看来，青年男女之间的爱情是为封建礼教所不允许的。就这样，她克制着自己，把对爱情的要求，悄悄掩藏在心底，紧紧禁锢在理念的硬壳里。后来薛姨妈应了宝玉的亲事，回来征询她的意见，她"正色"对母亲说："女孩儿家的事情，是父母做主的。如今我父亲没了，妈妈应该做主的；再不然，问哥哥；怎么问起我来?"女子的"三从"之义，深深印在她的脑海里。直到亲事已定，并要立即成婚，薛姨妈把这消息告诉了她，她"始则低头不语，后来便自垂泪"。可见，封建的道德观念已渗透到宝钗的灵魂深处，使她对自己的终身大事，都不能表示自己的意愿，表露自己的真实感情，只能由家长安排。这种遭遇，还是令人同情的。它反映了在封建礼教束缚下青年女子的共同命运。

宝钗温柔敦厚、端庄稳重、装愚守拙、随分从时，很会做人。这种处世态度，有其世故的一面，也是毋庸讳言的。贾府是个人事关系复杂、情弊日多的是非之地，宝钗能得到贾府上上下下的欢心赞许，确是有一套精细的待人接物的本领。对于贾母、王夫人等长辈，她善于察言观色，揣摩和迎合她们的心意，从而博取她们的好感。一次，宝钗过生日，贾母为她摆酒唱戏，问她爱看什么戏，爱吃什么东西。她深知贾母年老之人，喜看热闹的戏，爱吃甜烂的食物，便按贾母平日的爱好回答了一遍，贾母果然非常喜欢。又如，金钏儿投井身死，王夫人也有点懊恼不安，宝钗却劝慰说：金钏儿不是自杀，是在井边玩耍失足掉下去的；如果真是自杀，也不过是个糊涂人，死了也不可惜，多费几两银子就可以了。这就不仅表现了她讨好王夫人的心理，也暴露了她的冷酷无情。对待别的姐妹，她不偏不倚，无分厚薄，不亲不疏，应对得体。用她自己的话说是："虽是个玩艺儿，也要瞻前顾后，又要自己便宜，又要不得罪了人，然后方大家有趣。"用宝玉的话说是："人情乖觉取和儿。"脂评就说得更明白："宝卿待人接物，不疏不亲，不远不近。可厌之人，亦未见冷淡之态，形诸声色；可喜之人，亦未见醴蜜之情，形诸声色。"她和姐妹们一处玩耍，吟诗作画，举止安祥，平和稳妥，姐妹们尊重她，亲近她，但又敬畏她，不敢轻意冒犯她。对下人，她宽厚以待，所以"大得下人之心，便是那些小丫头子们，亦多喜与宝钗去玩"。她协助探春理家，知人善任，用当责专，既不失贾府体统，又照顾了众婆子的"额外进益"，感动得众人"欢声鼎沸"，表决心要管理好园子。对贾府中的大小事件、人事纠纷，宝钗看得清清楚楚，但她超然豁达，置身局外，"不干己事不开口，一问摇头三不知"，从来不指责什么，不沾染什么。而且在紧要时刻，她很善于远嫌避祸，摆脱干系。在因绣春囊事件而引起抄检大观园后，虽然例外地没有搜查她的蘅芜院，但她还是假借母亲身体不好，需要照看，明智地搬出大观园，从此不再回来。后来王夫人让她照旧进来居住，她趁机提醒王夫人说："姨娘这边历年皆遇不遂心之事，所以那园子里，倘有一时照顾不到的，皆有关系。惟有少几个人，就可以少操些心了。"

对宝钗的道德品质，也应实事求是，进行具体分析。不能简单地认为她一味世故虚伪，甚至说她耍诡计陷害人。应该看到，她性格中既有冷漠的世故的一面，也有心地宽大、关心体谅人的温情一面。宝钗还是个妙龄少女，小时候天真活泼，"也是个淘气的"，"也够个人缠的"；什么"西厢""琵琶"以及"元人百种"这些"杂书"，也偷偷读过。后来大人们知道了，"打的打，骂的骂，烧的烧，才丢开了"。从此她接受了正统的封建教育，逐渐变成一个不苟言笑、端庄凝重的大家闺秀。但这并不等于说，宝钗的"一段天性"已完全泯灭，她在滴翠亭扑蝶的举动，就流露出她少女的天真。脂砚斋批得很好："池边戏蝶，偶尔适兴……明写宝钗非拘拘然一女夫子。"宝钗和别的姐妹生活在一起，还常常表现出一种善于体谅人的大姐风度。虽然显得冷漠从容，但又那样温和亲切，平易近人。一次，袭人想央求湘云替她做点针线活，宝钗知道后，对袭人讲了湘云的许多繁难，说她"在家里一点儿做不得主""做活做到三更天"，说她"自然从小儿没有父母是苦的，我看见他也不觉的伤起心来"，责怪袭人："你这么个明白人，怎么一时半刻的就不会体谅人?"结果她自己接去了要湘云做的针线活。所以湘云感叹说："我天天在家里想着，这些姐姐们，再没一个比宝姐姐好的。可惜我们不是一个娘养的。我但凡有这么个亲姐姐，就是没有父母，也没妨碍的。"说着，眼圈儿就红了。还有一次，湘云要开社做东，宝钗对她说："你家里你又做不得主，一个月统共那几吊钱，你还不够使，这会子又干这没要紧的事，你婶娘听见了，越发抱怨你了。"结果她资助湘云办了螃蟹宴。湘云感服，称赞她"想的周到"。宝钗同情家境贫寒的邢岫烟，每每"暗中体贴接济"，她替岫烟悄悄取回当掉的棉衣，叫岫烟"早晚好穿，不然，风闪着还了得！"此外，宝钗和姐妹们相处，还很善于克制自己，尽量避免一些可能引起的矛盾冲突。一次，宝钗劝宝玉要注意"仕途经济"，宝玉登时当着众人的面，也不管人脸上过不去，咳了一声，拿起脚来就走了。宝钗的话还没说完，见宝玉走了，"登时羞的脸通红，说不是，不说又不是"，过了一会自己去了。袭人赞她"真真是有涵养，心地宽大"。

至于宝钗对黛玉的态度，有同志以为那完全是"口蜜腹剑"，说她为爬上"宝二奶奶"的地位，不择手段，陷害黛玉。这话说得有点过头了。应该说，宝钗对黛玉的体贴，还是真诚的。一次，黛玉犯病，宝钗去探望，二人温情脉脉，窃窃私语，她关心黛玉的病情，让黛玉每天吃上等燕窝一两，以"滋阴补气"，并答应送黛玉几两。黛玉甚为感激，坦率地自我批评说："你素日待人，固然是极好的，然我最是个多心的人，只当你有心藏奸。"黛玉感叹自己父母早逝，无兄无弟，寄人篱下，不是"正经主子"，宝钗劝慰她："你放心，我在这里一日，我与你消遣一日。你有什么委屈繁难，只管告诉我，我能解的，自然替你解的。"并开了一句玩笑说："将来也不过多费得一副嫁妆罢了，如今也愁不到那里。"这一段写得情真意切，颇有韵味。脂砚斋有一段批语，很值得一读："宝钗此一戏，直抵过通部黛玉之戏宝钗矣，又恳切，又真情，又平和，又雅致，又不穿凿，又不牵强。黛玉因识得宝钗后方吐真情，宝钗亦识得黛玉后方肯戏也。此是大关节大章法，非细心看不出。细心（思）二人此时好看之极，真是儿女小窗中唧唧也。"护花主人亦评曰："宝钗规劝黛玉，是极爱黛玉。"这些看法，还是有一定道理的。在宝钗和黛玉的关系中，或可以说，有生活上的关心，有感情上的体贴，也有思想上的开导。虽然这些多出于封建的思想意识，但不能说这都是宝钗"私心藏奸"，更不能说那几两燕窝是宝钗有意施放的糖衣炮弹。对宝钗的所谓"金蝉脱壳"计，指斥者尤多。那是写，一天宝钗去找黛玉，忽见前面有一双蝴蝶，意欲扑来玩耍，一直扑到滴翠亭外，刚好听见两个丫头在里面说私情话，她俩怕外面有人偷听，便开窗查看，宝钗料想躲闪不及，就使了个"金蝉脱壳"的法子，装作找黛玉，经过这里，故意问她们有没有看见黛玉，并说："我才在河那边看见林姑娘在这里蹲着弄水儿呢。"两个丫头信以为真，以为她俩的秘密已被黛玉听见，心里惶惶不安。论者多以为这是宝钗有意嫁祸于黛玉。其实，这也应具体分析。小说写得清楚，宝钗当时正要去找黛玉，听到两个丫头的秘密，想使个"金蝉脱壳"的法子，"犹未想完"，窗便被打开了，她马上说了黛玉的名字，当是脱口而出，并没有什么预谋。所以，她的目的，恐怕只是为了自己脱身，并非有意陷害黛玉。当然，为自己避嫌，而不顾别人无辜受到牵累，这也是不对的。

宝钗的这些思想品质，是如何形成的呢？这同她的家庭教养、生活环境有密切联系。薛家是四大家族之一，现领内府帑银行商，专为宫廷采办购置各种用品；家里还开了几座当铺，各省设有商行。宝钗从小聪颖美丽，因哥哥薛蟠是个"呆霸王"，在举业上没有出路，父亲就把希望寄托在她身上，教她读书识字，要把她培养成一个大家闺秀。父亲死后，母亲带她进京，目的之一就是为她待选入宫，充当宫中女官。这样的家庭教育，使她从小就受到封建功利主义的熏陶，培养了她封建正统的道德观念。进住贾府后，这个"恨不得我吃了你，你吃了我"的险恶环境，又使得她不能不以冷静的态度周旋应对，保持与众人的平衡，巧妙地为自己营造一种和谐的境地。

总起来说，宝钗是个血肉丰满的形象。她的所作所为，有些是可恨的，如对金钏儿之死的冷酷无情；有些是可鄙的，如对仕途经济的热衷追求和某些世故的处世方法；有些是可亲的，如对别的姐妹的关心体贴；有些是可怜的，如对自己婚姻的态度等。作者对她的态度，也是复杂的。他赞赏宝钗的聪明才智，同时又惋惜她被封建礼教毒害而成为一个封建正统思想的信奉者；他批判了宝钗"随时俯仰"的处世哲学，同时又褒扬了她"宽厚待人"的善良品德。如果硬要给宝钗"定性"的话，我同意这种意见：她是一个符合封建礼教要求的封建"淑女"的形象。

（原载《自修大学》，光明日报出版社 1984 年第 10 期）

淡极始知花更艳

——《红楼梦》语言艺术漫谈

重读王力先生的两段序言

曹雪芹不愧是一位出色的语言大师，一部《红楼梦》，无论是从文学语言艺术的角度去赏析它，还是从汉语语言学的角度去研究它，都会让人有所收获，领略其无穷的魅力。已故著名语言学家王力先生民国三十二年（1943）一月在其《中国现代语法·自序》中说："二十六年（1937）夏，中日战事起，轻装南下，几于无书可读。在长沙买得《红楼梦》一部，寝馈其中，才看见了许多从未看见的语法事实。于是开始写一部《中国现代语法》，凡三易稿。"①后来终于写成这部"以说明规律为主""表彰中国语的特征"的现代汉语语法专著。同年三月，朱自清先生在为该书所写的"序"中也特别指出："本书所谓现代语，以《红楼梦》为标准，而辅以《儿女英雄传》""这两部书是写的语言，同时也是说的语言。从这种语言下手，可以看得确切些。"②以一部中国古代小说的语法事实为主要标准，从中归纳出现代汉语语法规律，来构建一种新的中国现代语法系统，在王力先生看来，这部小说，当非《红楼梦》莫属。因为《红楼梦》是"用北京话写的，合于国语的条件"，同时，它的语料也最为丰富，其中有许多是前所未有的。因此，朱自清先生说他的选择是"聪明的"。

到1954年，王力先生在其另一部语言学著作《中国语法理论》的"新版自序"中又提及这样一件事："1951年11月，胡乔木同志和我谈起我的语法著

---

① 王力：《中国现代语法》上册，自序，3页，北京，中华书局，1954。

② 同上书，朱自清序，4页。

作。我说：'时代不同了，《红楼梦》的例子不适用了。'胡乔木同志说：'倒不是《红楼梦》的问题，而是三品说的问题。'"①胡乔木同志是当时中共中央主管意识形态的一位官员。新中国建立初期，知识界正在大力学习马克思主义，更新观点。王力先生担心《红楼梦》的例子过时，而胡乔木则肯定《红楼梦》并没有"问题"，需要提高的是王力先生的语言学理论。

由以上引述的王力先生的两段序言，似可以看出，曹雪芹的语言成就对中国现代汉语的研究，是有直接贡献的；而对《红楼梦》的语言研究，也是没有止境的。尽管时代不同了，研究者的理论观点，应该与时俱进，不断提高，研究方法也应该不断革新；但《红楼梦》的语言资料，是用之不竭的，永远不会过时。据2005年第4辑《红楼梦学刊》张玉萍《〈红楼梦〉语言学论著索引》一文统计，从1987年至2005年，研究《红楼梦》语言的论文，约计250篇，专著14部，语言类词典5种；其中关于词汇、语言风格、语法研究的论文，位列前三②。这也说明，对《红楼梦》语言的研究，是学术界甚为关注的一个话题。

以上所说，姑为小引。以下主要从文学角度对《红楼梦》的语言艺术作一些探述，不当之处，请读者指正。

平淡朴实的语言风格

众所周知，小说是语言的艺术。一部小说是否成功，艺术性是否高，语言是一个决定性的困素。一个作家，如果仅仅具备深刻的思想和艺术教条，而不具备灵活地驾驭语言的能力，那么，他就不可能创作出思想深刻、艺术精湛的小说。正如画家进行创作，需要通过线条和色彩；音乐家进行创作，需要运用节奏和旋律；小说家塑造艺术形象，则必须借助语言。这是因为，思想是由形式来表达的，而形式则是由语言来表现的。所以苏联作家高尔基在其《论文学》续集中说："语言把我们的一切印象、感情和思想固定下来，它是文学的基本材料。"应该说，没有语言，就没有小说；没有精彩的语言，

---

① 王力：《中国语法理论》上册，新版自序，6页，北京，中华书局，1955。

② 张玉萍：《〈红楼梦〉语言学论著索引》，载《红楼梦学刊》，2005(4)。

就没有精彩的小说。

在我国小说史上，章回小说的语言是经历了很长时期的演变过程的。产生于元末明初的《三国演义》，是用半文半白的浅近文言写成的，"文不甚深，言不甚俗"，简洁明快，雅俗共赏。大约同时出现的《水浒传》，则是第一部长篇白话小说，基本属于口语化的文学语言，而杂有大量方言土语，带有浓郁的市井气。产生于明代中期的《西游记》，也是一部长篇白话小说，它既有官话，也杂有方言，亦庄亦谐，风趣活泼。明后期出现的《金瓶梅》，多采用日常生活语言，极具鲜活的口语色彩，爽朗泼辣，有人说它"野味十足"。明代这四大小说奇书，在语言方面，对《红楼梦》都有一定影响。特别是《金瓶梅》，《红楼梦》对它的借鉴尤多。那么，《红楼梦》的语言风格，又有哪些特征呢？

我们知道，曹雪芹出身于贵族之家，他的童年时代，是在繁华的南京度过的。后来，曹家被抄，于是迁回北京，生活穷困，晚年居住在荒僻的京城西郊。这样的家庭出身，这样的居处环境，这样的生活经历，使他不仅熟悉上流社会的语言，而且掌握下层百姓的话语；不仅精通诗词文赋，具有良好的典雅文学方面的修养，而且熟稔时曲、酒令、灯谜、笑话等，具有深厚的通俗文艺方面的语言功底：不仅了解江南的市井俚语，更熟悉京师的旗汉俗谈。这些语言素养，为他的小说创作创造了优越的条件。在写作《红楼梦》的过程中，他淋漓尽致地发挥了他那高超的语言艺术才能，从而为后世留下了这部精妙绝伦、异彩纷呈的语言艺术精品，令历代读者拍案称奇。如戚蓼生《石头记序》说：

> 吾闻绛树两歌，一声在喉，一声在鼻；黄华二牍，左腕能楷，右腕能草。神乎技矣！吾未知见也。今则两歌而不分喉鼻，二牍而无区乎左右；一声也而两歌，一手也而二牍：此万万所不能有之事，不可得之奇，而竟得之《石头记》一书。嘻！异矣。夫敷华掞藻，立意遣词，无一落前人窠白，此固有目共赏，姑不具论。第观其蕴于心抒于手也，注彼而写此，目送而手挥，似谲而正，似则而淫，如《春秋》之有微词，史家之多曲笔。

　　这里高度称赞了作者娴熟驾驭语言的能力，并指出了作品的两种既对立又统一的语言艺术风格。"似谲而正，似则而淫"是说它的艺术表现既神奇诡谲，又平淡朴实；既遵循法则，又恣肆酣畅。同时，戚蓼生也指出《红楼梦》寓意深远，"如《春秋》之有微词，史家之多曲笔"。这与作者的审美趣味及脂砚斋对小说的语言艺术基本特征的认识，基本上是合拍的。

　　实际上，在《红楼梦》的具体描写中，有些地方，也有意或无意表现出作者对一种语言风格的追求。如小说第二回写贾雨村游智通寺，见寺门上的一副对联是："身后有余忘缩手，眼前无路想回头。"雨村因想道："这两句话，文虽浅近，其意则深。"甲戌本于此有侧批："一部书之总批。"可见，脂砚斋是把"文虽浅近，其意则深"八个字，视为《红楼梦》的语言艺术的总体特征的，这完全合乎小说的实际。尤其是第三十七回"秋爽斋偶结海棠社"，己卯本于此有夹批，评宝钗《咏白海棠》诗云："宝钗诗全是自写身份，讽刺时事，只以品行为先，才技为末。纤巧流荡之词，绮靡秾艳之语，一洗皆尽。非不能也，屑而不为也。"又于"淡极始知花更艳"一句下评道："好极，高情巨眼能几人哉？"这里虽是评诗，却同样可以之形容《红楼梦》的平实自然的语言风格。须知，平淡正是绚烂之极的表现。作者摒弃"纤巧流荡之词，绮靡秾艳之语"，是"非不能也，屑而不为也"。读者要从这种"淡极"的风格中发现"更艳"的神彩，需要有"高情巨眼"。小说在描写中，无论是叙事写人，还是绘景抒情，大自典章制度，小至闺阁絮语、日常琐事，都鲜明体现出这一语言特色。

　　这里，我们先举一个关乎朝廷皇宫的例子，比如第十八回"元妃省亲"。《红楼梦》全书对元妃的正面描写并不多，但她对贾府的盛衰荣枯有决定性作用。这一段，作者用一种平实的语言表达激情，含蓄浑厚，不露声色。且看元妃会见贾母等的一段描述：

　　　　至贾母正室，欲行家礼，贾母等俱跪止之。贾妃垂泪，彼此上前厮见，一手挽贾母，一手挽王夫人，三个人满心皆有许多话，俱说不出，只是呜咽对泣而已。邢夫人、李纨、王熙凤、迎春、探春、惜春等，俱在旁垂泪无言。半日，贾妃方忍悲强笑，安慰贾母、王夫人道："当日既送我到那不得见人的去处，好容易今日回家，娘儿们一会不说不笑，反到哭个不了，一会子我去了，又不知多早晚才能一见！"说到这句，不禁又哽咽起来。邢夫人忙上来劝解。贾母等让贾妃归坐，又逐次一一见过，又不免哭泣一番。

后文又写她见到宝玉，"携手揽于怀内，又抚其头颈笑道：'比先竟长了好些……'一语未终，泪如雨下。"这两段对元妃"忍悲强笑"的描写，平淡自然，但韵味无穷，它暗示出元春在宫中虽尊为贵妃，而实同囚禁，字里行间流露出对专制皇权的不满。近代侠人《小说丛话》评曰："其归省一回，题曰'天伦乐'，使人读之萧然飒然，若凄风苦雨起于纸上，适与其标名三字反对。……绝不及皇家一语，而隐然有一专制君主之威在其言外，使人读之而自喻。"这也正如梁启超在《中国韵文里所表现的情感》一文中所说："令人在极平淡之中慢慢地领略出极渊永的情趣。"

至于书中许多写及闺阁儿女琐语细事的生活场面，更是精义内含，淡语亦浓。这方面的例子很多，略举两例。

如第四十五回，写一个秋雨绵绵的黄昏，宝玉去潇湘馆探望卧病的黛玉。黛玉在灯下翻着《乐府杂稿》，心有所感，不能自已，于是写了那首著名的《秋窗风雨夕》词：

　　吟罢搁笔，方欲安寝，丫鬟报说："宝二爷来了。"一语未尽，只见宝玉头上戴着大箬笠，身上披着蓑衣，黛玉不觉笑道："那里来的这么个渔翁？"宝玉忙问："今儿好？吃药了没有？今儿一日吃了多少饭？"一面说，一面摘了笠，脱了蓑，忙一手举起灯来，一手遮着灯儿，向黛玉脸上照了一照，觑着瞧了一瞧，笑道："今儿气色好了些。"

　　黛玉看他脱了蓑衣，里面只穿半旧红绫短袄，系着绿汗巾子，膝上露出绿绸撒花裤子，底下是掐金满绣的绵纱袜子，靸着蝴蝶落花鞋，黛玉问道："上头怕雨，底下这鞋袜子是不怕雨的？也倒干净。"宝玉笑道："我这一套是全的。有一双棠木屐，才穿了来，脱在廊檐下了。"

　　黛玉又看那蓑衣、斗笠不是寻常市卖的，十分细致轻巧，因说道："是什么草编的？怪道穿上不像那刺猬似的。"宝玉道："……别的都罢了，惟有这斗笠有趣：上头这顶儿是活的，冬天下雪，戴上帽子，就把竹信子抽了去，拿下顶子来，只剩了这个圈子；下雪时，男女都带得。我送你一顶，冬天下雪戴。"黛玉笑道："我不要他，戴上那个，成了画儿上画的和戏上扮的渔婆儿了。"及说了出来，方想起来这话忒与方才说宝玉的话相连了，后悔不迭，羞的脸飞红，伏在桌上，嗽个不住。

这里，作者并没有特意渲染黛玉看到宝玉来探望自己时如何高兴，但平实写来，读者从黛玉脱口而出，把宝玉比作"渔翁"的笑语中，不难觉察出她的欢快心绪。丫头报告说"宝二爷来了"五个字，更是力可扛鼎，在黛玉听来，尤有一种"最难风雨故人来"的喜悦。后来宝玉要送一顶斗笠给她，她随口而说戴上就像"渔婆"了。渔翁、渔婆，自在流出，前后关合，无意传情，黛玉后悔不及，羞红了脸。而在宝玉一边，则进门不暇他言，也不搭理黛玉的戏谑，却连忙问病问药问吃饭；又不等黛玉答言，即举灯照脸，细瞧黛玉气色，自己回答："今儿气色好了些。"何等关切，何等体贴。这一时期，宝黛爱情已经成熟。秋雨夜探一段，恰写出了两人的柔情蜜意和心灵的契合。

类似的描写，还有第五十二回，是写宝玉一次去看望黛玉，恰巧宝钗、宝琴、岫烟等也在座，临别时：

> 宝玉因让诸姊妹先行，自己在后面，黛玉便又叫住他，问道："袭人到底多早晚回来？"宝玉道："自然等送了殡才来呢。"黛玉还有话说，又不能出口，出了一回神，便说道："你去罢。"
>
> 宝玉也觉心里有许多话，只是口里不知要说什么，想了一想，也笑道："明儿再说罢。"一面下台阶，低头正欲迈步，复又忙回身问道："如今夜越发长了，你一夜咳嗽几次？醒几遍？"黛玉道："昨儿夜里好了，只嗽了两遍；却只睡了四更一个更次，就再不能睡了。"

宝黛这一对话场面，同上面所述夜探一样，也是通过平实手法描写出两人之间一番细腻亲密的光景。脂砚斋有一段批语说："此皆好笑之极，无味扯淡之极，回思则皆沥血滴髓之至情至神也，岂别部偷寒送暖、私奔暗约、一味淫情浪态之小说可比哉！"宝玉对黛玉问咳嗽、问睡眠，看来似乎平平淡淡，甚至像是无话找话，借以留步。但是，这种"无味扯淡之极"的问话，只有宝玉才能说得出，是他对黛玉爱得真诚、爱得无微不至、爱得沥血披肝的表现。古诗所谓"但知言语浅，不知人意深"者是也。

《红楼梦》中，还有许多景物描写的场面，乃是从古典诗词中化出的，而构成一种新的意境，读来但觉云舒霞卷，满纸生香。如第二十七回有一段，写黛玉和宝玉闹了误会，宝玉来到潇湘馆，主动认错，黛玉不理不睬。书中写：

> 黛玉便回头叫紫娟道："把屋子收拾了，下一扇纱屉；看那大燕子回来，把帘子放了下来，拿狮子倚住；烧了香，就把炉罩上。"一面说，一面又往外走。

由黛玉所说构成的景象，恰似宋代词人晏殊《踏莎行》下半阕的词意："翠叶藏莺，朱帘隔燕，炉香静逐游丝转。一场愁梦酒醒时，斜阳却照深深院。"晏词写得清丽疏淡，语言浅近，却很精致。结末两句，写愁梦醒来，已斜阳满院，时光流逝，表现出词人一种深深的愁绪。此时大观园中，众姐妹正花枝招展，欢聚一处，祭奠花神；而黛玉则独处潇湘馆待燕子归来，与之为伴。其孤独，其怨愁，可想而知。晏词语意，恰合黛玉此时心境。

再如，第五十八回对宝玉伤春的一段描写：

> 宝玉也正要去瞧黛玉，起身拄拐，辞了他们，从沁芳桥一带堤上走来。只见柳垂金线，桃吐丹霞，山石之后，一株大杏树，花已全落，叶稠阴翠，上面已结了豆子大小的许多小杏。宝玉因想道："能病了几天，竟把杏花辜负了！不觉到'绿叶成阴子满枝'了！"因此仰望杏子不舍。又想起邢岫烟已择了夫婿一事：虽说男女大事，不可不行，但未免又少了一个好女儿，不过二年，便也要"绿叶成阴子满枝"了；再过几日，这杏树子落枝空，再几年，岫烟也不免乌发如银，红颜似缟了。因此，不免伤心，只管对杏叹息。正悲叹时，忽有一个雀儿飞来，落于枝上乱啼。宝玉又发了呆性了，心下想道："这雀儿必定是杏花正开时他曾来过，今见无花空有叶，故也乱啼。这声韵必是啼哭之声，可恨公冶长不在眼前，不能问他。但不知明年再发时，这个雀儿可还记得飞到这里来

与杏花一会不能？"

这一场景描写，可以说，是从一些有关唐诗、宋词、元曲的意境中化出的，词语浅近而意蕴颇深。唐代诗人杜牧曾写过一首《叹花》诗，结末两句说："狂风落尽深红色，绿叶成阴子满枝。"小说所引，乃杜牧诗原句。而花落、青杏的意象，则是融化有关诗歌意境而成。宋代苏轼《蝶恋花》词有句云："花褪残红青杏小。"明人李日华曲亦云："残红水上飘，青杏枝头小。"这里对宝玉病后初愈，在园中面对啼雀落花而叹息不止的描述，物以情迁，物我两忘，有对"花褪残红"的感叹，有对女儿嫁人的惆怅，有对红颜终不免"似缟"的伤心，正如脂评所说，写来"艳恨秾愁，香流满纸"，表现出宝玉关爱青年女子命运的痴情呆性。

此外，有些景物描写，用笔极为疏淡，而写得却极为真挚感人。如第九十八回"苦绛珠魂归离恨天"写林黛玉气绝之后的一段：

> 李纨、探春想他素日的可疼，今日更加可怜，也便伤心痛哭。因潇湘馆离新房子甚远，所以那边并没听见。一时，大家痛哭了一阵，只听得远远一阵音乐之声，侧耳一听，却又没有了。探春、李纨走出院外再听时，惟有竹梢风动，月影移墙，好不凄凉冷淡。

这里，作者只用了"竹梢风动，月影移墙"八个字，就非常简省地写出潇湘馆最为悲伤的时刻。作者似乎已无法再写下去了，他把自己对逝者的无限同情、对冷暖人情的无比憎恶，都浓缩在了这八个字之中。这比《三国演义》"秋风五丈原"写诸葛亮临终时"自觉秋风吹面，彻骨生寒"，尤为感人。

此外，《红楼梦》中还有一种笔墨，极显作者用笔之淡，已淡到"无字句处"，反而更显出一种摄魄追魂的艺术力量。清人二知道人《红楼梦说梦》称之为"虚事传神"，洪秋蕃在第五十二回评语中说得更为透彻："大凡为文，有字之文浅，无字之文深。读者当于无字处求之，斯不负作者苦心矣。"如第三回，写黛玉进了荣府，王夫人让凤姐拿出两匹缎子，给黛玉裁衣裳，凤姐接着说："我倒先料着了，知道妹妹这两日必到，我已经预备下了；等太太回去过了目，好送来。"书中写"王夫人一笑，低头不语"。淡淡一笔，大有微意。凤姐是王夫人内侄女，王夫人明明知道她是在说谎，做人情卖乖，但不说破，笑而置之。既显示出王夫人对这个内侄女的宽容，也隐隐揭露了凤姐的虚伪。又如第八回，写宝钗细细赏鉴宝玉的通灵玉，并将上面的字念了两遍，"乃回头向莺儿笑道：'你不去倒茶，也在这里发呆作什么？'"宝钗的这句问话，真是鬼斧神工之笔。这里并没有直接描写莺儿和宝钗的神态，但从宝钗的发话，可以想象出莺儿的"发呆"之状。而着一"也"字，尤为传神，一方面透露出宝钗也在"发呆"的神理；一方面，也可窥见宝钗念完通灵玉上八字后的内心隐秘。因此，脂砚斋在宝钗问话下批曰："请诸君掩卷合目，想其神理，想其坐立之势，想宝钗口中面上，真妙。"

应该指出的是，《红楼梦》这种平淡自然的语言风格的形成，是有其历史渊源的，是对宋代以来一些作家提倡诗文平淡美的传统的一种继承和发扬。苏轼在《与侄简书》中说："凡文字，少小时，须令气象峥嵘，采色绚烂；渐熟渐造平淡，其实不是平淡，乃绚烂之极也。"清初金圣叹《才子西厢醉心篇》说：文章"宁为其淡，无为其艳"，"然后知其淡也，乃其所以为艳也。"王炜为曹贞吉《珂雪词》写的序中也说："绚烂极而平淡生，不事雕镂，俱成妙语。"与曹雪芹同时人薛雪《一瓢诗话》说得尤为明白："古人作诗到平淡处，令人吟绎不尽，是陶镕气质，消尽渣滓，纯是清真蕴藉，造峰极顶事业。"可知，追求语言的平淡，是当时诗文创作和评论的一个重要标准。《红楼梦》的语言，无疑已达到这种境界，这在中国小说史上是前无古人的。

新奇妥确的炼字琢句

语言是小说文体的材料，它有着多种功能。《红楼梦》语言技巧的运用，与我国古典诗歌的艺术传统有密切关系，这主要表现在琢句炼字上。我国古代的诗歌创作，特别讲究炼字琢句，为了选择或创造一个恰当的词语，作家往往要费尽神思。

何谓好的字句？清人李渔在《窥词管见》中说："琢句炼字，虽贵新奇，亦须新而妥，奇而确。妥与确，总不越一理字，欲望句之惊人，先求理之服从。"这一见解，是颇为精到的。《红楼梦》继承了古代诗歌艺术的优秀传统，注重词语的推敲和锤炼，精致考究，切事入理，取得引人注目的成就。归纳起来，主要是：

其一，名词新雅、丰富，反映出作者见闻的广博，别具匠心。《红楼梦》里面有许许多多有关衣饰、饮馔、药品、器皿、花木、鸟兽以及典章故实、职官名称、地理人物的名词，可谓机丝巧织，花样翻新。但决无空泛之弊，很少有不带特别规定的事物名称。如第三回写凤姐的服饰是：

> 头上戴着金丝八宝攒珠髻，绾着朝阳五凤挂珠钗；项上带着赤金盘螭璎珞圈；裙边系着豆绿宫绦，双衡比目玫瑰佩；身上穿着缕金百蝶穿花大红洋缎窄褃袄，外罩五彩刻丝石青银鼠褂；下着翡翠撒花洋绉裙。

这套衣饰有形有色，可看可摸，可见作者观察事物之细致。又如书中有不少西洋名物，不仅有形有名，还有关于用途的介绍，像依弗哪、汪恰洋烟、温都里纳等皆是，可见作者搜求知识之殷勤。书中还有不少名词，是根据某种艺术需要创造的，器物名如孤觚斝、点犀盉等，职官名如体仁院总裁、京营节度使、龙禁尉等，地名如胡州、十里街、仁清巷等。

其二，动词准确、生动、形象。《红楼梦》里的动词也很丰富，而且运用非常恰当，能够活灵活现地反映人物的性格、修养、心理等特征。如第三十八回写黛玉在螃蟹宴上"拿起那乌银梅花自斟壶来，拣了一个小小的海棠冻石蕉叶杯"。己卯本于此有批云："拣字有神理。盖黛玉不善饮，此任兴也。"又如第十四回写凤姐因说倘她不给对牌，宝玉要人尽快收拾书房是难的，"宝玉听说，便猴向凤姐身上立刻要牌"。宝玉与凤姐，名为叔嫂，而情同姐弟，一个名词"猴"字，用如动词，把宝玉那种屈身攀援、纠缠不放的黏乎劲儿形容得惟妙惟肖。庚辰本于此有侧批说："诗中知有炼字一法，不期于《石头记》中多得其妙。"有的本子，将"猴"字改作"挨"，便失其韵味。又如第四回回目下联为"葫芦僧乱判葫芦案"，"乱判"二字活画出封建官场的黑暗，恰可作为"文虽浅近，其意则深"的绝好说明。脂批云："故用'乱判'二字为题，虽曰不涉世事，或亦有微辞耳。"再如第三回写宝黛初见，似曾相识。作者写黛玉是吃一大"惊"，写宝玉是看罢便"笑"。如此平常的两个字，用在这里，却非常准确写出了二人不同的性格与心理。故脂批云："黛玉见宝玉写一'惊'字，宝玉见黛玉写一'笑'字，一存于中，一发乎外，可见文字下笔必推敲的准稳方才用字。"还有，如第三十一回写宝玉清晨来到黛玉房中，见湘云膀子撂在被外而睡，"便叹道：'睡觉还是不老实，回来风吹了，又嚷肩膀疼了。'"着一"叹"字，准确地表现了宝玉对姐妹们的关切之情。故脂批曰："叹字奇，除玉卿外，世人见之，自曰喜也。"

其三，擅长使用活泼逼真的形容词、副词、象声词。《红楼梦》炼字之妙，几乎无处不在。形容词如脂本第八回，写宝钗和宝玉正在说笑，一语未了，"林黛玉已摇摇的走了进来"。"摇摇"二字既鲜明生动，又准确形象。第四十五回黛玉《秋窗风雨夕》有"泪烛摇摇爇短檠"一句，"摇摇"一词形容烛焰轻轻晃动的样子。这里用在黛玉身上极为传神。故脂批谓："二字画出身。"通行本或改作"摇摇摆摆"，则非小姐林黛玉，而是村妪刘姥姥了。副词如第四回写薛蟠来到贾府后，受贾氏子侄引诱，"比当日更坏了十倍"。当日薛蟠如何坏？看其打死人，如儿戏，其坏可知。今日被引诱，"更"坏十倍。"更"字刺眼，贾府子弟如何行景，不言而喻。又如第十五回写为可卿送殡、凤姐和宝玉同乘一车向铁槛寺进发，半路上"只见那两骑马压地飞来"。脂批称"压地飞来"数字"有气、有声、有形、有影"。象声词如第二十六回，写黛玉夜访怡红院，不意吃了闭门羹。正独自一人呆立花荫下啼哭，忽听"吱喽"一声，院门开处，宝玉等送宝钗出来。这"吱喽"的声音，在静夜中孤寂伤感的黛玉听来，尤觉刺心。再如第十二回，写凤姐设局，贾瑞入套，在穿堂等候凤姐，不见人来，忽听"咯噔"一声，房门关死，贾瑞被困穿堂，一夜冻恼，猛然醒悟，乃知受骗。门的一开一关，"吱喽""咯噔"这两个象声词，与人物当时的心情及场景，恰相吻合。

其四，善于借用、化用俗语。第四十二回写宝钗评论凤姐与黛玉的话语时说："世上的话，到了凤丫头嘴里也就尽了。幸而凤丫头不认得字，不大通，不过一概是市俗取笑。唯有颦儿这促狭嘴，他用'春秋'的法子，将市俗的粗话，撮其要，删其繁，再加润色比方出来，一句是一句。"宝钗的一番话，当也体现了作者提炼市俗话语的法则。大众口头上常用的一些谚语、成语、歇后语等，非常活泼、生动。《红楼梦》能够充分地使用这种极富表现力的语言，读来亲切感人，同时凸显了人物的个性。如第十六回凤姐向贾琏吹嘘她协理宁国府的成绩，同时抱怨下人们说：

> 你是知道的，咱们家所有的这些管家奶奶们，那一位是好缠的？错一点儿他们就笑话打趣，偏一点儿他们就指桑说槐的报怨。"坐山观虎斗""借剑杀人""引风吹火""站干岸儿""推倒油瓶不扶"，都是全挂子的武艺。

这些俗语，不仅形象地说明了管家奶奶们的钩心斗角，而且传达出凤姐说话时那种得意的神态。又如第六十五回写尤三姐笑骂贾琏时说：

> 你不用和我"花马吊嘴"的，咱们"清水下杂面，你吃我看见"。"提着影戏人子上场儿，好歹别戳破这层纸儿"。你别糊涂油蒙了心，打谅我们不知道你府上的事呢。……我也知道你那老婆太难缠，如今把我姐姐拐了来做了二房，"偷来的锣儿打不得"。我也要会会那凤奶奶去，看他是几个脑袋，几只手。

这一连串的歇后语，将尤三姐的伶牙俐齿、泼辣大胆的性格及咄咄逼人的神态，都淋漓尽致地表现了出来。故二知道人《红楼梦说梦》评曰："雪芹善为歇后语，意味隽永，最耐人思……"诸联《红楼评梦》也说："所引俗语，一经运用，罔不入妙，胸中自有炉锤。"

其五，既善于借鉴、吸取前人文学作品中的词语，又喜欢自己创造新的词语，尝试语言表达的各种可能性。在脂批中，曾屡屡提及元明清时的戏曲和小说，诸如《西厢记》《牡丹亭》《水浒传》《西游记》《金瓶梅》《拍案惊奇》等，以说明《红楼梦》的语言表达、句式运用，与这些作品有密切关系。如庚辰本第三回写黛玉见到凤姐时，贾母介绍说："你不认得他，他是我们这里有名的一个泼皮破落户儿，南省俗谓作'辣子'，你只叫他'凤辣子'就是了。"《水浒传》第十二回写牛二："原来这人是京师有名的破落户泼皮，叫做没毛大虫牛二。"用词、句式全同。其他如《红楼梦》中"乌眼鸡""烧糊了的卷子""千里搭长棚，没有个不散的筵席""拼着一身剐，敢把皇帝拉下马"等用词，都见之于《金瓶梅》。当然，《红楼梦》并不是简单照搬过去文学作品中的一些词语，而是往往能翻旧换新，把它融入到自己的创作中。如庚辰本第六十六回写柳湘莲知尤三姐是宁府小姨，便断然悔婚，他对贾宝玉说："你们东府里除了那石头狮子干净，只怕连猫儿狗儿都不干净，我不做这剩王八。"脂砚斋夹批云："奇极之文，极趣之文。《金瓶梅》中有云'把王八的脸打绿了'，已奇之至，此云'剩王八'，岂不更奇。"指出《红楼梦》在语言方面推陈出新的创造性。

不仅如此，重要的是，如前所说，曹雪芹还根据艺术构思的需要，以自己深厚的语言修养和丰富的生活实践，别出心裁，创造了大量多姿多彩、新颖别致的新词语，形成《红楼》语言一种独特的韵味。第五回的"意淫"一词，就是一个典型例子。小说写贾宝玉神游太虚幻境，警幻仙姑对他说："如尔则天分中生成一段痴情，吾辈推之为'意淫'。'意淫'二字，唯可心会而不可口传，可神通而不可语达。"并说得此二字，在闺阁中，便可为"良友"。对此，脂砚斋有两条批语，一说"二字新雅。"一说"按宝玉一生心性，不过体贴二字，故曰'意淫'。"这是说，所谓"意淫"，同"痴情"和"体贴"是同一个意思。这就把真挚纯洁的爱情，与"皮肤滥淫"之行区别开来。故洪秋蕃《红楼梦抉隐》评谓："意淫二字，创千古经传稗史未有之奇。"又说："此二字包罗一切，统括全篇，不专为宝玉定评。"可见，这一词语的创造，不但关涉宝玉心性，而且关涉全书立意。同样，宝玉叫读书人为"禄蠹"、宝钗叫宝玉外号是"无事忙"等，也有这种功能。此外，有关描述人物形象的新造词语，就更多了。如庚辰本第十四回写凤姐协理宁府，有一仆人迟到，众人见"凤姐眉立，知是恼了"。脂批曰："眉立二字如神。"后通行本改作"动怒"，就不如"眉立"形象、生动。第二十一回形容丫头蕙香生得"十分水秀"。脂批说："二字奇绝，多少娇态包括一尽，古今野史中无有此文也。"当因为"水秀"二字，比一般说"清秀"生色多了。还有如"高乐""亲香"等，也多为作者新选词语。

其六，惯用独特的肢体语言，刻画人物心理。而且有些语词，反复使用，形成一种习惯用法，而读者并不嫌其重复无味，反而觉得各臻其妙，别有一番情趣，如"上床睡觉"一语。据介绍，1980年在美国威斯康辛大学举行的国际《红楼梦》研讨会上，美国宾州大学梅炜恒教授提交大会的论文，题目就叫《上床睡觉》，很有意思。梅先生认为："在《红楼梦》中，睡跟发闷的关系最密切，床是逃避现实的最好的地方，但睡的最重要的作用是为'梦'之'门'，第五回可证。"于是，他把《红楼梦》中写及"睡觉"与"梦"的情节做了详细归纳统计，而认为小说中，多用"睡觉"一语来表现人物的忧愁、厌倦、恼怒、无趣等情绪的变化，而最为重要的是表现人物"沮丧"的心态①。比如第二十二回，写宝钗生日演戏，因湘云说黛玉像戏子小旦，宝玉、黛玉、湘云三人发生误会，各各烦闷气恼。宝玉去向黛玉认错，只见黛玉"歪在床上"；又去向湘云解释，湘云不理，"气忿忿的躺着去了"；宝玉无趣，回来"躺在床上"，只是闷闷的，随后填了一只《寄生草》曲，"便上床睡了"。全书写及"上床睡觉"形影，大体如此。第四十六回王伯沆曾有一条批语说："四十四回（宝玉）因得在平儿前稍尽片心，歪在床上，心内怡然自得。此回替鸳鸯不快，又默默歪在床上。宝公一歪在床，心中必有绝大哀乐。"可知有的论者早已意识到这一用语的特殊意义。还有如"抿着嘴儿笑""口里磕着瓜子儿""脚趿着门槛儿"等词语，都能揭示出入物在特定情境中的特定心理。尤其是"抿着嘴儿笑"一语，据统计，在程乙本中，共出现二十二次，大多用以描写少年女子的神态。"嗑瓜子儿""趿门槛儿"两个词语，虽然也见之于《金瓶梅》，并非曹雪芹独创；但是，《红楼梦》一经借用，便能戛然生新，不落旧套。比如《金瓶梅》第三十回，写李瓶儿临产，潘金莲满怀妒忌，先是以为瓶儿产期未到，不以为然；看到收生婆来，她"手扶着庭柱儿，一只脚趿着门槛儿，口里磕着瓜子"，说风凉话；知道瓶儿生了个男孩后，生气不悦，"自闭门户，向床上哭去了"。这是《金瓶梅》书中写得比较精彩的一段。但总让人感觉文意浅近，没有多大可供回味的余地，而《红楼梦》则不同。比如第八回写宝钗劝宝玉别喝冷酒，黛玉在旁，"磕着瓜子儿，只管抿着嘴儿笑"。第二十八回写宝玉看着宝钗的胳膊发呆，宝钗不好意思，回身要走，只见黛玉"蹬着门槛子，嘴里咬着绢子笑呢"。此时宝黛爱情正处于萌生和发展时期，对宝玉和宝钗的亲密接触，黛玉自然会心有疑忌。这两段描写，表现其娇情妒态十分传神。其意蕴，较之《金瓶梅》要深厚得多。

此外，《红楼梦》也很善于化用文言和方言，作品具有简捷明快、变化多端的特点。

---

① 参见胡文彬：《红楼放眼录》，325～326 页，北京，华艺出版社，1995。

含义深厚的文化语境

所谓"语境"，是西方语言学家提出的一种观点，它对我们分析和认识《红楼梦》语言的价值，是有一定参考意义的。有学者指出："语境研究要求在诠释文本中某个词时，揭示与该词有关的(或隐藏在其背后的)全部历史与一切事情。通过这种揭示，显现该词没有出现的语义，从而达到扩大该词内涵的功效。语言学家燕卜逊甚至认为，揭示每个词的意义，还要涉及'整个文明史'，亦即从广泛的文化语境中来了解小说中词语的运用。"①

曹雪芹在《红楼梦》开篇，虽然声称小说"无朝代年纪可考"，但是，我们如果结合明清历史，仔细阅读文本，便不难发现，《红楼梦》的词语运用，带有一种厚重的历史感和鲜明的时代气息，这是其他任何一部古代小说都无法与它相比的。下面略举几方面的例证，结合有关史料，加以说明。

一是时代风尚方面。如第十七回写大观园工程告竣，贾政带领宝玉及众清客去游赏，到了一处地方，看到一派农村景象(后改名稻香村)，入目动心，便说："未免勾引起我归农之意。""归农"意同"归田"，旧时指辞官回乡。当时贾政是工部员外郎，他真想辞官归隐吗？其实，这只是清代中期士大夫见面时的一种寒暄话头，不能看死。曹雪芹同时代人袁枚在其《随园诗话》卷十五中记载当时士林习气说："士大夫热中贪仕，原无足讳；而往往满口说归，竟成习气，可厌。黄莘田诗云：'常参班里说归休，都作寒暄好话头。恰似朱门歌舞地，屏风偏画白蘋洲。'"民国时人王伯沆批语也说："偶忆前人有'相逢尽道休官好'之句，哈哈。"又如第五十一回，写胡庸医给晴雯看完病后，老嬷嬷说："用药好不好，我们不知道。……这马钱是要给他的。"所谓"马钱"，就是车马钱。为什么不说药费，而一定要给车马钱呢？这反映的也是清代京师医生看病的一种习俗。据清阙名《燕京杂记》说："京师医生，不言谢金，不言药费，惟说车马钱耳。先生车马钱，各有定价，视其医之行否以为丰啬。价一定，虽咫尺之路不为减，十里之遥不为增。其有

---

① 黎皓智：《俄罗斯小说文体论》，71 页，南昌，百花洲文艺出版社，2002。

盛名者，家累巨万，虽太医院不及也。"这是说，有的医生靠收取车马钱，就积累了万贯家产。再如第四十三回"不了情暂撮土为香"，写宝玉悄然出城，去私祭金钏，让焙茗去买"檀、芸、降三样"香料，焙茗说："这三样可难得。"宝玉为难。据记载，这是三种比较名贵的香料，其中降香，在清代初年，已很难买到。清人叶梦珠在其《阅世编》卷七中说："真降香，前朝（指明朝）吊祭必用之，间或用于贵神之前，价值每斤不过银几分，不及一钱也。顺治之季，价忽腾贵，每斤价至纹银四钱外，吊丧非大富贵之家，概不用之。铺中卖者亦罕，故吊客俱以檀条、官香代之。"据此可知，宝玉必得名贵香料吊祭金钏，表现了他对死者的深切怀念，同时也透露出他对金钏因自己而招祸的深深愧疚。再举一服饰例，如第九十一回"纵淫心宝蟾工设计"，写丫鬟宝蟾受主子夏金桂买嘱，拢发掩怀，特意穿了一件"琵琶襟小紧身"，去挑逗薛蝌。所谓"琵琶襟小紧身"，就是一种右襟短缺的贴身背心，其名颇雅，是清代独有的一种衣服款式。据清人李斗《扬州画舫录》等书记述，乾隆时期，扬州挑担卖食之辈，多为俊秀少年，竟尚妆饰，喜穿琵琶襟，成为一种时尚。宝蟾穿琵琶襟去勾引薛蝌，如此打扮，越显其娇媚，切合其丫头身份，也贴合其特意去引诱人的心境。这就是回目所说"纵淫心""工设计"的意思。

二是日常生活礼仪方面。书中写得明白，贾家是"诗礼簪缨之族"，因此，在其家庭日常生活中，贵贱有别，长幼有序，等级分明，礼法森严。通行本《红楼梦》，"规矩"一词，全书共出现七十二次，大都当"标准""法则"讲，包括衣食住行和人际关系等。比如，丫头在主子面前，依照规矩，甚至连"你""我"都是不能直接说的。且看第五十五回凤姐与平儿的一段对话：

> 平儿不等说完，便笑道："你太把人看糊涂了！我才已经行在先了，这会子才嘱咐我！"凤姐儿笑道："我是恐怕你心里眼里只有了我、一概没有他人之故，不得不嘱咐；既已行在先，更比我明白了。这不是你又急了，满嘴里'你'呀'我'的起来了！"平儿道："偏说'你'！你不依，这不是嘴巴子，再打一顿。难道这脸上还没尝过的不成！"

据清人唐翼修《人生必读书》说："子弟幼时，当教之以礼，……长者呼召，即急趋之，门内门外，长者问何人，对必以名，不可曰'我'曰'吾'；

长者之前，不可喧嚷致争。"后来，陈宏谋把这段话收入《教女遗规》中，作为一条闺训。由此看来，"你""我"本是两个常用的人称代词，平儿又是凤姐的心腹大丫头，当时又没有他人在场；但平儿对凤姐直称"你""我"，跟凤姐"致争"，当也是有失礼仪的，故凤姐责怪她"满嘴里'你'呀'我'的起来了"。此外，《红楼梦》还写及许多旗人礼俗。比如第八回，写到贾府清客相公，看见宝玉，便都赶上来，"一个抱着腰，一个拉着手"；第十七回写宝玉从大观园出来，就有小厮上前"抱住"；第五十三回写元宵节贾母的老妯娌们来行礼，大家"挽手"相见。这里，"抱腰""挽手"，都是旗人见面时的一种礼节，"挽手"多用于妇女。清人吴振臣《宁古塔纪略》说："旗人重礼节。……相见惟执手，送客则手略曲，久别乍晤，彼此相抱，复执手问安。如幼辈两手抱其腰，长者用手抚其背而已。……妇女辈相见，以执手为亲，拜亦偶耳。"《北京风俗类征》也说："满人相见，以曲躬为礼，别久相见，则相抱。后以抱不雅驯，执手而已。""执手""挽手"同一意思，也叫"拉手"。满人文康所著《儿女英雄传》第二十二回就写道："姑娘，我可不会拜拜呀，咱们拉拉手儿罢。"

三是家庭治生方面。《红楼梦》的一个重要内容，就是写贾府的兴盛和衰败，所以涉及这方面的词语也比较多，此举一例。如第二回写"冷子兴演说荣国府"，讲到贾府气象时说："主仆上下，都是安富尊荣，运筹谋画的竟无一个。"意思是说，贾府全家，只知养尊处优，坐享其成，而无人出谋划策，治理家业。只会享受，不知治生，是当时世家大族的一种通病。清人阮葵生《茶余客话》卷十五分析乾隆时期巨家败落的原因时，归结为三种情况，其中之一，便是合家昏冗，无人筹划。他说："巨族中落，以刻薄败者十之三四，以汰侈败者十之五六，以昏庸阘冗败者十之七八。刻薄者，败于一己之心术；汰侈者，败于妇女奴婢门客之虚糜；昏冗者，则合家聩聩，无所经纪筹画，败坏尤速。"看来，贾府败落缘由，似乎三者都有，而无所"经纪筹画"，当是其一个主要原因。

四是园林建筑方面。这里是说，《红楼梦》中人物的居处命名，其表层意义与深层含义大多是和谐一致的。如探春住处秋爽斋，后院有梧桐，徘徊其下，夜可赏月，昼以乐荫，令人惬意。这当是它的表层语义。而据清代潘荣陛《帝京岁时纪胜》、阙名《燕京杂记》记录清代京城习俗说："京师小儿懒于嗜学，严寒则歇冬，盛暑则歇夏"，故学堂于立秋日，在蒙馆外立一招板，"大书一'学'字，旁书'秋爽来学'四小字。"以此看来，写探春室内名人法帖、宝砚、笔筒等的陈设，与清人笔记的记述是相一致的，显示出贾府三小姐好学的个性。这或是"秋爽斋"命名的深层含义。又如第十三回写宁国府内有一轩馆，叫"逗蜂轩"，贾珍曾在此与内监戴权商议为贾蓉捐龙禁尉事。馆名颇为奇特，脂批以为"轩名可思"。为何如此命名？查元明戏曲及明清艳情小说可知，元明时常常以"游蜂戏蝶"或"狂蜂浪蝶"比喻调戏、玩弄妇女的浮浪子弟。如明人康海《王兰卿》杂剧说："我把这荆钗布袄甘心受，再不许游蜂戏蝶闲迤逗。"《红楼梦》以"逗蜂"二字命名轩馆，当有讽刺宁府生活淫逸的意思。《金瓶梅》就曾把西门庆与女仆宋蕙莲的奸情，称为"蜂蝶情"。故程乙本陈其泰直批曰："轩名不堪。"其他如对怡红院、潇湘馆、蘅芜苑、稻香村的描写，读者已很熟悉，不再赘述。

其次，《红楼梦》还善于运用一些普通的词语，组成一个意义系列，发挥文化语境的整体功能，从对平凡甚至是卑微事物的描述中提示出其真实的含义。如第七十七回"俏丫鬟抱屈夭风流"写宝玉看望被撵出去的晴雯的一段：

> 宝玉命那婆子在外了望，他独掀起布帘进来，一眼就看见晴雯睡在一领芦席上，幸而被褥还是旧日铺盖的，心内不知自己怎么才好，因上来含泪伸手，轻轻拉他，悄唤两声。当下晴雯又因着了风，又受了哥嫂的歹话，病上加病，嗽了一日，才朦胧睡了。忽闻有人唤他，强展双眸，一见是宝玉，又惊又喜，又悲又痛，一把死攥住他的手。哽咽了半日，方说道："我只道不得见你了。"接着便嗽个不住。宝玉也只有哽咽之分。晴雯道："阿弥陀佛！你来得好，且把那茶倒半碗我喝。渴了半日，叫半个人也叫不着。"宝玉听说，忙拭泪问："茶在哪里？"晴雯道："在炉台上。"宝玉看时，虽有个黑煤乌嘴的吊子，也不像个茶壶。只得桌上去拿了一个碗，未到手内，先闻得油膻之气。宝玉只得拿了来，先拿些水，洗了两次，复用自己的绢子拭了，闻了闻，还有些气味，没奈何，提起壶来斟了半碗，看时，绛红的，也不大像茶。晴雯扶枕道："快给我喝一口罢！这就是茶了。那里比得咱们的茶呢！"宝玉听说，先自己尝了一尝，并无茶味，咸涩不堪，只得递与晴雯。只见晴雯如得了

甘露一般，一气都灌下去了。

宝玉看着，眼中泪直流下来，连自己的身子都不知为何物了，一面问道："你有什么说的，趁着没人，告诉我。"晴雯呜咽道："有什么可说的！不过是挨一刻是一刻，挨一日是一日。我已知横竖不过三五日的光景，我就好回去了。只是一件，我死也不甘心：我虽生得比别人好些，并没有私情勾引你，怎么一口死咬定了我是个'狐狸精'！我今日既担了虚名，况且没了远限，不是我说一句后悔的话，早知如此，我当日……"说到这里，气往上咽，便说不出来，两手已经冰凉。宝玉又痛，又急，又害怕。便歪在席上，一只手攥着他的手，一只手轻轻的给他捶打着。又不敢大声的叫，真真万箭攒心。

这段描写，有其独特的色调，独特的姿态，那"芦席"，那"被褥"，那"炉台"，那黑煤乌嘴的"吊子"，那沾满油膻气味的"碗"，那咸涩不堪的"茶"，似乎都已融入晴雯遭忌被逐、将要抱屈夭亡的遭际之中，而形成一种浓郁的悲剧氛围。字里行间，充满作者对晴雯命运的怜惜与哀悼，对社会现实的悲愤与控诉。与黛玉之死的描写一样，这也是《红楼梦》中最悲伤的一段血泪文字。此外，还有如香菱，也是一位"薄命女"，而第四十八回"慕雅女雅集苦吟诗"，写她矢志学诗，是那样废寝忘食，别人笑她是"呆子"、是"疯了"、是"诗魔"，她置之不理，日夜苦吟，终得佳句。作者正是使用"呆子""诗魔"这样一些语词，生动揭示出香菱这位苦命女心中闪现出的一种诗意，赋予她一种诗人的气质。恰如脂评所说："今以'呆'字为香菱定评，何等妩媚之至也。"

形神毕肖的人物语言

《红楼梦》的人物语言，也取得很高成就，历来都受到读者的一致好评。小说中人物的语言，不同于作者的叙述语言，而有它自身特质，自身的要求。清代学者章学诚在其《文史通义》卷五中曾论述过叙述语言与人物语言的区别，他说："文人固能文矣，文人所书之人，不必尽能文也。叙事之文，作者之言也，为文为质，惟其所欲，期如其事而已矣；记言之文，则非作者言也，为文为质，期于适如其人之言，非作者所能自主也。"意思是说，叙述性的语言，是作者自己的话，或者文雅，或者质朴，作者可以随心所欲，只要符合事实就可以；而人物的语言，则并不是作者的语言，文雅还是质朴，必须切合人物的个性，这是作者不能自主的。这话讲得很有道理，对我们理解小说中的人物语言颇有启迪。那么，《红楼梦》里的人物语言有哪些特点呢？概括地说，主要有如下两点。

首先，书中人物对话能够准确地显示人物的身份和地位。在小说第一回，作者对才子佳人小说进行了严厉的批评。指出它的一个主要缺点，就是人物对话不合乎"事体情理"，不能反映人物身份地位的差异，"且鬟婢开口即者也之乎，非文即理"，"千人一腔"。而《红楼梦》的人物语言，从来不会脱离人物的身份。第四十回写众人喝酒行令，轮到刘姥姥，她先声明："我们庄稼人，不过是现成的本色，众位姑娘姐姐别笑。"众人赞同她的话。所谓"本色"，原是元明剧论中的一个概念，即要求剧中人物的语言一要真实，二要通俗，而成为评判人物语言艺术的一种标准。《红楼梦》中的人物，便能做到人物语言的本色化。无论贵族官僚、纨绔子弟、僧道倡优、村媪市民，还是太太、奶奶、小姐、丫鬟，都是各说各的话，绝不易混淆。如贾政、贾雨村等人的语言里，夹杂着一些半文半白的语汇，一看便知是官场中人；贾蓉、薛蟠、邢大舅等人的语言粗鄙下流，一听就知是酒色之徒；茗烟、兴儿等人的语言俚俗机智，非常合乎他们小厮的身份。比如第七回写尤氏不想让凤姐见秦钟，笑道："罢，罢！可以不必见他，比不得咱们家的孩子们，胡打海摔的惯了。"初看此话，似乎不符合尤氏贵妇人的身份，但仔细一想，却极含情理，恰如甲戌本夹批所说："卿家'胡打海摔'，不知谁家方珍怜珠惜。此极相矛盾却极入情，盖大家妇俱如此耳。"可见，正因贵族妇人身份高贵，才故意说自家粗放，以此反衬她们身份的特殊；若直说自己高贵，便显得小气。故蒙府本批也说："偏会反衬，方显尊重。"这是身份地位所造成的习惯的语言特征。又如第十五回写馒头庵老尼向凤姐疏通关系，要拆散张财主女张金哥与长安守备公子的一桩婚事，两家打起官司，老尼说："女家急了，只得着人上京找门路。"张家如何"急了"，似乎囫囵不解。甲戌本批语说："如何便急了，话无头绪，可知张家礼缺。此系作者巧摹老尼无头绪之语，莫认作者无头绪，正是神处奇处。摹一人，一人必到纸上活见。"这是说，无头绪语，毕肖老尼声口：而摹一人似一人，恰是《红楼梦》人物语言神奇处。再如第三十九回写贾母与刘姥姥的一段对话：

> 贾母道："老亲家，你今年多大年纪了？"刘姥姥连忙立身答道："我今年七十五了。"贾母向众人道："这么大年纪了，还这么健朗。比我大好几岁呢。我要到这么大年纪，还不知怎么动不得呢。"刘姥姥笑道："我们生来是受苦的人，老太太生来是享福的。若我们也这样，那些庄家活也没人作了。"贾母道："眼睛牙齿都还好？"刘姥姥道："都还好，就是今年左边的槽牙活动了。"贾母道："我老了，都不中用了。眼也花，耳也聋，记性也没了。你们这些老亲戚，我都不记得了。亲戚们来了，我怕人笑我，我都不会，不过嚼的动的吃两口，睡一觉，闷了时和这些孙子孙女儿顽笑一回就完了。"刘姥姥笑道："这正是老太太的福了。我们想这么着也不能。"贾母道："什么福，不过是个老废物罢了。"说的大家都笑了。

这是一个贫贱而通达世故的乡下老妪，与一个富贵而有闲情的贵族老太太的对话，准确地表现了两人身份和地位的差异，绝不可能混淆。这种例子俯拾即是，不胜枚举。

其次，《红楼梦》的人物语言能够形神兼备地表现出人物的个性特征。所谓"相犯而不犯"，即描绘同一种类型的人的不同之处，历来是中国古代小说所追求的最高艺术境界之一。《红楼梦》无疑达到了这种境界，而人物语言在这方面起到了至关重要的作用。同是小姐，黛玉语言机敏、尖利，宝钗语言圆融、平稳，湘云语言爽快、坦诚，个性分明。同是少妇，秦可卿语言柔和，李纨语言无味，凤姐则语言机智诙谐，性情各异。同是爱讽刺、挖苦人，黛玉用语含蓄，晴雯则用语直露，风格不同。因之，有人称道说：曹雪芹所著《石头记》，"同处能异，自是名家。"（侗生《小说丛话》）如第二十一回写湘云为宝玉梳头，发现少了一颗珠子，遂说："不防被人拣了去，倒便宜他。"这不仅显示了湘云的大家闺秀的身份，而且惟妙惟肖地表现出她豪放旷达的个性。故蒙府本脂批说："妙谈，'倒便宜他'四字是大家千金口吻。近日多用'可惜了的'四字，今失一珠不闻此四字，妙极是极。"又云："是湘云口气。"再如第二十七回写小红向凤姐的一段回话：

> 平姐姐说，奶奶刚出来了，他就把银子收了起来，才张材家的来讨，当面称了给他拿去了。……平姐姐叫我回奶奶：才旺儿进来讨奶奶的示下，好往那家子去。平姐姐就把那话按着奶奶的主意打发他去了。……平姐姐说，我们奶奶问这里奶奶好。原是我们二爷不在家，虽然迟了两天，只管请奶奶放心。等五奶奶好些，我们奶奶还会了五奶奶来瞧奶奶呢。五奶奶前儿打发了人来说，舅奶奶带了信来了，问奶奶好，还要和这里的姑奶奶寻两丸延年神验万全丹。若有了，奶奶打发人来，只管送到我们奶奶这里。明儿有人去，就顺路给那边舅奶奶带去的。

这一连串十八个"奶奶"，不仅充分表现了小红的伶牙俐齿，而且把她善于讨好钻营的性格刻画得活灵活现。一个栩栩如生的人物，跃然纸上，呼之欲出。再如第十三回写贾珍请凤姐帮忙料理秦可卿的丧事，王夫人怕凤姐料理不清，于是"悄悄的问道：'你可能么？'凤姐道：'有什么不能的。外面的大事已经大哥哥料理清了。'"这里，作者并没有说明凤姐说话时是"悄悄的"还是"大声的"，但她一声"大哥哥"已使读者听到了她的高音量。故庚辰本于此有侧批说："王夫人是悄言，凤姐是响应，故称'大哥哥'。已得三昧矣。"凤姐争强好胜的性格，于此得到了生动的表现。何等简洁，又何等有力。可见，《红楼梦》人物的语言是"纸上有声"的。

通过以上讨论，我们可以说，《红楼梦》语言的精妙，主要不在其词语运用的表层意义上，而主要是熔铸在语言深层次的含义上，潜藏于文本里。读者只有认真阅读文本，仔细玩味，才会得其精髓。清人邹弢在《三借庐笔谈》中说："《石头记》笔墨深微，初读忽之，而多阅一回，便多一种情味。"这是经验之谈。脂批也提醒读者，阅读《红楼梦》，只有"细读细嚼，方有无限神情滋味。"这就告诉我们，学习《红楼梦》语言，鉴赏《红楼梦》语言，应该"细读细嚼"，不可浅尝辄止，走马看花，否则，是不能领略其奥妙的。

（原载《话说〈红楼梦〉中人》，崇文书局 2006 年版）

认真阅读作品　认真研究传统

——在 1987 年扬州红学学术讨论会上的发言

从 1979 年以来，我曾多次讲授《红楼梦研究》选修课。在听课过程中，同学们经常提出"红学研究怎样才能进一步深入和突破"的问题。我总觉得，这个问题，见仁见智，三言两语说不清楚。《红楼梦学刊》召开这次学术讨论会，专题研讨这个问题，是很有意义的。根据我对《红楼梦》教学和研究的体会，我认为，红学研究要继续发展，还需要踏踏实实在基本功上花点力气。具体地说，就是一要认真阅读作品，二要认真研究传统。这样，才能使我们的红学研究建立在坚实深稳的基础上。记得周汝昌先生说过，红学发展方向，就是对曹雪芹《红楼梦》原著认识理解的过程。这是有一定道理的。现在，结合具体事例，讲讲我的意见。

先说认真阅读作品的问题。

我不否认，红学研究，也面临一个方法论的更新问题。但我始终认为，方法本身不是目的，只是一种手段。我们无论用哪一种方法从事红学研究，都必须落实到对作品更深入的理解和开拓上。试想，如果对作品不求甚解，方法再新，也只是空中楼阁。人们都说，《红楼梦》是封建社会的百科全书，既然如此，研究者也应该有点百科知识，做点扎扎实实的具体工作。依我的体会，这大致包括如下内容。

一是要注意作品中词语的来龙去脉和语义的发展变化。红楼的词语非常丰富，有些词语，只有求本溯源，才能更准确地理解它的深刻含义。否则，便有如"雾里看花，终隔一层"。比如第五十七回有"老健春寒秋后热"一条俗语，意思是说，老年人的健康，春天的寒冷，秋后的热天，都是短暂的，不能保持长久。这一俗语，出自何处呢？原来出于宋代太平老人的《袖中锦》一书："世间四事不可久恃：春寒、秋热、老健、君宠。"这个太平老人是何许人？我没有详细考证，大概如同红楼中"智通寺"的老僧，也是个"翻过筋斗来的"。这个俗语，或者正是他生话经验的概括。知道了它的来源，虽不能说对认识红楼的思想意义有多大作用，起码可以增加点知识性和趣味性。还有，第一百〇二回有"女墙"一词，通常指"城墙上的矮城"，这在《释名》中说得很清楚。但在小说中，则指园圃中的"小墙"，词义有了变化。清人李渔《闲情偶寄》卷九有"女墙"一条，就说明"近时园圃"中所筑之"小墙"，"皆可名为女墙"。不了解词义的这一变化，就难免出差错。最近偶然读到一本诗选，书中选了清初人丁澎的一首《见燕》诗，首联说："杏叶新阴拂女墙，风吹小燕过池塘。"细玩诗意，所谓"女墙"，显然指的是园圃中的小墙，选编者却注为"城端上的矮墙"，并引唐诗人刘禹锡《石头城》诗"淮水东边旧时月，夜深还过女墙来"为证。这里，如解释说刘诗中的"女墙"为"城墙上的矮墙"，无疑是对的；但用来注释丁诗中的"女墙"，则显然是错了。因为他忽视了词语训释的时代性。当然，这方面涉及的问题太多了，要想把书中的名物故典一一指实，句句求源，也确实不易。比如第七十八回《芙蓉诔》中，有"梳化龙飞"一典，或以为用的是晋代陶侃的故事。据南朝刘敬叔《异苑》记载说：陶侃尝钓于钓矶山下水中，得一织梭，还挂壁上，有顷雷雨，梭化龙而去。但这里明明说的是"梭化龙飞"，并非"梳化龙飞"。我查考各种版本的《晋书·陶侃传》，也均作"梭"。后来，看到王佩诤先生校注的《龚自珍全集·奴史问答》一文，他在"能使梭化龙而雷飞"一句下加注说："按《晋书·陶侃传》，'网得一梳（梭），悬壁化龙而去。借'梳'作'梭'。"体会王注的口气，似乎他所见的《晋书》本作"梳"。这是一种什么本子，因王先生已故去，就不得而知了。由此可知，辩证一个典故或一条成语，也是需要花点工夫的。

　　二是要了解小说中所涉及的朝章国典和生活风尚。我们知道，曹雪芹创作《红楼梦》时，用的是"假语村言"，故意隐去故事发生的"朝代年纪""地舆邦国"。这给我们阅读这部小说留下许多障碍。因此，我认为，了解红楼特殊的表现手法，"按迹循踪"，作点钩隐稽实的工作，是完全必要的。只要有助于对小说的理解和掌握，不仅考证，就是索隐，也可以采用。不要因噎废食，一说考证，就是烦琐哲学。可以设想，如果我们对红楼中所反映的生活风俗、礼仪制度、文化娱乐、饮馔游宴等，都搞不清楚，一知半解，知其然而不知其所以然，又如何能确切理解作者的思想、认识作品的价值呢？比如

第十三回写可卿临死之际，魂托凤姐两件后事，其中之一是要多置"祭祀产业"。本来，广置祭产，前代已有，不足为奇，但到了清代，此风尤盛。清初张履祥在其《训子语》中，就告诫他的子弟要"节省繁冗，用广祭产"，这样，"非惟可以上慰祖宗之心，即下及子孙，可以永久不替"。后来，方苞在《己亥四月示道希兄弟》中、钱泳在《履园丛话》中、冯桂芬在《吴氏祭田记》中，都讲过这个问题。钱泳还记载说：毕秋帆购得朱长文乐圃，死后，有旨抄其家产，"园已造为家庙，例不入官，一家眷属，尽居圃中"。红楼所写，从一个侧面反映了清代这一社会现象，并非泛泛而言。再比如第四十九回，写薛宝琴身披凫靥裘立在雪地里，白雪、红梅、翠裘，相互映衬，分外娇艳。这件凫靥裘，也非等闲之物。清人秦福亭《闻见辨香录》丁集有"鸭头裘"一条，说明这种衣裘"翠光闪烁，艳丽异常，达官多为马褂，于马上衣之，遇雨不濡，但不暖，外耀而已"。了解了这一衣饰所反映的社会习俗，对我们认识《红楼梦》的思想意义，是会有些帮助的。这些地方，看似细枝末节，一般读者也许不去注意，而研究者则不能不加深究。

三要注意弄通语法关系。或许以为这是个无伤大雅的问题，不屑一谈。其实不然。有时对语法关系的不同看法，也会影响到对作品的理解。红楼中这样的句子并不少。比如最后一回，空空道人说过这样两句话："或者尘梦劳人，聊倩鸟呼归去。"其中，"尘梦劳人"一句，就既有词义问题，也有语法问题。有的注本把"尘劳"当作一个词，注释说："尘劳，佛家语，烦恼之异名。"不错，"尘劳"可以解释为"烦恼"，见《楞严疏》；但在这句话中，却把语法关系弄错了。我以为，从语法上讲，"尘梦"是一个词，指人世的梦幻。唐代诗人曹唐《仙子洞中有怀刘阮》诗说："不将清瑟理霓裳，尘梦那知鹤梦长。"说的就是这个意思，也可以引申指人世的追求。在这句子中充当主语。"劳"是扰恼、劳怨的意思，这里作动词，是谓语。这样理解，也许和全书所流露出的梦幻思想情绪，更贴合一些。

再说认真研究传统的问题。

陆游在其《示子遹》诗中说："汝果欲学诗，工夫在诗外。"我认为，要深入认识《红楼梦》的社会价值和文学价值，除精读原著外，还应该在"书外"下点功夫，就是说，还要认真研究一下中国的民族文化传统。回顾红学史，可以看出，早在脂砚斋就已注意到《红楼梦》同前代文学传统的关系。在脂批中，有 160 余条评语涉及这个问题。这些意见，尽管还比较零碎，不够系统，但却为我们提供了进一步研究的线索。新红学兴起后，俞平伯先生于 1922 年写了《唐六如与林黛玉》一文，指出曹雪芹塑造林黛玉，是"有所本的"，红楼"不是辟空而来的奇书"。到了 50 年代，俞先生又在其《读红楼梦随笔》中明确提出"《红楼梦》的传统性"的命题，认为红楼是一部"集合古来小说的大成"，同时又继承了《左传》《史记》《庄子》《离骚》等"更远的文学传统"的创作。"文革"时期，红学研究误入歧途，自然谈不上对红楼传统性的研究。近年来，这个问题才被重新提出来，陆续发表了一些主张从民族文化传统的角度研究红楼的文章，如杜景华等的《红楼梦与民族传统》、魏同贤的《论红楼梦对传统文学的继承》、刘梦溪的《红楼梦与民族文化传统》等。同时，一批运用比较研究法，具体论述《红楼梦》同其他文学作品关系的文章也涌现出来。论及的古代小说戏曲达 20 余种，成绩是可观的。

但是，对《红楼梦》传统性的研究，并没有到了尽头，还大有用武之地。最近冯其庸先生在他的《红学随想》中说："尤其应该充分认识到的是：《红楼梦》这部书它涉及我们的文化历史传统太深太广。我们即使仅仅从文学的角度、美学的角度来探讨它，也是难以穷尽的。"这个判断，符合实际。综观近年来发表的有关论述红楼传统性的文章，我们会发现，这方面还有许多课题，值得探讨；还有不少空白，需要填补。比如，如上所述，把《红楼梦》同别种小说一部一部比较研究的文章是不少，但整体的、综合的论证红楼是如何继承和发展了中国古代小说优秀传统的文章则不多。还有，对红楼继承了哪些文学遗产的一面比较注意，而对它是怎样继承了这些文学遗产的一面，则阐发得不多。再扩而大之，不仅限于文学，整个中国文化历史传统是如何培育了曹雪芹这个伟大作家的，怎样才能把隐藏于《红楼梦》中的中国文化特质，如心理结构、民族意识等，钩稽出来、发掘出来，并从理论上分析清楚，这更是红学研究中需要加强的一个课题。可以举两个小例子，作点说明。

比如研究《红楼梦》的创作意图，就不妨从中国文学传统的"郁结"说的角度，进行探讨。司马迁在《报任安书》中首先提出了这种主张。《史记》便是一部"舒愤"的"谤书"。其后，桓谭的《新论》、钟嵘的《诗品》、韩愈的《荆谭唱和诗序》、欧阳修的《梅圣俞诗集序》、唐寅的《与文征明书》、李贽的《忠义水浒传序》等继承和发挥了这一主张。同前代的一些伟大作家一样，曹雪芹也经历了人世的种种磨难，饱尝了生活的酸辛和苦痛。《红楼梦》正寄托着他对人生世事的无限情思和无限悲愤。因此，脂砚斋说《红楼梦》是作者"滴泪""研血"而成的，是借"风月波澜""以泄胸中抑郁"的书。从《离骚》到《红楼梦》，这里面有些什么创作规律，表现了我们民族什么样的美感心理，都是需要认真考虑的。

再比如说，大家承认，《红楼梦》的语言风格有一种平淡美，而平淡之中，又包含着浓郁的诗意。"淡极始知花更艳"，"淡"与"艳"，达到高度的统一。这种风格，也非"平地楼台"，而带有一种历史特征和时代色彩。在宋代，就有一些作家如梅尧臣、王安石、苏东坡等在追求或推许一种平淡的语言风格。梅尧臣说："作诗无古今，唯造平淡难。"葛立方认为"欲造平淡，当自绚丽中来。落其华芬，然后可造平淡之境。"到了清代，仍有不少作家在追求这种风格。如王炜评曹贞吉词说："绚烂极而平淡生，不事雕镂，俱成妙语。"杨际昌批评毛奇龄时说他："绚烂有余，但未归平淡耳。"直至晚清，吴汝纶还在用这个标准去评价方苞和刘大櫆的散文创作。可见，有清一代，把语言的平淡美，当作诗文批评的一个重要标准。曹雪芹语言风格的形成，同这种历史的传统和时代的风气，很难说没有一点关系。

（原载《红楼梦学刊》1987 年第 3 辑）

两点希望

——在 1989 年"九十年代红学展望"座谈会上的发言

有同志说，红学热闹了这么多年，现在已是山穷水尽了。我不这样认为。歌德曾说过："优秀的作品，无论谁怎样去探测它，都是探不到底的。"有位学者还作过这样一个比喻：一部文学作品，"就如同泉水，永远舀不干，永远可以从事新的探索和解释"。《红楼梦》正是这样一部优秀的作品，是"永远舀不干"的泉水。冯其庸先生多次讲，"红学无止境""再论一千年"。这是有道理的。回顾红学史，可以看到，《红楼梦》的研究，每过一个时期，总要随着新资料的发现、随着社会形势的变化而开拓、而前进。现在的红学，正是方兴未艾。展望九十年代，我有两点希望：

一是应该把红学的研究和弘扬中华文化进一步结合起来。大家常说"《红楼梦》总汇万状，文备众体"。早在 50 年代，俞平伯先生就明确提出"《红楼梦》的传统性"的命题。70 年代，不少同志撰文，主张从民族传统文化的角度，对《红楼梦》进行深入研究。1988 年 5 月在芜湖召开的"第六届全国红楼梦学术讨论会"，中心议题就是"红楼梦与中国传统文化"。原来准备今年十月在北京召开国际红楼梦学术讨论会，也确定以"红楼梦与中华文化"为中心议题。可见，对以《红楼梦》为代表的"中华文化"现象的探讨，已越来越引起广大红学研究者的兴趣和思索。

最近读到周汝昌先生的《红楼梦与中华文化》一书，他在"自序"中说："《红楼梦》的学问，离开了中华文化史这盏巨灯的照明，就什么也看不清，认不彻，就成了一桩庸人自扰式的纷纭胶葛。"他认为《红楼梦》是"中华民族的一部文化小说"。尽管他的一些观点还需要进一步论证，但他主张"从文化史与国民性的大角度大层次去探讨"《红楼梦》的意见，是可取的。

事实上，这方面也确有许多问题，值得我们去思索，去探求。如关于《红楼梦》的语言风格，人们承认它有一种"平淡"美，所谓"淡极始知花更艳"，"淡"与"艳"达到高度统一。如追本溯源，我们会知道，最早提出这种艺术境界的是韩愈。他在《送无本师归范阳》诗中说："奸穷怪变得，往往造平淡。"后来，梅尧臣、王安石、苏东坡、黄庭坚等发展了这一理论。苏东坡《与二郎侄书》说："凡文字，少小时，须令气象峥嵘，彩色绚烂。渐老渐熟，乃造平淡；其实不是平淡，乃绚烂之极也。"红楼语言风格的形成，不能说与这种传统理论没有一点关系。近年来，文化界出现了一种虚无主义思想，盲目崇拜西方现代思潮理论，否定民族传统文化，这是应该澄清的。叶嘉莹先生曾介绍过美国哈佛大学远东系休息室的一副对联："文明新旧能相益，心理中西本自同。"如何把"新旧""中西"多元多彩的文化别择去取，融汇结合，确是值得考虑的一个问题。最近《北京晚报》刊登了管桦同志《日本的文化教育一瞥——访日札记》一篇短文，其中引述了日本友人白土吾夫先生的一段话："你们的影片《河殇》，把中华民族的传统文化予以根本否定，我们是无论如何不能同意的。中华文化不但是中国的宝贵遗产，还哺育了我们日本嘛！"因此，我以为把《红楼梦》和中华文化结合起来进行研究，不仅是深入认识《红楼梦》的价值所必需的，而且对澄清文化界的一些虚无主义思想、对进行民族传统教育，也有裨益。

二是希望继续做一些《红楼梦》的普及工作。1987 年电视连续剧《红楼梦》的开播，在这方面起了积极影响。现在，北影厂的电影《红楼梦》，大型文献系列片《曹雪芹与红楼梦》也将与广大观众见面，无疑这又是红学界的一件大事。我想，除了用电视、电影这种方式把《红楼梦》传达给广大观众之外，还可以编著一些诸如《红楼导读》《红学引论》之类的读物，这对帮助广大读者正确认识《红楼梦》，了解红学史，是有意义的。

（原载《红楼梦学刊》1990 年第 1 辑，收入本书时自加标题）

版本篇

谈《红楼梦》程甲本

　　程甲本是《红楼梦》的最早刻本，它的问世是红学史上的一件大事。程甲本结束了《石头记》的传抄阶段，开创了刊印的新时代，对于这部伟大作品的广泛流传，可谓意义重大。《红楼梦》能够传至今日，成为中华文化的宝贵财富和杰出的世界文学名著，程甲本所起的作用相当重要。就版本自身来说，程甲本具有许多独特之处和其他本子所无法替代的价值。这些都需要我们认真地加以总结、研究。当此程甲本出版两百周年之际，我们草成此文，谨以纪念这件红学盛事。

一

　　《红楼梦》最初以抄本形式流传，题名《石头记》，仅八十回，大都附有脂砚斋等人的评语，是为脂评本。由于是未完成的著作，作者生前似乎并不急于使之广泛流传；又由于抄写这样一部大书既耗时又费力，非一般人所能胜任，所以当初这些脂评本只在作者亲友中间传阅传抄，"世鲜知者"（明义《题红楼梦》）。曹雪芹逝世后，《石头记》渐渐传开，后来还出现了在庙市上出售的抄本，但流传范围仍然相当狭窄，社会影响不够广泛。直到程甲本刊印前一年，有人"始闻《红楼梦》之名，而未得见也"（周春《阅红楼梦随笔》）。

　　乾隆五十六年辛亥（1791）程伟元、高鹗在北京萃文书屋首次用木活字印行，《红楼梦》才开始遍传海内，广为人知。这个印本，全称《新镌全部绣像红楼梦》，共一百二十回，首程伟元序、高鹗叙，次绣像二十四页，前图后赞。是为程甲本。仅仅七十余天之后，即乾隆五十七年壬子（1792），程高又在第一版的基础上修辑增删，印行了第二版，是为程乙本。程高在乙本卷首《引言》中说："因急欲公诸同好，故初印时不及细校，间有纰缪。今复聚集各原本详加校阅，改订无讹，惟识者谅之。"胡适认为："（程乙本）可说是高鹗、程伟元合刻的定本。"（《重印乾隆壬子本红楼梦序》）可是，这两种本子刊印后，各地相继翻刻的本子所依据的底本，不是程乙本这个所谓的"改订无讹"的"定本"，而是程甲本。这似乎不太合乎书籍出版的常规。程乙本当时只在小范围内流传，社会影响不大；而程甲本却成为130年间各种翻刻本的祖本。据一粟《红楼梦书录》著录，1791年至1927年，以程甲本为第一祖本的翻刻本有四五十种，实际上恐怕比这多得多。胡适也承认："（程甲本）最先出世，一出来就风行一时，故成为一切后来刻本的祖本，南方各种刻本……都是依据这个程甲本的。"（同上）事实确实如此。例如东观阁本（约1795）、抱青阁本（1799）、藤花榭本（1818）、三让堂本（1829）、王希廉评本（1832）、《金玉缘》本（1884）、中华索隐本（1916）、亚东初排本（1921）等，都是从程甲本派生出来的比较有代表性的本子。直到1927年汪原放据胡适藏程乙本整理出版了亚东重排本，才打破了程甲本一统天下的局面。特别是1953年作家出版社本和1957年人民文学出版社本的出版，才使程乙本最终取代程甲本而成为最通行的版本。正如魏绍昌《谈亚东本》所说："在1927年以前，一百二十回的各种印本几乎全是程甲本子孙的天下，中华人民共和国成立以后，却由程乙本的子孙独占鳌头了。"至于程甲本重新问世①，则是最近几年间的事。程甲本的沉浮，反映了红学观念的变化，值得我们认真思考。

二

和脂评本相比，程甲本有许多特异之处。

差异之一，程甲本系木活字排印本。作为抄本，脂评本较多地保留了曹雪芹原稿的面貌。特别是底本年代较早的本子，如甲戌、己卯、庚辰本等，是原稿的过录本或再过录本，行款格式基本上保持着某年定本的原貌。这对于我们了解和研究小说的成书过程，具有很大帮助。作为刻本，程甲本自然不具备这个特点。然而正由于是抄本，脂评本并不适宜阅读。每种脂评本都

---

① 此指1987年北京师大出版社以程甲本为底本的校注本。本文所引甲本文字，均据此书。

是由好几位抄手抄成的，许多章节的字迹潦草、稚拙，给读者以凌乱之感。俞平伯先生曾说："最大的毛病，这些抄本都出于后来过录，无论正文评注每每错得一塌糊涂。特别是脂砚斋庚辰本，到了七十回以后，几乎大半讹谬，不堪卒读。"（《辑录脂砚斋本红楼梦评注的经过》）作为刻本，程甲本清楚整齐得多，很便于读者披阅。一部小说是否能够被广大读者所接受，这是一个很重要的因素。程甲本的这个优点还为后来的翻刻者提供了很大的便利，使他们省却了许多编辑整理的工作，依样排版便可印行。如1795年前后出版的东观阁本，便几乎是照程甲本原样翻刻的。另外，脂评本价格昂贵，不易流传。不必说名公巨卿的家藏珍本，便是买一部庙市上出售的传抄本，也须"数十金"，一般人怎么买得起。程甲本的售价已不得而知，根据卷首《引言》所说的"公议定价，以备工料之费，非谓奇货可居"数语来推断，想必比抄本便宜得多。至于翻刻本，因"翻印日多，低者不及二两"（毛庆臻《一亭考古杂记》）。价格便宜，《红楼梦》才会普及到"遍传海内、几于家置一编"（汪堃《寄蜗残赘》）的程度。可见从抄本到刻本，虽只是简单的形式上的差别，其意义却非同寻常。

差异之二，程甲本删去了全部批语。早期抄本都保存着作者亲友的许多批语，主要有回首总批、眉批、行间批、正文下双行批、回末总批等。这些批语大多出自脂砚斋之手，故通称脂批。从脂批的内容和口气可以看出，脂砚斋和曹雪芹的关系相当密切，他不仅熟悉曹雪芹的家世生平、思想性格，洞悉全书的艺术构思，而且亲自参与了小说的创作、修改和整理定稿的工作。因此，脂批不仅为读者欣赏作品提供了便利，也是红学研究弥足珍贵的原始资料。除了极少量批语混入正文外，程甲本删落了全部脂批，这是个很大的遗憾。但是，从便于读者披阅的角度看，程甲本这样处理也并非毫无道理。对于大部分普通读者来说，脂批并不起多大作用，相反，倒是常常干扰他们的阅读。脂批的写法各式各样，"用笔的颜色又有朱有墨，总之令人目眩神迷，五色颠倒"（俞平伯《辑录脂砚斋本红楼梦评注的经过》）。早在程甲本之前，后期抄本已经开始削减和删除脂批。如甲辰本第四十九回一条抄藏者批语说："原本评注过多，未免旁杂，反扰正文，删去以俟观者凝思入妙，愈显作者灵机耳。"甲辰本只有双行批、回前批和回后批，已删落大量脂批。又如舒序本和郑藏本，都已没有批语。程高《引言》说："是书词意新雅，久为名公钜卿赏鉴，但创始刷印，卷帙较多，工力浩繁，故未加评点。其中用笔吞吐、虚实掩映之妙，识者当自得之。"（程乙本卷首）可见程甲本删去那数千条脂批，既因印刷条件和时间的限制，也有"以俟观者凝思入妙"的考虑。还有一种可能，便是程甲本的底本就是一种像舒序、郑藏本那样的白文本。

差异之三，程甲本删去回前回后的题诗和诗对。脂评本有一些回，回前有题诗，回后有诗对。如庚辰本第二回回首："诗云：一局输赢料不真，香销茶尽尚逡巡。欲知目下兴衰兆，须问旁观冷眼人。"次如己卯、蒙府、戚序、舒序、梦稿本第五回回首："题曰：春困葳蕤拥绣衾，恍随仙子别红尘。问谁幻入华胥境，千古风流造孽人。"又如庚辰本第五回回末："正是：一场幽梦同谁近，千古情人独我痴。"再如庚辰本第六回回末："正是：得意浓时易接济，受恩深处胜亲朋。"这些题诗和诗对，保留了传统章回小说的形式，对读者理解各回的内容也有帮助。由于原书是未完成的著作，这种题诗和诗对也并不多，常见于前三十回，而且各本此有彼无，情形不尽相同。程甲本全部删落这些题诗和题对，既为了统一体例，也是沿袭当时整理小说的通例。金圣叹整理《水浒传》、张竹坡整理《金瓶梅》，都是对题诗、题对及书中韵语进行大删大改的。

差异之四，程甲本续补了后四十回。众所周知，《红楼梦》是一部未完成的著作，各种脂评本最多只有八十回。从脂批透露的情况看，曹雪芹确实创作了后半部，可惜早已"迷失"。这是中国文学史上的一大憾事。程甲本为后人提供了一种较为可读的续作，在一定程度上弥补了脂评本的缺陷，多少满足了广大读者的要求。程伟元在程甲本序中说明了续作的来历：

> 不佞以是书既有百廿卷之目，岂无全璧？爰为竭力搜罗，自藏书家甚至故纸堆中无不留心，数年以来，仅积有廿余卷。一日偶于鼓担上得十余卷，遂重价购之，欣然翻阅，见其前后起伏，尚属接笋，然漶漫不可收拾。乃同友人细加厘剔，截长补短，抄成全部，复为镌板，以公同好，《红楼梦》全书始至是告成矣。

持高鹗续书说者认为这是谎话，现在看来也许是实情。孰是孰非，成为红学史上的一桩悬案。

但无论如何，程甲本问世后的130年间，后四十回一直被绝大多数读者视为全书的有机组成部分，读者对《红楼梦》的热爱，也同样倾注在后四十回上。直到胡适、俞平伯等考证出后四十回系高鹗伪续，红学界才开始对它"另眼相待"。但是直到今天，后四十回仍然为广大读者所接受。各种通行的整理本，大都保留着它。可以说，只要尚未发现曹雪芹佚稿，恐怕后四十回就是难以舍弃的。专家们的研究可以排除它，读者却不能没有它。在为数众多的《红楼梦》续书中，唯有程甲本这后四十回得附骥尾以传，并为广大读者所接受，这种现象本身就证明了它的价值。从后四十回文字本身来说，也确有可观之处。鲁迅认为："后四十回虽数量止初本之半，而大故迭起，破败死亡相继，与所谓'食尽鸟飞独存白地'者颇符，唯结末又稍振。"(《中国小说史略》)这段话既指出了后四十回的优长，也点明了它的缺点。在总倾向上它与前八十回基本一致，完成了全书的悲剧结局。在艺术描写上，它也尽量照应前八十回，如语言风格刻意模仿前书，颇能以假乱真。有些段落，也不乏撼动人心的艺术感染力。这些都是两百年来后四十回为读者广泛接受的重要原因。当然，后四十回的缺点也是显而易见的。不少人物形象出现不合逻辑的变化，"兰桂齐芳"的结局不符合曹雪芹原意，等等。总之后四十回的思想性和艺术性皆较前八十回逊色，这是大家所熟知的，不再详述。其实，我们不必对后四十回求全责备，作为一部续作，它已经难能可贵了。假如程甲本没有提供这后四十回，那会对《红楼梦》的流传产生多大的不利影响，可想而知。假如让诸如《后红楼梦》《续红楼梦》《红楼复梦》的作者在八十回后续貂，又会怎样的大煞风景，不言自明。想到这些，我们便应当为程甲本提供了这后四十回续作而感到庆幸了。

以上我们简单分析了程甲本和脂评本的四点差异，限于篇幅，其他如书名、卷次、回目等方面的差异，就略而不谈了。

<h2 style="text-align:center">三</h2>

程甲本和脂评本正文的差异，情况较为复杂。两者的前八十回同中有异，两相比较，程甲本的特点和价值可以看得更清楚。程甲本有个很严重的缺点，就是删落了脂评本的许多段落和语句。仅以庚辰本第七十八回为例，

程甲本就删去1200余字。如宝玉来到蘅芜苑时的一段心理描写，前后共300多字，全部删去。又如写贾政以林四娘为题命宝玉等作诗，有一段对宝玉才学性格的议论，共约400字，程甲本也全部删去。再如宝玉作《芙蓉女儿诔》之前，有一大段内心独白，其中说："奈今人全惑于功名二字，尚古之风一洗皆尽，恐不合时宜，于功名有碍之故。我又不希罕那功名，不为世人观阅称赞，何必不远师楚人之《大言》《招魂》《离骚》《九辩》《枯树》《问难》《秋水》《大人先生传》等法，或杂参单句，或偶成短联，或用实典，或设譬寓，随意所之，信笔而去，喜则以文为戏，悲则以言志痛，辞达意尽为止，何必若世俗之拘拘于方寸之间哉。"这段话对于认识贾宝玉形象、了解曹雪芹的文学主张和思想渊源，都是相当重要的。然而，这300多字在程甲本中也没了踪影。程甲本中还有不少妄改处。如卷六十二，黛玉向宝玉表示她对贾府经济状况的忧虑："如今若不省俭，必致后手不接。"宝玉笑道："凭他怎么后手不接，也不短了咱们四个人的。"这里只有宝黛二人在谈话，何来"四个人"？查脂评诸本作"两个人"，程甲本显然错了。至于程甲本中的讹误衍夺处，这里就不赘述了。

程甲本有个值得称道处，就是增补了脂评本正文中的残缺部分。曹雪芹不仅没有最终完成后半部，就是前八十回也有许多残缺待补的地方。如卷二十二，庚辰本至惜春灯谜处止，下缺，照理应当还有宝、黛、钗三人的灯谜。戚序本完整，但只有宝钗的灯谜。程甲本将这个灯谜改属黛玉，又另外给宝钗增补一谜，还增补了宝玉的灯谜。又如卷六十四、六十七两回，己卯、庚辰二本不仅正文中没有，目录中也无回目，且均注明："内缺六十四、六十七两回。"说明这两回不是在流传中散佚，而是底本已付阙如。甲戌、舒序、郑藏本因不明全书面貌，这两回的存阙情况不明。存在这两回的本子，有列藏、戚序、蒙府、甲辰、梦稿本等。程甲本也存这两回，但与上述各本不尽相同。这些地方不见得都是程高的补笔，也许底本已经如此，或许是程高参照所见脂评本配补的。

程甲本与脂评本正文相异处，并非皆出于程高的妄改。程甲本前八十回的底本，应当是某个（或某几个）脂评本，所以它的绝大部分文字是有所本的。现存脂评本的缺点与优长，在程甲本中都有所反映。

先说两种本子所共存的缺点。如卷二冷子兴演说荣国府时说，王夫人大年初一生了元春，"不想次年又生了一位公子"。所谓"次年"，显然与元春、宝玉的年龄相差甚远，所以程乙本改为"隔了十几年"。查脂评本，除戚序、舒序本作"后来"外，诸本都如程甲本一样。又如卷十有"金氏此来原要向秦氏说秦钟欺负他兄弟的事"一句。所谓"秦钟欺负"的是她的侄子金荣，这里为什么说"秦钟欺负他兄弟"？查对脂评本，列藏、蒙府、戚序、舒序本"兄弟"均作"侄儿"，这是正确的。可是偏偏底本年代较早的己卯、庚辰本和程甲本一样。再如卷十七有"又有林之孝来回"一句，查看下文，来回话的是"林之孝家的"，不是"林之孝"。这个错误是脂评诸本和程甲本所共有的，甚至程乙本也没改过来。像这样脂评本和程甲本皆误的例子很多，这恰恰说明了两种本子的传承关系。

再看脂评本和程甲本所共有的优点。如卷十三写秦可卿死后，贾府上下"无不纳闷，都有些疑心"。"疑心"，程甲本与甲戌、己卯、庚辰、列藏本同。甲戌本并针对此句有眉批云："九个字写尽天香楼事，是不写之写。"可见"疑心"正是点醒读者注意的关键词；戚序、程乙本作"伤心"，可谓差之毫厘，谬以千里。又如卷四十九有一道菜叫"牛乳蒸羊羔"，程甲本与庚辰本同，指以牛奶炖的羊胎，可作补药，所以贾母看到这道菜才会说："这是我们有年纪人的药，没见天日的东西，可惜你们小孩子吃不得。"可是程乙本却作"牛肉蒸羊羔"，显然不对。

再如卷五十五凤姐和平儿议论探春的为人，因说起正出庶出的问题，凤姐说："殊不知，别说庶出，便是我们的丫头，比人家的小姐还强呢！"程甲本同诸脂评本，程乙本作"殊不知庶出，只要人好，比正出的强百倍呢。"前者活现出凤姐说话时那特有的骄矜，只要是"我们的"，就没有比不过"人家的"。凤姐从不放过炫耀自己家世的机会，这是她的一贯作风，所以程甲本和脂评本的语言是个性化的。程乙本只是在泛论人的好坏，没有显示出凤姐的个性，与上下文的语气也不协调。两相对照，高下判然。像这样程甲本与脂评本相同，到程乙本才改动的例子不胜枚举。可见程甲本基本保持了脂评本的优点。

程甲本修润脂评本正文，也有改得很好的地方。如卷一写道："空空道人听如此说，思忖半晌，将这《石头记》再检阅一遍，……方从头至尾抄写回来，问世传奇。从此空空道人因空见色，由色生情，传情入色，自色悟空，遂改名情僧，改《石头记》为《情僧录》。"脂评诸本均无"从此空空道人"六字，语气不连贯。程甲本补得好。次如卷二十二写众人看戏时，凤姐说小旦活像一个人，别人不语，独湘云说："倒像林姐姐的模样。"脂评诸本均作"倒像林妹妹的模样儿。"湘云比黛玉小，不应称"林妹妹"。程甲本改得对。又如卷五十七贾母为邢岫烟和薛蝌作媒，薛姨妈让贾母再请一位主亲，贾母"便命人去叫过尤氏婆媳二人来。"脂评诸本均作"便命人去叫过贾珍婆媳二人来。"看下文根本没有贾珍的事，而且"贾珍婆媳"也实在不通。程甲本无疑是正确的。再如卷六十一回目作"投鼠忌器宝玉瞒赃，判冤决狱平儿行权"。"瞒赃""行权"己卯、庚辰、甲辰本作"情赃""情权"，唯己卯本于二"情"字旁分别添"瞒""行"二字，与程甲本同；蒙府、戚序本上联亦作"情赃"，下联作"徇私"。脂评本皆不如程甲本准确。另外，甲本的改笔有的似非程高所为，而可能是来自某个未知的脂本；有的与大部分脂本相异，只与个别脂本相同，却符合择善而从的原则，值得称道。限于篇幅，不再一一举例。程甲本的这些独特之处尚多，表现出脂评本所无法取代的价值。

以上是讨论程甲本和脂评本的关系，下面再将程甲本同程乙本比较一下。

四

在讨论程甲本和程乙本的关系之前，有一点应加以说明。乙本是在甲本的基础上经过一番"补遗订讹"之后刊印的，但这种修辑增删工作的时间相当短促。甲本刊印仅三个月之后，乙本就问世了。在这样短的时间里，对甲本进行全面修订，其仓促和忙乱的情形是可想而知的。各种迹象表明，程甲本是随刻随改的，程乙本则是随改随刻。所以现在所传的程刻本中，改刻的页子多寡不等。正因如此，现在要找一个没掺杂改刻页子的纯甲本固然不易，或想找一个改刻全了的纯乙本也不多见。

据我们初步统计，程乙本对程甲本删改的字数达 19568 字，可见幅度之大。其中前八十回删改 14376 字，后四十回删改 5192 字，可见乙本主要是改动前八十回，特别是前四十回使之与后四十回相统一。下面我们将各卷的修改字数列为简表，供读者参考（表见下页）。

程甲本被程乙本所改字数统计表

卷次	改动字数	卷次	改动字数	卷次	改动字数
1	123	24	336	45	133
2	201	25	205	46	160
3	324	26	131	47	57
4	202	27	172	48	104
5	244	28	225	49	55
6	531	29	528	50	82
7	435	30	224	51	187
8	358	31	323	52	74
9	125	32	327	53	65
10	133	33	172	54	110
11	63	34	520	55	138
12	156	35	251	56	102
13	62	36	319	57	161
14	249	37	241	58	104
15	333	38	132	59	69
16	302	39	251	60	76
17	155	40	178	61	104
18	130	前四十回合计	10068	62	111
19	471			63	96
20	231	41	195	64	128
21	285	42	179	65	210
22	224	43	147	66	30
23	196	44	146	67	52
68	130	85	88	106	241
69	104	86	56	107	203
70	72	87	64	108	209
71	136	88	61	109	269
72	114	89	66	110	151

续表

卷次	改动字数	卷次	改动字数	卷次	改动字数
73	154	90	50	111	127
74	109	91	177	112	104
75	100	92	251	113	93
76	74	93	140	114	94
77	86	94	188	115	85
78	52	95	76	116	68
79	61	96	46	117	63
80	41	97	142	118	52
中四十回合计	4308	98	48	119	135
		99	95	120	81
前八十回合计	14376	100	110	四十回合计	5192
		101	207		
81	112	102	56	全书合计	19568
82	120	103	164		
83	115	104	221		
84	73	105	491		

1949 年以前，汪原放标点本也曾两次统计过程氏改动字数，那是以亚东重排本和初排本比较算出的，我们这里是乙本改动甲本的字数。乙本用的是北师大图书馆藏乾隆五十七年萃文书屋木活字本，甲本用的是萃文书屋乾隆五十六年初排翻刻本，参校以中国社科院文学所藏甲本复印件。我们知道，像这样的统计，不可能做到百分之百的精确。乙本对甲本的改动情况颇为复杂，不同的人来统计，把握的标准便会有差异，结果也就会不完全相同。我们的这个统计表，也只能反映一个大概情况。

从乙本对甲本的改动情况看，大约有两种倾向：一是弥缝甲本某些上下文衔接不很严密的地方；二是把甲本中旧小说习用的语汇改得更接近口语。下面主要举五个方面的例子，以见大概情况。

1. 改动情节内容。如卷十九写元春命众姐妹各题一匾一诗，探春"自忖亦难与薛林争衡，只得勉强随众塞责而已。李纨也勉强凑成一律"。探春题"万象争辉"匾额，诗为七绝；李纨题"文采风流"匾额，诗为七律。程乙本不仅将"只得勉强随众塞责而已"改作"只得随众应命"，将"凑成一律"改为"作成一绝"，而且把探春和李纨的一匾一诗互换了作者，使情节发生了截然相反的变化。又如卷二十四写贾芸到外书房等宝玉，"只见茗烟改名焙茗的，并锄药两个小厮下象棋，为夺车正伴嘴呢"。乙本改作"只见茗烟在那里掏小雀儿呢"，又增加了茗烟介绍改名经过的话："我不叫茗烟了！我们宝二爷嫌烟字不好，改了叫焙茗了。二爷明儿只叫我焙茗罢。"再如卷二十九写贾母带众人去清虚观打醮，程甲本有这样一段描写：

> 贾母等已经坐轿去了多远，这门前尚未坐完。这个说"我不同你在一处"，那个说"你压了我们奶奶的包袱"，那边车上又说"招了我的花儿"，这边又说"硼了我的扇子"，咭咭呱呱，说笑不绝。周瑞家的走来过去的说道："姑娘们，这是街上，看人笑话。"说了两遍，方见好了。

显然，这是一段生动的现场写真，但程乙本全删去了。

2. 增删词语。如卷三写宝玉笑道："除《四书》，杜撰的太多，偏只我是杜撰不成?"程乙本在"太多"下加一"呢"字，而删落"偏只我是杜撰不成"一句。又如卷八写宝钗形容："看去不觉奢华。唇不点而红，眉不画而翠，脸若银盆，眼如水杏。"程乙本改"不觉"为"不见"，在"奢华"句下加"惟觉雅淡"一句，而把"唇不点而红"以下四句完全删去。再如卷十九袭人劝宝玉时说："（你）又说只除'明明德'外无书，都是前人自己不能解圣人之书，便另出己意，混编纂出来的。"程乙本删去了"前人自己不能解圣人之书，便另出己意"两句。

3. 移换语序。如卷五写宝玉随警幻来至后面，"但见朱帘绣幕，画栋雕檐，说不尽的光摇朱户金铺地，雪照琼窗玉作宫。更见仙花馥郁，异草芳芬，真个好所在。"程乙本将这几句移换作"但见画栋雕檐，珠帘绣幕，仙花馥郁，异草芬芳，真好所在也！正是：光摇朱户金铺地，雪照琼窗玉作宫。"又如卷六写贾蓉外貌："面目清秀，身材夭娇，轻裘宝带，美服华冠。"乙本改"夭娇"为"苗条"，把后两句掉换了位置。再如卷四十四起首写道："话说众人看演《荆钗记》，宝玉和姊妹一起坐着。"程乙本改作："话说宝玉和姐妹一处坐著，同众人看演《荆钗记》。"

4. 修润词语。如卷六写刘姥姥要女婿去贾府求帮助时，说："如今你们拉硬屎，不肯俯就他。"乙本改"俯就他"为"就和他"。次如卷八写宝玉"因想起宝钗近日在家养病，未去亲候"。乙本改"亲候"为"看视"。又如卷十尤氏说金寡妇"一进来脸上倒像有些着恼的气色似的，及至说了半天话，又提起媳妇的病，他倒渐渐的气色平静了"。乙本改"有些着恼的气色似的"为"有些恼意是的"，改"气色平静"为"气色平和"。再如卷七十四凤姐让平儿去押二百两银子，贾琏道："越发多押二百，咱们也要使呢。"乙本改"越发"为"索性"。

5. 使语言通俗化。这是乙本改字的一个重要原则，具体情况颇为复杂，这里择其要者各举数例。

(1) 文言词语改为白话、俗语。如卷二贾雨村说宝玉只怕来历不小，冷子兴道"万人皆如此说"，乙本改作"万人都这样说"；又如卷四贾政说"姨太太已有了春秋"，乙本改"春秋"为"年纪"。其他如一般将"索"改作"要"，"方"改作"才"，"自"改作"从"，"便是"改作"就是"，"殊不知"改为"那里知道"等，举不胜举。

(2) 南方话改为北方话、北京话。如一般将"晓得"改作"知道"，"银米"改作"钱粮"，"背心"改作"坎肩儿"，"手帕子"改作"绢子"，"时节"改作"时候儿"，"吃茶"改作"喝茶"，"点心"改作"小饽饽儿"，"如今"改作"这会子"等。

(3) 增加语气词。如卷二十李嬷嬷骂袭人，说："你不过是几两银子买来的毛丫头，这屋里你就作耗。"乙本改作"……买了来的小丫头子罢咧，这屋里你就作起耗来了。"又如卷二十五王夫人的丫头来叫赵姨娘，问："奶奶可在这里？太太等你呢。"乙本改作"姨奶奶在屋里呢么？太太等你呢。"再如卷七十五尤氏说"这话奇怪"，乙本改作"这话又奇了"。

(4) 儿化。如将"行当"改作"行当儿"，"话"改作"话儿"，"空闲"改作"空儿"，"模样"改作"模样儿"等，俯拾即是。但在这几种情况下也有没改的。

五

　　程乙本改动程甲本的结果，既有得也有失，但总的来看是得不偿失。

　　先说乙本之"得"。如卷二关于元春和宝玉出生时间的间隔，甲本因袭脂本作"不想次年又生了一位公子"，元春只比宝玉大一岁，是个明显的纰漏。乙本改"次年"为"隔了十几年"，弥补了漏洞。又如卷九十二"评女传巧姐慕贤良，玩母珠贾政参聚散"，甲本只有宝玉评女传、贾母玩母珠的内容，而无巧姐慕贤良、贾政参聚散的文字，与回目不合；程乙本补充了这两方面的内容，使故事和回目统一了。另外，有些词语，乙本改动后比甲本准确，如上一节谈修润词语时所举各例，有些就属这种情况。

　　再看乙本之"失"。程乙本的刊印很仓促，仅仅三个月的时间，随改随刻，不仅不可能切实做到"改订无讹"，反而常把甲本不误处改错。如程甲本卷三写宝黛初见时，宝玉笑道："虽然未曾见过，然看着面善，心里倒像是旧相认识，恍若远别重逢的一般。"程乙本删去了"旧相认识，恍若"数字，只作"……看着面善，心里倒象是远别重逢一般"。但是"看着面善"与"远别重逢"显然不能直接联在一起，这种删法不妥。又如卷六"贾宝玉初试云雨情"写道："说至警幻所授云雨之情，羞的袭人掩面伏身而笑。宝玉亦素喜袭人柔媚娇俏，遂与袭人同领警幻所训云雨之事。袭人自知系贾母将他与了宝玉的，今便如此，亦不为越理，遂和宝玉偷试了一番。"程乙本将"遂与袭人"改为"强拉袭人"，将"今便如此，亦不为越理"改为"无可推托的，扭捏了半日，无奈何……"，将"遂和宝玉偷试了一番"改为"只得和宝玉温存了一番"。"偷试"与"温存"并非同一含义，从改文来看，也不能说是"强拉"，可见改得不妥。再如卷七写宝玉初会秦钟，秦钟想："可恨我偏生于清寒之家，那能与他交接，可知贫富二字限人，亦世界上大不快事。"程乙本改为"我偏生于清寒之家，怎能和他交接、亲厚一番，也是缘法。"这已超出文字修饰范围，涉及人物思维活动，是不宜改动的。

　　在多数情况下，程乙本的改笔并不见得比甲本的文字好，改了如同没改。如果从一般的阅读欣赏的角度看，这倒是无所谓"得失"。但是，若从存真的角度看，这种无"得"便是有"失"。与其如此，还不如不改。如卷一"虽我不学无文"，乙本改"虽我"为"我虽"，看似改顺了，其实并无必要。又如卷四写薛蟠与冯渊争抢英莲："那薛公子岂肯让人的，便喝令下人动手……"乙本删去"岂肯让人的"五字，也无必要。同上卷讲薛蟠之母时说："寡母王氏，乃现任京营节度使王子腾之妹……今年方四十上下。"程乙本将"四十上下"改为"五十上下"，完全是出于臆度，既没有根据，也没有道理。类似的例子很多，如将卷五"美酒一瓮"改作"美酒儿瓮"，卷十八"清钱五百串"改为"清钱三百串"，卷二十五"蠲资二十两"改作"捐资三十两"，卷二十四"人家比你大四五岁呢"改作"人家比你大五六岁呢"，卷四十七"费了八百两银子"改为"费了五百两银子"，卷六十一"十来斤肉"改作"一二十斤肉"等。改者对这些数字如此感兴趣，令人莫名其妙。但有一点可以肯定，这些改笔不是"聚集各原本详加校阅"的结果，理由是这些改变原意处，程甲本往往和脂评本相同。

程乙本将甲本的文字改得更通俗，是得还是失？胡适对程乙本评价较高，认为"这个改本有许多改订之处，胜于程甲本"（《重印乾隆壬子本红楼梦序》）。汪原放认为"程乙本力避文言字眼实在是有益的主张"，它"都用白话，都用俗话，都用北京话"（《重印乾隆壬子本红楼梦校读后记》）。两人都对乙本的通俗化倾向表示赞赏，这种看法至今仍有影响。乙本读起来较甲本顺畅，容易为读者所接受，这可以视为乙本之"得"。但是，乙本这样一改，和曹雪芹的原稿差距更大了，因为甲本的语言，正与脂评本相近。从尊重曹雪芹原意的角度看，乙本其实是得不偿失。

<h1 style="text-align:center">六</h1>

以上我们分别讨论了程甲本与脂评本、程乙本的异同，读者可以看到程甲本的特点是鲜明的。从信实程度看，程甲本较乙本高，却不及脂评本。程乙本经过补遗订讹，增损修辑，确有胜于程甲本处。尽管这样，程甲本在

《红楼梦》版本史上的特殊地位和价值，却是脂评本和程乙本所无法取而代之的。

程甲本的底本是某个(或某几个)脂评本，其文字兼有脂评本和程乙本的优长，也有其既不同于脂本也不同于乙本的独特之处。这对于《红楼梦》版本研究者来说，是不可或缺的重要材料。程刻本是《红楼梦》版本的两大系统之一，研究这个系统的版本，程甲本显然是最重要的。研究脂评本系统也不可忽略程甲本。如近来研究甲辰、梦稿本等后期抄本的人日渐增多，这是红学研究的一个重要课题。程甲本与这些后期抄本的传承痕迹相当明显，要解决它们的问题，离开程甲本也是不可想象的。

自从梦稿本发现以来，高鹗续书说受到了怀疑。后四十回的作者究竟是谁？其中是否存有曹雪芹原稿？怎样估价后四十回的艺术成就？这些都是红学界普遍关注的问题。探讨这些问题，又怎能离开程甲本。

随着红学研究的逐步深入，特别是脂评研究工作的发展，《红楼梦》"探佚学"悄然兴起。后四十回从一开始就是"探佚学"最重要的参照系。从事"探佚"的研究同样离不开程甲本。

《红楼梦》通行本的出版，是红学研究成果的总结。各个时代的通行本，都是当时的红学观念的反映。程甲本问世后风行海内，成为130年间各种翻刻本的祖本，说明了当时人们对程甲本的珍视。程甲本的语言风格基本上和脂评本保持一致，相比之下，程乙本的文字过于通俗化，损伤了原著典雅凝重的语言风格，读者未见得愿意接受。特别是南方读者，对乙本所强调的北京味儿，并不感觉亲切。这也许是程甲本能够风行一时而程乙本却长期鲜为人知的重要原因。

20世纪20年代，社会思潮和文化风尚发生了巨大的变化，红学观念也随之更新。胡适首倡新红学，注重作者家世生平的考证，同时抨击旧红学各种牵强附会的索隐。旧红学向来附丽于以程甲本为底本翻刻的各种评注本，旧红学专著也是以程甲本为依据的。新红学的兴起，不可避免地削弱了程甲本的影响。1927年汪原放以胡适所藏程乙本为底本整理出版的亚东重排本，既满足了新红学反对旧红学的需要，也顺应了新文化运动的历史潮流。近十年来红学研究获得较大进展，红学观念也发生了显著变化。

为适应红学研究的需要，以庚辰本和程甲本为底本的新校往本便应运而生了。至此，脂评本、程甲本和程乙本都有了新的校注本，这是合乎红学发展的客观规律的。如上所述，这几种本子各有其特点，都有存在的价值。诸本并存，红学研究者和爱好者可以各取所需，而各本也可各展所长。回顾20世纪的红学发展史，先是程乙本一枝独秀，后是脂本和乙本并存的局面，程甲本一直没有发挥它应有的作用。现在，程甲本已经有了通行的校注本，研究工作应当更广泛而深入地开展起来。平心而论，程甲本是程刻本系统的母本和脂本到乙本的过渡，其重要的研究价值是不言而喻的。充分认识它的特点和价值，无疑有助于廓清红学研究中的不少疑难问题。两百年来，程甲本从问世、风行到沉寂、重新出版的历程，包含着红学研究的许多经验教训，也值得我们认真地加以总结。希望程甲本问世二百周年，能够成为红学研究进一步向纵深发展的契机，这才是对这一红学盛事的最好纪念。

1991 年 1 月

（原载《红楼梦学刊》1991 年第 2 辑）

〔附记〕本文系与沈治钧、武静寰合写的，由沈治钧执笔，署名：沈治钧、文而弛。《红楼梦学刊》1991 年第 2 辑"本期编后"有一段文字介绍了本文写作情况："1791 年（乾隆五十六年辛亥）程伟元、高鹗首次将《红楼梦》一百廿回刊刻刷印，即后简称的程甲本。《红楼梦》百廿回本的刊印，给《红楼梦》本身及后来的红学，都带来一个新时期。北京师范大学经十余年功夫校注的《红楼梦》，即以程甲本为底本的。时逢程甲本刊刻二百周年之际，本刊拟邀北京师范大学参与过校注工作的武静寰及张俊二教授撰写一篇纪念性文章。值武、张二教授手头有其他任务，为不负本刊之约，共拟出提纲后，委托张俊先生之研究生沈治钧同志写成。此文概括地阐述了程甲本刊刻之功绩及其优缺点，并提供了与其他版本比较的材料，应该说是一篇较好的纪念文字。"

2018 年 2 月 22 日

北京师大校注本《红楼梦》(程甲本)杂忆

今年是程甲本《红楼梦》刊行 220 周年，是个值得纪念的日子。20 年前，北京师范大学出版社出版的校注本《红楼梦》，所用工作底本，便是程甲本。为此，红学友人命我就师大本写点文字，留作历史的纪念。雅意难却，于是，追忆往事，梳理手边材料，随想随记，一衮写了，草成这篇东西。因其漫无中心，不成系统，故云"杂忆"。

北师大校注本的编撰和出版经过

北师大"校注本"注释部分的工作，实际是从 1974 年年初开始的。当时全国正掀起一场"评红"热潮。是年底，完成前 80 回注释初稿，遂誊清油印，作为一种教学辅助读物，并用于征求意见。当时参加这一工作的，主要有中国古代文学教研室的部分教师和中文系部分工农兵学员。次年，我们响应号召，去京郊顺义牛栏山公社（今牛栏山镇）北京维尼纶厂住了一个月，一方面参加一些力所能及的劳动，接受工人阶级再教育；一方面和工人师傅相结合，注释《红楼梦》。从工厂回校后，我们对油印稿做了较大修改，并补注了后 40 回；同年五月，排印出版，内部发行。这就是当时流传颇广、由启功先生题签的上下两册《红楼梦注释》。

这两种注释书稿，无疑都带有明显的"文革"时代的印记。如排印本署名是"北京维尼纶厂、北京师大中文系《红楼梦》注释小组"，工厂要列于前边；书前是两条毛主席语录和毛主席《关于红楼梦研究问题的信》；词语注释，要注意所谓阶级分析，联系现实斗争，突出政治。当年所出"评红"著述，大抵如斯。那时还盛传毛主席说要把《红楼梦》"当做历史来读"的讲话，有了这一最高指示，我们在两种注释稿的"注释说明"中都特意提到：㊀注释引证了少量必要的史料，以有助于对作品的理解；㊁选用了一些有价值的脂评，以

内部参考本

供阅读参考；㈢对注释所涉及的孔孟之道和其他落后的东西，不作过多评述。这样做，或有助于凸显注释内容的史料性和知识性，当时看来，还算有点新意。

1976年"文革"结束，禁锢缓解。我们又查阅了一些资料，于1979年对注释原稿做了大的修改，删汰了一些评语，增添了一些资料，并请启功先生撰写了序言，准备由某省人民出版社正式出版。其时曾参加过注释工作的王汝弼、李长之两位先生已先后故去；修订工作，主要由我和聂石樵、周纪彬两位先生完成。后延宕三年，书稿未出。

至1982年年初，北师大出版社计划推出"古籍整理丛书"，约请我们重新校注一部《红楼梦》。应出版社之约，由启功先生主持，我们商定以我校图书馆所藏程甲本为底本，进行校勘，排印出版，并拟定了校注细则和编排体例。结合《红楼梦注释》本的实践，大家同意，注释部分，重点是扩充条目，重新加注，增补资料，丰富注释内容，增强注释的知识性和趣味性，以体现我们这部书稿的特色。

我们之所以选择程甲本整理出版，主要是基于这样两点认识：

首先，程甲本于乾隆五十六年辛亥(1791)刊印后，曾风行一时，此后大量流传的本子，大都是依据程甲本翻刻重印的，它成为一百三十年间各种翻印本的祖本。1949年以后，则一直未曾重新整理出版。一些红学家曾建议整理出版这个本子。

其次，程乙本经过补遗订讹，确有其胜于甲本处；但甲本在《红楼》版本

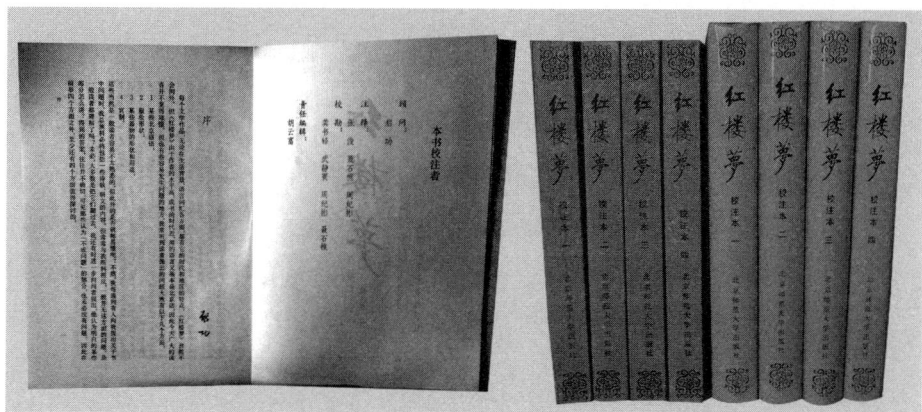

北师大校注本

史上的重要地位和特殊价值，乙本是不可能取代的。据我们初步统计，乙本对甲本删改字数达 19568 字，其中前 80 回，即被删改 14376 字。删改后，乙本的语汇更接近口语；而甲本的语言，则与脂评诸本接近，有其自己的特色。我们想整理出一部力求保持甲本原貌的本子，供读者品赏。

我们所用底本，是萃文书屋初排《新镌绣像红楼梦》的翻刻本。后来我们从友人处借得初排本的复印本，经对校得知，此翻刻本除少数刻误之字外，与原刻本完全相同。师大版"校注本"，即依此校后本为底本整理而成。我们后来得知，那个复印本的原本，是中国社科院文学所藏本。

历时五年，书稿告竣。1987 年 11 月，由北师大出版社出版发行，启功先生题签书名。翌年三月中旬，恰值深圳国贸中心举办《红楼梦》专题书展，北师大出版社推出刚刚面世的"校注本"参展，受到关注。当时香港《大公报》、《文汇报》、《澳门日报》、《华人日报》、美国《华侨日报》等近十家报纸作了报道和评介。同时，也得到一些红学同仁的谬赏。文化艺术研究院红楼梦研究所吕启祥先生在其《填空补阙，厚积薄发——读北京师大出版社〈红楼梦〉校注本》的长文中，对本书的校勘、注释作了全面评析。她认为此书"广参博览，锐意穷搜，成为当今《红楼梦》注释中最详备丰富的一种"，在红学版本史上"有很高价值"。在同年举行的第三届全国图书"金钥匙"评奖活动中，获"金钥匙"二等奖。

1997 年，即师大本出版十年后，中华书局与我们联系，想重新出版此书。经多次沟通、协商，师大出版社同意转让中华书局。是年底，我们同中华书局签订了"出版合同"。次年九月，新版书出版，作为其"古典小说四大名著（聚珍）丛书"中的一种。责任编辑宁德伟先生戏称，说我们这支地方足球队，已晋升为国家队。是的，以中华书局的地位，以中华书局的信誉，我们的书，有幸在中华书局出版，当然高兴。

与师大初版本比较，中华书局重印本，除题签改易、抽去插图、由简体竖排改为横排、编著者署名形式稍作改动、书中文字改正几处错讹外，其他则悉仍其旧。书后中华书局编辑部"附记"交代了中华本与北师大版关系："本书原由北京师范大学出版社于 1987 年 11 月出版，现经校注者征得有关方面同意，由我局重新出版。"也有读者反映，改换启先生题签，有点遗憾。

中华书局重版珍藏本、校注本、普及本、注释本

2001 年，即中华书局本出版三年之后，他们又推出《中华古典小说名著普及文库》，拟把我们的"校注本"改为白文本，收入文库。征得我们同意后，又签订了"委托整理协议书"；并在他们编辑部撰写的一篇前言类的文字中说明："1998 年，我们出版了由启功先生主持，张俊、武静寰、周纪彬、聂石樵、龚书铎先生校注的《红楼梦》校注本……此次推出'中华古典小说名著普及文库'，我们征得作者的同意，删去了注释和校记，保留了全部小说原文，收入文库之中。在此，我们再一次对作者们杰出的工作表示感谢。"他们谨严的工作态度，对作者劳动的尊重，令我们感动。

友人的支持和帮助

北师大本的编写，曾得到众多相识和不相识的朋友的帮助和支持，至今难以忘怀。

先说北师大校内老师，这是我们注意随时请教的对象。比如，小说第六十一回写众妈妈承包果园后，"人打树底下一过，两眼就像那鸒鸡似的"。其中"鸒鸡"一词，通行辞书多解释为："鸟名，身短尾长，凶猛善斗。"今人注释本，有采用这一释义者。我则总觉得，用鸒鸡之"凶猛善斗"比喻众妈妈，似乎不很贴合。我在注释初稿时，曾向校内生物系一教授动物学的老师请教，她提供一则材料，是说：鸒鸡，一种鸣禽，别名黑鸒鸡（北名）、黑龙眼燕（南名）。通体黑色，尾长而呈叉状，栖于树梢。繁殖季节，有较强自卫能力，当别的鸟类进入其巢区时，即"眼色不宁，有惊恐状"，并起而驱逐之。我采纳了这一材料，以为用来形容众妈妈保护自己承包的果园不受侵犯的神态，较为妥切。

也有的校内老师，主动为我们的注释纠误。比如，第六回我们把"长安"注为"在今陕西西安西北"。历史系一位老师为此给我们写了六百余字的一封信，介绍了长安城的建置、沿革、界画，说明"原先西安城之四郊均属长安县辖区，而不是注释中所说的在西安西北"；希望我们的注释"能精益求精，更趋完善"。随后，我又查阅了一些资料，始知长安故城有二：汉代长安城在今西安市西北；唐末就旧城北部改筑新城，即今西安城。我们的表述，不是很周全。

北京红学界朋友，对我们帮助尤多。我们曾同故宫博物院、中国历史博物馆有关专家举行座谈，他们或出示文物，或介绍资料，热情支持我们的工作。其中，最令人难忘的，是1975年4月我们同中国社科院文学所一些专家的一次座谈会。当时参加座谈会的，有文学所的陈毓罴、邓绍基、徐公持、劳洪、白鸿诸位先生。因为大家是朋友，畅所欲言，无须客气。他们对我们书稿的注释内容、资料引证都谈了许多很好的意见。如邓绍基先生建议要加强有关小说时代背景的词语的注释，比如，第五十一回晴雯染病后，为什么要对上边隐瞒，清人谈迁《北游录》中就有材料，可以参考。徐公持先生建议第八回中对"清客相公"的注释，除引证古籍外，还可以参看鲁迅先生《准风月谈》中对清客的描述。劳洪、白鸿两位先生肯定注释引证材料比较丰富，同时指出注释受旧注影响较多，有些词语不必都注明出处。这些意见，对我们修改书稿，都甚有启发。

陈毓罴先生发言，则为我们提供了不少诗词注释资料线索。比如，第十七回宝玉七言对"绕堤柳借三篙翠，隔岸花分一脉香"句中，"篙"字是指水之深度，苏轼诗有"半篙流水送君行"的句子。第七十八回《女儿诔》中"汝南斑斑泪血"，当用的是《乐府诗集》所载汝南王作《碧玉歌》的故事。尤其是他对第十七回中一则联语的介绍，为我们解决了注释中的一个疑点。小说写到宝玉念完"吟成豆蔻诗犹艳，睡足荼蘼梦也香"一联后，贾政笑道："这是套的'书成蕉叶文犹绿'，不足为奇。"这里，"套"是照样模仿的意思，而贾政为何说它"不足为奇"呢？陈先生介绍说："书成蕉叶文犹绿，吟到梅花句亦香"，是旧时常见的一联，但未详其出处。我们把陈先生所说采入注中，后来也曾为人所采用。

我敬佩陈先生的博闻强识，同时也想起一件陈年旧事。20世纪50年代初，我在晋中太谷师范学校读书，离学校不远处，有一家临街小理发店，店内有一副对联："花气袭人知昼暖，颂声被野是年丰"。记得对联纸质和装裱镜框，都比较陈旧。当时虽不明联语来历，但觉得颇有意思，便记住了它。后来，读到《红楼》第二十三回，始知道对子上联系陆放翁《村居书喜》诗句，心中恍悟，原来如此。而更巧的是，第二十八回蒋玉函在酒宴上所念的对子上句，也是"花气袭人知昼暖"。据查，陆诗原句作"知骤暖"，而小说中均引作"知昼暖"。我清楚记得，所见联语亦作"昼"。后读俞平伯先生《读红楼梦随笔》之八"陆游诗与范成大诗"，他说："原作'骤暖'不作'昼暖'，误'骤'为'昼'，以二字音近容易搞错之故。且'昼暖'的意境亦复甚佳，不减于'骤暖'。"小店联语书写者，是一时误记，还是有意改字，抑或采自《红楼》，又或别有所据，亦不得而知。然由此可见，放翁这一名句，流传甚广，为人所喜爱。至于下联"颂声"句，尝请教多人，仍未得其详。

说到外地朋友，最让我感愧的是一位素不相识的出版社编辑先生。《女儿诔》中有"梳化飞龙"一语，各本皆同，没有异文。但典出何处？我们先查得南朝宋刘敬叔《异苑》卷一一则记载：晋人陶侃尝钓于山下水中，得一织梭，悬挂壁上，后化龙飞去。但"梭"为什么变为"梳"？总有悬疑。复查《晋书》陶侃本传，也都作"梭"。后来，读到王佩诤先生校注的《龚自珍全集》一书(上海人民出版社)，其第九辑《奴史问答》一诗有句云"能使梭化龙而雷飞"。王先生按云："《晋书·陶侃传》：'网得一梳(梭)悬壁化龙而去。'借'梳'作'梭'。唐李咸用《披沙集》：'悬梭待化龙。'"为能确知王氏注中所引《晋书》版本，我乃写信向王先生求教，请上海人民出版社转呈。不久，我便收到上海人民出版社古籍编辑室复函，信中说："函询有关《龚自珍全集》注中所引《晋书·陶侃传》一事，阅悉。该书系据中华书局上海编辑所本重印，原校注者已亡故，当时，据何版本校注无法查考。我们查对一些类书，如《佩文韵府》《渊鉴类函》《艺文类聚》等转引《晋书·陶侃传》都作'梭'；《太平御览》转引《艺苑》也作'梭'。供参考。"回函写于 1976 年 11 月 30 日。依常情，他们只要回复我说，校注者已故去，信无法转达，也就尽责了。但还要翻检资料，提供我们参考。"文化大革命"刚刚结束，人情回暖，我深深被这位热情的编辑同志所感动。

前辈学者的鼓励和启发

"注释本"内部出版后，我们曾寄赠北京几位有关前辈学者，听取意见，记得有叶圣陶、俞平伯、周汝昌、周绍良诸位先生。他们多回信表示谢意，实际是对我们的一种鼓励。如叶圣陶先生在信中说："此刻收到寄下的《红楼梦注释》一部，并于赐书中获悉这是赠给我的，我又感激又惭愧。本欲购买，而承馈遗，所以惭愧者在此。却之不恭，只得赧颜领受，永铭厚意。阅览时如有什么意见堪以贡献，一定写下奉告，决不隐藏。"

其中，让我深受启发的是同周绍良先生的一次通信。不明何故，我们第一次赠送周先生的书，他没有收到，于是来信说：

红楼梦注释小组同志：

读到你们的《红楼梦注释》，感到这本注释工作还是很不坏，在几个注释本中应该说是最好的。

现在有一点事情请教你们，希望见告。就是第六十二回"敲断玉钗红烛冷"句，你们说是"见唐末诗人郑谷《题邸间壁》诗"。不知见于何书，全诗是什么，希望不吝赐示为感。

这本书我是在一个朋友那儿借到的，也不知你们还有存书否？是否可以允于购买一部？

此致敬礼

周绍良

北京东四五条流水东巷 26 号

接读来信，我始知上次寄出的书，周先生未收到。我遂即把"注释本"重寄去一部，并遵嘱抄录《题邸间壁》全诗，注明见于《千家诗》，一并寄出。随后，我收到周先生回函：

张俊同志：

承您赐《红楼梦注释》一部，已收到，谢谢。

在本星期日，邮局送来这部书，封皮已无，只有收件人姓名与地址了，夹在书中。我正奇怪，也不知是什么地方寄来的？昨天接到您的信，才知其故，并承示郑谷诗出处。十分感谢。

真是想不到的，《千家诗》何以会有一首《全唐诗》未辑入的一首？姑不问其是否郑谷的，但《全唐诗》似应依据《千家诗》辑入的。可见当时辑《全唐诗》者正因为没重视这本书而没看过它，也可见曹雪芹手边是有这本书的。

《红楼梦注释》我也收到过几本，在我看到的，我认为您的这本还是最好的。因为《红楼梦》要注的实在不少，要编一本《红楼梦》词典都可以。如为一般读者实用，像您这本也就够了，但如果照顾得不全面，也就使阅者感到不实际。而您这本《注释》是没有这感觉的。

特此致谢。

周绍良

(1976) 5.19

我对周先生信中所说"可见曹雪芹手边是有(《千家诗》)这本书的"一语印象至深。因为,我由此想到,注释小说《红楼梦》,引证资料时,如有必要,理应钩隐抉微,考证经史百氏,寻绎其原始出处;但同时,也当注意作者"手边"书,注意那些当时流行的启蒙读物,如《千家诗》之类。即以《题邸间壁》为例,该诗作者,一说为唐末人郑谷,一说是南宋人郑会。两者均见于南宋谢枋得选、明末清初王相注《增补重订七言千家诗》卷上。王相注因版本不同,而对两人均有介绍。今人校注本,亦意

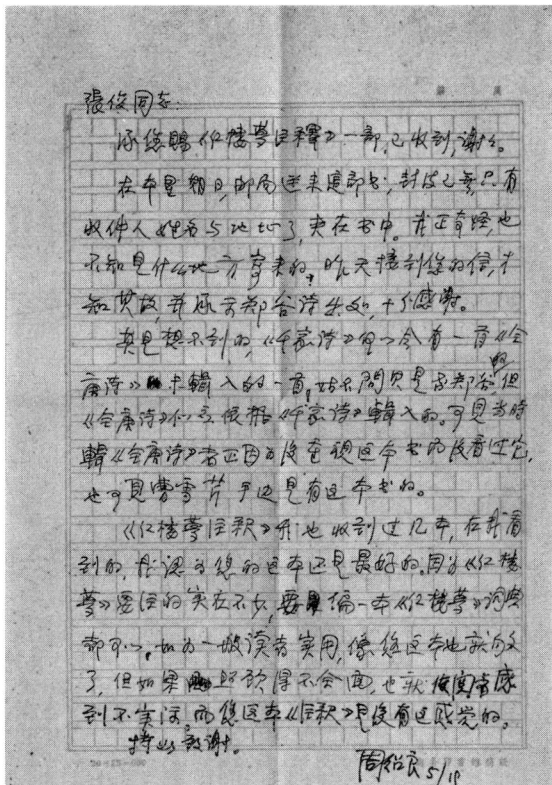

周先生信札

见不一,蔡义江先生坚持郑谷说,但略其所出;红研所本则主张郑会说,其2008年版注释并云:"郑会著《亦文集》已佚。该诗出《诗家鼎脔》中,见《全宋诗》第五十六册。"持之有故。《诗家鼎脔》撰者不详,记载南宋诗人里居字号。《千家诗》最初由南宋刘克庄选编,或因当时辗转传刻,又经后世增删,乃致书中错谬颇多,甚至诗人名姓窜易,张冠李戴。此两书,都有曹寅《楝亭藏书十二种》本,成为曹雪芹"手边"书。但我仍认为,小说引诗,当依据《千家诗》。因为,寿宴上行令,本是一种游戏,酒令故典,出自通俗读物,较合情理。第六十三回"寿怡红群芳开夜宴",写诸钗花名签诗句凡七例,均为唐宋人诗作,而除黛玉所掣"莫怨东风当自嗟"外,余者则皆见于《七言千家诗》,便是一明显例证。

启功师的贡献

启功先生是我的老师，他已于 2005 年 6 月仙逝。先生是著名红学家，20 世纪 50 年代，人民文学出版社首次整理出版的程乙本《红楼梦》，就是由先生注释的。先生尝云：因为他对满族历史文化、风俗掌故比较熟悉，而被认为是为《红楼梦》作注的最合适人选。其实，他不仅对注释《红楼》有丰富实践经验，对《红楼》版本也有精深研究。先生对北师大本的贡献，具体说来，包括三个方面。

其一，为《红楼梦注释》本撰写序言。这个本子于 1975 年内部出版后，曾受到一些红学同仁关注，读者反映较好。某省人民出版社闻知，表示有意正式出版此书。我乃请先生写一序言，先生欣然应允。很快序文写成，洋洋六千余言。文中分门别类，详列实例，充分说理，指出读《红楼》要特别注意的几个问题，也正是注释《红楼》需要解决的问题，如俗语、服饰、器物、官职、诗词、习俗、社会关系、虚实辨别等。可以说，这不是一篇普通意义的序言，而是一篇实实在在的红学论文。

启先生写过多篇红学文章，而对其中两篇似乎情有独钟，一篇是写于 1963 年的《读红楼梦札记》，一篇便是这篇序言。他在其 2004 年出版的《启功口述历史》中曾特别讲了这两篇红学文章的主要观点，并为两文"直到现在还被人经常提及并引用"而感到欣慰。"札记"原刊载于《北京师范大学学报》1963 年第 3 期，1998 年中华书局重印师大"校注本"时，经时在中华书局工作的刘石先生（现为清华大学教授）推荐，作为附录，载于"重版本"书后。而"序"则征得先生同意，作为师大"校注本"初版序，刊于卷首。当时因为序言写作时间，与"校注本"初版间隔八年，为免致读者疑惑，我们特于"后记"中加以说明："启功教授 1979 年为《红楼梦注释》本撰写的序言，现作为本书之序，刊于卷首。"有人不察，或以为此序乃专为"校注本"而作，不符事实。正因此也，1997 年中华书局出版先生《启功丛稿》之"论文卷"时，又用原题《〈红楼梦注释〉序——为北京师范大学中文系古典文学组合编本作》，恢复了原貌。

还有一事，也值得一提，以见先生之治学与为人。序言初稿结末，原有二百余字一段文字，介绍"注释本"受读者好评情况，而特别说明：自己虽是北师大古典组成员，"但因一段时间被借调出去工作，故未能参加本书编写，也没能贡献什么意见，但我得知各方面对这稿本的反映是相当热情的"。我们建议先生删去这段文字，当时先生也没有坚持保留。但是，序言第二稿打印出来之后，他却将初稿略作删削，在打印稿上另笔加了这样一段文字："笔者虽是北京师范大学中文系古典组的成员，正在这本注释工作进行时，被借调出去作别的工作，所以未能参加编写①。但因《红楼梦》的初次注释，我曾出过些力，所以让我发表一点意见，才荣幸地写了这篇序言。"我们无奈，只好从命。

其二，担任师大校注本顾问、中华重版本主持。启功先生虽然未能亲自参加"注释本"的编写，但1982年1月师大出版社约请我们重新校注一部《红楼梦》时，书稿的编写计划，是在他主持下拟定的。先生并提议以程甲本为工作底本，认为"程甲本更符合曹雪芹原意"，大家赞同这一意见。之后几年，我们在校注中有什么问题，总是随时向先生请教。1997年中华计划重新出版师大本，先生积极支持，并同意担任主持。次年初，重排本出版。应该说，自1982年至1998年，十多年间，我们的校注本之所以能够顺利编写、出版，都是与先生的指导分不开的。

其三，亲笔修改"校注说明"和"后记"。师大"校注本"即将付梓时，编写组同志让我草拟一个"校注说明"和编著"后记"。我遵命写成初稿，请大家传阅，提出修改意见。其中版本介绍部分，先由负责校勘的武静寰写一初稿，请启先生审阅、定夺，最后由我统一文字，作为定稿。先生对"说明"中版本介绍的内容细加审阅后，把他的改文用铅笔写在初稿稿纸眉端，字迹清晰，一字不易。先生附语云："初步按那天谈的内容，编成书面文字，插入稿中，有不符合事实或提法不妥、文辞冗长等不妥之处，俱请直接修改为恳。"

启先生所加的文字，主要有三段，共237字，都加在原稿中概述程乙本对程甲本改动情况的一大段文字之后。现逐录于下：

---

① 指启功先生于1971年7月至1977年借调中华书局《二十四史》编辑部，参加校点《清史稿》事。参见启功口述，赵仁珪、章景怀整理：《启功口述历史》，143页，北京，北京师范大学出版社，2004。

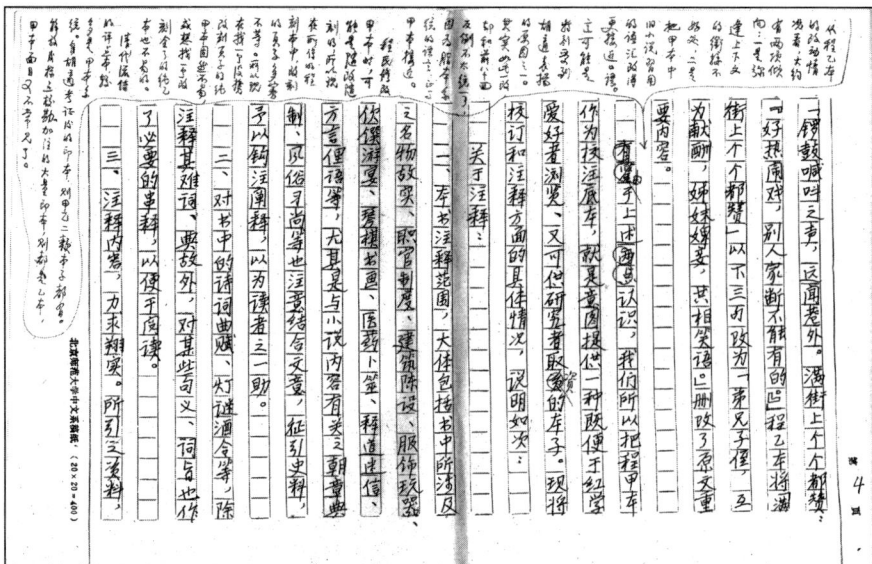

启功先生改文（见稿纸上方）手稿原件

第一段，承接上文，归纳乙本改动甲本的两种倾向。

从程乙本的改动情况看，大约有两项倾向：一是弥逢上下文的衔接不好处，二是把甲本中旧小说习用的语汇改得更接近口语。这可能是特别受到胡适表扬的原因之一。其实如此一改，却和前八十回反倒不太统一了。因为脂本系统的语言，正与甲本接近。

第二段，说明程本改刻情况。

程氏修改甲本时，可能是随改随刻的，所以现在所传的程刻本中，改刻的页子多寡不等。所以现在找一个没掺改刻页子的纯甲本固然不易，或想找一个改刻全了的纯乙本也不易的。

第三段，介绍程本的流传情况。

清代流传的评点本，较多是甲本系统。自胡适考证后的印本，则甲乙二类本子都有。1949 后标点校勘加注的大量印本，则都是乙本，甲本面目又不常见了。

这三段文字，除略改几字，我们已全部采纳，插入"校注说明"之中。有的观点，已被学者所认同、采用。

启先生对"后记"没有做大的修改，只在原稿结末向有关专家致谢一段文字的眉端加了这样几句话："又，前几年我们这本注释初稿脱稿后，曾油印多份向兄弟单位和各位专家请教，获得过不少宝贵意见，也承蒙有所采择，这对我们都是极大的鼓励，一并在此（谨志谢忱）。"这段话，略作修改后，我们也插入"后记"。

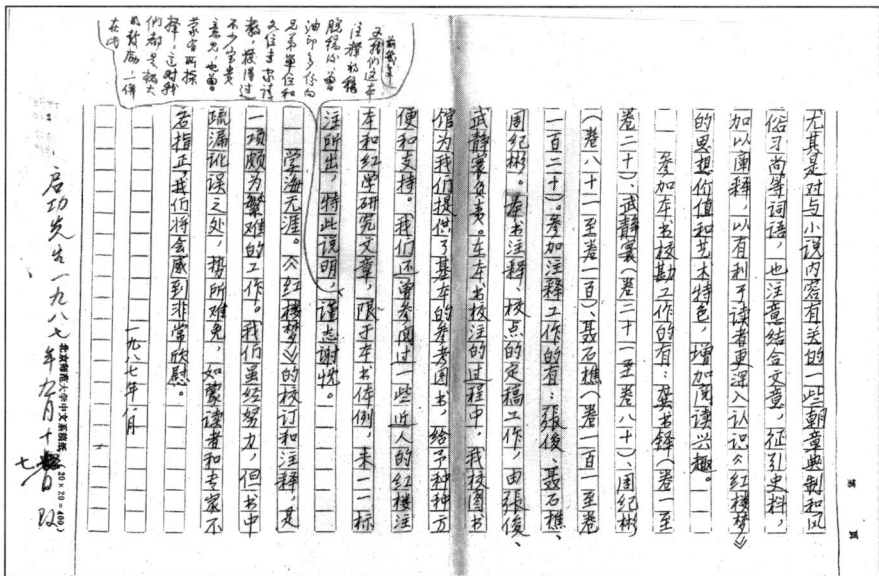

启功先生改文（见稿纸上方）手稿原件

其实，早在 1979 年先生为"注释本"所撰之序言初稿中，就曾有这样一段更为详细的文字："从油印稿本到排印稿本，都曾向各个有关单位和个人寄去征求意见。我们收到了许多宝贵意见，是我们衷心感谢的；也见到许多同志征引或吸取了我们的一些材料和成果，无论提到我们的稿子与否，我们都感到光荣和欣慰；还有既吸取又批评的，对我们也是一种鞭策；统在这里致谢！""校注说明"和"后记"写于 1987 年，谁知八年之后，先生又将这段话作了删改，而移置"后记"稿中。先生为何念念不忘此事？据云，曾有人向他反映说：师大"注释本"中的材料，已被人多次袭用，若不尽快正式出版此书，书中材料将被人"淘空"。先生心中不平，遂写了上面一段话，除对一些单位和专家致谢外，又以其特有的幽默含蓄地表达了他对某种学风的不满。

是谁"首次"出版程甲本之争

20世纪90年代初，红学界曾有过一场是谁"首次"出版程甲本《红楼梦》之争。坦率说，我对那场争辩，始终不大关注。只是因为，一则争论毕竟关涉北师大"校注本"，二则有红学友人不断问及此事。我实实难以完全置身事外，乃不得不稍加注意。

记得1988年3月，北师大出版社推出"校注本"参加在深圳举行的《红楼梦》新书联展时，本书责编胡云富写了一篇题为《浅话红楼新书》的文章，文中说："1949年以后从未正式校勘出版的程甲本《红楼梦》，最近由北京师范大学出版社首次出版。"①据我所知，这当是第一次使用"首次"字样。次年，师大出版社编辑室主任李春梅，也写过一篇评介文章，题曰《红楼园地一奇葩——〈红楼梦〉校注本评介》，再次说，"校注本"是"中华人民共和国成立以来首次以程甲本为底本校注的，这项工作可以说是为推动我国的红学研究作出了贡献"。② 对此提法，当时无人质疑，更未激起什么事端，我也并不在意。

争辩实肇始于1994年。当年1月至2月，《扬子晚报》《文学报》《中国青年报》《人民日报》(海外版)等多家报刊纷纷登出一条消息："中国将首次出版《红楼梦》程甲本"。一时间沸沸扬扬，十分热闹。据说，消息同出一源，即中国新闻社广州1993年12月30日电讯。所以各报内容措辞，基本相同。如1月5日《扬子晚报》一则新闻报道中有这样三段文字，首段强调："被贬抑、诋毁半个多世纪之久的古典名著程甲本《红楼梦》，经过近年红学界争辩

---

① 北京师范大学出版社编：《北师大版图书评论(1980—1990)》，106页，北京，北京师范大学出版社，1990。

② 同上书，97页。

之后，将于本月下旬由广东花城出版社出版，向全国公开发行。"中间又引证俞平伯先生语云："著名红学家俞平伯临终前曾留下遗言：'胡适、俞平伯是腰斩《红楼梦》的，有罪；程伟元、高鹗是保全《红楼梦》的，有功。'"末段再说明："负责策划出版程甲本《红楼梦》的花城出版社徐巍接受记者采访时说，作为单以程本系统整理校注出版的《红楼梦》，新中国成立四十多年来尚属首次，具有十分重要的历史价值。"三段文字，多见于其他相关报纸中。只是引证俞先生"遗言"一段，不明何故，有的报道作了删除。

针对以上所谓"首次"提法，同年4月9日《光明日报》发表了中国艺术研究院红研所吕启祥先生一篇题为《立此存照——关于程甲本〈红楼梦〉的"首次"出版》的文章，对那则新闻社电讯中"首次"的提法提出不同看法。文章依次列举1987年北京师范大学出版社本、1988年上海古籍出版社本、1991年文化艺术出版社本、1992年书目文献出版社本等四种版本，而后指出："究竟是谁'首次'推出了重新校注的程甲本《红楼梦》，读者自然可以一目了然了。"并针对所谓程甲本"被贬抑、诋毁"的说法，举例说明："一个已被一再印行的版本，包括普及本、评批本、影印本，能够说至今尚被贬抑和诋毁么？"文章归结说："真实，是新闻的生命，也是学术工作最基本的品格。从上述事实中，人们不难辨析最近出现的'中国首次出版程甲本'新闻报道意味着什么，并可以由此做出自己的分析和判断。"

吕启祥先生文章发表后，花城本校注者之一欧阳健先生随即于4月26日撰文进行反驳。文章题为《小评吕启祥先生〈立此存照〉——谈程甲本〈红楼梦〉"首次"出版之争》，由花城出版社致函，郑重推荐给《光明日报》社长、总编辑。欧阳文章，对吕文所举四种版本，一一指出其不足，尤其是对北师大本作了重点批评，而后说："总之，新中国成立四十多年来，唯有花城出版社推出的《红楼梦》，是以后世一切《红楼梦》的祖本——程甲本为底本的，这就是铁的事实。"并批评北师大本"没有摆脱脂本是《红楼梦》'原本'的思维定势"，而花城本则"决不理会后出的脂本，未用脂本改动底本的一字一词，其目标是恢复程甲本的真本权威，揭穿脂批本的假冒面目"①。至此，那场

---

① 欧阳健：《红学辨伪论》，121页，贵阳，贵州人民出版社，1996。

论争的实质揭示得明明白白。

我对那场争辩，始终未置一辞。本来，论争伊始，北京、南京、广州、武汉等地友人，或写信，或寄剪报，或提供信息，问我态度，让我回应。我遂同原主持校勘工作的武静寰商量，我们的意思是，不作回应，更不参与争论。理由比较简单，首先主要争辩双方，都是我们的朋友，不能无义。再说，"首次"出版与否，无碍广大读者对小说文本的阅读，读者首先所关注的当是校注的质量和水平。更重要的是，争论已然关涉对脂本和程本的看法，花城本校注者坚持认为"脂伪程真""程前脂后"；我们不这样认识，不可能"摆脱脂本是《红楼梦》'原本'的思维定势"。根本分歧在此，三言两语岂能说清，不妨各自保留自己观点。

后来，我陆续读到几篇谈及程甲本文字改动的文章，对我们重新认识程甲本原貌当有所裨益。不妨略作介绍。

一篇是2001年4月，冯其庸先生为北京图书馆出版社影印出版程甲本《红楼梦》所作的《补叙》。文中说："北京图书馆出版社此次重印程甲本时，找到了该馆所藏程甲本的原本，用原本直接重新拍照精心制版……可以说是完全恢复了馆藏程甲本的庐山真面，为此，我特地与杜春耕、刘世德两先生一起去验看原本。竟是一丝不差，确是程甲本的真本。"文后有自注云："此本有多处一二字的异文，经杜春耕兄细检，始知是后人贴改和挖改，再检社科院藏本，多处异文，亦系贴改，原本字仍在纸下。同检者尚有刘世德兄。"①

二是2001年11月北京图书馆出版社影印程甲本之《出版说明》，有云："《红楼梦》程甲本的'贴改'和'挖改'问题，对于《红楼梦》的版本研究又有着重要影响。因此本次再版《程甲本红楼梦》，我社专门邀请《红楼梦》的著名研究学者冯其庸、杜春耕、刘世德等几位先生，将三种程甲本(即北京图书馆藏程甲本、中国社会科学院文学研究所所藏程甲本和杜春耕先生自藏程甲本)做了一次全面的核对。核对后发现北图馆藏本与社科院藏本均有不同程度的'贴改'和'挖改'现象，其中北图馆藏本主要集中在第三函(第六十一

① （清）曹雪芹、高鹗著：《程甲本红楼梦》，24、25页，北京，北京图书馆出版社2001年影印本。

回至第九十回），仅杜藏本无'贴改'和'挖改'现象。""说明"后附录"北图馆藏程甲本贴改挖改""社科院藏程甲本贴改挖改"两表。① 据统计，前者改动了34处，贴改、挖改44字；后者改动5处，贴改、挖改7字。

三是杜春耕先生2001年7月所写《程甲、程乙及其异本考证》一文，作者将自藏原版本程甲本，与1993年书目文献出版社影印本程甲本逐页比对，发现两本文字有一定数量区别。文章摘录十例，而后说明："均是自藏本印漏了字，或排错了字，或词意不够明确……由此可知，书目社甲本是自藏程甲本的改进本。"②

四是刘世德先生《读红脞录三则》一文，其中"一两个程甲本的差异"一节，就社科院文研所藏本和马幼渔旧藏本（现藏国家图书馆）两种程甲本第八十二回、第八十五回两处缺字和补字作了比对，证明"从排印时间上说，马幼渔本晚于文学所本"③。

以上四篇文章，共论及五个程甲本，即杜藏本、北图本、文学所本、马藏本和书目文献本。据杜春耕先生《〈红楼梦〉版本概述》一文介绍，程甲本"现尚有至少十部以上存于世"。上述四种本子，经冯其庸等三位先生核对，得知杜藏本、文学所本有漏字，别本补之；而杜藏本无贴改和挖改现象，北图本、文学所本则均有不同程度的贴改、挖改文字。④ 这些，当是造成程甲各本之间存在异文的主要原因，也正如北图出版社《出版说明》所云：这"对于《红楼梦》的版本研究又有着重要影响。"

1982年年初，我们开始校勘程甲本时，因条件所限，没有也不可能对上面所说那些问题仔细核查。即使从友人处借得的那部文学所本复印本，当时友人也不便说明它的来历。中国新闻社通讯稿说，花城本《红楼梦》所用底本

---

① 《程甲本红楼梦》，28~32页。

② 杜春耕：《程甲、程乙及其异本考证》，载《红楼梦学刊》，2001（4）。

③ 刘世德：《读红脞录三则》，载《红楼梦学刊》，2010（2）。

④ 曹立波、耿晓辉：《孙人和藏〈红楼梦〉一百二十回抄本考辨》（尚未公开发表）有一注云："北京大学藏程甲本，上有许多贴改、挖改的文字，可视为东观阁本的工作底本。"是则，北京学者所见五种重要程甲本，除杜藏本，其余四种，都有贴改、挖改现象，值得研究。

是程甲本"原本、底本、定本",有人并说它是"元典程甲本";但没有交代它的来历、庋藏处,至于原本是否有后人贴改、挖改现象,读者就更无从知道了。

启功先生尝感叹,现在要找出一个"纯甲本",实属"不易"。今天或者已有些机缘,经过专家论证,当有可能出版一部真正的"纯甲本",以飨学界。

被称为"权威版本"

如上所说,中华书局曾出版我们两部书稿,我们始终怀有一种感激之情。然而,去年发生的一档子事,却使我们百思莫解,困惑不已。

事情是这样的:今年四月,我在地坛春季书市,偶然发现,中华书局于去年八月又推出一种所谓"权威版本""名家注释"本新版《红楼梦》。起初,我以为是一部初版新书,及至查看其内容,始知其实是删去原本"校注说明"、编者"后记"和书中回后"校记"的原北师大程甲本校注本。他们为什么这么做,从未同我们商量,我们并不知情。本来,一部旧书,有机会重新出版,而且一次印数八千册,说明社会需要,我们应该高兴,应该感谢出版社;但是,我却实在高兴不起来,反而有一种著作权不被尊重、莫名其妙"被出书"的感觉。其他相关情况,容后再说,现仅就所谓"权威版本"一语,稍作辨白。因为这关乎如何慎重处理一种版本的问题,关乎作者如何实事求是对待自己著作的问题。

原师大本卷前有"校注说明",交代其所用底本是萃文书屋初排《新镌绣像红楼梦》的翻刻本,并说明主要参校本有十二种,处理底本与参校本异文的原则有五条。与此相应,内文每回后都附有多寡不一的"校记"。中华书局这一个本子,径将这些内容统统删去,却又赫然标出"权威版本"。读者不免要问:这是何种版本?是脂抄本,还是程刻本?前者,今见有十多种;后者,据一粟《红楼梦书录》著录,有六十余种。那么,该书用的是哪一个本子?读者一头雾水。不客气地说,如此对待一部具有重要价值的古籍版本,是不应该的。

如果说,所谓"权威版本",并非指该书所用底本,而是指这一新版"注释本"，似乎也欠妥。《红楼》版本复杂，问题多多，有自知之明之人，有谁会标榜自己搞的本子是所谓"权威"呢？我们决不会那样做。就出版社而言，我想，如果是一个顶级出版社，只要保证书稿质量，不妨大大方方出书，总会受到读者欢迎；倘若过度使用"广告语"，是否反而显得有点小家子气呢？

要之，我们从 1974 年开始注释《红楼梦》，寒来暑往，已经历三十七个春秋。其间，曾遭遇"文化大革命"劫难，也喜逢改革开放，影事前尘，能不感慨系之。片断琐忆，聊作程甲本出版传播过程中的点滴谈资吧。

2011 年 9 月 2 日

（原载《曹雪芹研究》2011 年第 2 辑，又见北京曹雪芹学会编《红楼梦程甲本探究》，当代中国出版社 2012 年版）

程乙本改动程甲本字数述议

  1921 年年底，胡适先生《红楼梦考证》"改定稿"一文，首次提出"程甲"与"程乙"两本的版本概念，并且断言，程乙本"是用'程甲本'来校改修正的"，点明了甲乙两本的关系。此后，这一论断，触类而申，引发一系列话题，诸如乙本改动甲本多少字，以及改订用时、摆印地点、修订方式、修订动机与结果等，近百年来，这些话题，一直存有歧议，争执不断。其中，乙本校改甲本字数问题，因关涉对其他几个问题的认识与判断，更是聚讼焦点。那么，乙本对甲本究竟改动了多少字呢？则又众说纷纭，久无定谳。就目前所见，主要有如下七种统计字数。

  （一）较早对乙本修订甲本进行字数统计的是汪原放先生。据其于 1927 年所写《重印乾隆壬子（一七九二）本〈红楼梦〉校读后记》云，早在民国十一年（1922），他就借来胡适自己所藏程乙本"开始做校读的工作"，至民国十二年（1923）年底，先后"校定"三次，而以十回一组进行统计，结果是："曹雪芹的前八十回，改去一五五三七字；高鹗续作的后四十回，改去五九六七字。"而"总算起来，修改的字数竟有两万一千五百零六字之多（这还是指添进去的和改的字，移动的字还不在内）。"并作说明："这个数目当然不甚十分正确，但也'八九不离十'了。"①

  胡文彬先生 1991 年 1 月在为读者解答关于"程甲本、程乙本与程高本系统"的复函中，也对程甲、程乙两本文字上的不同之处作了自己的考察。他说："程乙本对程甲本做了大量的增、删、改，数字高达 21506 字，其中前八十回就增删了 15317 字。"②胡文统计总字数，与汪文统计全同；唯前八十

---

  ① 汪原放：《重印乾隆壬子（一七九二）本〈红楼梦〉校读后记》，5~7 页，上海，上海亚东图书馆，1927 年校点本。

  ② 胡文彬：《红楼梦探微》，287 页，北京，华艺出版社，1997。

回"增删"字数，与汪文"改去"字数略有差异。后来文彬先生对汪氏所用底本提出质疑。

后之学者谈及程乙改动程甲文字时，或明说、或暗引，多采汪氏说。日本大原信一教授就曾比较肯定汪氏的统计，他说："汪原放在亚东新本的校读后记中说，比较新本和旧本，增加了21506字。这个数字主要是用道光本（王希廉本）与亚东旧本比较的结果。因王本基本属于程甲本系统，所以把这一数字作为甲乙本改动的大概数字是可以接受的。"①

二十多年后，汪原放所用工作底本及其校订方法，则不断为人所质疑。如俞平伯先生1950年在其《红楼梦第一回校勘的一些材料》一文中，介绍程乙本时说："百二十回'程乙本'，流传甚少，一九二七年亚东书局本自称根据这个排印的，却又不很精密。"②日本伊藤漱平教授《程伟元刊〈新镌全部绣像红楼梦〉小考》（上）亦以为：1927年上海亚东新排本"按当时胡适收藏的程乙本重新排版（但这不是程乙本的原样复印，校订者汪原放采用较简易的方法：以馆内旧版为底本，据程乙本校订）。"③对汪原放作了集中批评的是魏绍昌先生，他在其1982年《谈亚东本》一文中指出：汪氏统计的数字，"只能看作是亚东重排本和亚东初排本的不同，决不能看作是程乙本和程甲本的不同。因为亚东初排本既非程甲本的原貌，亚东重排本后来也没有完全照程乙本翻印。"并说："但在以前，曾有人把这种数字认作程乙本和程甲本的不同，这就上了汪原放的当了。"④之后，胡文彬先生在其《程刻本〈红楼梦〉的两个版次与"第三种"版本》中亦指出："（汪原放）所用的程乙本并非是一个标准

---

① ［日］大原信一：《关于结局的表现——红楼梦文法笔记》，原载《东山论丛》3，京都女子大学，1951年10月；转引自［日］伊藤漱平著、李春林译：《程伟元刊〈新镌全部绣像红楼梦〉小考（下）——程本的"配本"问题探讨札记〉》，载《红楼梦学刊》，1979（2）。

② 俞平伯：《红楼梦研究》，附录《红楼梦第一回校勘的一些材料》，252～253页，上海，棠棣出版社，1952。

③ ［日］伊藤漱平著、李春林译：《程伟元刊〈新镌全部绣像红楼梦〉小考（上）——程本的"配本"问题探讨札记〉》，载《红楼梦学刊》，1979（1）。

④ 魏绍昌：《红楼梦小考》，36页，北京，中国社会科学出版社，1982。

的程乙本，而极可能是一个'混合本'，其统计数字还有待核实。"①底本选择不当，校订方法"简易"，所得结论，便难免会有缺失。

（二）据魏隐儒先生编著于 1988 年的《中国古籍印刷史》第二十章"清代的活字印本和磁版本"所说："为了弄清（《红楼梦》）两本异同，俞平伯先生曾将甲乙两本对勘，据云全文变动五千九百多字。两本既然不同，应当加以识别，最确切也最容易检查的根据是第一回的'回'字，程甲本作'囬'，程乙本作'回'。"②此引俞氏说，未详所出。但这一说法，多为人采用。如罗孟桢先生《古籍文献学》一书，讲及"清代的活字印刷"时，亦以《红楼》为例，谓："红学专家俞平伯以甲、乙本对勘，乙本改动约五千九百多字，连回目也有差异。"③至 2015 年，有专家在介绍《红楼》珍贵古籍时，也采用"俞平伯说对校甲乙本变动五千九百多字"的说法④。而有的学人，则径云："（程伟元）在第二次排印（《红楼梦》）时进行了校订增补，比原排印本变动约有 5900多字。"⑤这一数字，是作者自己作的统计，还是根据所谓俞平伯先生的说法，未作交代。

查核 20 世纪 80 年代前俞平伯先生有关红学论述⑥，并未检得魏书"印刷史"所引俞先生自己所"云"程乙"全文变动五千九百多字"的相关文字记述。唯俞氏于 1964 年所撰《谈新刊〈乾隆抄本百廿回红楼梦稿〉》长文中曾有两处提及"五九六七字"这一数字。一是正文说："因甲乙两本，从辛亥冬至到壬子花朝，不过两个多月，而改动文字据说全部百二十回有二万一千五百余字之多，即后四十回较少，也有五九六七字。"二乃文后注云："汪原放《红楼

---

① 胡文彬：《程刻本〈红楼梦〉的两个版次与"第三种"版本》，载《曹雪芹研究》，2011（2）。

② 魏隐儒：《中国古籍印刷史》，230 页，北京，印刷工业出版社，1988。

③ 罗孟桢：《古籍文献学》，359 页，重庆，重庆出版社，1989。

④ 路艳霞：《〈红楼梦〉最早刻本悄然现身》"纪念曹雪芹诞辰 300 周年《红楼梦》珍贵古籍展"，载《北京日报》，2015-10-15。

⑤ 叶树声、余敏辉：《明清江南私人刻书史略》，122 页，合肥，安徽大学出版社，2002。

⑥ 魏隐儒书未交代其成书时间，慕湘于 1979 年 11 月为该书所写"序"中说明，1978 年春节作者曾持手稿向慕求序。是故，乃划出 20 世纪 80 年代前这一时限。

梦校读后记》：……'前八十回，改去一五五三七字。后四十回，改去五九六七字。'"①俞文交代一清二楚，所谓"据说"，即按别人所说；别人者"谁"，乃"汪原放"也。其实，林语堂先生 1966 年《俞平伯否认高鹗作伪原文》在引录俞文"也有五九六七字"后，曾随文注明："语按：根据汪原放计算。"②

此外，比对魏书等所引，与俞先生原文也有两处明显不同：一是魏氏等所说，乃指乙本"全文"改动字数，俞氏所说仅指"后四十回"；二是俞引证汪原放统计字数，乃照录原文，是个确数，而魏文等作"约五千九百多字"，则改称约数。是魏先生等另有所出，抑是误读俞文，不便臆度。

（三）1987 年北京师大校注本《红楼梦》（程甲本）"校注说明"云："据我们初步统计，程乙本对程甲本删改字数达一九五六八字，其中前八十回即被删改一四三七六字(1949 年前汪原放标点本，曾两次统计程氏改动字数，是以亚东版的重排本和初排本比较算出的，我们这里是乙本改动甲本的数字)。"③笔者曾参与北师大本的校注和统稿工作，"说明"即由本人草拟；校勘字数统计，乃由武静寰先生完成。之后，在笔者与沈治钧、武静寰合写的《谈〈红楼梦〉程甲本》一文中又将这一统计结果以表格形式作了展示④。这里所谓"乙本"，系指北师大图书馆藏乾隆五十七年萃文书屋木活字本《新镌绣像红楼梦》；"甲本"为萃文书屋初排《新镌绣像红楼梦》翻刻本，参校以中国社科院文学所藏程甲本复印件。

武静寰的统计结果，得到师大本顾问启功先生认可。后来冯其庸先生书目文献版《〈程甲本红楼梦〉序——论程甲本问世的历史意义》、黄进德先生

---

① 俞平伯：《谈新刊〈乾隆抄本百廿回红楼梦稿〉》，载《中华文史论丛》，1964(5)。

② 林语堂：《俞平伯否认高鹗作伪原文》，见其《平心论高鹗》，28 页，北京，群言出版社，2010。

③ 曹雪芹著，张俊、武静寰等注释、校勘：《红楼梦》（程甲本），"校注说明"第 2 页，北京，北京师范大学出版社，1987。

④ 沈治钧、文而弛：《谈〈红楼梦〉程甲本》，载《红楼梦学刊》，1991(2)。

《程高本琐谈》等论及乙本改动甲本文字时均采北师大说①。还有一些红学著述，乙本改动甲本字数统计，与武静寰统计全同，一字不差②，也许这是一种巧合吧。

（四）2006 年张秀民先生《中国印刷史》（下）第二章"活字本的内容"一节，以《红楼梦》印本为例，说明"壬子本变动了五六千字，回目标题也有出入。"③王丽敏博士首先注意到这段记述。张先生所说，有何渊源，不得而知。杨健博士主编《北京师范大学图书馆古籍珍品鉴赏·定级图录》一书"特殊印本"中收录程乙本，亦注云对程甲本"计改动五六千字"④。这与魏隐儒"印刷史"等所说"五千九百多字"又不尽相同。魏氏等所说，虽只是概数，但与确数"五九六七"字相差不多。而张氏等所说，只是"五六"两个相近的整数，未说零数，则与"五九六七"字确数相差较大。不过，这两种说法，在七种字数统计中，当是改动最少的。

（五）刘世德先生于 2008 年所撰《从〈红楼梦〉前十回看程乙本对程甲本的修改》一文，另觅蹊径，他不以"字"而以"处"为单位，对程乙本第一至十回修改多少作了统计，而说明："十回修改之处相加，等于 2394。这只占全书一百二十回的十二分之一。姑且假设这是个平均的数字，则全书的修改约有 28728 处"，"修改将近三万处之多，这个数字不可谓不小啊！"结论是："程乙本的修改是缺点多于优点，失败大于成功。"⑤

其后，即 2013 年，吕启祥先生《也谈〈红楼梦〉程乙本对程甲本的改动》

---

① 冯其庸序，见《程甲本红楼梦》，4 页，北京，书目文献出版社，1992；黄进德文，见《1992 年中国国际红楼梦研讨会论文集》，105 页，北京，文化艺术出版社，1995。

② 如郑庆山：《红楼梦的版本及其校勘》，513、671 页，北京，北京图书馆出版社，2002；刘宝霞：《程高本异文及词汇研究》，载《红楼梦学刊》，2012(3)。

③ 张秀民著、韩琦增订：《中国印刷史》（下），623 页，杭州，浙江古籍出版社，2006。

④ 杨健：《北京师范大学图书馆藏古籍珍品鉴赏·定级图录》，84 页，北京，国家图书馆出版社，2011。

⑤ 刘世德：《从〈红楼梦〉前十回看程乙本对程甲本的修改》，载《文学遗产》，2009(4)；又见曹立波、周文业主编：《一百二十回本〈红楼梦〉版本研究和数字化论文集》，47 页，北京，首都师范大学出版社，2011。

一文，则选取前八十回中靠后的十回（即第六十八回至第七十七回）文字，同样采取计"处"的统计法，对甲乙两本作了对校，大致统计为，十回正文改动，共计 768 处。并说明："若以每处平均改动 2 字计，则 768 处改动约 1500 字，这十回中有四回回末乙本增字颇多，共计 150 余字，两者相加，不会超过 2000 字。"吕文所用版本，程乙本系桐花凤阁评点萃文书屋梓版《程乙本红楼梦》，程甲本为中国书店出版社《红楼梦·乾隆间程甲本》。其得出的"认识"是："从程甲本到程乙本，无论文字或版面，均为大同小异"；"程乙本订正了程甲本的若干讹误，趋向完善"；而"程乙本又确有改错改坏的地方"①。

如果与以"字"计者比较，据武静寰统计，第六十八至七十七回，乙本改动甲本计 1079 字②，与吕文统计 1500 字或 2000 字，有明显差异；而据王丽敏博士的统计，乙本此十回的修订，则为 1729 字③，与吕文所说比较接近。刘世德先生谓乙本"全书修改约有 28728 处"，但未说明每处当以多少字计，如果亦以 2 字计，则全书修改约 57456 字，这当是七种统计字数中最多的；如以每处 1 字计，则与王丽敏统计 28138 字（见下文），庶几近之。

（六）近年来，一些学人，对程乙本的修改字数，重新作了审视与统计，采用方法更趋细化，数字统计也更为精细，如张德维先生和王丽敏博士。前者在其 2014 年《"详加校阅"终如何？——谈〈红楼梦〉程乙本对程甲本的修改》一文中说，他曾以沈阳出版社 2006 年影印中国社科院藏程甲本与 2011 年中国书店出版社影印店藏程乙本"进行了全书三遍、局部多遍的对校"，而可以看出："程乙本在程甲本的基础上删除了 21345 字，在删除的基础上增添了 22144 字，移动位置的字为 814 个。这个结果与八十多年前汪原放先生的统计结果十分接近。"④依此，张文统计，乙本对甲本删除、增添的字，当

---

① 吕启祥：《也谈〈红楼梦〉程乙本对程甲本的改动》，载《曹雪芹研究》，2015（1）。

② 沈治钧、文而弢：《谈〈红楼梦〉程甲本》，载《红楼梦学刊》，1991（2）。

③ 王丽敏：《〈红楼梦〉程乙本研究》，138～139 页，博士学位论文，中央民族大学，2015。

④ 张德维：《"详见校阅"终如何？——谈〈红楼梦〉程乙本对程甲本的修改》，载《文学与文化》，2014（3）。

系 43489 个；而汪原放自己说明，他的统计，"添进去"和"改去"的字，共计 21506 字，是则，两人统计，实有较大差异。

（七）青年学人王丽敏，于其 2015 年完稿的博士学位论文《〈红楼梦〉程乙本研究》中，在梳理前人对乙本修订统计字数的基础上，首次以沈阳出版社影印程甲本与天津图书馆藏程乙本影印本为底本，"详细"制定了六项自己的统计标准；然后对乙本的改动文字逐回进行了"谨慎"的统计，并列表作了展示。其结果是：乙本在甲本的基础上共修订了 28138 字、其中改动字数为 12206，占 43%，数量最多；增加字数为 7754，占 28%；删减字数为 6668，占 24%；移动字数为 1510，占 5%，数量最少。平均每回修订字数约为 234 个，文字修订主要集中于前三十七回，共计 14557 字，占比近 52%①。统计比较细致。

以上七种乙本改动甲本的字数统计，时间跨度近九十年，大别之，或可归结为如下四种情况：

其一，（一）与（三）为一类，如前所说，汪原放的统计，尽管其所用底本有瑕疵，为人诟病；但他是"努力"以"新本"（即亚东重排程乙本）与"旧本"（即王希廉评程甲本）作比较研究的第一人，在《红楼梦》程本校勘史上自有其首创之功。即使如五年前曾批评他的魏绍昌先生，后来在其《〈红楼梦〉版本简介》一文中也曾说，程伟元、高鹗对《红楼梦》内容的修改达两万余字②。无疑，这一统计数字，当采自汪原放说。

其二，（二）与（四）为一类，其中多人引证所谓俞平伯说；但渊源不明，本末未悉，尚待进一步查实。而引此说者，多为"印刷史""古籍图录"之类出版物，红学研究者鲜见采信。

其三，（五）别作一类，而如何细化其字数统计，似乎费点斟酌。应必诚先生《论石头记庚辰本》书中有一段话，或可参看："……笼统地说程甲本对原著改动少，程乙本对原著改动多，并不符合版本的实际情况，我们以第一回为例，这一回程甲本对原著改动有四百处左右，而程乙本仅约四十处。"文

---

① 王丽敏：《〈红楼梦〉程乙本研究》，138~139 页。

② 魏绍昌：《〈红楼梦〉版本简介》，见上海市红楼梦学会等编：《红楼梦鉴赏辞典》，662 页，上海，上海古籍出版社，1988。

后页下有一注云："此类统计很难精确，有的地方删字，有的地方改字，有的地方增字，有的地方增、删、改交叉在一起，难以计算。而删去一字，增一字与删去几百字，增几百字也均作一处计，也不很科学。所以这种统计只能看出总的情况。"①

其四，（六）与（七）为一类，可以说，张德维文与王丽敏文，既是对汪原放研究的继承，更是发展，是注入程本研究中的一种活力。尽管他们的研究，也有待进一步完善之处。应该充分肯定的一点是，他们不完全纠结于所谓乙本对甲本改动的"好坏"，而以乙本改动甲本文字的"正误"为标准②，认真比勘，对程乙本的价值提出各自的看法。比如张文，将甲乙两本文字逐一对校后，发现甲本存在 1707 例纰缪，乙本存在 1035 例纰缪，减少 39%；但也有 300 余例没有改正，并在重排中出现新纰缪近 700 例。不过，整体看来，"程乙本的排校质量确实比程甲本有了较大幅度的提高"③。王丽敏文对乙本修改甲本的几种类型及其致误原因作了认真辨析，指出甲本约存在 684 处讹误，乙本全部改正；乙本同时又新出现约 408 处讹误，而甲本相应之处不误。她认为，"程乙本虽存在不少问题，但在整体上要优于程甲本"，它的重刊，为读者"提供了一个新的《红楼梦》百廿回印本"④。虽然张德维和王丽敏两人对甲乙两本文字讹误的统计不尽相同，但用意是相通的。这一工作，弥补了前人研究之所未及，对认识程乙本的版本价值，颇有助益。就其阅读层面而言，恰如藏书家韦力先生所说："我不认为工人会故意伪造甲本，原因是甲本和乙本相比，乙本改正了很多错讹。……对读者来说，当然要读乙本。"⑤

几种统计数字，差异之所以悬殊，主要是因为"乙本对甲本的改动情况

---

① 应必诚：《论石头记庚辰本》，54 页，上海，上海古籍出版社，1983。

② 关于程甲、程乙两本文字"优劣""好坏"的评判标准，拟另文讨论。

③ 张德维：《"详见校阅"终如何？——谈〈红楼梦〉程乙本对程甲本的修改》，载《文学与文化》，2014(3)。

④ 王丽敏：《〈红楼梦〉程乙本研究》，142、222 页。

⑤ 韦力、拓晓堂：《古书之媒——感知拍卖二十年摭谈》，221 页，桂林，广西师范大学出版社，2014。

颇为复杂，不同的人来统计，把握的标准便会有差异，结果也就不完全相同"①。而不同的结果，彼此交集，则又直接牵连对乙本一些修订相关问题的认识。比如，如果乙本改动甲本仅五六千字，而用时七十多天，或绰然有余。但如果说，乙本改动两万一千五百余字，或两万八千多字，而不过两个多月时间，则又是怎样改订的，于是又引发学人对乙本修订方式的种种猜测，诸如乙本在甲本基础上修订而成说②、程伟元高鹗二人分别主持甲本乙本同时进行修订说③、乙本修订工序早于甲本说④、乙本以甲本为底本而采用"逐日轮转"摆印说等⑤。无怪乎俞平伯先生说："这在《红楼梦》版本史上是一个谜。"⑥

　　还有，据张德维文统计，程甲本全书共有 716799 字，程乙本共有 717604 字，乙本比甲本净增 805 字⑦。如依几种乙本改文与乙本全书字数比重看，则所谓改五六千字者占 0.1%，改一万五千多字者占 2.7%，改两万一千多字者占 3%，改两万八千多字者占 3.9%，改四万四千多字者占 6%。那么，这些改文，又会对乙本修订结果产生什么影响，是好是坏，是得是失，都可作为评判乙本改订结果的有力参照，而借用吕启祥先生的话说："这是一个颇多歧见、不易解释的难题。"⑧然而，阅读乙本，研究乙本，又

---

　　①　沈治钧、文而弛：《谈〈红楼梦〉程甲本》，载《红楼梦学刊》，1991（2）。

　　②　文雷：《论程丙本》，见胡文彬、周雷：《红学丛谭》，太原，山西人民出版社，1983；陈庆浩、蔡芷瑜：《〈红楼梦〉后四十回版本研究——以杨藏本为中心》，载《中国文化研究》，2013（冬之卷）。

　　③　杜春耕：《程甲、程乙及其异本考证》，载《红楼梦学刊》，2001（4）。

　　④　王三庆：《红楼梦版本研究》，台北，花木兰文化出版社，2009。

　　⑤　顾鸣塘：《〈红楼梦〉木活字本流变中的几个问题》，载《中国古代小说研究》第二辑，北京，人民文学出版社，2006；沈畅：《关于"萃文书屋"木活字本〈红楼梦〉摆印的两个问题》，载《红楼梦学刊》，2013（5）；张德维：《〈红楼梦〉程本是怎样排印的》，载《红楼梦研究辑刊》，2014（8）。以上四注，并可参王丽敏博士学位论文"绪论"。

　　⑥　俞平伯：《谈新刊〈乾隆抄本百廿回红楼梦稿〉》，载《中华文史论丛》，1964（5）。

　　⑦　张德维：《"详见校阅"终如何？——谈〈红楼梦〉程乙本对程甲本的修改》，见《文学与文化》，2014（3）。

　　⑧　吕启祥：《也谈〈红楼梦〉程乙本对程甲本的改动》，载《曹雪芹研究》，2015（1）。

确乎"不易"绕开这个"难题"。读者之所以关注程乙本改订程甲本字数之多少，盖亦因此故也。

2017 年 4 月 10 日初稿

2017 年 8 月 21 日修改

（原载《红楼梦学刊》2018 年第 6 辑）

程本红楼语词校读札记（一）

20世纪90年代末，我和当时在读的几位研究生开始校注、评批程乙本《红楼梦》。其间或作或辍，时断时续，历经十多个寒暑，方始完稿。在校读中，对有关词语和相关问题，作了一些思索和探考，产生一些想法，乃随手记之。现不揣浅陋，摘录数则，略陈鄙意，区区之见，未敢自是，祈大雅正之。

冷僻字的新含义

程本第十六回，写贾琏夸香菱长得好模样儿，凤姐听后说："哎，往苏杭走了一趟回来，也该见点世面了，还是这么眼馋肚饱的。"①

"趟"字较为冷僻，不见于几部新版大型辞书，如《辞海》（1974年）、《辞源》（1984年修订本）及《汉语大词典》（1992年）。依小说文意，这里当作量词用。《康熙字典》"车"部收此字："趟，《玉篇》：徒郎切，音堂，铁轴也。"台湾《中文大辞典》（1982年大陆版）、《汉语大字典》（1992年版）亦收录此字，并补注云："同'辒'，兵车。《集韵》：辒，兵车也，或从堂，亦省。"显然，两书释义，均与小说用意不合。现通行《红楼》排印本，都改作"趟"字。

查检程乙本，"趟"字，通书约出现21次，程甲本、王希廉评本、张新之评本、蝶芗仙史评订本等，除有一例作"次"外，其余均作"趟"②，与乙

---

① 引文据北京师范大学图书馆藏乾隆五十七年壬子（1792）程伟元、高鹗萃文书屋活字本《新镌绣像红楼梦》（简称"程乙本"），下文所引例句，亦皆据此书，不另注。文中有关《红楼梦》词语统计，由北京师范大学莎日娜博士提供。

② 《辞源》第4册、《汉语大词典》第9卷两书"走"部"趟"字释义，均引《红楼》第三十九回"也算是看亲戚一趟"句作例证，然径将程本原文"趟"改作"趟"，似不妥。脂评抄本，此句或作"淌"，或作"场"。

本同。

而脂评抄本系统，"輴"字则多歧出。蒙古王府本前八十回有 1 例、后四十回有 4 例作"輴"，己卯本有 1 例、甲辰本有 8 例作"輴"，余则歧异甚多，计有 13 种写法。记音者，有"淌""盪""汤""躺""逿""樀""遢""偒"等 8 字；表义者，有"场""次""转""番""遭"等 5 字。此种现象的发生，恰如钱玄同先生《辞通序》所说：有些字"乃是依声托事，只有语源，并无本字，本字是不必考求的。"但又说："本字虽不必考求，而专字之诠释、语源之探索、古字之说明，这三件事，却是应当做的。"

较早注意到《红楼》中"輴"字用法的，当是清人周春。中央民族大学曹立波博士见告，周春《阅红楼梦随笔》有一则记录云："凤姐对刘老老说见见也不枉来一輴，案輴本音堂，此借读作汤，去声。"①然周氏仅注其音，未释其义。

应该说，对"輴"字重作释义、定性并记其字形变迁的，是香港梅节先生。他在其《金瓶梅词话校读记》卷之五中说：

（第四十三回）溜了两盪（马） 此处"盪"同"趟"。第七十二回又作"汤"："告这个说一汤，那个说一汤"。作为遍、次之量词，《红楼梦》诸本有作"淌""輴"，《儿女英雄传》作"踼"。到清末始以"走"为意符，以"尚"为音符（《广韵》原有"趟"字不同义）统一字形，为公众接受。《老残游记》第二回："次日清晨，吃点儿点心，便摇着串铃满街踅了一趟，虚应故事。"②

在明代小说中，除《金瓶梅》外，"盪"作量词，用如"趟"，也见于《西游记》，如其第二十二回有句云"沿地云游数十遭，到处闲行百余盪"，第九十六回也说"云锣儿，横笛清音……打一回，吹一盪"。

是则，似乎可知，明中晚期的《金瓶梅》《西游记》，用作"遍""次"之量

---

① 一粟：《古典文学研究资料汇编·红楼梦卷》，76 页，北京，中华书局，1963。

② 梅节：《金瓶梅词话校读记》，204 页，北京，北京图书馆出版社，2004。

词，多写作"盪"或"汤"。清中叶之《红楼梦》，脂抄本系统，各本多歧出，记音者多以"尚"为音符①；程刻本系统及一些抄本的部分章回则作"輈"，似为当时书写的"主流"。至清末，乃如梅节先生所说，始统一字形为"趟"。当然，这也并非一律，及至清末，还有些小说，仍用"盪"或"荡"作量词②，实难整齐划一。

宝钗能"忽见"宝玉梦中"喊骂"的话吗

此一情节，见第三十六回"绣鸳鸯梦兆绛云轩"：

> 这里宝钗只刚做了两三个花瓣，忽见宝玉在梦中喊骂说："和尚道士的话如何信得？什么金玉姻缘，我偏说木石姻缘！"宝钗听了这话，不觉怔了。忽见袭人走来……

这段文字，诸本皆同。宝玉梦中喊骂，是他首次对所谓"金玉姻缘"与"木石姻缘"的明确表态，张新之评视之为书中一"大眼目"。

文中"忽见"二字，连用两次。末句"忽见袭人走来"，文意明豁，切合常情；而宝玉梦中喊骂语，在宝钗，当是"忽听"，何以能说"忽见"？似乎有乖事理。于是，强解者有之，疑怪者有之，欲为改字者有之。如张笑侠《读红楼梦笔记》便说：

> "忽见宝钗梦中喊骂"一语中的"忽见"二字，似乎不妥。因此时宝钗正做活计，未曾看见宝玉之故。以余观之，不如改为"忽听"二字妙。

---

① 脂抄本中，用"淌"字者最多，各本共计约 59 次；"盪"字次之，约计 17 次。
② 如《儿女英雄传》第九回"出去走那一盪"、第二十四回"回家走了一盪"，《文明小史》第六回"请老哥去辛苦一盪"，皆写作"盪"。人民文学出版社"中国小说史料丛书"之一《儿女英雄传》，1983 年松颐校注本上引两例中之"盪"，则皆作"荡"。

如"见"字不能改"听"字，则宝玉、宝钗之事不可说也。①

宝玉和宝钗，梦中究竟所为何事，而不可言说？这里，张笑侠评，半底半面，影影绰绰，并未明言直说。实际上，语出有因。这句话，乃是张笑侠总括张新之对这一情节的一系列评批句意而说的。

此回上半"绛云梦兆"一段文字，蒙府本夹批，谓其"闲情闲景"，"随便写来，有神有理"，"便是佳文佳话"②。而张新之则针对文中"白犀麈""绳刷子""小虫子""花心""兜肚""活计""银红衫子""睡在床上"等词语，不厌絮烦，作了一些匪夷所思的评批，什么"总说那话，乃一阳物也"，什么"兜在肚下是何处？外白里红是何象"？什么"是活计，乃生生不息之处"，如此等等，一路批来，用词直露，难免坠于恶趣。结末点题，卒章显志，一切底里，打到面上，乃于宝钗"不觉怔了"句下批曰："不云忽听，而云忽见，则宝钗同在梦中矣。"并以为此处"梦斥金玉"，实与五回宝玉神游太虚"梦呼可卿"相映照③。是知张笑侠所谓宝玉、宝钗二人"不可说"之事，即指此也。

看来，都是"忽见"二字惹的祸。

其实，"见"字也可以作"听见""听到"讲。古书中，这一用法甚多。张相《诗词曲语辞汇释》卷五即说："见，犹闻也。"并举多首唐诗为证。现摘录几例，以明所以。

李白《上李邕》诗："世人见我恒殊调，见余大言皆冷笑。"则言亦可云见矣。

韦应物《与村老对饮》诗："乡村年少生离乱，见话先朝如梦中。"则话亦可云见矣。

---

①　吕启祥、林东海：《红楼梦研究稀见资料汇编》，222 页，北京，人民文学出版社，2001。

②　[法]陈庆浩：《新编石头记脂砚斋评语辑校（增订本）》，546 页，北京，中国友谊出版公司，1987。

③　冯其庸纂校订定：《八家评批红楼梦》，866～869 页，北京，文化艺术出版社，1991。

白居易《香炉峰下新卜山居重题》诗："从兹耳界应清静，免见啾啾毁誉声。"则声亦可云见矣。①

《汉语大词典》"见"部，也收录这一义项，且引《国语》、唐杜甫诗、元王晔曲及《红楼》第四回"薛蟠见母亲如此说"作例。

查检《红楼》全书，"见"当"听见"讲者，第四回之外，还有几例。如：

第六十七回："旺儿见这话，知道刚才的话已经走了风了"。

第八十七回："宝玉还未听出，只见一个人道……"。

第八十二回："紫鹃勉强笑道：'……我见了咳嗽了半夜。'"

末一例中"见了"二字，系程乙本独有的异文，诸本皆作"听见"。杜春耕先生藏乙本，原藏主朱南铣先生即依诸本，将"见了"改为"听见"。1961 年人民文学出版社校订本，亦从诸本改之，未必合宜。

语文实例如此，不知可为宝钗"忽见"句释疑解惑乎？

体现版本文字特色的语词，不宜轻易作改

有些字词，似为方言口语，不合习见用法；但为程乙本所特有，也当注意保留原文，不宜从众改动。比如：

第五十三回写贾珍"回屋给尤氏吃毕晚饭，一宿无话"。

"给"字，梦稿本作"同"，其余各本均作"与"。人民文学出版社整理本亦依诸本改为"与"，其"校记"说明："按'给'字似仅地方方言口语中有与'和''与''跟'等字同义或径与'跟'字混用者，在乙本全书例中，则甚特殊，且与本句中'吃毕'等文法亦欠调谐，恐致误解，仍从诸本改'与'。"②

---

① 张相：《诗词曲语辞汇释》，629 页，北京，中华书局，1966。

② 《红楼梦》人民文学出版社整理本，1440 页，北京，人民文学出版社，1961。

实则类似的用法，在乙本中，还有一例，见第四十八回："只见李纨给众姊妹从王夫人处回来。""给"诸本皆作"与"，陈其泰《桐花凤阁批校本红楼梦》（程乙本）将"给"描改为"和"。此乃如人民文学出版社整理本"校记"所说，"给"字实与"和""与""跟"同义也。《汉语大词典》"系"部"给"字下释义，也收录可作"跟"字讲之义项，并举一例证：《二十年目睹之怪现状》第十七回："吃过晚饭，仍到账房里，给乙庚谈天。"可知，及至近代，还有这一用法。

此等处，恰从一侧面反映乙本用字特色，似当保持原貌为宜，不必一律从众。

"快（筷）"字所传达的"历史信息"

程刻本中，"快子"一词，首次出现于第二十三回：贾琏不愿替凤姐说事，"凤姐听说，把头一梗，把快子一放，腮上带笑不笑的瞅着贾琏……"

这里，"快子"，舒序本、列藏本、王希廉评本、大观琐录本、蝶芗仙史评订本均作"筷子"，其他各本，则全同程本。

《康熙字典》中没有以"竹"为义符的"筷"字。张舜徽先生曾对"筷"字的演变作过一番考述，他在其《清人笔记条辨》卷五《读书小记二卷》中说：

> （是编）卷下有云："今人呼箸为快儿，明时已有此语。明陆容《菽园杂记》云：'民间俗讳，吴中为甚。如舟行讳翻、讳住，以住为快儿。'又云：'士大夫亦有犯俗称快儿者。'"按今俗呼箸为筷子，当以夬为本字。……此字读古卖切，即筷字也。古无筷字，止作夬。[①]

《红楼梦》第四十回"两宴大观园"，写吃鸽子蛋，凤姐、鸳鸯串通捉弄刘老老一节文字，程本五用"箸（或作'筯'）"字，四用"快"字，两字互见并用。脂评诸抄本，亦两字杂用，唯文字略异，彼此不一。如，庚辰、己卯、舒

---

① 张舜徽：《清人笔记条辨》，213 页，北京，中华书局，1986。

序、甲辰、列藏诸本，七用"箸"字，两用"快"字；蒙府、戚序本，六用"箸"字，三用"快"字；只有梦稿本，四用"箸"字，五用"快"字。各本尚未见有用"筷"字者。后来，王希廉评本、蝶芗仙史评订本，均将程本"快"改为"筷"，而张新之评本、金玉缘本仍依程本作"快"。

《红楼》中"快子"的用法，当承继《金瓶梅词话》而来。"筷子"称为"箸"，古已有之，见《说文·竹部》；而以"快"代指"箸"，则当始于明代①。除上引《菽园杂记》，明人李翊《俗呼小录》亦云："箸谓之快。"《金瓶梅词话》原刊本，随作者之意，用"箸"字仍比较多，"箸"与"快"两字互见混用，或单用"快"字者，也有数例。如：

> 第十二回："众人坐下，说了一声动箸吃时"，但见："那个连二快子，成岁不逢筵与席"，"啖良久，箸子纵横"。
> 第六十二回："两盏粳米粥，一双小牙快。"
> 第六十七回："安放四双牙箸……再取一盏粥，一双快儿。"
> 第九十四回："用瓯儿盛着，象牙快儿。"

在原刊本中，现尚未见有"筷"字。今人所校点的《词话》本，如梅节先生的"全校本"，注意保持原貌，从古存真，而作校记，予以说明②。有的校本，则径将上文引例中的"快"字(尚包括几例未引证者)，皆校改为"筷"，而不出校记③。如作为"中国小说史料丛书"的一种重要校本，如此处理，难免会模糊"筷"字的演变轨迹，给人以失真之憾。

或许至清嘉庆初年卧闲草堂本《儒林外史》，"筷"与"快"两字始乃兼

---

① 鲍延毅：《金瓶梅词话溯源》，62 页，北京，华夏出版社，1997。

② 《金瓶梅词话校读记》，62 页："连二快子'快子'是'筷子'早期写法，本书多作'箚'。"

③ 如戴鸿森校点："中国小说史料丛书"《金瓶梅词话》，129、841、919、1403 页，北京，人民文学出版社。此后，如1990年三联书店(香港)有限公司、齐鲁书社出版的齐烟、汝梅校点本《金瓶梅》(会校本)及1994年天地图书有限公司出版的刘辉、吴敢辑校本《金瓶梅》(会评会校本)都保留原本"快"字。

用。如：

> 第二十二回："走堂的拿了一双筷子。"
> 同上回：管家捧出"两双碗快来。"
> 第四十二回："六老爷拿出快子在桌上摧着敲。"

李汉秋先生《儒林外史》（会校会评本）将第四十二回之"快子"校改作"筷子"，其"校记"云："'筷子'原作'快子'，抄本、苏本和申一、二本均同。参亚东本改。"①据此或知，当从 1920 年上海亚东图书馆铅印本开始，《儒林》中的"快子"一律被改作"筷子"。

治汉语文字学者，有一种观点，认为几乎每个汉字都蕴藏大量"历史信息"。历史学家陈寅恪先生尝甚至说："凡解释一字即是作一部文化史。"②在明清小说中，"快（筷）"字的变迁，亦是一显例也。

对一些稀见词语，当宽以待之

程本有些词语，比较稀见，别部小说用之甚少。或疑其有误，欲为之改正。窃以为，对此类词语，改之，未见得合宜，而应当审慎辨识，宽以待之，存其旧貌。现摘列三例于下：

> 例一，乙本第七回，宝玉道："富贵二字，真真把人涂毒了。"

"涂毒"一词，也见于第五十六回，第一百〇五回则写作"荼毒"，两词并存互用。此回，列藏本、张新之评本、金玉缘本作"荼毒"，而其他各本皆作"涂毒"，现通行本多作"荼毒"。

---

① 李汉秋：《儒林外史》（会校会评本），582 页，上海，上海古籍出版社，1984。

② 桑兵：《解释一词即是作一部文化史——本期栏目解说》云：陈寅恪于 1936 年 4 月 18 日在读完沈兼士论文《"鬼"字原始意义之试探》后赞道："依照今日训诂学之标准，凡解释一字即是作一部文化史。"载《学术研究》，2009（12）。

有学者认为"涂"之与"荼"，乃"音同而误"，"涂是涂上毒或涂改掉毒的意思，用在这里根本不恰当"①。实则，"涂"是"塗"的简体字，《汉语大词典》"土"部收录"塗毒"一词，释义云："塗毒　毒害；蹂躏。"乃举《红楼》第七回及当代作家龚振黄《青岛潮》第十三章中"塗毒东亚人民"句为例。周汝昌先生等《石头记会真》亦取"涂毒"一词②。

　　　　例二，乙本第二十四回："贾芸听了劳叨的不堪，便起身告辞。"

"劳叨"一词，同梦稿本、甲辰本。别本多岐出，如庚辰本作"韶刀"，蒙府本、舒序本、列藏本作"劳刀"，戚序本、程甲本、张评本作"唠叨"。乙本第七十七回也写作"唠叨"，两词兼用。

　　对此，学者亦以为，"劳叨"一词，"辞书上没有"，"'劳'显系因与'唠'同音而误抄"③。此说，亦可商榷。《金瓶梅词话》第六十二回："你看凭劳叨，死也死了。"《汉语大词典》"力"部收"劳叨"一词，即引此回《词话》为证。说"辞书上没有"此词，不符合实际。

　　　　例三，程本第三十三回：那长府官道："不但王爷支情，且连下官辈亦感谢不尽。"

"支情"一词，《红楼》之前，似乎不见于载籍。各本多歧异，庚辰本、己卯本、蒙府本、梦稿本、列藏本、甲辰本等皆作"知情"；有的程甲本将"支"亦描改为"知"，其后东观阁、王评、张评、金玉缘诸本皆作"知情"。"支"与"知"两字，为同音通假，《金瓶梅词话》第十三回"知谢知谢他"、第二十六回"支谢二位"两句中，"知"与"支"即杂用。据此，则"支情"与"知

　　①　周中明：《关于1996年人文版〈红楼梦〉校勘问题的商榷（一）》，载《河南教育学院学报》（哲学社会科学版），2008（2）。
　　②　见曹雪芹原著，脂砚斋重评，周祜昌、周汝昌、周伦玲校订：《石头记会真》，第1卷，840页，郑州，海燕出版社，2004。
　　③　同注①。

情"两词义同。戚序本作"承情"、蝶芗仙史评订本作"感情"。陈其泰批校本（程乙本）描改作"领情"，《汉语大词典》"支"部收入"支情"一词，释义谓"犹领情"，似采陈其泰改字义，并注曰："一本作'知情'。"如此处理，可资博识，较为妥洽。

2008 年 12 月 5 日初稿

2009 年 4 月 20 日改定

（原载《红楼梦学刊》2009 年第 5 辑）

程本红楼语词校读札记(二)

试说"讹着"

程乙本第二十回，写黛玉与宝玉斗嘴后，意解气平，两心相印，而后有如下一段对话：

> 林黛玉听了，低头不语，半日说道："你只怨人行动嗔怪你，你再不知道你恼的人难受。就拿今日天气比，分明冷些，怎么你倒脱了青肷披风呢?"宝玉笑道："何尝没穿? 见你一恼，我一暴躁，就脱了。"黛玉叹道："回来伤了风，又该讹着吵吃的了。"①

文中"讹着"二字，各本歧出。庚辰、己卯本原作"饥着"，后另笔将"饥"点改为"饿"；甲辰、列藏、程甲诸本，皆作"饿着"，舒序本作"饿的"；蒙府、戚序本，依庚辰原文作"饥着"。程乙本独异，作"讹着"；梦稿本原作"饿着"，同庚辰本改笔，后依程乙，将"饿"改为"讹"。现行脂评排印本，多作"饿着"，人民文学出版社校订程乙本保持旧貌，作"讹着"②。

这段文字，如姚燮夹批所说，写宝黛二人"相怜之至"③。然而，如果依庚辰、程甲诸本，为何宝玉"伤了风，又该饿着(或说"饥着")吵吃的"呢?

---

① 程乙本引文，均据北京师大图书馆藏乾隆五十七年壬子(1792)萃文书屋木活字本《新镌绣像红楼梦》。

② 人民文学出版社整理本《红楼梦》，1957年版。

③ 冯其庸纂校订定：《八家评批红楼梦》，456页，北京，文化艺术出版社，1991。以下征引有关清人评批，均见此书，不另注明。

笔者不懂医理，不明其故，不便置喙。现只说乙本，既然改作"讹着"，独标异文，自当有其作改之理。试说之。

先说"讹"字字义。《汉语大字典》和《汉语大词典》收录有"讹"字多个义项，其中有"吓诈"一义，《龙龛手鉴·言部》："讹，诡也。"两书并都以《红楼》第四十八回"讹他拖欠官银，拿他到了衙门里去"为例证。此外，《大词典》还收录"讹闹"一词，作"耍赖哄闹"讲。至于"讹着"一词，不见于这两种通行辞书。唯 20 世纪 30 年代中国大辞典编纂处所编《国语辞典》采收此词，意谓"藉端诈取财物"，举例即为上文所引黛玉"回来伤了风，又该讹着吵吃的了"一句。俗话有"讹着忘八喝烧酒"一语，意思是说，向无赖敲竹杠。见清八宝王郎《冷眼观》第二十七回①。陈刚先生《北京方言词典》收录有"讹搅""讹赖""讹搅赖""臭讹"等词，多指在儿童游戏中不诚实的行为，也可参看②。

上述黛玉所说，"讹"字含义，或与"讹闹"相近；"讹着"用法，类似《国语辞典》释义，意谓宝玉如伤了风，就又会借故耍赖闹腾，吵吃吵喝了。文中着一"又"字，似乎宝玉此前已有过这种讹赖行为，但无明文交代。而后文第三十五回，写宝玉挨打后，卧床养伤，众人问吃问喝，宝玉想吃荷叶汤，凤姐笑道："太磨牙了，巴巴儿的想这个吃。"结果找汤模子、备用料，一番折腾。

再结合宝玉性格说，母亲王夫人戏称其为"混世魔王"（第三回），老祖宗贾母亦昵称其为"魔王"（第五十四回），姑母贾敏说他"顽劣异常"（第三回），丫鬟玉钏说他是贾府的"凤凰"（第四十三回）。宝黛相见前，他在黛玉心中"不知是怎样个惫懒人"（第三回）。此处特说一"讹"字，其性格之娇宠，行为之憨顽，当可知矣。

凤姐与贾蓉有没有"暧昧关系"

程乙本第六回有一段贾蓉向凤姐借炕屏去，复唤转来的描写，或因其用

---

① 阿英：《晚清文学丛钞·小说四卷》，299 页，北京，中华书局，1981。
② 陈刚：《北京方言词典》，73、37 页，北京，商务印书馆，1985。

语直露，写来神情闪烁，而为一些学者所诟病。那是写：

> 贾蓉喜的眉开眼笑……说着便起身出去了。这凤姐忽然想起一件事
> 来，便向窗外叫："蓉儿回来！"外面几个人接声说："请蓉大爷回来
> 呢。"贾蓉忙回来，满脸笑容的瞅着凤姐，听何指示。那凤姐只管慢慢的
> 吃茶，出了半日神，忽然把脸一红，笑道："罢了，你先去罢。晚饭后
> 你来再说罢。这会子有人，我也没精神了。"贾蓉答应个"是"，抿着嘴
> 儿一笑，方慢慢退去。

在这段描述中，"满脸笑容的瞅着凤姐"一语，诸本作"垂手侍立"；"忽
然把脸一红"六字，诸本或作"又"，或作"方"；自"答应个'是'"以下十字，
诸本皆无。其中"抿着嘴儿一笑"一语，系乙本特笔，尤显刺目①。以上三
处，乃乙本刻意增改修润，为其独有异文。

对于乙本这种改动，评者见仁见智，各有不同。褒扬者，如陈其泰。他
在其《桐花凤阁批校本红楼梦》（程乙本）中，于凤姐"忽然把脸一红"句上加
一眉批云："传神阿堵之笔，读者闭目一想，即知其事。"尤以为"抿着嘴儿
一笑"一句，乃传神之笔，赞赏有加，而于其行侧评曰："颊上添毫。"②

而今一些学者，则多有诘难。如启功先生在为北师大一种《红楼梦注释》
本所撰"序"中说："在程伟元、高鹗的再版刻本中（即所谓'程乙本'），不知
谁在'那凤姐只管慢慢吃茶，出了半日神'之下给加上了'忽然把脸一红'一
句，大概修订者认为这样可以暗示她们之间有些暧昧，其实作者并不需要这
类'廉价标签'来贴'意淫'（第五回）情节。因为在习惯上，她们之间本是许
可接近的。"③这是就满人礼仪习惯而言。刘世德先生在其《从前十回看程乙
本对程甲本的修改》一文中，称此种改动为"添油加醋"，批评贾蓉"抿着嘴

---

①　检程乙本全书，"抿着嘴儿笑"一语，凡24见，前八十回用于男性者，仅此一
例。关于此一词语含义，将另文详释。

②　陈其泰：《桐花凤阁批校本红楼梦》（程乙本），255、256页，北京，北京图书馆
出版社，2001影印本。以下所引陈其泰评批，均见此书。

③　见北京师大校注本《红楼梦》"序"7页。

一笑"云云，"更可说是堕入恶趣"；并认为陈其泰所评"完全没有注意到脂本以及程甲本根本就与这种所谓的'传神阿堵之笔'无缘"①。这则着重从版本关系而论。

其实，通观程乙本全书，可以窥知，乙本对凤姐和贾蓉之间暧昧关系的渲染，自有其理路，并非突发奇想，随意胡改。尤为重要的是，这类描写，实有甲本作依藉，而非逞臆而为，无中生有。第六十八回"酸凤姐大闹宁国府"一节，乃一明显例证。它叙说凤姐一番哭骂嗓闹后，事态平息，尤氏摆酒致谢，庚辰本写："凤姐也不多坐，执意就走了。"此句，己卯、蒙府、戚序、甲辰诸本作："执意回去了。"总之，寥寥十一字，写来平平。程甲本则率意挥染，尽情生发，写作如下一段文字：

> 凤姐儿道："罢呀！还说什么拜谢不拜谢。"又指着贾蓉道："今日我才知道你了。"说着，把脸却一红，眼圈儿也红了，似有多少委屈的光景。贾蓉忙陪笑道："罢了，婶娘少不得饶恕我这一次。"说着，忙又跪下。凤姐儿扭过脸去不理他，贾蓉才笑着起来了。
>
> 这里尤氏忙命丫头们舀水，取妆奁，伏侍凤姐儿梳洗了，赶忙又命预备晚饭。凤姐儿执意要回去，尤氏拦着道："今日二婶子要这么走了，我们什么脸还过那边去呢？"贾蓉旁边笑着劝道："好婶娘，亲婶娘！以后蓉儿要不真心孝顺你老人家，天打雷霹！"凤姐瞅了他一眼，啐道："谁信你这……"说到这里，又咽住了。一面老婆丫头们摆上酒菜来，尤氏亲自递酒布菜。贾蓉又跪着敬了一钟酒。凤姐便合尤氏吃了饭。丫头们递了漱口茶，又捧上茶来。凤姐喝了两口，便起身回去。贾蓉亲身送过来，才回去了。

这段描写，计285字，为诸脂评本所无，乃程本系统独有异文。毋庸置疑，就事论事，在程本看来，贾蓉之与凤姐，本有"隐情"，存在暧昧关系。故而"大闹宁府"一节，凡写及贾蓉与凤姐形景诡秘处，清代及民国一些评点

---

① 2008年12月6日，首都师大"120回《红楼梦》版本专题学术研讨会"，刘世德论文《从前十回看程乙本对程甲本的修改》。

家如张新之、姚燮、王伯沆等，每每以"情思未断""私情如画""亲昵等于胶漆""淫态恶态都现纸上"，以及"私情已露""写旧情入髓"等语词评之批之①。尤其王希廉于回末总评曰："此一段文字，隐隐跃跃，暗藏无限情事。"这些评批，所据原文，均为程甲本，而众口同声，都认定蓉凤关系确实"暧昧"。

再单以乙本而论，此一段描写，自"凤姐儿道"至"贾蓉亲身送过来"这281字的叙写中，除甲本"饶恕我"一语、乙本写作"担待我"外，其余文字，全同甲本，实已将蓉凤二人隐情展现无遗。然而，乙本似乎认为，甲本如此叙写，尚嫌意犹未尽，不能余味曲包。于是又依枝添叶，而将甲本末句"才回去了"四字加以增饰，写作：

> （贾蓉）进门时，又悄悄的央告了几句私心话，凤姐儿也不理他，只得怏怏的回去了。

梦稿本自"凤姐儿道"至此段改文补文，除将"私心"误作"松心"外，余则全同乙本。陈其泰批校本乃于此改文上加一眉批："淫甚。"又于回后评云："贾蓉之于凤姐狎昵处，亦不言而喻。"②

此外，前面曾介绍，乙本第六回写凤姐"把脸一红"、贾蓉"抿着嘴儿一笑"两句，尝为人诟病。而程本第六十八回也有两处用语，或与此相同，或语词含义相近。

第一处，是凤姐"把脸却一红"一句，已见上述引文。此是乙本第二次用这一词语描摹蓉凤二人微妙关系。姚燮眉批云："此等形景，尤氏在傍，乌乎知之。"

第二处，是"咂着嘴儿笑"一语，此则各本略有不同。文中写贾蓉、凤姐商量如何应对张华官司，脂评本或作"凤姐儿笑道"，或作"凤姐冷笑道"。程本及东观阁本略为修润，而作"凤姐咂着嘴儿笑道"。东观阁本并于行侧批

---

① 后两条评批，见赵国璋、谈凤梁辑：《工伯沆〈红楼梦〉批语汇录》，753、750页，南京，江苏古籍出版社，1985。

② 《桐花凤阁批校本红楼梦》（程乙本），2063、2064页。

曰："先前唾沫噪着说，此则咂着嘴儿笑，竟是一个花面脚色。"①后来王希廉、姚燮合评《大观琐录》本、蝶芗仙史评订《金玉缘》本，则将"咂着嘴儿笑"特意改作"抿着嘴儿笑"。姚燮并于《琐录本》上加有两则眉批，一条直录东观阁本侧评，而将"咂着"改作"抿着"；一条加于回末，说"写凤姐进宁府噪闹，始曰照脸一口唾沫……至后文又曰心软了，曰拉贾蓉起来，曰抿着嘴儿笑。"在姚氏看来，或许以为，只有用"抿着嘴儿笑"一语，方能揭示蓉凤二人内心隐秘。乙本前写贾蓉"抿嘴笑"，此写凤姐"咂嘴笑"，以表现两人暧昧情态，语义相似。

综上可知，程本写蓉凤私情，每以隐而不隐之笔出之，理路贯通，文脉相连。至于如何评述这种关系，则仁智各见可也。

"是的"与"似的"

"是的"与"似的"，都是关系助词，在明清小说如《金瓶梅》《红楼梦》中，多并存混用。李行健先生主编《现代汉语规范词典》于"似的"一词后特别提示："似的"不宜写作"是的"，意在强调汉字的规范。而20世纪30年代编纂的《国语辞典》及旧版《现代汉语词典》，则将两词视为同义词，一并收录，有利于保存汉字史料，或可稍资博识。

"是"字，这里用同"似"。唐李贺《苦昼短》诗："谁是任公子，云中骑白驴。""谁是"，曾益明刻本、姚经三清初刻本均作"谁似"。尤其在元明清语体文学中，"是"与"似"两字，多相混用。王学奇、王静竹先生《宋金元明清曲辞通释》"是"字条之十四云："'是'字，用同'似'。是、似一音之转。习用语'恰便似'，亦多作'恰便是'，义同。"②如元石君宝《紫云亭》第一折："把个苏妈妈便是上古贤人般敬。"清无名氏《尼姑思凡》中《新水令》曲："有谁人孤栖似我，是这等削发缘何?"句中"似""是"二字对文互义。据香港梅

① 曹雪芹、高鹗著，东观主人评：《新增批评绣像红楼梦》（东观阁本），1995页，北京，北京图书馆出版社，2004影印本。参见曹立波：《红楼梦东观阁本研究》，附录一"东观阁本批语校录"第68回之第32条，329页，北京，北京图书馆出版社，2004。

② 王学奇、王静竹：《宋金元明清曲辞通释》，1008页，北京，语文出版社，2002。

节先生《金瓶梅词话校读记》卷之一统计，《词话》中以"是"代"似"，与崇祯本可对比的有十七例，崇本改为"似"的有七例①。

"是的"作助词用，在小说中，较早或见之于《金瓶梅词话》。梅节先生《校读记》以为"'似的'晚起，至《红楼梦》《儿女英雄传》渐通行，本书均作'是的'"②。

在《红楼梦》中，程乙本与程甲本、脂评本相比对，"是的"与"似的"两词的运用，有五种情况，现撮要条释如下。

一是程甲与程乙两书，均作"是的"，前八十回约 19 例，后四十回约 41 例，计 60 例。表示比况，义同"似的"，语义无歧异，不必费辞。

二是程乙与程甲，皆作"似的"，前八十回约 13 例，后四十回约 4 例，计 17 例。使用次数，远不及"是的"一词为多。

三是程甲原作"似的"，而程乙本不厌其烦，都改为"是的"。前八十回约 48 例，后四十回约 10 例，计 58 例。

以上三种情况，两词运用，并无歧义，可略而不论。以下两种情况，歧异较多，摘举数例，略作辨析。

四是程甲及有关脂本，原作"一般"或"一样"，乙本特改作"是的"。通书约计 9 例，皆见于前八十回。如：

甲本第六回，周瑞家的说凤姐，"如今出跳得美人一般的模样儿"。"美人一般的模样儿"一语，与诸脂本同；而乙本作"美人儿是的"。

甲本同上回，刘老老忽见一个匣子，"底下又坠着一个秤铊般一物"。"秤铊般一物"一语，与诸脂本同，"般"字下或有一"的"字；乙本作"秤铊是的"。

甲本第十五回，凤姐说宝玉"同女孩儿一般人品"。与甲辰本同，其他脂本"一般"作"一样"；乙本作"和女孩儿是的人品"。

甲本第三十九回，写宝玉"急得热锅上的蚂蚁一般"。同庚辰、甲辰、列藏本；乙本作"急的热地里蚰蜒是的"。

甲本同上回，焙茗说若玉泥胎，"活似真的一般"。与庚辰、己卯、蒙

---

① 《金瓶梅词话校读记》，49 页，北京，北京图书馆出版社，2004。

② 同上书，165 页。

府、戚序、甲辰、列藏诸本同，梦稿本作"真正活的一般"，舒序本"似"作"是"。乙本作"活像真的是的"。

以上"是的"与"一般""一样"三词，作为比况助词，其意义和用法，大体相同，而其语体色彩，则略有差异。《国语辞典》以为"是的"一词，"常现于口语"。已故语言学家俞敏先生《语法札记(一)》之"是(似)的"一则亦云："这个结构平常都写成'似的'。要按口音说，还是写成'是的'对。旧文学作品里也写'是'……写成'似'是文人新创的。"①如是，则乙本多将"一般"或"一样"改作"是的"，乃与其追求语言之通俗适用相一致。

五是程甲、脂本有关文句，原无"是的"一词，乙本或于相关句下，径加"是的"二字，完足语义；或对相关文字增删修润，而加"是的"一词(有一例作"似的")，总括其意，形成乙本独有异文。此类改动，通书约有 10 处，前八十回 8 例，后四十回 2 例。兹举数例：

例(1)，甲本第三回写凤姐说黛玉："竟不像老祖宗的外孙女儿，竟是个嫡亲的孙女。"全同脂本，而乙本于"嫡亲的孙女"下有"是的"一词。

例(2)，甲本第十九回袭人说其两姨妹子，是"我姨夫姨娘的宝贝。"亦与诸脂本同，而乙本"宝贝"作"宝贝儿是的"。

例(3)，甲本第三十六回写佳蕙道："倒像有几百年的熬煎。"同庚辰本。"熬煎"，梦稿、列藏本作"熬头"，蒙府本作"光景"。乙本"年"下无"的"字，"熬煎"下加"是的"二字。

例(4)，甲本第三十九回写刘老老说若玉死后，"因为老爷太太思念不尽，便盖了这祠堂"。与诸脂本同，而"思念不尽"四字，乙本写作"疼的心肝儿似的"。

例(5)，甲本第七十七回写周瑞家的道："倒像似咱们多事的。"此与庚辰本原文、甲辰、列藏本同。"像似"二字，蒙府、戚序本作"像是"；庚辰本"事"字下，另笔旁添一"是"字。乙本与庚辰本改笔同，作"倒像咱们多事是的"。

例(6)，甲本第九十二回写冯紫英带着母珠等四件洋货，来见贾政，议

① 俞敏：《俞敏语言学论文集》，129 页，哈尔滨，黑龙江人民出版社，1989。

论"人事的荣枯"，贾政道："像雨村算便宜的了。"乙本在"像雨村……"前有121字一段文字，中有句云："比如方才那珠子，那颗大的，就像有福气的人是的""转瞬荣枯，真似春云秋叶一般"。此两句，曰"是的"，曰"似……一般"，以比况所谓"人世的荣枯，仕途的得失，终属难定"句意，语义圆通，比喻贴切。

例(7)，甲本第一百○六回写宝玉心里想道："为什么人家养了女儿，到大了必要出嫁，一出了嫁就改变。"乙本"女儿"作"女孩儿"，于"出嫁"下加一"呢"字，"就改变"写作"就改换了一个人是的"。与前文第五十九回宝玉所说"女孩儿"出嫁后"一个人怎么变出三样来"，以及第七十七回愤恨周瑞家的等妇人"只嫁了一个汉子"就"混帐起来"，两段话相照应。

从上述五种情况所示，依稀可知，对一些比况助词的运用，如第四、五两种情况例释，程甲本接近诸脂评本；而程乙本，用"是的"一词，除第一种情况有60例同甲本外，其余第三、四、五三种情况，计77例，则独与众异，而略同于《金瓶梅词话》之皆作"是的"也。就语体色彩说，比较而言，甲本多作书面语，乙本则追求口语化，略有差异。

"猫儿狗儿打架"一语，有何含义

庚辰本第五回，写宝玉梦游太虚幻境，有一细节，读来颇有兴味。它写，宝玉随贾母等过宁府会芳园赏梅，一时倦怠，欲睡中觉，乃卧于秦氏房中：

> 于是，众奶母服侍宝玉卧好，款款散了，只留袭人、媚人、晴雯、麝月四个丫鬟为伴。秦氏便分咐小丫鬟们，好生在廊檐下看着猫儿狗儿打架。

后梦至迷津，见有许多夜叉海鬼，宝玉失声喊叫"可卿救我"：

> 却说秦氏正在房外嘱咐小丫头们好生看着猫儿狗儿打架，忽听宝玉在梦中唤他的小名，因纳闷道："我的小名，这里从没人知道的，他如

何知道，在梦里叫出来？"

前一段引文中，"猫儿"下，蒙府、甲辰、程甲、程乙均无"狗儿"二字，与后一段引文中"猫儿狗儿打架"句，显然有失照应。己卯、甲辰、梦稿、戚序、舒序诸本同庚辰本。"分咐"，乙本作"叫"。

对"猫儿狗儿打架"一语，陈其泰批校本有一眉批曰："真事隐。"①甲戌本后人墨笔夹批，当作"寓言"，其眉批又云："何处睡卧，不可入梦，而必用到秦氏房中，其意我亦知之矣。"②美国浦安迪先生编释《红楼梦批语偏全》"著者偏按"称这一笔"是中国文学史上不常见的意象，未免引评者的注意"；同时，又认为这是一句"十分难解的话"③。

是的，对这一意象，究竟如何索解？隐含何种"真事"？确乎引评者注意。然各家所说，则并不完全一致。

清代几位评点家，多认为"猫儿狗儿打架"一语，隐含宝玉与秦氏一段"畸情"。如姚燮在回末此语上有眉批云："宝玉梦中不是猫儿狗儿打架，难道是妖精打架不成？"浦安迪先生指出，姚燮批语，"显然映射到第七十一回傻大姐拾春画绣囊处"。张新之则因第八十七回妙玉坐禅寂"走火入魔"一节有"忽听房上两个猫儿一递一声叫"一语，而将两者相钩联，加批曰："宝玉贾蓉，明明叔侄，则可卿此梦，非乱伦而何？"今人亦有持此说者，而且说得更为直白。据云，有的红学研究者，就把"猫儿狗儿打架，当作是宝玉和秦氏交欢的隐喻"④。

浦安迪先生并由姚燮眉批，产生联想，而说：这"使我们想及《金瓶梅》

---

① 《桐花凤阁批校本红楼梦》（程乙本），205 页。

② 见 2003 年金坛古籍印刷厂印制《乾隆甲戌脂砚斋重评石头记》第 5 回页之 3B。参见［法］陈庆浩编著《新编石头记脂砚斋评语辑校》（增订本）附录一"甲戌本后人批跋"，704 页，北京，中国友谊出版公司，1987。

③ ［美］浦安迪（Andrew H. plaks）：《红楼梦批语偏全》"著者偏按"，571 页，北京，北京大学出版社，2003。以下引文，均见此页。

④ 见舒宪波：《扑朔迷离的贾宝玉——贾宝玉性别之谜》，43 页，台北，麦书出版社，1999。

一书常用猫狗的形象来映射西门府内的狗彘行为。《红楼梦》的作者也许学此
笔法，以隐指园中男女效禽兽之处，也未可知。"可备一说。然通检全书，贾
府中所谓"爬灰"、"养小叔子"、父子"聚麀"种种秽亵乱伦之事，多发生于
宁府。此恰如柳湘莲所说："你们东府里，除了那两个石头狮子干净，只怕
连猫儿狗儿都不干净。"①如扩而大之，谓大观园中也有此"男女效禽兽之
处"，是否还需要举例再作说明。

此外，也有评者并不专注于推求"猫儿狗儿打架"有何寓意，而措意在前
句的"便分咐"与后句的"正在"两个关联的词语上，以为这前后两句实际是
写"前尘如电掣，何足论有无"②。是说宝玉游历幻境，只不过弹指间事，转
瞬即灭。

那么，"猫儿狗儿打架"一语，到底是何含义？甲戌本此句旁有一朱笔侧
批云："细极。"其上又有一朱笔眉评曰："文至此，不知从何处想来。"③细玩
此两批语义，似乎是说，这一意象，当为营造一种意境而设。《金瓶梅》第十三
回"李瓶儿墙头密约"，写西门庆与李瓶儿晚上约会，西门庆隔墙静候消息：

> 良久，只听得那边赶狗关门。少顷，只见丫鬟迎春黑影里扒着墙，
> 推猫叫，看见西门庆坐在亭子上，递了话。

"赶狗叫猫"四字，真切渲染出西门庆、李瓶儿两人幽会氛围。新刻绣像
本《金瓶梅》无名氏评曰："赶狗叫猫，俗事一经点染，觉竹声花影，无此韵
致。"④《红楼》写"猫儿狗儿打架"，笔意似之，或也为烘托宝玉梦游氛围，点
染俗事韵致也。因之，甲戌本于宝玉入梦，"随了秦氏至一所在"句侧批曰：
"此梦文情固佳。"

---

① 湘莲语，见诸脂评本第 66 回，程刻诸本无"只怕连猫儿狗儿"句。

② 后两条评批，见《王伯沆〈红楼梦〉批语汇录》，76 页。

③ 见金坛古籍印制本第 5 回页之 3B，《辑校》本第 116 页。下文引甲戌本侧批，亦
见此页。

④ 齐烟、汝梅校点：《新刻绣像批评〈金瓶梅〉会校本》，164～165 页，香港，三联
书店(香港)有限公司、济南，齐鲁书社，1990。

　　近日，偶尔拜读小说家刘心武先生"温榆斋随笔"《〈红楼梦〉里的宠物》一文，说"有红迷朋友和我讨论：贾府里养不养宠物猫和宠物狗呢？答案是肯定的"。乃以第五回"看着猫儿狗儿打架"为例，证明"可见宁国府宠物猫狗很多，荣国府应该也是如此。"①刘先生本来是热衷于《红楼》"揭密"的，这则随笔，却写得比较平实。他没有去猜测"猫狗打架"的隐秘，而只看作是贾府所养的宠物。他如第四十回写众人早饭毕，鸳鸯让婆子们挑两碗菜，给平儿送去，凤姐道："他早吃了饭了，不用给他。"鸳鸯道："他不吃了，喂你们的猫。"可知凤姐屋里也有猫。故而刘先生以为，"影视剧里安排王熙凤抱波斯猫，是合理的想象。"

2009 年 5 月 18 日一稿
12 月 18 日二稿

　　　　　　　　　　　　（原载《红楼梦学刊》2010 年第 1 辑）

---

① 刘心武：《红楼梦里的宠物》，载《北京晚报》，2009-04-20。

程本红楼语词校读札记（三）

"轻意""容易"与"轻易"

这里，我们先将"轻意"与"容易"这两个有争议的词语列之于下，并略作说明；然后，再讨论这两个词语及"轻易"一词在《红楼》中的用法和意义。

程甲本第三十五回，写"因傅秋芳有几分姿色，聪明过人，那傅试安心仗着妹子要与豪门贵族结亲，不肯轻意许人，所以耽悟到如今。"

第六十八回写凤姐对尤二姐说："我们有一个花园子极大，姊妹们住着，容易没人去。"

此两例中，"轻意"与"容易"两词，程甲与庚辰本全同。有学者认为，第一例中"轻意"应作"轻易"，"易、意显因同音而误抄"；第二例"容易"一词，则"令人费解"，实是"轻易"之误①。言下之意，此三词中，唯有"轻易"是正字，其余两词，则属讹误。有《红楼》版本专家亦认为，书中多处用"容易"，语义矛盾，"不合逻辑"②。

这样认识，似乎不完全符合语言历史事实。

查检辞书及相关典籍，可知，"轻意""容易"两词，也可作随便、轻率讲，其词义，与"轻易"一词相近。如先秦《逸周书》卷三"宝典"篇云："说咷轻意，乃伤营立。"集注引卢文弨曰："说咷，当即侻佻，皆为不厚重。"唐大

---

① 周中明：《关于 1996 年人文本〈红楼梦〉校勘问题的商榷（一）》，载《河南教育学院学报》（哲学社会科学版），2008（2）。

② 郑庆山：《红楼梦的版本及其校勘》，600 页，北京，北京图书馆出版社，2002。

沛曰："卢说是也，倪佻轻意者，不能慎重其事，故谋之不威，而所营立者不成。"①依卢唐二人所说，"说佻轻意"，可作轻佻、随意讲。后"轻意"引申为简慢、轻慢，如《水浒传》第九回写柴进道："教头到此，如何恁地轻意？"而其"随意"一义，则不多见。

至于"容易"一词，陈熙中先生《正误之解宜慎重——与周中明教授商榷〈红楼梦〉校勘问题》一文已作辨正，所说甚是，不待烦言，现只稍作补充。据张相著《诗词曲语辞汇释》卷四"容易"条所引例证，说明在唐宋时，"容易"一词，灵活多变，已出现疏忽、草率、轻易、随便诸种含义②。及至明清小说，其轻易、随便的用法，尤为习见。如《三国演义》第八十七回："孔明曰：'南蛮之地，离国甚远……吾当亲去征之……非可容易托人。'"《儒林外史》第四回："严贡生道：'汤父母容易不大喜会客，却也凡事心照。'"徐时仪先生《古白话词汇研究论稿》第三章曾这样概括"容易"一词词义的历史变化："唐宋时多为'轻率，轻慢'义，明清时多为'不困难，不费力'义，演至现代，其'轻率，轻慢'义已消失。"③

而在《红楼》中，"轻意""容易"与"轻易"则错见杂出，共时并存。先看上文所引两例，第三十五回"不肯轻意许人"一语中，"轻意"一词，庚辰、蒙府、戚序、舒序、甲辰、列藏及程本系列皆同；己卯本原作"轻易"，后于"轻"字下，朱笔加一"意"字；梦稿本原文，亦作"轻易"，后另笔将"易"点改为"意"。由此看来，如依改文，则诸本一律，皆作"轻意"，一则可证此为当时所认同的一个词语，并非"误抄"；二则此词所含"随意"一义，自有其历史来源，亦有语料价值。而第二例，即第六十八回"容易没人去的"语中，"容易"一词，除蒙府与戚序本作"轻容易"、列藏本作"轻易"外，其他脂本及程本系列皆作"容易"，义同"轻易"，文从字顺，并不"令人费解"。

除以上两例，书中尚有几处用及"容易"一词，兹再举三例，以为佐证。

---

① 黄怀信、张懋镕、田旭东：《逸周书汇校集注》（修订本）卷三"宝典解第二十九"，289 页，上海，上海古籍出版社，2007。

② 《诗词曲语辞汇释》卷四，526 页。

③ 徐时仪：《古白话词汇研究论稿》第三章，167 页，上海，上海教育出版社，2000。

如程甲本第二十八回，写宝玉想瞧瞧宝钗左腕上笼着的香串子，"那宝钗原生的肌肤丰泽，容易褪不下来"。

此句，除程乙本"容易"作"一时"外，其他程本系列及诸脂本均作"容易"；梦稿本原作"容易"，后描改为"一时"，同乙本。

再如程甲本第三十六回，凤姐道："他们几家的钱，也不能容易花到我跟前。"

句中"也不能容易"，乙本作"也不是容易"，诸脂本作"容易也不能"；梦稿本原作"轻意也花不到……"，后抹去"轻意"二字，改文全同乙本。

又如程甲本第七十七回，写芳官等三人闹着要当尼姑，王夫人道："胡说！那里由得他们起来，佛门也是轻易进去的么？"……智通与圆信向王夫人说："虽然说佛门容易难上，也要知道佛法平等。"

这两句中，前句"轻易"一词，诸本皆同，唯列藏本无"易"字。后句之"容易"，则各本略有歧异。甲辰、列藏本同程甲，梦稿、蒙府、戚序本作"轻易"；庚辰本原文作"容易"，后点改"容"为"轻"。有的庚辰校订本即以为"容"为误字，而改作"轻"，并径说甲辰、列藏本同误为"容"。周汝昌先生《石头记会真》于此句下"按"云："'容易'是原笔，不宜便改为'轻意'。盖雪芹当时用此词者即今之'轻易'也。"① 此说是也。

已故《红楼》版本学家郑庆山先生在其《再论〈红楼梦〉的版本与校勘》一文中曾说：书中多次用"容易"处，"原文似不通，但底本一律如此，即不径改"，以为之"存真"也②。这是对待古籍版本校勘的一种慎重的态度。

---

① 曹雪芹原著，脂砚斋重评，周祜昌、周汝昌、周伦玲校订：《石头记会真》第玖卷，639页，郑州，海燕出版社，2004。

② 《红楼梦的版本及其校勘》，649页。

"龙钟"一词"不可辨"吗

程甲本第二回，写贾雨村在维扬林府坐馆，一日，偶至郊外，赏鉴村野风光，信步来到一破庙前：

> 走入看时，只有一个龙钟老僧在那里煮粥。

句中"龙钟"一词，同庚辰、舒序本，程刻本系列均同。而其余脂抄各本，则多歧出。甲戌、己卯、梦稿本作"聋肿"，蒙府本作"聋踵"，戚序本作"胧肿"，甲辰、列藏本作"聋钟"。现行以庚辰为底本的整理本，多仍其旧，作"龙钟"。

郑庆山先生《〈红楼梦〉汇校本前言》以为，当依甲戌、己卯、梦稿本作"聋肿"，此乃"可辨"；而庚辰、程本等改作"龙钟"，则"不可辨矣"。因为，在郑先生看来，"老僧既聋，且又面目臃肿，应是写实"，而庚辰、程甲本"改成文人惯用词语，一般人不懂"。并且列举《聊斋志异》中《饿鬼》篇写马永再世为马儿"而年近七旬，臃肿聋瞆"为证，作为一种参照①。

周汝昌先生极力赞赏郑先生所说，断定"聋肿"一词"为是，为真"，是"雪芹原著的真文"。尤其认为郑文举《聊斋》例，"获得了有说服力的取舍依据"。同时，则又批评俞平伯先生校本依程甲本作"龙钟"，是"自以为'善'"，而"实际弄错了"②。

本来，"龙钟"与"聋肿"两词，都有版本所依，至于孰优孰劣，不妨商讨。但如果一定要说"聋肿"是"真"，"龙钟"则"错"，似难免臆断之嫌。

检查几种通行辞书，如《中文大辞典》(1968年版)、《辞海》(1979年版)、《辞源》(1983年版)、《汉语大词典》(1993年版)、《王力古汉语字典》(2000年版)等，都收录"龙钟"一词。其中如《王力古汉语字典》"龙

---

① 《红楼梦的版本及其校勘》，594 页。
② 周汝昌：《纪念曹雪芹逝世 240 周年》，载《南京师范大学文学院学报》，2003(3)。

部"云："〔龙钟〕叠韵连绵字。①衰老、疲惫貌。唐王维《夏日过青龙寺谒操禅师》诗：'龙钟一老翁，徐步谒禅宫。'唐杜甫《寄彭州高适虢州岑参》诗：'何太龙钟极，于今出处妨。'②潦倒，不得意貌。唐白居易《别微之于沣上》诗：'莫向龙钟恶官职，且听清脆好文篇。'"而成语有"老态龙钟"一语，见宋陆游《听雨》诗。如论其词源，或可上溯至《荀子》的《议兵》篇。文中有"陇种"一词，也是叠韵形容字。清人王先谦《集解》引杨倞注："陇种……或曰即龙钟也。"卢文弨曰："龙钟乃当时常语。"顾炎武曰："此等皆方俗之言。"是则，这一词语，先秦时，乃写作"陇种"，唐人多作"龙钟"，并且沿用至今。

反之，"聋肿"一词，则并不经见，上述辞书，均未收录。周文以为《饿鬼》篇用语，可作"参证实例"，具有"说服力"。其实，"臃肿聋瞆"本是"臃肿"与"聋瞆"两个词语，前者当"肌肉肿胀"讲，后者作"耳聋眼瞎"解（《聊斋》一本作"聋聩"，则指"天生耳聋"）。其词义，与《红楼》所写，似不完全契合。

重要的是，我们还可以结合小说语义看。诸本在雨村"走入看时，只有……"句下，接着写道：

> 雨村见了，却不在意。及至问他两句话，那老僧既聋且昏，又齿落舌钝，所答非所问。

联系上文，这几句是说，雨村走进破庙，只见一老僧，状貌"龙钟"；及至问话，方知其"既聋且昏"，答非所问。笔意贯通，切合文情。如果将"龙钟"改作"聋肿"，谓"老僧既聋，且又面目臃肿"；那么，依小说所写，雨村刚入庙中，目睹老僧"面目臃肿"尚可，但其时并未向老僧问话，老僧也未答言，何以知其耳聋呢？似有违常理。

"××而来"小议

程本第三十七回，写探春起意结社，于是折柬宝玉，邀他来商议，柬中有句云：

若蒙造雪而来，敢请扫花以俟。

句中"造雪"一词，各本纷歧，众说不一。主要说法有四，现略为梳理，列之于下，稍作辨析。

其一，己卯、庚辰、列藏本作"掉雪"，舒序本作"棹雪"。现行以庚辰本为底本的排印本，多据舒序本作"棹雪"；而有的庚辰校订本，径以为"掉"为"棹"之误字，为之改正。

翻检字书，"掉"亦用同"棹"，本义为船桨，也借指船，引申为用桨划船。《说文通训定声》："掉，转注，所以进船具也，字亦变作'棹'。"《汉语大字典》"手部"之"掉"字，收录有这一义项。所引例句，如唐刘商《合肥至日愁中寄郑明府》诗："鱼竿今尚在，行此掉沧浪。"《二刻拍案惊奇》卷三六："一日，正在河中掉舟，忽然看见水底一物荡漾不定。"

在明清小说中，"掉"与"棹"字，往往并存互用。如《儒林外史》第十一回：邹吉甫"向邻居家借了一只小船……自己掉着。"第五十四回："一个人一把桨，如飞的棹起来。"程乙本《红楼》第五十回，写诸艳即景联吟，湘云有句云："野岸回孤掉。"诸本"孤掉"皆作"孤棹"。

《红楼》版本专家多认为，己卯、庚辰是雪芹生前流传的三种抄本中的两种，据此似可知，"掉雪"当是作者原笔。其用典当出自《世说新语·任诞》所记王子猷雪夜乘船访戴安道故事："王子猷居山阴，夜大雪……忽忆戴安道。时戴在剡，即便夜乘小船就之，经宿方至，造门不前而返。人问其故，王曰：'吾本乘兴而行，兴尽而返，何必见戴？'"小说即取其"乘兴而行"语义，颇有涵味，读者多能晓悟。红楼梦研究所校注本、蔡义江先生《红楼梦诗词曲赋鉴赏》都采此说。

其二，蒙府、戚序本作"绰云"，戚本书眉，并有狄葆贤批语一则："今本改作'踏雪而来'，却忘其为尝鲜荔、开秋棠时也。"（此"今本"，当指王希廉评本、张新之评本等，说见下文。）吴克岐《犬窝谭红·正误》亦云："戚本'踏雪'作'绰云'，宜从。秋海棠开时，虽北方早寒，在都市中，或尚无雪可踏。"①今人校注，则多认为"绰"是"棹"之抄误，繁体"雲"乃"雪"之形讹。如是，则"绰云"实当作"棹雪"，其句义，与己卯、庚辰本同。

而周汝昌先生力主"棹雪"应作"棹云"。他先是在《纪念曹雪芹逝世 240 周年》一文中说："拙校不取'棹雪'，独取'棹云'，依据是《戚序本》，典故是李贺诗'不知今夕月，谁棹满溪云'。若依'雪'字，则第一秋日无雪，雪径焉有'花'可'扫'，本身不可通。其二，'雪夜访戴'这典故是思慕高人、乘兴即往的佳话，探春倘用此典，岂不成了自比戴公？那太'自高位置'而或太狂妄了，妹与兄书，不会如此。所以不'从众'而采'孤秀'，以为'棹云而来'方合雪芹原旨。"之后，他又在其《石头记会真》"按"中说："棹云本李贺诗：'不知池上月，谁棹满溪云。'棹或刻作掉，故作掉云者也，同理也。若作棹雪，不仅时令不合，且平仄亦舛矣。"②

周文所说，是否切合"雪芹原旨"，尚有疑义，难明所以。

一是从取词依据看，周文说明，其依据是《戚序本》，然如上所说，戚序本实际原作"绰云"，并非"棹云"。"绰"何以径改作"棹"，周文未予以说明，莫明底里。尤令人不解的是，两年后，周先生在其汇校本《红楼梦》(八十回石头记)中又写作"桌云"③，我们查核各脂抄本，尚未见有这一写法④。由"绰"而"棹"而"桌"，字凡三变，何以如此，不明其故。按理，似应作一交代，始可免人疑眩。

二是从周先生所引李贺诗句义说，李诗原题曰《始为奉礼忆昌谷山居》，周之所引，乃该诗结末两句。据《全唐诗》本、清王琦《李长吉歌诗汇解》本、叶葱奇先生编订《李贺诗集》本，此两句诗原作："不知(王本作"不如")船上月，谁棹满溪云？"(王本原注："棹，一作掉。")相与比对，如上所引，周先

---

① 吴克岐著：《犬窝谭红》，23 页，扬州，广陵书社，2003。

② 《石头记会真》第伍卷，9 页。

③ 周汝昌汇校：《红楼梦》(八十回石头记)，362 页，北京，人民出版社，2006。

④ 按有关辞书，棹，虽亦同"桌"，见《正字通》"木部"。可作"桌子"讲，但系元明后晚起义。《王力古汉语字典》收录这一义项，见中华书局 2000 年版第 498 页。用在这里，似不切。

生《纪念曹雪芹逝世 240 周年》一文，"船上"作"今夕"，《石头记会真》"按"改作"池上"；汇校本《红楼梦》注，又将"谁棹"写作"谁桌"。短短两句诗十个字，竟出现三处异文，引例似较随意，没有定准。关于李贺诗意，据叶葱奇先生疏解，前六句叙说其官卑职冷，寄居无聊之况；末尾四句，写其客中怀念家乡山居情景，后两句是说："月夜有谁在船上摇荡着水里的云影游玩呢?"①

如果依周文所说，用"月夜访戴"典故，不切探春身份，不符宝玉与探春兄妹关系，只有李诗"棹云"之典，"方合雪芹原旨"。若如此，那么，第一，周文对所引李贺诗句（包括三处异文），是如何解读的? 第二，所谓雪芹"原旨"，究竟何指? 第三，为什么说唯有李诗"棹云"（或说"桌云"），方可与雪芹"原旨"相"合"? 依通常思路，一破一立，一反一正，这些疑端，似亦当有所解说。

三是关于"时令"，狄葆贤和周汝昌先生都说，尝鲜荔之时，乃在秋日，不当言雪，与"时令不合"。其实，清人姚燮早已注意及此。他与王希廉合评的《大观琐录》本，有一眉批云："踏雪句借用，不然夏秋之交何有雪耶?"②蔡义江先生也说："文中语多泛言，如'帘杏溪桃''扫花'之类，岂食鲜荔时景? 此等非写实处正不可拘泥。戚序本狄葆贤批，不足为据。"③

同一理也，"扫花以俟"之语，也当这样认识。杜甫《客至》诗："花径不曾缘客扫，蓬门今始为君开。"扫径开门，以形容接客之欢悦殷勤。宋胡继宗《书言故事》"延接类"云："待宾至，云扫径以俟。"这一语词，实已成为诚意迎客的套语，似不必斤斤于扫"花"抑或扫"雪"也。

其三，甲辰、程甲、程乙本作"造雪"，梦稿本原作"繨雪"，后将"繨"字改为"造"，同程本。

---

① 叶葱奇编订：《李贺诗集》，12 页，北京，人民文学出版社，1959。

② 曹雪芹、高鹗著，王希廉、姚燮评：《增评绘图大观琐录》，780 页，北京，北京图书馆出版社，2002 影印本。

③ 蔡义江：《红楼梦诗词曲赋鉴赏》，224 页，北京，中华书局，2001。

"造"这里系方言，当"踩"或"踏"讲，见《汉语大词典》"辵部"中"造"字释义、弥松颐先生《京味儿夜话》"一串儿土话"篇诠解①，两书并以《儿女英雄传》为例。该书第三十八回，确有多处用及这一"造"字，如说："一进去，安老爷看见那神像脚下各各造着两个精怪。"又，"老爷连忙回过身来，不想那人一个躲不及，一倒脚，又正造在老爷脚上那个踩指儿的鸡眼上。"又，那胖女人口里嘈嘈道："……一头儿往前走，谁知脚底下横不楞子爬着条浪狗，叫我一脚就造了他爪子上了。"一些程刻排印本，或以为"造雪"一词并不经见，乃或依舒序本改作"棹雪"，或以王评本改为"踏雪"，似不完全妥洽。邓云乡先生则以为，此"造"字，是"造访"的"造"，是"至"或"足迹所至"之意，"造雪"亦用王徽之雪夜访戴逵的故事②。此说亦可参考。

其四，东观阁本、王评本、张评本、金玉缘本等程本系列皆作"踏雪"，此或由"造雪"衍生而来。在脂抄本陆续发现前，这一说法，虽最为晚出，但播布很广，影响很大。

在古诗文中，"踏雪"多指在雪地行走，也指观赏雪景。如唐于邺《中峰亭》诗："几引登山屐，春风踏雪归。"《儿女英雄传》第二十一回："安老爷却又因那驴儿生得神骏，便向九公要了，作为日后踏雪看山的代步。"当因此故，或以为探春帖中"踏雪而来"一句为写实，不合时令，而屡招诟病。

实则，《汉语大词典》"足部"中"踏"字还收录有"踏雪寻梅"一语，典出宋人孙光宪《北梦琐言》卷之七，"后因以'踏雪寻梅'形容文人雅士赏爱风景苦心作诗的情致"。元费君臣《贬黄州》第二折："为不学乘桴浮海鸥夷子，生扭做踏雪寻梅孟浩然。"这里，探春帖子"踏雪"句，当如姚燮所批，不过是"借用"旧典，表达一种情致，是否有雪，已非关宏旨，未可拘泥，以为写实也。是故，张新之评曰："一札颇好，开出无限文情诗思。"

---

① 弥松颐：《京味儿夜话》，305 页，北京，人民文学出版社，1999。
② 邓云乡：《红楼风俗谭》，326 页，北京，中华书局，1987。

综上所言，无论是"棹雪"，还是"造雪""踏雪"，都有其版本可依，典实可寻，读者对此可以自加思考，自作判断，自由取舍，评者论者似不应以一己之见而定于一尊也。

2009 年 9 月初稿

2010 年 6 月二稿

（原载《红楼梦学刊》2011 年第 1 辑）

程本红楼语词校读札记（四）

"抓药"与"打药"

程甲本第十回"张太医论病细穷源"，写贾蓉送走为秦氏诊脉看病的太医：

> 方出来叫人打药去，煎给秦氏吃。①

句中"打药"二字，与脂抄各本及后来的程本系列如东观阁评、王希廉评、张新之评、金玉缘各本均同，唯程乙本独作"抓药"。诸本第六十九回、程甲乙两本第八十三回都有"抓药"一词，程乙此回改"打药"为"抓药"，使前后文词保持一致，这也是乙本文字修订的一个原则。

据台湾《中文大辞典》（1968年版）第十四册"手部"："〔抓药〕北方谓买取汤药也。"有的学人即将《红楼》中"抓药"一词视作"地方色彩较浓的北方方言词语"。② 其实，至迟在清末小说中，这一词语当已南北并存通用。如清松友梅《小额》写北京旗人额家请医治病："王先生走后，额大奶奶赶紧打发人去抓药，天有五点多钟，小额吃完了头煎。"③吴趼人《二十年目睹之怪现状》第九十六回写浙江钱塘县药铺规矩亦云："大凡到药铺里抓药，药铺里

---

① 《程甲本红楼梦》，第十回9页B面，沈阳，沈阳出版社，2006。以下引程甲本文，均见该书，不另注。

② 王世华：《〈红楼梦〉语言的地方色彩》，载《红楼梦学刊》，1984（2）。

③ （清）梅友松著、刘一之标点注释：《小额》，76页，北京，世界图书出版公司，2011。

总在药方上盖个戳子，打个码子的。"①

至若"打药"一词，比之"抓药"，似较少见。1947 年版《国语辞典》曾收入此词，义项有二："①〈医〉泻药。②买药，取药。"后来 1979 年版《辞海》、1984 年版《辞源》，均未收录。1990 年版《汉语大词典》复收此词，其义项之一曰："方言。买中药。"但未引文献书证。对此词，释义和引例比较完整的是许宝华、宫田一郎主编的《汉语方言大词典》，其第一卷"打药"义项之三云："③〈动〉抓药；买中药。(一)东北官话。东北'已经派人去打药了，也该回来了。'(二)冀鲁官话。山东济南、寿光。(三)江淮官话。江苏扬州、东台'你就照药方子去打药。'江苏南通。《红楼梦》第十回：'贾蓉听毕话，方出来叫人打药去煎给秦氏吃。'"②

查检史籍，可以知道，"打"亦作"买"讲。清刘献廷《广阳杂记》卷五："买物曰打米、曰打肉。"《醒世恒言》第二十二卷有"我老身去打一壶(酒)来，替相公压惊"一句，《儒林外史》第十一回有"去镇上打了三斤一方肉"一语，《红楼》第四十五回也有黛玉"命人给他几百钱，打些酒吃，避避雨气"一句。"打药"一词，当与"打米""打酒""打肉"等词语相类。据云，刘半农先生曾因这类"打"字"意义含混""不可捉摸"，而说它是"混蛋字"。而陈望道先生则称这类动词为"没有独特观念的机动动词"。③

在明清小说中，《红楼》之前，已有"打药"一语的用例。如清初曹去晶《姑妄言》第十九回云："翟道开了一个药单，叫人打了药来炮制丸药。"④按，曹氏系辽东人，小说故事背景则在南京。如依《汉语方言大词典》所说方言系属，这里所谓"打药"，当是东北官话与江淮官话之共用语。

---

① (清)吴趼人著、张友鹤校注：《二十年目睹之怪现状》，787 页，北京，人民文学出版社，1959。

② 复旦大学、日本京都外国语大学合作编纂：《汉语方言大词典》，1023～1024 页，北京，中华书局，1990。

③ 陈望道：《怎样研究文法、修辞——1957 年 12 月 4 日对复旦大学中文系学生所作的学术报告》，载《学术月刊》，1958(2)，转引自胡裕树主编：《现代汉语参考资料》(中册)，459～460 页，上海，上海教育出版社，1981。

④ 陈庆浩、王秋桂主编"思无邪汇宝"(肆拾叁册)(清)三韩曹去晶编《姑妄言》，2380 页，法国国家科学研究中心、台湾大英百科股份有限公司合作出版，1997。

或至清末，这一用语，更扩展至多个方言区域，超出"方言词典"所列三地。如晚清蘧园著《负曝闲谈》第二十回，写广州富翁田雁门请医为三姨太看病："当下家人又飞风也似的去打药，打得药来，田雁门亲自监督他们煎煮。"①作者为苏州人，书中写苏州人物对话间用本地方言；而这里所写，乃广州事。"打药"系吴语，抑或粤语，尚难确指，但终属南方话。又如清末民初寄依撰《欢喜缘》第一回，它写姑苏渔家妇赵氏病重，医生来开了方子："这里又央婆子打药回来，可儿煎药给赵氏吃了。"②这里的"打药"，当是吴语。

同时，还有些小说，一如《红楼》程甲本，在同一书中，"抓药"与"打药"并存混用。如清代谢蓝斋抄本《龙图耳录》便有这样两段文字：

例一，第六回写包公在京师(开封)大相国寺前晕倒：

> 了然僧便叫僧人帮扶，抬至方丈东间屋内，急忙开方抓药。……不多时，打了药来，包兴精心煎好。

例二，第五十二回写包三公子在(河南)平县染病：

> 多亏了方老先生精心服侍，每日上街给公子打药煎服，方觉好些。一日，又上街打药……③

"耳录"原系清天津说书艺人石玉昆的一个说唱本，后由人加工润饰，改编成《忠烈侠义传》，亦名《三侠五义》，题"石玉昆述"；后又经俞樾重定，改名《七侠五义》，而成为社会通行本子。上举两段文字，通行本均有删改。其中例一"开方抓药"一语、例二"一日又上街打药"一句未改；而其他含有

---

① 蘧园：《负曝闲谈》，104 页，上海，上海古籍出版社，1985。

② "思无邪汇宝"(贰拾叁册)《欢喜缘》(不题撰人)，330 页；此云作者"寄依"，见该书编者"出版说明"，318 页。

③ 以上两例，见上海古籍出版社编：《龙图耳录》，66~67、565 页，上海，上海古籍出版社，1981。

"打药"一语的两句，皆予删削。① 据故事发生地而言，"打药"乃为中原官话。

近日，则有友人见告，其家乡河南周口，亦属中原官话区，而老辈人却习惯称"抓药"为"拾药"。《汉语方言大词典》第三卷收录有该词，其方言系属，标注为"冀鲁官话""闽语"。②

由以上所说"打药"一词的错杂分布，我不禁想起日前所看到的语言学大师赵元任先生的一段话。据苏金智先生《言不得过实 实不得延名——赵元任研究语言学的实事求是精神》一文记述，赵元任先生"曾经觉得语言的分布是跟着地理政治上的分界走的"，但在经历一次欧洲旅行后，他感悟到："很难说一个方言到什么地方为止，另一个方言从什么地方开始。也就是说，语言或方言的分布并没有明确的地理政治分界线。"③愚以为，这段话，对我们认识和研究《红楼梦》中的方言，也当是有所启迪的。

"坑头上"之"坑"字不误

程甲本第六回"刘老老一进荣国府"，写刘妪因欲进荣府求王夫人周济，与女婿狗儿拌嘴，责怪他"在家跳蹋也没用"：

> 狗儿听了道："你老只会在坑头上坐着混说，难道叫我打劫去不成？"

句中"坑头上"一语，与王府（"头"下缀一"儿"字）及东观阁评、王希廉评、三家评《增评补像全图金玉缘》诸本同；其余脂抄本及程乙、张新之评、民国间蝶芗仙史评订《增评加批金玉缘》本等，则均作"炕头（儿）上"。今人排印与校注程甲本，多径改作"炕头上"。有学人以为"坑"乃"炕"之误字。

---

① （清）石玉昆述，俞樾重定，石雷、王宜庭校点：《七侠五义》，47、344～345页，北京，群众出版社，2000。

② 《汉语方言大词典》，第三卷，4014页。

③ 苏金智：《言不得过实 实不得延名》，载《光明日报》，2016-03-20。

从作品阅读角度看，程乙本等写作"炕头（儿）上"，是比较规范的。周汝昌先生《石头记会真》于此句下有"按"云："炕头儿上，北语，绝不容妄改。或人竟谓雪芹是写南俗，试问南方有此'炕头儿'乎?"①这也是有道理的。

但是，如果从其词源方面考察，那么，程甲本等作"坑头上"却亦并非误字。清人梁绍壬《两般秋雨盦随笔》卷七"土炕"条引《旧唐书·辽东高丽传》云："'冬月皆作长坑，下然煴火以取暖。'此则土炕之始，但炕作坑字耳。"据王力先生主编《王力古汉语字典》"火部"："炕"之作"土炕"讲，乃"晚起义"。所谓"晚起义"，该字典"凡例"之20云："魏晋至唐宋这一段产生的词义为后起义，元明以后产生的词义为晚起义。"②

当然，"坑"之可为"土炕"义，元明之后，并未随着时代的变迁而消失。如元马致远《黄粱梦》第四折："我这里稳不不土坑上迷飔没腾的坐，那婆婆将粗刺刺陈米来喜收希和的摇。"明田汝成《西湖游览志余·才情雅致》引瞿佑《望江南》词："舍北孤儿偎冷坑，墙东嫠妇哭寒蛩，士女忆杭城。""土坑"亦或写作"火坑"，语义同。如清阮葵生《茶余客话》卷九："京师火坑烧石炭，往往熏人中毒，多至死者。"有些明清小说，通篇多作"炕"，间或亦写作"坑"，"炕""坑"二字并存。比如《金瓶梅》，词话本与崇祯本第八十一回均有"坑上"一词，而同回后文则又写作"炕头子上"，张竹坡评本将前一"坑"字改为"炕"。对此，梅节先生《金瓶梅词话校读记》、③ 齐烟与汝梅《金瓶梅》（会校本）均出有"校记"，④ 态度是比较审慎的。又如清末陈森《品花宝鉴》第十三、十六回也有多处"坑""炕"两字互用例。⑤ 程甲本第六回亦复如此，文中除有一例作"坑头上"外，后文多处写及"炕沿""上炕""下炕"

---

① 《石头记会真》（壹），657 页，郑州，海燕出版社，2004。

② 王力主编：《王力古汉语字典》，凡例，20 页，北京，中华书局，2000。

③ 《金瓶梅词话校读记》，422 页，北京，北京图书馆出版社，2004。

④ 《新刻绣像批评金瓶梅》（会校本），1182 页，香港，三联书店有限公司，济南，齐鲁书社，1990。

⑤ （清）陈森撰、高照校点：《品花宝鉴》，180、189～192、244 页，北京，宝文堂书店，1989。

"炕上""炕屏"时，均写作"炕"。

此外，据相关方志载，直至近代，北方一些地区尚称"炕"为"坑"，犹存古意。《汉语方言大词典》第二卷："坑〈名〉睡觉用的炕。（一）冀鲁官话。河北新城。1935 年《新城县志》：'卧处曰坑。北人居室筑坑，无用床者。'（二）晋语。山西临县。1917 年《临县志》：'室内床上曰坑，下曰谦。'"①

由上是知，就保存语言史料言，程甲本写作"坑头上"，并无不当，更不该视为误字。必要时，或可加注说明。

"脸若银盆"补议

程甲本第八回，首次明笔写宝玉与宝钗在梨香院相逢，宝玉掀帘进屋，看见宝钗：

> 唇不点而红，眉不画而翠，脸若银盆，眼如水杏。

这四句，是书中第一次特笔写及宝钗形容。其文字，与脂抄各本全同，唯庚辰本"水杏"误作"水性"。四句文字，后又一字不易，移至第二十八回，而将"脸若银盆"两句提至"唇不点"两句前。程乙本第八回无此四句文字，而以"惟觉淡雅"一语括之；第二十八回"脸若银盆"两句，同程甲本，只将"唇不点而红"两句，改作"唇不点而含丹，眉不画而横翠"。如此删易，是耶非耶，姑置不论，这里只讨论"脸若银盆"一语的解读问题。

甲戌第二十八回于"脸若银盆"旁，有一朱笔批云："太白所谓'清水出芙蓉'。"引句出自唐李白《经乱离后，天恩流夜郎，忆旧游书怀赠江夏韦太守良宰》诗："清水出芙蓉，天然去雕饰。"脂批引此诗句，意在借以形容宝钗天然之美。旧时俗称女子不擦脂粉的脸为"清水脸儿"。清谢蓝斋抄本《龙图耳录》第七十七回、文康《儿女英雄传》第三十八回等有此用例。如

---

① 《汉语方言大词典》第二卷，2401 页。

后者云："（那小媳妇子）梳着大松的崩头，清水脸儿，嘴上点一点儿棉花胭脂。"

在"文革"中，自封为"半个红学家"的江青，则说"银盆"是戏曲舞台上"坏人"的扮相，如京剧《沙家浜》里的胡传魁之流。"四人帮"倒台后，吴晓铃先生尝撰有《"脸若银盆"——双椿掇琐之一》一文，予以驳斥。他列举元杂剧《虎头牌》第一折金住马唱"则我那银盆也似庞儿腻粉细"、明小说《水浒传》第三十七回《穆弘赞》"面似银盆身似玉"、当代评书《杨家将》形容杨四郎杨延辉"面似银盆白如玉，眉清目秀好仪容"、《呼延庆打擂》形容老主管杨洪"面如银盆"等为例，说明"银盆"或"银盘"，不过是指"月亮"而已，以其比拟人之"颜面白净"，"是古已有之的"，"在现代汉语里又叫作'白镜子脸儿'"；并指出，"拿这个用语既可以形容妇女，也可以形容男士，而且老少咸宜"。①拙著新批校注《红楼梦》采用了吴晓铃先生意见，而说明"只是旧时多以此意象形容男性，而雪芹乃移诸女子也"。②

结末所说，不很周全。其实，在《红楼》之前，已有多个以"银盆"喻指女子颜面的用例。不过，这些用例，褒贬意味，明显不同。而且，至今学人对"脸若银盆"一语的解读，也不尽一致。如上所说，吴晓铃先生持肯定态度，而蔡义江先生《蔡义江新评红楼梦》第二十八回侧评则云："又及容貌。须知'银盆''水杏'是形容貌美的传统意象，若认真以实物相比，则无美可言矣。"③显然，吴蔡二位先生看法不一。罗竹风先生主编之《汉语大词典》"金"部收录"银盆"一词，义项有二："①银制的盆。元无名氏《渔樵记》第三折：'一弄儿多豪俊，摆列着骨朵衙仗，水罐银盆。'②比喻圆月。清郑燮《送陈坤秀才入都》诗：'是时长安新晴九陌净，月光烂烂升银盆。'"吴晓铃先生乃取第二义，而蔡先生比对"实物"，则当据第一义。

吴蔡二位先生意见的不同，实际关乎如何认识"脸若银盆"一语的比喻修

① 吴晓铃：《吴晓铃集》第一卷"古代小说卷"，石家庄，河北教育出版社，2006。

② （清）曹雪芹原著，程伟元、高鹗整理，张俊、沈治钧评批：《新批校注红楼梦》，534页，北京，商务印书馆，2013。

③ 曹雪芹著、蔡义江评注：《蔡义江新评红楼梦》，328页，北京，龙门书局，2010。

辞手法问题。

修辞大家陈望道先生《修辞学发凡》一书，将修辞手法分为"消极修辞"与"积极修辞"两大类，指出："积极手法的辞面子和辞里子之间，又常常有相当的离异，不像消极手法那样的密合。我们遇见积极修辞现象的时候，往往只能从情境上去领略它，用感情去感受它，又须从本意或上下文的关系上去臆度它，不能单看辞头，照辞直解。"强调"消极的修辞只在使人'理会'"，而"积极的修辞，却要使人'感受'"。① 而比喻义，即属积极修辞。按理，"脸若银盆"一语，亦不能照辞直解，简单地从词面上去理解它，而应根据"辞面子"与"辞里子"的"离异"以及上下文的关系中去考察它，去感触它，去领悟它。结合下列实例看，其"感情意义"或更明白。

例一，明兰陵笑笑生《金瓶梅》第九回："这妇人（潘金莲）坐在旁边，不转睛把众人偷看。见吴月娘约三九年纪，生得面如银盆，眼如杏子，举止温柔，持重寡言。"

例二，同上书第二十一回，又写西门庆看见吴月娘家常穿着："越显出他：粉妆玉琢银盆脸，蝉鬓鸦鬟楚岫云。"

例三，同上书第二回"俏潘娘帘下勾情"，写西门庆眼中的潘金莲："但见他……清冷冷杏子眼儿，香喷喷樱桃口儿，……娇滴滴银盆脸儿，轻嬢嬢花朵身儿。"②

例四，清雍正间曹去晶《姑妄言》第二十二回写李自成堂姐："生得倒也不甚丑恶，银盆的一般大脸，比那大汉子的身躯还粗夯。年已半百，鬓毛也花白了些。"③

上述四例中，前两例写吴月娘，状其形貌，赞其举止，词义句式，恰似《红楼》中对宝钗的描述。如《红楼》第八回说宝钗"罕言寡语"，第二十二回又谓其"稳重和平"。例三写潘金莲外貌的一段文字，实移植自《水浒传》第四十四回对潘巧云的描写，而将原笔"粉莹莹脸儿"改作"娇

① 陈望道：《修辞学发凡》，11、74 页，上海，新文艺出版社，1959。

② 以上三例，见《新刻绣像批评金瓶梅》（会校本），109、266、35 页。

③ "思无邪汇宝"（肆拾肆册）《姑妄言》，2760 页。

滴滴银盆脸儿",则当是笑笑生的创意。这里随应潘娘"帘下勾情"情状,比之写月娘,"杏子眼""银盆脸",词面虽同,但义含调侃,语感有别。末例写李自成堂姐,看其上下文情,"银盆大脸"一语,喻体指向明显,贬义色彩更浓。上引实例表明,以同样一个喻体作比,而施之本体对象不同,特定情境不同,其所呈现的褒贬意味、爱恶情感,也会有所不同,不宜看死。

《红楼》之后,直至今人小说,仍不乏"银盆"一词用例。其中,有用于男性者。如嘉庆初年兰皋主人《绮楼重梦》第三十二回云:"(小钰)又见倭王是银盆方脸,三绺长须。"①而更多则用于女子。比如,清末陈森《品花宝鉴》第三十九回写一新娘:"雪白桃花似的一个银盆脸,乌云似的一头黑发,……粉香油腻,兰麝袭人。"②

今人贾平凹先生《带灯》也有一用例,当值得注意。他写一乡村女子:"南河村的陈艾娃人长得银盆大脸的,很体面,但男人酗酒,在外边一喝酒回来就打她,一天能打三次。"③此与前面吴晓铃先生文所举《杨家将》例对看,彼说男士杨四郎脸似"银盆""好仪容",此谓女子陈艾娃"银盆大脸""很体面",均为褒义,与《红楼》用意,或较贴合。

由"体丰怯热"到"富胎些"

如果说,所谓"脸若银盆",是以之比喻宝钗容颜;那么,所谓"体丰""体胖"与"富胎",则意在凸显其体态特征也。

庚辰本第三十回"宝钗借扇机带双敲",写宝钗因"怕热","推身上不好",不去看戏:

> 宝玉听说,自己由不得脸上没意思,只得又搭讪笑道:"怪不

---

① (清)兰皋主人撰、印加点校:《绮楼重梦》,207 页,北京,北京大学出版社,1990。

② 《品花宝鉴》,555 页。

③ 贾平凹:《带灯》,57 页,北京,人民文学出版社,2013。

得他们拿姐姐比杨妃，原来也体丰怯热。"宝钗听说，不由的大怒。①

文中"体丰怯热"一语，甲辰及程甲两本作"体胖怯热"，后来如东观阁评、王希廉评、张新之评等程本系列，皆同程甲，唯程乙本改作"富胎些"三字，而其他脂抄本则均同庚辰。玩索文意，比较而言，"体丰"留存古意，"体胖"略嫌直白，"富胎"独标一帜。

"体丰"当系作者原笔。在描述宝钗形貌时，脂本惯着一"丰"字。如第五回谓其"容貌丰美"（甲辰、程甲、程乙三本"丰美"作"美丽"）、第二十八回谓其"肌肤丰泽"（诸本同）等，② 显著一例，乃是本回。丰，此指人体态丰满。如《楚辞·大招》："丰肉微骨，体便娟只。"汉王逸注："言美人肥白润泽，小骨厚肉，肌肤柔弱。"汉司马相如《美人赋》："皓体呈露，弱骨丰肌。"旧题汉伶玄《赵飞燕外传》谓其"丰若有馀，柔若无骨"。晋人葛洪《西京杂记》卷二谓"（飞燕）女弟昭仪弱骨丰肌，尤工笑语"。后之世人多以此词语艳称杨妃。如宋秦醇《骊山记》云："（贵妃）肌丰有余，体妖而婉淑；唇非膏而自丹，鬓非烟而自黑。"《旧唐书·后妃传上·杨贵妃》载："太真资质丰艳，善歌舞，通音律，智算过人。"《资治通鉴》卷二百一十五《唐记》三一玄宗天宝三载（744）十二月所载沿之，谓"太真肌态丰艳"。迨至明清，这一艳称，尤备见于小说戏曲歌咏之中。如明无名氏《隋唐演义》第一百二节写玄宗初见杨妃，即依傍史传，谓其"肌体丰艳，晓音律，性聪颖，善承迎"。其后陆人龙《型世言》第五回云："（董文）娶一个妻子邢氏……说不得似飞燕轻盈、玉环丰腻，却也有八九分人物。"周清源《西湖二集》第十一卷入话说："（那杨妃）生得丰肌腻体，艳媚异常，虽与梅妃体格不同，却都是一双两好、绝世美貌之人。"清洪昇《长生殿》第二出"定

① 《脂砚斋重评石头记》（庚辰本），692页，北京，人民文学出版社，1975。
② 诸本《红楼》第三回写迎春形容，亦有"肌肤微丰"一语，甲戌朱笔旁批云："不犯宝钗。"

情"写："（唐明皇云）昨见宫女杨玉妃，德性温和，丰姿秀丽。"①袁树《水仙花》诗亦云："步怜洛女神无影，休笑杨妃体太丰。"这些记述，皆着一"丰"字，以形容杨妃体貌之美。

其实，宝玉所说，不独杨妃之"体丰"有其来由，而且，所谓"怯热"，当也有出典，非泛泛之语。五代王仁裕《开元天宝遗事》卷下记录有两则杨妃畏热事：一曰"含玉嗽津"："贵妃素有肉体，至夏苦热，常有肺渴，每日含一玉鱼儿于口中，盖藉其凉津沃肺也。"一曰"红汗"："贵妃每至夏月，常衣轻绡，使侍儿交扇鼓风，犹不解其热。每有汗出，红腻而多香。"

要之，比较上述种种引证，乃知宝玉"他们拿姐姐比杨妃"云云，自有根底。据小说上下文意，宝钗之怒，当非因宝玉笑其"体丰"，实是为将其比作"杨妃"也，故随即讥讽宝玉说"没一个好哥哥好兄弟作得杨国忠的"。

再说改笔"体胖"一语。胖，本指古时祭祀用的半边牲肉，见《说文》"半部"。据《王力古汉语字典》，"胖"作"肥大"讲，系后起义，产生于魏晋至唐宋时期。明张自烈《正字通》"肉部"："胖……方言谓体肥曰胖，读若棒。"《水浒传》第六回："当中坐着一个胖和尚。"按，"肥"与"胖"用作形容词时，词义相近，均可指脂肪多，但两者适用对象不尽相同。肥，常用以形容禽兽肉质丰厚，间或亦形容人，则多含贬义。如梅妃讥刺杨妃为"肥婢"、《红楼》第七十三回写傻大姐"生得体肥面阔，两只大脚"、吴趼人《二十年目睹之怪现状》第十七回写一老婆子"生得又肥又矮"等，皆此例也。而以"胖"形容人，则无明显的褒贬色彩。程甲本写宝钗体态，将"体丰"改作"体胖"，用语直率，也为后来一些《红楼》续书所袭用。如清陈少海《红楼复梦》第三十八回云："芙蓉笑道：'宝姐姐通珍珠姐姐一样儿的皮肉，一样儿的胖，真是一对的玉美人儿。'"秦子忱《续红楼梦》第十四卷写黛玉说宝钗："我看他

---

① 这里"丰"为正体字，而非"豐"之简化字。丰，可作容貌丰润讲。《诗经·郑风·丰》："子之丰兮，俟我乎巷兮。"毛传："丰，丰满也。"陆德明释文："丰，面貌丰满也。""丰"与"豐"为同源字，二字古义不尽相同。丰，一般用以形容人之容貌和神态；豐，则并可形容其他各种事物。本文中引例，除《长生殿》外，其他"丰"字，均为"豐"字简化字。

那个样儿倒也照旧，还是白白胖胖的。"

最后说"富胎些"，此系程乙本独有文字。富胎，世俗称人体胖的婉辞。亦用以恭维人面庞丰满，有富贵气派。也写作"富态""富泰"或"福泰"。《俚语证古》"形貌"云："面相丰润谓之福泰。"为明清小说习用语。如《金瓶梅》第三十一回：众人见官哥儿"生的白面红唇，甚是富态"。《醒世姻缘传》第八十六回写吕祥对薛素姐说："（童寄姐）白净富态，比奶奶不大风流。"《红楼》续书清归锄子《红楼梦补》也有此用例。该书第三十六回写晴雯串戏，湘云叫道："看他装扮起来，当真有些像杨娘娘呢。"探春摇头道："不像。杨太真还该富态一点。"在今人作品中，这一用语，尤为常见。如老舍先生《二马》："她比从前胖了一点。脖子上围着一条狐皮，更显得富泰一点。"贾平凹先生新作《极花》写女子胡蝶："以前我还自卑我的脸不富态，原来我这是城市里最时兴的脸！"《汉语方言大词典》第四卷收入"富态"一词，其方言区域包括东北、北京、冀鲁、中原、兰银、江淮、西南等地官话以及晋语、湘语，① 几乎遍及大半个中国。

以上三处异文，比较而言，原稿"体丰"，着眼"丰"字，蕴含不少历史信息。改笔"体胖"，系寻常语，词义浅显，历史意味有所减弱。至于程乙本，乃将短语"体胖（丰）怯热"改作口语词"富胎"，遣词、句式更为通俗。这与《红楼》文字修订的趋向当是一致的。

〔附说〕

宝钗之"肥"

在《红楼》批点者中，有以所谓体"肥"来评说宝钗的，如脂砚斋和张新之。但两者的关注点，有明显差异。

戚序本第二十回于黛玉笑湘云"咬舌"一段话后，有一夹批云："可笑近之野史中，满纸闭月羞花，莺啼燕语，殊不知真正美人方有一陋处，如太真

---

① 《汉语方言大词典》第四卷，6312 页。

之肥，飞燕之瘦，西子之病，若施与别个不美矣。"①小说正文第三回黛玉品
貌赞语，有"病如西子胜三分"一句；脂本及程甲乙两本第二十七回回目，有
"杨妃戏彩蝶""飞燕泣残红"两语，后之东观阁评、王希廉评、张新之评等
程本系列，多将原回目中"杨妃"改作"宝钗"、"飞燕"改作"黛玉"。② 无疑，
脂批中"西子""飞燕"即比拟黛玉，"太真"乃指宝钗。

这里，脂批所说"太真之肥"，最早或出自唐玄宗另一宠妃梅妃之口。唐
曹邺《梅妃传》载，梅、杨二妃相互嫉妒排斥："（梅）谓使者曰：'上弃我之
深乎？'使曰：'上非弃妃，诚恐太真恶情耳。'妃笑曰：'恐怜我，则动肥婢
情，岂非弃也！'"③其后，在不少演说梅、杨争宠的故事中，总会提及太真
之"肥"。如《西湖二集》卷十一入话讲梅妃事，即节录自《梅妃传》，而作者
于"岂非弃也"句末插话云："梅妃因杨妃生得肌肉丰厚，所以嗔怪，称他
'肥婢'。"清康熙间孙郁《天宝曲史》传奇"暗缔"一出写梅妃向玄宗挑拨说：
"田舍翁尚能易妻，陛下何惧那肥婢起来。"又"交妒"一出叙梅妃吟诗赠杨

---

① ［法］陈庆浩编著：《新编石头记脂砚斋评语辑校》（增订本），382 页，北京，中
国友谊出版公司，1987。

② 关于原抄回目，学界多有微词。戚序本有狄葆贤眉批云："此回回目，今本作
'宝钗戏彩蝶''黛玉泣残红'，却佳。"言外之意，原抄不及今本。见曹雪芹著《戚蓼生序
本石头记》人民文学出版社 1975 年影印本，第 981 页。俞平伯《读〈红楼梦〉随笔》三十三
"谈《红楼梦》的回目"之（八）称此回目为"煞风景的特笔"，"既非记实，亦不关合本文"。
见人民文学出版社编辑部编：《红楼梦研究参考资料选辑》第二辑，120 页，北京，人民
文学出版社，1973。周汝昌《石头记会真》（叁）此回回目"按"亦云："'杨妃''飞燕'字样
甚俗，不无可疑。……此等文笔，恐非出芹手。"见《石头记会真》叁，833 页。按，今之
所见保存有第二十七回的八种脂抄本及程甲、程乙两刻本，其回目均为"杨妃戏彩蝶"
"飞燕泣残红"，如拿不出实据，则不应怀疑其"非出芹手"。另，俞平伯以为，改笔"宝
钗""黛玉"，"大约是很晚的事"。此说恐不确。据学人考证，乾隆末至嘉庆初，依程甲
本翻刻之东观阁白文本，已将"杨妃"改为"宝钗"、"飞燕"改为"黛玉"。参见田立波《东
观阁本研究》，23 页；陈力：《〈红楼梦〉东观阁本小议》，载《红楼梦学刊》，1994（2）。

③ 关于《梅妃传》作者，学界看法不一，此采李剑国意见，参见其《唐五代志怪传奇
叙录》（下册），157 页，天津，南开大学出版社，1993；程毅中则认为作者"佚名"，参见
其《古体小说钞》宋元卷，344 页，北京，中华书局，1995；亦有径题"无名氏"者，见丁
如明辑校：《开元天宝遗事十种》，153 页，上海，上海古籍出版社，1985。

妃，有句云"歌罢霓裳环佩冷"，杨妃听后，冷笑道："三四笑妾肌肤过肥，不如飞燕之轻盈也。"同时人褚人获《隋唐演义》也有约五处说及杨妃之"肥"。如第七十九回下半，写玄宗密召梅妃叙话，玄宗笑道："妃子花容，略觉清瘦了些。"梅妃笑道："只怕还是肥的好哩。"玄宗也笑道："各有好处。"

以上关乎杨妃之"肥"的种种记述，即脂批谓其"陋处"也。但脂砚不囿成见，别具会心，乃以之施于宝钗，陋处见美，则是一种特殊的心理感受、一番别样的艺术体味。也许，这反映出当时另一种审美情趣。清初诗人方文《无题》诗有句云："其俗喜丰艳，虽肥不伤肉。"肉，这里指人之肌肉。《释名·释形体》云："肉，柔也。"郑板桥有一则题画《石》文，说得更明白、更透彻："米元章论石，曰绉，曰漏，曰透，可谓尽石之妙矣。东坡又曰：'石文而丑。'一丑字则石之千态万状，皆从此出。彼元章但知好之为好，而不知陋劣之中有至好也。东坡胸次，其造化之炉冶乎！变画此石，丑石也，丑而雄，丑而秀。"①"陋劣"中有"至好"，"丑石"中见"雄""秀"，画石如此，写人亦然。褚人获《隋唐演义》第八十回即这样赞扬杨妃之美："看来丰厚，却甚轻盈。极是娇憨，自饶温雅。"

相较脂批，张新之对宝钗之"肥"的评说，则显牵强，而且有点刻薄。小说第五十一回"薛小妹新编怀古诗"，第八首为《马嵬怀古》："寂寞脂痕积汗光，温柔一旦付东洋。只因遗得风流在，此日衣裳尚有香。"评者多谓，诗中所写系杨妃缢死马嵬事。至于其寄意与谜底，则众说不一。张新之《妙复轩评石头记》于诗题下注云："第八忧乱，为宝钗。"上引《隋唐演义》第九十七回，即曾写梅妃"闻安禄山反叛，天下骚然，时常叹恨杨玉环肥婢酿成祸乱"。这里，张氏题注，乃承其意，径说宝钗，点出题旨，贬意显然。诗末所批，张氏猜此诗谜底是"胰皂"，并云："钗肥而受染，不可浣濯矣。"胰皂，亦称"肥皂"，旧时以猪胰炮制而成。元郑廷玉《忍字记》第一折："可怎生洗不下来，将肥皂来。"染，这里作"污染"讲。《广雅·释诂三》："染，污也。"三国魏嵇康《太师箴》有"染德生患"一语。体会张评句义，"钗肥"当状其形貌，"受染"则指其操行，以之牵合谜底之意。回看上一首《青冢怀古》，

---

①　中华书局上海编辑所编辑：《郑板桥集》，170 页，北京，中华书局，1962。

张评认为，是写黛玉；其谜底是"墨斗"，义谓"黛虽污而不污"。两相比照，一"不污"，一"受染"，泾渭自明。同是评说宝钗之"肥"，脂批着眼于艺术感受，张评则注重人物操守，理念有所不同。

"芒芒的""茫茫的""忙忙的"与"怔怔的"

程甲本第九回，写茗烟受人挑拨，为宝玉出气，而大闹学堂：

> 这里茗烟走进来，便一把揪住金荣，问道："……你是好小子，出来动一动你茗大爷！"吓的满室中子弟都芒芒的痴望。

查检别本，"芒芒的"一词，与张新之评、金玉缘、大观琐录诸本同；甲辰、东观阁评、王希廉评各本作"茫茫的"；列藏本"都芒芒的痴望"句作"都忙忙的躲在贾瑞身边，也有跑出后院去的"；程乙本则作"忙忙的"；而其他脂抄本，都作"怔怔的"，自成一系列。现通行程刻排印本，多从脂本。1957年人民文学出版社整理的程乙本，依程甲改为"芒芒的"。

程甲"芒芒"一词，或有两解。一见汉司马相如《上林赋》："缤纷轧芴，芒芒恍忽。"李善注引郭璞说："芒芒，言眼乱也。"这里用以形容众子弟目乱睛迷的情状。有如《儿女英雄传》第六回所写："安公子此时吓得眼花缭乱，不敢出声。"其二，芒芒，通"茫茫"。唐韩愈《进学解》"寻坠绪之芒芒"句，一本作"茫茫"。抄本《聊斋志异》"刘姓"篇："刘芒然改容，呐呐敛手而退。"刻本作"茫然"。这里形容不知所措的样子。关汉卿《望江亭》杂剧第四折："唬得他半晌只茫然。"一本"只茫然"作"口难言"，语意尤明。

甲辰本等作"茫茫的"，实义同"芒芒的"，《说文》无"茫"字。冯其庸先生纂校订定《八家评批红楼梦》（以程甲本为底本）即将甲本"芒芒的"，校改为"茫茫的"。

列藏与程乙两本之"忙忙的"，同为形容词，然词义有别。列藏之"忙忙"，作"慌忙"讲。第十三回也有此用例："宝玉下了车，忙忙奔至停灵之室，痛哭一番。"而程乙本之"忙忙"，当通"茫茫"。据王海根先生《古代汉语通假字大字典》"心部"："忙，mang，通'茫'。《列子·杨朱》：'子产忙然无以应之。'"杨伯峻先生《列子集释》卷第七引胡怀琛曰："'忙然'今通作'茫然'。"是知，程乙本作"忙忙的"，当亦有所依，并非"怔怔"之形讹。

至于多种脂本所用的"怔怔"一词，乃表示一种发愣的神态。《王力古汉语字典》"怔"字"按"云，《说文》无"怔"字，"怔"作"发愣"讲，系晚起义。程甲本中，也有多个"怔怔"一词用例，兹摘举数例。

例一，第三十二回："（黛玉）满心要说，只是半个字也不能吐，却怔怔的望着他。此时宝玉心中有万句言词，不知一时从那句说起，却也怔怔的望着黛玉。"按，前一个"怔怔的"，列藏本作"怯怔怔的"；其他脂本，与程甲同。

例二，同上回："（袭人）想到此间，也不觉怔怔的滴下泪来。"按，各脂本多与程甲同；唯梦稿本后笔将原文"怔怔的滴下泪来"描改为"呆呆的发起怔来"，独与诸本异。

例三，第三十三回："（宝玉）究竟不曾听见，只是怔怔的站着。"按，此例"怔怔的"，庚辰本作"怔呵呵的"，舒序本作"怔克克的"；其他脂本，与程甲同。

例四，第七十三回："（小丫头）怔怔的只当是晴雯打了他一下。"按，此例诸本同。

以上所举四例句中，程甲与庚辰、舒序、列藏本比对，其中有两例，字面修饰，略有差异，但它们所表示的"发呆、发愣"的基本词义，是完全相同的。"怔怔"一词，或是当时惯用词。而"芒芒"一词，则是程甲本独有的。如果结合"闹书房"特定场景来玩味，或可以说，以"芒芒的"来表现众子弟因被吓而手足无措、呆愣失神的情态，比较"怔怔"一词，其语体色彩似更鲜明一些。故大观琐录本姚燮于"芒芒"两字旁批曰："传神。"①

2015 年 9 月初稿
2016 年 5 月修改

（原载《红楼梦学刊》2017 年第 2 辑）

---

① 曹雪芹、高鹗著，王希廉、姚燮评：《增评绘图大观琐录》，312 页，北京，北京图书馆出版社，2002 影印本。

北师大藏《脂砚斋重评石头记》抄本概述

　　北京师范大学图书馆古籍部收藏的《脂砚斋重评石头记》手抄本（以下简称师大本），1957年从琉璃厂书店购进①，四十三年后，由于北师大博士生曹立波，在查找《红楼梦》版本资料时偶然看到②，开始引起红学界的广泛关注。

　　从本学期开学至今三个多月的时间里，我们"内查"与"外调"相结合，对师大本进行了初步的综合考察。先用师大本对照北大庚辰本（以下简称北大本），进行一段时间的校勘，将抽样结果，在座谈会上向有关专家作了介绍③，并听取了专家们的意见和建议。然后，针对与师大本相关的所有线索，加以追踪调查。我们曾到北大图书馆、国家图书馆、琉璃厂中国书店等单位查询，并走访了曾经在民国年间过录甲戌本的周汝昌先生、研究过琉璃厂建国初期公私合营问题的马建农先生，以及师大本购买时的知情者周禄良、陈宪章等先生。还向国家图书馆善本组的程有庆先生咨询了己卯本、甲辰本的入馆档案。

---

　　①　北师大所藏《脂砚斋重评石头记》，购于1957年，由琉璃厂书店人员送货上门，图书馆第一次登记的日期为1957年6月26日。书后有一"北京市图书业同业公会印制"标签，内有一个扁型小章，刻有"前门区议价□"字样（最后一字看不清）。为此，我们曾前往琉璃厂进行调查，据中国书店出版社马建农先生介绍，若有此章，说明这个抄本在琉璃厂的时间，上限为1955年下半年，下限为1958年1月6日。这个时间范围，与1957年上半年北师大图书馆购进此书的时间记载，是相符的。另据调查，北师大图书馆购进此书之后，随即聘请红学家范宁先生进行鉴定，范先生当即断言这是北大庚辰本的过录本。

　　②　曹立波：《我看到北师大脂评本的经过》，载《红楼梦学刊》，2001（2）。

　　③　实达：《北京师范大学藏〈脂砚斋重评石头记〉专家座谈会综述》，载《红楼梦学刊》，2001（2）。

通过将这一阶段搜集到的有关资料，予以梳理、辨析，我们对师大本的初步印象，大致归结为以下三个方面，作以概述。

一、北师大藏本的概貌

师大本的版本情况涉及的问题较多，只借助文字很难间接叙述清楚。在此，我们列出两个表格，分别展示这个抄本的行款、布局及抄写情况。

(一)行款布局

1. 行款格式

这部抄本题名《脂砚斋重评石头记》，装十六册，分两函，每半页十行，每行多为三十字(三十一或三十二不等)，无格，书纵八寸，横五寸二分。

2. 每册分布如下表

册数	十回总目	总回数	备注
第一册	有一至十回总目	1～7 回	
第二册	有十一至二十回总目	8～14 回	前十一回无评语
第三册		15～19 回	第 17、18 回未分回，第 19 回无回目
第四册	有二十一至三十回总目	20～24 回	
第五册		25～28 回	朱批集中在 12～28 回
第六册	有二十一至四十回总目	29～34 回	
第七册		35～39 回	
第八册	有四十一至五十回总目	40～45 回	有"庚辰秋月定本"字样
第九册		46～50 回	
第十册	有五十一至六十回总目	51～53 回	有"庚辰秋定本"字样
第十一册		54～57 回	
第十二册	有六十一至七十回总目	58～62 回	有"庚辰秋月定本"字样
第十三册		63～69 回	缺 64 和 67 回
第十四册	有七十一至八十回总目	70～73 回	有"庚辰秋定本"字样
第十五册		74～76 回	
第十六册		77～80 回	第 80 回无回目

（二）抄写情况

1. 抄手

初步辨认笔迹，抄手大概有三人，如下表：

抄手	字体特征	抄写数量	总计
甲	类似行楷，字迹清俊飘逸	①1～80回，每十回的回前总目 ②1～30回、71～80回的正文（含双行夹批）。	共抄四十回正文
乙	近于隶书，字迹端方庄重	31～70回的正文（含双行夹批）	因缺64、67回，共抄三十八回正文
丙	近似草书，字体呈细长形	①朱批：包括眉批，行侧批，回后批等 ②墨批：少数眉批，少数回后批	

2. 避讳

师大本在抄写中的避讳现象比较复杂，有与北大本相同之处，也有不一样的写法。下面分别针对玄、禛、弘、宁等字，举例说明。

（1）"玄"字，康熙皇帝玄烨的名讳，在师大本的抄写中分两种情况：

首先，独体字"玄"，多写成"元"，少数写成玄字，而缺最后一笔。

如，第一回，"此乃元机不可预悉者"，北大本12页"元"作"玄"①。下句"元机不可预悉"，北大本12页"元"作玄字，但缺最后一笔。

第二回，"悟道参元"，北大本38页"元"作玄字，但缺最后一笔。

第十二回，"太虚玄境"，玄字最后缺一笔，北大本264页作"玄"。

———————————

① 本文所依据的北大藏庚辰本为《脂砚斋重评石头记》，人民文学出版社1975年影印本。

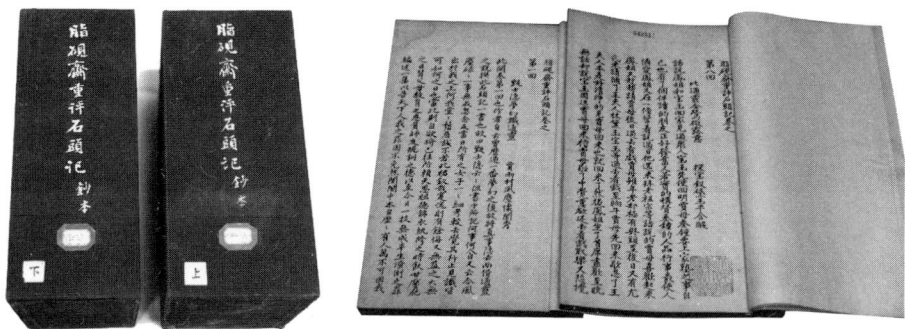

北师大藏《脂砚斋重评石头记》抄本

北京图书馆出版社影印北师大藏抄本《脂砚斋重评石头记》

其次，合体字，玄字的左边有偏旁时，右半部分玄字缺最后一笔，少数字不缺笔。

如，第五回，"即可谱入管絃"，右半部分玄字缺最后一笔，北大本 113 页不缺笔。

第六回，"头眩目眩"，右半部分玄字缺最后一笔，北大本 138 页原作"头悬目眩"，又将"悬"字点改成"眩"，右半部分玄字缺最后一笔；将原文中的"眩"字，点改作"晕"。

第七十八回，《芙蓉女儿诔》的批语中，鲧的异体字"鮌"，师大本的右半部分玄字缺最后一笔。北大本 1959 页两个"鮌"都不缺笔。

综上可知，无论左边是那一种偏旁（纟、目、鱼等），右半部分玄字，师大本大都缺最后一笔。当然，也有不缺笔的例子，如：

第四十回，"只见五彩炫耀"，"炫"没有缺笔，北大本 905 页也不缺笔。我们发现师大本此回是由乙抄手抄写的。

(2)"禛"字，为避雍正皇帝胤禛的名讳，而改写成"贞"。

如，第十五回，"赖藩郡馀贞"，北大本 304 页也作"贞"。

(3)"弘"字，乾隆皇帝弘历的名讳，因书中所见不多，尚未发现避讳的写法。

如，第二十二回，"五祖弘忍"，"弘"字未缺最后一笔，而北大本 499 页"弘"字则缺最后一笔。

(4)"宁"字，道光皇帝旻宁的"宁"字，在师大本中的写法较复杂。目前所看到的宁国府的"宁"字，大体有三种写法(北大本基本上都写作"寕")：

第一种，写成"寧"。如，第三回 6a 页、第十回 1b 页、2b 页、第十六回 1b 页等。

第二种，写成"寜"。如，第五回 8a 页、第五十一回至六十回总目、第五十三回回目、第五十三回 2b 页等，后两处由乙抄手抄写。

第三种，写成"寕"。与北大本的写法一样。如，第十三回回目、第十三回最后一页、第七十一回 3b 页等。

我们看到，有时，不同的抄手，会有同样的写法；有时，即使是同一抄手，在不同回目中，则有不同的写法。

以上我们列举了玄、禛、宁等字在师大本中的几种写法，当然，这些字，在书中出现的次数不止上述几例，还需要继续查补。如何解释避讳问题，也尚待进一步考察。至于"祥""晓"等字，在师大本中尚未看到缺笔的现象。

二、北师大藏本具备庚辰本的基本特征

师大本与北大庚辰本有许多相同之处，与其他脂本相比，有些属于北大本独有的特征，师大本也同样具备。现择要简述师大藏本与北大本在回目、位置、提示语、点改、脱文等方面的一些共同点。

（一）回目相同点

从上文的图表可以看出，师大本与北大本在行款布局上基本一致，在十回总目上，"庚辰秋月定本"和"庚辰秋定本"的字样以及所处的位置都相同。第十七、十八回没有分回，第十九回和第八十回没有回目等，都与北大本相一致。

第五十八回回目写作"茜纱窗"，而第五十一至六十回的十回总目中为"晒纱窗"，师大本与北大本相同。类似的还有，第六十八回回目中，"酸"错写成"俊"，而十回总目中没有写错，师大本与北大本也相同。

（二）位置相同点

1. 空缺

北大本 435 页第十九回末尾，只写到"宝玉房中一片声嚷吵闹起来正是"为止，显然还缺少内容。师大本的第十九回末尾，与北大本一样。师大本第二十二回末的空白，也与北大本相同。北大本 1831 页第七十五回前一单页，写有"乾隆二十一年五月初七日对清缺中秋诗俟雪芹"后有六个小方格纵向分成两行，下写"开夜宴、发悲音"和"赏中秋、得佳谶"，也按纵向分成两行，师大本与之一样。

2. 错位

北大本 455 至 456 页第二十一回的总评，错钉于第二十回末，师大本与之相同。

（三）提示语照抄

北大本 1332 页第五十六回末尾的小字"此下紧接慧紫鹃试忙玉"，冯其庸先生认为："这行小字并非《石头记》的文字，是本回抄写者指示下回接抄人的。"①师大本照抄成双行小字的批语。

师大本第六十六回第一页右下角，写有六个墨笔小字"以后小字删去"，排列顺序是右四左二。据冯其庸先生考察，1955 年庚辰本的影印本上有这两

---

① 冯其庸：《石头记脂本研究》，49 页，北京，人民文学出版社，1998。

行小字，到1974年影印时却不见了，因为这六个小字写在一张小纸条上，庚辰本重装时，小条移位了。为此，我们去北大查看了庚辰本的原件，在第六十六回的第三页和第四页之间，找到夹在里面的小条，六个字的排列顺序，与师大本相同。

第七十四回，有两条双行夹批和墨笔眉批，在抄录和涂改的过程中，师大本参照庚辰本的迹象较为明显。师大本在11a页，有一条双行夹批"奇极此曰（北大本作"日"）甄家事。说得透"。后来又把"说得透"三个字用墨笔勾掉，写作眉批。这条眉批与北大本相同。师大本13a页有一条双行夹批"奇。为察奸情反得贼赃似批语故别之"，后来又把"似批语故别之"六个字用墨笔勾掉。而北大本1820页此处的夹批为单一"奇"字，眉批是"似批语故别之"；而"为察奸情反得贼赃"八字为正文，复用墨笔勾出。

（四）点改处照改

北大本点改过的地方，师大本多处直接抄录了修改后的文字，现略举几例：

第十三回，北大本278页眉批："伏史湘云应系注解。"正文中"伏史湘云"四字被勾出。师大本径将"伏史湘云"四个字排成两行，直接写成双行小字夹批。

第四十五回，北大本1036页原写，凤姐对赖大家的说："我是没有贺奶奶要赏我们三二万银子就有了。"这里显然有脱漏。后在"贺"字下勾出加了"礼的呢赖大家的道"八个字，此处庚辰本与戚序、蒙府本不同。师大本按庚辰本的点改，把"礼的呢赖大家的道"八个字直接抄在"贺"字之后。

第五十一回，北大本1192页，将"襟煖襖"三字，改作"讷尔库"（满语的意思是斗蓬）。师大本直接抄成"讷尔库"。

第七十六回，北大本1886页在中秋夜黛玉和湘云联句处，原抄作"冷月葬死魂"，后用墨笔把"死"字点去，在旁边改写为"诗"字。师大本直接写成"冷月葬诗魂"。

（五）多处脱文处照脱

庚辰本在过录时由于抄手的漏抄，造成了一些无意识的脱文，师大本有的地方的脱文，与北大庚辰本是一致的。关于庚辰本的脱文问题，台湾王三庆先生的博士论文《红楼梦版本研究》中，有诸多细致的统计，为我们的勘对工作提供了便利。如王先生所列举的庚辰本一些"无意识脱文"的句子，我们以之查对师大本，发现多处相同的地方。如：

例1　第三十四回768页，在"袭人因说出薛蟠来见宝"和"钗如此说更觉羞愧无言"之间，北大本因为"宝"字重出，中间脱漏24字。

例2　第六十二回1477页，在（荳官）"便忙连身将他压倒回头笑"和"说了不得了那是一窪子水"之间，北大本因为"笑"字重出，中间脱漏30字。

例3　第六十五回1591页，在（尤二姐笑道）"我听见你们家里还有一位寡妇奶奶"和"兴儿道我们家这位寡妇奶奶他的浑名叫作大菩萨"之间，北大本因为"奶奶"二字重出，脱漏27字。

例4　第七十三回1791页，在"探春笑道这倒不然我和姐姐一样"和"听见也即同怨姐姐是一理"之间，北大本因为"姐姐"二字重出，脱漏30字。

例5　第七十九回1977页，在"因他盼过门的日子比薛蟠还急十倍谁知那夏"和"小姐今年方十七生得颇有姿色"之间，北大本脱漏24字。

北大本以上几例脱文处，师大本在相应的地方，也同样为脱文。

师大本与北大庚辰本的相同之处，还不止以上五个方面。有些特例，还未来得及仔细归类统计，比如，庚辰本中的"芦雪广"，据冯其庸先生所说："四十九回七处，五十回一处，皆作'芦雪广'。"①师大本与之相同，皆作"芦雪广"。

三、师大本与北大本相比出现的异文

师大本与北大庚辰本相比，除了诸多相同之处以外，还存在很多不同点。仅就抽样调查和初步统计，从正文上看，如第一回中的异文约有68处（其中有16处，尚未找到版本依据）；就批语而言，如第七十三回，共有25条批语，文字相异的约有9条。

---

① 《石头记脂本研究》，32页。

北大本有点改标志的地方，师大本有的直接抄写了修改后的文字，这类问题，上文已作说明。师大本也有大量并没有照改的例证，本文暂不赘述。除此而外，有些北大本没有任何点改标志的地方，师大本也做了改动。在此，我们提及的"异文"，主要指这一类与北大本有差异的内容。针对师大本出现的异文(有的属于款式上的差异，我们也姑且列举于此)，我们做了七个方面的归纳，即改字、增补、脱漏、移位，以及正文和批语调换、眉批写成夹批、改换墨色等。

(一)改字

这类现象很多，师大本所改，有的有他本为据；有的尚未找到版本依据，似为师大本特有。有的是北大本讹误，师大本改正了；有的则相反，北大本不误，师大本改错了。略举数例，以见一斑。如：

北大本第十六回 319 页，"得了云光的回信"，师大本将"光"字错写为"儿"字。

北大本第五十六回 1307 页回目"时宝钗小惠全大体"，这里"时"字，蒙府、戚序本均作"识"，甲辰、程甲本则作"贤"；师大本亦作"贤"。

北大本第五十七回 1348 页，紫鹃道："我若不去辜负了我们素日的情常若去又弃了本家。"其中"常"字，戚序本作"肠"，甲辰、程甲本作"长"；师大本改为"倘"。

北大本第七十八回 1935 页，"宝玉满口里说好熟一壁便摘冠带"。这里"热"错写成"熟"，"摘冠带"少一"解"字。师大本则直接写成"热"和"摘冠解带"。

北大本第七十九回 1965 页，"林黛玉满面含笑口内说道：'好奇的祭文，可与曾我碑并传了。'"这里抄手把"曹娥碑"误写成"曾我碑"了。师大本则直接写成"曹娥碑"。

除正文之外，批语也有多处改动：

北大本第十五回 304 页眉批，"八字道尽玉兄如此等方是玉兄正文写照"，落款为"王文季春"。师大本直接写成"壬午季春"。

北大本第十七、十八回 346 页的总批中，有"宝玉系诸艳之贯"和"博得虚名在"的批语，其中有写错的字。师大本将"贯"写作"冠"，将"博"写作

"博"，显然是直接写了正确的字。

北大本第七十四回 1795 页夹批："前文已卯之伏线"。师大本将"卯"字改作"有"。俞平伯先生《脂砚斋红楼梦辑评》、陈庆浩先生《新编石头记脂砚斋评语辑校》，均径写作"己卯"；朱一玄先生《红楼梦脂评校录》将"卯"改为"埋"。

还有，如改"特"为"忒"，改"这"为"怎"或改"怎"为"这"，改"善"为"然"，改"们"为"么"或改"么"为"们"，改"字"为"是"或"事"等，这些地域方音，无论其对与否，都可为我们考究师大本的来源提供一条线索。

（二）增补加字

北大本抄写过程中的许多"无意识脱文"，常常是由于某个词隔行、或在不远处重复出现，而跳脱漏抄。这些脱文，大都可以从其他脂砚斋本中找到脱漏的字句。师大本在抄写过程中，有的按北大本也照脱了（上文已谈到），有的则增补上了。增补加字的例句是比较多的，兹举几例：

师大本第一回 3a 页，"大插屏转过插屏黛玉"。北大本 53 页没有"转过插屏"四个字，查己卯本有此四字，而且有朱笔标记。

北大本第三回 58 页，因"笑道"重出，跳脱 17 个字。而师大本在 5b 页则有，我们将增加的字用方括号"[ ]"标出："邢氏忙亦起身[笑回道我带了外甥女过去到也便宜贾母]笑道正是呢"。查己卯本，从"我"到"道"有朱笔标记，括出 16 字。

北大本第十一回 251 页，"婶子回老太太放心罢"。师大本"老太太"后还有"太太"二字，与己卯本同。

北大本第二十三回 515 页，因"进去"二字重出，脱漏 26 字。师大本则有，作"命宝玉仍随进去[读书贾政王夫人接了这谕待夏忠去后便来回明贾母遣人进去]各处收拾打扫安设簾幔床帐"。此同戚序本。

北大本第七十一回 1727 页，因"两个婆子"重出，脱漏 33 字。师大本则多 32 字，作"到了这里只有两个婆子[分菜果呢因问那一位奶奶在这里东府奶奶立等一位奶奶有话吩咐两个婆子]只顾分菜果"。这 32 字中，"菜果呢"，同戚序本和蒙府本，但戚、蒙都作"吩咐这两个婆子"，多个"这"字。查梦稿、甲辰、程甲、列藏等本，都有"这"字。

北大本第七十三回1793页，因"笑道"重出，脱漏25字。师大本有此25字，"平儿忙陪笑道［姑娘怎样今日说这话出来我们奶奶如何当得起探春冷笑道］俗语说的物伤其类"。师大本此同戚序本和蒙府本。查梦稿、甲辰、程甲等本"怎样"均作"怎么"。

综合考察师大本比北大本所增加的文字，我们认为，师大本的补文加字，当以己卯本、戚序本（蒙、戚一系的本子）为主，也参考了程甲本或甲辰本等其他版本。

(三)脱漏减字

师大本与北大本相比，脱漏或删减的文字，比增添的文字要少得多。减字的现象并不多见，从抽查的情况来看，下面几例较为典型：

例1　北大本第三回66页，描述宝玉的容貌"面若中秋之月色如春晓之花"，师大本缺"色如春晓之花"6字。查其他脂本皆不缺。

例2　北大本第三回71页，写袭人"他自卸了粧悄悄进来笑问姑娘怎么还不安息"，师大本缺"他自卸了粧"5字。

例3　北大本第十九回前，有"第十九回"4个墨笔字。师大本无此4字。

例4　北大本第五十一回后边1200和1201页，从1199页结尾的"婆子接了"，到1202页开头的"管房里"，整整缺了两页，查北大本这两页影印件和原件，都是分布在两页纸的两面上，即1b和2a，而不是同一页纸的正反面。脱漏这两面文字，最大的可能性是，抄写时，两页贴在一起，而翻到了下一页，即1199页直接翻到了1202页，1200和1201两面贴在一起而被跳过去了。然而，如果是这样的话，师大本应该在此处"婆子接了"之后，紧接着抄后3页的"管房里"。事实上，师大本并非如此，而是在"婆子接了"之后，空了半页纸，然后在左边的下页纸上，从头抄"管房里"。可见，师大本此处并不像是无意识脱文，而是抄手有思想准备。值得一提的是，由于缺这两面，北大本上此处有两条署名"鉴堂"的墨笔眉批，在师大本上也随之脱漏了。

例5　北大本第七十七回1914页，写宝玉去探望晴雯，"只剩下晴雯一进来一眼就看见晴雯睡在芦蓆土炕上（批：芦蓆土炕）在外间房内爬着"。这里当有舛误，查梦稿、蒙府、戚序等本作"只剩下晴雯一人在外间房内爬着"，而无"一进来"以下 17 字及批语 4 字。师大本同戚序本等。

（四）移位

师大本在抄写过程中，在某些文字的位置安排上，较北大本有所变动。具体表现为，改变抄写格式、连接文中的空白，以及调整先后次序等。

1. 改变格式

师大本的抄写格式，有些地方较北大本略有不同，如第一回就比较突出，而与己卯、戚序、甲辰等本大体相同。

2. 连接空白

北大本第十九回 405 页第 3 行，"有个小书房名"（"名"字用墨笔点涂）后边空了 5 个字的位置，并画有一条直线。同一页第 4 行"那里自然"（"自然"二字上用墨笔点涂）后边又空出多半行，一直空到底，也画了一条直线。己卯本第十九回第 3 面也存在同样的空白。而师大本则做了相应的连接，只在"小书房名"下仍有空白；而"那里"二字，则与下行首句"那美人自然是……"连写，无空行。

北大本第十九回 431 页第 10 行、432 页第 3 行，宝玉所"诌"的两段话，都空了多半行，一直空到底。己卯本此处也有类似的空白。而师大本在这两处都连写了，分别为"宝玉顺口诌道扬州有一坐黛山"和"宝玉又诌林子洞里原来有群耗子精"，两处都未留空白。

北大本第六十三回 1510 页第 10 行，"就唤玻璃"后，有将近一行的空白，下一行开头是"闲言少述"。师大本在此没有空白，直接写"就唤玻璃闲言少述"。

北大本第六十八回 1670 页，原件缺页，从 1670 页"要打要骂的才"到 1675 页"得钱再娶"，这中间，北大本后来影印时补了两页纸（4 面）。但师大本没有补缺，而是将空缺处连成一片，写成"要打要骂的才得钱再娶"。

3. 调整次序

北大本第十三回 270 页，"岂人力能可保常"，在"保常"二字之间，有个调换位置的符号。而师大本此处却写成"岂人力可能保常"，显然是将"能可"二字调换了位置。

北大本第十七、十八回前的总批，有"此回宜分二回方妥"等批语。师大本将这一页批语，移到了第十七、十八回后，成为了回后评。似乎要与第十九回后的"玉蓝坡"的批语，协调起来，皆作为回后评。

北大本第七十一回 1739 页，"只有江南甄家"下有双行夹批："好一提○盖直事欲显甄事　假事将尽"。师大本这条双行夹批作"好一提甄事○盖假事将尽真事欲显"，语句较为通顺。

（五）正文和批语的调换

北大本第二十一回 478 页回末，"且听下回分解"后空两个字的位置，又写"收后淡雅之致"，这六个字的大小与正文字体相同。而师大本这六个字，则写成了双行小字夹批，同戚序本。

北大本第二十二回 506 页，"迎春笑道是"与"探春笑道是"两句，两个"是"字均小字写出，作批语。师大本将此两字改作正文。

北大本第七十八回 1957 页，宝玉乃泣涕念曰："诸君阅至此只当一笑话看去便可醒倦。"此十六字，以大字写出，原作正文。师大本则写作双行夹批。朱一玄先生采作批语，并加以说明，《红楼梦资料汇编》注明："此当为批语衍入正文。"俞平伯《红楼梦脂评校录》按："此评误入正文"。

（六）眉批改为夹批

师大本把北大本中的一些墨笔写的眉批，改作小字双行夹批。如：

北大本第十九回 406～407 页，正文"奇文竟是写不出来的"，"奇"字上有勾出记号，句下有双行小字夹批"若都写得出来何以见此书中之妙脂研"，上有眉批"奇文句似应作注"。师大本将眉批写进了夹批，因而这条双行夹批变为："奇文句似应作注若都写得出来何以见此书中之妙　脂砚"。

北大本第七十五回 1848 页，墨笔眉批"此一段娈童语句太真反不得其为钱为势之神当改以委曲认罪语方妥"。师大本在 8a 页，将这条批语写成小字，移入正文"这个行次"句下，变成双行夹批。

北大本第七十七回 1902 页，墨笔眉批"染了男人气味实有此情理非躬亲阅历者亦不知此语之妙"。师大本在 5a 页，将这条批语写成小字，移入正文"这样混帐起来"句下，变成双行夹批。

应指出的是，这三则眉批（上文亦有两例），均为后人所加，师大本径自写作正文夹批，亦或有助于认识师大本之来源。

（七）改换墨色

北大本用墨笔抄写的地方，师大本有的换成朱笔抄写。如，北大本第二十六回592页，有一条双行夹批比较特殊，它用两种颜色的笔写成，"至此一顿狡猾之甚"是墨笔字，而后边的"原非书中正文之人写来间色耳"则是朱笔字。师大本的5b页，只用墨笔，从头至尾，将这条批语连成一体。换句话说，在师大本中，"原非书中正文之人写来间色耳"换成了墨笔黑字。而甲戌本中，这一条批语所有的字都是用朱笔写的，唯"间"字作"门"。

与北大庚辰本相勘对，师大本中的异文还有不少，因时间短暂，我们只抽取了上述七个方面的例证。

综上可见，北师大所藏《脂砚斋重评石头记》手抄本，具备北大庚辰本的特征，与北大本有密切关系，当是以北大庚辰本为底本，参照己卯本、甲戌本、戚序本、程甲本或甲辰本等版本，加以校补、整理而成的。种种迹象表明，其整理者关涉己卯本、庚辰本的主要收藏者，及其与收藏者关系密切的一些人士。

对北师大的抄本《脂砚斋重评石头记》，我们在对勘了十几天的基础上，又经过两个多月的查验，归纳了上述几方面初步的看法。目前的工作仅仅是一个起点，其中还有一些不无疑问而有待继续探讨的问题，如，师大本中不少修改和增删的文字，目前还没有查到版本来源，尚属师大本独有的异文，需要进一步查考。总之，此抄本的正文和批语都具有进一步研究的价值。我们相信，师大本影印出版之后，通过有关专家学者的共同努力，定会对这个版本有一个更全面、更科学的认识。

（原载《北京师范大学学报》2001年第4期）

　　〔**附记**〕这篇"概述"以及下面《北师大藏〈脂砚斋重评石头记〉版本来源查访录》《北师大藏〈脂砚斋重评石头记〉抄本考论》三篇文章，均系与当年在读博士生曹立波、师大图书馆古籍部主任杨健合写的。其中，"查访录"一篇，立波用力最多，故文章刊发时，她署名第一。另两篇，均署名为张俊、曹立波、杨健。立波写的《我看到北师大脂评本的经过》，附录这里，以便读者了解师大本当年被"发现"的经过。十多年前，我草成的《务得事实　以求真是——读周汝昌先生〈评北京师范大学藏石头记〉》，实是一篇读后感式的东西。在我自己，"概述""查访录""考论""读后感"，当是我对师大本认识的一个比较完整的交代。

2018 年 2 月 22 日

北师大藏《脂砚斋重评石头记》
版本来源查访录

从 2001 年 2 月 8 日到 4 月底，我们通过"内查"和"外调"两个方面，对北师大脂砚斋评本(以下简称"师大本")，进行了较为细致的探究。所谓"内查"，是指对师大本的正文和批语，与其他脂砚斋评本(以北大庚辰本为主)进行校对。这项工作到 2 月 27 日北师大图书馆召开专家座谈会的前一天，已暂告一段落。所谓"外调"，是指调查师大本的版本来源，即调查与师大本、北大庚辰本(以下简称"北大本")有关的一切线索。为此，我们走访了一些单位、询问了许多相关人员，进展较为顺利，颇有收获。到了 9、10 月间，我们又对所掌握的材料进一步加以核实。现将查验过程中的主要工作以日志的形式，记录了下来。

一、师大本与陶洙、周绍良等先生的关系

——师大本的正文(包括双行夹批)由甲、乙两位抄手抄写，其中甲抄手的字体，与己卯本上陶洙所增补的文字基本相同，而且，师大本与北大本不同的几处特有文字，也与己卯本上陶洙增补的内容相同。另外，师大本的一些朱笔批语(丙抄手所写的部分)是周绍良先生补录上去的。

在 2 月 8 日之前(北师大图书馆寒假闭馆)，我们列了《北大庚辰本收藏及经手人年表》，主要依据陶洙、胡适、冯其庸、冀振武等先生的记载，大致梳理了北大本从 1932 年年初被徐星署买进，到 1949 年 5 月 5 日卖给燕京大学的过程。这期间，有两位先生引起了我们的关注，即周绍良先生和陶洙(心如)先生。因为抗战期间庚辰本曾由天津周叔弢、周绍良家收藏

过，周先生精通《红楼梦》的版本，有过录的可能性。另外，陶先生曾将甲戌本和庚辰本上的文字，抄补到他收藏的己卯本上，他也有可能过录一个完整的庚辰本。尽管我们并不希望师大本与近、现代人有关，但事实必须尊重，只有厘清这些关系，才能对师大本有个科学的认识、有个较准确的定位。

2月8日，我们查对工作的第一天，就把己卯本书后所附的陶洙增补部分的影印件，还有周绍良先生的有关信件，都拿来与师大本的字体对照，当时似乎没有发现相同之处。

2月20日上午，我们去北京大学图书馆善本室，在善本室张玉范老师的关照下，目睹了金镶玉装帧的庚辰本原件。我们将庚辰本影印本中解释不了的几处疑点，用原件进行了对比：

如第二十六回第二页，两次影印本的眉批上方都少一行（平列的四个字），师大本却从左到右写出了"认、遂、係、宝"四字，己卯本原缺二十几回，陶洙依甲戌本补录，其中"宝"字，甲戌本作"红"。这一行字，在庚辰本原件中也看不到。

第二十八回，庚辰本的原件也有半页空缺，师大本在此则有155字。

第五十一回，师大本缺后边的两面文字，从"婆子接了"到"管房里"，庚辰本的影印本这两面分别在两页纸上。我们看到庚辰本原件的次序，也与影印本一样。

第六十六回，回目右下角，师大本有"以后小字删去"六个字，冯其庸先生专门论述过这一现象，即1955年的影印本中还有这几个字，1974年影印本中就不见了。原来这六个字写在一张小条上，重装时小条被移动了。我们仔细翻看了庚辰本原件，果然，在六十六回的第三页和第四页之间，发现夹有这张小条，六个字的排列顺序是右四左二，与师大本的抄写顺序相同。

此外，我们还查看了北大庚辰本原件的借阅情况。

2月20日下午，曹立波去国家图书馆，查阅己卯本的胶卷，发现一可疑迹象——己卯本上陶洙增补的文字，字迹与师大本甲抄手的字体相仿。但又怀疑自己连日来一直看师大本，熟悉了上边的字，对别的字也可能赋予主观色彩。

2月22日上午，北京图书馆出版社的同志来到北师大图书馆，了解师大本的情况，准备出版此书。来访者中，有北京图书馆出版社的郭又陵社长、徐蜀编审，还有国家图书馆(原北图)古籍部善本组的负责人程有庆先生。张俊老师就师大本与北大庚辰本的异同作了详细介绍："一、就相同之处而言，庚辰本的特点师大本都有。如六十八回缺一页，八十回无目等，基本一样。师大本将北大本改动的地方，基本都抄清楚了。二、不同之处也发现不少。1. 抄写款式不完全一样。2. 正文粗看似乎是照北大本抄的，但也有北大本点出要删去的，而师大本没删，照旧写下来了。也有北大本无任何改动痕迹的地方，师大本改了。师大本的脱文，有的与北大本一样；但有许多处，师大本没脱，补得很有根据，可以从己卯、甲戌、戚序等本上找到版本依据。3. 从批语上看，北大本曾在眉批上标出，某处应是批语不是正文，师大本则直接改成双行夹批。批语方面，较大的不同还是在第七十回后，整个北大本乱得无法读，陈庆浩汇集的批语已指出了。师大本在七十回后也较乱，但改正了不少。而这些改正，有的别本有，有的只庚辰本有。陈庆浩改正的依据是什么？不清楚，有的与师大本一样，有的不如师大本改得好。是改者臆改？还是有版本依据呢？不太清楚。比较起来，好于北大本。"同时，因为我们对师大本与己卯本、与陶洙的关系有所怀疑，猜想陶洙曾根据庚辰、甲戌本校改并抄补过己卯本，是否也会校改一部庚辰本呢？因而，希望程有庆先生协助调查一下己卯本和甲辰本的入馆档案。

3月2日，我们在北师大图书馆古籍部，接受了《北京日报》记者戚海燕的采访。3月6日，《北京日报》今日关注专栏用整版篇幅，报道了此事。题为《〈红楼梦〉新抄本意外发现始末》，还有一篇《我们为什么关心新抄本——访红学家胡文彬》。师大本的具体情况，首次在媒体上作了公开简要的介绍。《新华文摘》2001年第6期，以《〈红楼梦〉新抄本被意外发现》为题，摘录了《北京日报》3月6日的报道。

3月7日，曹立波去国家图书馆，凭介绍信，经过审批，借阅了己卯本原件。翻开陶洙所抄补的每一页，一见如故，字体与师大本甲抄手的笔迹几乎相同。又对比了师大本与北大本不同的部分，发现有的地方，师大本与己卯本上陶洙所补的内容是一样的。尤其是第二十八回，北大本空缺半页，而师大本有这半页，多出的 155 字，与其他脂砚斋评本相校，均有不同。然而，这 155 字与陶洙所补的文字几乎完全相同。

3月9日，张俊老师和曹立波再次去国家图书馆的善本室，做了一天的比校工作，发现有许多师大本与北大本不同之处，却在己卯本上（尤其是陶洙增补，而在出版时删掉的部分）找到了根据。当天，拍了三张照片，每拍 60 元，复制的编号为 2001 - 16。这三张照片分别为第二十一回、二十三回、二十八回中的有关文字：

二十一回第 10 页 b 面，"收后淡雅之至"，在北大庚辰本中是正文，而在师大本中是小字夹批，与己卯本上陶洙增补的内容相同。

二十三回第 3 页 a 面，北大庚辰本为："宝玉仍随进去各处收拾打扫"，因"进去"重出而产生跳脱。师大本为："宝玉仍随进去［读书贾政王夫人接了这谕待夏忠去后便来回明贾母遣人进去］各处收拾打扫"，补出的 26 字用"［ ］"表示。这 26 字，与己卯本上陶洙增补的内容相同。（也与戚序本相同。可以推知，陶洙在增补己卯本时，在甲戌本、庚辰本都缺失的时候，还参考了戚序本。）

二十八回第 9 页 b 面，北大本空缺半页，而师大本有这半页，多出的 155 字，这半页文字为："唱毕饮了门杯便拈起一个桃来说道桃之夭夭令完下该薛蟠薛蟠道我可要说了女儿悲说了半日不见说底下的冯紫英笑道悲什么快说来薛蟠顿时急的眼睛铃铛一般瞪了半日才说道女儿悲又咳嗽两声说道女儿悲嫁了个男人是乌龟众人听了都大笑起来薛蟠道笑什么难道我说的不是一个女儿嫁了汉子要当忘八怎么不伤心呢众人笑的湾腰说道你说的很是快说底下的"。这 155 个字，与其他脂砚斋评本相校，均有不同。然而，与陶洙所补的文字几乎完全相同，仅一字有别，即师大本为"顿时"，己卯本为"登时"。己卯本上，这段文字也用"｢ ｣"号特别标明，上方还有一条陶洙在增补时用蓝笔加的说明："'唱毕'下至'快说底下的'止庚辰本缺此从甲戌本补录。"事实上，这段文字在从甲戌本补录时，还参考了戚序本。（见书影 1 师大本与己卯本上的 155 字）

书影 1-1：师大本第二十八回 9b 页　　书影 1-2：己卯本第二十八回 9b 页

　　两相比照，不仅文字几乎完全相同，甚至抄写格式、笔迹也基本一样。这些，都证实了我们的猜想是有道理的，这对于认识师大本与陶洙的关系、对师大本的定位提供了有力证据。

　　3月14日，我们着手查找1949年前后和20世纪50年代的相关资料，梳理有关版本当时的藏存情况。我们着重阅读了俞平伯先生的《脂砚斋红楼梦辑评》、孙玉蓉的《俞平伯年谱》，以及我们从北京出版社买到的刚出版的吴世昌英本译《红楼探源》等，可知俞平伯先生1953年之前，在辑校《脂砚斋红楼梦辑评》一书时，采用了甲戌本、庚辰本、己卯本、戚序本和甲辰本等五种本子。据其写于1953年10月30日的“引言”说：“（己卯本）（甲辰本）（戚序本）都在我手边。（甲戌本）原藏胡适处。我现在有的是近人将那本脂评过录在己卯本上的。（庚辰本）藏西郊北京大学，我有它的照片。”此文先以《辑录脂砚斋本〈红楼梦〉评注的经过》为题，发表于《光明日报·文学遗产》1954年7月10日第11期；后收入上海文艺联合出版社1954年12月版《脂砚斋红楼梦辑评》，题目为《引言》，并删去（甲戌本）“原藏胡适处”一句。

文中之"近人"，当指陶洙。吴世昌也记录了俞平伯先生这段话①。我们又从一粟(周绍良、朱南铣)的《红楼梦书录》中查到，关于庚辰本"陶洙等有摄影本"；关于己卯本，注明"此本董康旧藏，后归陶洙，现归文化部"。

至于甲辰本，1953年刚发现不久，就到了俞平伯手中。据《俞平伯年谱》记载："(1953年)晚秋，俞平伯自郑振铎处借来两大包旧本《红楼梦》，'其中有从山西新得的乾隆甲辰梦觉主人序本，原封未动，连这原来的标签还在上面'，这些珍贵的资料，为他校勘《红楼梦》提供了方便。"②

陶洙于1954年曾将甲辰本的序抄寄给吴恩裕先生。据吴恩裕《曹雪芹佚著浅探》第123页记载："1954年陶心如先生为余抄寄1784年乾隆抄本《红楼梦》(即所谓'甲辰本')序。"当时陶洙能看到甲辰本，估计同俞平伯有联系，俞先生因而能"有"陶洙的己卯本，并由此可以看到"近人"陶洙转录的甲戌本的文字。

3月16日，我们通过电话，访问了国家图书馆古籍室的程有庆先生，据他调查，己卯本、甲辰本的入馆档案中并没有明确的时间记载，只写有"采访组采访"和"文物局移送"等字样。我们还从一粟的《红楼梦书录》上得知，己卯本为"董康旧藏，后归陶洙，现归文化部"。《红楼梦书录》初版时间为1959年3月。又从1960年4月吴世昌先生的《红楼探源》导言中得知：甲辰本"1949年后在山西发现，亦称山西抄本，文化部藏。"可见，国家图书馆收藏的己卯本、甲辰本，1959、1960年以前还在文化部。

3月23日下午，在琉璃厂海王村"大众收藏书刊资料拍卖会"的书市上，曹立波看到周绍良先生收藏的《红楼梦》版本中，有一套王希廉的光绪丁丑年评本《新评绣像红楼梦全传》，上面有依据脂砚斋四阅评过的本子校补的文字。朱笔眉批的字体与师大本的朱批有相似之处。还有，周先生的藏书章和题记落款用的名号，都是"蠡斋"。

3月24日，我们再次来到拍卖会。中午张俊老师刚开完一个评审会，便赶到琉璃厂。我们利用较长的时间，作了仔细的记录。这套书，第二册封面写有"庚寅正月依脂砚斋本校"("庚寅"应为1950年)。目录的第一页写"脂

---

① 吴世昌：《红楼探源》，15页，北京，北京出版社，2000。
② 孙玉蓉：《俞平伯年谱》，272页，天津，天津人民出版社，2001。

砚斋凡四阅评过"。第十九回回目右写"脂砚斋本此卷无回目仅于封面内页批
'第十九回'四字亦似后加者，蠹斋校记"。第五十一回有一条眉批"第五十一
回至六十回庚辰秋定本脂砚斋凡四阅评过"。（见书影2，师大本与蠹斋抄录
的脂批）

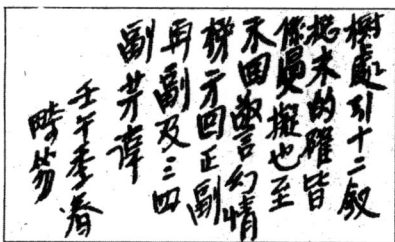

书影2-1：师大本第十七、
十八回14b页眉批

书影2-2：蠹斋抄录在王希廉评本
第十七回17a页上的脂批

我们经过仔细辨认和综合分析，认为师大本的朱笔批语，与蠹斋抄录在
王希廉评本《新评绣像红楼梦全传》上的脂批，有相似之处。尤其是"树处引
十二钗总未的确皆系漫拟也……"两个本子上过录的同一条批语，似乎出自
一人之手笔。

4月22日下午，我们去琉璃厂海王村拍卖展览会，一起看了周绍良先生
手抄的《兰墅墨香词》。周先生在题跋中写："癸巳仲春假来录副"，落款为：
"蠹斋记于沽上"。表明此本抄写于1953年春，地点为天津，"蠹斋"的名号，
与庚寅年（1950）用庚辰本校补王希廉评本时，所用的名号相同。

二、师大本的购入情况

——师大本书后有一个方框型签章，下边一行字为"北京市图书业
同业公会印制"，方框中有一个长条型小章，刻着"前门区议价组"。中
国书店出版社总编马建农先生说："有议价小组的议价章的时间，上限
为1955年下半年，下限为1958年1月6日。"

为查明师大本的购入情况，1月20日张俊老师询问了曾在北师大图书馆

采编组工作过的彭久安先生，他说："五十年代，图书馆曾陆续购进一批古旧书籍，其中有《石头记》钞本和《红楼梦》钞本，具体时间和价格，可以在购书登录簿上找到。"

2月8日，杨健查到北师大图书馆1957年的《中文图书登录薄》，我们果然看到了《脂砚斋重评石头记》，其登录号为342510-17，书价为240元。

2月12日，我们请北师大图书馆的周禄良先生谈了购书时的情况。周先生今年七十多岁，是当时买进这部书的经手人之一。据周先生讲："师大这本书登录的时间是1957年，就是57年购进的。这是琉璃厂一个书店送来的，当时旧书不好卖，他们一个星期送来一次，让咱们挑。买进以后，有人看过，说是新抄本，根据北大本抄的，可是没对过。"我们问到书后"北京市图书业同业公会印制"的签章，其中还有一个小章，有的字看不清。周先生解释说："小章上的字是'前门区议价□'（"□"字当时看不清，后来杨健从同时期其他书后的印章中推出此字为"组"）。1949年后，琉璃厂所有的书，都有个议价，议了以后贴个签儿，书就拿这个议价卖。"

3月23日上午，我们来到琉璃厂，针对师大本书后的印章问题，拜访了中国书店出版社总编马建农先生。他曾研究过中国书店公私合营改造方面的问题，并写过专门的文章。师大本的书后有一个方框形的签章，下边一行字为"北京市图书业同业公会印制"，方框中有一个长条形小章刻着"前门区议价组"。针对这个问题，马先生说："1952年，中国书店刚成立，没什么底子，一些私营主都要戴上带有'公'字的红帽子，于是由北京市文化局出面，实行公私合营。所以就有了类似'公私合营来薰阁'这样的店名，实际上经营时还是自己干。之所以强调'议价'，是指销售中统一价格趋势，避免行业间的不正当竞争，体现新社会的气象。当时，来薰阁、松筠阁、邃雅斋、文奎堂等六七家书店，用'同业公会'的名义，由议价小组来定价，才有了这个章，'前门区'就是琉璃厂这一带。如果书后盖有这个章的话，估计时间不会晚于1958年1月6日。"

3月27日，马建农先生又通过电话向我们提供了更为具体的资料："1955年下半年，北京市图书同业公会成立议价小组，开始使用议价章。当时分四个区：东单区、西单区、东四区和前门区，前门区即指琉璃厂一带。到1958年1月6日，公私合营的改造已经结束，合并为中国书店，就不再用这个章了。所以，有议价小组的议价章的时间，上限为 1955 年下半年，下限为 1958 年 1 月 6 日。"他还介绍说："1956、1957 两年，各书店大量收购旧书，然后向各研究单位推销，那两年的销售额增长了 6 倍。"可见，北师大的《脂砚斋重评石头记》在琉璃厂出售的时间，应是 1955 年下半年到 1957 上半年（1957 年 6 月 26 日已开始在北师大流通、借阅）。非常遗憾的是，据了解，当年前门区议价组的成员已没有一个在世的了。

4 月 27 日，我们拜访了曾在北师大图书馆工作过的陈宪章先生，他是师大本的一位知情人。据陈先生讲，师大本购书时的经手人是周禄良先生和当时的图书馆副馆长李石涵先生。书买进以后，与其他《红楼梦》版本相比，显得很贵。于是，图书馆就请专家来鉴定。当时，请了红学家范宁先生，参加鉴定的还有赵进修先生。据陈先生介绍，范宁先生的结论是："这部书是过录本。"我们问："范宁先生看了多久？"陈先生说："没看多长时间。"从此以后，图书馆就按"过录本"的结论来处理这部书了。

三、师大本整理、过录的时间

——周汝昌先生说，陶洙 1948 年向他借走了甲戌本的录副本。周绍良先生说，陶洙整理的庚辰本 1952 或 1953 年时卖给了（现在的）中国书店，陶洙去世的时间大概为 1954 年。俞平伯先生 1953 年之前，辑录《脂砚斋红楼梦辑评》，手中已有了陶洙曾收藏的庚辰本（晒蓝本）、己卯本（上面有过录的甲戌本的文字）等版本。所以，师大本的整理时间当在 1948 年至 1953 年之间。

3 月 31 日，经杜春耕先生联系，我们前去拜访周汝昌先生。主要询问了有关陶洙和甲戌本副抄本的情况。周先生表示："录副本曾借与陶心如先生，时间上限不早于 1949 年，下限不晚于 1952 年。"

4 月 3 日下午，我们又去琉璃厂中国书店核实材料，得到中国书店出版社马建农先生、陶玮女士的热情帮助。

4 月 29 日上午，我们在北师大图书馆古籍部，把两个月来搜集到的资料，与师大本进行了核对。初步结论是：师大本的正文（包括双行夹批）由甲、乙两位抄手抄写，其中甲抄手的字体，与己卯本上陶洙所增补的文字基本相同，而且，师大本与北大本不同的几处特有文字，也与己卯本上陶洙增补的内容相同。可见，师大本的正文，是陶洙先生以北大庚辰本（照相本）为底本，参照其他脂本（以甲戌、己卯、戚序本为主）进行校补的。另外，师大本的朱笔批语（包括少数墨笔眉批），是另一位抄手（丙抄手）所为，朱批的字体，与周绍良先生 1950 年用庚辰本校补王希廉评本的字迹，有相似之处。师大本的朱批，可能是周绍良先生抄录上去的。至于师大本的校补、改定、抄录的时间，大致在 1950 年前后，当不早于 1948 年陶洙借到甲戌本的录副本之时，可能在 1953 年俞平伯辑录脂评之前。

6 月 21 日，我们将《北师大藏〈脂砚斋重评石头记〉抄本概述》一文，投给《北京师范大学学报》（人文社会科学版）。我们认为，师大本具备北大庚辰本的特征，与北大本有密切关系，当是以北大庚辰本为底本，参照己卯本、甲戌本、戚序本、程甲本或甲辰本等版本，加以校补、整理而成的。这一结论的得出，主要基于我们调查到的陶洙等人留在己卯本上的线索。因为，当时有关陶洙、周绍良先生的一些材料尚需进一步确认，为慎重起见，我们在概述中写道："种种迹象表明，其整理者关涉己卯本、庚辰本的主要收藏者，及与收藏者关系密切的一些人士。"这篇论文在《北京师范大学学报》2001 年第 4 期上发表。

春去秋来，为了对所掌握的陶洙、周绍良先生的材料加以核实，我们着手联系有关人士，准备去拜访周绍良先生。9 月 13 日，我们通过马建农先生知道了周先生的电话号码和住址，下午打电话过去，得知周先生住进了医院。无奈，我们只能等待，盼望周先生早日康复。

9 月 28 日，我们通过电话与冯其庸先生取得联系，冯先生正在为师大本的出版撰写序言。冯先生说："我写的序，前两部分内容完全同意你们文章（指我们发表在《北京师范大学学报》2001 年 4 期上的"概述"一文）的观点。与庚辰本相校，北师大的本子对于漏抄、多出来的细小地方都做了处理。你们的文章谈了师大本的特征、与庚辰本等脂本的关系，却没写整理的时间、什么人整理的。我与己卯本相对，发现与己卯本复印件上陶心如补的内容一模一样。我请启功先生看，他也认为有的是一样的。"还指出："我个人校对了一部分，查对出来的笔迹，说明师大本子的一部分与己卯本上陶心如的笔迹是一样的。己卯本上多出的文字，如果真是陶心如抄的，那么，师大本子上还有两个人的笔迹呢？"关于这部书的价值："这是初步校补的本子。即使是陶心如整理的，也是庚辰本系统早期校补的本子，从研究的历史角度而言，是有价值的。"冯先生补充强调："从传统意义的抄本上讲，它是庚辰本系统的最后一个抄本；从校订的意义上讲，它是庚辰本系统的最先一个抄本。"

10 月 13 日，我们请胡文彬、张庆善、杜春耕先生帮忙，准备通过他们的引见，去医院探望周绍良先生。我们还把师大本与陶洙、与周绍良先生的字迹相似的资料拿去，请他们帮助鉴定。杜春耕先生说："师大本与陶洙有关，我早就这样认为。现在，你们能否再证明一下，师大本一定参考过甲戌本。如果能拿出证据，可以断定它的整理时间在 1949 年前后。"胡文彬先生说："我不是搞版本的，类似抄写字体上的问题我不关心。但我关心北师大本的异文，尤其是像北大庚辰本的眉批，到师大本上变成了双行夹批，还有将一些不通顺的批语加以调整，这类现象说明整理者或抄写人不是随意变动的，而是有内容上的考虑，这些地方要特别注意。另外，陶洙是画家、藏书家出身，是非常有文化修养的人，陶家是文化世家。但陶洙的材料现在很难查到，主要原因大概由于他与汉奸有关。董康是汉奸，可能死在狱中。那么抗战胜利后，尤其是 1949 年后，以阶级斗争为纲，文化界的人谁也不愿提起这样的人与自己有过关系。有关陶洙的资料，可以查一查他哥哥陶湘的文集。"张庆善先生还针对与周绍良先生的联系方法提出建议。

10 月 17 日晚，胡文彬先生电话通知我们，说周绍良先生上星期六已经出院了，并了解到周先生现在的健康状况还可以。

10 月 18 日，我们决定去拜访周绍良先生。上午 9 点，曹立波先到中国书店，请马建农先生给周先生写一封信，加以引见。信是用毛笔写在特制的花边信笺上的，落款处还加盖了名章，俨然一幅精美的书法作品。9 点半，带着这封信，曹立波前往周绍良先生的住所。周先生近年已搬到了北京城外黑庄户附近的双旭花园，离城区很远。一路颠簸，终于看到了"双旭花园"四个大字，右边写着"周绍良题"。到了周先生住的二层小楼，已经 11 点了。向家人递上书信，说明来意，终于见到了周绍良先生。周先生很慈祥，也很平易近人，虽然刚刚出院，说话还微带喘息，但他对《红楼梦》的抄本问题还是谈了很多看法。以下是曹立波与周绍良先生的对话记录：

曹立波：周先生，经过几个月的调查，我们发现北师大这个本子，与收藏己卯本的陶洙先生有关系，您能谈谈陶洙的情况吗？

周先生：陶心如抄过庚辰本。当时庚辰本十两金子，己卯本一两金子。陶心如抄的庚辰本，用己卯本改过。我和他来往很多的时候，是在1952年到1953年，那时他自己抄的书（指庚辰本）已经卖掉了。我认识陶心如时，他的书已经不全了。

曹立波：您的《红楼梦书录》中，在介绍庚辰本时曾提到"陶洙等有摄影本"。那么，陶洙抄庚辰本时所用的底本，是庚辰本原件还是摄影本呢？

周先生：陶洙是有摄影本，是一种晒蓝的摄影本。我估计他抄的不是原本，如有庚辰本（原本），他不会删、动得这么厉害。

曹立波：陶洙是什么时候去世的呢？

周先生：（19）54年吧，可能是（19）54年死的。我和他来往是来往，但不是搞《红楼梦》。他抄书的本领很大，抄过很多善本书。我们请他补书，给他点儿钱，他很穷。

曹立波：陶湘的情况，您了解吗？

周先生：陶湘、陶洙是一家人，都是搞书的。

曹立波：今年春天，琉璃厂的古籍展览会上，我们看到您收藏的一套《新评绣像红楼梦全传》，上面有依据脂砚斋四阅评过的本子校补的文字，时间为"庚寅"（1950）年。不知这些文字所依据的《脂砚斋重评石头记》"四阅评过"本，是庚辰本，还是己卯本？是庚辰本的原件，还是摄影本？

周先生：己卯本我没看过。1950年，可能是庚辰本，因为我那时只有庚辰本。是原本还是晒蓝本？我记不清了，因为原本也在我手里呆过。庚辰本的原本，（19）47、（19）48年以前在我伯父家。1949年一根条子（一根金条，相当于十两金子）卖给了燕大。那么，1950年用的庚辰本，大概就是晒蓝本了。陶洙和我，用的都是陶洙自己的晒蓝本。他是一本一本借给我的。

曹立波：周先生，这是师大本的几张复印件，上面有正文和批语，请您看一看。正文的内容，我们发现与陶洙在己卯本增补的部分，有一样的地方。这里还有几张北图己卯本的复印件（拍照还原件）。

周先生：这个字很像陶心如的字。陶洙抄的本子与庚辰本一般大，他借给我看过，但不是全拿来，他是一部分、一部分地借的。

曹立波：批语，眉批的字呢？

周先生：哎呦！这字？这个东西呀！很像我的字吧？可能是那时候我从庚辰本给抄上的。具体什么时候，说不清了。我(19)53 年到北京，我家(父母)在北京，我常从天津来。我来北京看父母的时候，和陶心如有往来。我把庚辰本的批语过录上去，可能是这样。

曹立波：我们看过的王希廉的评本《新评绣像红楼梦全传》，藏书章和题记落款用的笔名，都是"蠡斋"。

周先生："蠡斋"，这是我。

曹立波：这是您"庚寅正月依脂砚斋本校"的。这上面过录的朱批，字体与师大本上的朱批很像。

周先生：我只能说这种字(师大本上的朱笔眉批)是我的字。

曹立波：周先生，您看该怎么评定师大这个本子呢？

周先生：这个明显是陶心如的整理本。那时弄得太乱了，尤其是陶心如来一搅和，就更乱了。陶心如自己有自己的整理方法，他的毛病是不重视用哪个本子。

曹立波：现在师大本经过陶洙的校补，比北大的庚辰本完整了。

周先生：陶心如是搞书的嘛！但是，也有漏的。他不漏，我不会给补上呵！我也不是存心要补，我是随手看到给补上的。

曹立波：您是否同意我们如实地写出来发表？

周先生：我无所谓，我现在也不搞《红楼梦》了。不过，你要和周汝昌对一下。这个本子只能作为陶心如的整理本。还得打个问号，我知道陶心如有整理本，他有自己的整理方法，我没细问过。(至于)批语，我只能说它(指师大本第十七、八回和二十三回等上边的眉批)是我写的，这个好像是我的字。但有的我不敢说，因为我实在记不清楚了。

　　大约将近中午 12 点了，周先生需要休息了。曹立波请周先生在他的一本新书《唐传奇笺证》上签了名。

　　2001 年 10 月 27 日，我们将初步整理的谈话记录给周绍良先生寄去，请他审阅。10 月 30 日中午，我们就收到了回信。周先生在信上补充道："陶心如想整理一个只有脂砚斋的批本《石头记》，但是用主观主义去搞，因之在庚辰本上很多他认为不是脂砚斋的，他都不录。据我所知，他由于生活问题，他所想搞纯脂本《石头记》没等得完工就卖了。"

（原载《北京师范大学学报》2002 年第 1 期，又见曹立波《红楼梦版本与文本》，中华书局 2007 年版）

北师大藏《脂砚斋重评石头记》抄本考论

针对北师大藏《脂砚斋重评石头记》手抄本（以下简称"师大本"）的版本特征、它与现藏北京大学的庚辰本（以下简称"北大本"）的相同之处，以及师大本与北大本相比较而出现的异文等情况，我们曾撰写并发表过一篇文章，题为《北师大藏〈脂砚斋重评石头记〉抄本概述》①（简称《概述》）。在此基础上，又经过了进一步的勘对和调查②，我们开始梳理后一阶段的研究所得。本着"信以传信，疑以传疑"的《春秋》之意，对师大本是否为北大庚辰本的过录本、师大本之整理者与定位，以及师大本的自身价值等问题，作一些考证。

一、师大本不是北大庚辰本的过录本

据北师大图书馆原副馆长陈宪章先生回忆，1957 年北师大图书馆购进《脂砚斋重评石头记》手抄本后，随即聘请了当时的红学家范宁先生进行鉴定，范先生当即断言这是北大庚辰本的过录本。四十四年过去了，当我们用此本与北大庚辰本仔细勘对的时候，发现大量异文。可以说，这个版本，并非对庚辰本加以简单、机械地过录，而是以庚辰本为底本，进行了校补、整理工作。

师大本在庚辰本的基础上校改、增补的文字，与其他许多脂批版本有关。这些版本主要有：己卯本、甲戌本、戚序本、程甲本或甲辰本，以下逐一说明。

---

① 载《北京师范大学学报》，2001（4）。

② 调查的详细经过，见《北师大藏〈脂砚斋重评石头记〉版本来源查访录》一文，载《北京师范大学学报》，2002（1）。

（一）师大本参考了己卯本

师大本的底本是庚辰本，这一点我们在《概述》一文中已作说明。除庚辰本之外，与师大本关系较为密切的是经陶洙校补过的己卯本。

1. 师大本正文中的异文，有的独与己卯本相同。

例如，北大本第一回第 15 页："老先生倚门仵望，敢街市上有甚新闻否。"师大本"敢"下增一"是"字，同己卯本。甲戌本、戚序本均无此字。

北大本第三回第 49 页："他便四下里寻情找门路。"师大本删"他""里"二字，全同己卯本。梦稿本、舒序本亦无"他"字。需要说明的是，梦稿本1959 年春才被发现，舒序本为吴晓铃旧藏，师大本的整理者能看到这两个本子的可能性很小。

北大本第十七回第 348 页："暂且做灯匾联悬了。"师大本"联"作"时"，同己卯本。戚序本等"匾"下增一"对"字。

2. 师大本对北大本脱文的增补，与己卯本（尤其是陶洙校补的内容）相同。

己卯本上，陶洙照庚辰本校出的文字带有朱笔标记。我们经过抽样调查，发现有些庚辰本上缺少的文字，己卯本用朱笔标出来了，这样的地方，师大本一般都做了增补。

如，北大本第三回第 58 页，因"笑道"重出，跳脱 17 字。而师大本则有，我们用括号标出："邢氏忙亦起身[笑回道我带了外甥女过去到也便宜贾母]笑道正是呢。"查己卯本，从"我"到"道"有朱笔标记，括出 16 字。

北大本第三回第 61 页："四张椅上都搭着……"师大本作"四张椅子椅子都搭着"，查己卯本，发现在第一个"椅子"二字之间用朱笔旁加了"子椅"二字，变成"椅子椅子"。师大本同己卯本。

北大本第二十三回第 515 页，因"进去"二字重出，脱漏 26 字。师大本则有，我们用括号标出："命宝玉仍随进去[读书贾政王夫人接了这谕待夏忠去后便来回明贾母遣人进去]各处收拾打扫安设帘幔床帐"。这一回己卯本原抄本是缺失的，师大本同戚序本，也与己卯本中陶洙增补的部分相同。（见书影一之一、书影一之二）师大本参考了己卯本的文字，尤其是与陶洙校补的内容相同，成为我们判定师大本与陶洙关系的突破口。

书影一之一：师大本
第二十三回所补文字

书影一之二：己卯本
第二十三陶洙所补文字

(二)师大本参考了甲戌本

1. 师大本正文中的异文，与甲戌本相同者。

如，北大本第三回56页："这个人打扮与众姑娘不同"。师大本"姑娘"作"姊妹"，与甲戌本同。己卯本、戚序本均作"姑娘"；甲辰本、程甲本删"众"字，"姑娘"下增一"们"字。

北大本第十六回第319页："闻得父母退了前夫"。师大本"前夫"作"亲事"，与甲戌本同。其他诸本皆作"前夫"。

北大本第十六回第326页："姨妈看着香菱模样儿好"。"模"原作"换"，朱笔描改为"模"。师大本"香菱"下增一"的"字，删"儿"字，全同甲戌本。己卯本、戚序本均无"的"字，亦无"儿"字。

北大本第十六回336页："你也太操心了，难道大爷比咱们还不会用人。"师大本"大爷"作"珍大哥"，"咱们"作"你"，同改动后之甲戌本。甲戌本"珍大哥"，原作"你父亲"，点去后，改为"珍大哥"；庚辰本"咱们"二字，甲戌本作"你"；己卯本、戚序本同庚辰本。

北大本十六回 337 页："要什么东西，顺便织来孝敬"。师大本"顺便"上增一"可"字，为其所特有；"孝敬"后增"叔叔"二字，乃同甲戌本。己卯本、戚序本同庚辰本。

2. 师大本对北大本脱文的增补，参考了甲戌本。

例如，师大本在第二十八回增补的 155 字，涉及甲戌本。即陶洙增补这段文字时，在眉批处用朱笔写道："（唱毕）下至（快说底下的）止庚辰本缺此从甲戌本补录"，下边的 155 字用蓝笔补出，以表示源于甲戌本。陶洙校对己卯本时，在己卯本的第四回后写道："蓝笔依甲戌本校录，砆笔依庚辰本校录"。实际上，这段用蓝笔标识的文字在依据甲戌本的同时，还参考了戚序本。（见书影二之一，书影二之二）

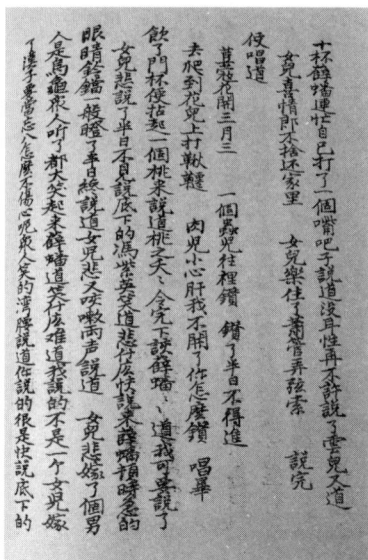

书影二之一：师大本第二
十八回所补文字

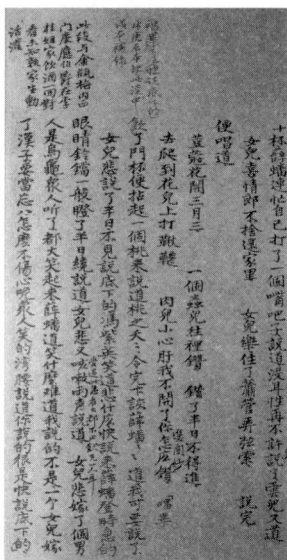

书影二之二：己卯本第二
十八回陶洙所补文字

3. 师大本批语中的异文，同甲戌本者。

北大本中的批语有不少错字、漏字的地方，师大本没有照抄。而改动后的文字，有的与甲戌本相同。

如，北大本第十四回眉批："颦儿方可长居荣府之交。"师大本中"交"作

"文"，查甲戌本，此处作"文"。

北大本第十六回第 329 页夹批："宝玉之李嬷嬷此处偏又写赵嬷嬷特犯不犯先有梨香院一回两两遥对却无一笔相重一事合掌。"师大本在"梨香院一回"和"两两遥对"之间，多出"今又写此一回"六个字，查甲戌本中有此六字，己卯本无。

北大本第二十五回末眉批："叹不能得见玉兄悬崖撒于文字为恨。"师大本"于"作"手"。此同甲戌本。己卯本此回是陶洙照庚辰本补的，也改为"悬崖撒手"。

师大本在整理过程中参考了甲戌本，而陶洙所依据的甲戌本是周汝昌先生录的副本，所以，师大本与甲戌本的关系，成为我们推断其整理时间的重要线索。

(三)师大本参考了戚序本

陶洙己卯本"题记"之二："(己卯本)四十一回至六十回，缺。未抄补(拟照庚辰本抄以戚本校)。"又说："戚蓼生本，即有正书(局)印行者，最完全，惟无眉批行间评批耳。"师大本增补的北大庚辰本的脱文，有的文字来源于戚序、蒙府、戚宁一系的本子。但从这几种本子被发现的时间来看，陶洙在世时(大约 1954 年去世)，还只能看到戚序本，而不可能见到蒙府本和戚宁本。蒙府本约在 1961 年春，入藏于北京图书馆善本室①。"戚宁本"因藏南京图书馆而得名，据胡文彬先生《红楼梦叙录》著录："1975 年得见此本。"因而，师大本中来自蒙、戚派系版本的文字，应该源于戚序本。

陶洙很欣赏这个本子，认为它"最完全"，所以庚辰本的一些脱文，尤其是甲戌本、己卯本中缺失的那些回，多半是照戚序本增补的。而且，也依照戚序本做了校改，所以，师大本的正文中很多异文是与戚序本相同的。

1. 师大本正文中的异文，与戚序本相同者。

如，北大本第三回第 60 页："又有万幾宸翰之宝"。师大本"幾"作"岁"，同戚序本。甲戌本作"幾"；己卯本原作"几"，后用朱笔在其左边加

① 周汝昌：《影印〈蒙古王府本石头记〉序言》，载《红楼真本》，93 页，北京，北京图书馆出版社，1998。

一偏旁"木"，而成"机"字，复又于"机"右侧用朱笔写一"幾"字。蒙府本将"（歲）岁"点改为"幾"。

北大本第十六回第 320 页："至檐下马。"师大本"檐"下增一"下"字，作"至檐下下马"，同戚序本。甲戌本、己卯本同庚辰本，蒙府本"檐"下则增一"前"字。

北大本第十六回第 338 页："会芳园本是从此扎角墙下引来一段活水。"师大本"此扎"作"北拐"，同戚序本。己卯本同庚辰本；甲戌本"此"作"北"，无"扎"字。

北大本第十六回第 340 页："遂蜂拥至门内室，唬的秦钟的……"又于"内"下旁加一"人"字。师大本将"门"改作"他"字，删去"人"字，同戚序本。己卯本同庚辰本，而无"人"字；甲戌本无"门""人"二字。

北大本第七十一回第 1726 页："邢夫人王夫人"，师大本作"邢王二夫人"。查梦稿、戚序、戚宁、列藏等本皆作"邢王二夫人"，蒙府本作"邢王二夫人"。在此，师大本当依戚序本所改。

北大本第七十一回第 1727 页："……奶奶不大在心上。"师大本无"上"字，同戚序本。蒙府本同庚辰本。

北大本第七十四回第 1795 页："正自好笑。"师大本"自"作"是"，同戚序本。蒙府本作"然"。

北大本第七十四回第 1828 页："可知他们更有不能了语。"后将"更"点改为"也"，"语"点改为"之事"二字。师大本仍用"更"，而将"语"改为"悟"。戚序本，此句作"可知他们更有不能了悟"。蒙府本"更""悟"相同，但"他"字点改为"你"。师大本同戚序本。

北大本第八十回第 1991 页："香菱叫屈，薛姨妈跑来……"师大本"叫屈"下增"不迭"二字，同戚序本。

北大本第八十回第 1992 页："好歹就打人。"师大本"就"下增一"来"字，与戚序本相同。

2. 师大本对北大本脱文的增补，参考了戚序本。

如，北大本第四回第 90 页第 2 行，因"母舅"二字重出，造成文字跳脱："那日将入都时却又闻得母旧（应作舅）管辖着不能任意挥霍挥霍偏如今又升出去了。"师大本在此增补 35 字："那日已将入都时却又闻得［母舅王子腾升了九省统制奉旨出都查边薛蟠心中暗喜道我正想进京去有个嫡亲]母舅管辖着不能任意挥霍挥霍偏如今却好升出去了"。所补的三十余字，与甲戌本、己卯本也大体相同，但这两个本子"我正想"俱作"我正愁"，"嫡亲"后面多一"的"字。师大本与蒙府本、戚序本、戚宁本相同。此外，北大庚辰本上不缺的字，"偏如今又升出去了"的"又"字，与师大本不同。师大本作"却好"，即"偏如今却好升出去了"。查几种脂本，大都作"又"，唯蒙府本作"恰好"，戚序本和戚宁本作"却好"，与师大本吻合。

上述例证表明，师大本中有些异文，源自蒙、戚这一派系的脂本。我们进一步看到，当蒙府本与戚序本存在差别时，师大本倾向于戚本。可见，师大本的异文，在与蒙、戚一系相同的地方，从文字本身的细微差异来看，参考的也应该是戚序本，即陶洙提到的"有正书(局)印行者"。

（四）师大本还参考了程甲本或甲辰本

1. 师大本中一些异文与程甲本、甲辰本有相同之处。

如，北大本第三回第 59 页："一面命人到外面书房去请贾赦。"师大本"外"下无"面"字，同程甲本、甲辰本。

北大本第十七回第 366 页："贵妃崇节尚俭。"师大本"崇节尚俭"改作"崇尚节俭"，同程甲本、甲辰本。

北大本第五十五回第 1298 页："那赵姨奶々原有些到三不着两。"师大本删"々"号，"些"下增一"颠"字，"到"下增一"着"字，句式改为"原有些颠倒，着三不着两。"同程甲本、甲辰本。

北大本第五十六回第 1307 页回目中，下句为："时宝钗小惠全大体。"师大本将"时"改为"贤"。查程甲本、甲辰本亦作"贤"。

北大本第六十八回第 1670 页："先回了老太太太太，看是怎样。"师大本于"怎"下增一"么"字，与程甲本、甲辰本同。

北大本第七十一回第 1745 页："没个黑家白日的。"师大本"家"作"夜"，同程甲本、甲辰本。

北大本第七十四回第 1828 页："你们不看书，不识几个字。"师大本删去"几个"二字，同程甲本、甲辰本。

北大本第八十回第 1991 页："咬定是香菱所施，香菱叫屈……"师大本

"香菱"作"秋菱"，同程甲本、甲辰本。

北大本第八十回第 1991 页，因"宝蟾"二字重出，造成脱漏。师大本增补了 24 字："这半个月把我的宝蟾[霸占了去不容进我的房惟有秋菱跟着我睡我要拷问宝蟾]你又护到头里"。师大本所补的 24 字，与程甲本和甲辰本相同。

2. 师大本中亦有独与程甲本相同的文字。

如，北大本第一回第 3 页："作者自云：'因曾经历过一番……'"师大本"曾"前无"因"字，同程甲本。

北大本第一回第 7 页："竟不如我半世亲睹亲闻的这几个女子。"师大本"睹"作"见"，同程甲本。甲辰本"亲睹亲闻"作"亲闻亲见"。

师大本中与程甲本、甲辰本相同的异文，陶洙所参照的是程甲本，抑或甲辰本，还是二者都借鉴了呢？这里存在三种可能：首先，程甲本最容易看到。在校补己卯本的题记中，陶洙说："凡八十回之本，只见四种：一、甲戌本，二、己卯本，三、庚辰本，四、戚蓼生本。"陶洙整理北师大庚辰本的时候，四种本子应该都在手边。而 1953 年，陶洙的己卯本已经在俞平伯先生那里了①。师大本的校补工作，应该在 1953 年之前。师大本上与程甲本、甲辰本相同的文字，可能参考的是程甲本。其次，如果陶洙以"八十回之本"为界限，他校改庚辰本或许不会去看程甲本。如果陶洙在此参照了甲辰本的话，那么，师大本当校补于 1953 年之后。事实上，根据周绍良先生的回忆，陶洙整理的庚辰本约在 1953 年已经卖出了，那么，他的所有校补工作都作于 1953 年之后，是不可能的。也就是说，陶洙完全参照甲辰本的可能性不大。其三，陶洙发现甲辰本与以往见到的"八十回之本"有别，经过与程甲本对比，证实了一些异文的可靠性。所以在校订第五十六回、第八十回等处时，也可能同时参考了这两种版本。

此外，值得注意的异文还有一处，北大本第五十五回 1303 页第 3 行，凤姐谈论几个姑娘的嫁妆费用时说："二姑娘是大老爷那边的也不算剩了三四个。"师大本在"四"和"个"之间旁加了一个"两"字，作"三四两个"，这就

① 俞平伯：《脂砚斋重红楼梦辑评·引言》，8 页，上海，上海文艺联合出版社，1954。

确指三姑娘和四姑娘。查其他脂本，同样有"两"字的版本有己卯本、甲辰本。己卯本的第五十五回只剩后半回，和其他三回半曾在一处，是中国历史博物馆在 1959 年从琉璃厂中国书店购得的。陶洙己卯本的题记中明确写着"四十一至六十回缺"。既然己卯本的第五十五回陶洙无法看到，如果没有别的版本来源的话，他参考甲辰本的可能性就大一些。甲辰本 1953 年在山西发现后，就到了俞平伯先生手中，用以搞《脂砚斋红楼梦辑评》，这部书的序言，写于 1953 年 10 月 30 日。陶洙在 1954 年曾将甲辰本的序，抄寄给吴恩裕先生①。据周绍良先生回忆，陶洙约在 1953 年时已将他的庚辰本（师大本）抄完了。所以从时间上来看，陶洙或许是在师大本此回已抄完之后，看到了甲辰本，便在旁边加上了"两"字。

所以，我们认为，师大本上的异文与程甲本、甲辰本相同之处，主要依照的是程甲本；在本子的整理工作基本完成时，有少数地方可能参考了甲辰本。

二、师大本之整理者与定位

师大本当是陶洙整理的一部庚辰本，朱批部分，则为周绍良先生在陶洙整理工作完成后所补。这个结论，我们是借助外证和内证而得出的。所谓"外证"，是指对与师大本有关的人士和单位，进行调查取证。所谓"内证"，即对师大本的文本进行认真勘对，通过抄写形式和内容上的承传迹象，找出师大本与北大庚辰本、与陶洙校补的己卯本之间的相互联系。这一工作分三个步骤进行：即辨认字体、查检国家图书馆陶洙校补的己卯本、登门访问有关人士。

（一）辨认字体

1. 辨认与陶洙先生有关的字迹

2001 年 2 月 20 日，我们查阅国家图书馆藏己卯本的胶卷，感觉有的字

---

① 吴恩裕：《曹雪芹佚著浅探》，123 页，天津，天津人民出版社，1979。

迹，与师大本有些相似，但因胶卷上字的比例已与原书有别，一时难以断定。随后，于 3 月 7 日和 9 日，通过与己卯本的原件相校对，我们清楚地看到，师大本中有一种字体（甲抄手）与陶洙在己卯本上补录的字迹几乎一致。

2. 辨认与周绍良先生有关的字迹

2001 年 3 月 23 日、24 日两天，在琉璃厂海王村"大众收藏书刊资料拍卖会"的书市上，我们看到周绍良先生收藏的《红楼梦》版本中，有一套王希廉的光绪丁丑年评本《新评绣像红楼梦全传》，上面有依据脂砚斋四阅评过的本子而校补的文字。朱笔眉批的字体，与师大本的朱批有相似之处。还有，周先生的藏书章和题记落款用的笔名，都是"蠡斋"。这套书，第二册封面写有"庚寅正月依脂砚斋本校"的字样（"庚寅"应为 1950 年）。目录的第一页写"脂砚斋凡四阅评过"；第十九回回目右写"脂砚斋本此卷无回目仅于封面内页批'第十九回'四字亦似后加者，蠡斋校记"；第五十一回有一条眉批："第五十一回至六十回庚辰秋定本脂砚斋凡四阅评过。"这个本字上的朱批，与师大本上的十分相似。例如，第十七回署名"畸笏"的一条眉批："妙玉世外人也故笔笔带写妙极妥极。"师大本上的字与蠡斋所补的字两相对照，几乎出自一人手笔。（见书影三之一，书影三之二）

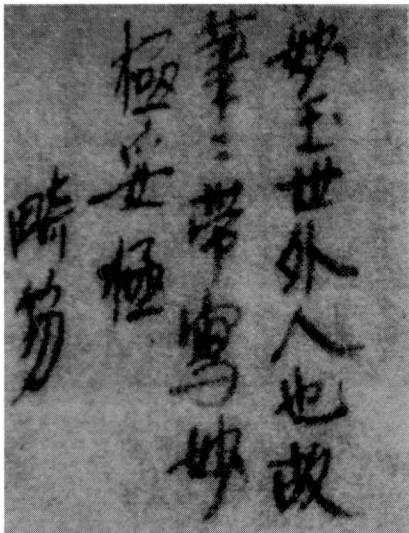

书影三之一：师大本
第十七回朱笔眉批

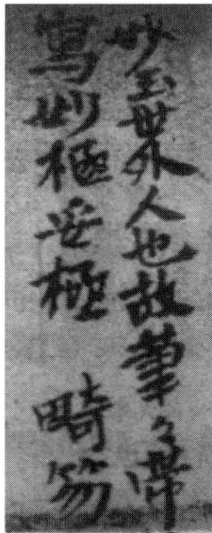

书影三之二：蠡斋在第十七
回用朱笔补录的脂批

（二）查检国家图书馆陶洙校补的己卯本

我们对师大本整理者的考定，关键在于陶洙在己卯本上所补的内容与师大本有相同之处。通过与己卯本原件相校对，我们发现，师大本与北大庚辰本较为突出的一些不同点，原来出自己卯本。

国家图书馆藏陶洙校补过的己卯本（以下简称"陶校己卯本"）第一回，开首至"只以观花修竹"前，残失三页半，第十回末残一页半，第二十一回至三十回全缺，第七十回最后两页缺失一部分。这些缺失的地方，均由陶洙依据庚辰、甲戌两本钞补齐全，并过录其眉批、夹批、回末批等。庚辰、甲戌两本，陶洙分别以朱笔、蓝笔校录。查检师大本与陶校己卯本相关部分的文字，可知师大本这些回的一些异文，无论其抄写款式，还是正文、脱文、批语，多与陶校己卯本相同。现择要分别举例如下：

1. 抄写款式

如，北大本第一回第 4 页第 4 行"……故曰贾雨村云云"，以下空白；第 5 行顶格写"此回中凡用梦幻等字，是提醒阅者眼目，亦是此书立意本旨。列位看官：你……"。师大本第 1 页 b 面第 4 行，同北大本；第 5 行"立意本旨"下空白，从"列位看官"句顶格另行书写。陶校己卯本"题记"之二云：己卯本"第一回首残三页半，已据庚辰本补全"。就书写格式言，与北大本有别，实同师大本。

北大本第二十二回第 502 页，贾环之谜末句"二哥爱在房上蹲"，句下夹批："可发一笑，真环哥之谜。"以下空白，第 7 行开首亦为夹批："诸卿勿笑，难为了作者摹拟。"下接正文："众人看了，大发一笑。"戚序本此两批语均连写。陶校己卯本将第二句批语移置于"大发一笑"句下，作两条批语处理。师大本全同陶校己卯本。

北大本第二十六回第 592 页，有一处两句写作一条的夹批："至此一顿，狡猾之甚。原非书中正文之人，写来间色耳。"前一句为墨笔，下一句"原非……"为朱笔，甲戌本俱作朱笔。陶校己卯本此两句全由一人以墨笔校录，师大本同陶校己卯本。

2. 正文

如，北大本第一回第 4 页："复可悦世之目，破人愁闷。"又："……提醒阅者眼目……"陶校己卯本前句"目"上用朱笔加一"耳"字，后句"眼目"作"耳目"。两"耳"字，除了前一句与甲戌本"凡例"中"以悦人之耳目"句相近外，余则与别本均不同。师大本同陶校己卯本。

北大本第二十七回 608 页："直坐到二更多方才睡了。"陶校己卯本"二更"作"三更"，独与甲戌本同。师大本同陶校己卯本。

北大本第二十七回 613 页："只见凤姐站在山坡上叫红玉连忙弃了众人。"陶校己卯本"红玉"下又加"红玉"二字，独同甲戌本。师大本同陶校己卯本。

北大本第二十七回 614 页："（红玉）问道：姐姐，不知道二奶奶往那里去了。"陶校己卯本"不知道"作"可知道"，独同戚序本。师大本同陶校己卯本。

北大本第二十七回 617 页："他们到是配就了的一对夫妻，一个天聋，一个地哑。"陶校己卯本前"一个"二字作"一双"，删后"一个"二字，独同甲戌本。师大本同陶校己卯本。

北大本第二十七回 619 页："一面想，一面犹不得随后追了来"。"犹"后点改为"由"。陶校己卯本后一"一面"下加"走又"二字，"随"作"从"，"后"下有一"面"字，独同甲戌本。师大本作："一面想，一面走，由不得从后面追来。"师大本同陶校己卯本。

北大本第二十七回 622 页："什么偏的庶的，我也不知道。论理我不该说他，但特昏愦的不像了。"陶校己卯本"论理"作"理论他"，当属上句，独同甲戌本；"特"作"忒"，同程甲本、甲辰本、梦稿本。师大本同陶校己卯本。

3. 脱文

值得重视的是，己卯本的第二十一至第三十回全部由陶洙增补，而这部分与师大本如出一辙。这里有一个比较典型的例子：

如，北大本第二十八回 646 页第 5 行，有半面约 5 行字的空白。师大本在此有 155 字，我们将这 155 字与甲戌、戚序等脂本相对照，虽大同小异，但没有一个版本与师大本字数完全相同。后来，在己卯本原件上陶洙增补的第二十八回中，发现了相同之处。陶洙在己卯本上恰好补出 155 字，只有一字与师大本不同，师大本的"顿时"，己卯本作"登时"。在己卯本上，我们还看到陶洙增补这段文字的依据，他在眉批处用朱笔写道："（唱毕）下至（快说底下的）止庚辰本缺此从甲戌本补录"，下边的 155 字用蓝笔补出，以表示源于甲戌本。然而，查甲戌本，此处有 151 字，而且无"便拈起一个桃来"七字。只有蒙府和戚本中有这七个字，但蒙府本这段文字共有 145 字，戚序本为 143 字，总字数都比师大本少。陶洙在此是用甲戌本补的，又以戚序本相校对，并增加了"便拈起一个桃来"七个字。

综观第二十八回宝玉和冯紫英、蒋玉函、薛蟠、云儿等人饮酒赋诗的场景，这七个字是很重要的。宝玉提议行新的酒令，"酒面要唱一个新鲜的曲子，酒底要席上生风一样的东西，或古诗、旧对、《四书》《五经》成语"。他们吟诗是因物起兴的，先后次序是：

（1）宝玉：饮了门杯，便拈起一片梨来，说道："雨打梨花深闭门。"

（2）冯紫英：饮了门杯，［便拈起一片鸡肉］，说道："鸡声（北大本作'鸣'）茅店月。"

（3）云儿：唱毕饮了门杯，［便拈起一个桃来］，说道："桃之夭夭。"

（4）薛蟠：众人都道："免了罢，免了罢，倒别耽误了别人家。"

（5）蒋玉函：说毕便干了酒，拿起一朵木樨来，念道："花气袭人知昼暖。"

从这几个人动作和语言的程序来看，甲戌本缺"便拈起一片鸡肉"和"便拈起一个桃来"，就失去了因物起兴、即景生情的意境。而陶洙能看到的戚序本中，恰恰有这两句，他便将其补上。陶洙在己卯本增补中，所做的"博采众长"的工作，也沿用到师大本上。这为我们查找师大本异文的版本来源，增添了难度。同时，也为我们发现师大本与陶洙的关系，提供了重要线索。

4. 批语

如，北大本第二十一回 460 页夹批："若只管谆谆不已，则成何文矣。"陶校己卯本"谆谆"作"哼哼"，独同戚序本，师大本同陶校己卯本。

北大本第二十一回 460 页正文："只见他姊妹两个尚卧在衾内。那林黛玉……"此下为小字夹批："写黛玉身分，严严密密。"陶校己卯本"严严密密"四字作正文，移置"那林黛玉"句下，与戚序本、甲辰本、程甲本等同，但诸本均无"写黛玉身分"一批。师大本同陶校己卯本，惟"写黛玉身分"五字有涂改痕迹。

北大本第二十一回 463 页夹批："盖宝卿从此心察得袭人果贤女子也。"陶校己卯本"心"上有一"留"字，诸脂评本均无此字，师大本同陶校己卯本。

北大本第二十一回 473 页夹批："总为后文宝玉一篇作引。"陶校己卯本"总"作"想"，为其所特有，诸本皆同北大庚辰本。师大本同陶校己卯本。

从己卯本上陶洙的记载看，他曾两次照庚辰本校对己卯本。一次在 1947 年至 1949 年间，这在他用墨笔写的大段题记中交代得很清楚。另一次校对，当在十一年前的 1936 年 3 月，即民国二十五年丙子三月。己卯本上近十处发紫的朱笔小字，题"庚辰本校讫（或校过）"的字样，在第二十回末写有"丙子三月"，在三十一回至四十回总目下边写有"此本照庚辰本校讫，廿五年丙子三月"，又在四十回末写有"三十六回至四十回庚辰本校讫，廿五年丙子三月"。这三处都标出照庚辰本校对的时间，"廿五年"和"丙子"相对应的，当是 1936 年。这时候己卯本为董康收藏，但陶洙（心如）由于当过董康的随行秘书，自然有机会研读此本。对此，董康曾有记载，其《书舶庸谭》1935 年 5 月 13 日的日记中提到："心如耽于红学，曾见脂砚斋第四次改本，著《脂砚余闻》一篇。"[1]己卯本上，1936 年照庚辰本校讫的字迹，虽然颜色与十年后的不同，但笔体还是相仿的。

可以想见，校补一部完整的脂砚斋评本，是陶洙先生多年的愿望。大概在己卯本只补完第二十一至三十回，还没有开始补第四十一至六十回的时候，他便停止整回地抄补己卯本，转向对庚辰本的校补、誊抄。师大本的完成，实现了陶先生的愿望。

（三）综合分析查访所得

我们对师大本整理时间的推断，主要基于陶洙在整理师大本的过程中参考了甲戌本的内容。既然师大本与己卯本上陶洙增补的部分有密切关系，而且陶洙校补己卯本的时候，参考的是周汝昌先生抄录的甲戌本，所以，陶先生向周先生借书的时间乃是较为重要的参照点。那么，陶洙又是何时拿到甲戌本（录副本）的呢？为此，我们围绕甲戌本，在胡适——周汝昌——陶洙三位先生之间，做了以下梳理：

第一，胡适将甲戌本原件借给周汝昌兄弟的时间——1948 年 6 月。

---

① 梅节：《论己卯本〈石头记〉》，见梅节、马力：《红学耦耕集》（增订本），211 页，北京，文化艺术出版社，2000。

第二，陶洙向周汝昌借走甲戌本录副本的大致时间——1949 年 1 月 19 日至 2 月 4 日。

第三，陶洙在己卯本题记上谈到甲戌本录副本的时间——1949 年 2 月 4 日(己丑人日，即农历正月初七)。

以下展开这三条证据：

证据之一，胡适将甲戌本原件借给周汝昌先生和他的哥哥抄录，周汝昌借书的时间是 1948 年 6 月，录完的并写跋文的时间是 1948 年 10 月 24 日，胡适写题记的时间是 1948 年 12 月 1 日。

胡适在《影印乾隆甲戌〈脂砚斋重评石头记〉的缘起》一文中写道：

> 民国十六年夏天，我在上海买得大兴刘铨福旧藏的"脂砚斋甲戌抄阅再评"的《石头记》旧抄本四大册，共有十六回：第一到第八回，第十三到第十六回，第廿五到第廿八回。甲戌是乾隆十九年，1754，这个抄本后来称为"甲戌本"。……
>
> 所以到今天为止，这个甲戌本还是世间最古又最可宝贵的《红楼梦》写本。
>
> 三十年来，许多朋友劝我把这个本子影印流传。我也顾虑到这个人间孤本在我手里，我有保存流传的责任。民国三十七年我在北平，曾让两位青年学人兄弟合作，用朱墨两色影钞了一本。①

胡适此文写于 1961 年 2 月 12 日，买得甲戌本的时间是 1927 年夏天。他珍视这个"世间最古又最可宝贵的《红楼梦》写本"，三十余年来，只是 1948 年时在北平借给"两位青年学人兄弟"抄了一本。这两位青年学人，就是周汝昌与其兄周祜昌先生。胡适在《脂砚斋评本〈石头记〉题记》(三则)之一中云：

> ……三本之中，我这本残本为最早写本，故最近于雪芹原稿，最可宝贵。今年周汝昌君(燕京大学学生)和他的哥哥借我此本去钞了一个副

---

① 胡适：《影印乾隆甲戌〈脂砚斋重评石头记〉的缘起》，载《胡适红楼梦研究论述全编》，296～299 页，上海，上海古籍出版社，1988。

本。我盼望这个残本能有影印流传的机会。

　　　　　　　　　　　　　　　　　　胡适　一九四八、十二、一①

　　甲戌本原件上有一条跋文记录了周先生借书并抄录的时间，即周汝昌跋：

　　　　卅七年六月自适之先生借得，与祜昌兄同看两月，并为录副。
　　　　　　　　　　　　　　　　　　周汝昌谨识　卅七、十、廿四②

　　综合上述三段记载可知，胡适先生于 1948 年将甲戌本借给周汝昌兄弟。两位周先生于 1948 年 6 月借得，同看两月，并抄了一个录副本。

　　证据之二，陶洙借到甲戌本(录副本)的时间约是 1949 年 1 月 19 日到 2 月 4 日之间。首先，我们曾于 2001 年 3 月 31 日经杜春耕先生引见，拜访了周汝昌先生。据周先生回忆，陶洙初次来访的时间是 1949 年，当时是冬天，与他谈及曹雪芹小像问题。周先生表示："录副本借于陶心如先生，时间上限不早于 1949 年，下限不晚于 1952 年。"其次，据《红楼梦新证》上记载，陶洙 1949 年 1 月 19 日曾见访周汝昌先生，谈论的中心是曹雪芹小像问题：

　　　　陶心如先生于一九四九年一月十九日午见访于北京东四牌楼七条胡
　　　　同借寓，谈次偶及《红楼梦》，乃语余云："民国二十二年春，在上海蒋
　　　　君家目击壁上悬一条幅，画心长约二尺余，所绘乃曹雪芹行乐图。"③

　　将周先生的口述和《红楼梦新证》的记载联系起来分析，陶洙来访谈论曹

　　① 胡适：《脂砚斋评本〈石头记〉题记(三则)》，载《胡适红楼梦研究论述全编》，220 页。
　　② 转引自冯其庸：《影印〈脂砚斋重评石头记〉甲戌本上被胡适删去的跋文》，载《红楼梦学刊》，1982(3)。
　　③ 周汝昌：《红楼梦新证》(增订本)，第七章"史实稽年"，"一七六二　乾隆二十七年　壬午"条，740 页，北京，人民文学出版社，1976。

雪芹小像的时间，即 1949 年 1 月 19 日，当为陶洙初次见访周汝昌先生。陶
洙在己卯本题记上谈到甲戌本录副本的时间为"己丑人日"，即农历正月初
七，公历为 1949 年 2 月 4 日。所以陶洙从周汝昌处借到甲戌本录副本的时
间，大概在 1949 年的 1 月下旬到 2 月初。

　　证据之三，通过陶洙 1949 年 2 月 4 日写在己卯本上的题记，可知，他
在校补己卯本的过程中，是参考了甲戌本录副本的。

　　……甲戌残本只十六回，计（一至八）（十三至十六）（廿五至廿八）。
胡适之君藏，周汝昌君抄有副本，曾假互校，所有异同处及眉评旁批夹
注，皆用蓝笔校录。
　　其在某句下之夹注，只得写于旁而于某句下作〰式符号记之，与庚
辰本同者，以〇为别，遇有字数过多，无隙可写者，则另纸照录，附装
于前，以清眉目。

己丑人日灯下记于平安里忆园

　　"己丑人日"即 1949 年 2 月 4 日，陶洙在题记中谈到用周汝昌的甲戌本
副本"曾假互校"。师大本上，不乏源于甲戌本的文字。如，第二十八回比北
大庚辰本多出的 155 字，与己卯本上陶洙增补的文字相同。而陶洙在己卯本
上明确写道："庚辰本缺，此从甲戌本补录"。可见，甲戌本在陶洙整理工作
中的重要性。因甲戌本的原件已于 1948 年 12 月 16 日被胡适带走①，所以他
在 1949 年年初特地向周汝昌先生借甲戌本的录副本。由此可以知道，师大
本的整理时间，当在陶洙拿到周汝昌先生的甲戌本时，即 1949 年前后。

　　我们对师大本整理者和整理时间的确定，最终基于周绍良先生的证明。
周绍良先生说，陶洙抄录过庚辰本，约在 1953 年卖到书店，他大概 1954 年
去世。我们于 2001 年 10 月 18 日，在马建农先生的引见下，拜访了周绍良先
生。周先生坦率地告诉我们如下信息：

---

　　①　参见胡适《影印乾隆甲戌〈脂砚斋重评石头记〉的缘起》："三十七年十二月十六
日，中央政府派飞机到北平接我南下，我只带出来了先父遗稿的清抄本和这个甲戌本《红
楼梦》。"载《胡适红楼梦研究论述全编》，298 页。

1. 陶心如抄过庚辰本。他抄的庚辰本，用己卯本改过。我和他来往很多的时候，是在 1952 年到 1953 年，那时他自己抄的书(指庚辰本)已经卖掉了。

2. 陶洙有庚辰本的摄影本，是一种晒蓝的摄影本。我估计他抄的不是原本，如有庚辰本(原本)，他不会删、动得这么厉害。

3. 陶洙可能是(19)54 年去世的。我和他来往是来往，但不是搞《红楼梦》。他抄书的本领很大，抄过很多善本书。我们请他补书，给他点儿钱，他很穷。

4. (师大本正文)这个字体很像陶心如的字。陶洙抄的本子与庚辰本一般大，他借给我看过，但不是全拿来，他是一部分、一部分地借的。

5. (师大本)眉批的字很像我的字。可能是那时候我从庚辰本给抄上的。具体什么时候，说不清了。我(19)53 年到北京，我家(父母)在北京，我常从天津来。我来北京看父母的时候，和陶心如有往来。我把庚辰本的批语过录上去，可能是这样。

6. "蠹斋"，这是我。

7. 这个本子明显是陶心如的整理本。我知道陶心如有整理本，他有自己的整理方法，我没细问过。

2001 年 10 月 27 日，我们将初步整理的访谈记录给周绍良先生寄去，请他审阅。10 月 30 日中午，我们就收到了回信。周先生在信上补充道：

> 陶心如想整理一个只有脂砚斋的批本《石头记》，但是用主观主义去搞，因之在庚辰本上很多他认为不是脂砚斋的，他都不录。据我所知，他由于生活问题，他所想搞纯脂本《石头记》没等得完工就卖了。①

综合以上查访结果，可以断定：师大本的底本是庚辰本。这个《脂砚斋

---

① 详见《北师大藏〈脂砚斋重评石头记〉版本来源查访录》一文。

重评石头记》的手抄本，是陶洙以北大庚辰本的摄影本为底本，参照己卯本、甲戌本、戚序本、程甲本或甲辰本等版本，加以校补、整理的。师大本整理、誊抄的时间，大概在 1949 年之前就开始了，至迟到 1953 年已结束。正文整理完成之后，周绍良先生又将陶洙没录的朱批补抄上去。

三、师大本自身的价值

北师大脂评本的整理者，虽然是现代的版本学家，但这个本子对于研究《红楼梦》，尤其是庚辰本，还是有其自身价值的。无论是从正文中特有的异文、脱文的增补，还是对脂批的修订等方面来看，师大本都不乏参考意义。

（一）师大本正文中特有的异文，对校读庚辰本不无参考价值。

师大本对北大本或删、或增、或改，出现不少异文，有些与诸本同，大多则与诸本不同。目前未找到版本依据，尚属师大本特有。下面对师大本不同程度的修改，举例说明之：

1. 北大本或误，师大本改正者。

如，北大本第十六回 321 页："赖大禀道：'小弟们只在临敬门外伺候。'"师大本依据诸本将"弟"改为"的"。

北大本第十七、第十八回 361 页："过荼蘼架。"师大本依据诸本将"荼"改为"荼"。

北大本第七十二回 1747 页，回目"王熙凤特强羞说病"。师大本径自改"特"为"持"。中国艺术研究院红楼梦研究所校注本（以下简称"红研所本"）改作"恃"。

2. 改与否，似均可，此类现象在师大本中较为常见。

如，北大本第三回 66 页："只听外面一阵脚步响"。师大本"听"下增一"见"字，"面"改作"院"。

北大本第三回 72 页："林姑娘正在这里伤心呢，自己淌眼抹泪的。"师大本删去"这里""呢""自己"五字。戚序本、蒙府本只是没有"这里"和"呢"，但"自己"二字未删去。

北大本第十六回 324 页："平儿与丫环参拜毕。"师大本"拜"改作"谒"。

3. 北大本语意不误，师大本修改后，文理或更顺畅完整。

如，北大本第三回 55 页："黛玉纳罕道：'这些人个个皆敛声屏气……。'"师大本将"道"字改作"因思"，句式为："黛玉纳罕，因思……"

北大本第十六回 321 页："那邢夫人……以及薛姨妈等皆在一处，听如此信至，贾母便唤赖大来……"。师大本"信"下有一"同"字，此与戚序本同；但又于"贾母"下加一"处"字，句式为："……听如此信，同至贾母处……"与诸本不同。

北大本第十六回 340 页："宝玉一见，便不禁失声，李贵忙劝道……。"师大本于"失声"下径加"痛哭"二字。

北大本第十七回 355 页："贾政忙道：'休如此纵了他。'因命他道……"师大本"因"字下有涂抹痕迹，而后加"喝宝玉"三字。

北大本第七十六回 1890 页："妙玉笑道：'……到底要歇息歇息才是。'史二人听说，便起身告辞。"后将"史"点改成"代（黛）玉"二字。梦稿本、甲辰本作"林史"二人，红研所本同；王府本、戚序本作"史二人"，与庚辰本原笔相同。师大本于"史"下加一"林"字，而作"史林二人"。

4. 参阅诸本而改，有同有异。

如，北大本第十三回 270 页："岂人力能可保常的。"复用朱笔"⌒"号，将"常"字勾于"保"上。己卯本、甲戌本作"保常"；蒙府本、戚序本作"可能常保"。师大本作"可能保常"，"可能"二字，同蒙府、戚序本；"保常"二字，则同己卯本、甲戌本。

北大本第十六回 330 页"（贾琏）只是趣笑吃酒，说胡说二字，快盛饭来吃碗子，还要往珍大爷那边去商议事呢。"甲戌本"趣"作"赸"，蒙府、戚序本作"含"，梦稿、舒序本作"讪"；"说胡说二字"这五个字，甲辰本作"胡话胡话"四字；"碗子"二字，梦稿本作"吃完了"三字，舒序、列藏本作"完了"二字，程甲、甲辰本无此二字。师大本"趣"作"赸"，同甲戌本；"碗子"作"完了"，同舒序、列藏本。

(二)师大本对庚辰本中的一些脱文加以增补，所补的脱文多于红研所补本，有些所补文字自具特色。

北大本和师大本的脱文情况，据抽样调查显示：

北大本	师大本	脱文数量
脱	脱	19 处
未脱	脱	6 处
脱	未脱	16 处

由此简表可知，二者皆脱的属于未补，少数师大本独脱的应属于漏抄（或删减），师大本未脱的应归于该本对脱文的增补，这个数目还是比较多的。

北大本脱文，而师大本未脱者，红研所本大都已补全，但亦有未补者。相比之下，师大本对这些脱文作了增补。

如，北大本第二十八回 645 页，（冯紫英）"说道：'鸡鸣（师大本作'声'）茅店月'"前，脱"便拈起一片鸡肉"，师大本补了这七个字，同戚序本，亦同己卯本上陶洙所补的二十八回。红研所本未补。

北大本第七十一回 1726 页："这几日，尤氏晚间也不回那府里去，白日间待客，晚间"后，脱漏"陪贾母顽笑，又帮着凤姐料理"等字，师大本补了16 字，红研所本未补。

值得注意的是，师大本对庚辰本的增补，有的文字自具特色。如，上一例中提到北大本第七十一回 1726 页第 7 行，因"晚间"二字重出，造成脱漏。若按戚序本应补出 28 字，用"[　　]"号标出："这几日尤氏晚间也不回那府里去白日间待客晚间[陪贾母顽笑又帮着凤姐料理出入大小器皿以及收放赏礼事务晚间]在园内李氏房中歇宿。"师大本却于"晚间"下增补了这样 16 个字："陪贾母顽笑又帮着凤姐料理一应事务"，用"一应"取代了"出入大小器皿以及收放赏礼"。查其他脂本，如梦稿、蒙府、戚序、甲辰、列藏以及程甲等本，比庚辰本多出的二十余字，几乎都是"出入大小器皿以及收放赏礼（或'礼物'）事务"，而没有作"一应事务"的。

诚然，师大本中诸如此类文字，目前还没有查到版本来源，尚属师大本独有的异文。

（三）师大本对庚辰本批语的错乱之处进行了修订，在时间上早于俞平伯等人的整理本，对研究脂评也有其参考意义。

人所共知，有关脂评汇集之作，已出多种，主要有俞平伯《脂砚斋红楼梦辑评》(以下简称俞"评"本)①、陈庆浩《新编石头记脂砚斋评语辑校》(以下简称陈"校"本)②、朱一玄《红楼梦脂评校录》(以下简称朱"录"本)③等。这些编著,都辑入了庚辰本脂评,并做了校订,这对当代之红学研究,厥功甚巨。现在知道,师大本对庚辰脂评的校改,比之俞"评"本等,时间较早,校改文字有同有异,当不失为一家之说,亦可资脂批研究者参阅。

1. 北大本字迹残缺者,师大本据别本加以补正。

如,北大本第十六回324页眉批:"……是欲诸公认得阿凤,子看以后之书。""子"字左边空半格,师大本添一偏旁"女",而成"好"字,与甲戌本同。

北大本第二十六回586页,眉批上方缺一行字(平列的四个字)。我们查看了北大图书馆善本室珍藏的庚辰本原件,也少一行,像是被切了一刀。师大本这条眉批则是完整的,作:"宝玉一腔委曲怨愤,系身在怡红不能遂志,看官勿错认为芸儿害相思也。"补出了"宝、係、遂、认"和半个"为"字。查甲戌本,"宝"作"红",其他三个半字都是一样的。陶洙补的己卯本中,这条眉批也写作"红玉",因陶洙在这条批语上方标有蓝色的圆圈儿,表明其版本依据为甲戌本。估计"宝"字是师大本过录时的笔误。

2. 北大本批语与正文倒置舛错者,师大本予以调换改正。此种现象,我们在《概述》中已列举多条例证,此再举两例:

如,北大本第十七、十八回389页,叙及元妃眺览大观园正殿并"赐名"一段云:

天地启宏慈赤子苍头同感戴

① 俞平伯:《脂砚斋红楼梦辑评》,上海文艺联合出版社1954年初版,后屡经修订再版。

② 陈庆浩《新编石头记脂砚斋评语辑校》,原题《新编红楼梦脂砚斋评语辑校》,由香港中文大学新亚书院《红楼梦》研究小组、法国巴黎国立第七大学东亚教研处出版中心1972年1月联合出版;后经增订,改为今名,由台北联经出版公司1979年10月出版;大陆则由中国友谊出版公司于1987年8月出版。

③ 朱一玄:《红楼梦脂评校录》,济南,齐鲁书社,1986。

古人垂旷典九州万国被恩荣_{此一匾一联书于正殿　是贾妃口气}

大观园_{园之名}　有凤来仪_{赐名曰潇湘馆}　红香绿玉改作怡红快绿_{即名曰怡}

_{红院}　蘅芷清芬_{赐名曰蘅芜苑}　杏帘在望_{赐名曰瀚葛山庄}

　　北大本正文中"古人"，师大本作"古今"，与梦稿、蒙府、戚序、甲辰
等本同。己卯本这段文字，全同庚辰本；惟"一匾"下空一格，少一"一"字，
"改作"下脱一"怡"字。

　　师大本合"此一匾一联书于正殿"九字与"是贾妃口气"句为小字，成一
夹批，同戚序本；"园之名"三字，仍作批语，同戚序本；而三句"赐名曰
……"均改为大字，与戚序、舒序、甲辰等本同；"即名曰怡红院"六字，前
三字仍作小字，后三字为大字，上下文气不联，似不妥，戚序本此六字俱为
小字。后俞"评"本、陈"校"本、朱"录"本等，除"是贾妃口气"句外，其余
小字，均作正文处理。（见书影四之一，书影四之二）

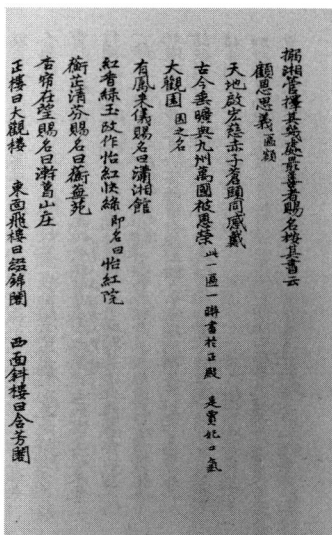

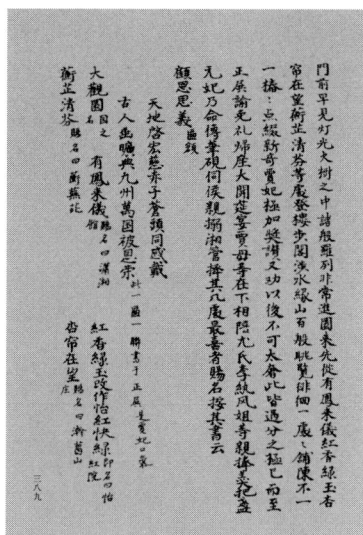

书影四之一：师大本　　　　　　书影四之二：北大本
第十七回夹批　　　　　　　第十七回（389 页）夹批

　　又如，北大本第二十一回 478 页回末，"且听下回分解"，下边有"收后
淡雅之至"六字，字的大小与正文字体相同。而师大本则为小字批语，同己
卯本上陶洙增补的内容。查红研所本，此六字亦未做正文处理。

3. 北大本批语文字衍夺舛讹者，师大本多据别本脂批作了校改。这一现象前文已有例证，现再略举几例：

如，北大本第十六回 331 页夹批："忙字最要紧，特于凤姐口中出此字，可知事关钜要，是书中正眼矣。"师大本"事关钜要"句下，多"非同浅细"四字，与戚序本同，查甲戌本、己卯本与庚辰本同。

北大本第十六回 331 页夹批："补近日之事，启下回之。"师大本"之"下有一"文"字，与甲戌本同，己卯本、戚序本等均同庚辰本。

北大本第十六回 332~333 页夹批："一段闲谈中补明多少文章真是费长壶中天地也。"师大本在"费长"和"壶"之间，多一个"房"字。甲戌本、己卯本、戚序本有"房"字。

北大本第十七回 350 页夹批："此是小径，非行车辇通道……后于省亲之则，已得知矣。"师大本"辇"下无"通"字，与己卯本同；"之"下多一"时"字，"则"字当属下句，戚序本"则"作"时"。

北大本第十七回 364 页夹批："前二处，一日月下读书，一日勾引起归农之意……。"师大本两"日"字均作"曰"，与戚序本同。己卯本"二"原作"一"，后用朱笔于其上添一"一"，改作"二"；两"曰"原俱作"日"，后用朱笔旁改为"曰"；陈"校"本引己卯本，前一"曰"字作"田"，不明所据。

北大本第二十回 437 页夹批："宝玉之情痴，十六乎假乎，看官细评。""十六"二字，显然有误，师大本作"真"，与戚序本同。己卯本原作"十六"，后用墨笔描改为"真"。

北大本第二十一回 463 页夹批："宝卿待人接物，不疏不亲，不远不近，厌之人，亦未见醴密只情，形诸声色。"此批文理不顺，戚序本"厌"上有一"可"字，"亦未见"下有"冷淡之态，形诸声色；可喜之人，亦未见"十五字。师大本作："宝卿待人，不疏不亲，不远不近，可厌之人，亦未见冷淡之态，形诸声色；可喜之人，亦未见醴密之影，形诸声色。"在参考戚序本的基础上，将"醴密只情"改作"醴密之影"。

北大本第二十六回 591 页夹批："渐渐入。"师大本"入"下有一"港"字，与甲戌本同；戚序本同庚辰本。

4. 北大本批语文字明显衍夺讹舛、难以卒读之处，第七十一回以后尤为严重；师大本大多作了增删改正，于脂评诸汇集本中可备一说，但也有校改后，文字仍舛误不通者。

如在第七十一回中——

北大本 1745 页夹批："此见是女儿们常观书者白亦为如事此"。师大本删"见"字，"常"下增一"事"字，"白"改作"自"，置于"亦"字下，而作"此是女儿们常事，观书者亦自为如事此"。俞"评"本等删后一"事"字，较为通顺。

在第七十三回中——

北大本 1781 页，写及"痴丫头误拾绣春香囊"，夹批"险极妙极"条有句云："……金闺玉阁尚有此等秽妙，天下浅闲浦募之家宁不慎乎？"师大本"秽妙"改作"秽物"，较为妥帖；俞"评"本、陈"校"本仍作"秽妙"，朱"录"本改为"秽物"。

北大本 1782 页，夹批"妙这一嚇字"条有句云："……若不用慎重之笔，则邢夫人直系一小家卑污极轻贼极轻之人已，已得与荣府联房哉？"师大本删"贼"字，下一"轻"字改作"贱"，前一"已"字改作"矣"，后一"已"字作"安"，句意乃为"……极轻极贱之人矣，安得……"。俞"评"本、朱"录"本"极轻贼极轻"五字仍为原文；陈"校"本改"贼"为"贱"，而删下"极轻"二字。

北大本 1783 页夹批："加在于琏凤，的是父母常情。"师大本"在"作"罪"；俞"评"本等仍为"在"。

北大本 1785 页，夹批"杀杀杀"条有句云："……又不知作者多少眼泪洒出屯回也。又问不知如何顾恤些，又不知有何可顾恤之处，直令人不解。"师大本删前一"又"字，"屯"改作"此"，"问"作"云"；而将"顾恤些"三字，移置于"云"下，"如何"下增"顾恤"二字；句意乃为"……又云顾恤些，不知如何顾恤，又不知……"。俞"评"本等除"屯"改作"此"外，余则保持原文。

在第七十四回中——

北大本 1804 页夹批："犹云可怜，妙人。在别人视之，今古无比，移若在荣府论，实不能比先矣。"师大本"人"改作"文"，"移若"作"若移"。俞"评"本等俱删去"人"与"移"二字。

北大本 1807 页夹批："妙妙，好肩。俗云水蛇要，则游曲小也。又云美人无肩，又曰前或皆之美之刑也。……"师大本"好肩"作"好看"，有误；"要"作"腰"，"游"亦改作"腰"；"皆之"作"皆言"，"刑"作"形"。俞"评"本等除"要"改作"腰"外，余则均保持原文。

北大本1808～1809页夹批："好，可知天生美人原不在妆饰，使人一见不觉心惊目骇，可恨也之涂脂抹粉，真同鬼魅而不见觉。"师大本"可恨"改作"可笑"，"也"作"今"。俞"评"本保持原文，陈"校"本、朱"录"本"也"俱改为"世"。

北大本1824页夹批："刻毒。按凤姐虽系刻之至毒，然亦不应在下人前为不寻，次等人前不得不如是也。"师大本"至"下无"毒"字，"为"下增一"此"字，"不寻"作"殊不知"三字，"次"作"此"；句意为"……然亦不应在下人前为此，殊不知此等人前……。"俞"评"本此句作"按凤姐虽系刻毒之至"，下句"为不寻"删去"不"字。陈"校"本"刻毒"下增补"之至"二字，下句"之至"二字删；"为"下删"不"，"寻"下补"不是"二字。朱"录"本略同陈"校"本。

在第七十五回中——

北大本1839页夹批："贾母已看破孤悲兔死，故不改已，聊未自遗耳。"师大本"孤"改作"狐"，"已"下增一"往"字，"未"作"表"。俞"评"本等"未"均作"来"。

北大本1854页夹批："未写荣府庆中秋，却先写宁府开夜宴，未写荣府数尽，先写宁府异道。盖宁乃家宅，凡有关于吉凶者故必先示之。且列祖祠此，岂无得而警乎？几人先人虽远，然气远相关，必有之利也。"师大本删"却"字，"异道"作"异兆"，"家宅"下增"之长"二字，"祠"下加一"堂"字，"利"作"理"；"几"应作"凡"，未改；"气远"似应作"气运"，陈"校"本作"气息"。俞"评"本等均未加"之长"与"堂"三字。

北大本1862页，夹批"偏立贾政"条有句云："……盖不可向说问，贾环亦荣公子正脉，虽年少顽劣，见今故小儿之常情年，读书岂无长进之理哉？况贾政之教是弟子目己，大觉疏忽矣。……"师大本"向说问"作"问向说"，"子"作之"；"见今"二字，移置下句"读书"前，"故"改作"亦"，"年"作"耳"；句意为"……虽少年顽劣，亦小儿之常情耳，见今读书……"；"弟子"作"子弟"，"目己"作"见己"。俞"评"本等"故"均作"古"，"年"俱作

"耳"；陈"校"本、朱"录"本"目己"俱作"自己"，俞"评"本"弟子自己"改作"自己子弟"。

在第七十六回中——

北大本 1870 页夹批："转身妙，画出对呆不觉尊长在上之形景来，月听笛如痴如。"师大本将"月听笛如痴如"六字移置于"画出对"三字后，与列藏本同；唯"来"字，列藏本作"矣"。俞"评"本等均同师大本。

在第七十七回中——

北大本 1901 页夹批："宝玉之语全作图图意，最是极无未之是极浓极有情之语也，只合如此写，方字宝玉，稍有真功，则不是宝玉了。"师大本"图图"二字作"囫囵"，"未"作"味"，"之"作"却"，当属下句；前一"极"字上有"形容"二字，"字"作"是"，"功"作"切"。俞"评"本等，"无未之"下补一"语"字，而无"形容"二字，余则同师大本。

北大本 1912 页夹批："宝玉至终一着全作如是想，所以此于情终于语者，既能终于悟而止，则情不得滥漫而涉于淫佚之事矣。……"师大本"至终"作"始终"，"语"作"悟"。俞"评"本等"此于情"作"始于情"，文气顺畅。

在第七十九回中——

北大本 1974 页夹批："妙极，菱香口声段不可少，看他下作死语，知其心中略无忌讳疑卢等意，夏是浑然天真，之余为一哭。"师大本"菱香"作"香菱"，"夏"作"皆"，"之"字移置于"为"下。俞"评"本"死语"作"诗语"，"夏"作"真"；陈"校"本"夏"作"直"。

在第八十回中——

北大本 1987 页夹批："补钗小捨儿手尾，亡中又点薄命二字，与痴丫头遥遥相对。"师大本"钗"作"叙"，"手尾"作"首尾"，"亡"作"忙"，"作对"作"相对"。俞"评"本等除"作对"未改外，余则与师大本全同。

北大本 2002 页夹批："恨薛蟠何等刚霸，偏不能以此语金桂，使人盆盆，世书中全是不平，又全是意外之料。"师大本"此语"下增一"对"字，"盆盆"作"忿忿"，删去"意"字，似不妥。列藏本"此语"下有一"及"字，"世书"作"此书"。俞"评"本、朱"录"本"此语"后无他字，"世书"俱作"此书"。

七十回以后的文字，甲戌本、己卯本都已缺失，庚辰本中有许多错乱之处，师大本是怎样校改的呢？除了戚序本之外，陶洙是否还有别本可依？都是值得注意的问题。而从上文第七十一到八十回所举的例证来看，师大本的许多改动，与后来的俞平伯、陈庆浩、朱一玄等人对脂批的校改相比，自具特色，可供脂评研究者参考。

四、两点疑问

第一，师大本当是陶洙先生整理的一部较为完整的《脂砚斋重评石头记》，陶洙的生卒年约为1877—1959年①。从己卯本题记中得知，陶先生1947年时七十岁，那么他大概生于1877年（清光绪三年）前后。与胡适、俞平伯等现代红学家相比，陶洙先生应属前辈学人了。他以古籍传统校勘的方式，参考多种本子，对脂评《石头记》进行了校改、增补、誊清等工作，辛苦结晶，自有其独到之处。师大本是陶洙整理后的誊清本，那么，原来的工作底本何在？它是否还能提供给我们一些有价值的资料？此事尚应继续查访追踪。

第二，如前所述，师大本乃据己卯本、甲戌本、戚序本、程甲或甲辰本钞补校改而成；但也有少量异文，与其他本子如舒序本、梦稿本、蒙府本、列藏本等相同，而依这些本子的庋藏和发现情况看，陶洙当时难以或根本看不到这些本子。那么，这少量异文的出现，是随意改之，英雄所见略同，抑或另有他本所依，目前尚不清楚。我们姑且举一些例子：

北大本第三回56页："（凤姐）彩袖辉煌，恍若神妃仙子。"舒序本"神妃仙子"作"神仙妃子"，师大本同。

北大本第十回229页："或以这个脉为喜脉。"舒序本无"个"字，师大本同。

北大本第十六回320页："宁荣二处人丁都齐集庆贺。"梦稿本"二处"作"二府"，师大本同。

北大本第十七回366页："却一时想不起那年月日的事了。"梦稿本、列

---

① 据胡文彬先生考证，陶洙当生于"光绪乙亥"，即光绪元年（1875）。参见《陶洙与抄本〈石头记〉之流传》，载《红楼梦学刊》，2002（1）。据中央民族大学高文晶同学硕士学位论文《陶洙校抄本〈脂砚斋重评石头记〉研究》，陶氏当于1959年去世。

藏本"事"下均无"了"字，师大本同。

北大本第二十二回 506 页："探春笑道是又看道是。"前一"是"原来为小字批，舒序本、列藏本俱作正文，师大本同。

北大本第七十一回 1729 页："两个姑子忙立起身来。"梦稿本"起"下无"身"字，师大本同。

北大本第七十一回 1730 页："不是老太太的千秋，我断不依。"蒙府本、列藏本"老太太"三字下无"的"字，师大本同。

北大本第八十回 1991 页："金桂听见他婆婆如此说。"列藏本"听见"下无"他"字，师大本同。

上述可见，师大本上的少数异文，与舒序本、列藏本、梦稿本、蒙府本等相同，按陶洙 1954 年去世的时间来看，这几种版本他看到的可能性不大。因为，舒序本为吴晓铃旧藏，朱南铣有影钞本，藏国家图书馆，陶洙是否看得到？还是个未知数。梦稿本于 1959 年春发现，现藏中国科学院文学研究所图书馆。蒙府本，1960 年发现，现藏国家图书馆。列藏本，道光十二年（1832）传入俄京，1986 年中华书局影印出版。这些本子，陶洙几乎是没有机会亲眼看到的。那么，与之相同的异文，又该怎样解释？这也是值得进一步探讨的问题。

（原载《红楼梦学刊》2002 年第 3 辑）

务得事实 以求真是

——读周汝昌先生《评北京师范大学藏〈石头记〉抄本》

十多年前，北师大在读博士生曹立波在学校图书馆偶尔看到一部旧抄本《脂砚斋重评石头记》。后经核校、查访及有关专家鉴定，乃知是一种以庚辰本为底本、经校补整理而成的本子。整理者，是陶洙（字心如）先生；整理时间，当在1949年至1953年之间。1957年，由琉璃厂中国书店售与北师大图书馆（以下简称"师大本"）①。

2002年8月，北京图书馆出版社影印出版了这个本子，由冯其庸先生为之作序。序文断定"北师大庚辰本是据北大庚辰本抄的"，亦证实其抄者是陶洙；探测其抄成年代，上限不能早于1936年，下限不能晚于50年代初，是"庚辰本的最晚的一个抄本"②。

师大本的披露和出版，曾引起红学界的广泛关注，一时见仁见智，议论纷纷。当时我曾反复强调，对这个本子，一定要实事求是。2001年3月，我和曹立波、杨健接受了《北京日报》两位记者的采访，他们在采访稿末写道："采访结束时，张俊教授一再嘱托：'对师大发现的《红楼梦》新抄本，希望新闻报道上实事求是，不要炒作。毕竟研究才刚刚开始，结论

---

① 以上详情，参见曹立波《我看到北师大脂评本的经过》，载《红楼梦学刊》，2001（2）；实达（曹立波）：《北京师范大学〈脂砚斋重评石头记〉专家座谈会综述》，载《红楼梦学刊》，2001（2）；张俊、曹立波、杨健：《北师大藏〈脂砚斋重评石头记〉抄本概述》，载《北京师范大学学报（人文社会科学版）》，2001（4）；曹立波、张俊、杨健：《北师大藏〈脂砚斋重评石头记〉版本来源查访录》，载《北京师范大学学报（人文社会科学版）》，2002（1）；张俊、曹立波、杨健：《北师大藏〈脂砚斋重评石头记〉抄本考论》，载《红楼梦学刊》，2002（3）。

② 冯其庸：《关于北京师范大学〈石头记〉庚辰抄本的几点思考》，载《北京师范大学藏脂砚斋重评石头记》卷首，北京，北京图书馆出版社，2002。

性的话要等深入研究后再说。'"①后来我在一次接受《人民日报》海外版记者采访时又表示：《红楼梦》版本资料比较少见，一旦有什么新的发现，大家难免会很激动，但对待学术问题，还是要实事求是②。此后，有一段时间，不管外界对师大本说什么，是认同，是质疑，还是反对，我都缄口慎言，不作回应。

后来，引起我注意的，是周汝昌先生的两篇文章。师大本出版次年，半年之内，周先生两次撰文，对师大本作了"新考"，并针对一些研究者提出的观点，发表了自己的看法。周文刊出后，红学界反响，似乎较为平静。据说，北师大的一些学子，看到周文，以为自己学校藏有一部《红楼梦》珍贵版本，而为之欣喜，为之自豪。

当年（2003年），我读过周先生两篇评论师大本的文章后，心有所感，乃取《汉书·河间献王传》颜师古注"务得事实，每求真是"句义，以为文题，于是年六月草拟一篇小文，申说拙见，欲与周先生商榷。初稿草成，曾征询一些师友意见，后因故搁置案头，未曾发表。两年后，又读到周先生《红楼无限情——周汝昌自传》《我与胡适先生》等一系列著述，获得更多资料，于是翻出旧稿，时断时续，又作了两次较大的修改，今不揣谫陋，公之于众，以求教于方家。

一、周汝昌先生的两篇文章，要告诉读者什么

周先生第一篇大作，题为《评北京师范大学藏〈石头记〉抄本》，写于2003年3月21，后由周伦玲整理并定稿，刊载于《光明日报》2003年5月22日第3版"书评"。中国人民大学资料复印中心《中国古代、近代文学研究》2003年第8辑全文转载，后收入作者《石头记会真》第拾卷中（下简称"周文（一）"）。文章要旨，乃在说明：㊀师大本并非如有的研究者所说是"庚辰本

①　戚海燕、王鸿良：《〈红楼梦〉新抄本意外发现始末》，载《北京日报》，2001-03-06。

②　林薇：《北师大〈脂砚斋重评石头记〉版本揭秘》，载《人民日报》（海外版），2002-03-26。

的过录本",而是"另有祖本";㈡它就是"1948年胡适来信中所示之八十回本","与陶心如并无关系";㈢它的抄写年代,要"早于今之北大本",是个"具有独立价值的旧抄本"。

周先生第二篇宏文,写于同年五月初一日,亦收入其《石头记会真》第拾卷中(下简称"周文(二)")。文题同前一文,而复细检第一回,知其开卷异文"粗计约有几十处之多",并在连检前四回后,排除了师大本乃陶洙依据北大本为底本而校订的过录本的说法①,文后并有一则六月追记的"附言",自称:师大本"今于2003年3月方有影印本可供研究……在此以前,世人亦不知此本之存在。"明白告诉读者,自1957年6月师大图书馆购得此书后,近半个世纪,是周先生首先知道了此书的"存在",并对它进行了研究,世人是不知道的②。

之后,周先生在其于2005年出版的《我与胡适先生》一书中,首次公布

---

① 曹雪芹原著,脂砚斋重评,周祜昌、周汝昌、周伦玲校订:《石头记会真》(拾),888页,郑州,海燕出版社,2004。以下周文(二)引例,均依据此书,不另注。

② "附言"见《石头记会真》(拾)第895页。按,"附言"所说,不切实处有二:一是师大本出版时间有误。查北京图书馆出版社影印本版权页,明白写着:"版次2002年8月北京第1版第1次印刷"。附言则写作"2003年3月",推后七个月,恰恰与周文(一)写讫与定稿时间同步。二是所谓在师大本出版前,世人"不知此本之存在",不合实情。其实,在周氏前,已有多人知道此书,并曾有专家作过"鉴定"。2001年2月12日,师大本购书经手人周禄良先生介绍:"(此书)买进以后,有人看过,说是新抄本,根据北大本抄的,可是没对过。"2月27日,在师大本专家座谈会上,曹立波同学发言时强调:"我只不过偶然看到了这部书,并不是发现。在我之前,范宁先生、赵进修先生,还有我的同门学长朱萍同学都看过这部书。"4月27日,师大本另一位知情人陈宪章先生对当年师大本的鉴定情况作了详细说明:"书买进以后,与其他《红楼梦》版本相比,显得很贵。于是,图书馆就请专家来鉴定。当时,请了红学家范宁先生,参加鉴定的还有赵进修先生。……范宁先生的结论是:'这部书是过录本。'……从此以后,图书馆就按'过录本'的结论来处理这部书了。"(详见《北师大藏〈脂砚斋重评石头记〉版本来源查访录》)1961年师大图书馆编印的《中文古籍书目》"集部·小说类"收入了此书,而1982年编印的《古籍善本书目》则未收录。直至师大本2002年8月由北图出版社影印出版前一个月,同样由该社出版的、师大图书馆古籍部所编之《古籍善本书目》始收入此书,而注明"陶洙校订"。五十年后,师大本乃由普通古籍而升格为"善本"。

周汝昌先生文章书影

了胡适致周汝昌六札信函，同时又以回忆、书信、缀语、旁注等多种方式，屡屡谈及师大本与陶心如，反复强调师大本"与陶无关"；并对师大本讨论中的某些歧见，意图释疑解惑，提出自己看法。

无疑，周文的一些主要观点，是颇具"挑战"性的。如果说，师大本确是早于北大本的一部"旧抄本"，那么，必将会为脂本系列增添一新的珍贵版本，实是红坛之"幸事"。然而，比对文本，我们又疑惑：周文的那些论断，真正切合师大本实际吗？师大本真正具有"独立价值"吗？周文（二）结末有一句表白作者为文之意的话："希望在于求真而得实，有利于学术的发展。"我们相信，这话是真诚的。毕竟，如有的学者所说："学术的目的在于再现真实，评判价值，推出精华，而最根本的在于实事求是。"①因此我想，评判

---

① 乐爱国：《"民国学术热"意味着什么？》，载《光明日报》，2015-01-13。

周文，如果我们不是对其观点简单地表示认同或反对，而能够平心静气，实事求是，认真考察一下周文的论证过程，复核一下周文所使用的材料，对比一下周先生的其他相关著述，或者乃不难发现，周文的主要论断，未必完全切合师大本的实际。

二、这些异文，都是师大本"独出"吗

周文(一)(二)引证师大本、北大本两书之歧异处，约50例，其中约20余例，周文断为师大本"独出"(或优胜，或讹误)，并以此为据，证明北师本与北大本"是分别来自'祖本'的两部传承本"。但一经查核，则可发现，这些例证，其明显判断有误、引证差错者有10多处，并不完全符合作品实际。

因为，依据周文所征引的例证看，其所谓异文，实则有三种情况：一是师大本实同于相关脂批原抄本，或原抄本偶误、脱漏而随即纠补的文字；二是同于脂本旁添旁改的文字，其中多数改本，亦早于师大本；三是虽不同于原抄本及其后改文字，但或引证失误，或乃捏合有关脂本文字而成，貌似独出异文，实则原有依傍。对这三种情况，如加以详核细辨，自当明其所以，是不宜一律视作师大本独有异文，引为所谓"版本新考"论证依据的。

现择要摘录数例，略予说明，以澄清事实，昭其真相。

例(1)，第五回探春判词，师大本作"才是精明志自高，生于没世运偏消。"(着重号为周文所加，下同)周文分析说，上句，诸本皆作"才自精明志自高"，师大本第一个"自"作"是"，"是'因'与'果'的关系"；下句"没世"，乃指"没落"的时代，是雪芹"有意如此铸词"，与诸本作"末世"者，"并不雷同"。①

其实，上句"自"写作"是"，当系音近混用，似无深义。在师大本中，此类现象，并不鲜见。如将"字"字写作"事"(如第三回正文、七十九回夹批)，或写作"是"(如第七十七回夹批)；将"这"字写作"怎"(如第十二回、

---

① 引周文(一)例，据《光明日报》所载文，后收入作者《石头记会真》(拾)时，文字略有改动。下面所引周文(一)例，不另注。

十六回正文)，或将"怎"写作"这"(如第七十三回正文)。此外，如"善"与
"然"、"们"与"么"等字混用之例，比比皆是。至于下句"没世"二字，师大
本亦作"末世"，同北大本，是周先生看朱成碧，误作"没世"，而非雪芹"有
意如此铸词"。只是北大本凤姐判词"凡鸟偏从末世来"，师大本将"末世"抄
作"没世"，本物各有主，是周文张冠李戴，弄错了对象。即使两判词都写作
"没世"，亦同戚序本，也并非师大本所独有。

例(2)，同上回，周文说，写警幻"介绍"新酿美酒、新填红楼梦曲，诸
本"填"处，或又作"添"，师大本却作"新制……"，并引南宋词人姜夔除夕
绝句"自制新词韵最娇"句为证，以说明"制"比"填"为好。

查北大本与甲戌、己卯、戚序等抄本，以及程甲、程乙等刻本，均作
"新制"，并无一例作"新填"或"新添"者。不知周文为何津津独赞师大本新
"制"之"好"，百思不解。

例(3)，第一回写石头答空空道人问，北大本有"那里去有功夫看那些理
治之书"一语，"那理治之书"，师大本作"那道理之书"。周文分析，此"非
形似音同，纯属用字不同，如何能说是依庚辰本过录"？

经查核，此语，甲戌、戚序本皆作"那理治之书"，而北大庚辰本原抄作
"那理之书"，后或因其文义不通，乃于"那理"二字之间旁添一"道"字，而
作"那道理之书"。周文径引作"那理治之书"，又臆增一"治"字，实与庚辰
本原抄及改笔均不符，征引有误。师大本抄作"那道理之书"，恰与庚辰本改
笔同。如何能说是"异文独出"？

例(4)，第五回湘云判词，北大本"展眼吊斜晖"，展眼，师大本作"转
眼"；晴雯判词，北大本"寿夭多因毁谤生"，毁，师大本作"诽"。周文也认
为，这些歧异，可知师大本所据底本，当是"另一个'祖本'传来的副本"，
而非北大本。

比对别本，上句"展眼"二字，戚序本作"转眼"，与师大本同。而晴雯
判词中，师大本将"毁"改作"诽"，亦非其独有，甲戌、戚序、程甲本等，
亦均作"诽"；己卯本原作"诽"，复用朱笔在其右侧写一"毁"字。这又作何
解释？

例(5)，第十三回，北大本有一朱笔眉批云："树倒猢狲散之语全又在
耳。"复用墨笔将"全"字点示三点，而在其右下角写一"今"字，师大本即

作"今"。周绍良先生曾坦诚说明：师大本的朱笔眉批，是他"从庚辰本给抄上的"，用的是"陶洙自己的晒蓝本"①。周汝昌先生则不认同师大本眉批为他人所抄补，而硬要说："'今'字有其独立价值，出于另一未现底本。"

例(6)，第一回诸本写甄士隐听僧道所谈因果，欲闻其详，二仙笑道："此乃玄(元)机不可预洩者。"唯独师大本作"不可预悉"。周文认为，"预洩"一词，乃旧小说"定式"，而"悉"字则"新鲜奇异"，"显非偶误"，其"底本作'悉'，不作'洩'"。

此一推断，亦可商酌。查师大本前两回，并有"悉与"一词及"真情发洩""�洩出""发洩一尽"等语，这里"悉"与"洩"两字用法，词义分明，自不易混。而紧挨"元机不可预悉者"句次行，则写作："士隐听了不便再问，因笑道：'元机不可预洩。'"此句全同诸本。"预悉"与"预洩"两词，两行中同时出现。一词连用，却有两种写法。如依周文所说，前者"让人感到新鲜奇异"；那么，后者为何又落入旧小说故套？前后扞格如此，似乎不合文理。周文则断言，师大本抄校者为什么要"改"为"预悉"？"答案只能是一个：底本作'悉'，不作'洩'。"但是，这一"答案"，仍难免让人纳闷，下一行中明明写作"预洩"，又该如何索解？这是"预悉"之讹误，抑系底本如此？周文避而未谈。只顾其一，不及其二，自然难圆其说。

例(7)，北大本第二回，写女儿们取笑宝玉道："因何打急了只管叫姐妹作甚……你岂不愧些！"愧些，别本或作"愧羞"，或作"愧么"，而师大本独作"害羞"。周文评谓："这种例子尤为突兀"，"抑系另有底本"。

───────────

①　见《北师大藏〈脂砚斋重评石头记〉版本来源查访录》。而据云，陶洙当年校抄庚辰本，是想整理出一部"最好的脂评《石头记》抄本"。因此，他所用之入校本，主要是其生前所见之己卯、戚序、甲戌等脂评本。本文引例辨析，亦以上述三脂本为主，必要时，参考别种脂抄本和程刻本。又据学人介绍，1954年陶氏尝得见甲辰本，参见吴恩裕《陶心如谈甲辰本红楼梦》(吴氏：《曹雪芹佚著浅探》，123页，天津，天津人民出版社，1979)、《现存己卯本〈石头记〉新探》(吴恩裕：《曹雪芹丛考》，254页，上海，上海古籍出版社，1980)、胡文彬《陶洙与抄本〈石头记〉之流传》(载《红楼梦学刊》，2002(1))等文，但其时陶氏庚辰整理本当已誊清，甲辰本已不及入校矣。

查检己卯本，此句，原作"你岂不羞些"，后用朱笔于"不"字下旁添一"害"字，"羞"下点去"些"字，而增一"愧"字，全句改为"你岂不害羞愧"。师大本抄校者，或以为句意不顺，复删去"愧"字，而写作"你岂不害羞"。显然，抄校者尝以己卯本校改过师大本，当是事实，此例并不"突兀"。也可参见下例。

例（8），第十三回写秦氏托梦凤姐，嘱贾府应多置祭田，以为家败后"退步"。北大本作："这一年的地亩钱粮，祭祀供给之事……"，而师大本于"祭祀"句上，有"专办"二字。周文说明，"专办"二字，别本"脱漏"，北师本"独出"，"文义完整"。

查检别本，如甲戌、戚序本等，与北大本同。而己卯本此句作："这一年的地亩钱粮所出专办这祭祀供给之事……"，其中"所出专办这"五字为朱笔，以"「　」"号标示，用"～"线勾于"钱粮"二字下。循事度理，师大本"专办"二字，当采自己卯本，而不可能是己卯本在此两字上下补缀三字而成。

例（9），第四回"护官符"及其双行小字注文，北大庚辰本无双行小注，师大本有之；正文"珍珠如土金如铁"句，诸本同，师大本作"真珠"，同"戚序本"。周文强调，师大本"与所有有此注文的诸本无一全同者"，质疑："若谓是陶氏为了'补抄'而取校别本，则此'别本'又在何处？"

依周文之意，似乎是说，师大本注文另有底本，并无现见别本所依。查现存脂批旧抄本，除庚辰本外，己卯本正文及舒序本，亦无小字注。有小字注者，系己卯本卷首之带注夹条、甲戌、王府、戚序、梦稿、列藏诸本。而各本注文，则多歧异，唯王府、戚序两本注文相同。戚本于"护官符"上端，有狄葆贤眉批一则，云："口碑之下小注，是门子所抄护官符原有之注解，非批语也，今本全行删去，谬极。"[1]陶洙自己原有戚本，如果说，他据狄氏批语所示，补抄戚本注文，以弥补庚辰底本之阙，是有可能的。如将师大本与戚本四则注文，一一比对，便可看出一些端倪。

通检戚本小字注，计97字，师大本脱失5字，并有两处异文。有关情况如次：戚本首句"贾不假"注文"现原籍住者十二房"，师大本少"现""者"

---

① 曹雪芹著：《戚蓼生序本石头记》，129页，北京，人民文学出版社，1975。

二字；次句"阿房宫"注"房分共二十，都中现住十房"，师大本少"共"与"现住"三字；三句"东海"注文，两书全同。结末"丰年"句，两者注文亦同，而与诸本稍有差异。其中，"紫薇"二字，同王府本，诸本皆作"紫微"；"内库"亦同梦稿本，别本或作"内府"，或作"内司"。综上，似可以看出，如不斤斤于所谓"全同者"，则师大本"护官符"小字注文，乃陶洙"补抄"自戚序本，当是可信的。至于为何脱漏五字，是一时疏忽所致，抑或有意删削，可再作讨论。

例(10)，第十四回，写宝玉"猴"向凤姐身上，周文说"猴"字，诸本皆同，而师大本独作"挨"；所以如此，是因为"北师本所据底本不是纯正楷书抄本，中有行、草书体——'猴'与'挨'是因草书形似"(移混所致)。

实则，"猴"字并非诸本皆同。查己卯本，原作"猴"，复用朱笔在"猴"字上画一"S"线，旁写一"挨"字。其后，光绪年间之大观琐录本、金玉缘本等也多作"挨"。

已故《红楼》版本专家杨传镛先生尝说："本来，手工抄写一部七八十万字的大书，出现一些这样那样的纰漏，本属自然，毫不足怪。据报道，不久之前面世，由陶洙组织人抄写的北师大庚辰本，就跟它的底本——北大庚辰本有为数不少的异文。这便是一个活鲜鲜的例证。倒是那些一见到本子之间有了异文，就以为都其来有自，或者竟以为自己发现了作者的第某次稿的学者，是应该调整一下观念的。"[①]这是通达事理之言，确实说出了红楼版本研究中值得注意调整的一种观念。

三、师大本这类异文，并非"独与某本相同"

周文除大讲师大本所谓"独出"的异文外，还别列一类师大本"独与某本相同的异文"；而这些"某本"，则又是陶洙生前未能见到的本子。其意，仍是说明师大本"是个具有独立价值的旧抄本"。为此，在周文(二)结末，作者特地写了这样一段话：

---

① 杨传镛著、于鹏整理：《红楼梦版本辨源》，37 页，北京，北京图书馆出版社，2007。

　　异文诸例中出现分别独与"杨藏本（梦稿）""在苏本（苏联列宁格勒藏本）""舒序本""蒙府本"等他本恰同之例，证明此本的异文与"陶心如过录'庚辰本'之说"毫不相干、因为陶当时只能见到"己""庚""戚""甲戌"录副四本，其余诸本的发现皆在陶氏亡故之后①。

　　这段话，当然在理。然而，细检周文实例，则可发现，其中所举例证，多有与此结语不相符处。比如说，师大本异文，明明既同陶洙习见本，也同其未见本，而周文则有意撇开陶氏所见本不谈，偏偏举其未见本说事，似有点不妥。现摘列几例如下：

　　例（1），第一回叙及葫芦庙中炸供，致使油锅火起，于是"接二连三，牵五挂四，将一条街烧得如火焰山一般"。周文说，多本皆用"牵"字，而师大本作"捧"。查现存众抄本，唯蒙府本恰作"捧"字，师大本与之正同；而"蒙府本迟至60年代始现，陶氏早已前卒，他又是依据何本改书为'捧'字的？"

　　周文的诘问，似乎不容置辩。但一经查检，便可知道，在现存脂批旧抄本中，除蒙府本外，戚序本亦作"捧"，并非蒙本独异。周先生在同一篇文中也说，陶洙是见过戚序本的。既然如此，陶氏依据戚序本"校订"师大本，不亦顺理成章吗？怎么能说师大本唯独与蒙府本相同呢？周先生校订《石头记会真》入校戚序本即作'捧'"②。

————————————

　　① 《石头记会真》（拾），894页。按，据中央民族大学高文晶同学硕士学位论文《陶洙校抄本〈脂砚斋重评石头记〉研究》云：陶洙于1959年去世。而蒙府本于1962年入藏北京图书馆，故陶氏不及见矣。但据周汝昌1986年为影印《蒙古王府本石头记》所写"序言"说：这部"蒙古王府本"有两个"令人注目"的特点，"第二，封面用黄绫装裱，为它本所未曾有。"并于文后加注云："据目见者云：'另有一种《石头记》抄本，黄绫装面，尺寸极大，阅时须置于八仙桌上，方能展开。'（陶洙、张次溪俱云。）此种巨册，当与进呈事有关。"（书目文献出版社本（版权页未标出版年月）第11、17页。）如所记属实，似可以说，陶洙所见不独有戚序本，还曾"目见"一种具有"官本"规格的王府本之类的《石头记》抄本。如是，则师大本中异文，间或亦同王府本，当也就不难理解了。

　　② 《石头记会真》（壹），113页。

例（2），周文说，第二回贾雨村道："……劫生世危……始皇、王莽、曹操……"，其中"王莽"师大本作"王莽"，同在苏本。

实则，陶氏所见之己卯本、戚序本，亦作"王莽"，并非在苏本独出。

例（3），周文引第三回云"右边几上汝窑美人觚内插着时新花卉，併著茗椀唾壶等物"一句中，师大本作"茗碗痰盒等物"，同在苏本。二者相合，"又表明此'北师本'另有一个底本，与'庚辰本'并不全同"。

这一引证，舛误较多：一是，周文之引例，未说明依据何本。查现存诸抄本，无一与此例全同者。因此，无法将师大本与之一一比对，知其异同。二是，查在苏本，实作"茗碗唾壶等物"，而师大本作"茗碗痰盒等物"，除"碗"字外，关键一词"痰盒"，二者并不相同。三是，庚辰本作"茗盌痰盒"，"痰盒"二字，己卯本原作"痰盆"，后改"盆"为"盒"；别部抄本，或作"唾壶"，或作"唾盒"，或作"茶具"，多有歧出。唯师大本，除将"盌"写作"碗"，余则与庚辰本恰同。当是周文将庚辰本之"痰盒"误植于在苏本，而断定师大本与在苏本"二者相合"。

例（4），第十四回写凤姐协理秦氏丧事，周文说明：师大本将北大庚辰本的"杯碟"，抄作"盆碟"，此词少见，不及"杯碟"二字"顺溜"；又将"描赔"抄作"摊赔"，而此词只见于杨继振本，但陶洙当时无从得见杨本，由此可知，师大本另有"底本"。

据查，周文所说"杯碟"，北大本原作"盃碟"，甲戌、己卯亦作"盃"，甲辰、舒序本作"杯"。师大本或因"盃""盆"二字字形相近，而误抄作"盆"。

至于"摊赔"一词，则尚应略作辨析。周先生似乎很重视这一例异文，他在《我与胡适先生》一书中也收入此例，并附有书影，旁加注云："北师大本'摊赔'一词在同一段落同时二次出现，独与杨藏本同，表明绝非偶然讹异，证明所据底本绝非'北大本'。"[①]查检诸抄本，此一词语，在同一段落中，实同时出现三次，各本多歧出，列一简表如下：

___

① 周汝昌著，周丽苓、周伦苓编：《我与胡适先生》，191页，桂林，漓江出版社，2005。此一语词，或以为是周文一例显证，而为有的红学著述所引录。

版本	例句			说明
	第一例	第二例	第三例	
师大本	四个摊赔	四个摊赔	算账描赔	
杨藏本	四个人摊陪	四个人摊陪	算账摊陪	
庚辰本 己卯本	四个描赔	四个描赔	算账描赔	己卯本后来用朱笔将前两例"描"点改作"人"
甲戌本	四箇描陪	四箇描陪	算账描陪	
蒙府本 戚序本	四个人赔	四个人赔	算账补赔	
舒序本	四十人赔补	四十个人赔还	算账均赔	
甲辰本 程甲本	四人分赔	也是分赔	看守之人赔补	
列藏本	四个人赔	四个人赔	算账均赔	

由上表，可以看出，师大本前两例作"摊赔"，与诸本均异，实为师大本独有异文；末一例，则作"描赔"，而同庚辰本与己卯本原抄。此一例，周文略而未提，不明其故。值得注意的是，周文屡屡说明，师大本"摊赔"一词，独与杨本同，"证明北师本所据底本绝非现存的北大本"，诘问："若云陶抄于1950年顷，那么《杨本》至1962年始现于世，1963年影印。那么陶氏如何会能预先从《杨本》'核'出一个'摊'字来？"这一质疑，犹如上述例（1）的诘问，似乎有理有据，无可辩驳。不过，只要查看一下文本，即可看出，杨本三例，明明皆作"摊陪"，而师大本则写作"摊赔"及"描赔"，两者无一例全部相同（见书影）。而周文，不知是偶误，还是别有缘由，径将杨本"摊陪"中"陪"改作"赔"。而周先生《石头记会真》，此三例异文，杨本均作"摊陪"，全同原笔①。这里，周文则改"陪"为"赔"，如此一改，杨本便与师大本挂钩相连；而后，又以两书"时间差"为由，拿来说事，以证明师大本绝非陶洙所抄录。殊不知，学术研究，论据是基础，证据有误，如何能引导读者"到相

---

① 《石头记会真》（贰），324、327页。

当的结论上去”①。

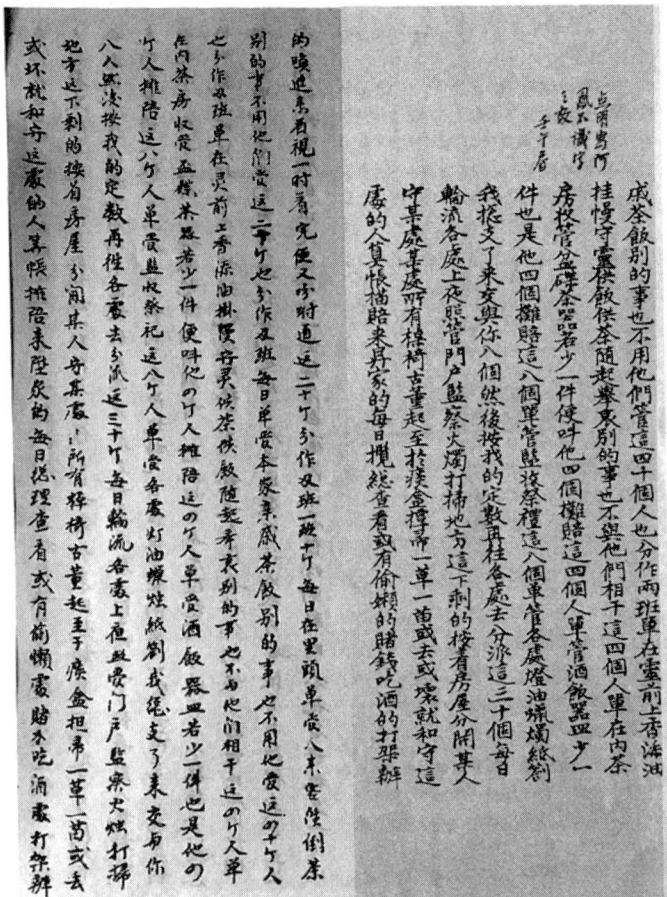

杨藏本第十四回   师大本第十四回

当然，“陪”亦用同“赔”，古书中有此用法，《金瓶梅》中就有“陪”与“赔”杂用的例子②。邓遂夫先生在其《脂砚斋重评石头记庚辰校本》中对这一词语的处理，就比较圆通。其“校注”云：“描赔”一词，“唯梦稿本作‘摊陪

---

①　此为胡适《介绍我自己的思想》一文中语，见宋广波编校注释：《胡适红学研究资料全编》，261 页，北京，北京图书馆出版社，2005。

②　参见梅节：《金瓶梅词话校读记》，105 页，北京，北京图书馆出版社，2004。

（赔）'似较合理，只不知可有原文真实字形的依据。"①既注明"陪""赔"二字
为异体字，又不说死，以为查核"原文真实字形"留有余地。

四、师大本"诔"篇异文，说明什么

此外，周文还特地以第七十八回《芙蓉女儿诔》中"北大本分明不误而北
师本为误者"为例，以此证明师大本"直接过录加校改"北大本之不可信。对
所谓师大本是北大本"过录"本的说法，我们也并不完全同意②。但就周文所
举"诔"篇这几例异文而言，则可以说，第一，它并非师大本独"误"，实乃
其来有自；第二，从一个侧面恰恰透露出师大本与陶洙的某种关系。现将周
文所举例证、师大本误字与别本关系，列如下表：

北大本	北师本	别本
◆其先之乡藉姓氏湮论而莫能考者	"湮论"作"湮没"	戚序本作"湮没"
◆何来却死之香	"香"作"乡"	戚序本作"乡"；王府本原作"乡"，复改为"香"
◆委金钿于草莽拾翠盒于麝（后改为麈）埃	"委"作"萎"，"拾"作"鬆"	戚序、梦稿均作"萎"；王府原作"萎"，复涂去"艹"，而改作"委"。戚序作"鬆"
◆檠莲箙以烛银膏耶	"檠"作"擎"	戚序本作"擎"
◆落日荒圻	"荒圻"作"荒墟"	戚序、王府本均作"荒墟"

由上表可知，周文所说师大本"诔"篇之"误"，多同戚序本；只有一例，
同王府本改笔。何以如此，恐怕难以排除师大本"校录整理"者陶洙曾以戚序

---

① 曹雪芹著、脂砚斋评、邓遂夫校订：《脂砚斋重评石头记庚辰校本》第一卷，284
页，北京，作家出版社，2006。

② 参见《北师大藏〈脂砚斋重评石头记〉抄本考论》。周文刊发后，《光明日报》"书
评"版编辑邢宇浩先生曾与我电话沟通，他将师大本与北大本关系概括为三种意见：一是
陶洙"整理本"说，以北师大为代表；二是陶洙北大"过录本"说，以冯其庸为代表；三是
"另有祖本"说，以周汝昌为代表。我表示基本同意他的看法。

本"对校"庚辰本的可能性。陶洙己卯本"题记"记录，他于 1947—1949 年校补己卯本时，所见八十回之本有四：即甲戌本录副本、自藏己卯本、庚辰摄影本及有正书局石印戚蓼生本；并说明：(己卯本)四十一回至六十回、七十一回至八十回缺，"未钞补(拟照庚辰钞以戚本校)"。查师大本文字之校改、脱文之增补，多有与戚本相同处①。

现在的问题是，既是"校改"，为何北大本不误，而师大本依据戚本反而改误呢？陶洙为何如此优劣不辨？其实，冯其庸先生早已指出："陶洙的校勘工作，并不是那么过细的。"②杨传镛先生也说："陶洙虽然宝爱《石头记》，花了很多功夫抄补缺失，过录脂批，而他的态度却是玩赏的成分居多，似乎无意也无力做版本的研究。"③梅节先生更曾尖锐批评说："陶虽'耽于红学'，今人颇有为之吹嘘者，但他对红学似未入门。他得到己卯本后，对其中许多宝贵资料视而不见，不去发掘研究，相反却去过录甲戌本和庚辰本的批语，校改己卯本的正文，简直是对这个珍贵版本的糟蹋。"④

五、陶洙曾以甲戌录副本
与庚辰本、己卯本"互校"，当是不争之事

周汝昌否定陶洙曾以甲戌录副本与庚辰本、己卯本"互校"，理由有二：一是陶洙所说向其借得甲戌录副本的时间有误；二是师大本上没有陶洙题跋。这些理由，是否都很充足呢？

先说陶洙向周先生借得甲戌录副本的时间。

陶氏在自藏己卯本上曾写有三则题记，查检国图藏己卯本原件，此三则题记并无序次，只分别写于三张纸上，置于卷首。至 1981 年，上海古籍出版社影印出版此书时，冯其庸先生将三则题记加上标点和序次，附于卷末。

---

① 《北师大藏〈脂砚斋重评石头记〉抄本考论》。

② 冯其庸：《石头记脂本研究》，200 页，北京，北京人民文学出版社，1998。

③ 《红楼梦版本辨源》，58 页。

④ 梅节：《论己卯本〈石头记〉》，见梅节、马力：《红学耦耕集》，213～214 页，北京，文化艺术出版社，2000。

其中第一则，文末署明"己丑人日灯下记于安平里忆园"。"己丑人日"，即1949年阴历正月初七（阳历2月4日），题记明确记录："甲戌残本只十六回……胡适之君藏，周汝昌君钞有副本，曾假互校。"①记述清楚，似不应有误。

针对陶氏所记，周先生先是在周文（一）中辨明其误，后又在《我与胡适之先生》一书之〔伍〕专列一节，当作"一段公案"，力证其非。周先生以陶洙1949年3月11日（周文（一）写作"三月十二日"）向其"洽借"甲戌录副本"便笺"为据（附有照片），而质之曰："'己丑'三月十一，他才向我借甲戌副录本，如何在'人日'就在己卯本先用它记下做出了校记？"以此断定，陶氏题记"己丑人日"乃"庚寅人日"之误②。

依周先生所说，陶洙题记，时间"错牙"，实系"误书"。那么，周先生自己又是如何记述此事的呢？据其《红楼梦新证》"史事稽年"：1949年1月19日午，陶曾拜访他，谈次偶及《红楼梦》③。梁归智先生以为："后来陶洙用庚辰照相本与周汝昌的甲戌录副本互相交换借阅，正肇因于此。"④半个多世纪后，周先生在其《红楼无限情——周汝昌自传》《我与胡适先生》两书中，又对两人的初会与重晤作了多次回忆追述，坚称两人首次会面，是陶"主动见访"，并对陶之衣着、言谈、神态作了一番生动描绘。及至重晤时，话题方落在《红楼》抄本上，陶明明想借甲戌录副本，却不当面直说。直到1949年3月11日，陶方写便笺，向周"洽借"录副本⑤。至于具体借阅时间，周先生没有明笔交代。

周先生的回忆记述，绘声绘色，似乎确实可信。但比照周先生其他一些

① 《脂砚斋重评石头记》（己卯本），"后记"第2页，上海，上海古籍出版社，1981。2010年人民文学出版社影印己卯本，将"己丑人日"一则，以影印方式，置于卷前；"己卯本残存"情况一则，附于书后；"丁亥春"一则缺（原件已失）。

② 《我与胡适先生》，137~139页。

③ 周汝昌：《红楼梦新证》（增订本），740页，北京，人民文学出版社，1976。

④ 梁归智：《红学泰斗周汝昌传》，112页，桂林，漓江出版社，2006。

⑤ 《红楼无限情——周汝昌自传》，170页，北京，北京十月文艺出版社，2005；《我与胡适先生》，125~132页。

相关记述看，却在两处时间节点上让人生疑：一是周结识陶洙的时间，自相抵牾。如上所述，周再三强调，两人初会，是陶自己找上门的，"前此毫无联系"。但据周于 1991 年为任凤霞《张伯驹与潘素》一书所写"序"云："我与陶心如(洙)先生结识，是由于张先生的中介。"并介绍了他与张陶三人促使庚辰本出世的"艰难经历"（详见下文第七节）[1]。周先生自己如何解释这一矛盾呢？他反反复复渲染说，这是一件"奇事"，是宇宙间的一种"感应波"，是一个"无从索解的谜"，甚至是"冥冥之中似有安排"，无法"科学解说"。有学人也说，周陶二人的结识，"颇具传奇色彩"[2]。梅节先生则指出，这是周先生编造的一个"低级的谎言"[3]。二是陶洙向周借得录副本的时间，没有准头。周曾多次提及陶那则"拟借"录副本的便笺，但周又何时将录副本借给陶的呢？则始终不予清楚说明。在 2002 年 3 月 31 日的一次访谈中，周先生表示："录副本曾借与陶心如先生，时间上限不早于 1949 年，下限不晚于 1952 年。"至于讨回的时间，周则说"已失忆"[4]。如是，周先生究竟何时借出与收回自己的录副本，始终难有句准话。

　　梅节先生则对周陶二人相互交换借阅庚辰、甲戌本一事作了另一番梳理。他在其《周汝昌、胡适"师友交谊"抉隐》一文第五节"周氏为交换庚辰影本，把原甲戌本借陶洙"中，首先辩证，陶洙己卯本题记署年"己丑人日"并不误。因为，陶生于光绪四年戊寅（1878），属虎，庚寅系其本命年，不可能把虎年误记为牛年（己丑）。继而逐层考索，对周陶交互借书事作了这样的归结：1948 年 10 月初，经张伯驹撮合，陶答应以庚辰照片交换周甲戌本，周"偷偷"把胡适藏甲戌本原本转借陶，后在陶手上约二十天左右。11 月 30 日，周将书收回；12 月 1 日，送还胡适，胡写一跋文。1949 年 2 月 4 日（己

---

　　① 周汝昌：《张伯驹与潘素》"序"，见《脂雪轩笔语》，121 页，上海，上海人民出版社，2000。

　　② 《红学泰斗周汝昌传》，170 页。

　　③ 梅节：《周汝昌、胡适"师友交谊"抉隐——以甲戌本的借阅、录副和归还为中心》，见梅节：《海角红楼——梅节红学文存》，394 页，北京，国家图书馆出版社，2013。

　　④ 《北京师范大学学报》，2002(1)。

丑人日），陶已用甲戌原本校录完自藏己卯本，并写下题记。3月11日，陶应允送给周庚辰本照片，顺便再借周甲戌录副本，"复校因胡适急促收书而未及校对的部分"①。这一梳理，有些细节虽然尚待查实，但酌情度理，大体还是可信的。

事实上，勿论如何，只要我们考察一下文本资料，便可以知道，陶洙在校己卯本时，尝以甲戌本与庚辰本、戚序本"互校"，当是不争的事实。

查陶洙三则己卯本题记，最早一条写于"丁亥春"，即1947年春季，其中提及庚辰本与戚序本，而未提及甲戌本，盖当时尚未借得也。写于"己丑人日"的那条，明言曾以甲戌残本与庚辰本、己卯本"互校"，并特别说明："所有异同处及眉评旁批夹注，皆用蓝笔校录。"另一条未署纪年，但文中提及"庚辰本今在燕大"，而庚辰本归藏燕大时间，为1949年5月5日。如是，此条乃写于1949年5月5日之后，亦可考知。此条尤为详细地记录了己卯本残存和校补的情况，中有句云：己卯本二十一回至三十回"缺。此十回现据庚本已钞补齐全，并以甲戌本、庚辰本互校，所有评批均依式过录。"据此两段记载，是知陶洙曾于1949年春，以甲戌本与庚辰本、己卯本"互校"，乃有案可稽。

特别是，我们查阅国图藏己卯本原件，可以看到，在第一回前补抄之第三页末有一陶洙特批曰："以上三页甲戌钞录'丰神迥别'下多四百余字，蓝笔即是。庚辰本与此本原书均有几例，特钞手未钞耳。阅（？）正文注中即知矣。"又如第二十八回，在云儿唱毕"豆蔻花开"一曲后，北大本空半页共五行；己卯原件，书眉有一陶洙蓝笔批注："'唱毕'下至'快说底下的'止，庚辰本缺，此从甲戌本补录。"②此处共补录155字（当亦用戚序本相校），师大

---

① 《海角红楼——梅节红学文存》，392~396页。按，1948年10月23日，周汝昌致函胡适，说准备归还所借甲戌本，而表白："在这里搁着，很令人担心（我并没给第二人看过，同屋都不知道。）"见《石头记会真》（拾），31页。如梅节所说属实，此恰是周将胡适甲戌本转借陶之时。

② 参见《北京师范大学学报》2002（1），第113页"书影一之二"。《红楼梦学刊》2001年第4辑第22页，及北京图书馆出版社影印出版师大本序，书影图三"己卯本陶洙的笔迹与北师大本对照"，则均删去陶洙蓝笔眉批，不明何故。

本除一字有异外，全同国家图书馆藏本原件。吴恩裕先生 1975 年在其《现存己卯本〈石头记〉新探》第三篇中曾说：陶心如"后来把这部《石头记》让给了北京图书馆。他在 1954 年曾告诉过我说，这个本子值得注意，其中的缺回、缺叶、批语，都是他根据甲戌本、庚辰本抄上去的。有些个别的字句，他也据这两个本子改了，但他却将现存己卯本的原抄本文字清楚地保留在上面。"①事实证明，陶洙曾以甲戌本"互校"庚辰本、戚序本之事，是毋庸置疑的。

再说题跋事。周文（一）第五节末段说："况且，陶先生最喜欢校书题记——如他自藏《己卯本》即有五题。如若北师本是他的辛苦结晶，书前书后，必有题跋。而现在看不到此本上有他一丝一毫的痕迹——表一表校抄经过与新价值，等等。"

其实，这也不足为奇。一个人著书撰文，多有其自己的习惯和行文爱好，但有时也会有例外，并非一成不变。以周汝昌先生自己为例，裴世安先生在其《〈红楼梦新证〉版本演变拾屑》一文中说："依我个人猜度，周是不喜欢别人为他作序的。翻检手头二十余种周的文集，除二种由于丛书关系，有他人作'总序'者外，仅见《献芹集》有黄裳一序，余者皆是'自序'。"②这岂不是个例外吗？

事情既有例外，推己及人，因为师大本上看不到陶洙题跋，就怀疑他不是师大本的校抄者，断定他与师大本"无关"，理由并不充足，尚难以理服人。

六、陶洙是否有校录庚辰本的条件

周文除意图剥离师大本与甲戌本的关系外，也想要剥离师大本与徐藏庚辰本的关系，以彻底否定陶洙的师大本"校改整理"者身份，将师大本从与一些相关别种脂本的关系中独立出来，证明其"另有祖本"。

---

① 《曹雪芹丛考》，254 页。

② 裴世安：《〈红楼梦新证〉版本演变拾屑》，载《红楼梦学刊》，2008（5）。按，周汝昌红学著述，现知尚有两书，由他人作序：一是百花文艺出版社 1980 年版《曹雪芹小传》，由周策纵作"序"；一是《我与胡适先生》，"求"得季羡林先生旧文"代序"。

为此，周文（一）对红学界人所习知的徐藏本的流传重复作了一番介绍，强调说：徐本自 1932 年购入后，"从未"转手出让过；抗战期间，"只曾"借与周绍良先生"留阅"一年；"直至"1949 年 5 月，始"直接"售于燕京大学。

这番介绍，用词极有斟酌，似乎告诉人们：徐本除周绍良先生"留阅一年"，从未外传，更没有出手转让过，陶洙没有校录的机会和条件。

关于徐藏庚辰本的流传和转手过程，下文再作介绍。这里，我们仅将徐星署先生于 1932 年购得此书后至 1949 年 5 月 5 日归于燕大这一期间的有关情况，简要梳理于下：

㈠民国二十二年（1933）1 月 22 日，胡适在北平得见徐书，乃由徐氏亲戚王克敏代为借出。胡用其所藏甲戌本对勘了部分文字，并细查全书评语，写一跋文①。

㈡《董康东游日记》1934 年 1 月 13 日，有句云"余尝阅脂砚斋主人第四次定本"②。张庆善先生认为，这个所谓"定本"，可能是庚辰本③。果如是，则董康也当是比较早看到过庚辰本的人之一。据梅节先生所说，董康也可能是通过友人王克敏，借阅到徐藏本的④。

㈢据说，1937 年至 1948 年，抗战时期，徐本存放天津周叔弢、周绍良先生家一年，后仍归徐家⑤。

㈣周汝昌《异本纪闻》引陈善铭"见告"："《庚辰本》购得后，先后借

① 参见《胡适红学研究资料全编》，368、414、443 页。胡适所撰跋文，题为《跋乾隆庚辰本〈脂砚斋重评石头记〉钞本》，见《全编》第 268 页。

② 董康：《董康东游日记》（又名《书舶庸谭》），270 页，石家庄，河北教育出版社，2000。

③ 张庆善：《影印〈脂砚斋重评石头记〉己卯本前言》，见《脂砚斋重评石头记》（己卯本），3 页，北京，人民文学出版社，2010。梅节则认为，这里董康"尝阅"之定本，当系己卯本，见《红学耦耕集》，212 页。

④ 《红学耦耕集》，213 页。

⑤ 此据《石头记脂本研究》第 153 页引徐星署女婿陈善铭所说。然据周家人讲，此书在周家"放了没有几天"，并非外界传说的一年。见李经国《周绍良先生红楼梦研究侧记》一文引周叔弢幼子周景良所说，《红楼梦学刊》，2003（3）。

阅过的有胡适、郭则沄和俞平伯先生诸人。"①

　　这里，理当重点说到陶洙。《董康东游日记》1935 年 5 月 13 日记云：
"心如耽于红学，曾见脂砚斋第四次改本，著《脂砚余闻》一篇。"庆善先生推
断，陶洙所"曾见"本，也可能是庚辰本②。陶洙与董康系同乡好友，董曾经
由王克敏借阅庚辰本，陶洙在董康处得见此本，当亦在情理之中。并且，陶
洙还以这个本子核校过董康藏己卯本。查检国家图书馆藏己卯本原件，第二
十回末总评左下端行批："庚辰本校讫。丙子三月。"第三十一回至第四十回
总目页右下端特批："此本照庚辰本校讫。廿五年丙子三月。"第四十回卷末
特批："三十六回至四十回庚辰本校讫。廿五年丙子三月。"三则批所署廿五
年丙子，即公元 1936 年。冯其庸先生认为，批语系陶洙所加。林冠夫先生
亦说，己卯本"某些校文是董康收藏期间由陶洙提刀完成，也是可能的。"③
1981 年上海古籍出版影印己卯本，即因此类批语为陶洙所加，而予剔除；2010
年人民文学出版社影印本，则予保留，以存历史面貌。文彬先生推测，"早不
过 1936 年，迟也不会晚于 1947 年春"，董康所藏之己卯本，乃归陶洙④。是
故，陶洙至迟乃于 1947 年春至 1949 年，得以据庚辰本、甲戌残本、戚序本
"钞补""互校"已归其所藏的己卯本，"凡庚本所有之评批注语，悉用朱笔依
样过录"⑤。
　　陶洙不仅"曾见"庚辰原本，同时还藏有一套庚辰摄影本。一粟《红楼梦
书录》庚辰本条下有记云："此本徐郙旧藏，后归燕京大学图书馆，陶洙等有
摄影本；现归北京大学图书馆。"⑥书录未提供陶洙所藏摄影本的根据。据

　　①　周汝昌：《献芹集》，116 页，太原，山西人民出版社，1985。
　　②　人文本《脂砚斋重评石头记》(己卯本)，3 页。
　　③　冯其庸所说，见其《石头记脂本研究》，200 页；林冠夫所说，见其《红楼梦版本
论》，74 页，北京，文化艺术出版社，2007。陈庆浩则以为，此批语"似为董康所写"，
见其《新编石头记脂砚斋评语辑校》(增订本)，717 页，北京，中国友谊出版公司，1987。
　　④　胡文彬：《陶洙与抄本〈石头记〉之流传》，载《红楼梦学刊》，2002(1)。
　　⑤　见人文社影印己卯本卷首影印件，又见上海古籍本"后记"，2 页。
　　⑥　一粟编著：《红楼梦书录》(增订本)，6 页，上海，上海古籍出版社，1981。

云，另一摄影本，由当年北图善本室主任赵万里收藏。周汝昌先生对此似有所疑，他在借得陶洙摄影本后，说："奇怪的是，陶心如先生告诉我说，照相本只有二份，另一份由赵万里先生收藏，但人皆未知——这是'后话'了。"①2008 年 12 月 6 日，在北京举行的"一百二十回本《红楼梦》版本专题学术研讨会"上，华夏文明基金会的蔡文矾先生提供了国家图书馆（文津馆）藏有两套庚辰本摄影本的信息。曹立波教授与其研究生高文晶同学随后去文津馆对这两套摄影本作了检索和考察，初步认定，两套摄影本，当在庚辰本被发现之后不久，即由赵万里制成。时间当在 20 世纪 30 年代初期至中叶。其中一套，为赵氏所有，后捐与故宫博物院，后来转归北图收藏；一套由陶洙所用，分装两函，每函四册，后亦归北图。陶氏藏本，从其改笔、补注、脱文看，极有可能就是其用以整理师大本的工作底本②。曹文的考索，可补"书录"之所未及，亦可为探讨师大本之工作底本提供有价值的新的思路。

其实，周汝昌先生也曾将庚辰摄影本用作参校本，对校过戚序本。1950 年，他在其《真本〈石头记〉之脂砚评》卷末小识中说：因张伯驹先生而"获阅陶先生景'庚辰本'"，留案间凡数月，以校戚本③。1981 年 12 月，他在《石头记鉴真》"书后"中又说：陶洙将庚辰照相本借给周，周"于是得以用《戚序本》为底子，将《庚辰本》的一切（包括偏旁点划之微）极仔细地过校了一遍"④。

但是，周何时借得照相本，则又自相冲突了。2005 年，他在其《我与胡适先生》一书中说："陶先生将庚辰照相本捎与我是 1949 年（古历岁在己丑）的 3 月 11 日。此次捎书，附有便笺。"又说："而且是陶先生交与张伯驹先生转与我的。这一点十分清楚。"⑤但 2004 年 2 月，周在其汇校本《红楼梦》"汇校者序"中是这样说的：他对校胡（适）藏"大戚序本"与陶（洙）藏晒蓝照相本

---

① 《我与胡适先生》，118 页。

② 曹立波、高文晶：《国家图书馆两套庚辰本的摄影本考辨》，载《红楼梦学刊》2009（5）。

③ 《石头记会真》（拾），123 页。

④ 周祜昌、周汝昌：《石头记鉴真》"书后"，293 页，北京，书目文献出版社，1985。

⑤ 《我与胡适先生》，137、131、133、134 页。

"庚辰本","这是1948年夏、秋的事。夏天是四兄手抄了'甲戌本'的录副本，以便保护原书而利于再校勘。至秋日，则我以三个月的功夫细校了'庚''戚'二本，一点一画，一个偏旁异体也不省略，包括'脂批'的异文在内。"①用周先生的话说，这就似乎"错牙"了。既然有便笺为证，既然周先生记得"十分清楚"，他借得照相本的时间，当是1949年3月11日，不会有错。那么，让人糊涂的是，他又如何能在1948年秋日就以"三个月的功夫细校了'庚''戚'二本"呢？

　　胪列以上事实，我们只想说明，徐星署购得庚辰本后，自次年始，至归于燕大止，十多年间，先后有胡适、王克敏、董康、陶洙、周叔弢、俞平伯等先生或借阅，或校读，或保存过徐本；胡适并为之作跋，陶洙并有照相本。周先生自己，也曾将它与戚本"过校"一遍。既如此，而怀疑陶洙有校改、整理庚辰本的条件，理由充足吗？

　　胡文彬先生《陶洙与抄本〈石头记〉之流传》第三节在论证"陶洙与北师大抄本《石头记》之关系"时，断言"陶心如在当时整理出这样一部抄本具备充分条件"②。此话持之有故。

七、徐藏庚辰本，是如何归藏燕大的

　　前文尝说，周文(一)第八节对此曾作过一番字斟句酌的介绍，告诉读者，徐藏庚辰本，是由徐家"直接售与燕京大学的"。但是，具体转手过程又如何，与周汝昌先生有没有关系？这些问题，如周先生所说，它关乎红学版本史上的"一段掌故"，似当有所交代，"以存历史本真"，而周文却避开未谈，不明其中有何隐衷。

　　究其实际，关于此事的记忆，原有三种不同"版本"，其中包括周先生的一种说法。不妨简述如下，以明究竟。

　　一是胡适先生所说。据其1959年11月11日《与王梦鸥书》云："此书(即庚辰本)原在徐星署家，王克敏代为借书给我看。后来此书就归王克敏

---

① 周汝昌"汇校本"《红楼梦》"汇校者序"，3页，北京，人民出版社，2006。

② 《红楼梦学刊》，2002(1)，206页。

了。王克敏的藏书后来都归燕京大学。"时隔一年，1960 年 11 月 21 日，胡适在《所谓〈曹雪芹小像〉的谜》一文中又说：燕京大学图书馆的庚辰本，为"徐星署家原藏而后归王克敏收藏"①。此说记事欠详，尚难全然采信。

二乃出自冯其庸、魏广洲、林冠夫三位先生著述。

（一）1980 年 1 月 18 日，冯先生在其《〈论庚辰本〉再版后记》中说：去年（1979）夏天，他访问了徐星署先生女婿陈善铭教授，据云，徐书"1949 年以后，经郑振铎先生介绍，由燕京大学收藏，后归北京大学"②。

（二）魏广洲先生于 1984 年撰文《追述〈石头记〉（庚辰本）的发现与过程》，对徐本入藏燕大的经过，作了详细介绍。略谓：

> 1949 年，北京解放不久，专营字画的友人萧福恒，告诉魏，徐氏藏抄本《红楼梦》要出手，想卖黄金四两。魏萧二人，先去徐家匆匆翻阅了书，然后去找北大图书馆馆长向达、清华大学图书馆馆长潘光旦，向潘两位都说"学校暂不能买此书"。之后，魏又去找戏曲小说收藏家杜颖陶、傅惜华，二人都因卖主要价太高，未买。最后找到吴晓铃，吴看过书后，告诉魏，郑振铎刚从上海到京，让魏带上书直接找郑振铎。魏找到郑，郑询问了书的情况，表示燕大可以买这部书；当即写了介绍信，让魏去找燕大校长陆志韦。魏找到陆，陆又让魏找聂崇岐。后经聂、齐思和、孙楷第等四人看书议价，最后由孙决定，终于以 70 美元（折合黄金二两），售予燕大。魏收款后，由其代开收据，然后回城，把款由萧转送徐家。那天是 1949 年 5 月 5 日。1978 年，魏在北大图书馆又看到这部书③。

（三）林冠夫先生《曹雪芹生前的最后定稿本——论己卯庚辰本》一文，也记述了吴晓铃先生所知徐藏本转归燕大的经过。文云：

---

① 《胡适红学研究资料全编》，368、398 页。

② 《石头记脂本研究》，153 页。

③ 魏广洲文，原载于 1984 年第 5 期《古旧书讯》，又见《石头记脂本研究》153～154 页；参见冀振武：《〈庚辰本〉的转手过程》，载《红楼梦学刊》，1995（4）。

那是 1948 年夏天，徐家要出让此书，托人来问吴先生。当时吴先生无意收藏此书，未讲原因，可能是要价颇昂。但吴先生深知此本的重要，不能流落到与学术无关的人手中，于是便去找郑振铎。郑先生……说，最好由燕京大学买下此书，不久就可以归国家所有……后来，燕大果然买下这个弥足珍贵的本子。1954 年燕大、北大合并，此本成了北大的藏书①。

以上三文，有些细节，虽然尚应斟酌，但互为参证，对徐藏本转让燕大的经过，记述还是比较清楚的。尤其是魏广洲一文，以"自述"方式，详细记录了庚辰本转手的全过程，包括时间、地点、有关人士及讨价还价，记述清晰，当是可信的。后来雷梦水、胡金兆先生，在他们的著述中都曾介绍过魏广洲经售庚辰本的经过，与魏氏自述基本一致②。

三是周汝昌先生的"版本"。周关于庚辰本的追寻、收藏，主要有五段记述文字，四段写于师大本讨论之前，一段写于 2002 年师大本出版之后。我们先看其前四段记述：

第一段，1949 年 9 月 5 日《真本〈石头记〉之脂砚斋评》文前跋语云："己丑之春，'庚辰本'《石头记》归燕大图书馆，深庆秘籍之得所。"次年 3 月 1 日，周先生又于文末加一小识曰："缘张丛碧（伯驹）先生，获阅陶先生之景'庚辰本'；斯时其底本尚未出，方欲蒐之而未由……迨余持景'庚辰本'校'戚本'垂竟，底本亦归燕大。"③此说庚辰本归藏燕大时间，与魏文所说合。

第二段，1981 年 12 月 13 日《石头记鉴真》"书后"：把甲戌本"录了副本"后，"我马上又设法向有关的人跟寻《庚辰本》。一九四九年，通过努力，终使《庚辰本》归入燕京大学图书馆的庋藏，使它得免于流亡散佚。"④

①　林冠夫：《红楼梦版本论》，81～82 页，北京，文化艺术出版社，2007。

②　雷梦水：《在京经营古旧书业的冀县人》，载《河北文史资料》，1988(26)；胡金兆：《百年琉璃厂》，70～73 页，北京，当代中国出版社，2006。

③　《石头记会真》(拾)，86、123 页。

④　《石头记鉴真》，293 页。

第三段，1991年为任凤霞《张伯驹与潘素》所撰"序"："我与陶心如（洙）先生结识，是由于张先生的中介，而我们三个是胡适之先生考证红楼版本之后，廿余年无人过问的情势下，把'甲戌本''庚辰本'的重要重新提起，并促使'庚辰本'出世，得为燕大图书馆善本室所妥藏。"①2006年，任书再版，更名为《一代名士张伯驹》，保留了周序。

第四段，1997年《我与红楼有夙缘》一文："经过我的提议与张伯驹先生的努力，使得珍贵的《庚辰本》成为了馆（指燕京大学图书馆）中珍笈——彼时的情况，那种古钞本无一人重视，任其流落湮埋，如不得入此名馆宝库，其命运真是不堪设想，难以揣量了。"②

几番表述，倾注着周先生对《红楼》珍本的关切之情，而告诉读者：多亏周、张两位先生的"努力"，庚辰本才得以"出世"，归藏燕大，免于"散佚"；不然，终将"湮埋"。但是，周张两位先生是怎样"努力""跟寻"的，"有关的人"又是谁，又如何"归入"燕大等等，却都语焉不详，读者难明底里。

有意思的是，追讨论师大本时，周先生于2003年3月21日，又写了第五段文字，即周文（一）第八节。文中说，为讨索胡适先生信札中提到的那部八十回本抄本，"因此我又向友人齐徽先生细问'北大本'。他从北大本原藏者徐星曙先生（1938年去世）的女婿陈善铭先生亲访得知：北大庚辰本自1932年购于隆福寺后，从未转手出让过……直至1949年5月，由郑振铎先生的介绍，直接售与燕京大学。所有经过一清二楚。"

参照上引魏广洲先生等有关载录，比较周先生五十年间所写的这几段文字，实实疑窦重重，困惑多多。

其一，周先生1979年6月20日在其《异本纪闻》中记述，得四川大学齐徽同志介绍，从陈善铭先生获悉了徐氏如何得到《庚辰本》的事实，但未提及此书的归宿。③ 周先生第五段文字中，"我又向友人齐徽先生细问北大本"云云，刻意着一"又"字，按其语意，当系二十多年后、见到师大本时，再次询

---

① 《脂雪轩笔语》，121页；又见周汝昌为任凤霞《一代名士张伯驹》所作"序"，3页。

② 周汝昌：《岁月晴影——周汝昌随笔》，138页，北京，东方出版中心，1997。

③ 《献芹集》，115～116页。

问，方知北大本原委。然而，前面所引魏先生1984年文，已将北大本来历说得一清二楚，众所周知，却不明何故，周先生总不愿提及此事。

其二，据魏文，徐书售于北大，涉及"当时预闻其事"者十多人，有书画店老板、大学校长、图书馆长、专家学者如郑振铎、陆志韦、向达、潘光旦、聂崇歧、齐思和、孙楷第、傅惜华、吴晓铃等先生，而无一语道及周先生和张先生，是魏文疏漏，还是周张二位实未"预闻"其事？

其三，尤可怪者，周先生第四段文字中说：经他"提议"，与张先生"努力"，庚辰珍本始归燕大，彼时"无一人重视"那种古抄本。而现在周先生说：是"由郑振铎先生的介绍，直接售于燕京大学"；而且是他"细问"友人齐儆先生，又由齐"亲访"徐家女婿陈善铭先生，如此辗转，才"得知"庚辰本转手"经过"，而一字不提当年自己"努力""跟寻"的"艰难经历"，好像他对徐本的转手出让，原本不甚了了，一无所知。前后矛盾如此，读者是应相信周先生二十年前的"回忆"，还是相信今天的这篇记述？无所适从。

其四，周文还特别强调，徐家藏本"从未转手出让过"，是"直接"售与燕大的。后来，在其《我与胡适先生》一书中又说："其实徐本不曾让书贾兜售。况且，若兜售《石头记》抄本，那聪明的书贾第一个就会先到胡先生门前，请他过目。"①这样推断，其实并不完全可靠，还是应当尊重事实。且看：

　　㈠1948年8月7日，胡适致周汝昌信，开头处有一缀语云："吴晓铃先生说，徐藏八十回本，听说索价奇高！我们此时不可太捧此本了。"②显然，徐家如不想出售此书，何来奇高"索价"。上引林冠夫文，亦曾提及，吴先生尝告诉林先生，1948年夏天，"徐家要出让此书"，可能因"要价颇昂"，吴先生无意收藏此书。与胡适缀语，恰相吻合。

　　㈡魏文说，1949年初，据徐氏后人讲，为看病用钱，想"出手"这部"写本《红楼梦》"，索价黄金四两，"傅增湘给过现大洋三百元，没卖给他"。

---

① 《我与胡适先生》，118页。

② 《我与胡适先社》卷首书札彩页，9页；又见《石头记会真》(拾)，22页。

㊂李经国先生《周绍良先生红楼梦研究侧记》一文说：李先生曾就北大庚辰本问题，与周绍良先生"核实过"，"原来是某君想将此抄本卖与叔弢翁（周绍良先生的寄父），就将此书送到叔弢翁家，因要价较高（一根条子），后来叔弢翁就退给了书商。近日又从周景良先生（叔弢翁幼子）那里了解到'40 年代，确曾亲眼见过有人给叔弢翁送来一个《红楼梦》抄本……后来经与（周）珏良核实就是后来北大的庚辰本'。"①

以上提及的叔弢翁（周叔弢）、傅增湘、吴晓铃三位先生，都是著名的藏书家。记述中关涉他们与徐藏本事，记述分明，怎么能说"徐本从未转手出让过"呢？周文如此说，无非是想牵合他的这一观点：既然徐本从未出让过，"则可以判知胡适函中所叙的向藏书家兜售的 80 回本，即不会是指北大庚辰本，而是另一部抄本了"，就是"北师大现藏的这部精抄本"。

八、周绍良先生关于师大本的两次谈话，是不能回避的

还有，我们查检周汝昌先生对师大本的有关评述，有一现象，令人不解，就是对周绍良先生与师大本的关系始终不予理会。

事实上，讨论师大本的来历，认识师大本的真相，估量师大本的价值，对周绍良先生关于师大本的两次谈话，无论如何，是不能回避的，是无法绕开的。因为，周绍良先生是陶洙整理庚辰本（即师大本）的知情者。

我与周绍良先生曾有过两次交往，均在"文革"后期。一次是由启功先生介绍，我登门造访，请教《醒世姻缘》版本问题；一次是书信往来，讨论《红楼梦》一条注释问题②。我的印象，周绍良先生认真、谦逊，是一位仁厚的前辈学者。他生前，对师大本曾有过两次谈话。

第一次是 2001 年 10 月 18 日。当时，曹立波同学携师大本相关复印资料，去周绍良先生寓所拜访了先生。他坦诚提供不少有关陶洙抄校庚辰本的

---

① 载《红楼梦学刊》，2003（3）。

② 见拙稿《北京师范大学校注本〈红楼梦〉（程甲本）杂忆》，载《曹雪芹研究》，2011（2），210～212 页。

信息。如说：

> （一）陶心如抄过庚辰本。他抄的庚辰本，用己卯本改过。我和他来往
> 很多的时候，是在 1952 年到 1953 年。
>
> （二）陶洙是有庚辰摄影本，是一种晒蓝的摄影本。陶洙和我，用的都
> 是陶洙自己的晒蓝本，他是一本一本借给我的。
>
> （三）师大本正文这个字体，很像陶心如的字。陶洙抄的本子与庚辰本
> 一般大，他借给我看过。
>
> （四）师大本眉批的字，很像我的字。可能是那时候我从庚辰本给抄上
> 的。我 1953 年到北京，我家（父母）在北京，我常从天津来。我来北京
> 看父母的时候，和陶心如有往来。我把庚辰本的批语过录上去，可能是
> 这样。
>
> （五）这个本子明显是陶心如的整理本。我知道陶心如有整理本，他有
> 自己的整理方法。

10 月 27 日，立波将整理好的访谈记录寄给周绍良先生过目。三日后，
即收到先生回复，于谈话记录后补充了如下一段话：

> 陶心如想整理一个只有脂砚斋的批本《石头记》，但是用主观主义去
> 搞，因之在庚辰本上很多他认为不是脂砚斋的，他都不取不录。据我所
> 知，他由于生活问题，他所想搞纯脂本《石头本》，没等得完工就
> 卖了①。

第二次谈话，见上引李经国先生文。据云，2001 年年底，李先生得知师
大本有周绍良先生字迹，乃去问讯，"不意先生听我说了之后，却认为此事
不值一提"。李先生感到"惊异"，于是，周先生讲了这部抄本的一些情况。
兹节引于下：

---

① 见《北师大藏〈脂砚斋重评石头记〉版本来源查访录》《北京师范大学学报》，
2002(1)，116～118 页。

当时，北京有一位陶洙先生，是位藏书家，同时也在旧书店有投资。他有意以庚辰本作底本，再校以己卯本，再从《甲戌本》副本中过录脂评(此前，陶洙曾向周汝昌先生借《甲戌本》抄本录过副本)，做一个《红楼梦》的新校抄本。绍良先生与陶氏很熟悉，约在52、53年前后，先生在津工作期间，来京时曾见过陶洙的这个抄本。当时这个抄本还未抄完。

在先生调到北京前不久的1953年9月，周汝昌先生的新作《红楼梦新证》在上海一个出版社出版……陶洙看到《红楼梦新证》轰动一时，便想把他正在抄校的本子整理成一部新的最好的脂评《红楼梦》，并设想此本出版后，必然引起比周书还大的反响。绍良先生与陶洙先生很熟悉，知道他的这一想法后，便从陶处借这个本子来看。当时陶先生的抄校工作尚未做完。同时，由于陶先生对《红楼梦》并不特别熟悉，所以在抄写时出现了一些脱漏和错误。于是，周先生便又据庚辰本对陶本作了一些校补，因此在这个本子上留有一些周先生的笔迹，之后，就把这个抄本还给了陶先生。此后，陶先生大约自己又加以补充(或请别人加以补充)，使之成为一个完整的八十回抄本。至于陶本如何被北师大收藏，详情不得而知。可能是陶先生身后，家里将这个本子卖给了中国书店，中国书店又转售给了北师大①。

毋庸赘言，周绍良先生的两次谈话，互为补充，已将陶洙整理庚辰本的时间、经过、动机、所用版本，以及整理本上何以会有周绍良先生自己的笔迹等，都说得一清二楚。如不拘执成见，不泥于某种感情，看了周绍良先生的谈话，是会有助于对师大本的认识的。

这里，我们不妨依周绍良先生所说，考察一下师大本批语，看看周绍良先生为陶洙校抄本做了哪些工作，从一侧面认识师大本真相。

据周绍良先生两次谈话看，他为陶洙整理本所做工作，主要是校补庚辰

---

① 李经国：《周绍良先生红楼梦研究侧记》，载《红楼梦学刊》，2003(3)。

本批语，原本是陶先生校抄的庚辰本，校补用的是陶先生自己的晒蓝本。庚辰本批语，按其位置形式，可分五类。比照周绍良先生笔迹，一一查核，有关情况，梳理如次：一是回前批，无周先生笔迹，大体同北大本。二是正文下小字双行批，批语与正文同时抄录，大多用墨笔，由原抄手过录；用朱色者，仅一例，乃由周绍良先生补抄。三是两行正文间夹批，集中于第十二回至二十八回共 17 回之中，多用朱笔。此类批语，原本约计 746 条，周先生抄录约 745 条，仅脱漏 1 条。四是眉端批，亦多集中于第十二回至二十八回，大多为朱笔。此类批语，约计 181 条，周先生抄录约 179 条，漏抄 2 条。又第二十九回至七十七回，有鑑堂、绮园等眉批 26 条，周先生抄录约 22 条，漏抄 4 条①。五是回末批，其中 3 回为墨笔，与正文同时抄录；用朱笔者 6 回，计 8 条，周先生全部过录。

总之，细检庚辰原本，其行间夹批、（第十二回至七十七回）眉批及朱笔回末批，共计约 961 条，而周先生抄补有 954 条，比之原本，仅少 7 条。这些，都白纸黑字，尽现于师大本中，在在有案可查，实难移易。虽然周绍良先生自己说，他为陶书抄补批语"此事不值一提"，但他的工作很认真，是颇费工夫的。

我想，不妨重申一句，如果客观评价师大本，就不应对周绍良先生的两次谈话听而不闻，对其在师大本上校录的批语笔迹视而不见，避之不理。否则，便很难说是一种实事求是的科学态度。

九、胡适"来信"中所示之八十回本，就是"北师大本"吗

周先生断然判定师大本与陶洙无关，否定师大本与北大本的直接关系，而认定师大本"是个具有独立价值的旧抄本"，除所谓文本内证外，还有哪些根据呢？这些根据，切实可靠吗？

周文（一）曾以三节（即第二、三、八节）文字重点"推考"师大本来源，其结论是：北师大现藏的这部精抄本，"就是 20 世纪 40 年代末期已出现于

---

① 此处因师大本缺页，而少鑑堂批 2 条，另 2 条眉批，改作双行夹批。陈庆浩《新编石头记脂砚斋评语辑校》作为"后人批语"，附于卷后。

北平的本子"。其关键证据，是胡适的两封信。尤其是 1948 年 7 月 20 日胡适致周汝昌函中的那几句话："……听说，有一部八十回本在一两年前曾向藏书家兜售，现不知流入谁家。将来或可以出现。"《光明日报》编辑于篇题上端亦特地标出这几句话及周先生观点，以点明周文要旨，表示推重。后来，周先生在其《我与胡适先生》一书旁注中重申："著者推考 2001 年 1 月 14 日发现的北师大藏本，即胡适 1948 年 7 月 20 日给著者信函中所示之有人兜售的八十回本。"并对半个世纪前的一种认识，郑重其事，作了"更正"。①

然如仔细考稽，这些论据，其实不完全可靠。当年，周文披露的胡函中那"几句话"，并未公示全信，似有藏头漏影之嫌。两年后，周先生《我与胡适先生》一书始首次以彩色影印方式刊布了自 1947 年 12 月至 1948 年 10 月胡适与周汝昌 14 封来往信札（周信 8 封、胡信 6 封）。现摘录其中与那"几句话"相关的几段内容，排比于下，与读者共赏相析。

㈠周汝昌 1948 年 7 月 11 日致胡适函："徐星署先生之八十回本，现无恙否？如果将来我要集勘时，先生能替我借用吗？此事极关紧要，虽然冒昧，但我不能不先在此提出来向先生请示的，希望先生能先加开示。"

㈡胡适 1948 年 7 月 20 日复函周汝昌，其中被周删节的"听说"前面的话是："可惜徐星署的八十回本，现已不知下落了。徐君是王克敏的亲戚，当年也是王克敏转借给我的。"

㈢周汝昌 1948 年 7 月 25 日复函胡适："徐本迷失下落，真是可惜！先生既知一二年前兜售之事，为何当时不加注意而任其流转呢？此本亦归先生，不亦正应该吗？……依我想，此徐本难出北京城去，藏书有名者，当亦屈指可数，务希先生设法辗转一求此本之下落，谅未必不能发现也，翘企翘企！"②

㈣见前引胡适 1948 年 8 月 7 日复周汝昌信眉端"缀语"所云吴晓铃

---

① 《我与胡适先生》，138、192 页。

② 以上引周汝昌与胡适往来信函，依次见《我与胡适先生》卷首彩印第 5、7、8 页；又见《石头记会真》（拾），18、19、20 页，文中均将"徐星署"写作"徐星曙"。

"听说(徐藏本)索价奇高"事。

以上周与胡四次往来信札,均谈及徐藏本,记述比较清楚。周文(一)第二节推考师大本底本时,也有这样一段(共三行)文字:

> 然则,那个(引者按:指师大本)底本又是何本?何时所为?何人所主?
> 我推断此本即1949年12月胡适来信中所示之80回钞本。
> 胡适先生于1948年7月20日给我的信札中有这么几句话:"……听说(下略)。"

这里,胡适两函,当是周文要害。尤其7月20日函,周先生更称它是"极关重要"的一封信①。然比对上引四札信函及相关记述,周文对师大本"底本"的论断,则不无可议之处。

首先,所谓"1949年12月胡适来信",似嫌突兀,谜团颇多。第一,来信日期有缺。依通例,信末落款,当署年月日。胡与周14封往来书信,莫不如此。胡适有的信,何时写完,何时寄出,都细心注明。而此信,则只署年与月,而无日期,似不大合常情。第二,寄地不知。按胡适行踪,1948年12月15日,胡乘专机,匆匆南下,实际已永远离开北平。周先生亦曾回忆说:北平和平解放之前,向胡适还书不遇,"我与胡先生的来往关系,实际到此为止"。② 1949年2月1日,北平和平解放,胡于是年3月,将家眷安置台北后,遂奉派赴美,此后,长期留居美国,至1958年4月返台,任"中央研究院"院长。是则,自1949年年初至12月,周与胡又在何时恢复"来往关系"?胡12月"来信"又寄自何地?周是经由何种途径得到此信的?第三,内容不详。1948年7月20日胡函已告知周,"听说"有一部八十回抄本在兜售;时隔一年又五个月,胡为何又致函周,再次提及"80回钞本",信中到底说了些什么,周为何秘而不宣?第四,来历不明。周先生2003年在"《胡

---

① 《我与胡适先生》,118页。

② 《我与胡适先生》,见《石头记会真》(拾),39页。

适全集》出版暨胡适学术思想研讨会"上的发言中曾说："至今我还珍藏着胡先生给我的所有信札"，而据其《石头记会真》(拾)、《我与胡适先生》两书所收，胡致周信共 6 通。梅节先生推断，周可能"隐没"1948 年 11 月初胡函一通①。这里周所说的胡 1949 年 12 月信，不见于周氏上述两书；耿云志先生主编《胡适遗稿及秘藏书信》、杜春和先生等编《胡适论学往来书信选》等收录胡适书信较多的几部书，亦不见此信踪影。是收信人另有隐情，不愿将真相示人；还是原本并无此信，收信人记忆有误，弄错信件。要之，一封信札，有此诸多疑惑，而拿来作证，它的可信度又有几分。

其次，周文以 1948 年 7 月 20 日胡适信为重要证据，而断言五十年前那个书贾兜售本，就是今天所见之师大本。这一论断的问题，在于如何解读胡函中的那一段话。

一是对所谓"兜售本"，胡适明言，他只是"听说"，并未见过实物。周先生在《我与胡适先生》一书及周文(一)中也说，他当年读过胡函后，认为"其详情则未蒙叙及，似乎他并未见过"②，承认"'一两年前'之语，当然是个泛词"。这是实情。对这个"兜售本"，胡适既然只是"听说"，"并未见过"；那么，是否确实存在这个本子，充其量还是个悬案，有待进一步追寻。周先生为何不待求证，务得事实，弄清真相，就遽然断定它"就是"师大本呢？胡适先生在介绍自己"大胆的假设，小心的求证"十字"科学方法"时，曾说："没有证据，只可悬而不断；证据不够，只可假设，不可武断；必须等到证实之后，方可奉为定论。"③这当是应该认真记取的。

二是关于兜售本与徐藏本的关系，上引周与胡的四次往来信函，或可知其大概。1948 年 7 月 11 日，周致胡信，问询徐本，望能"借用"。7 月 20 日，胡复函周，告知徐本下落不明，同时首次提及兜售本。7 月 25 日，周致胡信，知徐本"迷失"，深感"可惜"，企盼寻其"下落"。至 8 月 7 日，胡回函周，眉端注明吴晓铃说徐本出售事。比较周胡两人这四封信札，话题谈及徐藏本时，时间相合，记述明白，当是真实可信的。此后，两人尚有七次通

---

① 《海角红楼——梅节红学文存》，389~390 页。

② 《我与胡适先生》，118 页。

③ 《胡适红学研究资料全编》，262~263 页。

信，但均未再谈到徐藏本，更无只字片言提及兜售本。五十年后，师大本面世，周文断然"判知"徐藏本，即北大庚辰本；而"另一部抄本"，即兜售本，乃师大本，它早于北大本。果如是，我们合读周 1948 年 7 月 25 日致胡信，便会看到这样一种有趣现象：胡适在同一信中，同时"听说"或"所知"师大本与北大本两部传抄本，都曾在"一二年前""兜售"；同样"下落"不明，而同样猜想将来或可"出现"；不久，果然同现京城，一卖给师大，一售予燕京。两书命运，何其相似乃尔，真所谓"无巧不成书"，而借用胡适话说："可是天下这样巧的事很少。"①

其三，周先生对所谓兜售本"错误"认识的"更正"，也有其可疑之处。周自己对兜售本的认识过程是这样追忆的：他先是在周文（一）中说："这个 80 回本一直未曾出现，我时常念之。如今见到了北师大藏本的影印本，经初校阅，认为……此本应即胡函中所提到的那部 80 回本。"而后，在《我与胡适先生》一书中又说："胡先生信函中提示的那部在市上兜售的八十回钞本，久无下落。近年忽然北京师范大学图书馆却发现了一部……我颇疑即是当年胡先生所说的那部书。（当时我复函误以为即指徐藏庚辰本，是粗心未读懂胡先生的原话，应更正。）"②周先生的追忆，疑点有二：

一则，周文说，对胡函中所示之八十回本"时常念之"，可见这个本子给周先生留下的印象是多么深刻。既如此，当时正积极搜求红楼版本、决心做"集本校勘"这项"扛鼎的工作"的周先生③，得知这一"抄本"消息，为何无动于衷，在 25 日复胡适函中没有一点反应？而且在其后来的一些著述中，也未看到他提起这一"精抄本"，似仍置之度外。比如，在其《红楼梦新证》中，他"就所闻见"列出前人"所称"或"所云"或"所见"之红楼抄本十二种，但并未提及这一"八十回本"④。20 世纪 90 年代，周先生回忆四十年前向胡适借阅红楼情况时，还是说：他得了甲戌、戚序"两种真本后，就一力搜寻已迷踪多年的《庚辰本》，使当时仅有的三真本汇齐，以便实现恢复芹书真面

① 胡适：《找书的快乐》，见《胡适红学研究资料全编》，371 页。

② 《我与胡适先生》，192 页。

③ 《石头记鉴真》"书后"，292 页。

④ 《红楼梦新证》（增订本），759 页。

的大愿!"①他心向往之的，还是那个"迷失下落"的徐藏庚辰本，又何尝记起"时常念之"的"另一抄本"？

二则，据周先生说，他之所以"更正"对兜售本的看法，还得到赵万里先生的帮助。他在《我与胡适先生》一书中，提及胡适7月20日致周信时说："我当时不明实况，因两事连叙，便误读成是指同一本了。其实徐本不曾让书贾兜售。……再后来，又与赵万里先生晤面，自然我又问及此事，赵先生说他问过胡先生，那是两回事，徐藏本不曾让书贾到处兜售。"②此段记述，也用了一个泛词"再后来"，时间概念，较为模糊。须知，周7月25日复胡函，只关注徐本下落，未说及兜售本。那么，又在何时、又因何故，周忽然关注这个本子，而向赵万里先生"问及此事"？我们不明白，当年九月至十月，周与胡还有四次通信，周为何不直接向胡问询此事，而转向赵问及此事呢？还有，细看周文"再后来"那段文字，连用两"又"字，意在说明，在此之前，周已通过赵，向胡问及"兜售本"事。那么，前次是在何时？胡是如何回答的？而此次，为何又要问此事？胡又怎样回答？这些，本来都关系"兜售本"的真相及其流转，理应予以说明。可惜，也如胡适信中那"几句话"一样，"详情则未蒙叙及"。紧要之处，含糊其意，莫明其故。

其四，经查访得知，师大本是陶洙（或说其身后，由家人）于1953年（或1954年）卖给中国书店的，1957年6月由中国书店售于北京师大图书馆。转手过程，在在可查。如果说，师大本就是胡函所谓"兜售本"，那么，它是如何被兜售的？是经由谁人、在何时归藏师大图书馆的？这还是一片空白，应该搜求证据，补其所阙。周文则略而不谈。

综上所说，乃知将师大本与"兜售本"连在一起，尚有诸多疑点，需要澄清。科学的态度，应当是"只可悬而不断"，继续寻求事实。否则，就会如周先生所说："如若简单对待，遽为硬判，只怕难保就是科学的结论吧。"

---

① 《岁月晴影——周汝昌随笔》，129页。

② 《我与胡适先生》，118页。

十、科学态度，在于尊重事实

写了上面几节文字，并非有意就师大本的文本价值问题，与周汝昌先生争鸣。我以为，学术问题，本来仁智各见，观点不同，展开讨论，以寻求真理，是完全正常的。但我又认为，讨论问题，首先应该尊重事实，尊重证据，抱有一种科学态度。胡适先生在介绍自己的"思想学问的方法"时曾说："科学态度在于撇开成见，搁起感情，只认得事实，只跟着证据走。"①这是胡先生的经验之谈。

其实，胡适先生早在 1921 年 11 月 12 日《红楼梦考证》(改定稿) 文末就曾说："我在这篇文章里，处处想撇开一切先入的成见；处处存一个搜求证据的目的；处处尊重证据，让证据做导向，引我到相当的结论上去。"②胡并以《红楼梦》研究为"实例"而"教人思想学问的方法"。他在 1928 年 4 月 20日《庐山游记补记》一文中说："我为什么要考证《红楼梦》？……在积极方面，我要教人一个思想学问的方法。我要教人疑而后信，考而后信，有充分证据而后信。"③

据周汝昌先生回忆，1948 年 6 月，他初次拜访胡适先生，胡先生就鼓励他"研究学问，要虚心求证，不宜固执己见"④。同年 7 月，周先生在致胡先生信中说："我一向追随先生以尊重证据，破除成见二事为大前提，岂敢不虚心。"⑤因此，后来有学人说："作为胡适派'新红学'的学术传人，周汝昌先生始终遵循着'实证'师法。"⑥周先生自己也尝说："做学问就要实事求

---

① 《胡适红学研究资料全编》，262 页。

② 同上书，176 页。

③ 同上书，254 页。

④ 《我与胡适先生》，87 页。

⑤ 《石头记会真》(拾)，21 页。

⑥ 乔福锦：《红学之学术反思与学科重建纲要》，载《红楼梦学刊》，2002(1)。

是。"①又说："学术不能带随意性，不能有感情作用，不能变成意气之争。"②他还批评胡适"撤消了"其早先同意的曹雪芹卒于癸未说的"新推定"，是"太不实事求是了"③。我们敬重周先生，尊重他长期以来为红学研究做出的重要贡献。尤其是他的《红楼梦新证》一书，崇尚实录，推重实证，洋洋80万言，考证详细，材料丰富，为红学研究提供了极大方便④。

这里，笔者仅就周汝昌先生对师大本的两篇"新考"大作谈了一些自己的看法。我总体感觉是，周先生文章名曰"考证"曰"辨伪"，但文中有不少"证据"，并不完全可靠；有的重要"事实"，还不十分清楚；一些新的"论断"，实难让人完全信服。文章似乎总为某种成见所掣肘，为某种情绪所控持，而难以得出客观的科学的结论。我想，也许这当是应该认真记取的。

2003 年 6 月 27 日一稿

2009 年 5 月 20 日二稿

2017 年 12 月 30 日改定

〔附录〕

我看到北京师大脂评本的经过

曹立波

2000 年 12 月 13 日是个星期三，下午，导师张俊先生照例给我们上课。那天，导师让我们九九级的四名同学汇报一下博士论文开题报告的准备情况。我的选题是：《红楼梦》东观阁本研究。课题涉及版本和评点两部分内

---

① 《献芹集》，115 页。

② 《红楼无限情——周汝昌自传》，283 页。

③ 《我与胡适先生》，202 页。

④ 笔者于 2012 年 6 月 6 日在北京曹雪芹学会举办的"周汝昌先生纪念追思会"上的发言曾谈到，周先生对红学的最大贡献，是他的《红楼梦新证》和《石头记会真》，我在主持程甲本《红楼梦》校注（北师大版）和程乙本《红楼梦》评批（商务版）时，从周先生这两部书中获益良多。见雍薇：《心血半世著新证，痴情一生为芹红》，载《曹雪芹研究》，2012(1)。

容，张老师建议我分为上、下两编。关于程甲本的翻刻本，让我去师大图书馆看看《绣像红楼梦全传》，因为上面有校对的异文。说到评点，因我在读书中发现东观阁本评语与王姚合评有关，需要区分王希廉、姚燮的评语，老师说，去看一下王希廉单独的评本就可以了，以前的同学也比较过。

第二天，即 2000 年 12 月 14 日上午，我到北师大图书馆善本室查资料。我在索书条上写了三本书：程乙本、《绣像红楼梦全传》和王希廉评本《增评补图石头记》。图书管理员张荣海老师去书库提书时，发现那本《增评补图石头记》没在架上，此书 16 册、两函，书号是 857.4/141-527-02。张老师觉得我可能写错了，就给我拿了同样是 16 册、两函，书号是 857.4/141-012 的《脂砚斋重评石头记》。看到这个手抄本，我深感意外。详看此书，发现这是个 80 回的抄本，正文的字体工整而潇洒。有大量批语，批语墨迹分红、墨两种颜色，红字深浅不一，有眉批和侧批等形式，眉批中有"丁亥夏、畸笏叟"的字样。书中还有"四阅评过"的标记，再加上评语的密度，我估计这个抄本与庚辰本相仿。因为书比较新，我便问管理员："会不会是近、现代人抄成的？"管理员回答说："这可是个善本。"我带着惊喜和疑虑，把书号记下来，准备忙完开题报告之后，再去请教导师。

2001 年 1 月 13 日上午，我去杜春耕先生家借有关《红楼梦》的书籍。杜先生案头正好放着庚辰本的影印本，我便谈起北师大的抄本。杜先生认为这个版本很重要，便与我一起，当即给张俊、吕启祥、蔡义江、胡文彬、张庆善等红学家打电话，询问原来是否知道这一旧抄本，专家们对此十分重视。这时候，邓遂夫先生到杜先生家送他的新书，也知道了这个消息。晚上，香港的红学家梅节先生从电话中亦得知此事，非常关注。

2001 年 1 月 19 日，张俊、杜春耕、吕启祥三位先生经商议，决定把我的短文《北师大有部带大量脂评的〈脂砚斋重评石头记〉旧抄本》，复印六份，并附上三位先生写的情况说明。首先，随同刚出版的宋淇先生《红楼梦识要》一书，寄给了香港的梅节先生。又通过蔡义江先生，把其中的一份稿子转给了《人民政协报》的记者王晓宁女士。2001 年 2 月 6 日，《人民政协报》学术家园专刊上发表了那篇短文。同一天，此文在网上发布。

当时，已放寒假，在京的许多红学家对这部书都十分关心。冯其庸先生春节期间虽在海南，还通过电话仔细询问此事。

2001 年 2 月 8 日，北师大国书馆的老师刚上班，中文系于池教授（原图书馆馆长）、导师张俊教授和我便来到古籍室，和图书馆姜璐馆长、古籍部杨健主任一起开了一个会，初步商议了鉴定步骤，决定先让张老师、杨健和我，用一周到十天的时间看书、调查，向图书馆提交一份报告，然后再请校内外其他专家开座谈会，对这个本子进一步加以鉴定。

这期间，我们首先调查了这部书的来源。它最初收录在北京师范大学图书馆 1957 年《中文图书登录簿》上，登记号是 342510-17，《脂砚斋重评石头记》线装，240 元。2001 年 2 月 12 日，我们听了当时的经手人周禄良先生介绍的情况，周先生说："这是琉璃厂一个书店送来的，当时旧书不好卖，一个星期送来一次，让咱们挑。"说到书后"北京市图书同业公会印制"的章，周先生说："1949 年后琉璃厂所有的书都有个议价，议了以后贴个签儿，然后按这个议价卖。"

2001 年 2 月 20 日，我们去了北京大学图书馆善本室，在北大善本室老师的关照下，亲睹了北大庚辰本的原件，并将几处疑点做了对比。

十几天有限的时间里，我们对这部书进行了抽样考察，初步印象是，它具备庚辰本的基本特征，但是，正文和批语与北大庚辰本相比，都存在很多异文，还有自己的特色，尚待进一步研究和调查。

（2001 年 2 月 28 日）

（原载《红楼梦学刊》2001 年第 2 辑）

《红楼梦》版本的流传与北京琉璃厂

琉璃厂(海王村),是北京一条古老的文化街,"自明以来,即为书肆荟萃之处"①;而《红楼梦》的出版与传播,更为它增添了几许神秘色彩。历数《红楼梦》的诸多版本,包括一些早期抄本的庋藏与流传,刻本的初次印行,到再版翻刻,甚至一些未见抄本的流转踪迹,都曾经与琉璃厂有着千丝万缕的联系。应该说,这是红学传播史上辉煌的一页。

一、《红楼梦》几种早期抄本的庋藏流传与琉璃厂有某些关系

现所见早期的《红楼梦》抄本,多题名为《脂砚斋重评石头记》,在清代一直以手抄的形式流传,目前相继被发现的有十一二种。其中,己卯本、庚辰本、梦稿本等抄本的流传都与琉璃厂有较为直接的关系,甲戌本的收藏与琉璃厂也有某些联系。

现存己卯本残抄本凡四十回,原为董康、陶洙先生先后收藏,1949年后归北京图书馆。其中散失的一部分,即三整回及两个半回,于1959年冬在琉璃厂出现,后由中国历史博物馆购藏。吴恩裕先生记述了这一册残抄本的发现经过:

> 一九五九年冬,历史博物馆的王宏钧同志,在琉璃厂中国书店买到一些抄本古书,《脂砚斋重评石头记》的残抄本就是其中之一②。

---

① 丁立诚:《王风笺题·游厂旬》,见孙殿起辑:《琉璃厂小志》,87页,北京,北京古籍出版社,1982。

② 吴恩裕:《曹雪芹丛考》,217~218页,上海,上海古籍出版社,1980。

此册抄本，后经吴先生考察，认为"它可能是一个早期抄本，也许就是乾隆时的抄本"。原藏者之一陶洙在卷首题记之二中尝云："四十一回至六十回缺，未抄补（拟照庚辰抄以戚本校）。"从回次看，这一残抄本，恰在己卯本现缺部分内。因之，一经发现，即引起红学研究者极大的兴趣与关注。

庚辰本的转手也曾与琉璃厂有关。此书是徐星署于1932年初在北京隆福寺的小摊上买到的。1949年前夕，经当年在琉璃厂书店工作的魏广洲先生多方联系①，于1949年5月5日卖给了燕京大学图书馆②。陶洙曾抄录并校订了一部庚辰本，是书的整理时间约为1949年到1953年之间。在1952或1953年时，他将自己整理的这部庚辰本卖给了现在琉璃厂的中国书店，1957年经琉璃厂书店卖到北师大图书馆③。

梦稿本之与琉璃厂，则有两点值得注意：一是此书收藏者与甲戌本收藏者刘铨福的关系，二是稿本之发现地点。

稿本早期收藏者乃杨继振。继振字幼云、又云，满族人，约生于嘉庆中叶，卒于光绪初年。在京居旧鼓楼大街，风雅好古，富于收藏，赏鉴尤精。抄本书签题："红楼梦稿，佛眉尊兄藏，次游签。""佛眉"是谁？尚有歧议。胡适先生《跋乾隆甲戌〈脂砚斋重评石头记〉影印本》介绍，甲戌本开卷首叶有一"髣眉"阳文章，以为"可能是一位女人的印章"。周汝昌先生《红楼梦新证》"附录编"考出"髣眉"就是刘铨福侧室马寿蘐之字。郑庆山先生《论杨藏本〈红楼梦〉》据此而认为："然则，'佛眉'或亦即'髣眉'。"潘重规先生《读〈乾隆抄本百廿回红楼梦稿〉》则推测"'佛眉'是刘铨福的别号"，"仿（髣）眉"与"佛眉"同音，因而，两者都是刘氏别号。我们以为，说"佛眉"为刘铨福别号，有一定道理；但说"仿眉"亦刘铨福别号，则可商榷，当以周汝昌先生所考为是。但无论如何，刘、杨同为藏书家，或有往来，当是可能的。高阳先生《我看'中国文学史上一大公案'——谈乾隆手抄百廿回〈红楼梦稿〉的

① 《琉璃厂小志》第155页："（万源夹道）一〇号 多文阁 魏广洲，河北冀县人。一九三七年设店于万源夹道十四号，后徙至此。"

② 参见冀振武：《〈庚辰本〉的转手过程》，载《红楼梦学刊》，1995(4)。

③ 参见曹立波、张俊、杨健：《北师大〈脂砚斋重评石头记〉版本来源查访录》，载《北京师范大学学报》，2002(1)。

收藏者》云："刘氏父子与杨继振同时同地同好，同为缙绅中人，应无不相识之理；然则既同有《红楼梦》异本，自亦无不相互借阅校勘之理。"潘重规先生甚至"疑心"梦稿本这一抄本，"杨继振是从刘铨福家得来的"①。

关于稿本的发现地，赵冈、陈钟毅先生《红楼梦新探》第五章有清楚的记述：

在 1959 年 3 月发现了一个《高鹗手定红楼梦稿本》。这个稿本是由北京的文苑斋书店收买到。文苑斋在买到这个稿本后，曾先后送请几个专家如吴晓铃和范宁等鉴定及研究②。

北京这家文苑斋旧书店，其实就在璃琉厂。孙殿起先生《琉璃厂书肆三记》记云：

文苑斋 赵书春，字麟卿，冀县人，于民国十三年开设，在宣武门内头发胡同海市街路西。二十五年，徙宣武门内大街头发胡同迄北路西③。

《琉璃厂小志》第四章并介绍其弟子有左万寿（松山）、李九俊④。两则所记，言之凿凿，至于文苑斋何时何地购得梦稿本，则不得而知。

除上述《红楼梦》抄本中三种较为重要的版本，都曾由琉璃厂收售或转手外，现有资料显示，甲戌本的收藏者刘铨福，与琉璃厂也有密切联系。刘铨福，字子重，别号白云吟客，大兴人。约生于嘉庆二十三年（1818），约卒于

---

① 胡适文，原载《作品》二卷六期，收入《胡适红梦研究论述全编》；周汝昌《红楼梦新证》（增订本），人民文学出版社 1976 年版；郑庆山文，载作者《红楼梦的版本及其校勘》一书，北京图书馆出版社 2002 年版；潘重规文，原载《大陆杂志》第三十卷第二期（1965 年 1 月），收入胡文彬、周雷编《台湾红学论文选》，百花文学出版社 1981 年版；高阳文，载作者《红楼一家言》，生活·读书·新知三联书店 2001 年版。

② 赵冈、陈钟毅：《红楼梦新探》，248 页，北京，文化艺术出版社，1991。

③ 《琉璃厂小志》，138 页。

④ 同上书，235 页。

光绪七年(1881)以后，他喜搜集金石书画。甲戌本由刘氏庋藏至散出的经过，大致如下：

①迟至咸丰十年(1860)，书归刘氏收藏①。

②同治二年癸亥(1863)春日，刘氏为此书题跋文三则；五月廿七日，又题一则。

③同治四年乙丑(1865)孟秋，青士、椿馀于半亩园同观此书，并题一跋。

④同治七年戊辰(1868)秋，刘氏又题跋一则。

⑤光绪末年，从刘家散出②。

⑥民国十六年(1927)夏，书归胡适，次年，胡写一长跋③。

上列有关记载，或关涉刘铨福活动之后孙公园、海王村、半亩园等地点，以及与其交往之崇实、青士、椿馀、朱肯夫、杨继振等人物④，多与琉璃厂有关。

先说后孙公园。此园乃清初史学家孙承泽别业，孙氏亦顺天府大兴人，刘铨福同乡。园在琉璃厂之南。据云，刘家住处，即孙氏旧居遗址，园池幽

①　《红楼梦新证》(增订本)，1120～1121页，"附录编"，据咸丰十年(1860)庄裕崧为刘铨福侧室马氏所绘《翠微拾黛图》及有关题咏考察，谓"甲戌本之归入刘、马收藏，不会晚于咸丰十年，而并非是后来同治二年、四年、七年三次题记时的新获"。叶祖孚《收藏甲戌本脂批〈红楼梦〉的刘家》则云："曹雪芹去世后35年，即嘉庆三年(1798)，那本甲戌本脂批《红楼梦》当在脂砚斋手里，那时脂砚斋已是70开外的老人了。怎样保存好这本秘笈成了脂砚斋的心病。看来他是找到了当时名声很好的大藏书家刘位坦(宽夫，即刘铨福之父)，把甲戌本以及曹雪芹的一方私人印章赠给他或卖给他，托他代为保存。刘家几代人果然把甲戌本悉心保存了下来。"叶氏所云，不知何据，未作说明。见作者著《燕都旧事》，57页，北京，中国书店，1998。

②　详见《红楼梦新证》(增订本)"附录编"，955页。

③　胡适《影印乾隆甲戌〈脂砚斋重评石头记〉的缘起》："民国十六年夏天，我在上海买得大兴刘铨福旧藏的'脂砚斋甲戌抄阅再评'的《石头记》旧抄本四大册……民国十七年二月，我发表了一篇一万七八千字的报告。"载《胡适红楼梦研究论述全编》，296页，又见第221页。

④　杨继振，已见上文；朱肯夫，详后文。

胜，藏弆极富，藏书处名"砖祖斋"。叶昌炽《藏书纪事诗》卷六记刘位坦、刘铨福诗云："河间君子馆砖馆，厂肆孙公园后园。"①即写其书斋及所居也。

再看海王村。夏仁虎《旧京琐记》卷八云："今之琉璃厂，即辽之燕下乡海王村也。"②道光末至光绪初年，因承平日久，"士夫以风雅相尚"，其"踪迹半在海王村"③。民国后辟为公园，《琉璃厂书肆三记》记云：公园内有荣华堂，店主孙华卿，河北冀县人，常往南方各省收书，多明刻本及海内孤本；并提及"一九四七年，曾于西小市打鼓摊上以三元购得一部传本稀见之乾隆壬子（五十七年）程伟元第二次活字印本《红楼梦》计一百廿回，售于来熏阁"④。刘铨福或常至此地。《红楼梦新证》"附录编"曾转引冯其庸先生展示刘铨福手迹一幅，乃题开元铜简拓本的诗文二则，皆小楷，一录叶润臣的题诗，末署"己未季秋，鹤巢夫子大人命书，大兴子重刘畐录于海王村桥亭卜砚斋"。"己未"即咸丰九年（1859），刘铨福约在此前后收藏了甲戌本。

最后说半亩园及其中人物。震钧《天咫偶闻》卷三对此园有详细记述："完颜氏半亩园，在弓弦胡同内牛排子胡同。国初为李笠翁所创……道光初，麟见亭河帅得之，大为改葺，其名遂著。"麟见亭，即麟庆（1791—1846），姓完颜氏，一生喜爱图书。其子崇实，字朴山，亦喜藏金石，与刘铨福同好。上列为甲戌本题跋者青士，即濮文暹之字，江苏溧水人；椿馀，字文昶，文暹之弟。两人同为同治四年乙丑（1865）科同榜进士，是崇实之子的老师，居半亩园达十六年之久，宾礼甚挚⑤。两人尝于半亩园同观甲戌本《石头记》，并作题记，赞其"颇得史家法"，嘱"子重其宝之"。濮青士对《红楼》版本，或知之较多。近人王伯沆批王希廉本《红楼梦》，引述青士多条批语，谓其曾

---

① 叶昌炽著，王锷、伏亚鹏点校：《藏书纪事诗》，522页，北京，北京燕山出版社，1999。

② 夏仁虎：《旧京琐记》，90页，北京，北京古籍出版社，1986。姜纬堂《旧京述闻》第49页则云："燕下乡海王村之名，其实并非始于辽，而是早在唐代就有。"

③ 震钧：《天咫偶闻》，163页，北京，北京古籍出版社，1982。

④ 《琉璃厂小志》，148页。

⑤ 见徐恭时：《〈红楼梦〉版本有关人物资料札记》，转引自南京师范学院中文系资料室编：《红楼梦版本论丛》（供内部参考），1976。

在京师见有《痴人说梦》一书，"颇多本书异事"①。琉璃厂也是濮氏兄弟足踪常涉之处，同治九年（1870），青士追忆兄弟旧游，其《寄椿馀弟四首》诗之三说："大雪海王村，剩有梨花冻；东风半亩园，尘榻悬已重。"②此可为证。论者多以为，刘铨福与崇实及濮氏兄弟当有交往③。周汝昌先生并假设："甲戌本很可能是崇氏的东西，后来归入刘铨福手的。"④

二、《红楼梦》的初刊地点当在琉璃厂

《红楼梦》由手抄流传到付梓印行的转变，在这部小说的传播史上，具有划时代的意义。曾经是一部"得数十金"（程伟元序语）的《红楼梦》抄本，因"翻印日多，低者不及二两"⑤。印数愈多，价格愈低，发行愈广，"后遂遍传海内，几于家置一编"⑥。首次将《红楼梦》印刷出版，是一件功德无量的事。因而，初次印行《红楼梦》的地点，一直深受红学界关注，研究的焦点多集中于琉璃厂。

据清代人的笔记和现代学者的考证，都说明《红楼梦》最初当是从琉璃厂走向社会的。清人陈镛《樗散轩丛谈》卷二《红楼梦》条记载：

> 然《红楼梦》实才子书也。初不知作者谁何，或言是康熙间京师某府西宾常州某孝廉手笔。巨家间有之，然皆抄录，无刊本，曩时见者绝少。乾隆五十四年春，苏大司寇因是书被鼠伤，付琉璃厂书坊抽换装订，坊中人借以抄出，刊版刷印渔利，今天下俱知有《红楼梦》矣⑦。

---

① 详见《王伯沆红楼梦批语汇录》，48、531 页，南京，江苏古籍出版社，1985。

② 《红楼梦新证》（增订本）"附录编"，969 页。

③ 参见《〈红楼梦〉版本有关人物资料札记》。

④ 《红楼梦新证》（增订本），"附录编"，964 页。

⑤ 毛庆臻：《一亭考古杂记》，据光绪十七年石印本。

⑥ 汪堃：《寄寫残赘》卷九《红楼梦为谶纬书》，据同治十一年不惧无闷斋刊本。

⑦ 见一粟编：《古典文学研究资料汇编》"红楼梦卷"，349 页，北京，中华书局，1963。

据周绍良先生《读〈樗散轩丛谈〉书后》考证，陈镛之写此条的时间，最晚在嘉庆九年（1804），最早在嘉庆四年（1799）；其所记乾隆五十四年（1789）春事时，作者与苏大司寇均在北京①。所谓"坊中人借以抄出，刊版刷印"的，并没有说明是活字本，还是木刻本。"乾隆五十四年"这一时间，与刊行于乾隆五十六年的程甲本十分接近，估计为程甲本的可能性较大②。但无论如何，这段记载指出《红楼梦》最初之得以"刊版刷印"，与琉璃厂书坊有着密切的关系。

至于说及程刻本的排印地点，迄今仍有争议。主要有三种说法，最早谈到此一问题者是王佩璋女士。她在《红楼梦后四十回的作者问题》（1957年）一文附注（1）中认为，程甲、程乙都是在苏州萃文书屋刊印的③。胡适先生在《跋乾隆甲戌本〈脂砚斋重评石头记〉影印本》（1961年）中则说，甲乙二本都是在北京萃文书屋木活字排印的。其后，王三庆、胡文彬与周雷、周绍良、徐仁存与徐有为等先生都持此说④。至20世纪70年代，赵冈先生多次撰文，谈及此事，他认为，程本有三次印刷：甲本在北京，乙、丙二本在苏州，并说"萃文书屋是北京苏州联号"⑤。高阳先生倾向于赵

　①　周绍良：《红楼梦研究论集》，258页，太原，山西人民出版社，1983。

　②　周绍良以为，苏家藏本，与程甲及程乙本均无关，可能"苏家所藏实系一百二十回抄本，而陈镛以之与活字本出版事混为一谈"。同上书，216页。

　③　王佩璋文，原载《光明日报》，1957-02-03。收入《红楼梦研究论文集》，北京，人民文学出版社。

　④　王三庆1980年撰写的博士论文《红楼梦版本研究》第616页："程本并未在南方刊行，根据《红楼梦》一书的传承历史，程、高二人的游历，应足以证明甲、乙二本，其刊行地点都是在北京。"周绍良《红楼梦研究论集》第251页："乾隆五十六年冬程甲本出版，五十七年春程乙本出版，均为北京萃文书屋木活字本。"徐氏兄弟《程刻本红楼梦新考》第49页："（萃文书屋）很可能是临时性的出版社，而坐落在北京应该没有错，程刻本不但甲本连续再版的乙、丙、丁本都是在北京排印和销售的。""国立"编译馆1982年10月台初版。

　⑤　赵冈：《程高刻本〈红楼梦〉之刊行及流行情形》，原载《大陆杂志》，第38卷第8期（1970年4月），收入胡文彬、周雷编：《海外红学论集》，上海，上海古籍出版社，1982。

冈京、苏两地说①。

就目前所见材料而言，北京说较为有理。胡文彬、周雷先生曾在 1980 年考证程甲本为北京琉璃厂一带印行：

> 新发现的程甲本所用纸张上的重要标记，也证明此本是在北京印行的。笔者在一九七五年十二月校阅文学研究所藏的那部程甲本时，发现在第十三回第 6 页上面第 1–6 行的天头处，钤有两个纸头商标的朱色印记，盖在纸的背面，但从正面也能看清字迹。上方为朱文圆印，楷书四字，印文作"万茂魁记"（"记"字左边被切去）；下方为白文方印，篆书四字，印文为"东厂扇料"（"扇料"左边切去少许，尚能辨认；"厂料"两字下部少许压在订口内）。……这个经营"东厂扇料"的"万茂魁记"，究竟坐落在王府井北边的东厂附近，还是开设在琉璃厂东门外，一时尚难确考，但无论属于哪一种情况，反正是乾隆末年北京城里一家纸店，这是可以肯定的。程甲本既然是采用"万茂魁记"出售的以"东厂扇料"为商标的纸张印刷的，毫无疑问它的排印地点也应在北京，而不会是千里之外的苏州②。

胡文彬、周雷先生根据中国社会科学院文学研究所藏程甲本中标有"万茂魁记"和"东厂扇料"的印记，推断出程甲本的刊印地点，应在北京琉璃厂或王府井附近。将近二十年过去了，1998 年胡先生在国家图书馆查阅一部程乙本时，又意外地发现了与程甲本相类似的印记：

> 该本第 54 回第 5 页 A 面、第 99 回第 10 页 A 面、第 102 回第 4 页 A 面天头上均赫然印着"祥泰字号"（朱文圆印直径 3.1 厘米）、"东厂扇料"（朱文方印高 3.3 厘米，宽 3.3 厘米），这一新发现，再次向我们证

① 高阳：《红楼倾谈——酬答赵冈教授》，载作者著《红楼一家言》，北京，生活·读书·新知三联书店，2001。

② 胡文彬、周雷：《论程丙本》，载《红楼梦学刊》，1980(4)，收入作者《红学丛谭》，太原，山西人民出版社，1983。

明了：程甲本、程乙本用纸均为北京的"东厂扇料"。所不同的是甲本用
纸是从"万茂魁记"纸店买的，乙本用纸是从"祥泰字号"纸店买的①。

由上述几例，可以推知，《红楼梦》一书由抄本到付梓印刷，最初的出版
地点应为琉璃厂一带。

赵冈先生之所以主程本排印南北两地说，一是根据李文藻《琉璃厂书肆
记》中有"文粹堂金氏，肆贾谢姓，苏州人"的记载；二是根据黄荛翁（丕烈）
《士礼居藏书题跋记》中说苏州书肆中有"琉璃厂文粹堂"的著录。故而推想
"'文粹堂'与'萃文'文义互通"，得出"'文萃堂'在乾隆中叶是由谢某及韦
某经营，想来二十年后已归程伟元经营"的结论②。高阳先生径称苏州"文粹
堂"为"苏州萃文书屋"，并"疑心"程本"不用'文粹堂'而用'萃文书屋藏板'
的名义，是意味着此书的权益，为双方所共有"③。

对赵文之推断，胡文彬和周雷先生曾提出质疑，指出不能把"文粹"与
"萃文"两个风马牛不相及的店号捏合成一个④。现我们再略作补证，以见两
地说之不确。成书于乾隆三十四年（1769）之《琉璃厂书肆记》，明白记录京
师文粹堂为金氏所开设。又据《琉璃厂小志》所引《士礼居藏书题跋记》吴门
"琉璃厂文粹堂"下注云："续记宋本梅花喜神谱二卷。"此书当购之于北京文
粹堂。据黄丕烈《士礼居藏书题跋续编》"跋梅花喜神谱"云：此书于"京师琉
璃厂得之"；又跋该书"宋本"云："余辛酉二月中旬，抵燕台，即从琉璃厂
遍索未见书，适于文粹堂书肆，得宋刻梅花喜神谱。"辛酉，即嘉庆六
年（1801）。此前，吴寿旸《拜经楼藏书题跋记》"啸堂集古录"跋引丁小疋语
云："此书余得之京师文粹堂书肆。"⑤时在乾隆末年。但据震钧《天咫偶闻》

---

① 胡文彬：《东厂扇料与祥泰字号——关于程本摆印地点新证》，载《魂牵梦萦红楼
情》，242 页，北京，中国书店，2000。

② 《海外红学论集》，463～464 页。

③ 《红楼一家言》，104 页。

④ 胡文彬、周雷：《论程丙本》，载《红楼梦学刊》，1980（4），收入作者《红学丛
谭》。

⑤ 黄丕烈、吴寿旸跋记，分别见《琉璃厂小志》，375～377 页。

卷七、叶德辉《书林清话》卷九载，李文藻所记各肆，到光绪时，唯二酉堂巍然独存，"馀尽易名矣"。是知，吴门文粹堂与京师文粹堂为"联号"，或不诬，但"文粹堂"决非"萃文书屋"，更没有乾隆中叶之"文萃堂"。现可查证，文萃堂实京师另一书肆，与文粹堂乃差之一字，谬以千里。《琉璃厂书肆三记》载：

> 文萃堂　王仲华，字国辉，任丘县人，于民国三十一年（1942）开设，在吉祥二条路北。

雷梦水《琉璃厂书肆四记》所记亦同。是则"文粹"乃金氏店，此为王氏号，彼乃乾隆旧铺，此则民国新肆，两不相干。

三、《红楼梦》的某些翻刻本、评点本的刻印地在琉璃厂

萃文书屋用木活字排印的程甲本问世不久，坊间竞相以木版翻刻，当时影响很大的书坊是东观阁。东观阁是清代乾隆末至道光年间刊行《红楼梦》木刻本的一家书坊。它除了率先依据程甲本刻印白文本外，还在正文的行侧加刻批语，批本始见于嘉庆十六年（1811），是付梓刊行的最早的《红楼梦》评点本。东观阁评点本，除东观阁本身几次再版之外，其他的书坊也纷纷翻刻，据初步统计约有十八种①。这样颇具影响的《红楼梦》版本，其出版的地点是值得注意的。

东观阁书坊在什么地方？学界说法不一。或说在北京，或说在南方。持北京说的证据，是法式善的《梧门诗话》，此书卷二曾记载一家坐落在北京琉璃厂的"东观阁书肆"：

> 琉璃厂东观阁书肆中偶见五言诗一册，未著姓氏。

---

① 曹立波：《红楼梦东观阁本研究》，上编，1页，博士学位论文，北京师范大学，2002年。该论文2004年1月由北京图书馆出版社出版。

这里，明确指出"东观阁书肆"在琉璃厂。"书肆"并非单纯的售书机构，也兼出版事宜。在古代，"书坊亦名书肆、书林、书堂、书棚等"①。"书肆"与"书坊"并行，刻书的同时也卖书，这在当时也是常见的现象。赵冈、伊藤漱平、王三庆、陈力先生等②，都认为东观阁应在北京琉璃厂。

为了进一步证实《梧门诗话》中的说法，曹立波曾多次前往琉璃厂进行实地查访，我们又查阅了李文藻的《琉璃厂书肆记》、缪荃孙的《琉璃厂书肆后记》，以及近人孙殿起的《琉璃厂小志》和叶祖孚的《北京琉璃厂》等著作，尚未查到有关"东观阁书肆"在琉璃厂的资料。但法式善的记载，还是可信的。理由是：

其一，法式善的生活年代，晚于李文藻写《琉璃厂书肆记》的时间，也就是说，东观阁书肆开业时，李文藻或许未见到，故不见收录；而缪荃孙等人记述琉璃厂的书，又出现较晚，所以都没有机会见证东观阁书坊的存在。

法式善（1752—1813），字梧门，号时帆，官至侍读学士。他性喜藏书，长于史学，尤留意文献。他为官和藏书，主要是在乾隆后期和嘉庆年间。其《成均课士续录序》谈到："自乙卯迄今戊午三岁矣，法式善得与诸文士讲艺成均，朝考夕究，士靡不各以其能自献。"③这段文字，交代"法式善得与诸文士讲艺成均"的时间是乾隆六十年乙卯（1795）到嘉庆三年戊午（1798）。这个时期，正是《红楼梦》刻本开雕并大量涌现的时候。法式善留心"与诸文士讲艺"，在东观阁书肆偶见某一诗册，并记下来，是顺理成章的事情。而其他有关琉璃厂书肆的资料，则尚未发现关于东观阁的记载。个中原因，或与这些著作撰写之"时间差"不无关系。

东观阁开业时间，约在乾隆末或嘉庆初年；而李文藻《琉璃厂书肆记》写于乾隆三十四年，故未能记入东观阁书肆。至宣统三年（1911），缪荃孙撰写

① 曹之：《坊刻本史略》，载《中国印刷史料选辑》之三《历代刻书概况》，上海新四军历史研究会印刷印钞分会编，432页，北京，印刷工业出版社，1991。

② 伊藤漱平：《程伟元刊〈新镌全部绣像红楼梦〉小考（补说）》，载1977年1月《东方学》第53期。陈力：《〈红楼梦〉东观阁本小议》，载《红楼梦学刊》，1994（4）。

③ 《八旗文经》卷第十七，卷第十九，光绪辛丑（二十七年，1901年）刊于武昌，北师大图书馆藏。

了《琉璃厂书肆后记》，此与东观阁的开业时间则又晚了上百余年，似也无法著录东观阁书肆。"又二十余年"，即 1930 年之后，"北京书业，变化万端"，孙殿起先生就其"见闻所及"，撰作《琉璃厂书肆三记》，此与今天所见道光二年壬午（1822）东观阁第三次重刻之《红楼梦》，亦逾百年矣。因而，目前可见到的有关琉璃厂书肆的专著，或早或晚，都与东观阁书肆大量翻刻《红楼梦》的时期失之交臂，所以无法从他们的著作中找到"东观阁"。

其二，法式善住在北京，经常光顾琉璃厂，他的《梧门诗话》有较强的纪实性。据《天咫偶闻》卷四载：法时帆居京师厚载门北，"有诗龛及梧门书屋，藏书万卷"。因身居北京，近水楼台，琉璃厂是法式善经常流连的地方。徐珂编撰《清稗类钞》"鉴赏类"记载：

> 嘉庆某岁正月，时帆至琉璃厂，于庙市书摊买宋、明实录一大捆，虽不全，实秘本也。又得宋、元人各集，皆自《永乐大典》采入《四库》者。……有人许易二千金，时帆靳弗予也①。

此一记载，实采自法式善《陶庐杂识》卷二，唯"嘉庆某岁"作"十年前"。《陶庐杂识》卷一写京师庙市也谈及琉璃厂：

> 琉璃厂火神庙正月上旬，犹有书市及卖熏花零玉者。

法式善乐于到琉璃厂访书，并喜欢把所见所闻记录下来。其见闻具有记实性的特点，正如他在《梧门诗话例言》中所云：

> 诗话之作滥觞于钟嵘，盛于北宋……余束发受书，留心韵语，通籍以来，每遇宗工哲匠以及四方能言之士，有所著咏，必为推寻其体格，穷极其旨趣而后已。数十年间，师友投赠，朋旧谈说，钞存箧笥者颇夥，非敢作韵语阳秋，聊使所见闻弗遽与烟云变灭云尔。读书论古，要

---

① 徐珂：《清稗类钞》，4256 页，北京，中华书局，1986。

当别有会心，乃不为前人眼光罩定。是编或记其人，或纪其事，皆与诗相发明，间出数语评骘，亦第就一时领悟，所到随笔书之，未必精当，要无奇论，亦不阿好，则窃所自信焉①。

法式善在书中，"或记其人，或纪其事，皆与诗相发明"，因为以记实为本，《梧门诗话》中所记之人和事，还是具有一定可信度的。

其三，程甲本、程乙本的刻印地点在北京琉璃厂一带，东观阁以程甲本为底本，少数改动参照了程乙本，如果就近而且迅速翻刻而言，则东观阁在琉璃厂的可能性也很大。

东观阁初刻本是没有评点的白文本，题名为"新镌全部绣像红楼梦 东观阁梓行"，属于程甲本的早期翻刻本之一。现藏北京大学图书馆的一部程甲本，1929 年马幼渔先生赠给胡适，此书扉页手书"东观阁原本 绣像红楼梦 本宅梓行"，第一百二十回回末有"萃文书屋藏板"字样，文中活字排印的一些特征，与国家图书馆所藏程甲本相同，但贴补处大体照程乙本所改，查后来的东观阁刻本，则与"东观阁原本"贴改的文字相同，而与程甲本原有的文字略异。由此可以推知，此程甲本应为东观阁翻刻前的工作底本，它揭示了程甲本与东观阁本之间的密切关系；而东观阁本在翻刻程甲本的过程中，当同时也参考了程乙本。这说明因为程甲本、程乙本的刻印地点都是在北京，也为东观阁本的及时翻刻提供了便利条件。

基于上述三条理由，我们倾向于东观阁书肆在北京琉璃厂的说法。

一度认为东观阁在南方的，原来主要有日本的伊藤漱平先生。起初，他在《程伟元刊〈新镌全部绣像红楼梦〉小考(上)》一文的注释中②，将周春《阅红楼梦随笔》一文作为东观阁在苏州的证据："上面所述壬子冬吴门(江苏省苏州)开雕的正是东观阁本。这个新刻本是'苕估'——苏州附近吴兴(浙江省)的书贾购来的。"并推测一七九三年由浙江乍浦港运到日本长崎港的"九部十八套"《红楼梦》，"从'各二套'这一点来看属于小型本，不是原来分装

_____

① 《八旗文经》卷第十七，卷第十九，光绪辛丑(二十七年，1901 年)刊于武昌，北师大图书馆藏。

② 伊藤漱平文，载《红楼梦学刊》，1979(1)。

四套的程本就是苏州东观阁刊的袖珍本"。在此，他将"东观阁"与苏州连在一起。后来由于查到了新资料，他的观点有所改变①。

胡适先生的一段论述，也曾被视为推测东观阁在苏州的证据，即他在《与苏雪林、高阳书》中谈到程甲本（第一个排印本）和程乙本（修改本）时写道：

> 很不幸的是那个未经修改的第一排印本一到了南方，就被苏州书坊在乾隆五十七年（1792）的冬天雕刻翻印，流行更广了，那个修改了两万多字的"程乙本"就没有翻刻翻印了。（直到民国十六年，才有亚东图书馆重排印的"程乙本"。到了民国四十八年，台北远东图书公司又重排亚东的"程乙本"印行。）②

据此，有的学者认为，胡适这里所说的苏州书坊，就是指的东观阁。赵冈先生曾对东观阁在苏州的说法提出过质疑：

> 伊藤漱平企图把这些运销日本的《红楼梦》，周春书中提到在苏州开雕印刷的《红楼梦》，以及东观阁翻印本《红楼梦》两件事贯穿起来。……
>
> 即令有证据证明东观阁的初刊本早在乾隆五十八年已发行，而且是以每部两套的方式装订的，我们还是无法把它与周春买得的苏州版《红楼梦》拉上关系。到现在为止，所发现的东观阁诸版都是翻刻程甲本，但是从周春《阅红楼梦随笔》中所提到书中的某些字句，则可以判断他买到的书是程乙本或程丙本，绝非程甲本，东观阁既雕印程甲本，马上接着又翻刻程乙本，工程未免过于浩大，令人难以置信。所以东观阁诸版与苏州版还是两个不同的系统③。

---

① 详见《程伟元刊〈新镌全部绣像红楼梦〉小考（补说）》。

② 《胡适红楼梦研究论述全编》，293 页。

③ 赵冈：《再谈程排本〈红楼梦〉的发行经过》，载《花香铜臭读红楼》第 34～40 页。

转引自高阳：《红楼一家言》，132、134 页。

我们认为，说"被苏州书坊在乾隆五十七年的冬天雕刻翻印"的本子就是东观阁本，这一结论，目前尚未找到直接的文字材料来加以证实，似乎猜测的成分较多。相比之下，东观阁在北京琉璃厂的说法，还是有据可依的。

附带说明，法式善首次著录了东观阁书肆所在地，但在其著述中，现尚未发现有关《红楼梦》的文字。不过，涉及他与几位《红楼》藏抄者的交友，还是值得注意的。一是舒元炜序本收藏者玉栋（1745—1799），他家居地安门外什刹海东，是乾隆时京师著名藏书家，其藏书处名"读易楼"，翁方纲、法式善等均为读易楼中常客。二是戚序本的序者戚蓼生（约1732—1792），法式善视之为"朋旧"，其《朋旧及见录》卷二七记述了戚之字号、里居、生平。至于法式善是否从玉栋、戚蓼生处看到过《红楼》抄本，尚待追索检证。

四、一些"未见"《红楼梦》抄本亦曾在琉璃厂现身

一粟《红楼梦书录》著录"未见"之《红楼梦》计十八种，据有关记载，其中有四种本子的流转踪迹，当与琉璃厂有一定的关系。

其一，舒敦所见抄本。《批本随园诗话》卷二有一条记载，颇受《红楼梦》研究者关注：

> 乾隆五十五、六年（1790—1791）间，见有抄本《红楼梦》一书，或云指明珠家，或云指傅恒家。书中内有皇后，外有王妃，则指忠勇公家为近是①。

关于《批本》作者，周绍良先生"暂订"为闽浙总制伍拉纳（1739—1795）的次子舒敦（1773—？）②。敦字仲山，曾任三等侍卫、侍卫领班。史载，乾隆五十七年（1792），伍拉纳曾率按察使戚蓼生平定泉州民乱。戚氏约在乾隆三十四年（1769）至五十六年（1791）任京官时，从"庙市"中购得一部抄本《石

---

① 一粟：《红楼梦书录》，26页，上海，上海古籍出版社，1981。
② 周绍良：《读〈批本随园诗话〉识语》，见周绍良：《红楼梦研究论集》，286页。

头记》，并为之作序。由此看来，舒敦与戚蓼生也有相识的可能性。舒敦看过《红楼梦》，戚蓼生为《红楼梦》写过序，二人或爱好相同。舒敦喜弄笔墨，风雅自许，曾在琉璃厂开设字画店。《批本随园诗话》补遗卷七云：

> 高丽贡使，一岁两次到京，新旧书画，捆载回国，并不问为谁何之作也。余在厂肆，曾开字画店，故知之甚深。

因而我们可以推想，舒敦"见有抄本《红楼梦》一书"的地点，也似应在琉璃厂。

其二，朱肯夫藏抄本。一粟《红楼梦书录》记云：

> 李慈铭《越缦堂日记补》庚集下"咸丰十年（1860）八月十三日甲戌阅小说《红楼梦》"上眉批："……壬戌岁（1862）余姚朱肯夫编修于厂肆购得六十回抄本，尚名《石头记》。"解盦居士《石头记集评》卷下："山阴傅越石驾部钟麟曰：同里朱味莲太史，名遹然，字肯甫，于都门厂肆购得抄本《红楼梦》原稿，与坊本迥异，卷数较少。平景荪太史步青所见另本抄稿，亦同。"①

这里，所谓"厂肆"（或云"都门厂肆"），即指琉璃厂。孙殿起辑《琉璃厂小志》第三章引《匋雅》云："厂者，琉璃厂也，京师骨董市场也。"史树青先生《琉璃厂史画序》记述其变迁云：

> 根据明末清初的一些文献记载：当时的琉璃厂附近，大致就和现代的旧货市场（包括卖旧书的）差不多，是一些流动摊贩的集中地，并设有小旅店，厂甸（店）街就是在这个基础上发展起来的。从清初将灯市移至琉璃厂，于是琉璃厂就有了春节逛厂甸的活动。因此琉璃厂被称为厂市、厂甸或厂肆，所以琉璃厂又是从厂甸发展起来的②。

---

① 见《红楼梦书录》，26～27 页。
② 史树青：《琉璃厂史画序》，载《北京文史》，2002（1）。

清人李慈铭所记抄本《石头记》（或曰抄本《红楼梦》原稿）购得者朱肯夫，名逌然，字肯夫，余姚人，同治元年（1862）进士，与上述甲戌本收藏者刘铨福相交友。《清稗类钞》"饮食类"云：

> 福山王文敏公懿荣，官京师久，交游既广，每于春秋佳日，与潘文勤、张文襄……余姚朱肯夫……大兴刘子重……递为诗酒之会，壶觞无虚日①。

《红楼》稿本另一所见者平景荪，即平步青（1832—1896），字景荪，山阴人，亦同治元年进士。生平嗜好藏书，积至两万余卷，并多予校订斠补。其所著《霞外捃屑》卷九《石头记》条记云：

> 原本与改本先后开雕，世人喜观高本，原本遂湮。然厂肆尚有其书，癸亥（1863）上元曾得一帙，为同年朱味莲携去②。

由此可知，李慈铭、解盦居士所记皆不虚。

其三，陆润庠等人抄本。据《清稗类钞》"著述类"记载：

> 京师有陈某者，设书肆于琉璃厂。光绪庚子（1900），避难他徙，比归，则家产荡然，懊丧欲死。一日，访友于乡，友言："乱离之中，不知何人遗书籍两箱于吾室，君固业此，趣视之，或可货耳。"陈检视其书，乃精楷抄本《红楼梦》全部，每页十三行，三十字。抄之者各注姓名于中缝，则陆润庠等数十人也。乃知为禁中物，急携之归，而不敢示人。阅半载，由同业某介绍，售于某国公使馆秘书某，陈遂获巨资，不复忧衣食矣。其书每页之上，均有细字朱批，知出于孝钦后之手，盖孝

---

① 徐珂：《清稗类钞》，6293 页。
② 平步青：《霞外捃屑》，676 页，上海，上海古籍出版社，1982。

钦最喜阅《红楼梦》也①。

此一抄本，因系"禁中物"，有孝钦后（即慈禧太后）"细字朱批"，学者或称之为"清宫本"②。参与抄录者之一陆润庠（1841—1915），江苏元和人，同治状元，庚子后，任工部尚书和吏部尚书等职。他曾为琉璃厂的荣宝斋南纸店写过匾③。此书后从宫中散出，为琉璃厂书商陈某所得，结果又售于某国公使馆秘书。有的学者期盼国外红学家，能找到这一"特殊"抄本，为红学研究提供一分重要资料。

其四，端方藏抄本。近人褚德彝在王冈绘《独坐幽篁图》的题跋中，述及当时端方曾收藏过一部《石头记》抄本：

> 宣统纪元，余客京师，在端匋斋方处，见《红楼梦》手抄本，与近世印本颇不同。……八十回后，黛玉逝世、宝钗完婚情节亦同，此后则甚不相类矣。……沧桑之后，不知此本尚在人间否？癸亥（1932）六月，褚德彝④。

这里所谓"沧桑"，当指中华民国成立。又据《红楼梦新证》"史事稽年"之"一七六二　乾隆二十七年　壬午"条载，陶心如先生曾见"曹雪芹行乐图"，其"上方有李葆恂氏题字，全文已不复记忆，但其中有曰：曾在匋斋（按，端号）案头见红楼梦原稿本八册，今不知何往云云"⑤。李葆恂题语中所称端匋斋稿本，两者当为一本。唯将褚跋称作李葆恂跋，或陶心如误记。

收藏者端方（1861—1911），字匋斋，号午桥，满洲正白旗人。生前搜罗金石书画颇多，死后即告散失。史树青《琉璃厂史画序》云："1917年，在琉

---

①　徐珂：《清稗类钞》，3767～3768 页。

②　林冠夫：《一部奇异的〈红楼梦〉抄本》，载作者《红楼梦纵横谈》，桂林，广西人民出版社，1985。

③　《琉璃厂小志》，40 页。

④　《红楼梦新证》（增订本），939 页。

⑤　同上书，740 页。

璃厂路北新辟的'海王村公园'正式开放。这处公园，实际是一座宽敞的大院，院内东、南、西三面为古玩、书画、金石、照相、琴室等，北为楼房，此楼在清末曾由端方设过博物馆。"其注释（2）云："清端方藏汉西岳华山庙碑（有正书局影印本），乾隆以后的名人题跋甚多，其中有志锐题跋二行，文曰：'宣统辛亥二月二十六日，赵尔巽、荣庆、赵尔萃、陶葆廉、刘师培、赵世基同观于海王村陶氏新建之博物馆，志锐书记。'这是我国较早的一个私人所办的博物馆。"因而他所收藏的《红楼梦》手抄本，或与琉璃厂有着某种程度的联系。

综上可知，《红楼梦》在琉璃厂的收藏、刊刻、流转，形成北京一种独特的文化现象。研究这一现象，对深入了解红学史、认识北京宣南文化①，都大有裨益。

〔**附记**〕本文系与曹立波合写。此前，曾由她执笔，写有《琉璃厂与红楼梦版本的流传略述》一文，载《红楼梦学刊》2002 年第 4 辑。本文乃由我增订而成，并改为今题。2002 年 11 月曾在上海师范大学举行的"第二届中国古代小说国际研讨会"上宣读，后被收入上海师范大学文学院、中国社会科学院文学所中国古代小说研究中心编《第二届中国古代小说国际研讨会论文集》中。收入本书时，文字略有改动。

---

① "宣南"是一地理概念，明时称今宣武门外一带为"宣南坊"，至清代，则逐渐把宣武门以南地区都叫成"宣南"；士流唱酬题咏，多署"宣南"二字。见夏仁虎《旧京琐记》第 88 页、叶祖孚《燕都旧事》第 285 页。有关"宣南文化"之历史价值，详见《北京文史》，2002（1）所载文章。

《红楼梦东观阁本研究》序①

《红楼梦》版本的研究，是红学界比较普遍关注的一个热点，同时，也是大家公认的一个研究难点。这是因为，比之其他古代章回小说，它的版本情况更为复杂。而曹立波博士知难而行，选择《红楼梦》"东观阁刊本"作为自己博士学位论文的选题，她的科学态度，她的学术勇气，她的探索精神，都是值得称道的。现在，她的这部书稿经过认真修改，将由北京图书馆出版社刊印发行，向我索序，我答应写几句话，以表达我的欣喜与祝贺。

东观阁本，是程甲本的早期翻刻本之一（或说是最早翻刻本）。初刻时间，约在乾隆末年或嘉庆初年，直至同治初年，这类刊本，仍风靡一时。据立波初步统计，有书坊标志而属于东观阁本者，大约有十七种之多。应该说，这一刊本，是《红楼梦》版本史上流传最广、影响最大的一种本子。但是，读者过去对它的基本情况知之甚少；有关研究论著，更是寥寥。立波这篇论文，对东观阁本的版本及其批语作了全面又深入的探讨，弥补了这方面研究的诸多缺憾，选题自有其重要文献价值和学术意义。

这一选题，有相当难度，工作量是比较大的。立波对此做了充分准备。她先是将所能看到的有关《红楼梦》刊印本进行了认真考察和梳理，以辨明东观阁本与这些本子的关系；然后，又克服重重困难，辑录了东观阁本的全部批语，并与后来其他刊本的评点逐一对比，以理清东观阁本批语的价值所在及其对后世评点家的影响。论文正是在她广泛搜求和大量阅读文献资料的坚实基础之上撰写而成的。

全篇正文分为上下两编，上编主要论述东观阁刊本在《红楼梦》传播史上的特殊地位，下编意在探讨东观阁本批语在红学评点史上的重要价值。两者

---

① 曹立波：《红楼梦东观阁本研究》，北京，北京图书馆出版社，2004。

文史兼顾，考论结合，相辅而成，相得益彰，论证有力，多所创获，兹略述一二，以见一斑。

就版本而言，可以说论文首次明确指出东观阁本在程刻本传播过程中的应有地位，澄清了前人长期以来的一些模糊认识，还历史以本来面目。比如，关于"东观阁原本"与程刻本的关系，早在 20 世纪 20 年代，胡适先生在《重印乾隆壬子本〈红楼梦〉序》中曾说："马幼渔先生所藏的程甲本就是那'初印'本。现在印出的程乙本就是那'聚集各原本，详加校阅，改订无讹'的本子，可说是高鹗、程伟元合刻的定本。"又说："这个改本有许多改订修正之处，胜于程甲本。但这个本子发行在后，程甲本已有人翻刻了；初本的一些矛盾错误仍旧留在现行各本里，虽经各家批注里指出，终没有人敢改正。"并举第二回元春、宝玉之生年为证，说明"初本"的一些矛盾错误。胡适此序意在褒扬程乙本，可是马氏所藏程甲本中的一些错误并非无人修改。立波去北大图书馆，亲自查看了马氏原藏本。此书是 1929 年马幼渔赠给胡适的。书之扉页手书"东观阁原本，绣像红楼梦，本宅梓行"，第一百二十回回末有"萃文书屋藏板"字样。经仔细比勘，立波发现，其文字特征与国家图书馆、中国社科院文学研究所收藏的程甲本基本相同，但贴补处大体照程乙本所改，查后来的东观阁刻本，则与"东观阁原本"贴改的文字相同，而与程甲本原有的文字略异。进而推论，此程甲本应为东观阁翻刻前的工作底本。这一现象，揭示了程甲本与东观阁本之间的密切关系。而东观阁在翻刻程甲本的过程中，同时参考了程乙本，也可以从这部书中找到较为直接的证据。也就是说，从北大"东观阁原本"校订中贴改的内容可以知道，东观主人手中除了程甲本之外，还有程乙本。所以，"东观阁原本"修订的时间当在程乙本刊行之后，即乾隆五十七年（壬子，1792）之后。而胡适在谈及马氏所藏这一程甲本时，只举出第二回的矛盾之处，并没有指出全书尤其是九十几回中的贴改，与程乙本的相同之处。可见，东观阁本对程甲本的翻刻，并没有抢在程乙本之前，反而参考了程乙本，这一现象自胡适先生起，便被忽略了。由此也可以证明，有的学者以为，周春所言"壬子冬，知吴门坊间已开雕"的《红楼梦》，即属于东观阁本，这种可能性是不大的。

再比如，关于三让堂本的一些看法，这实际关涉红学史上哪种本子是最早刊行的《红楼梦》评点本的问题。较早谈及这一问题的，当是徐恭时先生。

他在《〈红楼梦〉版本有关人物资料札记》中记录，程甲重刻本中，属于三让堂本的计 14 种，它的特征是，附有一些"行间评"，而"其他各本均无评语"。其后，王三庆先生《红楼梦版本研究》、魏绍昌先生《红楼梦版本小考》等，都持这一观点。其中以魏先生所说最为明确："程甲本、程乙本都是删去脂批的白文本。自三让堂本起，才又加的批语，但此本仅有行间批，且极简略。"而另有一些学者，如应必诚先生、台湾徐仁存和徐有为先生等，则认为嘉庆二十三年（1818）东观阁"重镌"本才是首次"增批重刊"本。这些看法是否符合实际呢？疑而后考，考而后信。论文上编第二章"东观阁评点本《红楼梦》"，对此作了详细辨析，肯定魏绍昌先生推断出三让堂刊本的大致时间——"道光间（约 1829 年前后）"，值得参考。但是，若说程本以来的白文本"自三让堂本起，才又加的批语"，却是不对的。显然，这里忽视了东观阁评点本的存在。其实，从嘉庆十六年（1811）起，到道光二年（1822）东观阁评点本的第三次重镌，时间都在三让堂本（若按 1829 年计算）之前。至于有些学者将嘉庆二十三年（1818）东观阁本视为最先"增批"的评点本，也是不确切的。这是因为资料所限，这些学者当时并没有看到东观阁嘉庆十六年评本，而误将七年之后的评本当作了东观阁的初评本。有鉴于此，论文专列"嘉庆十六年刊行的东观阁评本"一小节，分作三类，对这一系列的评本，作了细致的考察和归纳，实事求是地指出，就评点来讲，嘉庆十六年刊本，当是它的初刻本。当然，在此之前，即嘉庆六年（1801），张汝执也曾批点过《红楼梦》，批语写在程甲本上，时间比东观阁评本早十年，但它是手写评语。从刻本角度而言，应该说，嘉庆十六年东观阁评点，才是我们目前所见最早刊行的带有评批的《红楼梦》本子。所以，三让堂评点本，尽管影响很大，但它毕竟不是最早刊行的《红楼梦》评本，而是依照东观阁评本刻印的。论文的这一观点，已为一些学者所采纳。

此外，论文结合对东观阁书坊的考述，还涉及一些值得进一步思考和探究的问题，如关于法式善与东观阁及《红楼梦》的关系。我和立波于去年年底合写的提交"第二届中国古代小说国际研讨会"的论文《〈红楼梦〉版本的流传与北京琉璃厂》中，曾提出这一问题，引起一些专家的兴趣。就我们现在所知，是法式善在其《梧门诗话》卷二中首次著录了东观阁书肆所在地，但在其著述中，现尚未发现有关《红楼》的文字。不过，涉及他与几位《红楼》藏抄者的交往，还是值得注意的。一是舒元炜序本收藏者玉栋（1745—1799），他家居地安门外什刹海东，是乾隆时京师著名藏书家，其藏书处名"读易楼"，翁方纲、法式善等均为读易楼中常客。二是戚序本的序者戚蓼生（约1732—1792），法式善视之为"朋旧"，其《朋旧及见录》卷二七记述了戚之字号、里居、生平。三是与程伟元一起以木活字摆印《红楼梦》的高鹗（1763—1815），两人对戏曲似有共同嗜好，高鹗曾写有《同法梧门观蒋伶演剧感成一绝奉柬》一诗，描写了两人看戏的情景。至于法式善是否从玉栋、戚蓼生、高鹗处看到过《红楼》抄本，尚待追索检证。

再从论文评点看，冯其庸先生《重议评点派》、胡文彬先生《〈红楼梦〉与清代评点派》两文，都曾充分肯定了嘉庆十六年东观阁评本的历史地位。现在，立波的论文对东观阁本评点的基本形态、文论价值、批语渊源、批语影响等作了全面评述，这是前人尚未曾做过的工作，它无疑填补了《红楼梦》评点研究史上的一段空白。过去研究《红楼梦》评点史，往往从脂砚斋评直接转入王希廉评本，或王希廉、姚燮合评本，而多忽视东观阁评本的存在。有的学者，甚或认为，因三让堂本刊行年代无确凿记载，而以为道光十二年（1832）刊行的王希廉双清仙馆本，是"最早刊行"的《红楼梦》评点本。实际上，如前所说，嘉庆十六年东观阁评本，比之王希廉评本，要早出二十一年。仅就这几种评本的刊行时间而言，东观阁三次刊刻评点本、"东观阁——三让堂系统评本"、王希廉评本，这段历史还是非常清楚的。

难能可贵的是，论文还将东观阁刊本上的批语，与后来的一些重要评点本仔细作了对比，列出多种"统计表""对照表"，论述了东观阁本批语对后世评点本的重大影响，说明在清代的《红楼梦》评点家中，受东观阁本批语影响最大的是姚燮，姚评几乎借鉴了东观阁本90%的批语，有的直接引用，有的是改动引申。其他如王希廉、张新之、蝶芗仙史、黄小田、刘履芬等人对东观阁本批语也都有不同程度的参考，他们都曾直接或间接地受到东观阁本批语的影响。

其中特别需要一提的，是关于蝶芗仙史评订的讨论。杜春耕先生在《〈增评绘图大观琐录〉序》中说，在《增评补图石头记》、三家评《金玉缘》、蝶芗仙史评订《金玉缘图说》三类石印本中，蝶芗仙史评订本是"刊印版式最多，现今存世数量亦最多的本子，但它又是一类人们几乎未研究过的本子。"春耕兄对它的首刊时间、评订内容，作了有益的探讨。立波论文，对此也进行了一些剖析。首先是，她基本理清了蝶芗仙史评订的复杂成分，指出这大约有六种情况：一是把姚燮的侧批、眉批或回后评，合并成自己的夹批；二是补录了姚燮评中没有引用的东观阁本评语；三是有些地方集中引用了张新之的批语；四是引用了苕溪渔隐在《痴人说梦》(镌石订疑)中所言"旧抄本"的一些批语；五是蝶芗仙史的许多批语与刘履芬的批语完全一致；六是有些批语目前尚未查到来源，姑且归于蝶芗仙史自评。据此可知，这位评订者把自己能看到的《红楼梦》评本，都作了筛选，兼收并蓄，杂取百家，而搞成这样一个"汇评"本。其次，论文对评订本的刊刻时间，也进行了一些考察，提出一些自己的看法。从现有资料，可以推知，蝶芗仙史首先对王希廉、姚燮的合评本做了校订工作，在光绪二十五年(1899)的石印本上就写有"蝶芗仙史评订"的字样。七年之后，即光绪三十二年(1906)，蝶芗仙史推出了自己的"汇评本"。认为在清朝末年刊印出版的《红楼梦》评本中，蝶芗仙史评订的版本，当是较晚出现的一种了，从某种意义上讲，也堪称集大成的汇评本。

《红楼梦东观阁本研究》正文之后附录了《东观阁本批语校录》，立波不仅对《红楼梦》一百二十回中两千多条批语进行了逐一辑录，而且就五种以上的版本加以互校、对勘，这一古籍整理的新成果本身具有独立的文献价值，也为人们研究《红楼梦》评点问题提供了便利。

立波原为哈尔滨师范大学中文系副教授，有多年教学经验。1999年考入北京师大中文系中国古代文学专业，攻读博士学位。三年学习期间，她枯坐苦读，好学敏求，成绩优良；毕业后到中央民族大学工作，其教学、科研都受到好评。今见其学养日进，事业有成，我亦欣然。我相信，凭她的勤奋，凭她的灵气，她还会取得更大成绩。我期待着。

2003 年 8 月 25 日

于北京师大

诠释篇

红注刍议

1949年以来，《红楼梦》注释已出过多种。这不仅为广大读者阅读这部古典名著提供了许多方便，而且也开拓了《红楼梦》研究的一个新领域。无疑这是有成绩的，有意义的。不过，《红楼梦》注释工作也同《红楼梦》评论工作一样，如何在已有基础上有所深入，有所提高，仍然是值得探讨的一个问题。这里谈几点粗浅的看法，以求教于读者方家。

一

《红楼梦》是一部古代白话长篇小说。它的注释，自应不同于经史典籍。因为，按照过去传统的看法，小说属于再现艺术，是小说家虚构的产物、创造的产物。明代文学家谢肇淛说过："凡为小说及杂剧戏文，须是虚实相半，方为游戏三昧之笔。"（《五杂俎》卷十五）评点家金圣叹更对小说与历史著作的区别，作了这样的解释："《史记》是以文运事，《水浒》是因文生事。以文运事，是先有事生成如此如此，却要算计出一篇文字来……因文生事却不然，只是顺着笔性去，削高补低都由我。"（《读第五才子书法》）小说既然是"因文生事""虚实相半"，那么，它的注释，比起经史典籍的注释来，也就有很大的灵活性。《红楼梦》的注释，当然也是如此。下面举一些例证，略作说明。

如关于历史人物的注释，倘是注史籍，就必须严守史实，对人物作全面评价；但如是注小说，则可结合故事情节，有虚有实，酌情而定，灵活掌握。在红楼中，有些历史人物，只是偶尔提及，并无深意，笼统说明一下也就可以了。但也有不少历史人物的出现，却另有用意，并非泛泛而言，对这些人物，就不能只作一般介绍，而应根据小说文意，或虚或实，作注说明。如第二回，贾雨村把人分为大仁、大恶和善恶相兼者三类，其中包括作家在内的历史人物共有四十五人。对他们，就既不必全面评价，也不应笼统说明，而要结合小说的描写，或钩稽史实，或依据传说，重点突出他们生平事迹和思想性格的某一面，加以疏注。像"始皇"，小说把他归之为"应劫而生"的恶人，若全面介绍，难免全而无当；如只注"始皇即秦始皇"，又嫌泛泛，注了等于不注。应该是依据一些旧史记载，说明他秉性刚戾，从政以刑杀为威，所以世有"暴秦"之称。同样，如"唐明皇"，也不必对他作历史的评价，但也不应仅仅说他"即唐玄宗李隆基"，而当参照一些史实和有关传说，注明他爱好声色、历史上称为"风流皇帝"的一面。又如"阮籍"，如果只说他是"魏晋之际诗人"，也是远远不够的，而应依据其本传及有关杂著，注明他嗜酒荒放、不拘礼俗、不乐仕宦、时人多谓之"痴"的性格特点。还有"朝云"，更不应只说她为"宋钱塘名妓"，还需指出，她后来被苏轼纳为妾，能作诗，会楷书，苏轼被贬惠州，她随之南迁，并死在那里。如此等等。如果没有这些必要的注释，何以能说明他们是"情痴情种"、是"逸士高人"、是"奇优名娼"呢？显然作者把小说主人公贾宝玉也是归入"善恶相兼"者之中的。只有把这些人物注释清楚，才有助于认识宝玉的性格特征，认识宝玉形象形成的某些历史渊源。

那么，这样注释历史人物，会不会失之偏颇呢？我以为是不会的，前面说过，小说是"因文生事"，不同于历史实录，作家只要兴致所到，合乎常情，对历史人物，完全可以"削高补低"，取其一点，不及其余；而注释也就可以顺着作者"笔性去"，灵活作注，毋需拘泥于史实。有代表性的例子，是杨贵妃这一历史人物。她在小说中，或明点，或暗喻，共出现五次，每次出现都表现了她生活的某一侧面。我们作注时，就可依照小说的具体描写，征引有关资料，予以注明，至于是否于史有证，有的可以确考，有的则难以深诘。如第五回写秦可卿屋内摆设有"安禄山掷过伤了太真乳的木瓜"，典出何处？不好查考。据《明皇杂录》附校勘记佚文载：元献皇后思食酸味，明皇以告张说，因献木瓜。安禄山掷木瓜伤太真乳事，或系作者移花接木及参照有关资料渲染附会而成，以喻秦氏生活的淫靡。第三十回写宝钗怕热，推故不去看戏，宝玉便笑道："怪不得他们拿姐姐比杨妃，原也富胎些。"宝钗大为不快。这里有借杨妃肌肤的丰腴，比喻宝钗体态的作用。这一比喻，出语有据。据明人陈耀文《天中记》卷二十一引《杨妃外传》载："明皇在百花院便殿，因览《汉成帝内传》，时妃子后至，以手整上衣领曰：'看何文书？'上笑曰：'莫问，知则又觅人觅去。乃是汉成获飞燕，身轻欲不胜风，恐其飘翥，帝为造水晶盘，令宫人掌之而歌舞。……'上又曰：'尔则任吹多少。'盖妃微有肌也，故上有此语戏妃。"清代孙郁《天宝曲史·交妒》写江妃也曾吟诗，讥笑杨妃"肌肤过肥"。小说写宝钗原也"生的肌肤丰泽"，因而宝玉才有此比。第三十七回宝玉《咏白海棠诗》有句云："出浴太真冰作影，捧心西子玉为魂。"则以出浴太真比喻白海棠的洁净。这一比喻，也见于前人诗文。《类说》卷四十八引《墨客挥麈》云："彭渊材作《海棠诗》曰：'雨过温泉浴妃子，露浓汤饼试何郎。'意尤工也。"第七十四回写晴雯带病去见王夫人，只见她"钗鬟鬓松，衫垂带褪，大有春睡捧心之态"。这里"春睡"，用的也是杨妃故事，比喻晴雯的娇慵病弱。《长生殿》"春睡"一出描绘了杨妃"鬓乱钗横"的醉态。第七十七回提到"杨太真沉香亭之木芍药""端正楼之相思树"，出自宋乐史《杨太真外传》和《太平广记》卷四百七所引之《抒情诗》，写的是唐明皇和杨贵妃的痴情。这里表现宝玉对晴雯的哀怜和思念。可见，"杨妃"的用典，或由附会而来，或见于野史，或出自古诗，或化用戏文，灵活多样，与"事体情理"，无不相合。

再如，关于语词的解释，更应注意它的灵活性。有同志主张，注释如交代出处，就应找出语源，方足为据。这是有一定道理的。有些词语，如"做鼻子头"（第五十五回）、"孤拐"（当颧骨高讲，第六十一回）等，若不求本溯源，读者就不易了解其来龙去脉，"雾里看花，终隔一层"。但是，除成语典故外，一般词语要字字求源，实在不容易。《红楼梦》的词语，是非常丰富的，有的是从当时的口语中吸取来的，有的是从戏曲小说中信手拈来的，有的则是熔铸了古代的诗文而成的。如要一一指实，既非易事，也无必要。如第二十四回有"帮衬"一词，当帮助讲。这个词，也见于元杂剧《留鞋记》、《醒世恒言》卷三、《初刻拍案惊奇》卷二十五、《儒林外史》第一回等。其中《醒世恒言》作了这样的解释："帮者，如鞋之有帮；衬者，如衣之有衬。但凡做小娘的，有一分所长，得人帮衬，就当十分。若有短处，曲意替他遮护，更兼低声下气，送暖偷寒，逢其所喜，避其所讳，以情度情，岂有不爱之理？这叫做帮衬。"这是否就是"帮衬"一词的语源？恐怕难说。这里也没有必要去追诘。《醒世恒言》不妨姑妄言之，读者也就不妨姑妄听之了。又比如，第四十回写贾母聚宴大观园，行牙牌令，有"头上有青天"一句。有同志以为这显系从唐代杜牧《盆池》诗中"凿破苍苔地，偷他一片天"两句故意谐音而来。这未免有点说得太死。其实，这当是一句俗语。清初无名氏《后西游记》第八回回首诗云："雾雾云云烟复烟，谁知头上有青天，忽然一阵香风送，毕照须眉日月前。"比之杜诗，或更贴合。还有的词语，虽有其语源，但随着时代的变化，其含义也有发展。明代音韵学家陈第在其所著《毛诗古音考》中曾说："时有古今，地有南北，字有更革，音有转移。"解释词义时，要特别注意这种变化。如第四十一回有"战敤"一词，原是用于掂量轻重的意思，小说则当忖度事情的利弊讲。清梁绍壬《两般秋雨庵随笔》卷五说："以手量物轻重曰战敤，见《庄子》注。……今各处口谈，尚有此语。又一心权事之是否，亦用此二字。"再如第一○二回写大观园中"凄凉满目，台榭依然，女墙一带都种作园地一般"。"女墙"通常指城墙上的矮墙（《释名·释宫室》），但在这里则指短墙。清代李渔《闲情偶寄》卷九"女墙"条讲得很清楚："凡户以内之及肩小墙，皆可以此名之。盖女者，妇人未嫁之称，不过言其纤小。……至于墙上嵌花或露孔，使内外得以相视，如近时园圃所筑者，皆可名为女墙，盖效睥睨之制而成者也。"小说中这类例子还很多，不再详举。

二

我以为给一部小说作注，目的不应仅限于为读者阅读这部作品提供便利，减少障碍，更重要的是，还应尽可能对读者了解作家的创作意图、认识作品的思想价值、欣赏作品的艺术特色，有所帮助，有所启迪。为此，在选择注释词目和拟写注文内容时，除顾及小说的一般"共性"外，还需要考虑它的"个性"，即充分注意这部小说所独具的特点和性质，以确定注释的重点和难点。如《西游记》为神魔小说，则宗教释道的注释，应是其重点；《金瓶梅》为人情小说，则社会情状的考释，应是其重点；《儒林外史》为指摘"士林"的讽刺小说，则科举典章的疏解，应是其重点，等等。至于《红楼梦》，究竟是一部什么性质的小说，聚讼纷纭，众说不一。但论者都称举它为中国封建社会的"百科全书"。鲁迅先生把它归于"人情派"，称之为"世情书"。这是有道理的。当然，同为人情小说，比之《金瓶梅》，《红楼梦》的内容更为细致精微，宏富深沉。这就使读者阅读和理解这部作品时障碍更多，也给注释带来更大困难。但是，如果能在力所能及的情况下，对有关的典章制度、社会风俗、名物故实以及难解之语，尽可能作些阐释，却是对读者大有裨益的。清代杨懋建在其《京尘杂录》卷四《梦华琐簿》中说："余自幼即嗜《红楼梦》，寝馈以之。十六七岁时，每有所见，记于别纸。积日既久，遂得二千余签。拟汰而存之，更为补苴掇拾，葺成《红楼梦注》，凡朝章国典之外，一切鄙言琐事，与是关涉者，悉汇而记之。不贤者识其小者，似不无小补焉。"杨氏的传稿，可惜未见。有感于此，周汝昌先生在他的《红楼梦新证》"再版后记"附注中也说："《红楼梦》可以说是一部我国封建社会的百科全书，对于书中所写到的种种社会情状，从'朝章典制'以至风俗习尚，语言器用，诗文典故，都可以引录史料相印互证，帮助理解。我历年也曾留意这种史料，如果整理阐释，可以作为一本《红楼梦注》，觉得比只略解字义的注释要有更大的用处。"

下面结合实例，具体谈一下如何根据《红楼梦》性质来作注的问题。

1. 国体制度　曹雪芹在创作《红楼梦》时，虽然使用了"狡猾之笔"，故意隐去故事发生的"朝代年纪"，但只要我们掌握了作者特殊的艺术笔法，"按迹循踪"，不被他"瞒蔽了去"，便可发现，小说所写的乃是清代的社会现实、世态人情。这在一些"朝章国典"的描写上，也可看出其迹象。可惜，这方面的词语，似乎因为顾名可以思义，所以过去的注本，或略而不注，或语焉不详，而被忽略了。如第十九回宝玉和袭人谈到"赎人"问题，宝玉道："我不叫你去也难哪！"袭人道："从来没这个理。就是朝廷宫里，也有定例，几年一挑，几年一放，没有长远留下人的理。"这里，"朝廷宫里定例"一语，就应稽诸典籍，予以注明。查清昭槤《啸亭杂录》卷十"宫女四万"条云："本朝定例，从不拣择天下女子，惟八旗秀女，三年一选，择其幽娴贞静者入后宫……后宫使令者，皆系内务府包衣下贱之女，亦于二十五岁放出，从无久居禁内者。"吴振棫《养吉斋丛录》卷二十也说："近制十五岁预挑，五年即放择配。康熙间年三十以上遣出，雍正间年二十五遣出。"把袭人所云，与这些史料比照而观，可知所谓"宫里定例"，是有具体内容的，并非信口而言。又如第六十八回写王熙凤大闹宁国府，说贾琏偷娶尤二姐是"违旨背亲"，犯了"国孝""家孝""背亲私娶""停妻再娶"四层罪。这也于史有证，而非夸大其辞，虚张声势。《大清通礼》卷四十八、《清稗类钞》"丧祭类"都有记载：列皇宾天，叫作"国丧"，臣民皆百日不剃发，禁止音乐婚嫁。这在小说第六十八回就有反映。贾琏恰于老太妃丧礼中娶了尤二姐，所以说"国孝一层罪"。又《大清律例·户律》卷十载："若居祖父母、伯叔父母、姑兄姊丧而嫁娶者，杖八十。"贾琏娶尤二姐又恰在其"亲大爷"贾敬孝中，所以说"家孝一层罪"。又《大清律·男女婚姻律》记载："嫁娶皆由祖父母、父母主婚，祖父母、父母俱无者，从余亲主婚。"贾琏则背亲偷娶，所以说"背父母私娶一层罪"。《大清律·妻妾失序律》又规定："若有妻更娶者，杖九十；后娶之妻，离异归宗。"贾琏瞒着凤姐，娶尤二姐"做二房"，所以说"停妻再娶一层罪"。正因为贾琏违背了这些法律的规定，让凤姐拿着了"满理"，抓住了把柄，因而她才敢那样气势汹汹，理直气壮，撒泼大闹。还有，如第一〇七回写贾赦因罪被"从宽""发往台站效力赎罪"。这也关涉到一些"朝章典制"，应阐述清楚。像"台站"，这里当指"军台"，即清代设置在新疆、蒙古一带的驿站，专管西北两路军报和文书的递送。《清史稿·刑法志二》载："若文武职官犯徒以上，轻则军台效力，重则新疆当差。成案相沿，遂为定例。"据此可知，贾赦"军台效力"，何以说是"从宽"。"效力"一词，这里也是特指。国务院法制局法制史研究室《清史稿刑法志注解》注云："效力，就是从事驿递方面的劳动，并且按月照定额交纳台费。"效力三年期满，可请旨释还。总之，诸如上述有关语词，书中出现很多，似当仔细梳理，结合史实，适量作注，以利读者。

2. 生活风尚　在《红楼梦》里，作者着墨最多的是对贾府这个贵族世家的日常起居、饮馔游宴、服饰玩器、建筑陈设等的描写；而初读者每阅至此，往往感到腻烦乏味，或跳过去不看，或掩卷辍读，结果就难免影响对小说的理解和欣赏。因此，有关描述社会风尚的语词，更需要进行疏注。这样，一则可为读者提供一些知识性的东西，以增加阅读兴趣；二则也可通过疏注，加深读者对作品的理解，于平常的生活中认识其不平常的社会意义。略举数端于下：

在服饰衣着方面，除注解其服饰的质料、样式、色彩外，还应注意尽可能考释其反映的社会风俗、时代风貌。诚然，正如启功先生所指出的，红楼中"人物的服饰，有实写的，有虚写的"。(《读红楼梦札记》)这种虚虚实实的写法，确给注释增加不少困难，要一一注明，是不可能的。问题是，对那些反映了时代习尚的"实写"之处，如能做些阐释，对读者还是有好处的。如第四十九回写薛宝琴身披"凫靥裘"立在雪地里，白雪、红梅、翠裘，相互映衬，分外娇艳。这件"凫靥裘"，指的是用野鸭头部的皮毛织成的衣裘。第一〇五回写宁府被抄物件中有"鸭皮七把"，即此衣料。在当时，这是一种达官富豪所喜欢的华丽衣物。清秦福亭《闻见瓣香录》丁集"鸭头裘"条记载："熟鸭头绿毛皮缝为裘，翠光闪烁，艳丽异常，达官多为马褂，于马上衣之，遇雨不濡，但不暖，外耀而已。"同一回，写史湘云穿的是"一件貂鼠脑袋面子大毛黑灰鼠里子里外发烧大褂子"。湘云为何如此装束？所谓"黑灰鼠"，实是灰鼠的一种，背上毛较长，呈黑色，皮毛名贵。清纪昀《阅微草堂笔记》卷十五："灰鼠旧贵白，今贵黑。"所谓"里外发烧"，是指表里都有毛、正反两面都可以穿的皮褂子，也叫"翻毛"。《清稗类钞》"服饰类"："皮外褂、马褂之翻穿者，曰翻毛，盖以炫其珍贵之皮也，达官贵人为多。"湘云衣着，正是这种社会风尚的反映。再比方宝蟾穿的"琵琶襟小紧身"（第九十一回），也是一种时髦的服饰。清李斗《扬州画舫录》卷十一载："清明前后，肩担卖食之辈，类皆俊秀少年，竞尚妆饰，每着藕蓝布衫，反绲钩边，缺其衽，谓之琵琶衿。"又《闻见瓣香录》乙集"琵琶襟"条亦云："近时男女小衫减大襟而小之，名曰琵琶襟，名颇雅。"这两则材料，不仅描写了"琵琶襟"的样式，而且说明它是当时俊秀少年男女喜爱穿着的一种服饰。对照小说情节看，宝蟾这样打扮去见薛蝌，真是"工于设计"。这种衣着，对人物性格起了一种衬托作用。

在肴馔宴筵方面，作者在小说开卷第一回曾明白表示：他不满意历来的"风月故事"只"传其大概"，而对"家庭闺阁中一饮一食，总未述记"。这说明他自己是以在小说中"述记"了"家庭中一饮一食"而自诩的。确也如此，小说写了七十余种肴馔，名目繁多，花样翻新。其中除却少数食品为讥讽贾府"暴殄天物"、有意夸饰外，大多有史料可考，反映了一种社会习尚。如第十六回写贾琏从苏州归来，凤姐为之备酒掸尘，恰好贾琏乳母赵嬷嬷走来，凤姐因道："妈妈，你尝一尝你儿子带来的惠泉酒。"所谓"惠泉酒"，系一种南酒，也叫"三白"，它的做法、酒性，在《常州府志》中有详细记载。这里，凤姐为什么要特意向赵嬷嬷说明惠泉酒是贾琏从苏州带来的呢？原来，惠泉酒是京师人馈赠亲友的一种"方物"。清刘廷玑《在园杂志》卷四说："京师馈遗，必以南酒为贵重，如惠泉、芜湖、四美瓶头、绍兴、金华诸品，言方物也。"又如第八回写薛姨妈曾用"鸭信"款待宝玉。鸭信，即鸭子舌头。这是当时"富室贵官"夸耀豪富的一种珍馐。清袁栋在其《书隐丛说》中描述"苏州风俗奢靡"时说："饮食宴会，已美而求精……其宴会不常，往往至虎阜大船内罗列珍馐以为荣。春秋不待言矣，盛夏之会者，味非山珍海错不用也。鸡有但用皮者，鸭有但用舌者。"薛姨妈因宝玉偶尔想吃鸭信，便可立即取来与他尝，其豪奢更可想而知。

在陈设器用方面，如第八十九回写到潇湘馆黛玉屋里有一幅"单条"《斗寒图》。这种摆设，是有讲究的。它反映了当时人们的一种审美情趣。所谓"单条"，也就是单幅画，为直幅卷轴的一种，也称"立轴"。明人项元汴《蕉窗九录·画录》"单条画"云："高斋精舍，宜挂单条，若对轴，即少雅致，况四五轴乎？"这幅《斗寒图》单条，与门口那副"绿窗明月在，青史古人空"的小对，相互衬映，显得既雅致又凄清。又如第四十回写为给湘云还席，宝玉提议："不要按桌席，每人跟前摆一张高几，各人爱吃的东西一两样，再一个什锦攒心盒子，自斟壶，岂不别致。"这里，所谓"攒心盒子"，又叫"攒盒"（第四十一回），可盛菜肴、果品、糕点。用这种盒子设席，为什么"别致"呢？清李元复《常谈丛录·攒盒》和叶梦珠《阅世编》卷九记述了当时的一种习尚。据李文云："其盒之精致者，则不为木格，而为纸胎灰漆碟，一圆碟居中，旁攒以扇面碟四五，或多至七八，外为一大盘统承之，形制圆，有盖，不用则覆之。髹画斑烂，足为玩供。……富室则糕饼果饵皆可食者，然亦第为观美，无或遍尝焉。"这对攒盒的质料、形制、用法讲得很清楚。叶文又云："肆筵设席，吴下向来丰盛。……小品用攒盒，俱以木漆架架高，取其适观而已。"据此推考，贾府所用攒盒恐非俗品，定是"精致者"；用它设席，是为"观美"，不是要充饥。这是吴地的一种风尚。

对士风家规的注解，更需要同当时的世态人情结合起来，疏注说明。比如第二回写到黛玉之父林如海时，说他是"科第出身，虽系世禄之家，却是书香之族"。细玩文意，当是说"科第出身"者清贵，"世禄之家"者平庸。考之于史，确是出语有据。"科第出身"即科举考试出身，时人认为这比靠祖辈余荫的官员有才学。《清史稿·选举志一》载："有清一沿明制，二百余年，虽有以他途进者，终不得与科第出身者相比。"所谓"世禄之家"，就是世代承袭前辈俸禄的家庭。清福格《听雨丛谈》卷五云："国朝典制，策勋有爵，酬庸有荫，皆延世锡类之恩也。……近年议者贱斥世禄之家，专贵畎亩之士。"这也就可以看出，同回说到荣府"长子贾赦袭了官，为人却也中平"，流露出鄙夷之情；"次子贾政，自幼酷喜读书……祖父钟爱，原要他从科甲出身"，表现了赞誉之意。再如第五回写荣宁二公之灵"剖腹深嘱"警幻仙姑，要宝玉"留意于孔孟之间，委身于经济之道"。讲经济之学，这是明清时期教育子弟的一项重要内容。清陈宏谋《学仕遗规》卷三引明葛锡璠《省心微言》说："处今之时，读有用之书，讲经济之学，斯为实材。"清王晫《今世说》卷一有这样一则记载："梁苍严教子弟，家法醇谨，虽步履折旋进退，必合规矩，自理学经济诸书外，稗官野史，都不令浏览。"联系小说第三十二回看，天真热情的少女史湘云，也劝宝玉要"常会会这些为官作宦的，谈谈讲讲那些仕途经济的学问"，都是这种世风的反映。

3. 礼仪习惯 《红楼梦》中的礼仪，五花八门，既有婚丧祭祀之礼，也有日常生活之礼；既有历代相沿的，也有清代特有的。这些繁文缛节，有不少带有明显的时代印迹。对有关词语，只释其字义，也是不够的，还可从民俗学角度进行疏注。像第十四回可卿丧事，写到"路上彩棚高搭"，第六十三、六十四回贾敬丧礼，也都提到"搭棚"事。这里的"棚"，也叫"丧棚"或"灵棚"，指旧时丧礼中所搭的一种棚屋。清杨静亭《道光都门纪略》中记述了这一丧仪："京师搭盖丧棚，工细绝伦，点缀有花木鸟兽之形，起脊大棚，有瓦陇、柁头、稳兽、螭头之别，以及照墙、辕门、钟鼓楼，高插云霄。"小说所写，与此相类。再举一喜庆例。第十八回写元妃省亲仪仗，说："忽听外面马跑之声不一，有十来个太监，喘吁吁跑来拍手儿。"所谓"拍手儿"，是何礼仪？也需注明。据《清朝野史大观》卷二载《前清宫词百首》之六十云："昭阳仪仗午门开，夹路宫灯对马催；队队宫监齐拍手，后边知是宫舆来。"原注："同治大婚仪仗由午门排至后第，宫灯数百盏，对马数百匹，内宫前引，后乘黄缎盘金绣凤肩舆，十六人舁之。舆将至时，宫监拍手相应。"这条记载，时间虽晚，但也可印证，小说所写，确为清代宫廷礼仪。书中对贾府家常礼俗的描写，更为琐细逼真，富有生活气息。比如第五十三回写贾府新年团拜，几个老妯娌来给贾母"行礼"，贾母忙起身要迎，"大家挽手笑了一回，让了一回"。"挽手"，这里实指挽手礼，是满人久别相见时的一种礼俗，多用于妇女。据李家瑞《北京风俗类证》云："满人相见，以曲躬为礼，别久相见，则相抱。后以抱不雅驯，执手而已，年长则垂手引之，少者仰手以迎，平等则执掌平执。"此外如贾府女眷用餐时的"规矩"（第三、三十八回）、人们相见时的"请安打千"（第六、九回）、子弟对长辈的敬畏（第十七回）等等，都反映了清代一些特有的礼俗，似都应联系小说情节，适当加注才好。

<h2 style="text-align:center">三</h2>

作为语言艺术的文学，总是要以语言为材料塑造形象、反映现实生活的。因此，小说的注释，除有关典章制度、饮食服饰、名物故实等的词语外，大量的是一般词语的注释。对这类词语，似也应从小说的整个语言特点出发，进行疏注。如《三国演义》的语言，有浓重的文言气味；《水浒传》和《金瓶梅》则运用了大量生活语言和方言语汇；《西游记》的语言，比较通俗，口语化。这些不同，作注时都是需要注意的。论者公认，《红楼梦》的语言成就达到了我国古典小说的高峰。较之《三国演义》，它要通俗得多；比之《水浒传》，它要绚丽得多；较之《金瓶梅》，它要精细得多。总之，通俗而又典雅，朴素而又绚丽，简洁而又精细，富有时代感和表现力，是《红楼梦》语言的基本风格。对《红楼梦》中一些词语的解释，应顾及小说在遣词造句上的这些特点。当然，注释不同于论文，它不可能也无必要系统阐述这些特点。反过来说，论文也不是注释，它不可能越俎代庖，去承当注释的任务。这里仅就以下几种情况，作些说明。

其一，有些方言俗语，字义并不难懂，实际上却对表达社会生活，起了很大作用。过去的注本，或以为它们浅近义明，多不作注。如第十三回写可卿托梦给凤姐时说："万不可忘了那'盛筵必散'的俗语。若不早为后虑，只恐后悔无益了。""盛筵必散"，第二十六回也写作"千里搭长棚，没有个不散的筵席"。这一俗谚，见于宋倪思《钽经堂杂志》、明冯梦龙《古今小说》卷一等，清钱泳《履园丛话》更把它同"人事"联系起来。该书卷七引某公《抄家诗》云："人事有同筵席散，杯盘狼藉听群奴。"小说所写的贾府"富贵流传"，已历百年，"奈运终数尽"，很快就要由兴盛走向衰亡。这一俗语，正揭示了小说故事发展的这一重要情节线索。此外，如"百足之虫，死而不僵"（第二、七十四回）、"亲不间疏，后不僭先"（第二十回）、"万两黄金容易得，知心一个也难求"（第五十七回）、"当家人、恶水缸"（第六十八回）等俗语的运用，都不同程度地增强了作品语言的表现力。正如清代诸联《红楼评梦》所说，《红楼梦》"所引俗语，一经运用，罔不入妙。"为小说作注，这部分词语，不应忽视。

其二，有些描述人物形象的语词，用词简净准确，如果需要作注时，似可结合人物思想性格去把握。如第三回王熙凤出场，写她的肖像是："一双丹凤三角眼，两弯柳叶掉梢眉。"写得很传神。"丹凤眼"也就是"凤眼"，形容眼睛的秀美；"三角"则指目形略带锋棱；"柳叶眉"比喻眉形如柳叶，言其细长清秀；"掉梢"则形容其眉梢微翘，斜飞入鬓的样子。这些词语，生动地写出了"凤辣子"俏丽而又狠戾的容貌特征。同一回，写宝玉和黛玉的性格、情态，用词也非常讲究。批宝玉的两首《西江月》有"潦倒不通庶务，愚顽怕读文章"的句子。其中"潦倒"一词，又见于第一回："半生潦倒。"那是蹉跎失意、贫困衰颓的意思。这里的含义，则与今天通行的解释不同，应是举止不知检束的意思。三国魏嵇康《与山巨源绝交书》说"足下旧知吾潦倒粗疏，不切事情。"用的就是这一含义。戴明扬《嵇康集校注》引《文选钞》云："潦倒，长缓貌。"小说第二回曾提到嵇康其人。他主张"循性而动，各附所安"，不喜"官事鞅掌""揖拜上官"。宝玉的思想性格，与嵇康有某些相似处。注明"潦倒"一词的出典，既有助于理解宝玉思想的渊源，也有助于认识小说用语的精确。写到黛玉的容貌，说她是："态生两靥之愁，娇袭一身之病。"这里"态"指情态，自然可以心传神会，似不必加注。但又总感意犹未足，不好把握。李渔对"态"做过具体的描述，他说："态自天生，非可强造，强造之态，不能饰美，只能愈增其陋，同一颦也，出于西施则可爱，出于东施则可憎者，天生强造之别也。"（《闲情偶寄》卷六）注出这层意思，才会使"生愁"的含义具体化，也才与下面"病如西子胜三分"一句相关合。另外，如第五回写警幻仙姑的容貌是"靥笑春桃"，第四十九回写史湘云的打扮是"蜂腰猿背，鹤势螂形"，等等，用词也很贴合人物身份、气质，都应仔细琢磨，注明出典，疏解词义。还有，人物对话中的一些用词，有时略着迹象，也能揭示人物性格的某一侧面，亦当疏注。如第十七回写贾政引领众清客和宝玉来大观园观景题匾，当走到"稻香村"时，贾政道："倒是此处有些道理……未免勾起我归农之意。""归农"一词应当注明。贾政是由皇帝赐的额外主事职衔，现已升了员外郎。他真有"归农"之意吗？曹雪芹同时代人袁枚《随园诗话》卷十五云："士大夫热衷贪仕，原无足讳；而往往满口说归，竟成习气，可厌。黄莘田诗云：'常参班里说归休，都作寒暄好话头。恰似朱门歌舞地，屏风偏画白蘋洲。'"原来，"说归"乃是当时士大夫的一种"习气"。作者这里虽未必是有意讥刺"政老"，但我们也可看到他思想性格的一个侧面。

其三，对一些浅显而又形象生动的词语，不应只注一般词义，有的需结合上下文，疏通句意；有的需抓住重点字词，进行注释。仅举两例。第九十七回写贾母王熙凤等定了"掉包计"，要为宝玉娶宝钗，但凤姐又想："若真明白了，将来不是林姑娘，打破了这个灯虎儿，那饥荒才难打呢！"根据文意，这里的词条，应出"打破灯虎儿"这一短语，意思是揭开谜底，露出真相。如果只注"灯虎儿，即灯谜"，是远远不够的。清代习俗，把猜灯谜，叫做"打灯虎儿"。《燕京杂记》中有清楚的记述："上元设灯谜，猜中者以物酬之，俗谓之打灯虎。语甚典博，上自经文，下及词曲，非学问渊博者弗中。"《在园杂志》卷三记述略同。这可以看出，因灯虎词语典博，不易猜中，用以比喻精心安排的"掉包计"，显得很形象。第二例是第三十三回写宝玉被打，众门客赶忙相劝，贾政生气道："明日酿到他弑父杀君，你们才不劝不成？"句中"酿"和"弑"都应作注，并当以"酿"为重点。所谓"酿"，本指造酒，这里是酝酿的意思。酒的酿造，需经过一定的时日，因此比喻事情的积渐而成。贾政的这句话，当是袭用《易经》中的一段话而来的。《易·坤》云："积善之家，必有余庆；积不善之家，必有余殃。臣弑其君，子弑其父，非一朝一夕之故，其所由来者渐矣，由辩之不早辩也。""酿"与"积""渐"的意思，是相通的。联系小说的情节来看，用"酿"表明宝玉"大承笞挞"的前因后果，实是恰到好处。

四

综上所说，归纳起来，实际关涉这样几个有关红注内容的问题，即考证问题、史料问题和趣味性问题。现再分别申说如下：

先说考证问题。在注释中，无价值的烦琐考证，自然是不可取的。但是，如果有助于读者对小说理解和掌握的话，不仅考证，就是索隐，也无妨采用。特别是像《红楼梦》这样的小说，作者有时故意将"真事隐去"，用了一些"假语村言"，给读者留下许许多多障碍，而同时也提供给读者诸多思索的空间。清人周春就曾感叹："看《红楼梦》有不可缺者二，就二者之中，通官话京腔尚易，谙文献典故尤难。"（《阅红楼梦随笔》）对这些"文献典故"，做点考核辩证、钩隐稽实的工作，是完全必要的。前面举过的一些例证，可以说明这一点。再补充一例。如通行本第七十八回《芙蓉女儿诔》中有句曰："贞烈遭危，巾帼惨于雁塞。"脂评本作"直烈遭危，巾帼惨于羽野。"用的是直烈的鲧被杀于羽山郊野的神话传说；通行本用的则是汉元帝宫女王昭君出塞的故实。注家多认为通行本削弱了原稿中的"叛逆精神"，维护了"宗法权威"。从思想意义看，这种批评不能说没有一点道理。倘以用典考核，通行本也言之有据，并非随意比附。"雁塞"本来是山名（《初学记》卷三十引《梁州记》），后用来泛指北方边塞。清西清《黑龙江外纪》卷八云："关以外多雁，故称雁塞，往来嘹唳，南飞北向。"康熙曾于三十五年冬十月，巡幸塞外，至归化城（今内蒙呼和浩特市），见王昭君冢，而写了一首《昭君墓》诗，其中有句云："含悲辞汉主，挥泪赴匈奴。……漠漠龙沙际，寥寥雁塞隅。"用空阔的雁塞，衬托昭君的悲苦，表示了作者对她的同情。诔辞袭用了这一典故，用以说明晴雯的遭遇比出塞的王昭君更悲惨，也是贴合的。

其次说史料问题。前面说过，《红楼梦》属于艺术作品，不同于历史实录。但文学毕竟是社会生活的反映，恩格斯曾称道巴尔扎克的《人间喜剧》"提供了一部法国'社会'特别是巴黎'上流社会'的卓越的现实主义历史"。（《致斐·拉萨尔》）《红楼梦》作为一部"世情书"，它对当时的社会风尚、人情世态作了更为具体精细的描绘，为我们提供了中国清代上流社会丰富的社会生活和经济生活的细节，具有巨大的历史价值。俄国汉学家瓦里耶夫在其《中国文学史概论》中讲到《红楼梦》时曾这样说："……如果你想了解迄今为止与我们隔绝的中国上流社会的生活的话，那么，你只有从长篇小说中，而且是这样一部长篇小说中，才能得到材料。"因此，我们在注释《红楼梦》有关条目时，酌情引录一些史料，对读者理解作品是有帮助的。而且，在一定意义上说，史料的充实与否，直接影响到注释的深度与广度。前面已举过一些例证。除那些典章制度等外，有些词语，就词义而言，似乎只要略加解释，其义自明，不必引证别的史料。但联系小说人物或情节看，则又嫌不落实地，如能录引一些史料，便会感觉释文内容充实，情理明朗。比如冷子兴演说荣国府时曾说：贾府"主仆上下，都是安富尊荣，运筹谋画的竟无一个。"揭示了贵族地主阶级衣租食税、养尊处优、不关心直接物质生产的寄生生活。这反映了封建末世贵族之家普遍的一种生活状况，是贾府败落的重要原因之一。清阮葵生《茶余客话》卷十五"治生"条描述当时巨家大族败落的原因时说："巨族中落，以刻薄败者十之三四，以汰奢败者十之五六，以昏庸阘冗败者十之七八。刻薄者，败于一己之心术；汰奢者，败于妇女奴婢门客之虚靡；昏冗者，则合家聵聵，无所谓经纪筹画，败坏尤速。"由此证之，贾府之败，正是败于"汰奢"，败于"昏冗"。我想注释"运筹谋画"一词时，倘能引录这条史料，或会使读者获得更多一点感性认识。而且，我以为所谓史料，除正史和笔记杂俎外的一些有价值的稗官野史，必要时也可采撷引用，相互印证，以充实注释内容。如小说第六回介绍说，平儿是"凤姐的一个心腹通房大丫头"。何谓"通房丫头"？清初随缘下士《林兰香》第六十二回有一段生动的描写："仆妇道：'丹、命、性、情四位，如何又是通房？'宿秀笑道：'通房就是妾的别名，因为无有描眉梳鬓，无有育女生男，故叫作通房。'……仆妇笑道：'你老既未作通房，如何又不嫁人？'宿秀道：'罢，罢！作通房的人，浅了不是，深了不是，又要得主公的心，又要得主母的心，真真难难。'"宝玉也曾这样感叹平儿的处境："平儿并无父母兄弟姊妹，独自一人，供应贾琏夫妇二人。贾琏之俗，凤姐之威，他竟能周全妥贴，今儿还遭荼毒，想来此人薄命，比黛玉犹甚。"（第四十四回）两相对照，可使读者对通房丫头的地位，有具体形象的了解。

最后谈一下趣味性问题。《红楼梦》开宗明义就说："你道此书从何而起？说来虽近荒唐，细玩颇有趣味。"脂评也指出，红楼的一些词语，含有"无限神情滋味"（第五十七回批）。这告诉我们，为红楼作注，也应注意释文内容的趣味性。有些词语典故，其来源就包含有一段有趣的故事，注释时，可适当加以介绍，以增强读者的阅读兴趣。比如刘姥姥一进荣国府打抽丰，周瑞家的对她说："姥姥你放心。大远的诚心诚意来了，岂有个不教你见个真佛去的呢。"其中"真佛"一词，本是佛教术语。佛教徒以为佛有法、报、应三身，所谓"真佛"，即指"法身佛"，是一种身具一切佛法的佛。因此，人们常常借以比喻有权势的人。宋张知甫《张氏可书》载："刘豫僭号中原，不喜浮屠，僧徒莫不惶恐。忽西天三藏来，豫异待之。僧徒私自喜曰：'必能与我辈主张。'教门既引见，三藏拜于庭。赞者止曰：'僧不拜。'三藏答曰：'既见真佛，岂可不拜？'豫大喜，赐与甚厚。"小说用"真佛"比喻贾府的掌权者王熙凤，显得非常形象、风趣。又如第二十九回写贾母等到清虚观打醮，结果惊动许多人来送礼，贾母"次日便懒怠去"，凤姐却说："打墙也是动土，已经惊动了人，今儿乐得还去逛逛。""打墙也是动土"是一句俗谚，意思是说，反正已经动手干了，大干小干都一样。这一谚语，或写作"一锄头动土，两锄头也动土"。清王有光《吴下谚联》卷二记述了这样一则有趣的传说故事："乡人持锄到田，过小庙，见一小草，一锄去之。归家，寒热谵语：'太岁头上动土！'索酒索羹索金帛，百般祭献，乃止。其兄闻之，怒，持锄而往，或咥阻之，已连下两锄，两庙壁毁矣。庙神命鬼卒仍到其弟家作祸，鬼卒曰：'弟止一锄，大王责其动土，已经索得酒食金帛。今其兄毁庙，罪浮于弟，此次应问两锄之罪，不应仍到弟家。'神曰：'尔等不知。一锄头动土，两锄头也动土。一锄者尚惧我，两锄者不惧我矣。'"用这一俗谚，表现凤姐无所顾忌的性格，也很生动。有时，小说对人物的一名一姓、一饮一食、一医一药，也能涉笔成趣。注释也当注意这一点。像第十二回写贾瑞因"王熙凤毒设相思局"，而病体沉重，吃"独参汤"也不见效。"独参汤"是中医方剂名，治阳气将脱的危症。注家也曾征引资料，介绍了它的配方，言之凿凿，这也是必要的，但这里实际是语意双关。清翁斋老人《乡言解颐》卷三说："今医病者至无可如何之候，则曰只好用独参汤，俗所谓救命谎者是也。"可见，结合小说描写的情状，把它看作调侃语，也未尝不可。此外，如把林之孝夫妻比作"天聋""地哑"以形容他们呆板寡言的性格特征，也很俏皮自然，亦当引述资料，予以注明。

五

内容决定形式。红注的内容和考证诸问题，既如上述，那么，在注释体例和方法上，是否也应当相应有点改进和变化呢？我认为是需要的。对此也略陈鄙见。

第一，解释词义、诠释典故、考证名物，可适当采用"以古注古"的方法。因为，它有助于我们对一些问题进行历史的研究，有助于我们通过追根溯源、前后比较，认识有关典章、名物、词语的发展变化。用"以古注古"法注释红楼，大体或包括如下几个方面：

径引脂评作注：论者多认为脂砚斋是曹雪芹的至亲好友，他的"批笔不从臆度"。因而，他对一些词语的解释、评注，就有着一般评者无法比拟的资料价值。我们为红楼作注，可径直采录。如第二十二回写元春颁赐众人之物，有一个"宫制诗筒"、一柄"茶筅"。庚辰本脂批云："诗筒，身边所佩之物，以待偶成之句草录暂收之。"又注"茶筅"云："破竹如帚，以净茶具之积也。"并评曰："二物极微极雅。"解释了物件的制作、用途，清清楚楚，均可采用。

引用同时代人的作品转注：清代是笔记集大成的时代，无论是杂录历史琐闻，还是考辨名物掌故、描述社会风情，都能显示出时代的风貌和变化，具有重要的史料价值。这些资料，都可供我们参考采用。前面已举过许多例证，这里再举两个小例子。如"下处"（第四十七回），一般指住所，但小说有时则指优伶的住处。《燕京杂记》："优童自称其居曰下处。到下处者，谓之打茶围。置酒其中，歌舞达旦，醅嬉淋漓。"又张焘《津门杂记·下处》也说："优伶美其名曰相公……其寓处曰下处。"说明京津一带多如此称呼。柳湘莲是"最喜串戏"的世家子弟，所以这样自称其住处。再如"乌云"（第六十五回），用以比喻妇女的黑发，古代诗词中常见，但无人解其词义。李渔则这样解释："古人呼发为乌云，呼髻为蟠龙者，以二物生于天上，宜乎在顶，发之缭绕似云，髻之蟠曲似龙，而云之色有乌云，龙之色有乌龙，是色也相也情也理也，事事相合，是以得名。"（《闲情偶寄》卷六）这样解释，是否真正"事事相合"，也不见得，但总可聊备一说。

征引前人有关论述参注：《红楼梦》中，有些用语的出典，确是因袭前人的；有些则不一定有相袭关系，但又有某种相同或相似的现象，对这类词语的出处，也应引录参证，交代一下。像林黛玉的两弯"笼烟眉"，是一种什么样的眉？唐代温庭筠《夜宴谣》中有"眉敛湘烟袖回雪"的句子，清顾嗣立注引《海录碎事》说："唐明皇令画工画十眉图，一曰涵烟眉。"所谓"笼烟眉"，疑即"涵烟眉"，形容眉毛像一抹轻烟那样纤细疏淡。又如第五十三回写贾府有一座"内塞门"，这是一种什么样的门？或以为它"不见于营造典籍"。有的专家指出，这是借用古建筑物名。《论语·八佾》有"邦君树塞门，管氏亦树塞门"的话，朱熹集注云："塞，犹蔽也。设屏于门，以蔽内外也。"参照朱注，可以知道，中国艺术研究院红楼梦研究所新校注本注曰：内塞门"似为位于内仪门与正堂之间的一重独立的屏门。"这还是有一定道理的。再如第四十四回写到一种纱，叫"霞影纱"，这名字连薛姨妈"也没听见过"。它是一种什么纱呢？王瀣批注曰："同光年，上命染工作霞样纱，为千褶裙。见《清异录》。此改'影'字，尤妙。"这条批注，颇有参考价值。

此外，引录史料评注，也是一种"古注"的方式，例证已多，不再重复。

第二，对词语的注释，不仅要注其然，而且更要尽可能注出其所以然。一般词语，只要注出词义，句意是不难理解的。有的词语，则需追溯其来源，才能具体掌握它的含义。还有些词语，不只要释义溯源，还应加以必要的说明、评述，才能准确理解它在小说中的用意。比方第四十三回写宝玉去私祭死去的金钏，他想别的香不好，"须得檀、芸、降三样"。焙茗笑道："这三样可难得。""宝玉为难"，只好用沉速代替。所谓"檀、芸、降"，即檀香、芸香、降香。从字义讲，这样注释是可以的。但是，宝玉吊祭何以要这三样香？焙茗为什么说"难得"？这就需要说清楚了。原来，这是三种比较名贵的香，古人吊祭常用之；真降香，至清代已不易得。《阅世编》卷七说："真降香，前朝吊祭必用之，间或用于贵神前，价值每斤不过银几分，不及一钱也。顺治之季，价忽腾贵，每斤价至纹银四钱外，吊丧非大富贵之家，概不用之。铺中卖者亦罕，故吊客俱以檀条官香代之。"看了这则记述，上面那些疑问，大概便可以明白了。饮食方面，也有类似情况。如第五十二回写宝玉清晨起来，喝了两口"建莲红枣汤"。红枣有养肝平胃、润肺止嗽的功用，这在小说第五十四回也有记述，自不待言。"建莲"即穿心白莲，因产于福建建宁县，故名建莲。这在今天已是普通之物，食品店常有出售。宝玉喝这种汤，有何稀奇呢？原来，据《建宁县志》载，建莲的种植，始于五代梁龙德年间，历来多作为贡品，因此又称"贡莲"。可见在当时它本是一种珍品，非宫廷和富贵之家，是不易食用的。服饰方面，如第八回写黛玉罩着一件"大红羽缎对衿褂子"来看望宝钗，宝玉见她穿着这种褂子，因问道："下雪了吗?"宝玉为什么会这样发问呢? 这就需要把"羽缎"一词疏解清楚。羽缎,指的是一种毛织物,也称羽毛缎,疏细者称羽纱,厚密者称羽缎。清王士禛《香祖笔记》卷一有记载,以为是"缉百鸟氄毛织成"。《清会典事例》卷三二八更说明:"凡雨冠雨衣,以毡或羽缎油绸为之。"由此可知,正因为羽缎有防雨雪的功用,所以宝玉才会那样发问。这些例子说明,由于时代生活的隔阂,有些词语,如不注出个为什么来,读者就只能知其然,而不知其所以然,就会影响对作品的理解。

第三,《红楼梦》的语词,是非常丰富的,见仁见智,易滋歧异。依我的看法,凡有歧义的词语,如各种解释,都能言之成理,持之有据,轩轾难分,就不妨各说并存,留待读者思考判断,择善而从,不可唯我独是,强加于人。比如"碧纱厨"一词(第三、十七、二十六等回),过去人民文学出版社本解作"帏幛一类的东西";新校注本则说是"清代建筑内檐装饰中隔断的一种,亦称隔扇门、格门"。有些同志依此为据,对人文本多次进行批评,说它是"望文生义,捕风捉影"。有同志为此作了详尽的考辨,公允地指出:"人文本对'碧纱厨'的注释并没有错,至多是不全面而已。"(胡文彬《红边脞语》)其实,除此两说外,还有一种解释:清曹庭栋在其《老老恒言》卷四中云:"有名纱厨,夏月可代帐,须楼下一统三间,前与后俱有廊者,方得为之。除廊外,以中一间左右前后,依柱为界,四面绷纱作窗,窗不设棂,透漏如帐。前后廊檐下,俱另置窗,俾有掩蔽。于中驱蚊陈几榻,日可起居,夜可休息,为销夏安适之最。"可见"纱厨"一词,或可解作"帏幛",或可注为"格门",或可解作"屋子",本可并存,由读者去选择。又如"虾须帘"(第十八回),前人也有两解,一说是用细竹皮丝编制成的帘子。《老老恒言》卷四云:"有竹帘极细,名虾须帘,见《三湘杂志》。"征之小说第十七回有湘妃竹帘、黑漆竹帘、金丝藤红漆竹帘等,明点"竹"字;第五十二回有"虾须镯",指用精细的金丝编制的手镯。据此可知,把"虾须"解作细竹帘,并非没有道理。然而,王士禛在其《古夫于亭杂录》卷一中则云:"帘名虾须,人多不晓其义,升庵《丹铅录》云:《尔雅》鳂以为大虾,出海中者长二三丈,游行则竖其须,高于水面,须长数尺,可为帘。"依照此说,则虾须帘指的是用虾须编成的帘子。联系小说所写"帘卷虾须,毯铺鱼獭"句意,此说亦未尝不可。再如第七十六回写中秋月夜,黛玉湘云二人一同来到凹晶馆联句,

"只见天上一轮皓月，池中一个月影，上下争辉，如置身于晶宫鲛室之内"。其中"晶宫"一词，也有歧义，一说即水晶宫，传说中用水晶构成的宫殿。《述异记》卷上："阖闾构水晶宫，尤极珍怪，皆出之水府。"后神话小说称龙王的第宅为水晶宫。另一说指月宫，敦煌本《叶净能诗》称月宫为"水晶楼殿"。或说指天宫，相传天庭碧霄宫阙，皆以水晶为墙，名水晶宫。（见《逸史》）宋吕本中《紫微诗话》云："吴正宪夫人最能文，尝雪夜作诗云：'夜深人在水晶宫。'"按照小说描写的意境看，似以第三说更妥，一指天上仙宫，一指海中鲛室，上下辉映，颇有情致。但其他两说，也有韵味，都可并存。

这种歧异，在诗词的用典中也很多。比如第五十回"芦雪庵争联即景诗"，有句云："僵卧谁相问。"注者多以为用的是东汉袁安雪中僵卧、洛阳令使人相问的故事。这在《后汉书·袁安传》注引《汝南先贤传》中有具体描述。然而，清高士奇《天禄识余》卷下则又指出："僵卧有二事：一袁安……一胡定，字元安，雪满其室，县令遣掾排雪问定，定已绝谷，妻子皆卧。二事相同……胡元安事，出王懋《野客丛书》。"当然，两相比较，袁安事典出较早，或更好一些。再举一个有争议的例子，第五十一回写薛宝琴新编十首怀古诗之七《青冢怀古》中，有"冰弦拨尽曲中愁"的句子。"冰弦"一词，新校本注为"一种优质的丝弦，色光洁，明透如水，故称冰弦。"有同志批评说："从弦色来理解命名之原因，望文生义，大错特错。"并指出："冰弦为冰蚕丝制成之弦，其色有五彩。典出北宋乐史所作《杨太真外传》，开元中，中官白秀贞自蜀归，得琵琶以献杨妃，丝乃拘弥国所贡之绿冰蚕丝也。"（《红楼梦研究集刊》第八辑）指明出典，完全正确。这里还可补充一则材料。据唐代苏鹗《杜阳杂编》卷上载，玄宗时内府藏有碧玉蚕丝，乃弥罗国所贡，也叫金蚕丝，纵之一尺，引之一丈，"为琴瑟弦，则鬼神悲愁忭舞"。《外传》所记，与此相合。那么，是否可以说新校本对"冰弦"的注释就"大错特错"呢？倒也未必。因为，前人也曾把冰弦解作素质丝弦。《蕉窗九录·琴弦》云："今只用白色柘丝为上，秋蚕次之。弦取冰者，以素质有天然之妙，若朱弦则微色新滞稍浊，而失其本真也。"由此看来，新校本的注释，只是描述太实，话说的过死，还不能说就是"大错特错"。因此，我的想法是，既然这两种解释都能言之有据，就不妨都予以保留。也许会有人怀疑，这样罗列异说，将会使读者感到模棱两可，无所适从。我倒认为，这不会搅乱读者的思想，相反，适当介绍一些不同看法，会开阔他们的思路，启发他们的想象，促使他们结合小说的具体描写更深入地掌握和领会一些词语的含义。

最后，再补充说一下红注中诗词注释的问题。《红楼梦》中的诗词，是小说整体结构的有机组成部分。它对小说主题的表达、情节的递进、人物的刻画，都有重要作用。近年出版的不少红楼诗词注释本，已注意到这一点。我想补充说明的是，对这些词中的典故、难词，当然应注明出典、贯通词义，此外，还需注意联系小说的有关描写，注释诗词中有关字词所表达的一些形象和境界。

如《好了歌》中的"神仙"，究竟是一种什么形象？一般都不加注。其实是应该作注的。唐代道士司马承祯在其所著《天隐子》中说："神于内遗照于外，自然异于俗人，则谓之神仙，故神仙亦人也。在于修我灵气，勿为世俗之所沦折；遂我自然，勿为邪见之所凝滞，则成功矣。"注云："喜怒哀乐爱恶欲七者，情之邪也；风寒暑湿饥饱劳逸八者，气之邪也。去此必成仙功也。"这对"神仙"的解释，与《歌》中所说相合。它说明所谓"神仙"，并非"未有验者"，而不过是忘却"功名""金银""姣妻""儿孙"，摆脱"世俗""邪见"的人。再如《好了歌注》所展示的一些境界，也当参考有关材料，注明才好。像开首四句："陋室空堂，当年笏满床；衰草枯杨，曾为歌舞场。"写的是势要之家兴衰荣枯的景象。其中"笏满床"的出典有两说，一说指唐代崔神庆家事；一说为汾阳郡王郭子仪家事。元人盛如梓《庶斋老学丛谈》卷三有一则材料这样描述了郭家的兴衰："郭汾阳功名富贵，炫耀史册，及观赵嘏《经汾阳旧宅》诗云：'门前不改旧山河，破虏曾轻马伏波；今日独经歌舞地，古槐疏冷夕阳多。'前日之赫赫，已寂寂矣。"《注》中的景象，与这里的描述，境界很相似。小说或正借此以表现贾府的荣辱盛衰。除这些语句外，有时一个词语也往往包含着一段情事。如第三十四回黛玉的题帕诗中有句云："尺幅鲛绡劳惠赠，为君那得不伤悲！"其中"鲛绡"一词，无疑应注明出典，同时，也当指出，古时女子常以带泪的鲛绡寄托相思之情。宋皇都风月主人《绿窗新话》卷上引《丽情集》载，锦城官妓灼灼，能歌善舞，曾与河东御史裴质相识，后不复面。灼灼以软绡聚红泪，密寄河东人。《古今小说》卷二十三《张舜美灯宵得丽女》写张生于佛殿上拾得一红绡帕子，帕角上系一香囊，帕上有诗一首云："囊里真香心事封，鲛绡一幅泪流红。殷勤聊作江妃佩，赠与多情置袖中。"这两段情事，可与小说所写相印证。

以上从五个方面谈了一些对红楼注释的看法，一孔之见，不敢自是，祈同好指正。

（原载《北京师范大学学报》1985 年第 6 期，1986 年第 3 期《新华文摘》转载了本文的前四部分）

说“末世”

　　在《红楼梦》一书中，曹雪芹曾多次用过“末世”一词。主要的，有如下三处：一是第一回，写贾雨村身世，嘲讽他“生于末世，父母祖宗根基已尽”，但仍要“求取功名，再整基业”；二是第五回，王熙凤的判词，慨叹她“凡鸟偏从末世来，都知爱慕此生才”；三是第五回，探春的判词，惋惜她“才自精明志自高，生于末世运偏消”。作者何以要在这三个人物身上，赫然用此一词呢？似有说一说的必要。

　　末世，亦曰季世，最早见之于先秦典籍中。《易·系辞下》云：“易之兴也，其当殷之末世，周之盛德邪？”《左传·昭公三年》云：“叔向曰：‘齐其何如？’晏子曰：‘此季世也。’……叔向曰：‘然。虽吾公室，今亦季世也。’”这里，末世，或季世，都指一个朝代的末期，有衰乱之意。中国封建社会，或因农民起义的冲击，或因统治集团内部的倾轧，经常处于动荡之中。而每当这种动荡剧烈的时候，就会有人发出“末世”的感叹。如魏晋六朝时，“八表同昏，平阿伊阻”，是个混沌世界。生逢此时，不少人产生了一种悲哀感。西晋诗人张载，曾写过两首《七哀》诗，哀伤人事的迁化，痛惜帝室的衰微。诗中说：“季世丧乱起，贼盗如豺虎。”此外，如左思《魏都赋》、刘峻《广绝交论》，讲到世道的渐漓、人情的浇薄，也流露出丝丝“衰世”的凄怆之情。

　　到明末清初，中国已进入封建社会后期。封建制度，日趋解体；政治风云，瞬息万变。这更是个“天崩地裂，悲愤莫喻”的时代。有感于此，有的人彷徨歧路，失望悲观；有的人诗酒书画，蒲团养生；有的人则愤世嫉俗，或直抒胸臆，或借题发挥，对封建“末世”的种种人情世态，进行了无情鞭挞。他们有的抨击政治的衰敝，如清初大思想家唐甄在《匪更》中说：“季世所行之政，昔尝以致治矣。及其既久，国家无事，君臣宴安，丧志成鄙，未能远谋。官守不明，惠泽不行，名存而实亡，文饰盖美，不顾百姓之便利。”(《潜书》下篇上)有的指斥世情的险薄，如明末文学家冯梦龙在《古今小说》卷八

《吴保安弃家赎友》卷首词后说："这篇词，名为《结交行》，是叹末世人心险薄，结交最难。平时酒杯往来，如兄若弟；一遇虱大的事，才有些利害相关，便尔我不相顾了。"明之遗民毛先舒《与洪昇书》也哀叹说："末世风气险薄，笔舌专取刻擿自快，且借之为名高。吁，可怪也。"（《思古堂集》卷二）清初文人张履祥《训子语》也说："末世之习，攻浮文以资进取，未尝知读圣贤之书，是以失意则斯滥，得志则斯淫，为里俗所羞称耳。"（陈宏谋《训俗遗规》卷三引）有的讥刺文风的衰颓、文人的矫伪，如唐甄《非文》说："迨于末世"，文章"流为曲工，流为末技，以取悦谐俗，使人心轻气佻，窃誉失真，道丧于此，其亦百之十一也！"（《潜书》上篇下）在《得师》中也感叹说："末世学者不纯，中无真得，好为大言，自信以为皋夔；人主瞀乱不察，遽委社稷而命之，其不至于覆亡者鲜矣。"（同上书）这些人，不仅看到了"末世"的时弊，有人还提出改革政治的主张。如唐甄在《匪更》中就指出："衰世习行之政，有必不可仍者……盖礼之既坏，如美木积久而有蠹朽，不可以为宫室。是故圣人之兴也，随时制法，因情制礼，岂有不宜者！"《桃花扇》的作者孔尚任，在其《桃花扇小引》中，也明白告诉读者，他创作此剧的意图，就在于借"场上歌舞"，"写兴亡之感"，使人们"知三百年之基业，隳于何人？败于何事？消于何年？歇于何地？不独令观者感慨涕零，亦可惩创人心，为末世之一救矣。"

伟大的现实主义作家曹雪芹，正是在这一片"末世"的"感慨涕零"声中，创作了他的不朽名著《红楼梦》的。据此，可以说，他在贾雨村、凤姐、探春这三种不同类型的人物身上，醒目地使用"末世"一词，就非泛泛而言，当"大有深意存焉"。

先说贾雨村。他原是"诗书仕宦之族"，但"根基已尽，人口衰丧"；他"才干优长"，但"生性狡猾"；他"生于末世"，但不甘"久居人下"。他曾任知府，旋因"贪酷""恃才侮上""擅篡礼义"，而被革职。后又极力钻营，仰仗贾府，重新爬了上去。而当贾府势败时，他非但不去救援，反落井下石，狠狠踢了一脚。依脂评说，在曹雪芹心目中，他是个"莽操"式的人物，是"乱世之奸雄"。可知，由这种人"协理军机，参赞朝政"，支撑"末世"残局，恰如唐甄所说，"社稷""不至于覆亡者鲜矣"。他是封建末世一种"贪酷"的官僚典型。

王熙凤，则是另一类型的人物。可卿赞她是"脂粉队里的英雄"，脂砚斋比之为"大奸巨猾"的郑庄、魏武。说明这一形象，也有很强的政治性。她总揽着贾府的家务，懂得这个贵族大家庭的"难处"和危机，并曾对症施药，加以整治。"协理宁国府"，就表现了她过人的才干。脂评慨叹说："五件事若能如法整理得当，岂独治家，国家天下，治之不难。"可惜她只知弄权贪利，以满私欲，"未能远谋"。对可卿要她"于（贾府）荣时筹划下将来衰时的世业"的嘱托，置若罔闻，不予实施。结果，随着贾府的衰败，这位"末世英雄"，也"身微运蹇"，"家亡人散"。"凤"来"末世"，欢悲一场。对于她，作者一方面憎恶她的贪欲；另一方面，也"爱慕"她的才干，同情她的薄命，惋惜她没有把聪明才智用在"正路"上，以挽救那摇摇欲坠的贾府大厦。

作者完全赞赏的人物，是敏探春。她也不是一个普通妇女的形象，其性格，有浓重的政治色彩。围棋理事的凛凛气宇，就颇有点政治家的风度。比起凤姐，她知书识字，更"利害一层"。对贾府的弊端，她更看得透，拿得定。理家的才干，也不次于凤姐。"兴利除宿弊"一着，确也有些"新创"。而且，她不像凤姐那样一味弄权，只知满足自己。她才志"精明"，有抱负，立志要做出"一番事业来"，是属于那种没有"丧志成鄙"、而"能远谋"的人物。但是，她偏生于"末世"，"有命无运"，任凭怎样"敏智过人"，也难扭转贾府那"树倒猢狲散"的趋势。作者把她的结局，有意安排为"远适"海隅，犹如断了线的风筝，随风飘散的柳絮，一去不返，是大有深意的。脂评悲惋说："使此人不远去，将来事败，诸子孙不至流散也，悲哉伤哉！"其实，这只是一种愿望而已。生活的逻辑，却是不能违背的。"莫向东风怨别离"，悲伤有什么用？

"无材可去补苍天"，是作者"一生惭恨"。脂砚斋于"生于末世运偏消"句下注云："感叹句自寓。"看来，曹雪芹在探春身上，是寄托过"补天"希望的，但从探春结局看，这种思想破灭了。如前所说，思想家唐甄曾主张抛弃"旧章"，"随时制法"，改革"衰世之政"，以实现"天下大治"；剧作家孔尚任，以为吸取"南明兴亡"的历史教训，作为借鉴，就可"为末世之一救"。曹雪芹则通过探春，形象地说明，"末世"之"天"，已无法补缀；"贪酷"如贾雨村，姑且不说，连机灵的凤姐、精明的探春，也不配有好命运。"生不逢时，奈何奈何！"这种社会见解，自有其独特的地方。

（原载《北京师范大学学报》1980 年第 3 期）

漫说《红楼梦》中的"炕"

——以前八十回为例

日前，有媒体披露，韩国拟"抢得先机"，将其"温突"（中文译名"暖炕"）技术申报世界文化遗产。消息一出，引发广泛热议。有人不平："我们盘腿上了几千年的炕，怎么就又变成韩国人的了？"有人则指出："韩国的'暖炕'，与中国东北的'火炕'不同。"又有专家断言："暖炕申遗是不可能成功的。"面对这些议论，文化部非物质文化遗产司回应称，韩国"暖炕"申遗，并不影响中国的"火炕"申遗，因为申遗并不等同于商标注册。

韩国"暖炕"是否含有中国元素？他们申遗是否具备条件？我国申遗应该吸取哪些经验教训？老实说，我不是非遗研究专家，不敢置喙。不过，由此我则联想到《红楼梦》中对"炕"的种种描述。早在三十年前，邓云乡先生就曾撰有《怡红院的炕》和《释炕》两文，对《红楼》中的"炕"做过介绍①，后来，胡文彬先生在其《土炕烧来暖可知——〈红楼梦〉中的"炕"》一文中，并把"炕"视作"典型的北方风俗"②。笔者在校读《红楼》程乙本时，亦曾参照前贤意见，对这一词语随文做过一些零散批注。现重加补充，梳理于下，欢迎同好指正。

就《红楼梦》前八十回而言，或详或略、或明或暗，写及"炕"的地方甚多。其中有木炕，有土炕，有地炕，形制不一，而形成北京风俗文化的一种鲜明标志。

这里，先重点说说"木炕"。

庚辰本第三回写林黛玉进荣国府后，来拜见王夫人，至正室东边三间耳房内——

---

① 邓云乡两文，见其《红楼识小录》，245、252页，太原，山西人民出版社，1984。
② 见胡文彬：《红楼梦与北京》卷三，110页，西安，陕西人民出版社，2008。

临窗大炕上猩红洋罽，正面设着大红金钱蟒靠背，石青金钱蟒引枕，秋香色金钱蟒大条褥。两边设一对梅花式洋漆小几。……老嬷嬷们让黛玉炕上坐，炕沿上却有两个锦褥对设，黛玉度其位次，便不上炕，只向东边椅子上坐了。

茶未吃了……丫鬟走来笑说道："太太说，请林姑娘到那边坐罢。"老嬷嬷听了，于是又引黛玉出来，到了东廊三间小正房内。正面炕上横设一张炕桌，桌上磊着书籍茶具，靠东壁面西设着半旧的青缎靠背引枕。王夫人却坐在西边下首，亦是半旧的青缎靠背坐褥。见黛玉来了，便往东让。……王夫人再四携他上炕，他方挨王夫人坐了。

这两段文字，诸本大体相同。《红楼》中"炕"字的出现，始见于此回。两段描述，以炕为中心，渐次写来，主要有三点引人注目。

其一，炕之形制。室内装修土炕、火炕，本是北地风俗。明人史玄《旧京遗事》云："京师妇人多席地而坐……至一家之内，坐卧但有火炕，贫如螯而润泽无枯瘁之气也。"清阙名《燕京杂记》云："燕地苦寒，寝者俱以火炕，炕必有墙，墙有窗户。贫家无隙地，衾枕之外，即街道矣。"①李光庭《乡言解颐》卷四"打炕"条亦云："北京暖床曰炕。京师睡煤炕者多……家乡用柴炕。"②以上所说，乃均指北京贫寒或普通人家而言。

至若《红楼》中所写之炕是何形制，学界则有歧见。20 世纪 20 年代初，俞平伯和顾颉刚两位先生在讨论"红楼梦地点"时，曾列举小说第三、八、六、十六、七十七回为例，认为书中所写之炕"都是北方砖炕"，所谓"临窗""南窗下"，"这是北京砖炕的安置处"③。此后，七十多年间，对此说法，

---

① （明）史玄等著、骈宇骞整理：《旧京遗事·旧京琐记·燕京杂记》，25、133 页，北京，北京古籍出版社，1986。

② （清）李光庭著、石继昌标点：《乡言解颐》卷四"物部上"，59 页，北京，中华书局，1982。按，据书前"校注说明"，李氏为天津宝坻人，久居北京。

③ 俞平伯：《红楼梦地点问题底商讨》，载其《红楼梦研究》，131 页，上海，棠棣出版社，1952。

似未见有异议。而至 20 世纪 90 年代末，朱家溍先生在其《〈红楼梦〉作者对建筑物描写中的真事和假语》一文中，同样以第三、六、八、六十三回为例，则明确指出，贾府内炕的形制，实指"木炕"，是"清代北京高级住宅有代表性的室内装修"，而非普通人家的砖炕、土炕。① 这种说法，殊堪注意。依朱先生文章所说，清时木炕的出现，当是由中国室内装修土炕逐渐演化而来。

人所共知，中国土炕，历史久远。据清人梁绍壬《两般秋雨盦随笔》"土炕"条载："北人以土为床，而空其下以置火，名之曰炕，古无其制。……《旧唐书·辽东高丽传》：'冬月皆作长炕，下然煴火以取暖。'此则土炕之始，但炕作坑字耳。"②据此可知，炕乃隋唐时期高句丽人所创制。宋元诗文，亦有记述。演化至清，或始出现木炕。

笔者目前所见几部通行汉语词典，均未收录"木炕"一词，而清代相关史料有所记载。朱家溍《关于清代宫史研究及原状陈列的几个问题》一文记述，北京故宫听戏之处阅世楼"东进间隔扇里有前檐木炕"；其《明清宫殿内部陈设概说》也记载：故宫内寝宫和苑囿的室内都安装有地罩木炕，是"清代宫中和宅第陈设的特点"。③ 而据载涛、恽宝惠《清末贵族之生活》（上篇）介绍，清代亲王住宅便有木炕："上房堂屋必为两明间。有后窗，窗前设木炕一，中安炕桌一。炕桌后为炕案，上摆陈设；两边各有靠枕、坐褥。炕下各有脚踏，中间安放灰槽子……"④史载之外，在清人小说中也有其用例。如随缘下士《林兰香》第三十回，写京城初冬，大雪纷飞，世家妇燕梦卿、宣爱娘两人"换了睡鞋，上炕围炉而坐"。此句下，有寄旅散人"附录"一则，谈及炕之功用与形制时云："南人畏暑，遇暑而每苦难避。北人畏寒，遇炕而惟是依，炕

①　朱家溍：《故宫退食录》，343～344 页，北京，故宫出版社，2009。

②　（清）梁绍壬撰、庄葳点校：《两般秋雨盦随笔》卷七，355 页，上海，上海古籍出版社，1982。

③　《故宫退食录》，291、304 页。

④　全国政协文史资料研究委员会：《晚清宫廷生活见闻》"附录"，334 页，北京，文史资料出版社，1982。

之功大矣。……炕之制不一，木床也，周以板，烘以炭，名曰木炕。"①此亦写北京富贵之家事。对木炕之制，朱家溍《雍正年的家具制造考》曾对"木炕"与"床"形制的不同作了清楚说明："清代工程文献和陈设档中提到的木床有两种含义：一为室内固定的装置，或有罩、或无罩、或前后檐、或顺山等位置的床，又称木炕；一为可以移动，非土木相连的床，即家具品种中的床或榻。"②具体说到《红楼梦》，前引朱先生《〈红楼梦〉作者对建筑物描写中的真事与假语》文释之尤详，他说：

> 炕本是北方普通使用的，有砖炕、土炕。但《红楼梦》中写的炕是指木炕而言。因为它是数张平板木床的室内组合，外装一个炕帮、炕罩。它是从南方习惯使用的架子床演变成这样固定的木炕。③

文章言之凿凿。贾府室内装修木炕，除第三回所写王夫人耳房、小正房外，他如第六及四十五回写凤姐屋、第五十一及六十三回等写怡红院贾宝玉屋、第六十四回写宁府尤二姐屋等室内的炕，当皆指木炕。

或可注意的是，及至清末，江南或也有了木炕之制。如清人邗上蒙人《风月梦》第三回写扬州江都袁府花厅："靠着厅后堂墙板，摆了一张楠木大炕，海梅炕几，炕上也是绿大呢炕垫、球枕，炕面前摆着脚踏、痰盒。"④又，洪都百练生(刘鹗)《老残游记续编》第三十九回，写老残回到苏州，去向姑姆请安，"进了后堂，见老太太早已坐在木炕上边，那里等候。环翠

---

① 关于《林兰香》成书年代，尚难确知。陈洪《林兰香创作年代小考》认为"此书成于康熙中期的可能性很大，至迟亦不会至雍乾"。笔者倾向此说，见拙著《清代小说史》，浙江古籍出版社，1997。或以为其成书年代，"只能定在道光或稍前"，见石昌渝主编：《中国古代小说总目》(白话卷)"林兰香"条，山西教育出版社，2004。这里所引小说原文，见(清)随缘下士编辑、于植元校点：《林兰香》，235页，沈阳，春风文艺出版社，1985；引寄旅散人"附录"语，均见第238页。

② 《故宫退食录》，131页。

③ 同上书，344页。

④ (清)邗上蒙人撰、华云点校：《风月梦》，16页，北京，北京大学出版社，1990。

（按，《老残游记》第十二回作"翠环"）侍立于旁。老残走至跟前，跪在地下，叩了三叩。老太太走下炕来，亲手扶起。"①这里所写的木炕，与朱文所说是否相同，又江南何时有了木炕，尚待查考。

其二，炕上之陈设。上引《红楼》两段文字，对王夫人屋内炕上器用如猩红洋罽、靠背、引枕、大条褥、洋漆小几及炕桌等，逐一铺排，件件分明，展现出世家大族生活的奢华。与上引《清末贵族之生活》一段文字相对看，可知贾府炕上陈设，颇具皇家气派。第六回写凤姐屋内炕上陈设，与此大略相同。那是写刘姥姥一进荣国府，周瑞家的引她到凤姐屋内——

> 只见门外錾铜钩上悬着大红撒花软帘，南窗下是炕，炕上大红毡条，靠东边板壁立着一个锁子锦靠背与一个引枕，铺着金心绿闪缎大坐褥，旁边有雕漆痰盒。

相比之下，普通人家炕上器用，则要简陋的多。其中芦席、毡条、炕桌之类，当是常见之物。清人吴振臣《宁古塔纪略》记述东北满族室内炕云："屋内南西北接绕三炕，炕上用芦席，上铺大红毡，……靠东壁间以板隔断，有南北二炕。有炕桌，俱盘膝坐。"②刘鹗《老残游记》第九回写一山村人家说："这西屋靠南窗原是一个砖砌的暖炕，靠窗设了一个长炕几，两头两个短炕几，当中一个正方炕桌，桌子三面好坐人的。"③

其三，炕上起居之礼。北方礼俗，以正面炕头为尊，客来，当先让上炕。清佚名《燕台口号一百首》之六十七云："轳辘声中客到门，祇凭拉手叙寒温。便从北礼分南礼，布席端推坐炕尊。"诗后有原注说："北礼以炕为尊，

---

① （清）洪都百练生：《老残游记续编》，179 页，北平，华北书局，1931。

② （清）吴振臣：《宁古塔纪略》，见商务印书馆辑《丛书集成初编》"史地类"，1935—1939 年上海商务铅印本。

③ （清）刘鹗著、陈翔鹤校、戴鸿森注：《老残游记》，80 页，北京，人民文学出版社，1963。

今南人亦然。"①小说第三回写黛玉先至王夫人正室耳房，老嬷嬷让她"上炕坐"；后写其到小正房内，王夫人又"往东让""再四携他上炕"，这些正写出炕上的起居礼数。后文如第六回写刘姥姥拜见凤姐，平儿让她"上炕"；第八回写宝玉去探望宝钗，薛姨妈请他"上炕来坐"；第十六回写贾琏乳母赵嬷嬷来到凤姐屋，贾琏、凤姐忙"叫他上炕去"；第二十四回写宝玉去向贾赦请安，邢夫人"拉他上炕坐了"，等等，皆如此礼。而富贵诗礼之家，即或家常起居，并非待客，尊卑之间，亦当遵从炕上之礼。如第五十五回写凤姐让平儿上炕同坐共食，对平儿说："过来坐下，横竖没人来，咱们一处吃饭是正经。"而平儿则"屈一膝于炕沿之上，半身犹立于炕下，陪着凤姐儿吃了饭"。凤姐对平儿虽特优礼，平儿仍不敢恃宠而骄，越礼一步。

此外，如文康《儿女英雄传》也曾多次叙及这一礼俗。比如第十二回写："一时，安太太合张太太分宾主坐下，丫鬟倒上茶来。安太太便让张姑娘上炕去坐。只听他低声款语答道：'这断不敢。'"②晚清时，此礼依然盛行。《老残游记续编》第三十四回写老残来到京城，为翁师傅诊病，走进翁府大门，"到了花厅，早见翁少爷迎下阶来，彼此一揖，让进厅堂，延升大炕。子平下边相陪"③。写宾主相见之礼，叙次井井。

其次，再说"土炕"

与贾府"高级住宅"室内装修"木炕"形成鲜明对照的是所谓"土炕"。《红楼》明笔写及土炕处，是庚辰本第七十七回"俏丫鬟抱屈夭风流"。它写宝玉私行去探看被逐卧病的晴雯——

> 他独自掀起草帘进来，一眼就看见晴雯睡在芦席土炕上，幸而衾褥

① （清）杨米人等著、路工编选：《清代北京竹枝词》（十三种），33页，北京，北京古籍出版社，1982。据路工该书"前言"，《燕台口号一百首》疑为查揆所作，查氏为浙江海宁人，生于乾隆三十五年（1770），卒于道光十四年（1834）。嘉庆九年举人，曾任顺天蓟州知州。诗作于嘉庆初年（约1789年）。如是可证，至迟在乾隆、嘉庆之际，南人或亦有"以炕为尊"之礼。

② （清）文康著、松颐校注：《儿女英雄传》，187页，北京，人民文学出版社，1983。

③ 《老残游记续编》，133页。

还是旧日铺的。心内不知自己怎么才好，因上来含泪伸手轻轻拉他，悄唤两声。

在这段文字中，庚辰本有"草帘""芦席土炕"两处六字夹批，似寓有提醒读者注目之意。甲辰本无"土炕"二字，程甲本从之，并将"草帘"改作"布帘"；梦稿本改笔，同程甲本。比对而言，这些删改，似均有悖庚辰本原抄文意。

清代北京竹枝词，对当时北京冬令以草帘御寒、土炕取暖的生活习尚，记述颇多。兹举两首：

一是佚名《燕台口号一百首》之四十五：

家家高挂却寒帘，织草编芦也未嫌。

巧绝风门随启闭，活车宛转引绳添。

（诗尾原注：贫家以芦草为门帘，又糊纸作风门，旁用铁圈作枢，引以绳，号"活车"。）①

二是褚维垲《燕京杂记》之二十一：

安排衾枕卧无床，土炕家家砌曲房。

移置砖炉深夜靠，惯熏煤气当焚香。

（诗尾原注：房寓不设床帐，砌一土炕，可卧五六人，天气寒，则从炕下熏煤暖之。）②

庚辰本第七十七回所写晴雯住处景况，适可与此两诗所咏相对看。旧时北方人习惯于炕上面铺芦席，再在席上铺以毡、毯。《老残游记》第十二回写山东齐河县一客店内炕上用物云："明间西首本有一个土炕，炕上铺满了芦

---

① 《清代北京竹枝词》（十三种），31页。

② （清）钱澄之等著、孙殿起辑、雷梦水编：《北京风俗杂咏》，52页，北京，北京古籍出版社，1982。

席，炕的中间人瑞铺了一张大老虎绒毯。"①炕上如果只有芦席，而无其他毡毯之类东西，则当是最为简陋的陈设了。元人王实甫《破窑记》杂剧第一折："（正旦唱）土炕芦席草房，那里有绣帏罗帐?"②道出"风雪破窑"凄凉况味。甲辰、程甲两本径删"土炕"二字，未见其好。前此，如第六回写庄农工狗儿家之炕、第十五回写村姑二丫头家之炕等，虽未明言，但依主人身份，玩其文意，当皆指土炕而言。

最后，说及"地炕"

庚辰本写到"地炕"处，主要有如下四例：

例一，第四十九回写诸钗商议作诗，李纨道："我这里虽好，又不如芦雪广好（按，"广"为古字，音掩，义为就山崖所建之屋）。我已经打发人笼地炕去了，咱们大家拥炉作诗。"

例二，同上回，写众人说着，"一齐来至地炕屋内，只见杯盘果菜俱已摆齐"。

例三，第五十四回写宝玉、麝月回到怡红院，"进了镜壁一看，只见袭人和一人对面都歪在地炕上，那一头有两三个老嬷嬷打盹"。

例四，同上回，贾府阖家在贾母花厅上夜宴，天已三更，"王夫人起身笑说道：'老太太不如挪进暖阁里地炕上倒也罢了。'"

末例，"暖阁里地炕"五字，蒙府、戚序、列藏各本作"暖阁里炕"，抹去"地"字；梦稿原抄亦无"地"，后另笔添之。周汝昌先生《石头记会真》之陆于此句下"按"云："暖阁炕，此乃当时曹家上下人南北语言杂见之良例。盖炕床有时竟以互代矣。"③径据蒙府、戚序本，将"暖阁里地炕"视为"暖阁炕"（亦即南语之谓"床"）。似可商。俞平伯先生《红楼梦八十回校本》从庚辰、甲辰、程甲诸本作"暖阁里地炕上"，而不取戚序底本"暖阁里炕上"④。当是。

---

① 《老残游记》，117 页。

② 隋树森：《元曲选外编》，326 页，北京，中华书局，1961。

③ 曹雪芹原著，脂砚斋重评，周祜昌、周汝昌、周伦玲校订：《石头记会真》（陆），749 页，郑州，海燕出版社，2004。

④ 俞平伯校订、王惜时参校：《红楼梦八十回校字记》，368 页，北京，人民文学出版社，1963。

地炕，也是北方一种取暖设备。前引寄旅散人《林兰香》"附录"云："大家富室，又有所谓地炕者。盖设灶于檐下，火行之道，直达室中，户槛之内，无不热之地者是也。"①清人曹庭栋《老老恒言》卷四对其构造、功用记之甚详："北方作地炕，铺用大方砖，垫起四角，以通火气，室之北壁，外开火门，熏令少热，其暖已彻昼夜；设床作卧所，冬寒亦似春温，火气甚微，无伤于热。南方似亦可效。"②两则记述，乃均指富贵之家的地炕，而非一般平民之家所能有。今天北京故宫、恭王府、颐和园等处，仍保存有地炕实物。《清末贵族之生活》一文曾这样记述清代亲王府第的"地炕"："住房在西跨院，屋内皆用尺六金砖墁地，砖面上罩桐油，砖地中空。屋外前廊（两明间）皆有地炕，上盖朱油木板，冬令在内生火，名曰'地炕'，室内温暖适度，而不见灰尘煤气。"③贾府"地炕"，当亦可作如是观。

在清人小说中，除《红楼梦》之外，别部表现北京贵族、官宦之家生活的小说，也多有"地炕"一语用例。如《林兰香》第三十回谓："原来这东屋里，乃梦卿过冬卧房。在檐下烧起火来，屋内地炕无处不热，又一般铺了毡毡。"④又如《儿女英雄传》第三十一回写安府"东次间有个炉炕，因天凉起来了，趁老爷、太太不在家，烧了烧那地炕，怕圈住炕气，敞着那炉炕板呢。那贼不知就里，一脚趿空了，咕咚一声，掉下去了。"⑤

综上是知，《红楼》一书对炕之形制、炕之功用、炕上陈设、炕上礼仪作了种种描述，而北京风土人情充盈其间，颇值得去关注，去思索。

> 2014 年 6 月 15 日初稿
> 2014 年 8 月 22 日修改

（原载《曹雪芹研究》2015 年第 1 期，收入本书时，内容略有增补。）

---

① 《林兰香》，238 页。

② （清）曹庭栋：《老老恒言》卷四，清同治九年（1870）宝善堂刻本。

③ 全国政协文史资料研究委员会：《晚清宫廷生活见闻》"附录"，332 页。

④ 《林兰香》，236 页。

⑤ 《儿女英雄传》，598 页。

《红楼梦》"木炕"补证五则

拙作《漫说〈红楼梦〉中的"炕"》①尝依朱家溍先生《〈红楼梦〉作者对建筑物描写中的真事和假语》一文，说明《红楼梦》中贾府内的炕，实指"木炕"，"而非普通人家的砖炕、土炕"，并征引数例书证，以明所以。其时，为免枝蔓，有些材料弃置未用；近日翻书，又检得几则"木炕"用例。兹择其要者，一并引录于下，以为前文补证。

其一，20 世纪 20 年代，湛庐《与延龄先生论炕》一文②，与人讨论《红楼梦》第 6 回平儿与周瑞家的接待刘姥姥是否"都坐在同一个炕上"时，曾画有一图，如右。

依小说所写，此指荣府凤姐院中巧姐居室。屋中之炕，湛庐标注为"木炕"。该文写于 1925 年 1 月 23 日，原载是年 1 月 29 日北平《京报副刊》。朱家溍文未注明写作年月，按，朱氏生于 1914 年，1946 年任故宫古物馆编纂③。其著述，多集中于二十世纪八九十年代，其中多篇文章提及"木炕"。而就其文章发表时间言，或应该说，早在 20 年代，湛庐也认为，贾府中的炕，乃为木炕。

其二，嘉庆初年，陈少海撰《红楼复梦》卷之十（第十回）写贾琏在卷棚内谢神，众人"当中间给琏二爷摆下一个小木炕，大经缎的靠枕，请琏二爷

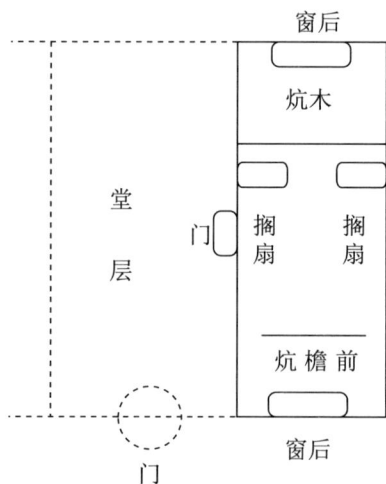

（图中文字：窗后　炕木　堂层　门　搁扇　搁扇　炕檐前　窗后　门）

---

①　载《曹雪芹研究》，2015（1）。

②　转引自吕启祥、林东海主编：《红楼梦研究稀见资料汇编》，127 页，北京，人民文学出版社，2001。

③　朱家溍：《故宫藏美》附录"朱家溍简要年表"，287 页，北京，中华书局，2014。

居中坐下"①。这当是《红楼梦》系列小说中，较早明文道出贾府中有"木炕"的一种。所以称"小木炕"，当言其简易轻便，可随意摆放也。

其三，道光年间，陈森撰《品花宝鉴》第五回写京城户部主事富三爷书房："中间用个楠木水纹落地罩间开，上手一间铺了一个木炕，四幅山水小屏，炕几上一个自鸣钟；那边放着一张方桌，几张椅子，中间放了一个大铜煤炉；上面墙上一副绢笺对子，旁边壁上一幅细巧洋画，炕上是宝蓝缎子的铺垫。"②

其四，同上书第十三回，写京中伶官套房："中间隔着一重红木冰梅花样的落地罩……上面一张小木坑，米色小泥绣花的铺垫，坑几上供着一个粉定窑长方瓷盆，开着五六箭素心兰。"③此回将前文之"小木炕"写作"小木坑"，该回下文尚有十处"炕"皆作"坑"；第十六回有一处，则"炕""坑"两字并存互用。按，坑，同"炕"。汉语大字典编辑委员会编纂《汉语大字典》"土部"："坑，同'炕'，用砖土等物砌成的床。《旧唐书·高丽传》：'其俗贫窭者多，冬月皆作长坑，下燃煴火以取暖。'"④明清小说如《金瓶梅》《红楼梦》等，"炕""坑"二字亦间或混用。

上述两则，一写富人书房，一写名伶居室，均以"小木炕"为视点，铺陈屋内摆设，叙次井井。这里所谓"小木炕"，似含有精致工巧义，与贾琏卷棚内小木炕或不尽相同。

其五，除居室、客棚陈设木炕外，清时官府中也有木炕。光绪、宣统年间，吴趼人《二十年目睹之怪现状》第七十二回，写侍郎焦理儒去谒见制台："常礼已毕，制台便拉起炕来，理儒到底不敢坐，只在第二把交椅前面站定。"卷后有张友鹤先生注云："拉起炕来——拉在炕上坐。清时官员会客的地方，上面中间有木炕，可坐两人，两旁各有四把椅子。属员谒见长官，照例只能站着或者坐在椅子上，而且不敢坐第一把椅子。如果长官拉客人上炕坐，是表示特别敬重；这时主人从侍役手中取茶亲自奉客，客人也一定要取

---

① （清）小和山樵南阳氏（陈少海）撰，孙钧、卜维义等校点：《红楼复梦》，119 页，沈阳，春风文艺出版社，1988。

② （清）陈森撰、高照校点：《品花宝鉴》，72 页，北京，宝文堂书店，1989。

③ 《品花宝鉴》，180 页。

④ 《汉语大字典》（缩印本），180 页，武汉，湖北辞书出版社，成都，四川辞书出版社，1992。

一碗茶回敬，才算完成了拉炕的礼节。"①

注文指出，在清代官署中，于官员会客处设有木炕；且炕上规矩礼节颇为整肃。民国年间，郭则沄《红楼真梦》第二十一回写宝钗笑谈贾兰在辽东节度任上的一件傻事，说"（兰儿）单找些幕僚办事，那些佐作小官和生监们，见知府都没坐位的，他偏要他们坐炕说话。"②讥笑贾兰不懂官府炕上之礼，是个"傻小子"。邓云乡先生《红楼识小录》之45《释炕》一文亦尝云："清代官僚分宾、主座，用以接待客人的、花梨紫檀大木床，也叫'木炕'，和珅查抄单中就有'镂金八宝炕'二十座。"③又，据清薛福成《庸盦笔记》卷三"查抄和珅住宅花园清单"附录"清单"载，其中有"镶金炕床（二十床）""镶金八宝炕床（一百二十床）"④，与邓文所引略异。《红楼楼》所写，主要系贵族之家家居炕上规矩，至若官府中"拉炕"礼节，则未曾触及。

以上数则，多为文献书证。联系"漫说"前文来看，在诸多例证中，有清人及近代小说文本中"木炕"用例（如陈少海《红楼复梦》、陈森《品花宝鉴》、邗上蒙人《风月梦》、刘鹗《老残游记续编》等），有对木炕用语的诠释（如寄旅散人《林兰香》附录、张友鹤《二十年目睹之怪现状》注释等），有文献史料的介绍（如载涛《清末贵族之生活》），等等。凡此种种，确凿不移，当对读者认识《红楼梦》中木炕形制、认识清代家居及官署炕上会客之礼，均不无助益。似可以说，在明清小说描述"炕""床"之历史变迁中，《红楼梦》中"木炕"的出现，自有其特殊意义。对此，或可继续讨论。其中也许有更多的文化内涵，值得去寻觅，值得去玩味。

2015 年 8 月 10 日初稿

2015 年 10 月 11 日修改

（原载《曹雪芹研究》2016 年第 2 期）

---

① （清）吴趼人著、张友鹤校注：《二十年目睹之怪现状》，575、581 页，北京，人民文学出版社，1963。

② 郭则沄撰、华云点校：《红楼真梦》，238 页，北京，北京大学出版社，1988。

③ 邓云乡：《红楼识小录》，257 页，太原，山西人民出版社，1984。

④ （清）薛福成：《庸盦笔记》卷三，63 页，南京，江苏人民出版社，1983。

烦恼多是"自惹"的

《红楼梦》贾府中人，从主子到奴仆，上上下下，似乎人人都有烦恼：而在作者看来，这些烦恼，大多是人们"自惹"的。

且先看几例作者的有关表述和对一些人物的考语。程甲本第五回"贾宝玉神游太虚境"，警幻仙姑甫登场，乃作歌曰："春梦随云散，飞花逐水流；寄言众儿女，何必觅闲愁。"闲愁，这里乃指因情而生的烦恼。这一词语，当出自元人王实甫《西厢记》第一本楔子莺莺唱词："花落水流红，闲愁万种，无语怨东风。"第二本第四折莺莺唱词，又有"离恨千端，闲愁万种"两语。王希廉"双清仙馆评本"《红楼梦》称第五回"是一部书之大纲领"，是则，警幻仙姑歌"寄言众儿女"云云，乃不特专为告诫大观园中众儿女，亦寓有提醒阅者之意。甲戌本于歌末有脂批曰："将通部人一喝。"张新之"妙复轩评本"亦谓："此歌是正言警省处。"

再如，同上回，写太虚幻境中"薄命司"对联："'春恨秋悲皆自惹，花容月貌为谁妍。'宝玉看了，便知感叹。"此联语，切合"薄命司"匾义。"皆自惹"三字，引人注目，当昭示大观园中诸钗遭际之"愁"之"恨"之"悲"皆因"情"而"自惹"，莫怨他人。有学人认为，"便知"实是"便自"，"知"当作"自"，系音近致误①。

又如第三回，写书中"主脑"（"东观阁本"评语）贾宝玉首次出场，作者假托后人作《西江月》词二首评说其"底细"，首两句曰："无故寻愁觅恨，有时似傻如狂。"点出宝玉性格特征，"令观者着意"。比较"薄命司"联语上句"春恨秋悲皆自惹"，语义似更进一层。

还有，如第二十四回回目下句作"痴女儿遗帕惹相思"。"痴女儿"乃指

---

① 转引自郑庆山：《红楼梦的版本及其校勘》，653 页，北京，北京图书馆出版社，2002。

小红，此回曾写及小红与贾芸一段恋情。梦稿、舒序本卷首总目均写作"惹相思"，而分目则作"染相思"，列藏本总目与分目都作"染相思"；其他脂抄本及程刻本系列，与程甲本同。"染"与"惹"词义相近，均可作"沾染"讲。"染"用于此，当为佛语。项楚先生《敦煌变文选注》谓："佛经称贪恋外物为'染'。"《持世菩萨》经文："多少往来沉溺者，皆因染欲失根源。"①《全唐文》卷八百一十三公乘亿《魏州故禅大德奖公塔碑》："慈悲是念，色相皆空，端然不动，岂染尘蒙。"尘蒙，譬如烦恼。周汝昌先生校订批点本《石头记》（漓江出版社 2009 年版）、汇校本《红楼梦》（人民出版社 2006 年版）第二十四回总目、分目下句均取"染"字。

上列诸例中，"觅闲愁""皆自惹""寻仇觅恨""惹（染）相思"等语词，作者当都做了刻意修饰和精心选择，以加深这些语词的感情内涵，意在警悟阅者：人生之悲怨、苦痛、愁闷、挂虑等种种烦恼，都是人们自己招引、自己寻觅、自己挑起的。这种认识，比较切合王国维《红楼梦评论》所说书中人物的苦痛乃由于"自造"的说法②。

其次，再看书中人物的言语。这里，有人物的自镜自厉。比如第二十二回，宝玉谈禅，黛玉、宝钗相诘，宝玉皇然自悔："自己想了一想：原来他们比我的知觉在先，尚未解悟，我如今何必自寻苦恼。"也有对他人的告诫。如第二十回，写贾环与莺儿赶围棋，输钱放赖，便哭闹起来。宝玉说："大正月里，哭什么？这里不好，到别处玩去。……你原是来取乐的，倒招的自己烦恼，不如快去呢。"东观阁批，称宝玉此语为"妙论"；王希廉、姚燮评"大观琐录本"姚氏眉批对此又加以发挥，而评曰："因寻快乐而招烦恼，天下事往往如斯。即吾身之所阅，亦非一端矣。"还有，如第四十八回"慕雅女雅集苦吟诗"，写香菱学诗入魔，"茶饭无心，坐卧不定"，宝钗说她："何苦自寻烦恼？都是颦儿引的你，我和他算账去。"

依程本的描述，黛玉因自寻烦恼、自造苦痛，终至泪尽而逝的悲剧故事，最具典型意义。虽然黛玉说过"事若求全何所乐"一句古语，显示其通达的一面；但是，多愁善感，则是她性格的主要特征。第九十一回写宝玉与黛

---

① 项楚：《敦煌变文选注》，607、611 页，成都，巴蜀书社，1990。

② 俞晓红：《王国维红楼梦批论笺说》，64 页，北京，中华书局，2004。

玉曾有一番关于人生烦恼的议论：

> 只见宝玉把眉一皱，把脚一跺，道："我想这个人，生他做什么！天地间没有了我，倒也干净。"黛玉道："原是有了我，便有了人；有了人，便有无数的烦恼生出来，恐怖、颠倒、梦想，更有许多缠碍。"

在黛玉看来，人的诸多烦恼，乃是与生俱来的，如影随形，无可摆脱。为此，作者第二十七回写她素日"无事闷坐，不是愁眉，便是长叹"，"常常的便自泪不干的"。第四十九回写她因想起身世孤单，"不免又哭了"，宝玉劝道："这又自寻烦恼了……每天好好的，你必是自寻烦恼，哭一会子，才算完了这一天的事。"把"自泪自干""自寻烦恼"，当作"一天的事"，无异于一种"精神的煎熬"。尤其是，因黛玉不懂世情，凡事都要认真，则更添其无端的烦恼。明人冯梦龙《古今笑自叙》云："古今来原无真可认也，无真可认，吾但有笑而已矣；无真可认，而强欲认真，吾益有笑而己矣。"这代表晚明文人的一种生活态度。《红楼梦》第九十三回写甄府包勇对贾政说：我们老爷"因为太真了，人人都不喜欢"。此上"大观琐录本"有姚燮眉批云："可知存心太真，亦是世上行不去的。"第八十二回"病潇湘痴魂惊恶梦"，即写惜春批评黛玉："林姐姐那样一个聪明人，我看他总有些瞧不破，一点半点儿都要认起真来。天下事那里有多少真的呢？"几句"见道之言"，"惩躁雪烦"，道出黛玉凡事太过认真、太多计较，不知事过宁心的人生态度。陈其泰《桐花凤阁评红楼梦》眉评，称之为"透顶语，是此书本旨"。

这里，应指出的是，早期脂抄本曾有过一段偶尔表现黛玉"通达"的描写。庚辰本第七十六回"凹晶馆联诗悲寂寞"写黛玉、湘云两孤女中秋赏月，先是黛玉"对景感怀，俯栏垂泪"，湘云宽慰她："你是个明白人，何必作此形像自苦。"后来湘云诉说有许多"不遂心"之事，黛玉则劝她："不但你我不能称心，就连老太太、太太以至宝玉、探丫头等人无论事大事小，有理无理，其不能各遂其心者，同一理也，何况你我旅居客寄之人了。"两段描写，约计二百字。蒙府、戚序、梦稿、列藏各脂本，也有这两段文字，唯甲辰、程甲本删夷。冯其庸先生对黛玉这番"达语"颇为赞赏，他在其《瓜饭楼重校评批〈红楼梦〉》夹批中说："说得极好，极是。'自是人生长恨水长东'也，岂能求事事遂心，如不能悟此，则自寻烦恼多矣。"①

其实，在现实生活中，既通达又多愁的人，并不鲜见。20 世纪 30 年代，"新月派"女诗人方令孺（1897—1976），便是一例。女作家赵清阁（1914—1999）曾与方为邻，她写道："（方令孺）诗人气质很重，她既有胸襟豁达的一面，也有点多愁善感，孤僻倨傲。她交往的人不多，常常独自待在屋里沉思默想，好端端地会忽然落泪。"②赵先生亦尝自言"喜欢孤僻""喜欢寂静"。她于 1944 年至 1945 年，曾将整部《红楼梦》改编为《诗魂冷月》《雪剑鸳鸯》《流水飞花》《禅林归鸟》四幕话剧③。显然，在她笔下，三四十年代的方令孺，依稀有林黛玉的身影。

《红楼梦》对人生"自惹烦恼"的描述，实有其医学、心理学和佛学的依据。如《寿世传真》卷三云："知事未尝累人心，乃人心自累予事，不肯放耳。"《寿世保元》乃要求人们"物来顺应，事过宁心"。而佛教称贪、嗔、痴为"三毒"，通摄三界一切烦恼。《大智度论》卷三十一谓："三毒为一切烦恼之根本，亦由吾我。"

如何认识烦恼，实是对人生的一种体验和解悟。宋代词人辛弃疾《贺新郎·再赋海棠》词："叹人生，不如意事，十常八九。"意谓人生在世，常常会有不遂心之事。后人小说，如《寻芳雅集》、《金瓶梅》第十八回、《醒世恒言》卷三十二、《巧联珠》第六回等，多曾引用辛词结末两语，以警省世人。元人马致远《陈抟高卧》杂剧第三折《滚绣球》曲唱："本居林下绝名利，自不合刚下山来惹是非。"此则是对人生经历的一种体验。《红楼梦》第二十五回"通灵玉蒙蔽遇双真"写癞和尚所持诵通灵玉诗，与此曲词句义相通。小说写和尚拿玉叹道："青埂峰下别来十三载矣！可羡你当日那段好处：'天不拘兮地不羁，心头无喜亦无悲。只因锻炼通灵后，便向人间惹是非。'"洪秋蕃《红楼梦诀隐》评云："夫人伏处草茅，不求闻达，闲云野鹤，无是无非。一

<hr>

① 曹雪芹著、冯其庸重校评批：《瓜饭楼重校评批红楼梦》，1339 页，沈阳，辽宁人民出版社，2005。

② 唐山：《方令孺：闻一多曾爱过的女诗人》，载《北京晚报》，2016-12-23。

③ 参见一粟：《红楼梦书录》，410 页，上海，上海古籍出版，1981。傅光明：《赵清阁与〈红楼梦〉的未了缘》，载《曹雪芹研究》，2011（2）。

自学成通籍，即不能与世无忤。醒世之言，不专为宝玉说法也。"晚明一些文人的作品尤多对人生道理的领悟，对烦恼根由的思量。如陈继儒《小窗幽记》卷四云："烦恼之场，何种不有，以法眼照之，奚啻蝎蹈空花。"其《安得长者言》又说："乘舟而遇逆风，见扬帆者，不无妒念。彼处顺境，于我何关？我处逆境，于彼何与？究竟思之，都是自生烦恼。天下事大率如此。"冯梦龙《情史》卷七"杨政"篇末有情主人评曰："人生烦恼、思虑种种，因有情而起。浮沤、石火，能有情几何，而以情自累乎？自达者观之，凡情皆痴也。"此一看法，与《唯识论》六"诸烦恼生，皆因痴故"的观点适相一致。

前人这些对人生道理的体悟，亦可为后世之津梁。冯之浚先生在其题为《中国人的人生智慧》的"光明讲坛"中指出：人们要学会"正确分辨烦恼，不要让无谓的烦恼所遮蔽，影响了自我的判断"，这是"认识自己的一个关键"。他说明："有心理学家对烦恼进行了数字化分析，以为人们的烦恼中，有40%属于杞人忧天；30%是为了怎么烦恼也没有用的既定事实；另12%是事实上并不存在的幻想；还有10%是日常生活中微不足道的小事。也就是说，我们的心中有92%的烦恼都是自寻的。"①正确"认识自我""磨炼自我"，这也是中国人的生活"智慧"。古今一理，盖可得而察焉。

2016 年 12 月 20 日初稿

2017 年 1 月 20 日修改

（原载《曹雪芹研究》2017 年第 3 期）

---

① 冯之浚：《中国人的人生智慧》，载《光明日报》，2007-06-07。

如何看待这些数字异文

在《红楼梦》前八十回中，有多处关于"数字"的表述；而比勘程本与脂抄诸本，有些数字，各本之间，则差异较大。对此，一些红学同仁，对某些词语曾展开过一番讨论。

这里，我们先将相关例证，略作梳理，列表如下，以便比对。

回次／版本／例句	二十五	三十	四十二	四十八	五十三	五十七	七十九
庚辰本	（赵姨娘）写了个五百两的欠契	①（宝玉）又把好妹妹叫了几万声 ②（龄官）画了几千个蔷	①（刘姥姥）念了几千声佛 ②（刘姥姥）又念了几千声佛	（香菱说）念在嘴里倒像有几千斤重的一个橄榄	（雹灾）方近一千三百里地	（宝玉）直呆了五六顿饭工夫	（宝玉）又接连说了一二百句不敢
甲戌本	（同庚辰）	（自此回下均缺）					
己卯本	（此回缺）	（以下四回缺）				（同庚辰）	（此回缺）
蒙府本	（同庚辰）	（均同庚辰）	①几千声佛作"几千佛" ②（同庚辰）	（同庚辰）	（同庚辰）	五六顿作"一顿"	不敢作"不敢当"
戚序本	（同庚辰）	①几万声作"几十声" ②几千个作"几十个"	（均同蒙府）	（同庚辰）	（同庚辰）	（同庚辰）	（同蒙府）

续表

回次 版本\例句	二十五	三十	四十二	四十八	五十三	五十七	七十九
甲辰本	五百两作"五十两"	①（同庚辰） ②（同戚序）	①（同蒙府） ②几千声佛作"几千佛"	（同庚辰）	一千三百里作"二三百里"	（同庚辰）	（同庚辰）
舒序本	（同庚辰）	①几万声作"几声" ②（同庚辰）	（自此回下均缺）				
列藏本	（同庚辰）	（均同庚辰）	（均同蒙府）	几千斤重作"千斤重"	（同庚辰）	（同庚辰）	（同庚辰）
梦稿本	原作"五百欠契"，后改为"五十两欠约"	①原作"几万声"后点删"万"字 ②（无此句）	（原稿此回及下回缺）		（同甲辰）	原作"五六顿"后改为"一顿"	原作"接连说了一二十句不敢当"后删改为"连说不敢"
程甲本	（同甲辰）	（均同戚序）	（均同甲辰）	（同庚辰）	（同甲辰）	（同蒙府）	连说了一二百句不敢作"连说不敢"

对表中所列的第三十回、四十二回、七十九回五例数字异文，当如何索解，意见颇不一致，主要有这样三种说法：

较早者如曲沐先生，他在《从文字差异中辨真伪、见高低——与蔡义江先生讨论程本脂本问题》一文中，以"几十声"与"几万声"、"几十个蕾"与"几千个蕾"等为例，认定程本为"真"为"高"，保存了"原稿面貌，而艺院本（即庚辰本）则是对程本"有意妄改"，"无聊的夸大"，以之作为其"程前脂后"说的一条力证①。

---

① 曲沐：《从文字差异中辨真伪、见高低——与蔡义江先生讨论程本脂本的问题》，载《明清小说研究》，1994（2）（3）。

刘世德先生《〈红楼梦〉版本探微》卷下"龄官画蔷"一节，则通过细节的描述和版本的比勘，逐层辨析，指出龄官画蔷，一受其"花下"具体地点的限制，一受龄官"娇嫩"手指的生理条件的限制，实在难以画出几千个"蔷"，而判定"'千'字原来是'十'字的形讹"。戚序本、甲辰本、程甲本和程乙本正作"几十个"，故此断言这"几十个"，"于当时的情景方算符合"①。

针对刘先生所说，陈熙中先生在其《龄官究竟画了多少个"蔷"？——读〈红〉零札》一文中，联系上表所列第三十回例①及第四十二回、七十九回例作为旁证，而认为画"几千个蔷"、叫"几万声"、说"一二百句不敢"、念"几千声佛"等，"都是曹雪芹的原文"，运用的"都是艺术夸张的手法"；反之，"几十个蔷""几十声""一二十句不敢"，则"都是后人的改文"②。此前，邓遂夫先生校订的《脂砚斋重评石头记庚辰校本》第四卷，亦曾以第七十九回"一二百句不敢"为例，说明"这是古今皆然的一种夸张修辞法"，"绝妙地体现了曹雪芹行文之幽默情趣"。③

"几十个"与"几千个"两说，都有版本依据，其所以解读有歧义，或许与对所谓艺术夸张的理解不同有关。

一般认为，所谓夸张，本是文艺创作的一种常见的、重要的修辞手法。一些修辞学著作，将其分为数量夸张、状态夸张、程度夸张等不同类别，而称之为"积极修辞"④。上表所列文句，凡七回九例，显然都属于数量的夸张。除这些例句外，《红楼》中还有不少此类铺张夸饰的句子，不妨再举庚辰本中几例，以作玩索比较。

例（1），第六回写周瑞家的介绍凤姐说："少说些有一万个心眼子，

---

① 刘世德：《〈红楼梦〉版本探微》，338 页，上海，华东师范大学出版社，2003。

② 陈熙中：《龄官究竟画了多少个"蔷"？——读〈红〉零札》，载《中国古代小说研究》第三辑，186 页，北京，人民文学出版社，2008。

③ 邓遂夫校订：《脂砚斋重评石头记庚辰校本》第四卷，1462 页，北京，作家出版社，2006。

④ 见陈望道：《修辞学发凡》，134 页，上海，新文艺出版社，1954；张弓：《现代汉语修辞学》，117 页，天津，天津人民出版社，1963。

再要赌口齿，<u>十个</u>会说话的男人也说他不过。"

例（2），第九回贾政因说道："那怕再念<u>三十</u>本《诗经》，也都是掩耳盗铃。"

例（3），第三十四回写黛玉"心中虽有<u>万句</u>言词，只是不能说得。"

例（4），同上回，写黛玉笑说宝钗："就是哭出<u>两缸</u>眼泪来，也医不好棒疮。"

以上几例，数量表述，各本皆同，无任何改动，说明对这些夸张数字，人们完全认可，并无异议。而相与比较，表中所列例证，别说镌板印本，即便在所谓的早期脂抄本中，也多有改易，无一本与庚辰本全同者。为何会造成这种歧异，其中原因，或者有二：

一则，如修辞学家陈望道先生所说，"历来讲铺张辞的常列有许多限制"，"不致误认为事实"①。刘勰《文心雕龙》"夸饰"篇就提出了运用夸张应"夸而有节，饰而不诬"的原则，反对"夸过其理"。也许，正因如此，有些《红楼》整理者，以为一些抄本"原文"数字表述，夸饰过度，有违常情，于是，对某些数字做了改动。即使当今一些红学专家的校订本，也并非拘拘于某一定本，而往往别采他本，仁智各见，择善而从。如蔡义江先生校订本《红楼梦》，第三十回即将庚辰本"几万声"，以戚本径改作"几十声"、"几千个蔷"改作"几十个蔷"，第七十九回"一二百句"依梦稿本原文改笔"一二十句"②。中国艺术研究院红研所以庚辰本为底本的校注本，1982 年版亦将"一二百句"改作"一二十句"；后为人诟病，2008 年版又改"十"为"百"，存其原貌。再如周汝昌先生校订的《石头记会真》，其"定文款式说明"谓其"定文所从本"也"数目不一"，不固定一本。据此，他"汇校"的八十回本《红楼梦》，乃将庚辰本"几万声"依戚序本写作"几十声"，"几千个蔷"写作"几十

① 《修辞学发凡》，135 页。

② 蔡义江校注：《红楼梦》，394、399、1104 页，杭州，浙江文艺出版社，1993。后来蔡氏《蔡义江新评红楼梦》，除第七十九回保存庚辰本原笔外，另两例改文，同其校注本，343、348、915 页，北京，龙门书局，2010。

个蔷",第四十八回"几千斤重"据列藏本写作"千斤重"①。蔡周两位先生的
"校订",不取较早的庚辰本,而从戚序本,自有他们的考量,有他们的校订
理路,似乎无可厚非。而相反的是,俞平伯先生的《红楼梦八十回校本》,本
来以戚序本为底本,而第三十回则从庚辰本将"几十声"改作"几万声"、"几
十个"蔷改作"几千个"蔷②。由此可见,诸位校订者所说"择善而从"的取舍
标准,是有明显差异的。

二则,从修辞学史而言,因为运用数量夸张法而引发争议之事,时
有所见。据载,宋人就曾对杜甫《古柏行》"霜皮溜雨四十围,黛色参天
二千尺"两句所用夸张手法问题展开过论争。反对者如科学家沈括,照
字直解,认为"四十围乃是径七尺,无乃太细长乎"?有的批评者也说:
"武侯庙柏今十丈,而杜工部云黛色参天二千尺,古之诗人好大其事,
大率如此。"而为杜工部辩护者,又有两种意见,一种主张用"古制"来计
算:"则径四十尺,其长二千尺宜矣,岂得以太细长讥之乎?"实际恐怕
还是拘泥于"形迹"和字面意义,未能领略铺张辞的真意。多数诗话则注
意从修辞技巧角度来理解杜诗,如说:"四十围二千尺者,亦姑言其高
且大也,诗人之言当如此。"有的并引孟子"不以文害辞,不以辞害志"语
来强调杜诗乃"激昂之语,不如此则不见柏之大也"。可见,理解这两句
杜诗,是将其视为"诗人之言",还是拘泥于数学统计,观点不同,视角
有别,对数量夸张法的认识,也就会有不同③。这对我们认识"龄官画
蔷",是否也会有某种借鉴意义呢?

而有意思的是,一些红楼评点家,似乎并不计较龄官究竟画了多少

① 曹雪芹原著,脂砚斋重评,周祜昌、周汝昌、周伦玲校订:《石头记会真》(壹),
2页,郑州,海燕出版社,2004;改笔引例,见周汝昌"汇校"八十回本《红楼梦》,297、
301、482页,北京,人民出版社,2006。

② 曹雪芹原著,俞平伯校订、王惜时参校:《红楼梦八十回校本》(上),315、320
页,北京,人民文学出版社,1963;其《校字记》第164、168页。

③ 详见清仇兆鳌《杜少陵集详注》卷十五《古柏行》注引资料,《修辞学发凡》,132
页;易蒲、李金苓:《汉语修辞学史纲》,343～345页,长春,吉林教育出版社,1989;
邢福义:《国学精魂与现代语学》,载《光明日报》,2006-08-08。

个"蔷"，更关注的是龄官画的什么字和她画字时的情状。《大观琐录》本于龄官画了几十个蔷眉端，有姚燮批曰："蔷字之外，可知其胸中别无他字，就是几百个，也不过是个蔷字。"称道它"写得入情入理，非用笔琐碎也。使粗心为之，必曰看其笔画起落，却原来是一个蔷字，二语可以了之，尚有何味耶?"王伯沆亦云："写看画'蔷'，又全为'痴'字颊上添毫"，"有离合，有韵致"，"精思秒笔，真可洞铁。"《红楼》是一部长篇小说，在其传抄过录、辗转流传中，整理者对书中一些数字表述做些修改，也是很自然的。

还有，如果从版本比勘看，如表所示，九例异文，各脂本之间，也不尽相同。及至程甲本，九处改笔，有四例同甲辰、两例同戚序、一例同庚辰、一例同蒙府；另有一处，即第七十九回例，则与诸脂本独异，而与梦稿本改笔同。之后，程本系列，如东观阁本、王希廉评本、张新之评本、金玉缘本等，除蝶芗仙史评订本"几十声"作"数十声"外，其余各本，则整齐划一，均同程甲本。

此外，尚应提及的是，由这些数字异文，也许可以从一侧面窥知《红楼》版本流变的一些蛛丝马迹。学界多认为庚辰本是雪芹生前流传的三脂本之一，有学者甚至认定，它是作者"生前的最后定稿本"。从其上列数字表述看，大都偏大偏多。雪芹身后出现的传抄本，现见有七种，习惯上也称之为早期传抄本。其中与本文相关的六种本子，比之庚辰本，除第四十二回两例，其余七例数量表述，则由多而少，自大而小，均有改易。之后，大量面世的镌板印本，多属程甲本系统，其表述数量的文字，有一例同庚辰，一例自行作改，余则或同六抄本中某一种本子，数字大都少而小。至此，这些数字改笔，似已成定准，而为广大读者所认同、所接受。由此可以看出，这些数字异文，呈现出《红楼梦》一书由所谓"定稿本"、而传抄本、而刻印本不同阶段的一些书稿面貌。这似乎也颇值得玩味。

〔附说〕 十八笔"蔷"字

小说明白交代，龄官所画蔷字为"十八"笔，各本多同，唯戚序本作"十七"笔，俞平伯先生校订之戚本，从庚辰、甲辰、程甲本改为"十八笔"。今之通行辞书，如《辞源》《汉语大字典》等，繁体"蔷"字，皆作"十七笔"。评者多以为，"蔷"下部"回"字，或写作"囘"，则合十八笔。世德先生并说，"十八笔"写法，乃曹雪芹书写习惯，出自作者原稿。上述辞书，不见十八笔"蔷"字，台湾《中文大辞典》第二十九册"艸"部十三画"蔷"字下，所收字形有十八笔"蔷"字，为明人唐寅写法（见书影1）。唐寅（1470—1523）字伯虎，号六如居士。其书法作品，有《落花诗》卷、《吴门避暑诗》幅等。评者或以为，雪芹写黛玉葬花，其构思当受唐寅"锦囊"葬花事启迪（本事见《唐伯虎轶事》卷三"诗话"）。上引《大辞典》十八笔"蔷"字，乃出自故宫博物院藏《唐寅自书词》之《锦衣公子》（见书影2）。《唐伯虎全集》（中国书店1985年据大道书局1925年版影印本）卷四"词"《黄莺儿》（即锦衣公子）收录此词。查检相关脂抄本，庚辰本与己卯本第三十回"蔷"字各出现6次，其中，庚辰本"蔷"字出现2次，"蔷"字4次，己卯本"蔷"出现5次，"蔷"字1次；王府本、戚序本与甲辰本"蔷"字各出现8次，均写作"蔷"，无一例写作"蔷"。程刻本系列，程甲本与程乙本"蔷"字各出现8次，其中"蔷"字出现5次，"蔷"字3次；而东观阁本，"蔷"字出现8次，仅1例作"蔷"，其余7例均作"蔷"。据此看来，无论是脂本传抄时期，还是程本刻印时期，异体"蔷"字，都曾一度在社会上流行。曹雪芹如此书写，或既有前人源渊，也当是其时社会上一种流行写法。《红楼》细节描写，真实细密，耐人寻味。

书影1

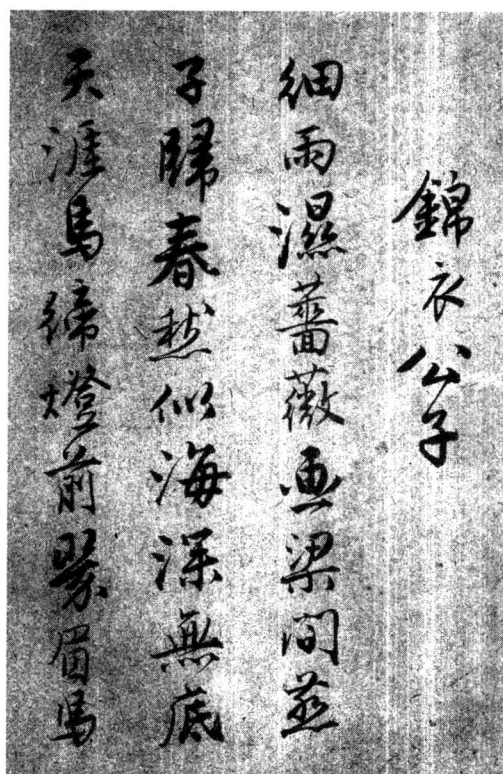

书影 2

2011 年 9 月初稿

2018 年 6 月二稿

《红楼梦》及其续书与明清小说中的张家湾

——兼谈《红楼梦》之"地舆"避讳

在红学界，如果谈及"曹雪芹家族与张家湾"这一话题，相信多数读者首先想到的是，曹雪芹父辈在通州曾有典地六百亩，在张家湾有当铺一所①。这是有案可稽的，似乎没有争议。而至于说，"红楼梦与张家湾"有何关系②，则迄今未见直接文献记载，小说文本中也没有明笔交代，更不见"张家湾"字样。读者意欲明了两者关系，解开这一道"考题"，或只可按诸文本，开扩视野，另辟蹊径，凭依想象，于小说"夹缝"中去寻觅③，于所涉历史地名中去考索，于相关别部明清小说中求得佐证。

而与《红楼梦》原著着意用"掩迹"之笔不同，多种《红楼梦》续书，则不加掩饰，对张家湾的方位、里距、环境、民俗作了直白描述，传承着一种不断的历史文脉。而《红楼梦》之前及与其同时出现的一些明清小说，对张家湾或隐或显的叙写，则对读者认识《红楼梦》与张家湾的关系提供了具体参照，

---

① 康熙五十四年七月十六日"江宁织造曹頫覆奏家务家产折"，见故宫博物院明清档案部编：《关于江宁织造曹家档案史料》，132 页，北京，中华书局，1975。

② "曹雪芹家族与张家湾""红楼梦与张家湾"两个议题，均见北京市通州区张家湾镇人民政府 2015 年学术会议邀请函。5 月函，会议主题为"红学文化与张家湾"，共 5 个议题，末一题是"红楼梦与张家湾"；8 月通知，主题改为"曹雪芹与张家湾"。这一改动，足见主办方的良苦用心。笔者曾有幸被邀参会，后因故未去参加。这篇文章，即据 5 月函中末一议题之意草拟而成。

③ （清）曹雪芹、高鹗著，张新之评《妙复轩评石头记》第十二回回末评："前半之妙，妙在无文字处……夹缝中有许多事迹在。"（见《妙复轩评石头记》，418 页，北京，北京图书馆出版社，2002 年影印本。）（清）魏子安《花月痕》第十五回写韦痴珠说："人人都看《红楼梦》，难为你看得出这没文字的书缝，好在我批的书没刻出来，不然竟与你雷同。"（见《花月痕》，214 页，福州，福建人民出版社，1981。）

也不失为一种重要的思考方向。

一

据甲戌本第四回"护官符"谚俗旁小注，贾、史、王、薛"四大家族"，现原籍金陵（南京）住者共三十八房；其中贾、史、王三家，现居都中者共二十房①，薛家则在京城有几处生意。又据第五回"金陵十二钗"正、副、又副三等籍册核之，金陵一地，当有三十六钗。文中明白写到的十五人中，袭人为京师人，巧姐则生于京城；香菱、妙玉为姑苏（苏州）人，黛玉亦本贯姑苏，后随父至维扬（扬州），诸钗现均在都中。《红楼梦》续书清兰皋主人《绮楼重梦》云："贾园诸人虽流寓北都，实皆籍隶建康（南京）。"②

那么，贾府这些分居京城与江南两地的亲眷，又如何往来呢？小说中曾多次写到他们往返于京城与扬州、南京时，多乘舟船，惯走水路，绝少陆行。然而，他们进京时，在哪里弃船登岸；而离京时，又在何处下轿（车）乘舟，作者却都故意闪烁其词，作了模糊处理，不予具体指认。这类表述，通书主要有六处。现予摘举并略作简说于下。

一、庚辰本第三回"林黛玉抛父进京都"，写黛玉洒泪别父：

> 随了奶娘及荣府几个老妇人登舟而去。雨村另有一只船，带两个小童，依附黛玉而行。有日到了都中，进入神京……黛玉自那日弃舟登岸时，便有荣国府打发了轿子并拉行李的车辆久候了……自上了轿，进入城中，从纱窗向外瞧了一瞧，其街市之繁华，人烟之阜盛，自与别处不同。③

---

① 脂抄诸本，除庚辰、舒序本外，其余各本均有此小字注文（己卯本为夹条），唯文字稍异。此据甲戌本，见《脂砚斋重评石头记》，104 页，北京，人民文学出版社，2010 影印本。

② （清）兰皋主人著，印加点校：《绮楼重梦》，312 页，北京，北京大学出版社，1990。

③ （清）曹雪芹著：《脂砚斋重评石头记》（庚辰本），51，52 页，北京，人民文学出版社，1975 年影印本。下文三处引本书例，不另注。

这是《红楼梦》首次以暗笔触及张家湾，关乎其方位与行程。文中"都中"二字，甲辰本、程甲本作"京都"，并删去"进入神京"一语；其他脂本，均同庚辰本。都，义谓国都、首都。《释名·释州国》云："国城曰都。言国君所居，人所都会也。"评者或谓："这里说的'都中'包括京畿，即京城周围地区。神京，即京城。"①按诸地志，张家湾即属京畿辖区（详见后文第四节）。如是，则黛玉进京由扬州乘船北行，至京畿弃舟登岸，后坐轿进入城中。一路行程，叙次历历。唯于其舟舆转换处，一抹而过，不愿点明。

同时，黛玉此番进京，路上走了多少时日，亦未及一字。几位红学前辈，对此则颇感兴趣，提出不同看法。先是周绍良先生在其《〈红楼梦〉系年》一文中说，黛玉自维扬启程，当在九月初二，"估计船行约一月以上"，于冬令十月入都②。秦淮梦先生《红楼梦本事编年新探》同意"系年"说法③。而邓云乡先生《黛玉进京》一文则认为，黛玉进京时日不会晚于八十九天或八十八天。他据明末清初史学家谈迁《北游录》所记推算，谈迁于顺治十年（1653）七月十一日从扬州开船，十月初十到北京，在路上共走了八十九天；顺治十三年（1656），由北京回江南，是二月初七动身，五月初六到扬州，共走了八十八天。"因而可以想到黛玉当年乘船由扬州到京都，路上的时日也和这差不了多少，肯定不会再快。"④言之凿凿，似可采信。

然周邓二位所说，相差约一个多月，悬殊比较大。哪种说法，更切近实际呢？细检《北游录》"纪程"与"后纪程"两卷所记，乃知谈迁往返京师时，途中约共计三十余次访问历史遗迹，搜寻史料，回南时并不时避让满洲官舟和江南贡舫⑤，这些，都难免耽搁时日。而黛玉进京，则为投亲，而非游赏

---

①　中国艺术研究院红楼梦所校注：《红楼梦》，36 页，北京，人民文学出版社，2008。

②　周绍良：《红楼梦研究论集》，3、4 页，太原，山西人民出版社，1983。

③　秦淮梦：《〈红楼梦〉本事编年新探》，33 页，北京，中国文联出版社，2002。

④　邓云乡：《红楼识小录》之 18"黛玉进京"，104 页，太原，山西人民出版社，1984。

⑤　（清）谈迁著、汪北平校点：《北游录》，14～44 页，134～147 页，北京，中华书局，1960。

名胜，其所乘船只，依邓云乡先生所说，当系荣府自家官船。因之，比较谈迁进京路上时日，肯定会快。近读周进先生《紫禁城》一书，写明永乐年间，钦差道衍与阮安到京，营建紫禁城。两人乘船离开南京，由长江进入大运河，一个月后，到了宝应；又"一个月之后，钦差的官船迎着凛冽的寒风，缓缓地驶入通州张家湾码头"①。据《清史稿》卷五十八"地理五"及卷一百二十七"河渠二"载，宝应属扬州府，在府北二百四十里，西有运河；运河自京师，下达扬州，南北二千余里。道衍由南京到通州张家湾，水路行程，不过两个多月。又据明人张得中《北京水路歌》，结末写其由家乡宁波乘船经大运河至京师云："我本江南儒，宦游至于此。所经之处三十六，所历之程两月矣。共经水闸七十二，约程三千七百里。"②宁波至京三千七百里，行程两月，可与《紫禁城》所说相参照。由此推知，黛玉自扬州进京，比之道衍、张得中所走时日，自然会快，应当不会超过两个月。周绍良先生说法，或更切理。当然，邓云乡先生曾坦言，这些只"是按照历史情况的猜想，并非完全事实，因为那究竟是小说呀！"③

二、庚辰本第十二回，写林如海身染重疾：

> 写书特来接林黛玉回去……作速择了日期，贾琏与林黛玉辞别了同人，带领仆从，登舟往扬州去了。

列藏本此回回尾缺残，"同人"二字，梦稿本作"贾母等"，甲辰、程甲本作"众人"，三本所改，是也。黛玉此次南行，当与前番进京，路径相同，方向相反。

三、庚辰本第四十八回，写香菱向黛玉学诗，读到王维《辋川闲居赠裴秀才迪》诗中"渡头余落日，墟里上孤烟"两句，忆起当年"上京"光景：

---

① 周进：《紫禁城》，58 页，北京，北京日报出版社，2015。

② 转引自尹钧科：《什刹海与京杭大运河》，119 页，北京，当代中国出版社，2014。

③ 《红楼识小录》之18"黛玉进京"，108 页。

我们那年上京来，那日下晚，便湾住船，岸上又没有人，只有几棵树，远远的几家人家作晚饭，那个烟竟是碧青，连云直上。谁知我昨日晚上读了这两句，倒像我又到了那个地方去了。

小说第四回，尝写葫芦案后，薛蟠带领母亲、妹妹与香菱由金陵到京，进入荣府。这里，"那年上京"即指此事；香菱回忆所说"落日"景象，当指其时进京途中张家湾一带运河岸边"那个地方"。元人吴莱《过漷州诗》有句云："数株杨柳弄轻烟，舟泊漷州河水边。"元代漷州旧址，在今通州东南漷县镇，北面与张家湾镇接壤。"春郊烟柳"为其八景之一。《漕运古镇张家湾》一书，又辑录多首明清文人歌咏张家湾诗作。其中张继恕《张家湾》一诗，写张家湾曙色云："柳色凝青曙，莺声散晚霞。微茫连水国，迢递见村家。"[1]而曰"晚霞""村家"，触及晚景，似亦可与香菱所说相参看。有学人则说，王维"辋川"诗"写的是终南山中的景色与景物"，香菱更像"是亲自到过这些地方一般，否则光凭想象是很难想象出这样的场景来评价王维诗的。"[2]此说可商。苏轼《书摩诘〈蓝田烟雨图〉》有句云："味摩诘之诗，诗中有画。"是说王诗工于描绘景物，读来如置身图画之中。确然，一首好的写景诗，读之会有身临其境之感，未必一定亲历其地，方可体味。清归锄子《红楼梦补》第二十四回写黛玉由扬州进京，到张家湾起旱，途中望见运河岸边落日晚景，想起香菱所说读王维诗的体会，乃感叹"真是'诗中有画'"（详见后文第二节）。续书作者归锄子对原著的理解，比较切合文情。如将运河岸边挪移到陕西终南山中，地域明显错位。

四、庚辰本第四十九回写到邢王李三家同行进京：

邢夫人之兄嫂带了女儿岫烟进京来投邢夫人的，可巧凤姐之兄王仁也正进京，两亲家一处打帮来了。走至半路泊船时，正遇李纨之寡婶带着两个女儿，大名李纹，次名李绮，也上京。大家叙起来也是亲戚，因

---

① 北京市通州区政协文史和学习委员会、张家湾镇人民政府编：《漕运古镇张家湾》，395页，北京，团结出版社，2014。

② 傅斯鸿：《寻路四大名著》，166页，北京，同心出版社，2015。

此三家一路同行。

文中"兄嫂"二字，程本作"嫂子"。邢、王、李三家中，邢家曾住苏州，后投亲至金陵；王家本为四大家族中之"金陵王"；李纨系金陵名宦之女，其寡婶亦当居金陵。是故，三家乃同在金陵登舟，北行进京。其行程路径、时日，当与前所引道衍、阮安进京经过相仿。

五、程甲本第一百〇二回，写探春远嫁，临行：

> 辞别众人，竟上轿登程，水舟陆车而去。①

这里短短一笔，归束探春结局，实牵挽两组历史地名，一为探春之父贾政江西粮道任所，一系探春夫家海门总制周琼官署。

先说江西粮道处。第九十九回写贾政放外任，做江西粮道，衙门应在省城；第一百回写贾政做主，将探春聘予海门总制周琼之子；第一百〇二回写探春出阁，离京而去。揆度常情，探春此次到父亲任所，原为待周家接其去成亲而来。桐花凤阁主人陈其泰认为，此段写探春出京事，不甚合"情理"，"应补叙数笔"，方较有"意趣"。他在其批校本《红楼梦》第一百〇二回后批云："此番接探春出京，只须说漕务毕后，贾政循例押运至通州，即于交兑竣事，入都携带家眷，仍押空运船回江西，岂不入情入理耶。"②通州，此指北通州，治所在潞县（今北京市通州区），为明清时漕粮仓储转运的京畿重镇；州之南至天津市，则为南北大运河的起始段③。在一些清人小说中，也有对通州河路的描述。如顺治年间西周生《醒世姻缘传》第九十三回："（晁梁）雇了一只三号民座，主仆四人，望通州进发。那时闸河水少，回空粮船

---

① 《程甲本红楼梦》，2749 页，北京，北京图书馆出版社，2001 影印本。下一引例同此书，不另注。

② （清）曹雪芹著，陈其泰批校：程乙本《红楼梦》，3047 页，北京，北京图书馆出版社，2001 影印本。

③ 史为乐主编，邓自欣、朱玲玲副主编：《中国历史地名大辞典》，2252、751 页，北京，中国社会科学出版社，2005。

挤塞，行了一月有余，方才到彼。"第一百回亦有"这漷县通州都是河路马头，离京不远"一语①。据此，依陈其泰补笔构想，探春此番出京，当随其父由通州乘空运粮船南行，而至父任所。如此谋篇，亦合事理。

再说海门总制官署处。探春夫家，亦原籍金陵，公公周琼，后调任海门总制。海门，亦说"海疆"，究竟确指何处，说法不一。《中国历史地名大辞典》谓："海门，指长江入海处"②。民国间郭则沄《红楼真梦》径将"海门"写作"长江"。该书第十回云："（贾琏）见本日有一道旨意：周琼加给尚书职衔，统率所部移镇长江。"第二十一回又云："原来周琼移镇长江，政府因江防吃重，命他添二三十营新兵。"③那么，这里所谓"长江入海处"，又包括哪些地方呢？陈其泰批校本第九十九回于"镇守海门等处总制公文"上有一眉批云："此海疆总制，当是松江提督，或狼山、福山等镇总兵，故云'一水可通'。且江西粮道，属两江节度管辖，只算同官一省也。"④

陈批所说松江、狼山、福山三地，同属江苏省。松江，指松江府，元置，治所在华亭县（今上海市松江县）。狼山镇，即今南通市东南之狼山镇，位于长江北边；福山镇，即今常熟市北之福山镇，位于江南岸，与狼山镇隔江相对⑤。《红楼梦》第一百一十九回写贾府遭变后，探春服采鲜明，归宁探省，即当由海门某地起程，登舟回京。但据第五回探春判词、"分骨肉"曲及第二十二回其断线风筝灯谜下脂批，探春当是远嫁异域，一去不返，与家人再无见面之日。两者结局显然不同。

六、程甲本第一百一十回写贾母死后，曾安灵铁槛寺；第一百一十六回，写贾政欲扶贾母灵柩回南安葬：

---

① （清）西周生著，黄肃秋校注：《醒世姻缘传》，1323、1421 页，上海，上海古籍出版社，1981。上古本金性尧"前言"，认为此书系明人西周生所作，实则当成书于清顺治年间。参拙著《清代小说史》，48 页。

② 《中国历史地名大辞典》，2211 页。

③ 郭则沄著，华云点校：《红楼真梦》，103、236 页，北京，北京大学出版社，1988。

④ 程乙本《红楼梦》，2967 页。

⑤ 《中国历史地名大辞典》，2154、2764 页。

在城外念了几天经，就发引下船，带了林之孝等而去。

文中"下船"一语，乃为吴语，义即从岸上到船上①。而具体下船地点，则照例未予写出。据文中记叙，此番送回南安葬的灵柩，除贾母外，尚包括黛玉、凤姐及鸳鸯、瑞珠、赵姨娘等。回看第十五回写秦氏、第六十三回写贾敬死后，也曾停灵铁槛寺，后来由贾家人扶柩离京，回南安葬祖茔。乾隆年间，夏敬渠《野叟曝言》第十一回亦有类似描写，并明白点出张家湾。它写贤相时公病故，文素臣等"忙了半月，送柩出城，到张家湾上船"回南②。《红楼梦》写贾母灵柩"发引下船"处，亦当在张家湾。这一叙事套路，也多为一些《红楼梦》续书所袭用。

上述六段《红楼梦》引文，各本文字略有歧异，但相关历史地名称谓，诸本皆同。按诸图志典籍，这些地方，由江南之苏州、扬州、南京而至北方京城，皆定位可辨，指向明晰，构成一广大而真实的地域空间。读者完全可以相其地宜，按图索骥，而判断出，贾府亲眷南北往来之舟车转换处，就是京东张家湾。是则，《红楼梦》叙事，实际主要描述了三个地理空间：一是江南，二是帝都京师，三是将这两个地理空间牵系起来的古镇张家湾。而连结此三地的交通，水路系京杭大运河（从南京至运河，需经由一段长江），陆路乃张家湾入京官道。不妨说，在作者心目中俨然有一幅潜在的地理空间路线图。

张家湾，位于京杭大运河北端，在通州南十五里，为京畿水陆之冲要。明徐阶《张家湾城记》云："自都东南行六十里，有地曰张家湾。凡四方之贡赋与士大夫之造朝者，舟行于此，则市马僦车，陆行以达都下。故其地水陆之会，而百物之所聚也。"蒋一葵《长安客话》卷六"畿辅杂记"亦谓："张家湾为潞河下流（元时有张万户居此），南北水陆要会也。自潞河南至长店四十里，水势环曲，官船客舫，漕运舟航，骈集于此。弦唱相闻，最称繁盛。"雪

---

① 许宝华、宫田一郎主编：《汉语方言大词典》第 1 卷，217 页，北京，中华书局，1999。

② （清）夏敬渠著，龚彤点校：《野叟曝言》，126 页，北京，人民中国出版社，1993。

芹好友敦诚《雀林游记》(题下注："庄在香河境内。")一文，记其于乾隆间，自通州乘舟东下，至雀林庄，经张家湾，途中遇江南客，"话江南事"；听岸上挽夫"皆作吴歌"，梨园群儿"竞奏吴腔"，又为这一地区涂抹一层江南生活色彩①。

据前引谈迁《北游录》载，顺治间，谈迁北游进京和南归离京，都曾经过张家湾。他抵京时："寻过潞县……二十里张家湾，属通州，即白河下流。"后去京时："(通州)步五里土桥，十五里张家湾……三十里登舟。"②曹雪芹生活的时代，亦当张家湾繁盛之时。曹家当年往来于北京与南京两地之间，如走水路，亦应在张家湾转换交通工具。如曹寅于康熙二十四年(1685)由江宁携家扶父枢北归，途中作《北行杂诗》二十首纪行，谓其五月下船，由镇江渡长江，至瓜州入京杭运河，九月重阳日，船到京东通惠河畔张家湾码头靠岸。当因其扶父灵枢回京，途中不时有官绅吊祭，曹家人需停舟陪灵接待，故舟行缓慢，费时三月有余③。学者或云，雪芹当年"随家人由金陵取道扬州，经运河而入都。他弃舟登陆的地方就是张家湾，从张家湾到北京是他入京之路"④。"直到嘉庆十三年(1808)运河北端一段河道彻底改易(今北运河)"⑤，张家湾的地理优势，亦随之弱化。但那已是《红楼梦》续书盛行的时代，雪芹未及见矣。

要之，《红楼梦》作者虽然避免直接落笔张家湾，始终隐匿其名；而读者则透过相关地理空间，比照典志，仍可指认其具体方位，想象其环境概貌。这类用笔，脂批称之为"不写之写"。小说第十三回写秦氏死，彼时合家皆知，"无不纳罕，都有些疑心"。甲戌本眉批云："九个字写尽天香楼事，是

---

① (清)爱新觉罗·敦诚：《四松堂集》卷四《雀林游记》，334～339页，上海，上海古籍出版社，1984影印本。

② 《北游录》，43～44、134页。

③ (清)曹寅著，胡绍棠笺注：《楝亭集笺注》，26～27页，北京，北京图书馆出版社，2007；又，朱淡文：《鹿车荷锸葬刘伶》，见冯其庸主编：《曹雪芹墓石论争集》，70～72页，北京，文化艺术出版社，1994。

④ 陈毓罴：《何处招魂赋楚蘅》，见冯其庸主编《曹雪芹墓石论争集》，23页。

⑤ 《漕运古镇张家湾》，30页。

不写之写。"①第二十二回写凤姐与贾琏说宝钗生日一段末，庚辰本夹批亦云："此书通部皆用此法，瞒过多少见者，余故云不写而写是也。"②对张家湾的表述，亦可作如是观。

明 清 京 杭 大 运 河 形 势 图

（京师—夏镇）　　　　　　（夏镇—杭州）

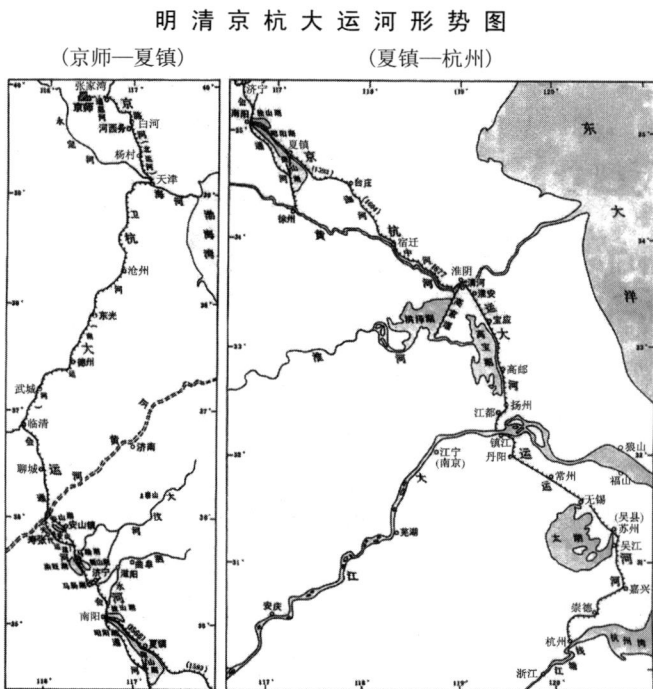

二

比较原著，在《红楼梦》续书中，则屡屡可见张家湾其名。红学界比较认同的、有代表意义的《红楼梦》续书，约计十三种，或称为"程刻本续衍类"③。它们多产生于乾隆、嘉庆至民国年间。吴组缃先生尝云："这些续书

---

① （清）曹雪芹著：《脂砚斋重评石头记》（甲戌本），258 页，北京，人民文学出版社，2010 年影印本。

② （清）曹雪芹著：《脂砚斋重评石头记》（庚辰本），484 页。

③ 赵建忠：《红楼梦续书研究》，20～21 页，天津，天津古籍出版社，1997。

也从各个角度反映了当时的社会政治、经济及民俗世情。"①就其对张家湾的描述而言，这些续书，对认识《红楼梦》中的这一地理空间，也提供了一个有兴趣的新的阅读领域。其表述方式，主要有如下三种情况。

其一，直接写出张家湾，或照应原著相关情节内容，如下列前三例；或显现张家湾重要地理位置，如后两例。

例一：清归锄子《红楼梦补》第二十四回写黛玉奉旨进京，由扬州北行途中："陆续二十余号船一排停下，这里河面宽阔，两岸垂柳似系住了一轮落日，返照迷离，远近望见村墟里炊烟起来，一时随风飘灭。黛玉想起：'香菱讲的诗句，配这一会的晚景，真是诗中有画。他说见了诗，倒像又到了那个地方。我如今到了这个地方，触景又想起他讲的诗来了。'"

下文接着写，因黛玉途中受了一番虚惊，于是催促水手等赶紧行程："一路闸口先有溜子下去，随到随放，不敢留难，一直到了张家湾起旱。黛玉坐轿，紫鹃、雪雁两肩小轿随身伺候。……荣府早已得信，即快派了家人媳妇远远出来迎接。"②

此书接原著第九十七回"林黛玉焚稿断痴情，薛宝钗出阁成大礼"补起，卷前"叙略"有句云："凡九十七回以前之事，处处照应，以后则各写各事。"上述两段叙写，前段即有意照应原著第四十八回香菱学诗说河边"落日"晚景事。依文情，当时黛玉船只，已过山东地界，进入河北境内，黛玉所谓"这个地方"，或在距张家湾不远处。后段中"溜子"，义指旧时官员出巡时传索前站准备供应的一种凭证。黛玉系奉旨进京完婚，当有此"特权"。这里写其在扬州登舟后，经清江浦，渡黄河，过山东，入河北，至张家湾起旱，恰画出明清时京杭大运河从扬州进京城一段水陆行程。因此，有学人断言，《红楼梦》第三回写黛玉北上投亲，"走的就是京杭大运河"③。

例二：清临鹤山人（或作梦梦先生）《红楼圆梦》第十二回写薛姨妈、李

① 吴组缃：《〈红楼梦〉资料丛书·续书》"前言"，见白云外史散花居士著、黎戈点校：《后红楼梦》，北京，北京大学出版社，1988 年版卷前。

② （清）归锄子著，韩锡铎校点：《红楼梦补》，302 页，沈阳，春风文艺出版社，1987。

③ 户力平：《通州为什么被称为北京的"东大门"》，载《北京晚报》，2015-12-17。

婶子及平儿等离京南下："次日是黄道日，三家装束停当，用车载至张家湾下船，只有薛蟠到了杨村，便道：'这里糕是有名的，停船去买。'岫烟想起前番同李家姊妹趁船进京，前路茫茫不知若何结局。"①这里，岫烟所想前番事，即与原著第四十九回邢岫烟同李纹、李绮姊妹结伴进京事相照应。据此可证，当年邢李两家乘船北上至京，亦当经由张家湾。

例三：清兰皋主人《绮楼重梦》第十九回写探春之女淑贞由江南来到荣府："王夫人就叫家人去搬他行李，并请周大太爷来府安歇。去不一会，家人取了行李回来，说：'周太爷说不惊动了，即刻就要动身到张家湾，坐原船回去。'王夫人忙叫送了些下程过去。"②文中"到张家湾坐原船回去"一语，其义有二：一则说明，淑贞当由其祖父周琼南边任上乘船"北来"至京；二则对看原著第一百〇二回探春远嫁，可知其"水舟陆车"转换处，亦非张家湾莫属。

例四：同上书第四十七回，写玉卿将要回南，来向小钰辞行："玉卿泪汪汪说道：'太太、二奶奶今日叫了我和翠妹妹到上房说：'运河水势已平，回南一切通已备办，明日一早就好下船长行了。因此特来辞谢二爷。'小钰听罢，吓了一跳……（次日）众人已经齐集在那里候送，小钰却骑上马，先到张家湾船里等着。玉、翠下了船，还想迟延一会，这天偏遇大顺风，船家屡次催要开船。"③这是"重梦"再次叙及张家湾，凸显其水势风形，有助读者认识张家湾自然环境。《北游录》写谈迁南归，即有二十余次因风利、风逆、风阻而停泊不发。

例五：清海圃主人《续红楼梦新编》第十六回写芝哥儿从山东进京："却说芝哥儿从德州开船，顺风下水，不数日，到了沧州……过了天津，在张家湾换了车，就进京来。前一日，差包勇到家送信。王夫人便差了管家林之

① （清）临鹤山人著，杨春田点校：《红楼圆梦》，74 页，北京，北京大学出版社，1988。
② 《绮楼重梦》，123 页。
③ 同上书，306～307 页。

孝，备了自家的后大鞍车子来接芝哥儿。"①这里写的是由山东德州经河北沧州、天津至京城一段水路行程。

其二，只说及通州，未明白交代张家湾，然比对引例，仍可窥知其与张家湾的关联处。

例如，清张曜孙《续红楼梦稿》第七回写黛玉要由扬州进京："周瑞家的道：'……我们打算先从陆路去，快得一个月，先到京销差，也好预备再到通州迎接姑娘。'……那日择了吉时，全家下船……由淮安清江运河北上。"以下第九回接写："（黛玉之弟）琼玉进至王夫人处，说道：'姐姐到了，外甥已打发人接去……等姐姐到了，再跟着过来请安。'王夫人道：'到了那里？'琼玉道：'到了通州，明日可以到京。'王夫人道：'我也派人接去。'琼玉辞出。只见来升媳妇进来……回说：'林姑娘接到了……明日上岸，到京就过这里来。'"接着第十回写："话说黛玉到了通州，琼玉遣人迎接，王夫人又打发媳妇同着来升家的往接……于是收拾登岸，径往贾府。"②

以上三段，叙写黛玉进京行程，曰"下船"、曰"上岸"、曰"登岸"，知其乃走水路，与"例一"所说基本相同，唯将黛玉登岸处写作通州。"张家湾"与"通州"两称名，有时一而二、二而一，确实难以具体指认。邓云乡先生即云："第三回黛玉弃舟登岸的地方，估计应是张家湾，或通县。"③而《紫禁城》则径写作"通州张家湾码头"。孙连庆先生《张家湾》一书所说尤为清楚："在漕运年代，通州和张家湾同为京杭大运河北端一个码头的两个部分。"④

其三，通篇未见张家湾或通州字样，但在叙写京城与相关地域行程里距、舟车交通时，相互参证，而显然有一张家湾或通州的身影在。

例一：清陈少海《红楼复梦》第四十八回写荣府要从京师迁回金陵老宅，王夫人去宁府辞行："邢夫人点头说道：'这是要紧的，你明日起身也不用过

---

① （清）海圃主人著，于世明点校：《续红楼梦新编》，170～171页，北京，北京大学出版社，1990。

② （清）张曜孙著，李鼎霞点校：《续红楼梦稿》，494～495、522、524页，北京，北京大学出版社，1990。

③ 《红楼识小录》之18"黛玉进京"，108页。

④ 孙连庆编著：《张家湾》"写在前面的话"，3页，北京，北京出版社，2010。

早，在我这儿吃了早饭，慢慢上车，不过四十里就到了船上，横竖后日才开船呢.'……(王夫人们)一齐上车，离了宁府。沿途俱有男女送行，一直四十里来往不绝。到了码头上，有刘大人差人搭棚预备酒席……直到晌午大错，王夫人恐误众人进城，只得吩咐赶着开船."①文中所说，由荣府到码头"不过四十里"，当指从京城至通州一段里程。雍正十一年(1733)《御制通州石道碑》云："自朝阳门至通州四十里，为国东门孔道……由通州达京师者，悉遵是路."《清代京杭运河全图》亦标注云："通州潞河驿至京师崇文门计程四十里."别部小说，也有这样的描述。前此，如《醒世姻缘传》第五回有句云："(北通州)离北京只四十里，离俺山东通着河路."②之后，如晚清抄本小说《双龙传》第一回写嘉庆皇帝去通州微服私访："出了齐化门(即朝阳门)，两足酸痛，暗说：'不好！此离通州四十里，怎样走去?'"③记述京城与通州间里距，三书皆同。至于王夫人登船处，或系通州运河码头，参见前文引《醒世姻缘传》第一百回所说；或即张家湾，如《紫禁城》所云："从北京赴江南，要从陆路赶到通州张家湾，在张家湾登船南下."④原著第12回写黛玉回扬州省父，第一百〇二回写探春远嫁海门，其离京南下行程，当与王夫人回南京相仿佛。

例二：清娜嬛山樵《补红楼梦》第四十一回写贾赦病故，贾琏搬其灵枢回南："贾琏带了八个家人，雇了一只大座船，将贾赦灵枢抬上停放中舱，又将惜春、紫鹃之枢抬放前舱，吩咐贾琮带领贾蕙等好生回去照应家中事情……贾琮答应，等贾琏开了船，方才回去."⑤

例三：娜嬛山樵《增补红楼梦》，承袭前书，多次写及贾府中人死后、由

① (清)小和山樵南阳氏(陈少海)著，孙钧、卜维义等校点：《红楼复梦》，558~561页，沈阳，春风文艺出版社，1988。

② 《醒世姻缘传》，166页。

③ (清)储仁逊编著，张晨江整理：《双龙传》，见《清代抄本公案小说》，493、495页，天津，百花文艺出版社，1996。

④ 《紫禁城》，69页。

⑤ (清)娜嬛山樵著，李凡点校：《补红楼梦》，367页，北京，北京大学出版社，1988。

其子孙扶灵经水路回金陵祖茔安葬事。如第七回写贾政病亡："停灵已毕，送殡男妇各自回家。次日将灵柩抬送上船，安放停妥。贾兰、贾环叔侄带了八个家人，开船长行，送赴金陵祖茔安葬去了。"①还有，如写贾珍（第二回）、邢夫人与平儿（第六回）、李纨（第二十三回）等死后，灵柩也曾在铁槛寺寄放，后经水路归葬祖茔。原著第一百一十六回曾叙及贾政扶贾母灵柩乘船回南安葬事，娜嬛山樵续书叙写模式，当移植于此回，而形成一俗套。

例四：《绮楼重梦》第二十六回写甄小翠由江南来荣府："老妈子道：'五月二十就从南京起身，谁知这妖怪沿途作祟……阻隔了多时，白白在船里过了夏……恰好中秋后，张天师进京陛见，才得随了他的船，一路上来，昨晚才到京城。'"②文中虽然没有明白交代小翠在何处弃船登岸，但前引该书第十九、四十七回均写到由京城回江南，须到张家湾乘船，乃知小翠登岸处，无疑亦在张家湾。

例五：郭则沄《红楼真梦》第四十七回写贾珍自范阳任内来京陛见："刚好红毛国贡船到了，载着许多贵重贡品……克日到范阳海口……（皇上）即令贾珍等伴送前来……当下由范阳海口换了官船，直至潞河，一路都有官兵护送。那日到京，将贡使送至四译馆安置。"③"潞河"又名白河，系北运河之俗称。《长安客话》卷之六有"潞河"条，谓张家湾为其下流。《漕运古镇张家湾》一书说明："自秦至清中期这 2000 多年间，流经张家湾的京杭大运河的域内河段，因各种情况而有 10 多个名称……其中，'潞河'一名沿称最久，约有 1300 余年。"④明冯梦龙《警世通言》卷三十二"杜十娘怒沉百宝箱"云："再说李公子同杜十娘（由京城崇文门）行至潞河，舍陆从舟。"⑤此"潞河"即指张家湾。"真梦"所说，当亦指此，并与《张家湾城记》所谓"凡四方之贡赋

---

① （清）娜嬛山樵著，李凡点校：《增补红楼梦》，54 页，北京，北京大学出版社 1988。

② 《绮楼重梦》，169 页。

③ 《红楼真梦》，548 页。

④ 《漕运古镇张家湾》，19 页。

⑤ 魏同贤主编：《冯梦龙全集》之卷八《警世通言》，1341 页，上海，上海古籍出版社，1987 影印本。

与士大夫之造朝者，舟至于此"相吻合。

由上知也，比照原著，有多种《红楼梦》续书，在相关情节描述中，直接或间接写及张家湾，折射出这一京东古镇在《红楼梦》中的独特地位，而延续着一种清晰的文化记忆。

三

其实，如前所说，在《红楼梦》之前及与其同时，已然有多部明清小说叙及张家湾，为《红楼梦》对张家湾的表述作了有力的铺衬，对读者认识《红楼梦》与张家湾的关系提供了很好参证。

在明代小说中，较早触及张家湾者，或是明中叶兰陵笑笑生的《金瓶梅》。有学人指出，《金瓶梅》曾写到张家湾皇木厂①。从作品实例及相关史料看，这一说法，并非没有道理。小说第三十四、四十九、五十一回均提及钦差督办"皇木"事②。谈迁北游至通州时，亦曾到皇木厂，并作有《皇木厂》诗一首，以吟"先朝物力"③。但《金瓶梅》只提到皇木，而未直接写张家湾皇木厂。《紫禁城》对此有这样一段记述：钦差道衍"令人在张家湾设立了一处贮木厂。此处距北京尚有三十多里，皇木在此上岸，再由陆路转运至城郊储木厂"④。这段记述，可补《金瓶梅》之所未及。

相比而言，在明末清初小说中，有多部作品叙及张家湾，如冯梦龙"三言"（《古今小说》《警世通言》《醒世恒言》）、凌濛初"二拍"（《拍案惊奇》《二刻拍案惊奇》）、佚名《梼杌闲评》、西周生《醒世姻缘传》、佚名《平山冷燕》、青心才人《金云翘传》、蕙水安阳酒民《情梦柝》，还有乾隆间夏敬渠《野叟曝言》等。这些作品，多重在记述张家湾的舟楫水运、方位里程、自然环境，

---

① 丁朗：《〈金瓶梅〉与北京》第三章《金瓶梅与北京种种》，51 页，北京，中国社会出版社，1996。

② （明）兰陵笑笑生著，梅节校订，陈诏、黄霖注释：《金瓶梅词话》，487、728、768 页，台北，里仁书局，2011。

③ 《北游录》，44、226 页。

④ 《紫禁城》，59 页。

以彰显其得天独厚的地理位置。有的作品，并写及其居民生活状态和社会风情。以下从四个方面略作说明。

第一，水陆冲要。这里，先说水路进京路径。例如《平山冷燕》第七回，写才女冷绛雪出扬州进京，知府差人护送："拿一只人浪船，直送至张家湾。择了吉日，叫轿迎冷绛雪到府，亲送起身。"①

再如，《野叟曝言》第十、十一回写文素臣游学京师，由苏州登舟启程，"不几日，到了扬州，上了四舵大马溜船"，经临清，"到张家湾（住船）……雇一辆轿车，竟望国子监来。"②

还有，《醒世姻缘传》亦有两处写狄希陈由山东明水镇进京时曾经张家湾。一是第七十八回狄希陈等人首次入京："过了几日，狄希陈、吕祥、狄周、小选子、相旺都从河路到了张家湾，都径到了（都中）相主事家内。"③二是第一百回，写狄希陈再次进京："由旱路赶船直到了河西浒，还等了一日，方才郭总兵合素姐的座船才到……狄希陈在船上，又走了七八日，到了张家湾，泊住了船……骆有莪合狄周都也接出京来。"④按，河西浒，当即"河西务"，即今天津市武清区西北河西务镇。《长安客话》卷六称其为"京东第一镇"。吴趼人《二十年目睹之怪现状》第七十二回云："我到河西务料理了两天的事，又到张家湾耽搁了一日，方才进京。"

上述四例说明，自江南或山东北上进京，经由河路，均需在张家湾泊船登岸。尤其前两例，可与《红楼梦》第三回写"黛玉进京"相参看。以下说离京南行水路例。

比如，《古今小说》卷四十，写浙江绍兴人沈襄由河北保安，扶父灵归葬祖茔："先奉灵柩到张家湾，觅船装载。沈襄复身又到北京，见了母亲徐夫人，回复了说话……到了张家湾，另换了官座船，驿递起人夫一百名牵缆，

---

① （清）佚名著，冯伟民校点：《平山冷燕》，81～82 页，北京，人民文学出版社，1983。

② 《野叟曝言》，111、125 页。

③ 《醒世姻缘传》，1119 页。

④ 同上书，1420～1421 页。

走得好不快。"①依据图志，由张家湾至绍兴之间慢慢一段水路，当指京杭大运河与浙东运河。

再如，《拍案惊奇》卷十六写一伙破落户，要去浙江嘉兴抢人，"大家嚷道：'我们随路追去。'一哄的望张家湾乱奔去了"②。

又如，《金云翘传》第二十回写金重欲到浙江寻访翠翘消息，由京城"往南进发，来至张家湾，讨了船，竟往浙江"③。

他如，《情梦柝》第十八回写河南归德府胡楚卿会试得中，要与妻子沈若素回乡祭祖："楚卿着蔡德先往张家湾，雇三只大座船……是晚，若素轿到张家湾，上船宿歇。明日起来，不见楚卿到，叫两只船先开，留一只等候。是日早起，子刚与楚卿赶至通州……另觅一只小船，赶上大船来。"④

上四例则说，要离开京城，若走水路，亦需在张家湾乘船。

第二，坐船规矩。此处所说"规矩"，实指所谓"坐舱钱"。《警世通言》卷十一"苏知县罗衫再合"，写明永乐间，涿州人苏云，一举登科，除授浙江金华府兰溪县大尹，赴任途中："到张家湾地方，（仆人）苏胜禀道：'此去是水路，该用船只，偶有顺便回头的官座，老爷坐去稳便。'……原来坐船有个规矩，但是顺便回家，不论客货私货，都装载满满的，却去揽一位官人乘坐，借其名号，免他一路税课，不要那官人的船钱，反出几十两银子送他，为孝顺之礼，谓之坐舱钱。"⑤

再如，《醒世恒言》卷三十六写温州府朱源殿试三甲，选为武昌知县，辞朝出京："原来大凡吴、楚之地做官的，都在临清张家湾雇船，从水路而行……每常有下路粮船，运粮到京，交纳过后，那空船回去，就揽这行生意，假充座船，请得个官员坐舱，那船头便去包揽他人货物，图个免税之

———————

① 《冯梦龙全集》之卷七《古今小说》，1697～1698页。

② （明）凌濛初：《拍案惊奇》卷十六，655页，上海，上海古籍出版社，1985影印本。

③ （清）青心才人编次，李致忠校点：《金运翘传》，202页，沈阳，春风文艺出版社，1983。

④ （清）蕙水安阳酒民著，西山灌菊散人评，林辰、段句章校点：《情梦柝》，441页，沈阳，春风文艺出版社，1994。

⑤ 《冯梦龙全集》之卷八《警世通言》，1341页。

利，这也是个旧规。"①所谓"旧规"，即指"坐舱钱"。

成书于明末清初的《醉醒石》第八回，也有这样一段叙写：明成化间，"钦差"王臣出京，到江南收购字画，他"收了些无赖泼皮做人役，带些清客陪堂，叫了两只座船，每只得他八十两坐舱钱，容他夹带私货。"②文中未交代王臣出京南下登舟处，而由前两例可证，当亦在张家湾。

此外，如《醒世姻缘传》第八十五回写狄希陈赴成都上任前，衣锦还乡："骆有裁问狄希陈要了十两银子，叫吕祥跟随到了张家湾，投了写船的店家，连郭总兵合狄希陈共写了两只四川回头座船。因郭总兵带有广西总兵府自己的勘合，填写夫马，船家希图揽带私货，支领廪给，船价不过意思而已，每只做了五两船钱。"③写，系吴语，义谓立约租赁。

以上记述说明，水路离京，在张家湾雇船，流行所谓"坐舱钱"，似乎是明清时期一个通例，具有一定史料价值。

第三，村野风光。我们先看一则笔记史料，《清稗类钞》"名胜类"之"白河风景"条云："自通州至天津，水程三日可达，河身甚广，宽处约五十余丈，古所称白河者是也。河两岸植杨柳，蜿蜒逶迤，经数百里不绝。当三四月时，舟行其中，篷窗闲眺，千丝万缕，笼雾含烟，水天皆成碧色，间有竹篱茅舍，隐现于桃柳之间，为状至丽。"④按，白河为北运河源流之一，流入通州潞河。据史载，自张家湾至扬州数千里河岸上，杨柳七十余万株。我们再读《醒世姻缘传》第十四回的一段描述：晁大舍于四月十三日，乘船由明水镇赴通州途中，他"站在舱门外，挂了朱红竹帘，朝外看那沿河景致。那正是初夏时节，一片嫩柳丛中，几间茅屋，挑出一挂蓝布酒帘，河岸下断断续续洗菜的，浣衣的，淘米的，丑俊不一，老少不等，都是那河边住的村妇，却也有野色撩人。"⑤比对两段描写文字，时令相近，景色相仿，生动画出北

---

① 《冯梦龙全集》之卷九《醒世恒言》，2233～2234 页。

② （明）东鲁古狂生著，何权衡校点：《醉醒石》，103 页，郑州，中州古籍出版社，1985。

③ 《醒世姻缘传》，1210 页。

④ 徐珂编著：《清稗类钞》第一册，139 页，北京，中华书局，1984。

⑤ 《醒世姻缘传》，214 页。

运河沿岸一带村野风光。同时，亦可为《红楼梦》原著第四十八回写香菱读诗所感、续书《红楼梦补》第二十四回写黛玉触景所想作一参照。

第四，风土民情。有些作品在表现张家湾繁盛一面时，也触及其冷落甚或灰暗的一角，尽现张家湾真实的社会状态、风土民情。且看如下三例。

例一：《梼杌闲评》第十五回写魏进忠要由蓟州去张家湾度岁，乃对客印月说："向日借的银子，两三日内还我，我要动身赶到张家湾过年哩。正月内，还要到临清去哩。"①据《漕运古镇张家湾》记述，每逢春节、元宵节，张家湾地区多举办民间花会，历史悠久，种类繁多。民谣有云："京畿花会何可观，十人九说张家湾。"②小说所谓到张家湾"过年"云云，或当指此。

例二：上书同回，写魏进忠自蓟州进京："行了一日，来到长店。那长店是个小去处，只有三五家饭店，都下满了，没处宿，走到尽头一家店内，有三间房，见一个戴方巾的人独坐。"③长店在今张家湾上店，其东侧为大运河。这段描述，从一侧面道出张家湾的清冷、萧疏。明诗人殷云霄《长店作》诗有句云："牵舟下潞河，河浅不可行。前途漫浩浩，日暮悲孤征……失计今如此，忧怀徒自盈。"④情调忧郁低沉，可与小说比照而观。

此外，《梼杌闲评》有一条关乎张家湾的歇后语，似亦可玩味。第三十回写因魏忠贤代人办事不力，婢女侯秋鸿说他："你是张家湾的骡子不打车，好自在性儿。"⑤骡子，可拉车，可驮轿，可载物，可乘人，我国北方地区多用作力畜。清人随缘下士《林兰香》第十八回云："姑妇六人坐着六乘肩舆，仆婢十二个坐着六辆骡车。"文中有夹批曰："明时歌词有云：'门前一阵骡车过。'则'骡车'二字，并非杜撰。"⑥《红楼梦》第四十八回谓薛蟠"即刻打点行李，雇下骡子，十四日一早就长行了"。据陈乃文先生《军粮经纪与验粮密

①　（明）佚名著，刘文忠校点：《梼杌闲评》，178 页，北京，人民文学出版社，1983。

②　《漕运古镇张家湾》，290 页。

③　《梼杌闲评》，187 页。

④　转引自《漕运古镇张家湾》，379 页。

⑤　《梼杌闲评》，351 页。

⑥　（清）随缘下士编辑、于植元校点：《林兰香》，140、143 页，沈阳，春风文艺出版社，1985。

符扇》云，明清时，通州糟运军粮，有以"驴子""骡子""牝牛"等兽类作符名者，因这些兽类"吃苦耐劳而受到主人喜爱"①。《梼杌闲评》这条歇后语，乃比喻人自由随性，不干分内事，含蓄俏皮，富有地域情味。

例三：《二刻拍案惊奇》卷三十八"两错认莫大姐私奔，再成交杨二郎正本"，讲述了一个张家湾居民阶层生活的故事。它叙写张家湾居民徐德，在衙门做长班。其妻莫大姐水性杨花，与邻舍杨二郎交好，两人密商私奔。后因莫氏酒醉，错认"市棍"郁盛为情夫，计谋泄露，被骗至临清，后又被哄卖给娼家。杨二郎负累，顶缸坐监。数年后，莫氏巧遇同乡辛逢，事发告官，郁盛坐罪，杨二郎得释，辛逢给赏。徐德不愿再收领莫大姐，经邻里调停，让与杨二郎为妻②。

凌濛初这类作品，西方学者称之为"暗色讽刺即'罪行和愚行'小说"，故事中"人物不是愚人就是坏人，或者二者兼而有之"③。不过，这个故事，实际上也写出了张家湾人朴质、包容、善良的一面。作者直称徐德有北人的"直性"；众邻里与人为善，调解徐德、杨二郎两人关系，"消释了两家冤仇"。即使莫大姐，"吃过了这些时苦，也自收心学好"，改过迁善，不再"惹骚招祸"。作者于卷末以诗为"鉴"曰："枉坐囹圄已数年，而今方得保婵娟。何如自守家常饭，不害官司不损钱。"所谓"家常饭"，这里比喻妻子或妻和儿子。结末两句，亦见于《金瓶梅》第五回与《古今小说》卷三十八回前诗，文字略有异。《二刻》卒章显志，意在劝诫世人安分守己，保持平常生活状态。

综上是知，多种明清小说，既形象展现出古镇张家湾在京杭大运河中的地理优势；也描绘出它北方地区独特的社会风情，含有深厚历史文化底蕴。应该说，这些小说对张家湾作了立体的全景式呈现，而与曹雪芹故居京西文化交相辉映。对此，博学如曹雪芹，自然不会懵懂无知，不会毫无一点历史记忆。何况，这里还有其先人的遗存产业：典地和当铺。

---

① 陈乃文：《军粮经纪与验粮密符扇》，载北京市通州区政协文史资料委员会编《古韵通州》，191 页，北京，文物出版社，2006。

② （明）凌濛初：《二刻拍案惊奇》，1755～1790 页，上海，上海古籍出版社，1985年影印本。

③ ［美］韩南著，尹慧珉译：《中国白话小说史》，156 页，杭州，浙江古籍出版社，1989。

四

既然如此，那么，《红楼梦》明明有六处写及贾府亲眷舟车入京、出京事，却为何一字不提张家湾？显然，这并非作者一时疏略，而当有其更深层的历史原因。

小说开卷，有一段总括细目、揭明大旨的文字，脂本称之为"楔子"。其中庚辰本有句云：书中"家庭闺阁琐事，以及闲情诗词，倒还齐备……然朝代年纪、地舆邦国，却反失落无考。"所谓"地舆"，典出《淮南子·原道训》："以地为舆，则无不载也。"这里指大地。"邦国"义谓国家，语出《诗经·大雅·瞻卬》："人之云亡，邦国殄瘁。"此两词，这里统称清王朝所领辖的土地。察看"楔子"语义，实际是说，《红楼梦》在"朝代"时间范围与"地舆"空间范围都有避讳之处。程刻本并删夷"地舆邦国"四字，避之尤为彻底。这里，主要讨论地名避讳问题。

首先，刻刻注意讳言清王朝国都"北京"。查看《红楼梦》全书地名用例，江南一些地方，尤其是关乎人物原籍者，如南京、扬州、苏州等，无论正名，抑或别称，多直书其名，并不避忌。而对首都北京，则或泛称"都"（如第三回），或径以"长安城"（如第六回）、"西京"（如第八十六回）等代之。更多的是，只说"上京""进京""入京""来京""离京"，其文字形态组合，始终避去一"北"字。如庚辰等脂抄本第四十六回云："邢夫人问凤姐儿鸳鸯的父母，凤姐回说：'……两口子都在南京看房子，从不大上京。'"此处，后一"京"字与"南京"相对，无疑指都城北京；但作者故意藏形匿影，隐去"北"字。其后程本系列，更翼翼小心，乃将"上京"改作"上来"，不留存一点帝都北京字样痕迹。恰如启功先生《读〈红楼梦〉札记》一文所说："翻遍了全书，从来没有一个'京'字上有'北'的。因为单提一个'京'字便相当地笼统，如说'北京'，则标识了清代的首都。"[①]周汝昌先生亦曾指出："雪芹写南京，直出其名，唯对'北京'二字避讳。"[②]作者之所以如此处理，当如甲戌

---

① 启功：《读〈红楼梦〉札记》，见《启功丛稿》论文卷，282 页，北京，中华书局，1999。

② 周汝昌、周月苓：《恭王府与红楼梦》，26 页，北京，北京燕山出版社，1992。

本"凡例"所云："特避其'东西南北'四字样"，"是不欲着迹于方向也"①。

　　同时，读者还可以发现，书中凡写及国都北京时，不仅于"京"字上皆隐去"北"字；而有时又独出一"北"字，避却"京"字。两字似参辰卯酉，互不相及。如甲戌、己卯、庚辰等早期脂抄本第七回，写宝钗向周瑞家的说到冷香丸时，乃云："如今从南带至北，现在就埋在梨花树底下呢。"读者习知，宝钗是由江南原籍金陵进京的，这里"北"字，即指北京。周汝昌先生《石头记会真》有一则按语云："从南带至北，雪芹首次明点北京，仍是出北字时不出京字，出京字时不出北字，总令人容易滑过不觉，却又的的实实，不曾半点含浑。"②后来一些本子，如梦稿、戚序、甲辰及程甲本，同甲戌本等；而列藏、舒序本则将"北"改作"此"字，程乙本径改为"从家里带了来"，将"南"字一并抹去，改得尤为干净。

　　还有，作者有时甚至对北京的地理空间方位，也作了模糊处理。如第一回写甄士隐资助贾雨村进京会试，而说："十九日乃黄道之期，兄可即买舟西上。"证诸地志，由苏州进京，理应北上，此云"买舟西上"，方向不合。早先有人解读，"西上"入都，是指前往长安；近时又有学人谓乃指南京，或云暗指杭州③，为一"西"字，纠结不已。周汝昌先生的解释是："西上者，有意瞒蔽读者，然自苏州行船，确是先西而后方能折而北上（长江、运河之分），亦无混合之意。"④其实，张新之早已在注意破解这个谜团，其《妙复轩评石头记》即将"买舟西上"改作"买舟北上"⑤，后来光绪年间王希廉、张新

　　①　《脂砚斋重评石头记》（甲戌本），凡例，2 页。

　　②　曹雪芹原著，脂砚斋重评，周祜昌、周汝昌、周伦玲校订：《石头记会真》（壹），771 页，郑州，海燕出版社，2004。

　　③　分别参见圣美：《谈谈红楼梦的地点问题》，原载北京《新光杂志》第 2 卷第 11 期（1942 年 2 月），转引自吕启祥、林东海主编《红楼梦研究稀见资料汇编》，769 页，北京，人民文学出版社，2001；应守岩：《也谈〈红楼梦〉的地域问题——与王正廉先生商榷之一》，载黄亚洲、王正康主编：《土默热红学研究2017》，24 页，嘉兴，吴越电子音像出版，2017。

　　④　《石头记会真》（壹），106 页。

　　⑤　《妙复轩评石头记》，111 页，北京，北京图书馆出版社，2002 年版影印本。

之、姚燮三家评《增评补像全图金玉缘》①、民国间上海世界书局本《绘图红楼梦》(节本)等亦皆作"买舟北上"②。从字面看，改"西"为"北"，可谓顺理成章；而究其实，则或恐有违雪芹"隐笔"初衷。

其次，辟嫌清代北京的官方称谓"京师"。京师，本系首都之别称。《公羊传·桓公九年》："京师者何？天子之居也。"据史载，明永乐元年(1403)，成祖将其做燕王时的封地北平府改为顺天府，建北京，即今北京市。洪熙元年(1425)，拟还都应天，复称京师为北京。正统六年(1441)定北京为首都，又改称京师。清顺治元年(1644)，世祖入关，定都北京，继续明代之称。有学者指出："清朝官方一直称现在的北京为'京师'。"③这一称谓，沿袭至辛亥革命。一些《红楼梦》续书，即多用官方称谓"京师"，如《补红楼梦》第二十三、三十二回，《增补红楼梦》第七、九、二十六回，《红楼幻梦》第六回等；有时"京师"与"南京"或"金陵"对举并称，如《增补红楼梦》第十八、二十四、二十三回等。通观《红楼梦》，则既讳言"北京"，又避忌官方之称"京师"，只笼统称为"京都"或"神京"。而细检全书，"京师"一词，也曾一见，即第七十八回宝玉《姽婳词》所云："星驰时报入京师，谁家儿女不伤悲。"词咏明衡王府宫嫔林四娘事。按《明史》卷一一九载，宪宗子朱祐楎成化二十三年封衡王，弘治十二年就藩青州(今山东青州市)。林四娘，史载不详。蒲松龄《聊斋志异》"林四娘"篇谓为"衡府宫人也，遇难而死，十七年矣"。冯其庸先生断其"时代当为明代，而非清代，清代亦无恒王"④。是则，词中"京师"，当指明代都城北京，而非清代京城官称。由上是知，明代虽然已有"北京""京师"称谓，并非清代所特有；但作者为免致猜忌，总不轻易沿用此类称呼，特地模糊小说叙事时间和空间概念，以撇清

---

①　(清)曹雪芹、高鹗著，王希廉、张新之、姚燮评：《增评补像全图金玉缘》，345页，北京，北京图书馆出版社，2002影印本。

②　上海通俗小说社编辑：《绘图红楼梦》(又名《石头记》)，3页B面，上海，世界书局，1925。

③　葛剑雄：《地名、历史和文化》，载《光明日报》，2015-09-24。

④　曹雪芹著、冯其庸重校评批：《瓜饭楼重校评批红楼梦》，1383页眉批，沈阳，辽宁人民出版社，2005。

其与"朝廷"关系。

其三，《红楼梦》不独避讳直言北京、京师，而且对京畿一些相关地区，即便虚拟地名，也有所遮掩，唯恐与国都直接钩连。如第三十三回宝玉说蒋玉函住在"东郊离城二十里什么紫檀堡"。显然，"紫檀堡"当系虚拟堡名，"东郊"不确认何地东郊，含糊其辞。此句文字，诸本大致皆同。而列藏本"东郊"独作"京东郊外"，意谓京城东郊，捅破窗纸。后来有些《红楼梦》续书，更直接指明紫檀堡就在京师郊外。如《补红楼梦》第二十三回说：柳湘莲、宝玉"次日到了京师城外，问着了紫檀堡，来到蒋玉函家敲门。"①《红楼梦影》第十七回亦谓：宝玉、蒋玉函"一行人出了(京)城，走了半天才到，原来这紫檀堡是个小小的镇店……"②张家湾乃京东重镇，《长安客话》卷六"畿辅杂记"、《钦定日下旧闻考》卷一百十"京畿·通州三"等地志均将其列入卷中。民俗学家王永斌先生即曾以《历史上的京畿码头——张家湾》为题撰文，描述张家湾的历史风貌。《红楼梦》掩饰其名，亦在情理之中。

或曰，作者既刻意规避直言北京及京畿地区，那么，为何又不时写及京师中一些坊巷名呢？比如小花枝巷、鼓楼西大街、兴隆街等，岂不招人注意，而授人以柄，自惹嫌疑？周汝昌先生《红楼梦新证》第四章"地点问题"、曾保泉先生《曹雪芹与北京》"红楼京迹"都曾依此三处地名为主要"内证"与"细节线索"，逐一分疏，推断出《红楼梦》"所写地点就是北京"。这一论断，自有一定道理，不少学人也倾向这一说法。不过，虽然认同故事发生地主要在北京，但如果仔细考较，又可发现，径将小说中提到的一些地点，与京城相关实体坊巷对位比照，坐定为某街某巷，则其称名或方位，未必能完全对上号。这当是作者在有意为之。上列"小花枝巷"等几例，不妨分作两种情况，试作探索。

其一是，小说中街巷与京师真实街巷，看似同名，但小说或增一字，或易一字，两者称名便会有差异。

---

① 《补红楼梦》，208 页。

② （清）云槎外史（顾太清）著，尉仰茹点校：《红楼梦影》，134 页，北京，北京大学出版社，1988。

例 1："小花枝巷"与"花枝胡同"

第六十四回写贾琏偷娶尤二姐，在宁荣街后二里远近"小花枝巷"内买定一所房子。据载，北京的街巷以"花枝"为名者不一，清张之洞《(光绪)顺天府志》卷十三、十四记载有两处，朱一新《京师坊巷志稿》记载有三处，徐珂《增订实用北京指南》"地名表"列有七处，其中所记方位多有相重者，但均称"花枝胡同"，而无一处名"小花枝巷"者。乾隆十五年(1750)《京城全图》亦仅标示"花枝胡同"(见图1)。

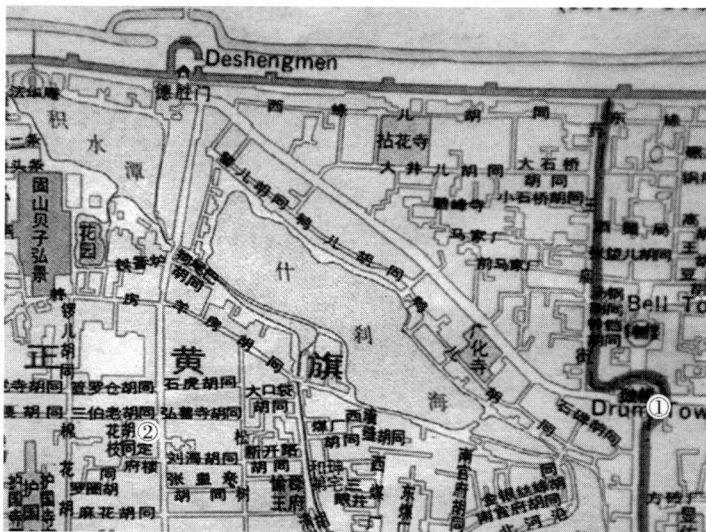

①：鼓楼；②：花枝胡同

图1

那么，"小花枝巷"又在何处？周汝昌先生《新证》指认，"在护国寺街以北不太远，就有一条花枝胡同"，"'小花枝巷'，就像'花枝胡同'"①；其《恭王府考》一书并附有一"花枝胡同"图照②。吴柳先生《京华何处大观园》记其走访得知，恭王府后门不远处的"花枝胡同"，当是贾琏偷娶尤二姐的地方，其方位与周汝昌所说同③。曾保泉先生又考出，甘石桥(西单北)路西胡

---

① 《红楼梦新证》(增订本)，146 页。

② 周汝昌：《恭王府考——红楼梦背景素材探讨》，122 页，上海，上海古籍出版社，1980。

③ 吴柳：《京华何处大观园》，载《文汇报》，1962-04-29。

同群里也有名"花枝巷"者，"亦可称为'小花枝巷'了"①。周曾两位先生，一说"就像"，一说"亦可"，看其用语，判断似乎都不很肯定，说明他们心里也并不十分托底，态度还是比较审慎的。翁立先生《北京的胡同》除记述有"花枝胡同"外，并提及一"花枝巷"，但未交代其方位，而且无"小"字②。据说，张家湾城南门内有条小胡同，叫"小花枝巷"③；但考其方位、里距，与小说所写相去甚远。有一文献书证，见娜嬛山樵《补红楼梦》第十三回，是说蒋玉函乃领几个孩子（娈童）"寓在小花枝巷里头"④。此乃为沿习原著，实难为据。而清代一些《红楼梦》评点家，则对所谓"小花枝巷"作了另一种解读。如姚燮云："好巷名，作者之寓意也。"张新之亦云："花溆中又生枝节，故云小花枝巷。"其中姚燮评，似乎可参。古人常以"花枝"喻指女子年轻貌美，如前蜀韦庄《菩萨蛮》词："此度见花枝，白头誓不归。"《醒世姻缘传》第七十二回程大姐道："俺花枝儿似的人，不嫁老头子。"这里巷名"花枝"，当与宁府中天香楼、逗蜂轩、登仙阁等的命名寓意相同，乃如甲戌本第十三回逗蜂轩脂批所云，其名皆"可思"也。此则将巷名视作一种艺术描写手法。

例2："鼓楼西大街"与"鼓楼西斜街"

第57回写及"鼓楼西大街"有薛家当铺，叫作什么"恒舒"。这里，街道名与当铺名，亦当略作考索。

先说街巷名。如何认定"鼓楼西大街"的地理位置及其称名始末，一直是为学人关注的判断《红楼梦》故事地点的一个热点话题。20世纪20年代初，俞平伯和顾颉刚两位先生在讨论《红楼梦》地点问题时，俞曾断言：《红楼梦》底地方，是在北京。"而顾在一则按语中则说："南京也有鼓楼，这不能断定北京。"⑤三十年后，俞先生仍坚持己见，他在1954年《读〈红楼梦〉随笔》之六《大观园地点问题》中说："第五十七回邢岫烟说的'恒舒典'，在鼓楼西大

① 曾保泉：《曹雪芹与北京》，225～226页，北京，中国妇女出版社，1993。
② 翁立：《北京的胡同》（增补本），110页，北京，北京燕山出版社，1992。
③ 《漕运古镇张家湾》，143页。
④ 《补红楼梦》，118页。
⑤ 俞平伯：《红楼梦地点问题底商讨》，见其《红楼梦研究》，132页，上海，棠棣出版社，1952；又见《俞平伯和顾颉刚谈论〈红楼梦〉的通信》，载《红楼梦学刊》，1981(3)。

街，亦近德胜门。地址都相符，大概没有什么问题。"①周汝昌、曾保泉两位先生也认为，这条大街，"由鼓楼沿西北，直通德胜门，今仍有此名"②。俞、周等先生的看法，已逐渐成为学界的一种共识。近年也曾有学人重申鼓楼"南京"说，如台湾王关仕先生《红楼梦指谜》一书指出："根据现在的《南京市街道图》，鼓楼在中央路和中山北路的交会处，其西，有一条南北向的小街，名为'鼓楼街'，地理位置正符合《红楼梦》的'鼓楼''西大街'。"③以现在的地图去证实二百年前《红楼梦》中的地名，其可靠性令人怀疑。

查阅相关史料，京城鼓楼西边，有两条以鼓楼为名的大街：一称"旧鼓楼大街"，元代已成街，明代俗称"旧鼓楼大街"，沿用至今。一名"鼓楼西斜街"，此街名，始见于元熊梦祥《析津志辑佚·古迹》："（鼓楼）西斜街临海子，率多歌台酒馆。有望湖亭，昔日皆贵官游赏之地。"清于敏中等《日下旧闻考》卷五十四"城市"、吴长元《宸垣识略》卷六"内城二"、《京师坊巷志稿》卷上、徐珂《清稗类钞》"名胜类"等均引熊氏志书，称之为"鼓楼西斜街"，即今德胜门至鼓楼的斜街。故张之洞《（光绪）顺天府志》卷十三叙及内城街制后"按"云："《析津志》所举街名，今多仍其旧。"在清人小说中，《红楼梦》前之《林兰香》第十七回尝提及"鼓楼街"，但未交代具体走向④。嘉庆间《红楼梦补》第三十回写贾芸欲在京开设当铺，有人向他回报："我们又去瞧了好几处，都不及前儿看的鼓楼西大街那一所又紧密又宽敞。"贾芸道："就是弄到薛大爷恒舒当对面去了。"⑤此处描写，则有意与原书相照应。晚清《双龙传》第一回又直称"鼓楼大街"："车夫说：'我住在北京城顺天府鼓楼大街，坐北朝南的门。'"⑥按其坐落方向，此当指鼓楼西斜街。

① 俞平伯：《读〈红楼梦〉随笔》，原文载 1954 年 1 月 16 至 17 日香港《大公报》"新野"，转引自人民文学出版社编辑部编：《红楼梦研究参考资料选辑》，55 页，北京，人民文学出版社，1973。

② 曾保泉：《曹雪芹与北京》，225 页。

③ 王关仕：《薛家当铺与薛家巷》，见其《红楼梦指谜》之四二，173 页，台北，里仁书局，2003。

④ 《林兰香》，130 页。

⑤ 《红楼梦补》，302 页。

⑥ 《双龙传》，见《清代抄本公案小说》，495 页。

颇费思量的是，清代鼓楼地区，是否确实有鼓楼西大街这一称谓呢？它与鼓楼西斜街又有何关系？《宸垣识略》一书，除五次记述鼓楼西斜街（或说鼓楼斜街）、一次记述鼓楼大街外，并有一处说到鼓楼西大街。其卷八"内城四"于"广福观在鼓楼斜街"条后有作者吴长元"按"云："今鼓楼斜街内分二道：西北出者通鼓楼西大街；西出沿湖至银锭桥者，乃昔时西涯。"此处明白写出"鼓楼斜街"与"鼓楼西大街"两街名，而后者适与《红楼梦》所说相吻合；但它不见于前引诸史志、笔记及一些相关小说中。按语"今"字，点出时段，似应注意。《识略》作者吴长元，生平事迹不详。该书有乾隆五十三年（1788）池北草堂初刻本，此距乾隆十八年（1753）《红楼梦》基本完稿，相隔约三十五年；而距乾隆二十七壬午（1763）除夕雪芹去世，时隔约二十五年。鼓楼西大街何时成街，尚不清楚，有待追寻。就其方位与称名而言，比对几种有关京城街巷地图，或可知其大概。乾隆十五年《京城全图》鼓楼西斜街或鼓楼西大街之相应位置，未标注其街名（见附图 1）。《识略》一卷五附图鼓楼西标注有"旧鼓楼街"与"鼓楼西斜街"两街名（见附图 2A）；二卷八附图，又在鼓楼、钟楼东自北而南依次标注有"斜街""鼓楼西大街""旧鼓楼街"三街名（见附图 2B），与其卷八按语说明相合。嘉庆五年（1800）《京城内外首善全图》标注鼓楼西从东而西依次为"鼓楼西大街""甘石桥""甘水桥"（见附图 3）。同治九年（1870）《京师城内首善全图》鼓楼西则标注"斜街"与"大街"两街名（见附图 4）。

今人考述，虽然具体说法略有差异，但多以为鼓楼西大街与鼓楼西斜街

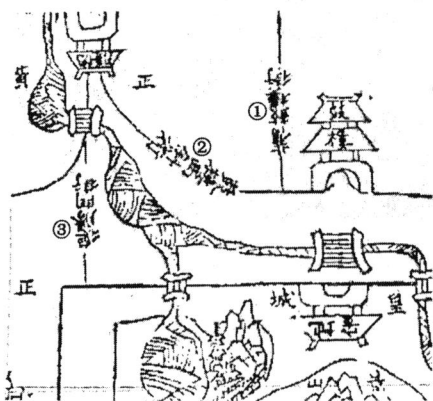

①：旧鼓楼街；②：鼓楼西斜街；③：德胜门街

图 2A

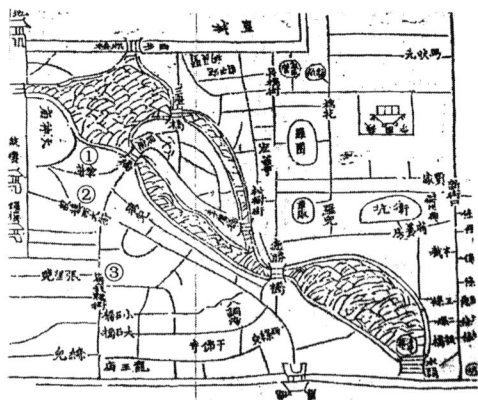

①：斜街；②：鼓楼西大街；③：旧鼓楼街

图 2B

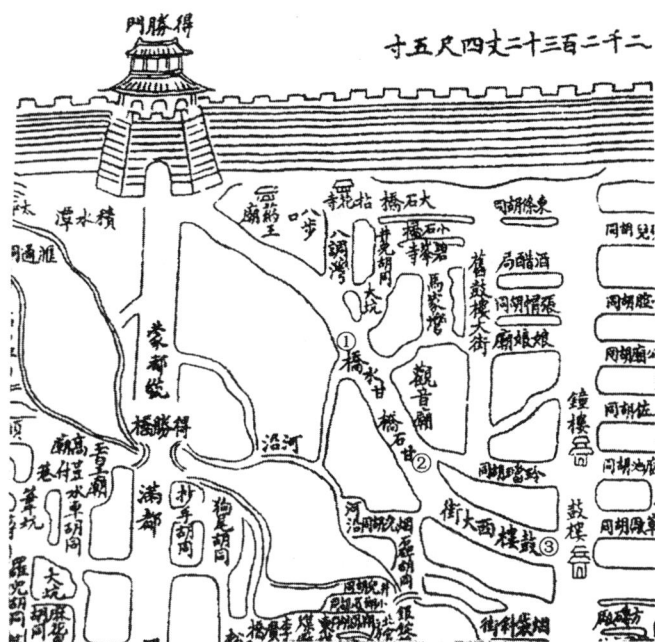

①:甘水橋；②:甘石橋；③:鼓楼西大街

图 3

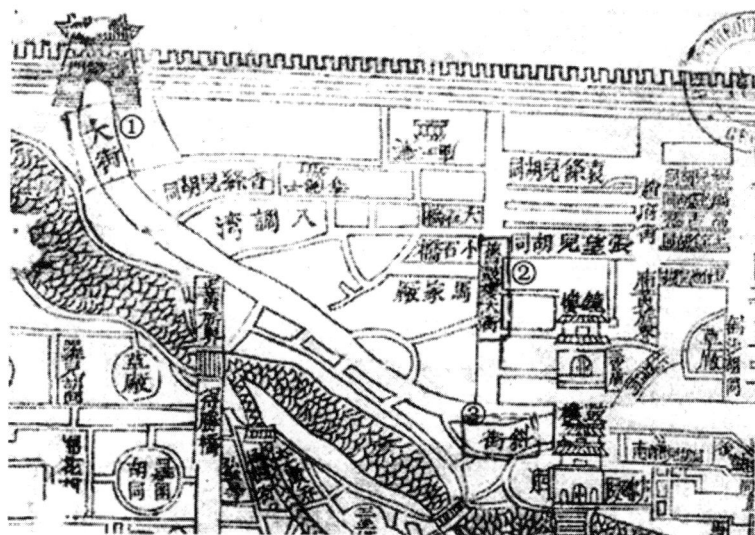

①:大街；②:舊鼓楼大街；③:斜街

图 4

实际是一条街。如说"德胜门至鼓楼间的斜街鼓楼西大街，原来就叫斜街，也叫过丁字街"①。或说"鼓楼西大街：元代称斜街，是元大都一条重要街道……清《光绪顺天府志》称鼓楼西斜街。清末，此街分为两段，东段称鼓楼西大街，西段称果子市大街。"②或说"（鼓楼西大街）元明时称斜街。因位于鼓楼之西，所以清末时又称鼓楼西斜街，1965 年改称鼓楼西大街"③。或说"鼓楼西大街是修建元大都时，根据什刹海的位置而规划出来的为数不多的一条斜街"，"七百多年过去了，这条斜街现在称为鼓楼西大街"④。

由上综核可知，关于鼓楼西大街与鼓楼西斜街之称谓与实体，史册记载、地图标示、今人考述以及一些小说（如《林兰香》《双龙传》等）的描写，相互比照，有契合，有参差，并不完全一致。那么，《红楼梦》第五十七回对鼓楼西大街的表述，便有两种可能：一是早于《识略》三十多年，在《红楼梦》创作时期，或已有鼓楼西大街的称呼，《红楼梦》直书其名；而位于该大街的薛家当铺恒舒，则当系虚造。一实一虚，真假参半。二是《红楼梦》创作时，并无鼓楼西大街其名，作者乃有意将元代建置、明清时固有习见之鼓楼西斜街改易一字，而称作"鼓楼西大街"。如依"小花枝巷"及下面"恒舒典"牌号例，当以后者较妥。此所谓"假作真时真亦假，无为有处有还无"也。

例 3："恒舒典"与"四大恒"

上引王关仕《指谜》并认为："'恒舒典'是薛家开的当铺，位置在（南京）'鼓楼'西边的'西大街'。"⑤这是王氏所谓《红楼梦》地点"南京"说引出的必然结果。但如上所说，这种认识，未必合于事实。

而值得究诘的，是薛家当铺的牌号——恒舒。据史载，乾隆、嘉庆时，京师当铺，首推"四大恒"。近人崇彝《道咸以来朝野杂记》记述，所谓"四恒号"，乃指恒和、恒兴、恒利、恒源，皆设于东四牌楼左右，多由浙东商人宁绍人经纪。陈夔龙《梦蕉亭杂记》也有类似记载，四恒牌号，与崇彝所记全

① 《北京的胡同》（增补本），167 页。

② 什刹海研究会、什刹海管理处编：《什刹海志》，296 页，北京，北京出版社，2003。

③ 户力平：《曹雪芹笔下的北京地名》，载《人才资源开发》，2012（5）。

④ 陈溥：《旧鼓楼大街和鼓楼西大街：元代老街》，载《北京晚报》，2017-06-20。

⑤ 《红楼梦指谜》之四二《薛家当铺与薛家巷》，173 页。

同，并说明"四恒"开设于京师已有二百余年。夏仁虎《旧京琐记》卷九则云："银号首推恒和、恒肇等四家，谓之四大恒。"另两家未说牌号，"恒肇"则不见于上引两书，略有歧异。而《增订实用北京指南》第七编"实业"有"西恒肇""东恒肇"两当铺名。《清稗类钞》"农商类"亦谓："四大恒者，京师有名钱肆也，凡四家，其牌号皆有一'恒'字。"至于四家牌号，则未具体点明。薛家当铺"恒舒"，亦带一"恒"字，似与"四大恒"沾边；但其牌号名，则不见于相关史书记述，恰在若有若无、亦实亦虚之间。

其二是，小说所写街巷，虽然与京师某一真实坊巷同名，但其地非止一处，或在外城，或在内城，方位不一，实难确指即为某一地点。

例4："兴隆街"

第三十二回写："有人来回说：'兴隆街的大爷来了。'"宝玉知道是贾雨村。据《宸垣识略》卷九"外城一"载，乾隆时北京有三条兴隆街；《京师坊巷志稿》记载，光绪年间，京师有六条兴隆街。至于贾雨村居住何处，周汝昌先生认为，北京五条兴隆街，只有一条在内城，"是现在和平门以北"①。言下之意，贾雨村当住这里。曾保泉先生则谓："所云内城兴隆街实在西单石虎胡同里东北不远。"②而户力平先生又说："位于外城崇文门西北部的兴隆街"，与曹氏"蒜市口十七间半"故居邻近，曹雪芹可能以此街名入书③。三说各异，贾雨村究竟住在哪一条兴隆街，又位于何处？恐怕很难有一个标准答案。陈诏先生认为："兴隆街是极熟知的地名，想各地有此街名者必不少。"并云："从北京曾有五条兴隆街可以看出，《红楼梦》里的地名，多数都无特定范围，无法确指。"④此话在理。启功先生也尝说："即书中那些地名真实的地方，其地理位置也非常含糊。"⑤

例5："西廊下"

第二十三回贾琏称贾芸是"西廊下五嫂子的儿子"，"西廊下"，第二十

---

① 《红楼梦新证》（增订本），143 页。

② 《曹雪芹与北京》，225 页。

③ 户力平：《曹雪芹笔下的北京地名》。

④ 陈诏：《红楼梦小考》，74、75 页，上海，上海古籍出版社，1985。

⑤ 启功：《启功丛稿》论文卷，281 页。

四回又写作"廊上""西廊上"。周汝昌先生视其为考证《红楼梦》地点问题的又一条"好线索"。据载，所谓东西"廊下"，北京主要有三处。一是阜成门内大街宫门口，见《日下旧闻考》卷二五、《宸垣识略》卷八"内城四"、《京师坊巷志稿》卷上，亦见乾隆《京师全图》等。二是西四牌楼北大街护国寺路北，《京师全图》称"护国寺东廊""护国寺西廊"（后称"护国寺东巷""护国寺西巷"）。三是东四牌楼隆福寺西，见《京师坊巷志稿》卷上。此三地，周汝昌先生"注意"护国寺说，因为此处"去贾府为近"。① 户力平先生采第一说，因为乾隆《京师全图》只此一处西廊下，《红楼梦》有可能是以此为蓝本而写成的②。两人所说，似均言之成理。《红楼梦大辞典》则对"廊下"这一辞条分属"地理"与"建筑"两类，互为包容，前者厘清了"廊下"的地理沿革，而后者并未坐实它就是北京某处某地，只是说："贾芸母子居住在西廊下，或即荣宁二府两侧的小巷，或者是其他府第、寺庙两侧的小巷。这类小巷一般较狭窄，坐落的宅院也较卑陋。"③如此释义，或更切文情。要之，贾芸所住之"西廊下"，有如贾雨村所居之"兴隆街"，实实"难以确指，读者不必拘泥"可也。

《红楼梦大辞典》对上述几条街巷的释义，态度是较为平实、审慎的。如说："鼓楼西大街，街名。作者或有所凭借。"④所谓"凭借"（或写作"依借"），乃有"凭靠、依赖"之义。这是说，像"鼓楼西大街"、"小花枝巷"等这类坊巷，其实都是"凭借"当时别一地点称名，并非自身实在地点。是则，如果以今天的现实称呼去考查、去推断《红楼梦》其时实地，未必名实相符。

甲戌本第一回，于正文"至脂砚斋甲戌抄阅再评，仍用《石头记》"一句上有一朱笔眉批："若云雪芹批阅增删，然则开卷至此这一篇楔子又系谁撰，足见作者之笔狡猾之甚，后文如此者不少。这正是作者用画家烟云模糊处，

---

① 《红楼梦新证》（增订本），145 页。

② 《曹雪芹笔下的北京地名》。

③ 冯其庸、李希凡主编：《红楼梦大辞典》（增订本），353、87 页，北京，文化艺术出版社，2010。

④ 同上书，355 页。

观者万不可被作者瞒蔽了去。"①小说对上述几处京师坊巷的叙写，采用的正是此种所谓"烟云模糊"法。作者既想逗漏红楼故事地点即在京师，又避忌放笔直书，故以"狡猾"之笔出之，旨在模糊小说故事发生地也。由讳言国都北京与京师，到掩迹畿辅重镇，再到模糊京城中街巷称谓，小说对"地舆"空间之避讳，是费过一番心机的。

综上是知，漕运古镇张家湾，在明清小说中，已成为观察京东地域文化的一个历史窗口。《红楼梦》虽然因为地舆避讳，未直指其地，实则，它是贾府亲眷往返京师的一个舟车转换处，包含多种情事，令人琢磨不尽。它也是读者从地域空间认识《红楼梦》的一个重要切入点，或许，这也是小说提供给读者的一种别样的阅读兴味。

2015 年 10 月 28 日初稿

2016 年 4 月 3 日修改

〔附记〕本文部分内容，曾以《红楼梦中的三个地理空间》为题、在"曹雪芹美学艺术暑期讲习班"（2017 年 8 月 1 日）作过一次讲解。内容包括三个方面：一是"秉笔直书"写江南（此为讲解时新加内容，文稿中无此部分）；二是"不写而写"张家湾（此系文稿第一部分内容）；三是"烟云模糊"写北京（此为文稿第四部分内容，讲解时角度略作调整）。这次刊发，对全文又作了一次修改；并请莎日娜副教授对北京街巷所引资料又作了一些查证和补充，谨表谢忱。

丁酉仲秋于京师园

（原载《曹雪芹研究》2018 年第 2 辑）

---

① 《脂砚斋重评石头记》（甲戌本），16 页。

"滴"字不误

　　现在排印出版的不少孤本、珍本中国古代小说，大都把底本中的所谓"不规范"的俗体字、异体字改作"规范"字，这样做，便于人们阅读，不无道理。但从古籍校勘的角度而言，则有些问题，尚可商讨。比如，《红楼梦》庚辰本第三十回写宝玉来到王夫人屋内，轻轻走到金钏跟前把她耳上戴的坠子一"滴"。这里"滴"字，梦稿、舒序、甲辰、程刻本等都作"摘"，列藏本原笔作"滴"，后描改为"摘"；王府、戚序本作"拨"。据我所见，现在一些庚辰校点本多径改为"摘"，有的甚至断定"滴"是"误字"。这就有点不够慎重了。查《汉语方言大辞典》(第五卷)说明"滴"作动词用，有"摘"的意思，它有两个方言系属，一是"冀鲁官话"，例见《醒世姻缘传》第八十三回："小的们都是些滴了眼珠子的瞎子们，狄爷不盼的合小的们一般见识。"一是吴语，流行于江苏吴江、宜兴，浙江宁波等地。应钟《甬语稽诂·释动作》解释说："凡以拇食两指爪，对掐以取，谓之滴。"江苏人王伯沆先生批云："我疑'一摘'与'一捏'同。"意思比较接近。我想，如果我们能保留庚辰本原字，是不是可以给研究者多提供一条语料呢。

　　(2006 年 8 月在"中国大同国际红楼梦研讨会"上的发言摘录，原载《红楼梦学刊》2006 年第 5 辑，收入本书时自加题目)

博赡而通贯　求仞而获创

——张俊教授访谈录
曹立波

编者按：

　　张俊先生，1935年8月生，山西祁县人。1960年毕业于北京师范大学中文系，毕业后留校任教，曾任北京师范大学中文系主任等职。现为北京师范大学文学院教授、古代文学专业博士生导师、中国《红楼梦》学会常务理事。所著《清代小说史》是一部首次对明清之际和清代小说由点到线进行系统论述的断代小说史；主持《程甲本红楼梦校注》和《新批校注红楼梦》（程乙本）工作，倾三十年之功，对两部《红楼梦》早期刊本予以精审的校注和学者型的评批。《试论红楼梦与金瓶梅》《北师大藏〈脂砚斋重评石头记〉抄本考论》《程本红楼语词校读札记》系列论文等，涉及《红楼梦》版本与文本等诸多方面。张俊先生五十年的学术研究尤以对明清小说史的系统性探索和对《红楼梦》的专门研究而享誉学界。本刊特委托中央民族大学教授曹立波博士就相关问题采访张俊先生，并整理出这篇访谈录，以飨读者。

　　曹立波：张老师，您好！您在中国古代小说史和《红楼梦》等世情小说方面有着广博而精深的研究。我受《文艺研究》编辑部的委托，想就《清代小说史》的编写、世情小说的研究，以及《红楼梦》的评注等有关学术问题对您作一次访谈。

　　张俊：感谢《文艺研究》编辑部的诚挚邀请。研究领域之"广"、程度之"深"似乎谈不上，我只是觉得，在古代小说史研究、世情小说研究，以及《红楼梦》等小说的校注、评批等方面的确有些问题值得探讨，借此机会漫谈一下吧。

一、《清代小说史》的特色与贡献

曹立波：编写中国古代小说的断代史，一般来讲，都是以一个历史朝代、或几个朝代的组合为时代断限的。而在小说史的开篇，大都直接步入相应的历史阶段，比如《汉魏六朝小说史》开篇是"汉代小说"，《隋唐五代小说史》开篇是"隋代小说"，这应是常态的考虑。您在写《清代小说史》时，为什么没有从清代初期开始，而是在开篇设置了"明清之际小说"这一章节呢？

张俊：这出于对朝代鼎革时期，也就是"夹缝"时期文学现象的关注。我先由十几年前的一道试题说起吧。一次，为招考明清小说方向博士生，我出了这样一道试题："论述明清之际（明崇祯至清顺治）小说在中国小说史上的地位"，题意是想考查学生对历史分际之点文学的认识和掌握情况。考试结果，不尽如人意。有的答案，割裂历史，只知明而不知清，或者相反；有的混淆时代，作品错位，张冠李戴。究其原因，这与我们过去一些文学史著作习惯以历史朝代断限，而不大重视所谓"夹缝"时期文学的研究不无关系。

我对这一现象的关注，源于教学实践，也与当时学术研究的趋向有关。在我撰写《清代小说史》的同一时期，一些学者开始强调对明清之际学术文化的研究。如刘梦溪先生在《中国现代学术经典》总序《中国现代学术要略》中说："中国两千多年学术流变，有三个历史分际之点最值得注意：一是晚周，二是晚明，三是晚清。"并特别强调："明清易代既是我国社会历史的转捩点，也是理解华夏学术思想嬗变的一个枢纽。"具体到文学史，陈伯海先生《中国文学史之宏观》提出："中国文学史上先后出现三次高潮，一为周秦之交，一为唐宋之交，一为明清之交，它们都发生在历史的转折关头"。邬国平、王镇远先生《清代文学批评史》尤醒目地将"明清之际"（由明入清和顺治年间）列为清代文学批评的一个阶段，予以论述。

我过去曾与沈治钧合著过一本小书《清代小说简史》，按照丛书的编写要求，依历史朝代，习惯地将其上限定位顺治元年，当时亦甚感太拘泥于朝代纪年，而割裂了小说之发展，一些作家作品，人为分为两截，不易描述，颇为疑虑。有鉴于此，我们曾合写过一篇《古代小说研究的新收获和新问题》的文章，其中对明清小说史的断限问题谈了我们的一些想法。后来我重写《清代小说史》乃另列一章，题为"明清之际小说——明崇祯至清顺治"。理由有二：一方面，这一时期作家，大都生活于明末，入清以后，仍从事创作，有些作家，如《西游补》作者董说、《水浒后传》作者陈忱等把自己的沧桑之感、亡国之痛凝注于创作之中，取得更大成就。另一方面，这一时期的小说创作，既有因袭，也有革新，正处于因革之际。一些传统的小说流派在发展变化，如历史演义小说，有近三十种，其中有十多种为当时新出现的演述当代历史的时事小说，崇祯顺治两朝，各有七八种，其中有代表性的作品，如《警世阴阳梦》，刊刻于崇祯元年；《梼杌闲评》开始写作，当在明亡之前，成书则不会早于崇祯十七年；而《樵史通俗演义》，则写成于顺治年间。这十多种作品所反映的社会矛盾和作家心态，有其连续性，不应强为分割。神怪小说，约计六种，多为传统题材，但《西游补》则显示出由佛道类向寓意类作品嬗变的倾向。同时，尚兴起一种新的小说流派，即才子佳人小说，作品约六七种，此后风行一时，绵延至清末。其他如话本小说，约有三十余种，崇祯十二种，顺治二十多种，其题材与叙事体制，均有突破，继"三言""二拍"之后，又掀起一创作热潮。从中国小说史发展看，如《文心雕龙》所云："古来辞人，异代接武，莫不参伍以相变，因革以为功。"明清易代之际文学，正当沧海桑田的时代，亦处于"参伍因革"之中。

曹立波：您的科学研究，教师的职业特色十分明显。您关注明清之际"夹缝"时期文学的理念，源于教学实践，通过理论提升，对学生又产生了影响力。《清代小说史》1997 年浙江古籍出版社刊行，之后，您所指导的几届学生的博士论文总有与明清之际的小说、小说作家，乃至诗文有关的选题，如《明清之际章回小说研究》（1999）、《明清之际小说作家研究》（2001）、《卓尔堪的遗民诗》（2002）等。当然，这部小说史本身的社会影响也比较大。

以《清代小说史》等为话题，郭英德先生曾撰写一篇题为《悬置名著——明清小说史思辨录》的论文，发表在《文学评论》1999 年第 2 期上。郭先生从数字统计入手，指出以往的小说史类似"名著赏析的集成"，而《清代小说史》中名著所占的比例比其他小说史明显减少，进而分析道："数十年来，名著的赏析所形成的文学史写作模式，还在深层次上制约着明清小说史写作者对其他小说史现象的关注。……然而，明清小说史决不仅仅是作家作品史，还是作家创作史、作家文学活动史、作品流传史、读者接受史。因此，悬置名著，便有助于研究者抛弃静态的小说史关照方式，而关注小说生成、展开、转换的动态历史，考察并描述小说生产、传播、消费的复杂过程，接续种种缺失的小说史环节。"您能具体说说在《清代小说史》撰写过程中对于名著与文学史的关系，对于"一流"与"二流""三流"的小说的关系，所采取的关照方式吗？

张俊：我遵循的原则是，实事求是，论从史出。注意处理好这样两个关系：一是作家、作品与史的关系。作家、作品的研究，实际是文学史编写的起点和基础。应注意在作家、作品的归类、比较中，别抉异同，显现因革，揭示其继承和发展的关系，进行综合分析，从而使作家、作品的研究上升为"史"的高度，总结出规律性的东西。尤其是应注意对大批中小作家及所谓二、三流作品的梳理、考察，以突显他们对一些大作家和一类作品的烘托和铺垫作用，从而梳理清楚众多小说流派的形成、特征、发展、影响和地位。比如清代的世情小说，除其典范之作《红楼梦》及二流作品（姑且如此定位）《醒世姻缘传》《林兰香》外，其他作品，尚有三十余种，如众星拱月，恰形成明清之际《醒世姻缘传》和世情小说的衍变、清前期《林兰香》和世情小说的发展、清中叶《红楼梦》和世情小说的高峰及清末世情小说的衰落这样的衍演轨迹。

二是视角与构架的关系。视角可以有主有从，可以多元，但作为小说史，理当遵循时间线索，注意历史的序列性。当然，具体操作时，应结合小说创作实际，注意灵活掌握，不可能强求整齐划一。

曹立波：作为富有时代标志性的文体，从唐诗、宋词、元曲，到清明小说，皆可谓"一代之文学"。小说文体可以说是明清两代共同的文学成就，尤其是一些重要的题材、流派，比如贯穿明清两代的世情小说。您在撰写清代的小说史时，是否要考虑这种接续关系？

张俊：考虑过，因为明清小说联系密切，而要写清代小说的断代史，我们不能不强行切断许多小说流派的发展脉络，致使历史线索缺少了整体的连续性。在上面提到的那篇《古代小说研究的新收获与新问题》小文中，就列举了一些作品来说明这样一个问题："如世情小说，自《金瓶梅》产生，至明末清初《醒世姻缘传》和《续金瓶梅》的沿袭，再至清初《林兰香》的中转，最后发展至清中叶以《歧路灯》《蜃楼志》特别是《红楼梦》为代表的世情小说高峰，其线索是连续的，不宜割断；《金瓶梅》与《红楼梦》两部巨著的'链环'也是环环相扣的，不宜拆散。近年，又有学者发现明末世情小说《玉闺红》并未失传，认为该书内容丰富深刻，艺术精湛，'就其反映市井生活的广阔深刻而言，堪称《金瓶梅》的姊妹篇'（刘辉、薛亮《明清稀见小说经眼录》）。如此说来，则世情小说在明末的发展线索就更为明晰了。现在，我们将这一完整的线索从《醒世姻缘传》处切断，就不能不说是相当遗憾的。"刚才我们谈"夹缝"文学是从小说史的时代断限角度讲的，而进入了某一限定的文学史阶段的话，我们则应考虑作品之间的"链环"关系。

二、从《金瓶梅》到《红楼梦》：体察世情小说的流变

曹立波：您对中国古代小说的题材、流派有专门的研究，为研究生开设过《中国古代小说流派研究》《中国古代小说史研究》等课程。关于历史演义、英雄传奇、神魔、世情等题材的小说都有专门的论述。这对弟子们产生了较大的影响。据我所知，您指导的博士论文中，各类题材都不乏专论，像纪德君的《明清历史演义小说艺术论》（1997）、胡胜的《明清神魔小说研究》（1998）、苗怀明的《中国古代公案小说史论》（1999）等。当然，老师个人的研究领域中著述较多的应是世情题材的小说，能谈谈您的研究视角吗？

张俊：相比之下，我在世情小说方面投入的精力稍微多一些。基本是围绕《金瓶梅》与《红楼梦》展开的。三十年前我曾写过一篇文章《试论〈红楼梦〉与〈金瓶梅〉》，后来被一些有关的论文集收录。需要说明的是，某出版社编辑的《金瓶梅资料汇录》，将题目改为《从〈金瓶梅〉到〈红楼梦〉》，我觉得不大合适，因为"与"和"从……到"，有点和线的区别。我后来的研究，对整个世情小说这个发展过程关注多一些。总体来看，相关研究的切入点，可以用"两点一线"来概括。首先是关注明清世情小说的两个起讫点《金瓶梅》和《红楼梦》，进而从"线"的角度去考察两点之间的链环，即从《金瓶梅》到《红楼梦》的中间环节。

曹立波：结合世情小说的发展这条"线"，您对《金瓶梅》《红楼梦》对前代小说的继承和突破都给予了细致的梳理和分析，能在这里简要谈谈吗？

张俊：我们先看看《金瓶梅》对它以前小说的突破，这主要集中在选材上，即选取家庭生活为描写对象并塑造了一大批妇女形象。在与前代小说的比较中，我们会发现《金瓶梅》的题材由写历史兴亡到写一个家庭的盛衰，由写英雄起义到写个人的荣枯和闺阁的纷争，由写神魔斗争到写世俗琐事，这是一个很大变化。一个家庭和历史事件比较，个人的荣枯和英雄起义比较，神魔斗争和世俗琐事比较，好像空间缩小了，矛盾斗争也减弱了，但是，文学和现实生活的距离则拉近了，作者对人生的思考更深入了。从《金瓶梅》起，中国古典小说对妇女问题的关注度明显有了提高。并且其态度也从《金瓶梅》《醒世姻缘传》中对妇女的批判逐步过渡到《林兰香》和清初才子佳人小说对妇女的肯定及《红楼梦》对女子形象的赞美。

就《红楼梦》对《金瓶梅》题材的沿革来看，虽然这两部小说所写的都是家庭生活，但是《红楼梦》之于《金瓶梅》，在继承之外更重要的是发展。一是《红楼梦》中描写的贾府是一个人口众多的大家庭，共有上下五代人，重点描写的是第三、四、五代，较之西门一家的单薄，贾府显然是一个更加完整的家族。二是两本书对于家族兴衰史的描写有所不同，《金瓶梅》重在写西门庆发家的过程，而《红楼梦》重在写贾府衰败的过程。这种转变应该与清代的末世情绪有关，结合《长生殿》《桃花扇》和《儒林外史》几部戏曲小说结尾的描写，就可以知道，这是清代文学作品的共同之处。三是《金瓶梅》中对妇女抱有一定的偏见，而在《红楼梦》中更多的是肯定，是颂扬。除了题材上的发展外，《红楼梦》在情节结构上比之《金瓶梅》也有发展。与明代其他"三大奇书"相比，《金瓶梅》的情节结构，是一个有机的整体，全书首尾相连，血脉贯通，难以分割。故事主体，是写西门庆家发迹和败亡的过程，以及家庭中妻妾的矛盾和争斗。故事主要是以西门庆的一生串起来的。到了《红楼梦》则更进一步，从一条主线发展成为一主一副，即宝黛钗的恋爱婚姻悲剧为主，贾府的兴衰为副。

此外，《红楼梦》和《金瓶梅》这两部书在艺术手法上都有创意。其中很有意思的一点是，两书都喜欢用"趿着门槛子""嗑着瓜子儿"的习惯用语来描摹人物神态，刻画人物心理。在《红楼梦》中，还有一个特殊用语是"抿着嘴儿笑"。脂批抄本凡 14 见，程乙本则 24 见。其中除两处用于男性、一处用于邢王二夫人、一处泛指众人外，其余多用于青少年女性，尤以黛玉最多，共计5例。记得十多年前，一位来自邻邦日本的女青年访问学者问我："抿着嘴儿笑"是什么意思？我请她先查一下有关辞书。她说：查过《现代汉语词典》，但还是不懂。问我能不能画图说明。我告诉她：我不懂绘画，画不出来。再者，这一词语，《红楼梦》用过多次，虽然各人"抿着嘴儿笑"的神态似乎一样，但它们所表达的情致，所反映的心理，却并不完全相同。只有结合书中具体语境和人物关系，仔细玩味，才能慢慢体会。这正如王荆公《明妃曲》所说："意态由来画不成，当时枉杀毛延寿。"后来偶然读到英国皮斯等著《身体语言密码》一书，有一节列出"五种常见的微笑"，第一种就是"抿嘴笑"，并附有照片，说明女性的这种微笑，"意味着她心中有不愿与你分享的秘密"。《红楼梦》中种种"抿嘴笑"背后有何"秘密"，也应该察远烛幽，仔细揣摩。这些细微之处，当也是《红楼梦》魅力所在吧。

曹立波：我们常讲《红楼梦》从《金瓶梅》发展而来。从俗到雅的过程中，一定有一些中间环节。当然，《红楼梦》的艺术世界，如百川归海，其支派中应包括小说、诗歌，甚至戏曲等多种元素。如果只从一般文学史的角度出发去考察《红楼梦》的艺术渊源，明末延至清初，才子佳人小说似乎是很重要的小说题材，尽管曹雪芹在小说中曾激烈批评过才子佳人小说文君子建、千部一腔的创作弊端，但从小说文学发展的整体看，才子佳人小说作为前代文学，对《红楼梦》的创作不无影响。其中对才、情、貌兼美的"佳人"形象的强调，对《红楼梦》的影响应该是有迹可循的。张老师，您也曾关注过才子佳人小说，记得您写过《漫说定情人中的情》，还写过《论〈林兰香〉与〈红楼梦〉——兼谈联接〈金瓶梅〉与〈红楼梦〉的"链环"》，您如何看待才子佳人小说与《红楼梦》等世情小说的关系？又如何确定连接《金瓶梅》与《红楼梦》之间真正的"链环"呢？

张俊：到底是什么小说把《金瓶梅》与《红楼梦》联结起来的呢？以前较为普遍的看法是说，这个"链环"就是明末清初文坛出现的大量才子佳人小说，并以为《平山冷燕》《玉娇梨》等是这方面的代表作。对此，我起初也觉得有一定道理。但进一步考察比较之后，我又有些疑惑了。因为两相对照，才子佳人小说与《红楼梦》都有不少相悖之处，似难连在一条线上。把《金瓶梅》与《红楼梦》两部巨著联结起来的"链环"，我认为应该是世情小说，自明崇祯至清乾隆年间《红楼梦》问世前，这类小说约出现十五六种，具体代表作品是《醒世姻缘传》《林兰香》等。我在 20 世纪 90 年代初写的一篇《论明代世情小说》的文章中，曾对明代世情小说的渊源、发展及其衍化作过一些介绍。后来在《清代小说史》"明清之际小说"一章中，专设"世情小说的衍化及种类""才子佳人小说的崛起及其原因"两小节，对这两类不同的小说流派分别作了简要描述。在描述前者时，我引录了鲁迅先生《小说史大略》中的一段话，他说："人情小说萌发于唐，迄明略有滋长……至清有《红楼梦》，乃异军突起，驾一切人情小说而远上之。"我认为，这一论断是符合小说史实际的。你提到的那篇兼谈"链环"的文章，乃是以《林兰香》与《红楼梦》两书为实例，具体阐述一下这一问题。我从立局命意、取材角度，以及结构方法、形象塑造、语言风格等方面进行了一些比较，发现同为一种"世情书"，《红楼梦》与《林兰香》有许多相似之处，而且与《金瓶梅》相比，《林兰香》在塑造正面形象、肯定儿女真情、显扬女子才干等方面，都有所进步。有专家曾指出，《林兰香》在明清世情小说发展过程中，有一定程度的承前启后的意义。这种文学现象，是很值得探讨的。

曹立波：从世情小说发展的两个起讫点来看，《金瓶梅》是开山之作，似乎没有什么疑问。但《红楼梦》的成书年代是清中叶，为什么后来的百余年间，清朝再也没有出现可与《红楼梦》相伯仲的长篇世情书来呢？换句话说，《红楼梦》之后世情题材的小说为何没有形成创作潮流？

张俊：这也是我曾困惑的问题，后来将几点思考写进了《清代小说史》中。我想，清后期世情小说衰落的原因，大概有三个方面。其一，清末社会巨变迭生，需要批判现实力度较强的作品。与谴责小说等相比，世情小说便显得婉曲而欠直截，冷静而乏激情。其二，世情小说出现晚而成熟早，开山之作《金瓶梅》已具有很高水准，《红楼梦》更登上了古代小说思想艺术的最高峰。它们给后人留下的机会已经很少，后来者只好另辟蹊径，世情小说遂分化、蜕变为其他类型的小说。其三，清后期大部分作家缺乏创新意识，将世情小说创作引入了死胡同。继《红楼梦》之后，出现了一批平庸的续书和仿书。作者不是从现实生活的实际出发结撰故事，而是根据主观愿望向壁虚构，完全背离了世情小说的写实传统。其中以《红楼梦》续书为最多，质量却较差。从某种意义上说，正是这些缺乏创新意识的"续红"者，断送了一个卓越的小说流派。

三、《程甲本红楼梦校注》：精审翔实的注释

曹立波：张老师，在您门下读书时，从您为博士生开设的《红楼梦》专题课上，收获的不仅仅是作者、版本等方面的知识，更重要的是研究方法。每一个问题，您都鼓励我们将论据资料还原到第一手文献上去，回归到原始古籍上去。我的博士论文《红楼梦东观阁本研究》的撰写，涉及版本和评点研究，您在文献的处理和文论的把握上分别给予了具体的指导。学生以为，这应该源于您三十年来对《红楼梦》详注、精评的学术积淀。

据我所知，《程甲本红楼梦校注》，1987 年北京师范大学出版社印行，是新中国成立以后首次以程甲本为底本校注的。启功先生任顾问，您负责注释和全书的统稿工作。这部书刚一问世，香港《大公报》、《文汇报》、美国《华侨日报》等近 10 家报纸都作了报导和评介，并获 1989 年第三届全国图书"金钥匙"一等奖。书中校注共 4165 条，约 65 万字，占全书字数近一半。我曾给一些学生推荐此书，他们的读后感是，有的章回注释比正文都多，便于导读。吕启祥先生在《填空补阙，厚积薄发——读北京师大红楼梦校注本》一文中对校勘、注释做了全面评价，认为此书"广参博览，锐意穷搜，成为当今《红楼梦》注释中最详备丰富的一种"。您当年是怎样想到要从事这项工作的？

张俊：这部书的校勘和注释整理工作，开始于 1982 年，当时北京师范大学出版社计划出版"古籍整理丛书"，约请我们重新校注一部《红楼梦》。应出版社之约，我们在启功先生主持下，拟定了校注这部书的工作计划，确定了校注细则和编排体例。到 1987 年出版，历经五年的时间。其实，此书注释部分的工作，是从 1974 年开始的。当时我们曾经编印过两册《红楼梦注释》（前八十回）油印稿，作为教学辅助材料。那个本子，是在启功先生撰写的人民文学版《红楼梦》所附注释的基础上增补扩充而成的。当时参加过部分注释初稿工作的还有李长之、王汝弼、韩兆琦等先生。在征求意见时，一些专家和读者，曾给予我们热情支持。嗣后，经初步修改，并补注了后四十回，于 1975 年排印出版，分装两册，内部发行。"文化大革命"之后，我们进一步查阅了一些资料，于 1979 年，又对注释原稿作了一次较大的修改，

删汰了一些评语，订正了一些错讹，增注了一些词条，并请启功先生写了序言，准备正式出版。参加这次注释修改的是我和聂石樵、周纪彬先生。后迁延三年，书稿未出，1982年纳入北师大出版社的出版计划。

当时我们决定以1949年后未曾整理出版过的程伟元乾隆辛亥活字本（简称"程甲本"）作底本，进行校勘，排印出版。意图为红学研究者、爱好者多提供一种可取资的版本，为大专院校《红楼梦》的教学提供一种参考读物。同时决定改写注释，除订正旧稿中的一些讹误外，重点是扩充条目，重新加注，增补资料，丰富注释内容，以增强注释的知识性和趣味性。尤其是对与小说内容有关的一些朝章典制和风俗习尚等词语，也注意结合文意，征引史料，加以阐释，以有利于读者更深入认识《红楼梦》的思想价值和艺术特色，增加阅读兴趣。

曹立波：这项校注工作，尤其是注释，前后经过了十几年的积累。吕启祥先生总结得好，她说："这里所说的积累，包含两方面的意思：一是指时间上的，这项工作始于1974年，而且经过了不止一代人的努力，当年参加此项工作并为之付出了辛劳的李长之、王汝弼先生已经故去，而工作不仅继续，还结出了丰硕的成果。二是指锲而不舍、集腋成裘的精神。注释工作最需要'有心人'，许多材料往往是'可遇而不可求'的，只有时时在心、处处留心，才可能将零散的不为人注目而又恰恰为注释所需的材料收集起来。"吕先生曾在北师大工作过，了解此版本校注的辛苦历程。在书评中，她特别肯定了您的贡献："张俊同志自始至终负责注释编写和定稿工作，用力最多，在长期的教学和研究过程中，广泛涉猎、随时留意，对注释的不断充实和最后定稿，做出了贡献。"您能具体谈谈当年在注释这部长篇小说、这部中国封建社会的"百科全书"的过程中，所遇到的困难和相应的对策吗？

张俊：注释基本完稿后，我曾写过一篇《红注刍议》的文章，结合实例，比较全面谈了我对《红楼梦》注释的一些体会和想法。大家知道，1949年后，到20世纪80年代，《红楼梦》的注释已出过多种，这不仅为广大读者阅读这部古典名著提供了许多方便，而且也开拓了红楼研究的一个新领域。我当时的想法是，红楼注释工作也同评论工作一样，如何在已有的基础上有所深入，有所提高，有所突破，仍然是值得探讨的问题，也是我们的校注本所面临的最大难题，应该在实践中去探索，去总结。

　　我们注意到《红楼梦》是一部古代白话长篇小说，小说的特点是"因文生事""虚实相半"。那么，它的注释，比起经史典籍的注释来，也就有很大的灵活性。如关于历史人物的注释，倘是注史籍，就必须严守史实，对人物做全面评价；但如是注释小说，则可结合故事情节，有虚有实，酌情而定，灵活掌握。如第二回，贾雨村把人分为大仁、大恶和善恶相兼者三类，其中包括作家在内的历史人物共有 45 人。对这些人物，既不必全面评价，也不应笼统说明；而应结合小说的描写，或钩稽史实，或依据传说，重点突出他们生平事迹和思想性格的某一方面，加以注疏。如"始皇"，小说把他归之为"应劫而生"的恶人，若全面介绍，难免全而无当；如只注"始皇即秦始皇"，又嫌泛泛，注了等于不注。应该是依据一些旧史记载，说明他的秉性刚戾，为政以刑杀为威，所以世有"暴秦"之称。又如"阮籍"，如果只说他是"魏晋之际的诗人"，也是远远不够的，而应依据其本传及有关杂著，注明他嗜酒荒放、不拘礼俗、不乐仕宦、时人多谓之"痴"的性格特点。又如第三十回宝玉拿宝钗比杨妃，宝钗大为不快。小说在此借杨妃肌肤丰腴，比喻宝钗的体态。这一比喻，语出有据，见明人陈耀文《天中记》卷二十一引《杨妃外传》。第三十七回宝玉《咏白海棠诗》有句云"出浴太真冰作影"，以杨妃出浴比喻白海棠的洁净。这一比喻，也见于前人诗文。《类说》卷四十八引《墨客挥麈》云："彭渊材作《海棠诗》曰：'雨过温泉浴妃子，露浓汤饼试何郎。'意尤工也。"总之，"杨妃"的用典，或由附会而来，或出自古诗，或化用戏文，灵活多样，与小说所写"事体情理"无不相合。关于词语的注解，也应注意它的灵活性。如第二十四回有"帮衬"一词，当帮助讲。《醒世恒言》作了这样的解释："帮者，如鞋之有帮；衬者，如衣之有衬。但凡做小娘的，有一分所长，得人帮衬，就当十分。若有短处，曲意替他遮护，更兼低声下气，送暖偷寒，逢其所喜，避其所讳，以情度情，岂有不爱之理？这叫作帮衬。"这是否就是"帮衬"一词的语源？恐怕难说，这里没有必要去追诘。作为小说，《醒世恒言》不妨姑妄言之，读者也就不妨姑妄听之了。

　　我以为给一部小说作注，目的不应限于为读者阅读这部作品提供便利，减少障碍，更重要的还应尽可能对读者了解作家意图、认识作品的思想价值、欣赏作品的艺术特色，有所帮助，有所启迪。为此，在选择注释词目和拟写注文内容时，除顾及小说的一般"共性"外，还需要考虑它的"个性"，即充分注意这部小说所独具的特点和性质，以确定注释的重点和难点。如《西游记》为神魔小说，则宗教释道的注释，应是重点；《金瓶梅》为人情小说，则社会情状的考释，应是其重点；《儒林外史》为指摘"士林"的讽刺小说，则科举典章的疏解，应是其重点，等等。至于《红楼梦》，论者都称举它为中国封建社会的"百科全书"，鲁迅先生把它归于"人情派"，称之为"世情书"。这是有道理的。当然，同为人情小说，比之《金瓶梅》，《红楼梦》的内容更为细致精微，宏富深沉。这就使读者阅读和理解这部作品时的障碍更多，也给注释带来更大困难。但是，如果能在力所能及的情况下，对有关的典章制度、社会风俗、名物故实以及难解之语，尽可能作些阐释，却是对读者大有裨益的。

曹立波：说到典章制度，记得启功先生在此校注本的《序》中针对"官制问题"，曾加以强调说："作者所避忌露出的清代的特点中，官制方面尤为严格。凡是清代以前有过而清代也沿用的，便不属清代特有，才出本名称；凡清代特有的，一律避开。像'龙禁尉''京营节度使'等，不但清代没有，即查遍《九通》《二十四史》，也仍然无迹可寻。"那么，由官制推演开去，其他的与清代有关的朝章典制，在曹雪芹的笔下，是否也有所避忌，进而给注释带来障碍呢？

张俊：关于国体制度，曹雪芹在创作《红楼梦》时，虽然使用了"狡猾之笔"，故意隐去故事发生的"朝代年纪"，但只要我们掌握了作者特殊的艺术笔法，按迹寻踪，不被他隐蔽了去，便可发现，小说所写的仍是清代的社会现实、世态人情。这在一些"朝章国典"的描写上，也可以看出其迹象。可惜，这方面的词语，似乎因为顾名可以思义，所以过去的注本，或略而不注，或语焉不详，而被忽略了。如第六十八回"酸凤姐大闹宁国府"，说到贾琏偷娶尤二姐是"违旨背亲"，犯"国孝""家孝""背亲私娶""停妻再娶"四层罪。这是于史有证的，而非夸大其词，虚张声势。《大清通礼》《清稗类钞》都有记载。如《大清通礼》卷四十八说："列后丧礼，京师及直省军民，男去冠饰，女去首饰，素服二十七日，不剃发，遏音乐百日，止婚嫁一月。"又《清稗类钞》"丧祭类"说："皇太后、皇后之宾天，曰国丧，臣民亦皆百日不剃发，服缟素，禁止音乐婚嫁。"这在小说第五十八回也有记载。贾琏恰于老太妃丧礼中娶了尤二姐，所以说"国孝一层罪"。又《大清律例·户律》卷十载："若居祖父母、伯叔父母、姑兄姊丧而嫁娶者，杖八十。"贾琏娶尤二姐又恰在其"亲大爷"贾敬孝中，所以说"家孝一层罪"。又《大清律·男女婚姻律》记载："嫁娶皆由祖父母、父母主婚，祖父母、父母俱无者，从馀亲主婚。"贾琏则背亲偷娶，所以说"背父母私娶一层罪"。《大清律·妻妾失序律》又规定："若有妻更娶者，杖九十；后娶之妻，离异归宗。"贾琏瞒着凤姐，娶尤二姐"做二房"，所以说"停妻再娶一层罪"。正因为贾琏违背了这些有关法律的规定，让凤姐拿着了"满理"，抓住了把柄，因而她才敢那样气势汹汹，理直气壮，撒泼大闹。这类关于典章故实的词语，书中出现很多，似乎应当仔细梳理，结合史实，适当作注，以利今天的读者。

曹立波：《红楼梦》以写世情为主，社会风俗在书中所占比重较大，作者着墨最多的是对贾府这个贵族世家日常的衣食住行的描写。初学者阅读至此的时候，往往感到腻烦乏味，或跳过不读，结果会影响对小说思想性的理解和艺术性的欣赏。如果对这些日常生活中琐细的词语详加注释，又缺乏相对集中的历史典籍供查阅，您是怎样注意去解决这些难点的呢？

张俊：这类词语的注释的确是比较繁难的。我们的办法大致可以概括为两点，即广泛涉猎、随时留意。这都是些基础工作。三十年前，我在越南任教，授课之余，无书可读，就不断翻看随身带的一套人文版《红楼梦》（程乙本）。随看随把每回的词语摘记下来，学习日本学者方法，编成两册"红楼梦词语索引"。后来为搞《红楼》注释，我又做过"红楼梦注释资料"的笔记，有十三册，包括中华书局出版的"清代史料笔记丛刊"、上海古籍出版社出版的"明清笔记丛书"、相关清人诗文总集别集、历史典籍、诗话记事、明清戏曲小说等书中有关资料，其中涉及日常词语1700余条，在注释中大多已采用。

说到"随时留意"，我想起这样一件事，与一个词条的注释有关。《红楼梦》第五十二回写宝玉清晨起来，"小丫头便用小茶盘端了一盖碗建莲红枣汤来，宝玉喝了两口"。这里宝玉喝的莲子红枣汤似乎不必注释，但"建莲"是否具体有所指呢？刚巧，有一天，我有事去西单，因避雨躲进桂香村食品店，不经意间看到柜台中陈列的一种莲子，标注的是"建莲"，并附有产品说明，强调这是产自福建建宁的莲子，循此线索，我查阅了有关资料，于是给"建莲红枣汤"加了这样一条注释："建莲：即穿心白莲，因产于福建建宁县，故称'建莲'。据《建宁县志》载，其种植始于五代梁龙德年间，历代作为贡品，俗称‘贡莲’。"这一饮食细节的描写，反映了主人公贾宝玉锦衣玉食的贵族生活。

曹立波：是啊，在学术探索中，有些"可遇而不可求"的境界，其实包涵着"孜孜以求"与"不期而遇"之间的因果联系。正因为这个校注本中的注释，蕴蓄了丰厚的历史文化知识，所以我觉得，这部书具备两方面的主要功能：一是通过校勘和排印对程甲本正文的普及，中华书局 1998 年不仅重新出版了师大的校注本，后来该书局出版的"中华古典小说名著普及文库"中的白文本《红楼梦》也是以此书为底本的；另一方面书中详细的注释可以作为《红楼梦》的一种随文注解的词典。

四、《新批校注红楼梦》：追求学者导读型的评批

曹立波：张老师，您对《红楼梦》的版本研究，无论是八十回本，还是一百二十回本都投入了很大的精力。对于八十回本，十年前在您的主持下，我和北师大古籍室的杨健老师一道参与，对北师大馆藏的《脂砚斋重评石头记》做了细致的查访和考证工作，我们借助内查和外调迅速查清版本来源。段启明先生对此项工作给予了高度评价，他说："《概述》《查访录》《考论》等文，写得朴朴实实、清清楚楚，忠实记录了事实的经过，为后世读者留下了'真相'与'信史'，为红学史写下了值得关注的特殊章节。"

对一百二十回本的研究，您将三十多年的精力倾注在程甲本和程乙本上。从 70 年代中叶到 80 年代末，您致力于程甲本的校注。从 90 年代中叶至今，您潜心于程乙本的评批。明年这部十几年来的辛苦结晶《新批校注红楼梦》将要出版，您能谈谈这部书的新评点与清代传统的旧评点有怎样的不同吗？

张俊：十年前，我在 2000 年香港明清文学国际研讨会上有个发言，题目为《红楼梦评点断想》，这是我和沈治钧合写的，其中谈了如何运用新观点、采用传统方法对《红楼梦》重新加以评点的问题。红楼评点，是有其历史渊源的。自乾隆中期至民国 230 余年间，代表者有脂砚斋、畸笏叟、东观主人、王希廉、张新之、姚燮、王伯沆等。他们对红楼评点的产生和发展，都做出了各自的贡献。从某种意义上说，这些评点，是现代红学发展的一个

基础。

评点的学术价值，取决于评点者的个人修养，也取决于评点的动机和策略。有学者将明清小说评点分为"书商型""文人型""综合型"三种基本类型。今天，我们面对《红楼梦》这样一部容量浩大、辞旨隐微的经典之作，如何在"细读文本"的基础之上，采用传统方法，借鉴新的理论，重新诠释其原旨，认识其笔法，以形成一种具有现代学术品格的"学者型"评点，是值得探索的问题，也是我们追求的目标。

我们对红楼新评点的实践原则有三条：第一，克服旧评点的"零碎性"，注意体例的完备，探求新评点的系统性。评点派过去之所以为世所诟病，反映在体例上就是因为其评点零碎，章法淆乱，各行其是。为之，我们采取了夹批和回评两种形式，批语内容注意前后贯通，以保持评点的系统完整。如小说关于"大观园女儿国"的描述，我们从第十六回筹划建园、第十七回工程告竣、第十八回元妃省亲到第二十三回宝玉与众姊妹搬入大观园，从第二十七、三十七、三十八、四十九、五十回诸钗"芒种饯花神""偶结海棠社""魁夺菊花诗""割腥啖膻""争联即景诗"，而至第六十三回"群芳开夜宴"，渐次欢乐高潮；从第七十回"重建桃花社"由欢转悲，而至第七十四回"抄检大观园"诸钗遭劫，再到第七十五回至九十五回宝钗、迎春、宝玉相继搬出园中；直至第一百〇一、一百〇二回"月夜惊幽魂""符水驱妖孽"大观园被封锢，逐一加批，随文点明，揭示出"大观园女儿国"之形成、发展、兴盛、遭劫、毁灭的全过程，前后关联，一气贯之。

第二，克服旧评点的"随意性""印象式"，注意细读文本，深入体味小说原旨。小说开端即说："看官，你道此书从何而起？——说来虽近荒唐，细玩颇有趣味。"此乃提醒读者，读此书当深切玩味，方能知其旨趣。明人袁无涯《水浒传》刻本卷首"发凡"云："书尚评点，以能通作者之意，开览者之心也。"有论者以为，这两句话，实为小说评点的纲领性文字，是小说评点的一个主要目的。这在评点内涵上，提出两方面要求，一是如何整体把握作品思想主旨，二是如何深入解析作品形式特征。尤其像《红楼梦》这样的小说，由于其作者身世、作品版本、小说主旨，以及评点者的立场角度、感情内涵等原因，自然会出现诸多歧义，产生不少纷争。我们比较同意鲁迅先生所说，认为《红楼梦》是一部世情书，是一部反映 18 世纪人情世态的小说。这是我们评点《红楼梦》的认识基点、策略原则。

第三，妥善处理继承与借鉴的关系，注意吸取红学研究成果，提高新评点的学术素质。二百余年来，《红楼梦》评点虽有缺陷，但也做出了重要贡献，今天再作评点，不应割断历史，理当发扬其优长，克服其缺陷，扬弃其糟粕，总结旧评点成果。因此，除脂批外，我们在评批中还直接引录了王希廉、张新之、姚燮等人的一些评语，供读者参考。80 年代以来，一些研究者运用国外文学理论，研究红学，取得可喜成绩。新的评点，也应利用这些成果，努力沟通古今文心，以增加评点的现代气息。

曹立波：是啊，这样将有助于引导阅读，增加兴趣，解析难点。《红楼梦》的评点与其他章回小说相比，评点家当是最多的。谭帆在《中国小说评点研究》中将古代小说评点的基本类型归纳为"文人型""书商型"和"综合型"。学生以为清人对《红楼梦》的评点大体有文人自娱型和书商导读型之别。脂砚斋评、王希廉评文人自娱的特点较突出，而东观阁评则明显带有书商导读的目的。近年，先后又有多家评点本问世，春兰秋菊，各具特色。您主持的评点应该不属于文人自娱型，更不可能是书商导读型。该怎样描述或概括新评本的特色呢？

张俊：学者导读型的评点风格，是我和全体参与者共同的追求、努力的方向。因此，我们在评批时，不仅针对有关词句段加批，点明其旨意，尤其注意阐释一些重点句段的深刻内涵，帮助读者品味作品原意。如第十七回"试才题对额"，宝玉提到古人云"天然图画"四字，一般不会作注，更不加批。我们则在此句下加一批说："此一词语，清初人习用之。以为物效其灵，随目成趣，时时变幻，一派天工，乃生活之别样境界也。"并引清人李渔《闲情偶寄》卷四论"取景在借"、郑板桥《板桥题画·竹》、圆明园"天然图画"之景，及乾隆九年题诗三则材料加以证之，批曰："宝玉借此四字评说园中景观，说理通达，思路敏捷，政老不解，动辄呵斥，迂之极矣。"

曹立波：通过这条批语，是否也可看出这部《红楼梦》新评本的特色，我觉得用"学者导读型"来概括比较恰当。与以往的评批不同的是，时代性、文学性的加强。将《红楼梦》置于明清大的文学艺术背景之下，自然凸显出这部小说的时代风貌。

张俊：为了有助于文本内容的解读，我们同时也努力注重学术性，针对一些分歧较多的学术点，试图在批语中尽量有所体现。例如，第二十二回写贾母捐资为宝钗过生日，点戏时，凤姐点了一出《刘二当衣》。庚辰本于此句上有两条眉批，一条说："凤姐点戏，脂砚执笔事。今知者寥寥矣，不怨夫！"在此批语之后，还有一条署年"丁亥夏"的批语，学界多认为是畸笏叟所批。对这两条批语，大家看法不一。或以为，凤姐点戏，乃实有其事，并断定脂砚是女子，就是小说中人物史湘云。我们不同意这一看法。梅节先生有一篇专文，他认为，畸笏所批，实际是"指文中凤姐点戏这段情节，为脂砚执笔所增入"。我们仔细比对各本"点戏"一段文字，平心而论，程乙本文气较为充足，情理较为完满，而脂评本确有"破绽"。梅先生所说是比较有道理的。我们把这一认识写入批语，或有助于读者理解这段文字。

同时，除所谓学术着眼点外，书中尚有很多疑难点，也颇费斟酌，值得注意。比如，宝玉在秦氏屋里午睡，秦氏嘱咐小丫头们在檐下好生看着猫儿狗儿打架，有何寓意？宁国府有一轩馆，为什么取名逗蜂轩？贾府中的炕，究竟有几种形制？茅厕是否茅厕的形讹？邢夫人明明住在荣府的东院，为什么称她"北院大太太"？梦稿本与程乙本究竟有何关系？宝钗会不会说"诗从胡说来"这样的"粗话"？诸如此类，我们都试图征引材料，钩玄提要，做一些评点，提供读者思考。

曹立波：是啊，导读性与学术性的兼顾，参与评点工作的沈治钧师兄也是这样说的。胡文彬先生曾在评议意见中说："这是程乙本诞生以来第一次出现的'批点'形式，凸显出评者学术功力和学术眼光。……表现了评点者对读者的阅读关怀，必将起到一种有益的'导读'作用，这种新的尝试应该得到鼓励。"的确，这部兼顾"学术眼光"与"阅读关怀"的学者导读型《新批校注红楼梦》，值得期待。除了评批，还有正文的校注问题。您以程乙本为底本，据说程乙本上的一些异文，甚至异体字大都予以保留。您觉得这一版本有什么特殊的意义呢？

张俊：有的，我们校订的原则，就是"慎重对待，不轻改底本，保持原貌，以存其真"。我始终认为，对那些体现了版本文字特色的词语，不要轻易作改。保留这些异文，还可以为研究者多提供些语言史料。在校注、评批过程中，我写了几篇《程本红楼语词校读札记》随笔短文，比如第二十回，写黛玉与宝玉斗嘴和好后，黛玉说："回来伤了风，又该讹着吵吃的了。"程乙本中"讹着"二字，各本歧出。现行脂评排印本，多作"饿着"，人文版校订程乙本保持旧貌，作"讹着"。《汉语大字典》和《汉语大词典》收录有"讹"字多个义项，而"讹着"一词，不见于这两种通行辞书。唯20世纪30年代编纂的《国语辞典》采收此词，举例即为黛玉所说的那句话。用一"讹"字，写宝玉性格的娇宠、行为的憨顽，或更贴合一些。至于说"饿着"是贾府"秋季养生经"，那是就医学而言，另当别论。其实，第五十三回写晴雯染病、第一百九回写贾母不适，都以"净饿"秘法治疗，程乙本与诸本同。可见在乙本修订者看来，"讹着"与"饿着"两者的语义是不同的。

再者，程乙本上有一些刻意增饰的语句，也有其理路。如第六回贾蓉向凤姐借炕屏的情节中，程乙本有贾蓉"满脸笑容的瞅着凤姐"一语，及凤姐"忽然把脸一红"六个字，为其独有文字。对这种改动，评者见仁见智，各有不同。其实，通观全书可知，程乙本对凤姐和贾蓉之间暧昧关系的渲染，并非突发奇想。程甲本第六十八回凤姐大闹宁国府一些细节的描写，当是乙本写两人暧昧关系的主要依藉。

曹立波：从您所列举的程乙本上特殊的字、词、句可知，对版本异文的研究，并不仅仅是勘对文字，从中也能考察出历史信息，异文的来由，以及语言史料等方面的问题。这是富有启发意义的。

五、京师文科学风的承传

曹立波：我曾看到您的一篇文章，题为《治学严谨——我校文科学风的显著特点》，发表在1997年《师大周报》上。已占用了您太多的时间，但我还是希望您能简单谈一下北师大文科学风的特点，这是师大学子都关注的。

张俊：在一次关于"启功先生语言学著作学术研讨会"上，有位校外专家发言时说：师大的学风，与北京某大学不同，有自己的特点，值得好好总结。对此，我也有同感，会后我便写了那篇短文。就文史而言，治学严谨，注重实证，确实是我校文科学风的特点之一。翻开北师大的"校史"，可以看到，几十年来，曾在国文系任教的高步瀛、吴承仕、朱希祖、马裕藻、杨树达等专家教授，他们的著作，他们的教学，多体现出这种精神。如高步瀛先生，他编选的《唐宋诗举要》《唐宋文举要》两书，资料丰富，考订详赡，引用材料着重第一手；对旧注的讹误，时有订正，据说他讲课，也很重事实、重证据，考证翔实精确，为同侪所敬服。学生对他所注释的诗文，极为珍视，得其一篇，出校教学，可免去翻检参考资料之劳。有人认为，对历史的描述，"更需要理解和判断，实证解决不了所有问题，甚至解决不了主要问题。"这样讲，也有一定道理。但是，大量资料的掌握和考辨，毕竟是研究的基础。

曹立波：您读大学的时候，对授课的老师的言传身教一定有更为具体的感受吧？

张俊：是的。20 世纪 50 年代我在中文系读书时，当时授课的老师，如讲"中国古代文学作品选"课的刘盼遂、王汝弼、启功先生，讲"古代汉语"专题课的陆宗达、萧璋先生等，他们的教学和著述，朴实、严谨，无不体现出北师大的传统学风。比如刘盼遂先生曾受业于国学大师王国维先生，王汝弼先生则是高步瀛先生的学生，他们对文字、音韵、训诂都很有研究，做学问重事实，重证据。刘先生给我们讲过《古诗十九首》、王先生讲过《离骚》，对作品中的词语、典故，总是能考稽史料，列举例证，旁征博引，以释其义。还有，刘先生读书，很喜欢把自己考释、订讹、辑佚的点滴心得，批注于书眉或行侧。往往三言两语，独具卓见。一次，我翻阅"文革"时被抄、后归藏古典组的刘先生的部分藏书，记得在枝巢子《旧京琐记》上有刘先生的几十条批注。其中有这样一条，原文说"按行裳即今之马褂也'，刘先生于书的上端批云："行裳非马褂，盖俗所称战裙也。马褂不得谓之裳。"后来，看到新排印本《旧京琐记》，我便想，如果整理者有机会看到刘先生的这些批注，或可改正书中的一些错讹，当是有益于读者的。

曹立波：您在北师大留校工作之后，曾与启功先生同在一个教研室，并一起校注过程甲本《红楼梦》，能谈谈对他的印象吗？

张俊：启功先生曾受教于史学大家陈垣先生。据介绍，陈垣先生作历史考证，最重视占有材料，倡导材料准备要"竭泽而渔"。启先生继承了老师的这种治学精神。他的授课和著述，也很重视实证，这从中华书局出版的《启功丛稿》"论文卷"、"题跋卷"和香港商务印书馆出版的《汉语现象论丛》等著作中便可看出来。我们在校注程甲本《红楼梦》时，他虽然未能参加初稿注释词条的编写，但选择底本、拟定体例，是由他主持的。20 世纪 70 年代末，他还为我们编写的一本《红楼梦注释》写过一篇"序言"，结合实例，对书中涉及的俗语、服装、器物、官职、习俗、社会关系、虚实辨别等诸多问题做了具体的阐释和考辨。因为启先生对满族的历史文化、风俗掌故非常熟悉，所以他的这篇序言，对引导读者认真阅读《红楼》文本，很有帮助。我们将这篇序言，作为"校注本"的序，列于卷首。同时，他对我写的"校注说明"，从版本角度作了认真修改。比如，在介绍程刻本的流传时，他亲笔加了这样一段话："程氏修改程甲本时，可能是随改随刻的，所以现在所传的程刻本中，改刻的页子多寡不等。所以现在找一个没挽改刻页子的纯甲本固然不易，或想找一个改刻全了的纯乙本也不易的。"在师大校注本出版前，启先生还写过一篇《读红楼梦札记》的红学论文，得到学界的赞赏，启先生也比较看重这篇文章。1998 年中华书局重出师大本时，我们便将其附于书后。这样，前有先生的"序言"，后附"札记"，实实为师大本增色不少。

曹立波：启功先生的"札记"具体分析了这部小说中的虚实问题，"序言"中对《红楼梦》虚构的成分也有所强调。比如，他认为小说中所写的官职有许多是"无迹可寻"的。古代文献研究中，如果没有丰厚的资料和充分的调研，不敢轻言"无迹可寻"。张老师，您对此是怎样理解的呢？

张俊：启先生作为一位著名红学家、一位文物鉴定的权威，有他自己的看法，理所当然。关于曹雪芹或《红楼梦》，如有什么新发现、新资料，红学界都愿意征询启先生的看法。你还记得，在北师大藏《脂砚斋重评石头记》抄本专家座谈会上，启先生特别强调了"避讳"问题，而对抄本的价值，因未来得及仔细查看原书，并未表示意见。态度是实事求是的。而对 20 世纪 70 年代香山发现的所谓曹雪芹故居、90 年代通县发现的所谓曹雪芹墓石，则都认为是"不靠谱"的事。他曾写过一首《南乡子》"友人访'曹雪芹故居'余未克往"，词前小序曰："友人联袂至西郊访'曹雪芹故居'，余因病未克偕往。佳什联翩，余亦愧难继作。"正文是："一代大文豪。晚境凄凉不自聊。闻道故居犹可觅，西郊。仿佛门前剩小桥。访古客相邀。发现诗篇壁上抄。愧我无从参议论，没瞧。'自作新词韵最娇'。"语言诙谐，观点鲜明。这就是启先生的风格。当然，这只是启先生的一家之言，相信香山正白旗村 39 号院就是曹雪芹故居的，也大有人在，也有人肯定此处就是现在的"曹雪芹纪念馆"。

曹立波：张老师，我们谈了多位京师先贤，能具体谈谈"治学严谨，注重实证"的京师学风对您的影响吗？

张俊：我在讲授和编写中国古代小说史时，常遇到这样的难题：因为资料缺乏，考证不详，有些作家作品难以准确定位，而影响到小说史的描述。比如出现于明清之际的才子佳人小说，它的开山之作是哪一种，一直众说不一。有些文学史著作和书目，认为序于明万历年间的《吴江雪》是第一部才子佳人小说；但有的学者考证，这部小说实际成书于清康熙年间，前后相距60年。后来有朋友介绍，发现一抄本《红白花传》，当是明末作品，或为才子佳人小说开山之作，但一些学者指出，这部书实是韩国作品。又见春风文艺出版社编校的《中国古代孤本小说》一书，其中收录了一种才子佳人小说《山水情》。据"编校说明"，此书当刊于明末清初之间，仅存于日本东京大学图书馆。它是否为最早一种才子佳人小说，因没有看到原书，难以遽下结论。通过这件事可以看出，一些作品的考定，资料的辨析直接关涉到如何准确描述小说史的问题。

曹立波：您在给我们讲授"中国古代小说史研究"课程时，强调史料等实证材料的重要性。引言中讲到对20世纪中国小说史回顾时，肯定鲁迅《中国小说史略》实为中国小说史的奠基之作。这部书是1920年至1924年，鲁迅先生在北大、北师大授课的讲稿，从讲义的角度说，鲁迅治小说的方法，也是京师学风的体现。我们爱读这部书，既源于其翔实的考证，也因其敏锐的评论。那么您推重这部书，是倾向"史"，还是侧重于"论"呢？

张俊：阿英先生称赞鲁迅的《中国小说史略》"实际不止是一部'史'，也是一部非常精确的'考证'书。"鲁迅书中这28个篇章，按时代顺序对小说流派加以描述，奠定了今天小说史编写的基本格局。当然也有其局限性，他当年所见到的小说较为有限，只占今天所知的五分之一。然而，他看到的小说虽有限，但小说史家的眼光是敏锐的。书中大多数评价直到今天还是可以借鉴的。因而，治小说史，除了动手搜集梳理资料，史家的眼光也是必要的。清初学者顾炎武的《日知录》，有两个特点，一是历史的，二是博证的，两者互为补充，构成这部书的鲜明特色。正如《四库全书总目》所说："炎武学有本原，博赡而能通贯，每一事必详其始末。参以佐证而后笔之于书，故引据浩繁，而牴牾者少。"19世纪的龚自珍、魏源等学者也用实证的方法研究学问。龚自珍在《抱小》中说："学文之事，求之也必劬，获之也必创。证之也必广，说之也必涩。"这里，"劬"是辛勤，孜孜以求；"涩"是立住脚、不动摇。希望在研究学问时，一定要掌握大量的资料，像郑振铎先生所说的那样，研究者一定在心里千百次地喊"拿证据来"。当然，在研究方法不断更新和发展的今天，也必须加强文学理论的学习，如果没有一种理论思想的统帅，大量的资料也会变得支离破碎，不得要领。

曹立波：顾炎武的"博赡而能通贯"，龚自珍的"求劬"和"获创"，学生从您的课上和书中都有所体悟。您的言传身教也让学生们感受到京师学风的薪火相传。谢谢张老师的教诲，辛苦您了。您所谈的问题，从小说史到世情书，再到《红楼梦》的注释、评批与论述，对于红学，对于中国古代小说的研究都十分重要。

张俊：谢谢！我略谈了一些治学的经历和体会，也期待能有机会与同行们交流探讨。为了写好这篇访谈稿，你也花费了不少时间和精力，谢谢你，也感谢《文艺研究》编辑部给予的关心和鼓励。

2010 年 11 月完稿

2011 年 3 月校订

（原载《文艺研究》2011 年第 4 期）

图书在版编目（CIP）数据

红楼撷谭/张俊著. —北京：北京师范大学出版社，2019.11
ISBN 978-7-303-25148-3

Ⅰ.①红…　Ⅱ.①张…　Ⅲ.①《红楼梦》研究　Ⅳ.①I207.411

中国版本图书馆 CIP 数据核字（2019）第 206323 号

营　销　中　心　电　话　010-57654738　57654736
北师大出版社高等教育与学术著作分社　http://xueda.bnup.com

出版发行：北京师范大学出版社　www.bnup.com
　　　　　北京市西城区新街口外大街 12-3 号
　　　　　邮政编码：100088
印　　刷：北京玺诚印务有限公司
经　　销：全国新华书店
开　　本：787 mm×1092 mm　1/16
印　　张：29.25
字　　数：450 千字
版　　次：2019 年 11 月第 1 版
印　　次：2019 年 11 月第 1 次印刷
定　　价：72.00 元

策划编辑：禹明超　　　　　责任编辑：曹　雪
美术编辑：李向昕　　　　　装帧设计：李向昕
责任校对：段立超　陈　民　　责任印制：马　洁